망량의 상자

魍魎の匣
京極夏彦

Natsuhiko Kyogoku

망량의 상자

上

교고쿠 나쓰히코 지음
김소연 옮김

손안의책

次例

하루빨리 '과학의 재혼'이 성취되기를 바라는

많은 사람들에게 바친다 —

◎ 망량 [魍魎]

—— 금석속백귀(今昔續百鬼) / 하권

망량 ————————

모습은 세 살배기 아이와 같고 빛깔은 검붉으며, 눈이 붉고 귀가 길고 머리카락에 윤기가 돈다. 망자의 간을 즐겨 먹는다고 한다.

— 금석속백귀(今昔續百鬼) / 하권

도깨비 하인의 이야기 ──────────

시바타 아무개라는 출납담당관이 있었는데, 토목공사가 있어 미노 지방에 가게 되었다. 떠나기 전에 하인을 하나 데리고 갔는데, 평소에 성실하여 매우 아끼던 자였다. 어느 날 밤 숙소에서 자다가 한밤중에 잠이 깨어 보니, 꿈인지 생시인지 알 수 없는 가운데 그 하인이 베갯맡에 모습을 나타내어, '우리는 인간이 아니고 망량이라는 존재라, 피치 못할 사정이 있어 휴가를 얻겠다'고 부탁하기에, '피치 못할 사정이 있다면 휴가는 당연히 줄 것이나, 그 연유를 말해 보라' 하였다. 그 하인이 말하기를, '우리들은 교대로 죽은 사람의 시체를 거두는 역할이 있다. 이번에 내 차례가 되어, 이 아랫마을에 사는 백성 아무개의 모친 시체를 거두어야 한다' 하며 모습을 감추었다. 다음 날 아침에 깨어 '이상한 꿈도 다 있다' 하며 마음에도 두지 않고 떠날 채비를 하고 보니 하인의 모습이 보이지 않으매 크게 놀라 그곳 사람에게 아랫마을에 사는 아무개의 모친 일을 물으니, '오늘 장례가 있었는데 도중에 별안간 검은 구름이 장례 행렬을 덮쳐 관 속의 시체를 잃고 말았다'고 이야기하는 것을 듣고 더욱더 놀랐다.

– 미미부쿠로 [耳囊] / 제4권

화차

서국 사쓰마 부근, 또는 동국에서도 간간이 있는 일로, 장례식 때 갑자기 큰 비바람이 불어 오가는 사람들을 쓰러뜨릴 정도로 그 기세가 등등할 때, 관이 바람에 날려 들리는 일이 있다. 그때, 수호의 염주를 던져 걸치면 무사하고, 만일 그리하지 않으면 관이 들려 그 시체가 사라지는 일이 있는데, 이를 화차에게 잡혀갔다 하여 크게 두려워하였다. 세속에 전해지는 말에 이르기를 생애에 나쁜 일을 많이 한 죄로 인해 지옥의 화차가 마중을 온 것이라 한다. 화차라는 이름은 불자(佛者)가 붙인 것으로 (중략) 그 화차에게 잡혀간다는 것은 일본과 중국에 모두 많이 있는 일로, 이는 망량(魍魎)이라는 짐승의 짓이다. 망량(罔兩)이라고도 쓰고 방량(方良)이라고도 쓴다. 유양잡조(酉陽雜俎)에 이르기를, '주례(周禮)에 방상씨가 망상을 때려 쫓는다. 망자의 간을 즐겨 먹으며 호랑이와 떡갈나무를 두려워한다. 이 짐승은 장례 행렬이 있을 때에 간간이 나타나 해를 입힌다. 따라서 중국에서는 성인(聖人) 때부터 방상씨라는 자가 있어 곰 가죽을 뒤집어쓰고 눈이 넷 달린 형상을 만들어 대상(大喪) 때에는 관을 이끌고 묘소에 이르며, 무덤에 들어가 창으로 네 구석을 쳐서 이 짐승을 때린다. 이를 험도신(險道神)이라 한다'고 하는데 이것이 그 기원으로 보인다. (후략)

– 모창만록(茅窓漫錄) / 하권

魍魎の匣

(전략)

할머니가 돌아가시는 바람에 서둘러 귀성했다.

도시를 떠나는 귀성열차는 비어 있었다.
이 차량에는 지친 노파가 한 사람 타고 있을 뿐이다.
휴일이 아니라서 시골에 가는 사람은 아무도 없나 보다.

오늘은 날씨가 정말 좋다.
차창 밖에서 불어오는 바람이 기분 좋게 이마와 뺨에 닿는다. 희미하게 고향 냄새가 났다. 정말 기분이 좋다.

연일 이어진 과로 때문에 완전히 잠들고 말았다.

정신없이 자면서 옛날 꿈을 꾸다가 깨어 보니, 어느새 앞좌석에 한 남자가 있었다.

피부가 희고, 젊은 건지 늙은 건지 알 수 없는 남자였다. 몹시 졸린 듯한, 인형 같은 얼굴을 하고 있다. 이렇게 자리가 많이 비어 있는데, 뭐가 좋다고 여기 앉은 걸까?

곰곰이 그런 생각을 한다.

남자는 상자를 들고 있다.

몹시 소중한 물건인 듯 무릎에 올려놓고 있다.

가끔 상자에 말을 걸기도 한다.

졸린 눈을 비비며 대체 무엇이 들어 있는지 맞혀 보려고 하지만, 너무나도 졸렸다.

항아리나 꽃병이라도 들어 있는 걸까?

크기도 딱 적당한 상자다.

남자는 가끔 웃기도 한다.

"호오."

상자 속에서 소리가 났다.

방울이라도 굴러가는 듯한 여자의 목소리였다.

"들으셨습니까?"

남자가 말했다. 축음기의 나팔에서 나오는 듯한 목소리다.

긍정도 부정도 하지 않았다. 여전히 꿈이 계속되고 있었기 때문이다.

"아무에게도 말하지 말아 주십시오."

남자는 그렇게 말하더니 상자 뚜껑을 들어 올리고 이쪽으로 기울여 안을 보여주었다.

상자 안에는 예쁜 소녀가 들어 있었다.

일본 인형 같은 얼굴이다. 물론 잘 만든 인형임이 틀림없다. 인형은 가슴 윗부분만이 들어 있는 것 같았다.

매우 순진한 얼굴이라, 자기도 모르게 미소 짓고 말았다.

그 모습을 보자 상자 속의 소녀도 생긋 웃으며,

"호오."

하고 말했다.

아아, 살아 있다.

왠지 남자가 몹시 부러워졌다.

(이하 생략)

※

1

구스모토 요리코는 유즈키 가나코를 정말 좋아했다.

가나코의 목덜미 언저리의 고운 피부나 부드럽게 나부끼는 윤기 있는 머리카락, 자유롭게 이리저리 움직이는 손가락이 좋았다.

특히 요리코의 마음에 든 것은 크고 검은 홍채에 둘러싸인 가나코의 눈동자였다.

그 눈동자는 가끔 타인을 쏘아보듯이 날카로웠고, 그러면서도 늘 빨려들 것만 같을 정도로 깊은 빛을 담고 촉촉하게 젖어 있었다. 가나코가 그 눈을 감고 가만히 음악에 귀를 기울이고 있을 때, 요리코는 그 벚꽃빛으로 상기된 뺨에, 그리고 그 눈꺼풀에 살그머니 입술을 대 보고 싶어진다.

몇 번이나 그런 충동에 사로잡히곤 한다.

그러나 요리코는 결코 레즈비언은 아니었다.

그 감정은 그녀들이 가지고 있는 성적 충동과는 분명히 달랐다.

요리코는 가나코 이외의 어떤 여성에게도 그런 감정을 품은 적이 없었고, 또 가나코에게도 실제로는 그런 짓을 할 수 없었다. 그러나 가나코 옆에 있을 때 느껴지는 조용한 고양감은 어떤 연애보다도 절실했고, 그녀 주위에 떠도는 희미한 향기는 요리코의 가슴을 몇 번이나 두근거리게 했다.

가나코는 여러 가지 의미로 자연을 거스르며 살고 있다.

요리코는 그렇게 생각한다.

가나코는 같은 반의 누구보다 총명하며, 우아하고 아름다웠다. 다른 누구와도 친하게 지내지 않았고, 오직 혼자서만 남들과 다른 향기를 풍기고 있었다. 마치 짐승 가운데 단 한 명의 사람이 섞여 있는 것 같았다. 그녀가 못 하는 일은 없었고, 따라서 괴로워하거나 고민하지도 않는다. 가나코는 열네 살의 나이에 이미 달관해 있었다.

따라서 요리코는, 그런 가나코가 반에서 자신하고만 친하게 지내주는 것이 이상하게 느껴져서 견딜 수가 없었다. 다른 학생들의 눈에는 그 모습이 과연 어떻게 비칠지 상상한 적도 없었지만, 그녀가 사람들 앞에서 자신에게만 친밀하게 말을 걸어주는 것이 요리코에게는 유일한 자랑이었다.

요리코는 아버지가 없었고, 생활도 결코 유복하다고는 할 수 없었다. 그래서 어머니가 무리해서 보내준 학교도 요리코에게는 애매한 고통일 뿐이었다.

급우들은 모두 부잣집 아가씨들뿐이었고, 그렇지 않아도 내향적이고 순진한 요리코는 그곳에서 오가는 대화가 모두 외국의 말 같고 소란스러워서 한 마디도 이해할 수 없었던 것이다.

학교에서 배워오는 것은 모두 열등감이었다. 요리코는 매일 상처 입기 위해 예습을 하고, 그날 입은 상처를 가지고 돌아와 복습했다.

따라서 가나코가 처음으로 말을 걸어왔을 때, 요리코는 전혀 대답할 수 없었다.

"요리코, 집에 같이 가자."

가나코는 누구에게나 남자 같은 말투로 이야기했다.

가나코 앞에서는 남녀 구별은 고사하고 교사와 학생의 상하 관계조차 무의미했다.

종류를 잘 알 수 없는 풀이며 꽃이 울창하게 우거져 있는 둑을 둘이서 걸었다. 요리코는 고개를 시종 아래로 향한 채, 낡은 공장 앞에서 헤어질 때까지 결국 한 마디도 하지 못했다.

요리코는 그날 밤, 너무 가슴이 뛰어서 잠들 수가 없었다.

그리고 밤새도록 거울에 비친 자신의 얼굴을 바라보았다.

딱히 다른 사람과 다른 것도 아니다. 아니, 오히려 집이 가난하지 않았거나 아버지가 있었다면, 요리코는 용모가 뛰어난 만큼 다른 소녀들보다 조금 우월했을 것이다.

실제로 요리코는 어머니가 데려오는 술 냄새나는 남자들이 하나같이 호색적인 시선을 던질 만큼 단정한 얼굴을 가진 소녀였다.

수은막 한 장을 사이에 두고, 거울 속의 자신과 가나코가 겹쳐진다.

요리코의 마음속에서 무언가가 천천히 커져갔다.

가나코가 대체 어떤 집안의 아가씨인지, 요리코는 몰랐다.

가나코도 요리코에게 아무것도 묻지 않아서, 요리코도 자신이 몹시 싫어하는 뿌리 부분을 가나코에게 드러내지 않고 완전히 순수하게 피어 있는 꽃 부분만 가지고 대화를 나눌 수 있었다.

그러나——가나코는 분명히 요리코에 대해서 다 알고 있을 것이다. 그래서 그녀의 말은 다른 소녀들의 말처럼 겉치레뿐인 공허한 외국말이 되지 않는다. 요리코는 그녀가 하는 말을 아주 잘 이해할 수 있었다. 그리고 자신의 말도 그녀에게만은 통하는 것처럼 생각되었다.

가나코는 종종 밤 산책하러 가자고 요리코를 꾀곤 했다.

공장 앞에서 만나, 목적도 없이 밤거리를 배회했다.

특별히 어디를 가는 것도 아니다. 번화가를 돌아다니는 것도 아니라서 선생님에게 잡힐 일도 없었다. 낮에 다니는 곳과 같은 곳, 눈에 익은 거리의 풍경이 가나코의 마력으로 낯선 도시로 변모한다. 어두운 골목길 뒤나 전신주의 검은 그림자가 요리코의 가슴을 두근거리게 한다.

"요리코, 실컷 달빛을 쬐도록 해."

가나코는 쾌활하게 말하고는 몸을 빙글 돌린다. 나긋나긋한 목덜미가 달빛을 받아 창백하게 보였다.

"달빛에 뭔가 신비로운 마력이라도 있어?"

"옛날이야기 하는 거니? 달은 태양의 빛을 반사하는 것일 뿐이라고. 그러니까 햇빛은 동물이나 식물에 생명을 주지만, 달빛은 한 번 죽은 빛이라서 생물에게는 아무것도 주지 않는 거야."

"그럼 무의미하잖아."

"의미가 있어야 한다는 법이라도 있어? 산다는 건 시들어간다는 거잖아. 다시 말하자면 시체에 가까워져 간다는 거야. 그러니까 햇빛을 받은 동물은 한껏 행복한 얼굴을 하고, 있는 힘을 다해 죽어가는 속도를 높이고 있는 거지. 그러니까 우린 달에 반사된 죽은 빛을 온몸에 쬐어서, 살아가는 것을 아주 약간만 멈추는 거야. 생물은 오직 달빛 속에서만 생명의 속박에서 도망칠 수 있는 거라고."

그렇다. 그러니까 그녀는 역시 자연을 거스르며 살아가는 것이다.

요리코는 그렇게 이해했다.

"고양이처럼 사는 거야. 그러려면 밤눈이 좋아야 해."

"밤눈이라니――어떻게?"

"간단하지. 낮에 자면 돼. 우리 고양이들에게는 밤이 있거든.

"그래, 밤이 있지."

요리코가 그렇게 말하자, 가나코는 소리 내어 웃었다.

"요리코는 참 좋아."

가나코는 페르시아고양이 같은 얼굴로 웃었다.

가나코는 늘 가방에 문학잡지를 넣어 가지고 다닌다.

물론 어린이용 잡지는 아니다. 어른들이 읽는 어려운 문학을 가나코는 즐거운 듯 읽는다. 너무 즐거워 보여서 요리코도 빌려 보았지만, 아무리 문학소녀 흉내를 내 보아도 요리코에게는 그렇게 재미있는 내용이 아니었다. 그러나 교과서보다 어려운 한자가 나열되어 있을 뿐인――예쁜 색깔도 없고 귀여운 그림이 그려져 있는 것도 아닌――그 무미건조한 종이 묶음은 다른 소녀들과 일선을 긋기 위한 소중한 주문인 듯한 기분이 들어서, 요리코는 열심히 읽었다.

환상적이고 신비로운 이야기 부분은 조금 마음에 들었다.

가나코는 어른 같은 얼굴을 하고 찻집에 들어가, 외국 음악을 들으며 홍차를 마신다. 요리코는 익숙하지 않은 홍차에 설탕을 듬뿍 넣고, 그녀를 흉내 내어 낯선 음악을 들었다.

찻집에 들어가는 것은 교칙 위반이다. 가게에 들어갈 때는 심장이 터질 정도로 긴장한다.

그러나 마음과는 반대로 요리코의 몸에는 망설임이 없었다. 마치 요사스러운 꽃이 발하는 매혹적이고 달콤한 향기에 끌린 어리석은 곤충처럼, 무엇 하나 망설이지 않았다.

그리고 두 사람은 여러 가지 이야기를 했다.

가나코와 비밀을 공유하는 것은 요리코에게는 무엇과도 바꿀 수 없는 기쁨이었다.

불량 학생처럼 담배를 피우는 것도 아니고, 술을 마시는 것도 아니다. 그저 둘만의 시간을 보낼 뿐인 소소한 비밀이었지만, 그것이 요리코의, 사람으로서의 윤곽을 두드러지게 해 주었다.

그러던 중, 어느새 요리코는 급우들이 하는 말을 이해할 수 있게 되었다. 알고 보니 별것도 아니었다. 그녀들이 하는 말은 외국말이 아니라 그저 약간 시끄러울 뿐이었던 것이다. 아니, 오히려 그것은 가나코의 입에서 나오는 유리 세공처럼 반짝반짝하는 말들에 비하면 참으로 수준이 낮은, 그리고 색깔도 지저분한, 천한 언어에 지나지 않았다.

요리코는 14년 동안 살아오면서 이제야 인간이 된 듯한 기분이 들었다.

그러나 요리코는 그 대신 한 가지 걱정을 품게 되었다.

가나코가 자신에게 질려 버리지는 않을까 하는 불안한 공포감이었다.

가나코와의 관계는, 말하자면 자연발생적으로 생성된 것이 아니었다. 오직 가나코의 일방적인 접근으로 성립된 것이었다. 결국은 일방적으로 해소된다 해도 어쩔 수 없는 관계라는 뜻이다.

여신처럼 현명하고 고귀한 가나코가 왜 자신 같은 소녀에게 흥미를 느낀 것인지, 아무리 생각해도 알 수가 없다. 변덕이라고 생각할 수밖에 없다.

그러니 인간관계에 서툰 요리코는 어떻게 하면 가나코의 마음에 들게 행동할 수 있을지 짐작도 하지 못했다.

미움을 받는 것은 싫었다. 하지만 이대로 가다가는 조만간 자신에게 질릴 게 틀림없다――.

여신은 변덕스럽게 어린양을 희롱하고, 그러다 질리면 마치 당연하다는 듯 갑자기 버릴 것이다. 그리고 다음 완구를 찾는 것이다. 그렇게 되었을 때――길 잃은 어린양은 위대한 여신 앞에서 너무나도 작고 천하고, 너무나도 무력하다.

두려움은 체념으로 바뀌고, 그리고 절망이 찾아온다. 요리코는 그것이 찾아오기 전에, 혼신의 용기를 쥐어짜내어 가나코의 진의를 물어보자고 생각했다. 그러다가 관계가 끝난다면 그것도 어쩔 수 없는 일이다.

가나코와 친해진 지 두 달째 되는 6월의 어느 날, 요리코의 걱정은 극한에 달했다.

찻집에는 늘 흐르던 음악이 흐르고, 가나코는 늘 그렇듯이 눈을 감고 음악을 듣고 있었다.

"있잖아, 가나코. 너는 왜 나랑 이렇게 같이 있는 거야? 나는 머리가 좋은 것도, 집안이 좋은 것도 아니고, 가난하고, 게다가 아버지도 없어. 너 같은 아이하고는 그——."

낯선 음악은 아무리 시간이 지나도 귀에 익지 않는다. 묘하게 넓게 퍼지는 듯한 외국 음악은, 그래도 늘 그렇듯이 사정없이 요리코의 마음 표층에서 미끄러져, 등뼈 언저리에서 멈추었다.

"그건 말이지, 네가 나이기 때문이야. 다른 사람은 안 돼."

"뭐?"

"요리코, 너는 나의, 그리고 나는 너의 환생이야."

"환생이라니——?"

이 무슨 기발한 대답이란 말인가.

"——너도, 나도 살아 있잖아——죽은 사람이 다른 사람이 되어 태어나는 게 환생——아니야?"

"그러니까 그렇다고. 내가 죽어서 네가 돼. 네가 죽어서 내가 되는 거지. 죽고 나면 시간 따윈 상관없어. 노기 대장[1]이 가토 기요마사[2]로 환생하든, 센히메[千姬][3]가 잔 다르크로 환생하든 이상할 건 하나도

---

1) 노기 마레스케(1849~1912). 육군 군인. 청일전쟁 때 제1여단장으로 종군. 러일전쟁 때는 제3군사령관으로 여순을 공략. 후에 학습원장을 지냄.

2) 전국시대의 무장. 통칭 도라노스케[虎之助](1562~1611). 어린 시절부터 도요토미 히데요시를 모셨으며 시즈가타케[賤ヶ岳] 전투에서 크게 활약, 구마모토 성주가 되었다. 세키가하라 전투에서는 도쿠가와 측에 붙어 히고[肥後]의 영주가 됨.

3) 도쿠가와 2대 쇼군 히데타다의 장녀(1597~1666). 일곱 살 때 도요토미 히데요리에게 시집갔다가 오사카 성 함락 후 혼다 다다토키와 재혼. 다다토키가 죽은 후, 머리를 깎고 천수원(天樹院)이라 칭하며 에도 다케바시에서 살았다. 오사카 성이 함락될 때 센히메를 구해낸 사카자키 데와노카미의 이야기가 희곡화되어 남아 있다.

없는 거야. 그러니까 우리는 어쩌다 같은 시대에 태어나 버렸을 뿐이라고. 너는 내 전생이고, 나는 너의 전생인 거지. 우리는 다시 죽고 다시 태어나면서, 언제까지나 영원히 지금처럼 있는 거야."

가나코의 눈이 요사스럽게 웃고 있다.

—— 네가 나의, 내가 너의 환생이야.

"어때? 멋진 생각 아니니?"

그럼,

"그럼 다른, 다른 사람은 안 되겠네. 가나코에게 나를 대신할 사람은 없는 거구나."

"그러니까 너를 대신하는 사람은 나라고."

요리코는 생각도 할 수 없다. 생각도 할 수 없는 대답이었다. 그런 일이 있을 수 있을까?

요리코는 당혹스러웠다. 하지만 가나코의 말이니까 믿을 수밖에 없다.

"못 믿겠으면 요리코, 이렇게 하자. 약속해."

가나코는 그렇게 말하며 가방에서 주머니를 꺼내더니, 그 안에서 하얀 실을 꺼냈다.

그리고 요리코의 손을 잡고는, 가늘고 예쁜 손가락으로 그 실을 손목에 묶어 주었다.

심장의 고동이 빨라진다.

"이걸 풀면 안 돼. 이건 인연의 끈이라는 주문이거든. 이제 너는 나야."

"우린 영원히 함께하는 거구나."

이 얼마나 멋진 공상인가.

자신의 인생이 언제까지 이어질지는 알 수 없지만, 그 인생이 끝난 후에 요리코는 가나코로 다시 태어나, 가나코로서 인생을 보내는 것이다. 그리고 이전에 가나코였던 자신과 만나는 것이다.

머릿속이 녹을 것만 같은 행복의 순환계.

요리코는 그날 밤, 가나코와 헤어진 후에도 구름 위를 걷는 듯 둥실둥실한 기분이 들어 땅에 발이 닿지 않는 것만 같았다. 요즘 귀찮아지기 시작한 어머니도 조금은 좋아질 것만 같은 기분이 들었다.

요리코의 어머니는 히나 인형[4]의 머리를 만드는 일을 한다. 젊었을 때는 꽤 아름다운 사람이었다.

아버지의 얼굴을 모르는 요리코에게, 한동안은 어머니가 세상의 모든 것이었다.

어머니만큼 아름다운 사람은 알지 못했고, 어머니만큼 상냥한 사람은 존재하지 않았다.

그러나 자라남에 따라 어머니의 아름다움은 남자를 밝히는 음란한 용모로, 상냥함은 억지로 애정을 팔아넘기는 뻔뻔스러움으로 그 모습을 바꾸었다.

전쟁 당시나 전후(戰後)의 힘든 시절에 여자 혼자서 아이를 키우는 일은 보통 고생이 아니었을 것이다. 요리코도 그건 알고 있다. 그러나 설령 그렇다 하더라도, 어머니에게는 필요 이상으로 남자들이 많이 드나들었다.

그건 어쩔 수 없는 일이다.

---

4) 여자아이가 있는 집에서 아이의 성장과 행복을 기원하는 히나마쓰리(3월 3일) 때, 부정이나 재앙을 아이 대신 받게 하기 위한 인형.

그러나 요리코가 무엇보다 싫어한 점은 어머니가 날이면 날마다 늙어간다는 사실이었다. 매끈했던 피부는 어느새 버석버석 마르고, 탄력 있던 얼굴에 주름이 새겨져 간다. 부드러웠던 손가락은 마디가 두드러지고, 머리카락에 백발이 섞인다. 어머니의 온기는 술 냄새나는 남자들의 체온을 이기지 못한다. 어머니는 시시각각 추해져 간다.

달빛을 받지 않아서 그렇다.

자연을 거스르며 살아가는 가나코와는 너무나도 다르다.

그래서 요리코는 가나코와 친해진 후에는 더욱더 어머니가 싫어지게 되었다.

——하지만 오늘 밤은 다르다.

가나코의 내세를 품고 이 세상에 태어나게 해 준 어머니가, 조금은 좋아졌다.

밤늦게 돌아온 요리코를 어머니는 귀찮다는 듯이 맞아 주었다.

처음에는 꾸지람을 꽤 들었지만, 요즘은 그런 일도 없다.

요리코는 어머니에게 가나코가 얼마나 멋진지를 신이 나서 이야기했다.

어머니에게 가나코에 관해 이야기하는 것은 처음이었지만, 어쨌든 누군가에게 이야기하지 않을 수 없었던 것이다. 그러나 어머니는 무관심했다.

"요리코, 밤에 여기저기 돌아다니는 게 학교에 알려지면 좋지 않잖니. 모두 그 아이 탓이었구나. 그런 불량한 아이와는 사귀지 말아다오. 아무리 성적이 좋아도 너무 심하구나. 대체 어떤 집 아이일까? 부모 얼굴을 한번 보고 싶구나."

어머니는 요리코 쪽은 보지도 않고 그렇게 말했다.

"너무해요. 엄마, 유즈키에 대해서 그렇게 말하지 마세요. 아무리 엄마라도 용서하지 않을 테니까. 나는 무슨 말을 듣더라도 유즈키하고는 친구로 지낼 거예요. 아니, 가나코 말고는 친구라곤 없다고요! 가나코는 나의——."

가나코는 나의 전생이란 말이에요——요리코는 격앙했다.

요리코가 어머니에게 감정적인 태도를 보이는 경우는 드물었다.

과거에는 한 번도 없었던 일이다. 요리코는 오른팔에 있는 인연의 끈을 왼손으로 눌렀다.

돌아본 어머니의 얼굴은, 화장이 반쯤 지워져 있어 몹시 추했다.

"무슨 바보 같은 소리를 하는 거니! 너 역시 그 이상한 아이에게 물이 든 거야. 엄마를 생각한다면 그런 불량한 짓은 할 수 없을 텐데. 엄마가 얼마나 고생해서 너를 그 학교에 보내줬는지, 너도 알잖니! 그런데 그런 말을 하는 거니? 네가 학교에서 퇴학이라도 당한다면 엄마는 세상 사람들의 웃음거리가 될 거야. 모처럼 한 고생이 모두 물거품이 된다고."

늘 이런 식이다. 고생해 준 건 고맙지만, 그걸 가지고 생색을 내는 것은 질색이다. 지금까지도 참아왔다. 밤중에 요리코가 학교에서 입은 상처를 핥고 있을 때, 엄마는 대체 뭘 하고 있었던가.

"가나코는 엄마처럼 더럽지 않아. 엄마처럼 추해지지도 않아요. 달빛을 받아서 언제까지나 나이를 먹지 않는다고요. 엄마는 몰라요. 난 엄마처럼 늙어가기는 싫어요!"

요리코는 그렇게 외치며 방으로 뛰어들어가, 장지문을 탁 닫았다. 당연히 어머니는 뒤를 쫓아왔다.

"요리코, 너 왜 그러니?"

"얘기하고 싶지 않아요. 나가세요."

"나이를 먹지 않는다니, 무슨 꿈같은 소리를 하는 거니! 그런 건 인간이 아니라 요괴나 망량이라고!"

"나가요!"

두 사람 사이의 골은 그렇게 깊어지고, 그 후 요리코는 어머니와 거의 말을 하지 않게 되었다.

어머니도 그날부터 요리코가 밤에 외출하는 것에 대해서 적극적으로 말리지 않게 되었다. 지금까지도 요리코는 그렇게 엄격하게 주의를 받았던 것은 아니다. 요리코가 밤에 집에 없는 편이 그녀에게도 좋았기 때문일 것이다. 그렇게 생각했다.

그런데 망량이란 뭘까?

그 의미만은 물어보고 싶다고, 요리코는 생각했다.

그러나 아무래도 어머니와 말을 할 수는 없었다.

그런 나날이 한 달쯤 이어졌을까.

밤 산책에서 돌아와 보니 남자가 있었다. 히나 인형의 몸을 만드는 사사가와라는 남자다. 사사가와는 요리코를 보자 별로 움찔하는 기색도 없이, 오히려 뻔뻔스러울 만큼 불손한 태도로 말한다.

"요리코, 어머니를 너무 슬프게 하지 마라. 매일 밤마다 여기저기 쏘다니지 말고, 어머니의 마음도 조금은 이해해 드려."

어머니는 요리코와 눈이 마주치지 않도록 아래를 보고 있다.

요리코는 대답을 하는 대신 술에 그을린 거무스름한 덩어리 같은 남자를 노려봐 주었다.

"뭐냐, 그 태도는!"

사사가와는 충혈된 눈과 몹시 추악한 얼굴을 붉히며 고함쳤다.

"그게 남의 이야기를 듣는 태도냐!"

왜——왜 자신이 이 추한 남자에게 야단을 맞아야 하는 건지, 요리코는 전혀 이해할 수 없었다. 어머니는 아무 말도 하지 않고, 태도와 표정만으로 남자를 말렸다. 조금 당황한 어머니의 화장하지 않은 그 얼굴은, 역시 매우 추했다.

그 후로 사사가와는 자주 집에 있게 되었다. 그리고 어머니는 전혀 화장을 하지 않게 되었다.

사사가와는 그날 밤처럼 고함치거나 하지는 않았지만, 늘 뭔가 말하고 싶은 듯이 흐릿하게 탁해진 눈으로 요리코를 노려보았다.

집은 학교보다도 더 싫은 장소가 되었다.

사사가와는 물론이고, 화장을 하지 않는 어머니는 요리코에게 기분 나쁜 이방인에 지나지 않았다.

천인오쇠(天人五衰)라는 말을 들은 적이 있다. 천계에 사는 천인은 하계의 인간처럼 괴로워하거나 슬퍼하지 않는다. 그러나 그런 천인도 역시 머잖아 쇠해간다고 한다.

우선 머리의 화관(花冠)이 시든다. 아름다운 옷에 먼지며 때가 낀다. 겨드랑이 밑에서 땀이 난다. 눈이 침침해진다. 그리고 왠지 즐겁지 않아진다. 그저 그뿐이다.

그뿐인데 천인은 죽어야만 한다.

요리코는 생각한다.

그럼 인간은 어떨까. 어머니는 어떨까. 그리고 가나코는──.

가나코에게는 오쇠조차 찾아오지 않는 걸까.

그렇다면 가나코는 천인조차 초월한 것이다.

그에 비해 어머니는,

어머니는 태어난 그대로 죽어야 한다.

1학기가 끝났다. 요리코의 가슴은 불안으로 가득했다. 방학이 되면, 그동안 가나코와 만나지 못하게 된다. 그리고 그 집에 있어야만 하게 된다.

"요리코."

가나코가 말했다.

"어때? 호수라도 보러 가지 않을래? 아주 멀리 있는."

"호수?"

"마지막 열차를 타고 갈 수 있는 데까지 가는 거야. 노숙해도 좋지. 밤이 되면 또 마지막 열차를 타. 어딘가 멀리 있는 호수를 향해서. 그리고 밤의 호수에 비치는 달을 보는 거야."

얼마나 멋진 광경일까.

달이 비치는 밤의 호수. 죽음이 지배하고 있는 정적의 세계. 바다는 안 된다. 바다에는 불결하고 기분 나쁜 생물들이 꿈틀거리고 있다. 그것은 산속의, 아무도 없는 호수여야만 한다. 가나코에게 어울리는 것은 생물도 없고 파도도, 소리도 없는, 그저 얼어붙은 듯이 움직이지 않는 고요한 호수뿐이다.

상상만 해도 머릿속이 녹아내릴 것 같다.

다행히 요리코의 어머니는 지난 3주 정도 매주 금요일 밤에는 집을 비웠다. 물론 사사가와도 없다. 말을 하지 않기에 어디에 가 있는 건지, 뭘 하고 다니는 건지는 알 수 없지만, 돌아오는 시각은 반드시 새벽녘이었다.

그러니 결행할 거라면 금요일이 좋다. 아무리 매일 밤마다 그런다고는 하지만, 한밤중이 지나도 요리코가 귀가하지 않으면 어머니는 의아하게 여길 것이다. 어쩌면 사사가와가 쫓아올지도 모른다. 중간에 붙잡히기라도 하면 끝장이다. 되도록 멀리까지 가기 위해 시간을 벌 필요가 있다.

여름방학의 세 번째 금요일이 그날로 정해졌다.

그날까지 2주 동안은 계속 방에 틀어박혀 있었다. 방에서 나가 봐야, 거실에는 기분 나쁜 히나 인형의 머리나, 머리 없는 몸이 굴러다닐 뿐이었다.

그리고 그날이 왔다.

6시가 지나서 사사가와가 데리러 오자, 어머니는 외출했다. 요리코는 그 모습이 완전히 보이지 않게 된 것을 확인하고 나서 집을 나섰다.

무엇을 입고 갈지 고민했지만 결국은 교복을 입었다. 그편이 어울릴 것 같았기 때문이었다.

역 앞에서는 이미 가나코가 기다리고 있었다. 역시 교복 차림이다.

"야."

가나코는――.

왠지 지쳐 있었다.

그리고 믿을 수 없게도, 가나코의 눈은 울어서 붉게 부어 있었다. 조금 전——요리코가 오기 직전까지——울고 있었던 것이 분명하다.

할 말이 없었다. 요리코는 침묵했다.

"자, 가자."

묘하게 밝은 목소리로 가나코가 말한다. 울음 섞인 목소리였다.

요리코는 당혹스러운 기분으로 뒤를 따른다. 개찰구를 지난다. 플랫폼은 텅 비어 있고 사람의 모습은 없었다. 가나코는 타박타박 발소리를 내며 홈 끝으로 나아갔다. 그리고 오렌지색 전등 밑에 멈추어 섰다.

왠지 가나코에게는 어울리지 않는 색깔이다. 달빛의 맑은 빛과 달리, 그 인공적인 탁한 빛은 가나코의 영혼까지 흐리게 만들어 버릴 듯 보였다. 그런 공포감이 요리코를 오싹오싹하게 감쌌다.

요리코는 가나코의 뒤쪽에 비스듬히 섰다.

"요리코——."

등 뒤에서 나무들이 술렁거렸다.

요리코의 귓속에서는 그 외국 음악이 희미하게 울리고 있었다.

등뼈 언저리에 고여 있던 그 음악이다.

"요리코, 나는 아마 이제——."

가나코의 목덜미 아래쪽에 작은 그늘이 보였다.

사마귀일까?

멍? 아니다.

그것은 여드름이었다.

여드름?

여드름이.

※

"여드름이."

"그건 들었어."

"가나코의, 목덜미에."

"그러니까 그다음을 말해 보란 말이야. 그다음에 어떻게 됐는지를 묻고 있잖아, 아가씨."

기바 슈타로의 초조함은 그때 임계점에 달하려 하고 있었다.

눈앞에 있는 소녀의 이야기는 지리멸렬하고 두서도 없었고, 아니, 그 이전에 소녀가 하는 말 대부분은 기바에게는 그야말로 외국어와 같아서, 그다지 명확하게 이해할 수가 없었던 것이다.

기바는 후회하고 있었다. 이런 귀찮은 일에 휘말리게 될 줄 알았다면, 막차 시간을 신경 쓰며 어중간하게 일을 마무리 짓지 말고, 차라리 밤샘을 각오하고 서류를 처리하는 편이 나았을지도 모른다. 현재 자신이 놓여 있는 불편한 상황에 비하면 딱딱한 휴게실 소파에서 선잠이라도 자는 편이 훨씬 나았다.

소녀는 예쁘장한 얼굴을 하고 있었다.

머리를 땋아 내리고, 당연한 일이지만 화장기 없는 얼굴. 갓 태어난 갓난아기를 연상시키는 매끄러운 피부. 농염함과 순진함이 동거하는 불가사의한 생물. 앞으로 5년이나 10년만 지나면 상당한 미인이 될 것이다. 그것은 기바도 알았지만, 그렇다고 그게 뭐 어떻다는 것도 아니었다.

학생증을 보니 소녀는 구스모토 요리코. 열네 살이다. 기바는 올해로 서른다섯 살이다. 20년이라는 세대 차이는 서로의 말이 통하지 않기에는 충분한 시간차일 것이다.

아니, 그런 것이 아니다.

기바는 생각한다.

불편한 것은 오히려 이 소녀가 여자가 되어 가고 있기 때문이다.

기바는 이성과 이야기를 잘 나누지 못하는 성격인 것이다. 물론 여성공포증인 것은 아니기에 사회생활에 지장이 있는 건 아니지만, 기바 자신에게 그것은 어느 쪽이건 마찬가지였다.

언제부터 이렇게 되었을까.

그런 생각을 한다. 그러자 더욱더 소녀의 말은 멀리 동떨어져, 그녀가 무엇을 호소하고 있는지 전혀 알 수 없게 되었다.

"그, 아가씨에게 피해자——가나코인가 하는 그 아가씨가 얼마나 소중한 친구인가 하는 것은 알았고, 왜 그런 시간에 역에 있었는지도 대충 알았어. 문제는 그다음이란 말이야."

"알다니, 우리가 어째서 호수에 가고 싶었는지 아셨단 말씀이세요?"

"아니, 그건 그러니까——."

그건 알 수 없었다.

"아무래도 상관없는 일이라니까."

"아무래도 상관없는 일이 아니에요. 아무래도 상관없는 일 같은 건 없다고요."

울리고 말았다. 아까부터 몇 번을 울렸는지 모른다. 그때마다 이야기는 같은 부분을 뱅뱅 맴돌아서, 아무리 해도 중요한 부분에는 이를 수 없었다.

그리고 지금 다시 ── 소녀 ── 구스모토 요리코는 어깨를 떨며 흐느껴 울고 있다. 혼란스러운가 보다. 그도 그럴 것이다. 조금 쉬게 해 주는 게 좋을지도 모른다. 아무리 시간이 지나도 달려오기는커녕 연락조차 닿지 않는 요리코의 보호자에게, 기바는 조금 화가 나 있었다. 그뿐만이 아니다. 반죽음의 중상을 입고 생사의 경계를 헤매고 있는 피해자 ── 유즈키 가나코의 가족에게도 아직 연락이 되지 않은 것이다.

고개를 숙이고 우는 소녀의 어깨 너머 유리창에 가로등이 흐릿하게 비친다.

사건 ── 사고일까? ── 이 일어난 현장이다.

기바는 진저리가 나서, 크게 한숨을 쉬었다.

기바는 도쿄 경시청 형사부 수사1과 소속의 형사다. 도시마 구(區)[5] 관할서에서 본청으로 배속이 바뀐 지 반 년쯤 되었다. 지난달 초순, 관할서에 있던 시절에 담당했던 미해결 사건이 생각지도 못한 기괴한 전개로 종결되어, 기바는 지난 한 달 동안 그 뒤처리에 매달려 왔다.

5) 도쿄 23구 중 하나. 부도심 중 하나인 이케부쿠로가 있는 상공업지·주택지.

기바에게는 마음이 무거운 사건이었다.

체포해야 할 범인은 죽고 말았고——게다가 범인은 악인이 아니었던 것이다.

직업군인이었던 기바에게, 전쟁의 종결은 단순히 '적(敵)의 상실'에 지나지 않았다.

기바에게는 그런 자각이 있다.

기바는 황국주의자도, 우익사상의 소유자도 아니었고 전쟁찬미자라는 생각도 없었지만——그러나 천황의 방송이 울려 퍼진 순간부터 명확한 〈적〉을 잃고만 기바는, 분명히 당혹스러워하고 있었다. 물론 전쟁이라는 행위가 얼마나 어리석은지, 평화로운 시대가 얼마나 멋진지를 기바는 잘 알고 있었지만, 그래도 왠지 불편한 기분을 씻어낼 수 없었던 것이다.

정치적인 것, 윤리적인 것, 철학적인 것. 평화로운 시대를 떠받치고 있는 논리는 설령 옳다 하더라도, 복잡하고 미묘한 것이다. 명확하게는 아니더라도 그 점은 기바도 이해하고 있다. 이해는 하지만 어쩔 수 없다. 적과 아군, 선과 악이라는 이원론적 단순 구조만이 기바에게는 편안한 세계라는 점도 분명한 것이다. 그래서 기바는 제대 후의 직업으로 경찰관을 선택했다.

경찰이란, 법을 어긴 자와 제도에서 삐져나온 자를 단속하고, 지도하거나 적발하는 사람이다. 기바는 그렇게 인식하고 있다.

거기에는 불확실한 것이라곤 없다. 경관에게는 법률을 지키고 법률을 따르는 것만이 정의이고 선이다. 그리고 법을 어기는 것만이 악이고, 다시 말해 그것은 적이다.

경관의 시야에는 준법자와 위법자의 구별밖에 없다. 명확했다. 게다가 여기에서만은, 전쟁 때처럼 어제까지는 죽어라 미워하던 영국과 미국 같은 적들, 하룻밤이 지나고 나니 좋은 이웃이 되어 있는 그런 맥이 빠지는 사태가 일어나는 일은 생각하기 힘들다.

갑자기 모든 죄를 덮어 주고 범죄자와 사이좋게 지내야 한다는 명령이 내려오는 일은 있을 수 없다――.

기바는 그렇게 판단했던 것이다.

그러나――미워할 수 없는 범죄자나 벌을 줄 수 없는 악인이 있다는 것을 기바는 간과하고 있었다. 그리고 실제로는 그런 사람들의 수가 훨씬 더 많았던 것이다.

기바가 지난번에 관여했던 사건은, 도저히 한 마디로는 설명할 수 없는 사건이었다. 무엇보다 기바 자신부터가 제대로 이해할 수 없었다. 따라서 뒤처리는 매우 힘들었다.

몇 번을 설명해도 상사는 이해해 주지 않았고, 검찰에 넘겨야 할 서류도 갖추어지지 않았다. 보고서니 시말서니 하는 것을 몇 번이나 다시 썼는지 모른다. 기바는 본래 뭔가 쓰는 일은 질색이었기 때문에, 늘 잔업을 하게 되었다. 본래 몸을 혹사하며 살아온 기바가, 서류를 쓰기 위해 외근조차 못 하게 된 것이다.

한 달쯤 지나자 피로는 절정에 달했다.

기바가 그 정체를 알 수 없는 권태감을 실감한 것은 헬싱키 올림픽이 어느새 끝났다는 것을 깨달았을 때였다. 기바는 그것을 꽤 기대하고 있었던 것이다.

일본은 메달을 몇 개 땄을까――기바는 그것도 제대로 몰랐다. 라디오를 들을 시간도, 아니, 신문을 훑어볼 여유조차 없었던 것이다.

이래선 안 되겠다고 생각했다.

다행히 고생한 보람이 있어서 어느 정도 끝이 보이기 시작했다. 집에 돌아가서 자자——그렇게 생각했다. 그래서 기바는 동료 아오키에게 뒤를 맡기고, 서둘러 막차에 올라탔던 것이다. 하숙집에 있는 얇은 이불이 너무나도 그리웠다.

전철의 바퀴가 삐걱거리는 소리, 침목이나 선로가 연주하는 묘한 율동이 자장가처럼 졸음을 불렀다.

기분이 좋았다.

그러나 그 좋은 기분은 갑자기 억지로 막을 내렸다.

급정차였다. 차 안은 비어 있어서, 5명이 앉을 수 있는 좌석 중앙에 진을 치고 꾸벅꾸벅 졸고 있던 기바는 벌렁 넘어져 나자빠지고 말았다.

"뭐야, 무슨 일이야? 바보 같은 놈들."

창밖을 보니 기바가 내려야 할 역——주오선[中央線][6] 무사시 고가네이 역——구내였다. 왜 이렇게 난폭하게 서는 걸까. 그러나 이렇게 잠이 깨지 않았다면 역을 지나쳐 버렸을지도 모른다. 기바는 그렇게 생각을 고치고 문이 열리기를 기다렸다.

어쨌든 사랑스러운 이불까지의 거리는 앞으로 얼마 남지 않았던 것이다.

그러나 기대와 달리 문은 열리지 않았다. 역무원인 듯한 남자들 몇 명이 심상치 않은 안색으로 홈 앞쪽을 향해 달려가는 모습이 보였다.

——사고인가?

---

6) JR동일본의 도쿄와 나고야를 잇는 철도선 중, 도쿄~다카오간(間)의 도쿄근교구간을 통칭 중앙선이라고 부른다.

곧 사고를 알리는 방송이 나왔다. 다행히 차체는 거의 홈에 들어가 있어서, 문은 1분 정도 지나자 열렸다. 기바는 현장으로 향했다. 미타카 사건——연속적으로 일어난 철도 관련 범죄가 뇌리를 스쳤다. 흥미 때문이라기보다는 경관의 본성에서였을 것이다.

어디에서 몰려왔는지, 그래도 일고여덟 명의 구경꾼이 멀찍이서 현장을 둘러싸고 있다. 오렌지색 전등이 켜진 전신주 밑에 교복을 입은 소녀가 주저앉아 있었다. 역무원이 계속해서 일으켜 세우려고 하지만, 아무래도 다리가 풀린 모양이다. 교복은 눈에 익었지만, 기바는 그 옷이 어느 학교의 교복인지 몰랐다.

기바는 구경꾼의 담을 헤치며 그곳으로 다가갔다. 의아한 얼굴의 역무원에게 경찰수첩을 보여주며 신분을 알린다. 역무원의 굳어진 표정이 갑자기 안도의 빛을 되찾았다.

"사고인가? 자살? 아니면."

"그건 모르겠습니다만——형사님——이 어떻게?"

"우연히 저 전철에 타고 있었소. 소방서와 경찰에는 연락했나?"

"예. 지금 오고 있을 겁니다."

몇 명의 역무원들이 들것에 실은 피해자를 선로에서 끌어올렸다.

"아니, 멋대로 움직여도 되는 거요?"

"아니오, 그게——형사님, 저 사람은 아직 숨이 붙어 있습니다. 살리지 않을 수는 없잖아요."

"시체가 아닌가?"

그렇다. 이것은 살인사건이 아닌 것이다. 살인과의 기바는, 감식반이 올 때까지는 완전한 상태로 현장을 보존해야 한다고 멋대로 생각하고 있었던 모양이다.

"아, 자살미수였군."

"아니오——그건 아직 모릅니다. 목격자는 이 아이뿐인데, 이런 상태라서——얘야, 어쨌든 저쪽으로 가자."

역무원은 소녀의 팔을 잡아당겼지만, 소녀는 흐물흐물하게 무너지며 일어설 기색을 보이지 않는다. 소녀는 들것 위의 피해자——피해자도 소녀인 듯한데——를 공허한 눈으로 바라보고 있었다.

"저 아이는 아가씨 친구야?"

기바가 묻자 소녀는 말했다.

"전생이에요."

기바는 들것 쪽으로 다가가 다시 수첩을 보여주고 나서, 부상자의 상태를 살폈다.

"어때, 괜찮나?"

피로 더러워진 작업용 장갑을 벗으면서 역무원은 땀을 닦았다. 이마에 땀과 진흙이 묻었다.

"아니, 위험하지 않을까요? 꽤 심한 것 같습니다. 빨리 구급대가 와 주지 않으면, 이대로는, 우리로서는 손을 쓸 수가 없어요."

"어떤 상태인데?"

"무사한 것은 머리뿐입니다. 정차 직전이라 속도가 떨어져 있었으니 그나마 다행이었지만요. 보통 같으면 완전히 찌부러지지요. 그렇게 되지 않아서 다행입니다. 그렇게 되면 뒤처리가 힘들거든요."

기바는 누워 있는 소녀를 보았다. 팔과 다리가 부자연스럽게 꺾여 있다. 뼈가 부러진 모양이다. 코와 입에서 피가 나고 있었다. 그 외에는 깨끗하다.

——목숨은 건질지도 모르겠군.
그렇게 생각했다.
그때, 갑자기 기바의 등줄기에 뭔가가 달렸다.

이 소녀는——.

아는 소녀 아닌가? 이 눈. 이 코. 이 얼굴은 어디선가 본 적이 있다.
그런 생각에 쫓겨, 기바는 다시 부상자의 얼굴을 보았다.
얼마나 아름다운 얼굴인가. 기바가 아는 사람 중에 이렇게 아름다운 소녀는 없다.
그러나——낯이 익었다.
여성과 커뮤니케이션하는 데 서툰 기바에게는 애초에 여자 친구라는 것은 존재하지 않는다. 기바가 아는 여자는 무시무시한 여경이나 악마 같은 범죄자, 또는 고인(故人)——시체뿐이다.
그러나 이 소녀는 낯이 익었다.
물론 자신의 어머니나 여동생도 아니다. 아는 사람의 아내나 가족도 아닌 것 같다.
——친구 추젠지의 아내와 닮았나?
아니, 닮았다고 할 만큼 비슷하지도 않다.
어디선가 보았을 뿐인가?
그런 생각을 하고 있는 사이에 주위는 갑자기 소란스러워졌다. 정신을 차려 보니 들것은 운반되어 나가고, 몇 명의 남자들이 현장검증을 시작하고 있었다. 낯익은 경관 제복의 모습도 있었다.
"이제야 왔나?"

시간이 시간인 만큼 사람이 없었나 보다. 경관인 듯한 사람은 한 명밖에 없다. 나머지는 역무원과 철도 공안직원일까. 그중, 기바 쪽을 힐끔힐끔 보면서 역장인 듯한 인물과 이야기를 하던 남자가 다가왔다. 남자는 철도 공안직원이라는 신분과 이름을 밝히고는 묻는다.

"본청 형사님이시라면서요? 죄송하지만 잠깐만 협조해 주시겠습니까? 아무래도 뒤처리와 현장검증으로 시간이 좀 걸릴 것 같으니까요. 시간도 이렇다 보니 손이 모자라서 말이지요. 죄송하지만 보호자가 올 때까지 저 소녀를 부탁해도 되겠습니까?"

"무슨 수상한 점이라도 있나? 듣자하니 사고라면서?"

기바가 그렇게 말하자, 남자는 살짝 목을 움츠리고 나서 뺨의 근육을 흠칫흠칫 경련시키며 대답했다.

"그렇다면 좋겠지만, 그렇지 않은 경우에는 곤란하잖습니까. 어쨌거나 한 명밖에 없는 목격자가 저 지경이니까요. 이런 시간이라도 장소가 역이다 보니 꽤 사람이 출입합니다. 지금 구내에 있는 사람만이라도 신원을 확인해 둬야죠. 아니, 우연히 이 자리에 계셨던 분께 거기까지 도와달라는 말씀은 안 드리겠지만, 같은 공직에 있는 사람으로서——."

"알았네, 알았어."

기바는 남자의 말을 가로막았다. 은근히 무례하다는 건 이런 남자를 두고 하는 말이다. 대체 사건 발생으로부터 시간이 얼마나 지났는데, 이제 와서 남아 있는 사람들을 조사한다고 무슨 소용이 있단 말인가. 만일 이게 살인사건이었다면——아직까지 현장에 남아 구경하고 있는 범인이 있다면 꼭 한번 뵙고 싶을 정도다. 게다가 이런 소녀를 감시하는 것 정도라면 누구나 할 수 있는 일이 아닌가.

그러나 기바는 관계상 싫다는 말도 못하고, 결국은 역장실에서 소녀와 거북한 한때를 보내게 되었다. 따라서 굳이 사정을 묻거나 할 필요는 전혀 없었다. 기바는 그냥 감시만 하고 있으면 되었던 것이다. 그러나 아무래도 직업병이 도진 모양이다. 기바는 말을 건 것을 몹시 후회하고 있었다.

그리고 구스모토 요리코는 다시 울고 있다.

그 소녀——유즈키 가나코는 살았을까?

그 얼굴. 그냥 어디서 본 것뿐일까? 그렇다면 대체 어디에서 보았을까?

머리에 흐릿하게 안개가 끼어서, 애매한 기억들은 전혀 체계적으로 움직여 주지 않는다. 시계는 오전 2시를 지나고 있었다. 잠은 오지 않았지만 눕고 싶었다.

개구리 소리가 난다. 이 근처는 늘 이렇다.

"엄마는——안 오실 거예요."

갑자기 요리코가 말했다.

"어째서?"

"안 계세요. 어디에 계시는지도 모르고요."

"왜 그 말을 먼저 하지 않았어! 아가씨는 계속 나랑 둘이서 아침까지 여기에 있기라도 할 생각이었나?"

"말했어요! 말했어요, 저는."

그러고 보니——들은 듯한 기분도 든다. 어머니에게는 남자가 있다는 이야기였던가.

"어쨌거나 그럼——그럼 어쩔 수 없지. 난 돌아가야겠다."

“저어——.”

“걱정하지 마. 역무원에게 부탁해서 학교에 연락을 취해 달라고 할 테니까. 선생님한테라도 데리러 와 달라고 해.”

기바는 일어서서 크게 하품을 했다.

“학교는 지금 여름방학이라 아무도 없어요.”

여름방학이라고? 기바의 하품은 도중에 멈추었다. 엄청나게 기분이 나빠졌다.

“가나코는——살아 있나요? 가나코를 만나게 해 주세요. 가나코를, 가나코를.”

요리코는 비틀비틀 일어나서 기바 쪽으로 걸어왔다.

“어이, 나는 우연히 현장에 있었을 뿐이야. 이제 돌아갈 거라고. 그 소녀는——.”

어디에서 봤을까?

기바는 다시 한 번 그 소녀를 만나보고 싶어졌다.

소녀는 기바에게 매달렸다.

기바는 역장실을 나가, 줄자를 들고 어슬렁거리고 있는 경관을 붙잡고 가나코가 어떻게 되었는지 물었다.

“글쎄요, 이제 근처 병원에 도착했을 것 같은데요.”

당연하다. 아직도 도착하지 않았다면 틀림없이 죽었을 것이다.

“글쎄요가 뭔가? 그런 건 나도 알아. 자네는 관할서 경찰인가? 제대로 된 대답 좀 못하겠어?”

경관은 목을 움츠리고 경직했다.

기바가 위협적으로 나가면 상당한 박력이 있다. 양아치 정도라면 노려보기만 해도 아주 간단히 떨게 만들 수 있다. 특히 오늘 밤에는 스트레스와 수면 부족이 그 무서운 얼굴을 한층 더 무섭게 만들었을 것이다.

"저, 저는 역 앞 파출소의 후쿠모토 순사입니다. 어, 어쨌든 철도 사고 처리는 처, 처음이라서, 익숙하지 않다 보니 그, 어느 분께 지시를 받으면 될지 전혀——."

"아아, 알았네. 알았어."

기바도 철도 사고에 입회한 적은 없다. 뒤처리하는 사람은 역무원 등 국철 직원이고, 거기에 소방서나 경찰은 물론, 철도 공안직원이라는 것까지 있어서 누가 무슨 일을 하는 건지 잘 알 수도 없다.

특히 이번과 같은 심야 사고의 경우는 긴급 연락이 잘되지 않기 때문에 당장 사람 모으기도 어렵다. 조직적인 움직임을 취하기 어려우므로 명령 체계도 혼란스러워지는 것은 어쩔 수 없는 일이다.

그러나 사고라면 다행이지만, 이것이 만일 범죄라면 초동수사에 지장을 초래할 위험은 충분히 있다. 아니, 초동수사가 제대로 되지 않고 있다는 것은 아까 이미 안 사실이었다.

"어때, 사고인가? 자살인가? 살인인가?"

그렇게 묻고 나서 깨닫는다.

그거야말로 자기 등 뒤에 달라붙어 있는 소녀가 한 마디만 하면 쉽게 알 수 있는 일이다.

기바는 너무나도 속이 타서 소리를 지르고 싶은 충동에 쫓겼다.

"그것은, 저어, 저는 모르겠습니다."

진전이 없다.

기바는 별수 없이 사정을 설명했다.

"이 목격자 아가씨 말이야. 아무래도 보호자는 오늘 밤 집에 돌아오지 않아서 연락이 되지 않는 모양이야. 하지만 보다시피 제대로 말도 못하는—— 아니, 말은 잘하지만—— 어쨌거나 혼란스러워하고 있고, 혼자 집에 돌려보낼 수도 없잖나. 그러니 우선 피해자가 있는 병원에 데려다 주려고 하는데, 허락을 받아 주겠나? 조사는 다른 날 하는 게 좋겠지."

"수, 수고가 많으십니다. 고, 곧 허락을 받아올 테니 잠시 기다려 주십시오."

후쿠모토 순사는 긴장한 나머지 몸을 돌리다가 고꾸라질 뻔하더니, 자세를 고치고는 달려 나갔다.

기바는 그렇게 무서운 얼굴을 하고 있었던 모양이다.

후쿠모토는 곧 돌아왔다.

"아, 일단 신원은 학생증을 확인해서 알고 있으니 괜찮다고 공안관께서 말씀하셨습니다. 저어, 병원은 미타카 쪽에 있는 병원인데——."

"그렇게 긴장하지 말게. 나는 경찰관이야. 자네 동료라고. 그보다 피해자의 가족과 연락은 됐나?"

"예? 예. 아까 됐습니다. 아마 지금쯤은 병원에—— 아, 공안관께서 그렇게."

"그런 말은 일일이 하지 않아도 돼."

그렇다면 안심이다. 이 소녀도 그쪽 부모에게 맡겨 버리자.

뒷일은 자신이 알 바 아니다.

기바는 시선을 슬쩍 뒤로 보낸다. 요리코는 기바의 등 뒤에 숨듯이 몸을 움츠리고 있었다.

기바는 소녀의 태도를 신경 쓰고 있다는 사실을 들키지 않으려고 되도록 천천히 시선을 돌린다. 후쿠모토 순사가 기바의 안색을 살피듯이 고개를 갸웃거린다. 그리고 위압적인 동업자의 기분을 상하게 하지 않으려고 모기만 한 소리로 머뭇머뭇 발언했다.

"저어."

"기바다. 기바 형사. 걱정하지 않아도 그렇게 높은 사람은 아니야. 순사부장이다."

"예에, 기바 씨, 지금 지원 인력이 도착해서 인원이 충분해졌습니다 —— 시간이 벌써 이렇게 되었으니, 괜찮으시다면 제가 병원까지 데려다주도록 ——."

"철도 공안관이 그러라고 하던가?"

그 말을 듣고 보니 아까보다 사람 수도 늘었다. 경관도 서너 명은 있었다. 그러나 왠지 석연치가 않다. 그래도 사람이 충분하다면, 본래 지나가던 기바가 그렇게까지 해 줄 것은 없다. 기바는 사람이 부족하다는 이유로 협조를 요청받았을 뿐이다. 말하자면 호의로 돕고 있는 것이다. 차라리 이 소녀를 후쿠모토 순사에게 맡기고 돌아가 버릴까? 여기에서 하숙집 이불까지는 걸어서 정확하게 13분이니까.

그러나 후쿠모토 순사의 얼굴을 본 순간, 기바는 말을 꺼낼 수 없게 되고 말았다. 후쿠모토는 강아지 같은 얼굴을 하고 있다. 기다리라는 말을 들은 강아지 같은 얼굴이다. 한심하다. 경관은 잡역부가 아니라고. 역 구내라 해서, 상대가 제복 차림의 젊은 순사라 해서, 철도 공안과 녀석들은 경관을 실컷 부려 먹고 있는 것처럼 느껴진다. 기바는, 이번에는 몹시 화가 치밀었다.

"—— 고생이 많겠지만 잘 부탁하네."

기바가 그렇게 말하자 후쿠모토 순사는 꼬리라도 흔들듯이 허리를 흔들며 기운차게 달려갔다.

기바는 후쿠모토 순사가 돌아오기 전에 수사1과에 전화를 걸어 보았다. 산더미 같은 일을 떠맡기고 온 젊은 동료――아오키는 아직 작업하고 있을지도 모른다. 아니나 다를까, 젊은 동료는 아직도 일하고 있었다. 기바는 사정을 짧게 이야기했다.

"그러니까 내일은 출근이 늦어질 거야. 과장님께 전해 줘."

"선배님도 운이 없으시군요. 하긴 파트너가 된 저도 운이 없지만."

아오키는 졸린 목소리로 그렇게 말했다.

인기척 없는 개찰구를 지난다. 역 앞 로터리에는 경찰차 2대와 지프 1대가 아무렇게나 세워져 있다. 그 외에는 아무것도 없다. 요리코는 양손으로 자신의 어깨를 껴안고 가늘게 떨고 있었다. 계절은 한여름이다. 기바는 살짝 땀을 흘리고 있었지만, 소녀는 한여름에 얼어붙어 있었다.

달이 밝게 빛나고 있다.

기바와 요리코는 동시에 달을 올려다보았다. 가로등보다도 밝았기 때문이다. 요리코는 약간 안심한 듯한 얼굴을 했다.

후쿠모토의 안내를 받아, 기바는 복잡한 심경으로 지프 뒷좌석에 올라탔다. 요리코는 한 마디도 하지 않고 조용히 고개를 숙이고 있을 뿐이다. 후쿠모토는 말이 없고 다루기 어려운 두 사람에게 완전히 질려 버린 것 같았다.

거리도 완전히 잠들어 있다. 그래서 더욱 조용했다.

그저 개구리 소리만 시끄러울 뿐이다.

"저어, 출발해도 될까요——?"

"자네가 무슨 택시 운전수야? 좀 더 경관답게 거만하게 행동해 보란 말이야."

주위가 조용하다 보니, 기바가 작은 목소리로 한 충고는 거의 협박에 가까웠다. 소심한 젊은 순사는 말이 끝나기를 기다려 급출발했다.

대체 어디에서 잘못된 걸까.

기바는 생각한다.

이대로 가다가는 오늘 밤에는 사랑스러운 이불과는 만나지도 못할 것 같다. 실컷 잠을 잘 생각이었는데, 전생에 무슨 죄를 지었는지 스무 살이나 차이 나는 어린 소녀와 심야의 드라이브를 하고 있다.

몹시 더웠다. 조수석 창문으로 개구리 소리가 섞인 미지근한 공기가 침입해 온다. 창밖은 캄캄하다. 시내이긴 해도 이 주변은 시골이나 다름없다. 가로등도 거의 없다.

기바의 집은 고이시카와[小石川]에서 석재상을 경영하고 있다. 집에는 부모님과 누이동생 부부가 살고 있다. 도시마 구 관할서에서 근무할 때는 집에서 다녔지만, 본청으로 배속된 것을 계기로 집을 나왔다.

그러나 그 일은 단순한 계기에 지나지 않을 뿐, 내심으로는 동생 부부에 대한 배려의 마음이 다분히 있었다. 기숙사에 들어갈 수 있는 나이도 아니었고, 독신이었기 때문에 하숙집을 찾았다. 그러나 쥐꼬리만 한 월급을 받는 경찰관으로서는 그렇게 사치를 부릴 수도 없었다.

적당한 물건이 좀처럼 없어서 곤란해 하던 차에 셋방 얘기를 듣게 되었다. 먼 친척뻘 되는 노부인이 2층을 빌려주고 싶다는 것이었다. 전쟁으로 남편을 잃고, 자신도 넘어져 다리를 다친 후로 마음대로 움직일 수 없어서, 세상이 어수선하니 품행이 단정한 사람에게 방을 빌려주고 싶다——는 얘기였다. 경관인 기바는 품행이 단정하다는 점에서는 적임자였다.

그렇게 해서 고가네이[小金井]에 살게 된 지 반년이 지났다.

사쿠라다몬[桜田門][7]에 다니기에는 불편하지만, 아무것도 없는 시원시원한 거리는 꽤 마음에 들었다.

아무것도 없다고는 하지만 요코가와 전기의 공장터는 게이오 대학 공학부가 되었고, 몇 년 전에 사범학교를 통합하여 생긴 도쿄 학예대학 등도 있어서 학생들은 꽤 많다. 그리고 이른 봄이면 다마가와 상수[玉河上水][8]의 벚꽃을 보기 위해 꽃놀이 인파가 몰려든다. 그것은 엄청나게 떠들썩한 광경이라, 기바도 깜짝 놀란 기억이 있다. 인구도 서서히 늘어나고 있다.

그러나 기바가 이곳을 마음에 들어 하는 이유는 달리 있다.

여성이라는 이름이 붙는 것과는 도무지 인연이 없는 기바이지만, 사실 딱 한 명 마음에 두고 있는 여성이 있는 것이다. 물론 짝사랑이고, 아니, 짝사랑이라고 하기에도 뭐한 것이——어쨌거나 상대는 영화배우였으니 말이다.

---

7) 에도 성의 내곽문 중 하나로, 성 남서쪽에 위치한다. 경시청이 사쿠라다몬 정면에 있기 때문에 사쿠라다몬이 경시청의 별명이 되었다.

8) 도쿄 서부에 있는 하무라 시에서 다마가와 강의 물을 취수해, 신주쿠 구 요쓰야까지 약 50킬로미터에 달하는 용수로이며, 에도 시대의 상수도로 사용되었다. 1965년에 요도바시 상수장이 폐지될 때까지 사용되었다.

정신이나 성격이 얼굴에 변화를 가져온다——그럴 수도 있을 것이다.

그러나 그 반대의 경우도 있다. 기바는 진심으로 그렇게 생각한다. 어린 시절의 기바는 남자아이치고는 드물게 그림 그리는 것을 좋아하는, 게다가 신경질적이기까지 한 아이였다. 고지식했고, 주산이 특기였다.

어디에서 잘못된 걸까. 자신이 좀 더 가냘픈 체격이었다면, 조금만 더 귀여운 얼굴이었다면 지금의 자신은 없었을 것이다——기바는 그렇게 생각한다. 그런 본질 따위는 날려버릴 만큼 기바의 체격은 강건하고, 용모는 괴이했다.

바늘처럼 굵은 머리카락. 이상하게 튀어나온 아래턱. 네모난 얼굴에 탄탄한 몸. 바라건 바라지 않건 상관없이, 외모가 기바를 그에 어울리는 남자로 키워냈다. 섬세함이나 고지식함을 잃어버린 것은 아니지만, 주위 사람들이 기바에게 그런 섬약한 성질을 기대한 적은 한 번도 없었다.

게다가——시대도 좋지 않았다.

그 탓도 분명 있을 것이다. 기바는 그런 생각도 한다. 전시라는 불행한 시대에 청춘 시절을 보내야 했던 젊은이의 대다수가 기바와 같은 착각을 하고 있었던 것은 사실일 것이다. 여자와 말을 하면 약해진다——그런 말을 진심으로 믿은 것은 아니라고, 기바는 딱 잘라 말할 수가 없었다.

그러나 그것만은 아니다.

역시 기바는 서툰 것이다.

친구들을 생각해 보면 그렇게 생각할 수밖에 없다.

예를 들어 전우(戰友) 세키구치 다츠미는 우울증에 대인공포증까지 있는, 시원찮은 풍채의 소설가다. 그러나 우울증에다 대인공포증인 그도 연애를 하고, 결혼도 했다. 비뚤어지고 꼬치꼬치 따지기 좋아하고 세상과 동떨어진 고서점 주인 교고쿠도, 즉 추젠지 아키히코. 그는 처음 만났을 때 이미 아내가 있었다.

미남도 아니고 부자도 아닌 시원찮은 놈들이 어떻게 배우자가 될 여성들과 만난 걸까. 어떻게 지낸 걸까. 기바는 그것을 알 수가 없다.

만남을 모르겠다. 사귀는 방법을 모르겠다.

대체 그들은 그들의 아내가 된 여성들과 무슨 이야기를 했을까?

기바는 농담이 통하는 남자고, 용모에 비해서는 언변도 교묘한 편이다. 그 탓인지 아닌지는 몰라도, 기바는 물장사하는 여자들에게만은 단연 인기가 있었다.

형사라는 직업상 그런 여자들과 접할 기회는 많다. 그리고 본래 남의 이야기를 잘 들어주는 기바는, 그다지 행복하다고는 할 수 없는 그녀들의 인생에 관해 이것저것 알아내는 것이 특기였다. 기바는 어떨 때는 동정하고, 어떨 때는 설교하고, 또 어떨 때는 그녀들을 위해 같은 입장에 서서 열심히 노력했다. 그러다 보니 기바는 변두리 술집의 작부나 창부들에게 꽤 인기가 있었다. 그리고 그녀들의 술 냄새나는 숨결은 억센 기바의 피부에 묘하게 친숙했다.

그러나 그것은 연애와는 조금 달랐다. 일의 연장이었다.

물론 기바도 나뭇등걸에서 태어난 것은 아니므로 성인군자처럼 살아갈 수 있을 리는 없다. 깊은 관계를 맺은 여자도 없는 것은 아니다. 직업상 그렇게 도가 지나친 행동을 할 수도 없었지만, 몇 년 전까지는 자주 유흥가에 다니곤 했다.

이상하게도, 상대가 물장사하는 여자일 때면 기바는 순간 마치 속박에서 풀려난 듯 편하게 행동할 수 있었던 것이다. 그러나 상대가 보통 여자일 때는 도무지 잘 되지를 않았다.

아니, 물장사하는 여자라도 가게에서 나가기만 하면 결국 마찬가지였다. 그것은 기바에게 있어, 작부니 창부니 하는 여자들에게 붙은 레테르와 형사라는 직함 사이에서 생겨난 유사연애에 지나지 않았던 것이다.

아니, 연애뿐만 아니라 일상생활에서도 그랬다.

범죄자, 피해자, 여경, 점원, 친구의 아내, 가족, 타인——그런 레테르가 붙어 있을 때는 전혀 아무렇지도 않다. 그러나 막상 그것이 떨어지고 나면, 기바는 갑자기 여자들 앞에서 돌처럼 굳어져 버리는 것이었다.

나는 내용물이 들어 있지 않은 과자 상자와도 같다——.

기바는 그렇게 생각한다. 상자는 튼튼하고, 바깥에서 가하는 자극에는 꽤 잘 버틴다. 표면에는 이름이나 선전 문구가 세상 사람들을 향해 예쁘게 인쇄되어 있다. 그러나 막상 뚜껑을 열면 비어 있다. 상자는 내용물이 있어야 상자이고, 빈 상자의 존재 이유가 어디에 있는 건지 기바는 잘 모른다.

그렇다고 어떻게 살아야 내용물이 채워지는 건지 아는 것도 아니다.

기바는 35년 동안 딱히 대충대충 살아온 것도 아니지만, 결과적으로 바깥 상자의 종이를 두껍게 하거나 그 위에 직함을 적어 넣어 왔을 뿐이었는지도 모른다.

그렇게 생각하자, 자신의 투박하고 네모난 얼굴은 꼭 상자처럼 보였다.

누가 그 상자의 텅 빈 속을 들여다보면 곤란하다. 여자라는 생물은 하나같이, 금세 그 안을 들여다보고 싶어 한다. 아무래도 여자라는 존재들은 상자의 겉만 보여주는 것으로는 성이 차지 않나 보다. 안에는 뭐가 들었느냐고 물으면, 기바는 대답하기가 곤란해지는 것이다. 그러므로 직함이 붙지 않은 존재와 만나거나 교제하는 것은, 기바에게는 몹시 어렵고 귀찮은 일이리라.

그래서 기바는 무의식중에 그것을 피하고 있는 건지도 모른다.

그러나 그것도 제삼자가 억지로 만나게 해 버렸다면 어떻게든 되었을지도 모른다——기바는 그런 생각도 한다. 실제로 몇몇 동료나 지인들은 나름대로 어울리는 상대와 선을 보아, 불평을 하면서도 행복하게 살고 있다. 하지만 기바의 가족이나 친척들은 적령기가 넘은 아들에게 부지런히 혼담을 가져오는 종류의 인종이 아니었던 것이다. 그래서 기바는 맞선이라는 것도 본 적이 없었다.

그렇다고 부모나 친척을 원망하는 것도 잘못일 것이다.

그래서, 어느새 기바는 만나거나 교제하는 일이 절대로 불가능하다는 것을 전제로 하는 연애밖에 못 하는 남자가 되었다.

——굴절되어 있다.

진심으로 그렇게 생각한다. 아니, 자신이 특별히 이상한 사람이라거나, 평범하지 않다고 생각하는 건 아니다. 누구나 깊이 파헤쳐 보면 이 정도의 굴절은 있다. 기바도 범죄자를 쫓아 뛰어다닐 때는 그런 생각은 하지도 않는다.

이런 날, 이런 상황이기 때문에 더욱 그렇게 생각하는 것이다. 옆에 앉아 있는 소녀의 하얀 옆얼굴을 보면, 자신이 몹시 지저분하게 생각되어 굴절은 그 정도를 더해 간다.

기바가 그 여배우——짝사랑 상대와 만난 것은, 당연한 일이지만 활동사진 속에서의 일이다.

기바는 영화를 자주 본다.

지난 2, 3년 동안, 영화업계는 꽤 활기를 띠게 되었다.

한국전쟁이 시작되었을 무렵, 소위 레드 퍼지(red purge)[9]로 영화계에서 추방당한 사람들이 작년쯤부터 차례차례 독립 프로덕션을 설립해 영화를 만들기 시작했다. 그것이 업계 전체의 활성화에 박차를 가하게 되어, 대규모 프로덕션들도 속속 신작을 제작했다. 그리고 왠지 수입도 좋았다.

작년에는 구로사와 아키라의 '라쇼몽'이 외국의 무슨 상을 받았고, 국산 총천연색 영화라는 것도 등장했다. 외국영화의 수입통제도 해제되어 명작이 차례차례 개봉되었다. 변두리의 작은 극장에서도, 옥석이 섞여 있긴 했지만 언제나 신작을 상영하고, 영화는 시간 때우기라기보다 확실하게 민중오락의 왕자라는 지위를 획득했다.

기바가 서양 영화를 즐겨 본다는 사실에 많은 지인들은 기이하다는 시선을 보낸다. 기바가 무슨 뼛속까지 국수주의자라도 되는 듯 착각하고 있는 모양이다. 아무래도 기바의 상자 같은 얼굴에는 그렇게 쓰여 있나 보다. 그러나 실제로는 전혀 그렇지 않아서, 올해 봄에는 '꼭대기 층 관람석의 사람들'을 두 번이나 봤고, 9월에는 게리 쿠퍼의 새 서부극이 상영된다고 해서 기대하고 있는 중이다. 결국, 서양 영화든 일본 영화든 재미만 있으면 뭐든지 좋았다.

9) 1950년 GHQ(연합국 최고사령관 총사령부)의 지도로 정부·기업이 행한, 일본 공산당원과 그 동조자에 대한 일방적 해고.

그러나 기바가 특히 좋아한 영화는, 진부하고 뻔한 권선징악의 사극 영화였다.

기바는 역사물을 좋아했다. 어릴 때부터 그랬다. 물론 당시의 남자 아이들이 모두 그랬던 것처럼 강하고 지위가 높은 군인이나 대장을 동경했지만, 기바는 그 이상으로 두꺼비를 탄 지라이야[児雷也][10]나 검술의 달인 미야모토 무사시 등을 보면 가슴이 두근거렸다. 권선징악의 명쾌함이 좋았던 건지도 모른다. 황당무계함으로 현실을 잊고 싶었던 건지도 모른다.

아무래도 분명치 못하고 모호한 세상에서, 선과 악이라는 단순한 구조를 부끄러움 없이 내세우는 역사물은, 성장한 후의 기바에게도 안도감을 주었던 것이다. 따라서 경관이 되고 나서는 더욱 사극 영화를 보러 가는 횟수가 늘었다.

기바가 그 아가씨를 처음으로 본 것도 —— 역시 사극 영화였다. '속편 · 여인동심 / 철면조 혈풍록'이라는 삼류 오락 역사활극이다.

속편이라는 말이 붙었으니 본편도 있다. '여인동심'이라는 영화는 분명히 있었고, 기바도 그것은 보았다. 어느 번(藩)[11]의 가로(家老)[12]의 딸이 사정이 있어 동심(同心)[13]에게 맡겨졌는데, 그 동심이 음모에 휘말려 살해당하고 소녀는 키워준 부모의 원수를 갚지만 원수는 친아버지였다는, 굳이 말하자면 눈물을 자아내는 비극적인 내용이었다.

---

10) 에도 시대의 독본이나 가부키 등에 등장하는 괴도. 중국 명대의 소설 속 도적으로 문에 '自來也'라는 글씨를 남기고 가는데, 이것을 번안한 인물이다. 두꺼비 요술을 쓴다.

11) 에도 시대 다이묘의 지배영역 및 지배기구의 총칭.

12) 무가(武家)의 중신으로, 집안의 여러 가지 일을 주재하고 집안을 통솔하는 사람. 또는 그 직명. 에도 시대에는 한 번(藩)에 여러 명이 있었으며, 대부분은 세습이었다.

13) 에도 막부의 하급관리. 서무나 경찰의 일 등을 맡아 했다.

비극적이고 인정 넘치는 이야기를 원래 좋아하는 기바는, 완전히 완결된 이야기가 대체 어떻게 이어질 것인가 하고 기대하며 보러 갔지만, 어린 아가씨가 악인을 징벌한다는 기본 설정만 같고 결국 전혀 상관없는 줄거리의 전혀 다른 이야기였다.

게다가 주연 여배우도 다른 사람이었다. 은막에서 본 적도 없는 신인이었다.

나중에 들은 이야기에 의하면, 주연 여배우가 너무 유명해져 버려서 그런 삼류 작품에는 나가지 않겠다고 떼를 쓰는 바람에 급히 신인을 기용하게 된 모양이다. 그러고 보니 '여인동심'의 주연이었던 여배우는 요즘 여기저기에서 얼굴을 보게 되었다.

그러나 이 발탁은 뜻하지 않은 결과를 가져왔다. 신인은 얼굴은 귀여웠지만, 연기도 서툴렀고 대사도 마치 책 읽는 것 같았다. 게다가 원래 스토리가 황당무계를 뛰어넘어 유치하다고 생각될 정도의 수준이었기 때문에 영화 자체는 졸작이었지만, 소녀가 포승줄을 들고,

"악당아, 이제 끝장이다."

라고 말하는 것이 묘하게 멋있어서, 그 부분만 좋았다.

확실히 그 장면만은 매우 인상적이었다. 크게 확대했을 때의 얼굴이 누군가를 닮은 듯한 기분이 들었기 때문일 거라고, 기바는 생각하고 있었다. 그때는 추젠지의 아내를 조금 닮았다고 생각했지만, 나중에 생각해 보면 그렇게 닮지도 않았던 것 같다. 입술 오른쪽 밑에 사마귀가 있는 게 왠지 요염했다.

그것이 여배우——미나미 기누코와의 만남이었다.

아니, 만남도 교제도 있을 수 없는, 그렇기 때문에 더욱 안심할 수 있는 연애——의 시작이었다.

그 영화 하나로 미나미 기누코는 일약 인기 여배우가 되었다.

그 후 기누코는 몇 개의 오락작품에 계속해서 출연했고, 기바는 그것들을 전부 다 보았다.

부끄러워하면서도 사진도 샀다. 지금도 수첩에 끼워져 있다.

그러나 무엇 때문인지, 그 후 기누코의 주가는 점점 올라갔다. 이윽고 기누코는 잠깐 사이에 문예대작의 주연 자리를 맡을 만큼 인기가 상승했다. 나쓰메 소세키의 '산시로[三四郎]'[14]가 영화화되면서, 기누코는 사토미 미네코 역을 따낸 것이다. 제작도 배급도 감독도 모두 일류였다.

미나미 기누코는 스타가 되었다.

그러나 인기가 절정에 달한 바로 그때, 미나미 기누코는 갑자기 은퇴하고 말았다. '산시로' 개봉 직후——작년 여름의 일이었다. 기바는 슬픈 기분이 들지는 않았지만 기쁠 리도 없고, 그렇다고 실연한 것도 아니라서 복잡한 심경이었다.

1년 후, 기바는 생각지도 못한 곳에서 그녀의 이름을 보았다. 사건 자료를 위해 산 삼류 잡지에 미나미 기누코의 소식 기사가 실려 있었던 것이다.

——실종 여배우의 애욕의 나날.

저속한 제목이다. 그러나 내용은 그렇게 천박한 것이 아니라, 미나미 기누코의 갑작스러운 은퇴의 진상은 사귀는 사람과 사랑의 도피를 한 거라는 사실, 현재는 무사시노 부근에 그 사람과 둘이서 은거하고 있다는 사실 등이 쓰여 있었다.

---

14) 1908년에 발표된 나쓰메 소세키의 소설. 구마모토에서 상경한 대학생 고가와 산시로와 사토미 미네코의 담담한 연애를 중심으로, 도쿄의 풍속이나 메이지 지식계급의 양상을 그린 청춘소설.

과연 믿을 만한 기사인지 아닌지는 의심스러웠지만, 기사의 내용으로 판단해 보건대 그녀가 살고 있다고 생각되는 동네는 아무래도 기바가 살고 있는 동네——즉 고가네이인 것 같았다.

좋아하는 사람에게 남자가 있었던 셈이니 낙담할 법도 하지만, 기바는 어찌 된 셈인지 흥분이 되었다. 원래 성취될 리가 없는 연심이다. 실제로 살아 있는 본인이 손이 닿는 곳에 있다고 생각만 해도 왠지 기뻤다. 조금이나마 제대로 사람이 된 기분이 들었다. 굴절되어 있다.

그때도 잠깐은 그렇게 생각했다.

그래서 기바는 고가네이가 마음에 들었다.

바지 뒷주머니에 구겨 넣어 둔 경찰수첩에는 지금도 기누코의 사진이 들어 있다. 벌써 서른이 넘은 남자가, 부끄러워할 일이라고 생각한다. 앞에서 운전하고 있는 젊은 순사가 그걸 알면 어떻게 생각할까? 분명히 비웃을 게 틀림없다. 그보다 옆에 앉아서 아래만 보고 있는 열네 살 소녀가 알게 된다면, 대체 뭐라고 변명을 한단 말인가? 그런 생각을 하면 더욱 거북해져서, 기바는 잠자코 있을 수밖에 없었다.

결국, 차 안은 계속해서 침묵이 지배하고 있었다.

기바는 요리코를 곁눈질로 바라본다. 그리고 모르는 척하는 얼굴로 기누코의 사진을 떠올린다.

미나미 기누코——.

기누코?

그렇다. 기누코를 닮았다.

어디선가 본 것이 아니다.

유즈키 가나코는 미나미 기누코와 꼭 닮았던 것이다.

그것을 깨달았을 때, 차는 병원에 도착했다.

차 바깥은 역시 무더웠지만, 개구리 소리는 나지 않았다. 기바는 기누코에 대한 굴절된 마음과 가나코의 무참한 모습을 겹치듯이 떠올린다.

등골이 오싹했다.

가나코는 살아 있을까?

개인병원은 아니지만 그렇게 큰 병원도 아니다. 물론 밤이라서 병원 전체의 모습은 알 수 없었다. 그러나 중상을 입은 사람에게 긴급하게 최선의 처치를 할 수 있을 만한 설비가 갖추어진 시설이라고는 도저히 생각할 수 없었다.

예의 정도로만 켜져 있는, 빈사의 반딧불처럼 약한 야간조명등 불빛에 긁힌 듯한 비상구 글씨가 떠올라 보인다.

기바는 망설임 없이 그쪽으로 향했다. 요리코가 뒤를 따른다. 한마디도 하지 않는다. 기척도 내지 않는다. 그저 희미하게 공기의 진동이 전해져 올 뿐이다. 아직도 떨고 있나 보다. 기바는 바지 뒷주머니, 라기보다는 거기에 꽂혀 있는 경찰수첩을, 아니, 거기에 끼워져 있는 기누코의 사진을 등 뒤에 있는 소녀의 시선에 드러내고 있는 듯한 기분이 들어서, 자기도 모르게 오른쪽으로 비켜서서 요리코를 먼저 지나가게 했다.

기도하는 듯한 비장한 표정으로, 요리코는 말없이 기바를 앞질러 갔다. 그 뒤에는 후쿠모토가, 역시 아까와 똑같이 강아지 같은 얼굴로 멍청하게 서 있었다.

기바는 후쿠모토에게도 먼저 가라고 고개를 흔들어 지시를 보냈다. 후쿠모토는 자신의 코끝을 가리키며 화들짝 놀라 눈을 부릅떴다. 두 사람을 데려다주고 나서 곧바로 돌아갈 생각이었을 것이다. 그러나 위압적인 기바의 표정에 순식간에 모든 것을 깨달은 듯한 소심한 젊은 순사는, 말없이 빠른 걸음으로 기바 앞을 지나쳐 갔다.

기바는 두 사람을 먼저 보내고 나서도 엉덩이 부근의 꺼림칙함을 씻어낼 수가 없었다.

돌아보니 달이 빛나고 있었다.

달의 시선을 느끼고 있었던 것이다.

복도에는 아무도 없었다. 비상등 이외의 조명은 켜져 있지 않았다. 복도 모퉁이를 돌자, 간호사 대기실인 듯한 방에서 불빛이 새어 나오고 있었다.

숙직실인지도 모른다. 노크를 하고 문을 열자 중년의 야윈 간호사가 혼자서 차를 마시고 있었다.

"가족이세요?"

"아니, 경찰이오."

기바는 수첩을 보이는 대신 후쿠모토를 가리켰다. 후쿠모토가 목례를 한다. 간호사는 후쿠모토에게는 눈길도 주지 않고 요리코에게 시선을 보냈다.

"그쪽은? 여동생인가요?"

"아니, 친구요."

기바가 그렇게 말하자 간호사는 조금 의아한 얼굴을 했다.

간호사의 안내로 세 사람은 계단을 내려가, 조금 후미진 대기실 같은 곳으로 들어갔다.

8명 정도가 앉을 수 있는 의자가 5줄 놓여 있다. 오른쪽에는 큼직한 문이 있었는데, 간호사는 그곳을 가리키며,

"수술 중입니다. 여기에서 기다려 주세요. 가족분이 오시면 모셔올 테니까요."

라고 말했다.

돌아가려고 하는 간호사를 불러세운다.

"현재 상태——는? 살 수 있을 것 같소?"

"살지 못할 것 같은 사람은 수술하지 않아요. 하지만."

간호사는 천천히 고개를 기울였다.

"우선 응급처치를 할 수 있을 뿐이에요. 이곳의 설비로는. 당장 더 큰 병원으로 옮겨서 치료하지 않으면——새벽까지 버틸 수 있을지 없을지."

그것밖에 버티지 못한다면 살 거라는 말은 할 수 없지 않은가. 기바는 그렇게 생각했다.

"어쨌든 저는 부상자가 도착했을 때 봤을 뿐이라서 정확하게 말씀드릴 수는 없지만, 대퇴골과 상완골 골절 외에 척추, 골반의 복합골절, 그리고——쇄골과 늑골도 부러진 것 같았으니까 폐에 손상을 입었을까 봐 걱정이지요. 복부는 내출혈이 심해서, 아마 내장파열——아니, 어느 장기인지는 열어보지 않으면 알 수 없지만——머리가 무사한 것이 무엇보다 다행이었습니다. 아아, 친구가 있는데 이런 이야기를 해 버려서——미안해요. 지금 선생님들이 열심히 처치하고 있으니까 걱정하지 말아요."

할 말은 다 해 놓고 걱정하지 말라니. 방금 그 이야기를 들으면 아무리 의학 지식이 없는 사람도 불안해질 게 뻔하다. 다행히 요리코는 혼란에 빠져 있어서 간호사의 이야기를 제대로 이해하지 못하는 것 같다. 아니, 오히려 간호사의 말 따위는 전혀 들리지 않는 듯이, 고집스럽게 침묵을 지킬 뿐이다.

"어쨌든 지금은 할 수 있는 일을 하고 있습니다. 옮길 병원도 지금 찾고 있고요. 가족분들께도 그렇게 전해 주세요. 수술이 끝난 후에 선생님께서 정확한 설명을 하시겠지만요."

사마귀 같은 간호사는 그렇게만 말하고 가 버렸다.

더욱 거북해졌다.

기바는 가슴주머니를 뒤져 담배를 찾았지만, 공교롭게도 찾아낸 담뱃갑 속은 비어 있었다.

상자를 꽉 구긴다. 후쿠모토 쪽을 힐끗 보지만, 둔한 강아지 같은 남자는 어떻게 하면 좋을지 몰라 그저 앉아 있을 뿐이다. 물론 요리코가 담배 같은 걸 가지고 있을 리도 없다. 요리코는 눈도 깜박이지 않고 양쪽 어깨를 껴안은 채, 역시 말없이 앉아 있다.

기바는 별수 없이 바지 뒷주머니에 손을 댔다. 왠지 현실감이 없다. 자신이 왜 여기에 있는 건지, 여기에서 무엇을 하고 있는 건지, 목적의식이 희박했다. 무언가 정체를 알 수 없는 것에 쫓기고 있는 듯한, 그렇다, 영화의 등장인물이라도 되어 버린 듯한 비현실감. 기바는 주머니 속의 기누코를 생각했다. 몹시 불길한 예감이 주머니 속에 충만했다.

그때, 뚜벅뚜벅하고 매우 크게 울리는 발소리가 들렸다.

기바가 발소리가 나는 방향으로 얼굴을 돌리자, 키가 크고 자세가 좋은 남자가 이쪽으로 다가오는 참이었다. 또 한 명, 기바에게는 비현실세계의 인물이 갑자기 등장한 것이다.

어둠이 끝나면서 남자의 얼굴이 뚜렷해진다. 이목구비가 무척 화려한, 길쭉한 얼굴의 남자였다.

은테 안경에 고급스러워 보이는 양복을 단정하게 갖춰 입고 있다.

"당신은?"

남자는 기바 앞에 멈춰 서서 빠른 말투로 물었다. 고압적인 말투다. 기바는 발끈했다.

"자기 이름도 대지 않는 상대에게 신분을 말할 필요는 없지. 그쪽이야말로 대체 누구요? 부상자의 가족인가?"

거만한 말투라면 경찰의 특기다. 대개는 이러면 한발 물러난다.

그러나 남자는 전혀 동요하지 않았다.

"사정이 있어서 이름과 신분을 밝힐 수는 없소. 관계자——라고만 해 둘까. 그런데 유즈키 가나코가 사고를 당했다는 건 사실인가? 사실이라면 상태는 어떻소? 그 사람은 정말로 유즈키 가나코 본인이 맞겠지?"

"신분도 밝히지 않는 놈한테 그런 걸 일일이 가르쳐줄 정도는 아니야. 그게 사람에게 질문하는 태도냐?"

"아무리 봐도 한가해 보이는데. 게다가 그쪽이야말로 그 거만한 말투는 대체 뭐지? 아마 당신은 경찰이겠지. 정말이지, 경관이라는 자들은 어째서 이렇게 예의도 신분도 모르는 걸까. 당신들은 공복(公僕)이야. 공복이라는 것은 공공의 종복이라는 뜻이지. 당신은 우리들 민간인의 종복이란 말이요. 웬 잘난 척이지?"

몹시 빠른 말투이긴 했지만, 막힘없고 분명한 발음의 말이다. 게다가 표정 하나 바꾸지 않는다. 그 기계적인 말투는 기바에게 한층 고압적인 인상을 주었다.

이런 녀석은 불편하다. 아마 이 남자는 고학력자일 것이다. 후쿠모토가 앞에 있기도 하다. 기바는 고함치고 싶은 기분을 억누르고, 될 수 있는 한 정중하게 대응하자고 생각했다.

"분명히 경관은 공복이지. 하지만 당신의 종복인지 아닌지는 알 수 없어. 당신이 법을 어기지 않는 선량한 일반 시민이라는 증거는 아무것도 없으니까 말이야. 상대가 경찰이라는 걸 알면서 이름을 대지 못하는 수상한 신분의 남자에게는 설명할 수 없다는 소리야."

기바는 말하고 나서 스스로도 재미있어서 웃을 뻔했다.

어디가 정중한 대응이냐. 입에서 나오는 말을 전혀 억제하지 못하고 있다. 남자는 만들어 붙인 듯한 무표정한 얼굴을 한 채, 한숨을 쉬며 안경을 밀어 올렸다. 그때, 남자의 옆구리 너머로 당황해서 달려오는 또 한 남자의 모습이 보였다.

"가, 가나코는, 가나코는."

또 다른 남자는 달려오자마자 서 있는 남자를 향해 숨을 헐떡이며 그렇게 물었다.

얼굴이 창백하다.

안경을 쓴 남자는 무뚝뚝하게 기바를 노려보며 말했다.

"음, 이쪽에 계시는 형사님은 꽤나 심술궂어서 말이지. 아무것도 가르쳐주질 않는군."

또 다른 남자는 울 것 같은 얼굴로 기바와 후쿠모토, 그리고 요리코를 차례대로 둘러보았다.

구깃구깃한 노타이셔츠에 무릎이 튀어나온 코듀로이 바지를 입고 있다. 졸린 듯한 눈을 한, 하얀 피부에 나이를 짐작하기 힘든 남자다.

"저, 저기, 가나코는."

"당신은 누구요? 당신도 신분을 못 밝히나?"

"저, 저는 아메미야, 아메미야 노리타다라고 합니다. 유즈키 가나코의, 그, 보호자입니다."

"보호자? 보호자라니, 성이 다르잖소. 부모가 아니오? 형제나 뭐 그런 건가?"

"아뇨, 그, 그게 사정이——."

"아메미야 군. 분명하게 신분을 밝히지 않는 한, 여기 계시는 형사님은 가나코 씨의 소식은 고사하고 생사 여부조차 가르쳐주지 않겠다고 하네. 이 나한테도 안 된다고 할 정도니, 자네처럼 자신의 결백을 증명하지 못하는 인간과는 말도 해주지 않을 거야. 뭐, 조만간 의사가 나올 테니 그때까지 기다려 보라고."

"마, 마스오카 씨, 그렇지만——."

마스오카라고 불린 안경 쓴 남자는 잔뜩 비꼬는 말을 남기고 기바 일행의 세 줄 뒤에 있는 의자에 걸터앉았다. 아메미야라고 자신을 소개한 남자는 쭈뼛거리며 침착하지 못하게 주위를 둘러보고, 다시 울 것 같은 목소리로,

"마스오카 씨."

하고 불렀다. 마스오카는 몸을 움직여 자리를 비워주며, 앉으라고 아메미야를 재촉했다. 그러나 아메미야는 그 동작이 그런 뜻인 줄 알아채지 못한 듯, 양손으로 자신의 몸 여기저기를 분주히 만지고는 다시 한 번,

"마스오카 씨!"

하고 불렀다. 마스오카는 답답하다는 듯이 그 모습을 보며,

"앉게, 아메미야 군. 그보다 요코 씨는 어떻게 됐지?"

하고 물었다.

"요코 씨는 입구에서, 그, 간호사와."

"간호사가 있었나? 실수했군. 거기에서 물어볼 걸 그랬어."

마스오카는 분한 듯이 혀를 찼다. 아무래도 아까 그 간호사를 만나지 못하고 직접 이리로 온 듯하다.

"요리코, 저 사람들 모르니?"

후쿠모토가 아주 작은 목소리로 요리코를 향해 속삭였다. 지금 찾아온 두 사람을 모르느냐는 뜻이리라. 요리코는 말없이 두 번쯤 고개를 가로저었다.

시계 소리가 난다. 기바는 새삼 머리를 숙이며 두 사람에게 말을 걸 수도 없어서, 덕분에 그 자리는 최고조로 숨 막히는 환경이 되었다. 오늘 밤은 정말 최악의 밤이다.

벽에 걸린 괘종시계가 3시 30분을 알린 그때였다.

기바의 오늘 밤의 비현실세계를 완결시키기 위해, 1막의 마지막 등장인물이 엄숙하게 무대에 등장했다.

"아메미야 씨, 가나코는──."

여자의 목소리였다.

아메미야는 대답하지 않았다. 아니, 대답할 수 없었던 걸까?

"마스오카 선생님, 저어──이분은?"

"경찰입니다."

마스오카가 빠른 말투로 대답한다.

여자는 기바 일행 앞으로 와서,

"안녕하세요——수고가 많으십니다——."

라고 말하며 깊이 머리를 숙였다.

"밤늦게 폐를 끼쳐서 죄송합니다. 유즈키 가나코의 가족입니다. 이렇게 큰일이 벌어져서——책임을 느끼고 있습니다."

기바도, 후쿠모토도, 그리고 요리코도 일제히 그쪽을 보았다.

여자가 머리를 든다.

그 얼굴이,

그 여자는,

미나미——미나미 기누코——다.

기바는 굵고 거친 손가락으로 자신의 눈을 비볐다.

"저는——저어——유즈키, 유즈키 요코라고 합니다."

"당신, 미, 미나——."

기바는 물을 수 없었다.

잘못 보았을 리가 없다. 미나미 기누코다.

심장이 입에서 튀어나올 것 같다.

바지 뒷주머니는, 수첩 속의 사진은 제대로 있을까?

어째서, 어째서 기누코가 여기에 있는 건지 이해할 수가 없다. 혼란스러웠다.

"다다, 당신은 여배우 미나미 기누코 씨——."

무신경한 후쿠모토는 염치도 없이 그렇게 말했다. 아마도 강아지 같은 얼굴로.

"그렇지요? 아아, 역시 그렇군요."

정말로 그런 걸까? 여기에 있는 사람은 미나미 기누코일까? 굴절된 자신의 망상은 아닐까? 수면 부족과 스트레스가 뒤섞여, 기바는 정신이 아득해질 듯한——그렇다, 정신이 아득해질 듯한 황홀감을 느꼈다.

"그 이름은 이제 쓰지 않고 있습니다."

기누코——요코는 그렇게 말했다.

"저는 유즈키 요코, 가나코의——."

마스오카는 물끄러미 여자를 바라보고 있다.

"유즈키 가나코의 언니——입니다."

마스오카는 심술궂게 씩 웃으며 일어섰다.

그리고 유즈키 요코——라고 스스로를 소개한 여자 뒤에 서서 그녀의 어깨를 툭 쳤다.

"형사님, 어떻습니까? 지금 막 가족이 도착했습니다. 이쪽은 가나코 씨의——언니라고 하니, 이제 자세히 설명해 주실까요? 다친 사람은 유즈키 가나코 본인이 틀림없지요? 사고 경위는? 현재의 상태는?"

귀신의 목이라도 벤 듯 의기양양하다.

기바는 멀어져 가는 의식을 억지로 끌어당겨, 있는 힘껏 경관답게 거만하게 대답했다. 마스오카에 대한 적개심이 가세해 주었다.

"유즈키 가나코라고 쓰여 있는 학생증을 가지고 있었으니까요. 같이 있던 이 아이도 틀림없다고 했소. 아가씨, 틀림없지?"

요리코는, 이번에는 분명히 고개를 끄덕였다.

그러나 요리코의 시선은 가나코의 언니에게 못 박혀 있어서 다른 것은 보이지 않는 것 같았다. 아까 전부터 요리코는 넋이 나간 상태다.

"사건이 발생한 곳은 주오선 무사시 고가네이 역의 홈이오. 가나코——양은 전철이 들어와 멈추기 직전에 떨어졌소."

"왜죠?"

"조사 중이오. 사고인지, 자살인지——."

"살인일 가능성도 있다는 거요?"

마스오카는 도전하는 듯한 어조로 기바에게 따져 물었다.

"있는 거요? 이봐 당신, 말해 봐!"

흥분해 있다.

"그러니까 조사하고 있다니까."

"그 아이는 같이 있었지요? 아가씨, 봤나요? 사고 때 그 자리에 있었습니까? 그렇다면 가르쳐주지 않겠어요? 가나코 양은 실수로 떨어진 건가요? 아니면 뛰어내린 건가요? 설마 떠민 사람을 본 건 아니겠지요."

마스오카는 역시 빠른 말투로, 약간 흥분하면서도 정확한 발음으로 요리코에게 물었지만, 요리코는 눈을 꼭 감고 아래만 보다가 급기야 흐느껴 울기 시작했다. 역장실에서 보인 것과 같은 반응이다.

"마스오카 씨."

기누코, 아니, 요코가 마스오카를 달랬다. 눈에는 눈물이 당장에라도 떨어질 듯이 고여 있다. 목소리는 떨리고 있었다.

"형사님, 저도 여쭤보고 싶습니다. 가나코에게——누군가가 위해를 가했을, 그, 가능성이——있나요?"

기누코가 기바에게 직접 말을 걸었다.

의식은 다시 천천히 멀어지기 시작한다. 귀에 익은 목소리였다. 틀림없다. 이 사람이 바로 그 미나미 기누코인 것이다. 스크린에 비추어진 허상도, 인화지에 찍힌 초상도 아니다. 실제의 기누코는 생각하던 것보다 훨씬 몸집이 작고 가냘픈 여성이었다. 그렇다, 여배우라는 칭호가 없는 만큼 더욱 작게 보이는 것이리라.

기바는——당황했다.

절대로 찾아올 리가 없었던 만남이, 아무런 전조도 없이 찾아오고 만 것이다.

왜 더 긴장하지 않는 걸까? 왜 더——.

상자 속은 텅 비어 있는데, 뚜껑이 열려 버린다.

"현장검증이 끝날 때까지는 단언할 수 없어요. 이 소녀가 제대로 증언할 수 있게 된다면 또 모르겠지만요. 그냥 가능성만 따지자면——가능성은 있습니다."

기바는 결국 편한 길을 선택했다.

기바는 굴절된 서른다섯 살의 남자에서, 재빨리 억센 형사로 변해 있었다.

이제 괜찮다. 상자 뚜껑을 꼭 닫고——기바는 이제 강건한 법의 수호자일 뿐이었다.

"즉 살인사건일 가능성도 있는 셈이로군."

마스오카가 억양 없이 말했다.

"살인미수사건이지. 당신이 부상자와 어떤 사이인지는 모르겠지만, 가족 앞에서 쓸데없는 말은 하지 말라고."

기바는 형사의 말투로 마스오카를 견제하고 나서, 형사의 시선으로 요코를 보았다.

요코는 한밤중에 불려 나왔음에도 불구하고 단정한 옷차림을 하고 있었다. 도저히 당황해서 뛰어온 것처럼 보이지는 않는다. 게다가 화장까지 했다. 전직 여배우의 습성 때문에 남들 앞에 나설 때는 단정하지 않으면 마음이 편하지 않은 걸까? 그래서 도착이 늦어진 걸까?

만일 그렇다면 꽤 박정한 노릇이긴 하다. 그러나 아까부터 요코의 기색을 살펴보자니, 어떻게든 평정을 지키려고 노력하고 있는 것 같긴 하지만——사실, 요코가 꽤 당황한 듯하다는 것도 분명했다.

그렇다면 옷매무새를 가다듬다가 도착이 늦었다고 생각하기는 어려울지도 모른다.

"그보다, 당신들은 하나같이 범죄에 마음이 가 있는 것 같은데, 사고나 자살일 가능성도 똑같이 존재한단 말이오. 뭔가——그렇지, 자살할 동기 같은 건 짐작 가는 데가 없소?"

기바가 그렇게 말한 순간, 요코는 오른손을 입에 대며 실로 비장한 표정을 지었다. 아메미야는 그 얼굴을 걱정스러운 듯 들여다보고, 우뚝 서 있는 마스오카를 힐끗 보고 나서,

"짐작 가는 데는——없는 것도——아니지만, 가나코는 그런 아이가——아닙니다. 자살이라니, 가장 어울리지 않는 일이에요."

라고 말했다.

"어울리느냐 안 어울리느냐 하는 문제가 아니지요. 고민이라든가, 무슨 괴로운 일이 있었던 건 아니오? 도대체 아가씨가 밤중에 집을 비웠는데도 아무도 눈치채지 못했던 거요? 만일 그렇다면, 당신들은 모두 저 아가씨에 대해서 아무것도 모르고 있었다는 뜻 아닌가?"

"그건——."
요코의 말을 아메미야가 가로막았다.
"아뇨, 그것에 대해서는 전부 제 감독이 소홀했던 탓입니다. 정말이지, 뭐, 뭐라고 사과를 드리면 좋을지. 마, 만일 가나코에게 무슨 일이 생긴다면, 나는, 나는."
"아메미야 씨. 당신 탓이 아니에요. 제 잘못이에요."
이번에는 요코가 아메미야의 말을 가로막았다.

잘 모르겠다. 이 세 사람은 어떤 관계인 걸까. 무엇보다 옆에 있는 요리코부터가, 기바가 보기에는 잘 이해할 수 없는 존재라는 건 매한가지였다. 뭐가 뭔지 통 모르겠다.
아메미야가 반쯤 울 듯한 목소리로 말했다.
"형사님, 그보다 가나코의 상태는 어떻습니까? 그 아이는 살 수 있을까요? 그 아이는 지금 어떻게——."
그렇다. 원래는 그것을 먼저 알려주어야 하는 것이다. 기바는 쓸데없는 고집을 부려 이야기를 배배 꼰 것을 약간 후회했다. 가족이라면 지금 가나코가 어떤 상태인지가 무엇보다 신경 쓰였을 것이다.

간호사에게서 들은 이야기를 가능한 한 충실하게 전했다.
요코는 아마 1층에서 그 마른 간호사로부터 똑같은 이야기를 한 번 들었음이 틀림없다. 두 손으로 입을 막듯이 하고 벽을 바라보고 있다.
아메미야는 기바가 무슨 말을 할 때마다 우우, 나 오오, 하는 오열 같은 소리를 흘렸다.

마스오카는 다른 쪽 방향을 곁눈질하면서 한 마디 한 마디 할 때마다 고개를 끄덕였다. 입 끝이 약간 치켜 올라가 있어서, 그 탓인지 조금 웃고 있는 것처럼 보인다.

요리코는 변함없이 요코를 보고 있었다. 넋이 나간 상태에 가깝다.

후쿠모토는 졸린 듯이 눈을 비비고 있다. 몇 시간 전의 기바와 똑같은 심정일 것이다. 침상이 그리운 걸까? 무엇보다 이 자리가 거북한 것이 틀림없다.

"살 수 없다――고 생각하는 게 현실적일 것 같군요."

마스오카는 변함없이 단호한 말투로 그렇게 말했다.

"무슨 말씀이세요!"

요코가 노려본다. 귀기(鬼氣)가 넘치는 시선이다.

기바도――왠지 잠자코 있을 수가 없었다.

"그렇소. 당신도 하는 말마다 사람 속을 긁어놓는 사람이로군. 간호사도――살 수 있다고 하지 않았느냐 말이야."

마스오카는 싸늘한 웃음을 띤――것처럼 보였다.

"간호사가 한 말은 살 수도 있다는 거지요. 살 거라는 말이 아니었소. 나는 희망적 관측보다 정확한 현실 인식을 중시해야 할 입장이거든. 사실 위험하다면 어쩔 수 없지. 말로 뭐라고 지껄이든 살아날 수 없는 사람은 살지 못하는 겁니다. 그야 살리고 싶기는 누구나 살리고 싶겠지요. 아까운 젊은 목숨이 꺼져 가는 것을 기뻐할 사람은 없을 테니까요."

"당신은――기뻐하는 것 아닌가요?"

요코가 말했다.

——기뻐해?

기뻐하다니 무슨 뜻일까.

"그냥 넘길 수 없는 말이로군. 지금 한 말은, 이 사람은 가나코가 죽어야 유리하다고 생각하고 있다——, 그런 뜻이오?"

마스오카는 콧방울을 벌름거리면서 약간 분노했다.

"무슨 소리야, 나는 별로."

"아뇨. 당신——아니, 당신들이 가나코를 이렇게 만든 거잖아요. 당신들이라면 이 정도 일은 간단히 할 수 있지 않나요?"

"농담은 그만하시죠. 아시겠습니까, 요코 씨? 당신은 착각하고 있어요. 몇 번이나 이야기했지만——."

마스오카는 거기에서 말을 끊고 기바 쪽을 보았다.

"——뭐, 여기에서 무슨 말을 해 봤자 소용없지만, 어쨌거나 근거 없는 억측으로 발언하는 것은 삼가 주시지요. 이곳에는 사정을 잘 모르는, 게다가 한 명이라도 더 많은 범죄자를 만들어내려고 열심히 발톱을 갈고 있는 경찰이 계시고——무엇보다 저를 모욕하는 것은 제 의뢰인까지 모욕하는 게 됩니다. 아시겠습니까, 요코 씨? 그것은——앞으로 당신을 위해서도 도움이 되지 않아요."

"앞으로——는 없다고 생각하시는 건 아닌가요? 마스오카 씨."

요코는 조용히 그렇게 말하고, 수술실로 시선을 보냈다.

마스오카는 얼굴을 찌푸리고, 검지로 안경을 밀어 올린다.

"없다——니 당신은."

"그렇다면 저는——별로 양심에 거리끼는 것도 없으니, 지금 이 경찰분에게 전부 이야기해 버려도 상관없겠군요——."

요코의 강한 시선이 마스오카를 붙들었다.

기바는 마스오카의 뺨 언저리에서 희미한 낭패의 빛을 읽어냈다.

"그렇게 결론을 서둘러 내봐야 소용없잖습니까. 다만, 이 형사님의 이야기를 있는 그대로 믿자면 말입니다. 제 보잘것없는 의학적 지식으로 판단하건대, 아가씨가 살 확률은 거의 없다고 말하고 싶을 뿐입니다. 그렇다면 그 나름대로 여러 가지 절차나 사후 처리를 해야 하니까요. 손을 써 두어야——."

변함없이 빠른 말투로, 그리고 명료한 발음으로, 그뿐만 아니라 억양 없이 마스오카는 지껄였다.

기바는 무슨 소린지 전혀 알 수가 없었다. 끼어들고 싶어도 끼어들 수가 없다.

"——자, 요코 씨, 당신에게도 가능한 일은 해 드릴 수 있도록, 저도 선처하겠습니다."

마스오카는 그렇게 말을 맺었다.

그때, 지금까지 잠자코 이야기를 듣고 있던 아메미야가 참다못한 듯이 소리를 질렀다.

"마스오카 씨! 그런——굳이 이런 때에 그런 말을 하지 않아도, 가나코는 말이죠, 지금 저기에 있고, 게다가 아직 살아 있습니다! 요코 씨의 마음도."

"지금이 아니면 언제 말합니까? 이쪽도 일각을 다투고 있단 말이오. 그러니 이런 시간까지 밤낮으로 대화하고 있는 거 아닙니까. 누가 좋아서 밤중에 일하는 것 같소? 그쪽이 고집을 부리니까 이쪽도 꼬이는 겁니다. 이쪽은 호의로 대화의 장을 마련한 거라고. 어쨌거나 가나코 양이 먼저 죽게 된다면 이 이야기는 백지화되는 겁니다. 그래서 더더욱 지금 손을 써두는 편이, 당신들을 위한 거란 말입니다."

"하지만 —— 그."

아메미야도 기바와 마찬가지로, 아무래도 마스오카 같은 인종은 대하기 힘든가 보다.

반론은 고사하고 대답조차 못 한 채, 분한 듯이 머뭇거리고 있다.

기바는 보다 못해 가세했다.

"나는 자세한 사정은 모르지만, 아무리 급하다 해도 앞으로 몇 시간만 지나면 수술은 끝나. 수술이 실패하지 않는 한, 가나코는 살아 있겠지. 의학에 대해서는 모르지만 말이야. 나는 부상자를 직접 봤어. 그때는 살 수 있겠다고 생각했다고. 어쨌든, 수술 후에 다른 병원으로 옮긴다고 했으니까, 살지 죽을지는 그 후에 얘기해도 되잖나. 그게 인정이라는 것 아닌가?"

마스오카는 부루퉁해졌다. 그리고 전혀 물러나지 않는다.

"병원을 옮긴다고 해도 —— 지금도 어떤 처치를 하고 있는지 모르겠지만 말입니다. 글쎄요."

끝까지 얄미운 남자다. 기바는 이 남자를 때리고 싶어졌다.

"아까 ——."

요코가 말했다.

"아까 밑에 있는 간호사와 이야기했는데 —— 옮길 병원은 정해 두었습니다."

마스오카가 눈을 부릅뜨고 요코를 본다.

"—— 제 단골인 —— 뛰어난 외과의사입니다."

아메미야도, 요리코도, 후쿠모토도, 그리고 기바도 요코를 보았다.

관객의 시선을 일제히 모은 채, 이미 은퇴한 아름다운 전직 여배우는 스포트라이트가 아닌, 어딘가 단정치 못한 수술실 표시등의 빛을 받으며 고고하게 서 있었다.

기바는 생각한다. 아아, 정말 지독한 밤이다. 대체 나는 무엇을 하고 있는 걸까.

이것은, 이 현실감 희박한 연극은 언제 끝나는 걸까.

"가나코를——죽게 놔두진 않겠어요."

미나미 기누코가, 유즈키 요코가 단호하게 말했다.

※

(전략)

왠지 남자가 몹시 부러워졌다.

고향 역은 낡았다. 목조 역사는 묘하게 찌부러져 있어서, 기둥은 평행사변형으로 일그러져 있다.

그 남자는 어디에서 내렸을까?

남자가 열차에 올라탄 역은 과연 어디쯤이었을까? 얼마 동안이나 함께 앉아 있었을까? 아무래도 확실치가 않다. 그 상자가 갖고 싶다.

할머니의 장례식은 검소하다.

이 지방에서는 땅에 매장하는 것이 보통이다. 할머니의 몸은 접히듯이 해서 관에 들어갔다.

마음이 불편하다. 관과 유체 사이에 틈이 생기는 것이 싫다. 좀 더 꾹 밀어 넣어야 한다. 그렇게 생각하는데, 아무도 그렇게 하지 않는다.

관 밑바닥의 테두리와 엉덩이 사이나, 야윈 허벅지와 배꼽 사이에 불쾌한 것이 들어가 버리지 않겠는가.

얼굴 주위나 가슴 언저리에 생긴 틈이 이렇게 불안한데 어쩌면 좋지?

좀 더 밀착시키지 않으면 안심할 수 없다. 꽉 채워야 한다. 꽃이든, 염주든 좋으니 무엇이든 넣으면 될 텐데.

왜 저렇게 빈틈이 많게 뚜껑을 덮는 걸까.

소리치고 싶어졌다.

우선 관이 둥근 것부터가 틀려먹었다.

상자로 해야 한다. 그리고 가득 채운다. 네 모서리까지, 공기가 들어갈 틈이 없도록 꼼꼼하게 채운다. 그래야 안심할 수 있다.

할머니가 불쌍했다. 덧없고 쓸쓸하고 어두운 흙 속에, 저런 빈틈투성이로 묻히다니.

아버지도, 어머니도 그렇게 묻혀, 불안과 뒤섞여 뼈가 되었으리라. 뼈만 남으면 더욱 틈이 생겼을 것이다. 숙부나 숙모는 왜 저렇게 무신경할까.

그에 비하면 그 소녀는 완벽하다. 상자의 크기도 적당하고, 군더더기가 없다.

훌륭할 정도로 충실하다. 몸통과 상자의 밀착도는 완벽하다. 어깨에서부터 머리나 얼굴에 걸쳐 생기는 틈은 어쩔 수 없다. 거기까지 채워 버린다면 아름다운 얼굴을 볼 수도, 대화를 나눌 수도 없게 되고 만다. 좀 불쌍하지만 참게 할 수밖에 없다.

아아, 그 남자가 부럽다. 그 상자가, 그 소녀가 갖고 싶다.

강한 연애 감정이 발로되었다. 그리고 후회한다. 왜 그 남자의 뒤를 쫓지 않았을까.

추잡한 독경이 시작된다. 아래를 보고 우는 척을 하며 그 자리를 떠났다.

휴가는 아직 나흘이나 남아 있다. 시간은 있다. 그리고 아직 늦지는 않았으리라.

부지런히 짐을 꾸려 집을 빠져나간다. 어차피 통야 때는 많은 타인들이 우왕좌왕할 뿐, 친족 한 명이 빠진다 해도 아무도 눈치채지 못할 것이다.

상행 열차는 곧 왔다. 우선 다음 역에서 내리자. 그리고 그 상자 속의 소녀를 찾아보자.

(이하 생략)

※

2

첫 번째 부분——오른쪽 팔이 발견된 날은, 아마 8월 29일이었을 거라고 생각한다.

양쪽 다리가 나온 날은 그 다음 날, 잊을 수도 없는 8월 30일의 일이었다.

건망증이 심한 내가 어떻게 그런 날짜까지 기억하고 있는가 하면, 그날이 나에게 매우 인상 깊은 날이었기 때문이다.

여름이라고 부르기에는 활기가 부족하고, 그렇다고 가을의 정취가 느껴지느냐 하면 전혀 그렇지도 않다.

그런 날이었다. 그러나 매우 더웠던 것만은 기억하고 있다.

그 무렵 나는, 7월 초쯤 조시가야의 산부인과 병원에서 일어난 그 슬픈 사건의 영향에서 좀처럼 빠져나오지 못하고 있었다.

사건으로부터 보름 정도가 지나, 집필 의뢰가 들어왔다.

당혹스러운 마음은 있었지만 결국은 받아들였다. 받아들이긴 했으나 당장은 쓰지 못하고, 처음 일주일은 그냥 멍하니 있었다. 더위에 약했기 때문에 더욱더 일이 손에 잡히지 않았다. 결국 막상 쓰기 시작한 것은 8월에 들어서고 나서였지만, 쓰기 시작하고 나니 들러붙었던 귀신이 떨어져 나간 듯 붓이 달려, 손이 느린 나치고는 드물게도 마감 직전에 완성할 수 있었다.

담당인 고이즈미 여사는 꽤 놀란 것 같았다.

제목은 '현기증'이라고 한다. 100매 정도의 단편이었다.

게재지——'근대문예'는 월간지로, 매달 30일에 발행된다.

다시 말해 8월 30일은 내 작품이 게재된 '근대문예' 10월호의 발행일이었던 것이다. 발행일과 발매일은 엄밀히 말하면 다르다. 책 자체는 물론 며칠 전에 완성된다. 통상은 우송되거나 담당 편집자가 갖다 주거나 해서, 집필자의 손에는 조금 일찍 도착한다.

그러나 그때만은 소식이 없었다.

발행일 전날이 되었을 때 고이즈미 여사로부터 전화가 왔다.

"세키구치 선생님, 연락이 늦어서 정말 죄송합니다. 매일 날씨가 더운데, 더위는 먹지 않으셨어요?"

밝은 목소리였다. 게재 중지라는 말이라도 들으려나 생각했던 나는, 약간 김이 빠져 버렸을 정도다. 상의할 일이 있으니 회사로 와 주지 않겠느냐는 내용의 전화였다.

한가했기 때문에 쾌히 승낙했다.

"원래는 제가 찾아뵈어야 하는 건데, 정말 죄송합니다."

그녀답지 않게 얌전한 말투로, 고이즈미 여사는 그렇게 말했다.

그날은 쨍하니 맑았다. 약속은 오전 11시였기 때문에, 나는 평소보다 일찍 일어나 10시 전에 집을 나섰다. 역——주오선 나카노 역까지 걸어가는 동안, 땀이 폭포처럼 흘러 마치 물이라도 뒤집어쓴 것처럼 되었다. 그저께 중의원이 예고도 없이 해산한 탓인지, 역 앞은 왠지 시끄럽게 웅성거리고 있었다. 귀찮은 일이다.

'근대문예'를 발행하고 있는 곳은 간다에 있는 희담사라는 출판사다.

희담사는 원래 '희담월보'라는, 이름만 들으면 왠지 수상한, 그러나 사실은 매우 내용이 딱딱한 잡지를 전쟁 전부터 꾸준히 발행하고 있는 출판사로, 이것이 그럭저럭 팔리는지 전쟁이 끝난 후에 문예지와 여성지를 뒤이어 간행했다. 재작년 봄, 이 '희담월보'의 편집부에 내 친구인 교고쿠도, 즉 추젠지 아키히코의 누이인 아츠코 양이 취직했다. 마침 내가 그때까지 하던 일을 그만두고 글을 팔아 생계를 잇기로 결심한 것도 그때쯤으로, 결심한 것은 좋았지만 상을 받은 것도 아니고 특별히 문단이나 출판사에 인맥이 있는 것도 아니었던 나는, 지푸라기라도 잡는 심정으로 그녀에게 부탁해 '근대문예' 편집부를 소개받았던 것이다. 그때도 여름이었다.

그때 소개받은 사람이 지금의 담당자인 고이즈미 다마요인데, 이 여성편집자는 처음 만나는 내게 가부키[15] 이야기만 늘어놓았다.

---

15) 에도 시대에 성립한 일본의 대표적 연극. 16세기 초엽에 오쿠니[阿国] 가부키(이즈모 대사(大社)라는 신사의 무녀로 전해지는 오쿠니가, 교토에서 당시 유행하던 춤이나 연극을 비속화하여 연기한 가무·촌극)로 시작하여, 와카슈[若衆] 가부키(에도 초엽에 어린 소년들에 의해 연기된 가부키. 여자 가부키 금지 이후에 성행했으나, 풍속을 어지럽힌다 하여 1652년에 금지되었다)를 거쳐 17세기 말에 극적 요소를 위주로 하는 연극으로 발전했다. 여배우 대신 오야마[女形]라는 여성 역할을 하는 남자 배우를 쓰며, 무용극·음악극 등의 요소도 포함하는 연극이다.

나는 가부키와는 그다지 인연이 없는 편이라 건성으로 대답했을 뿐이었다. 아무래도 안 되겠다고 생각하며 초연히 돌아왔는데 2, 3일 후에 일 의뢰가 들어와서 꽤 놀랐었다. 그 후로 나는 '근대문예'에만 글을 쓰고 있다. 거의 전속 작가라고 할 수 있었다.

그 말은——뒤집어서 말하자면 다른 문예지에서는 의뢰가 들어오지 않는다는 소리일 뿐이기도 하지만.

사옥 1층은 반쯤 창고처럼 되어 있고 '근대문예' 편집부는 2층에 있다.

10분쯤 일찍 도착했으나, 더웠기 때문에 그냥 문을 열었다. 연 것까지는 좋았는데 왠지 많은 사람들이 바쁜 듯이 일하고 있어서 나는 결국 입구 근처에서 우물쭈물하고 말았다. 말을 걸기가 곤란해진 것이다. 그러나 고이즈미 여사가 눈썰미 좋게 내 모습을 발견해 주었다.

"선생님, 더운데 오시느라 수고하셨어요, 이쪽으로 오세요."

나는 창가 응접 코너로 안내되었다.

고이즈미 여사는 차갑게 식힌 차와 방금 나온 듯한 게재지를 가져다주고는 내 옆에 앉았다.

"선생님, 지금 올 테니까 잠깐만 기다리세요."

"고이즈미 씨, 상의할 일이라는 게 뭡니까? 그보다, 오다니 누가 온다는 거지요?"

고이즈미가 내 물음에 대답하기 전에 대답이 스스로 걸어왔다. '근대문예' 편집장인 야마사키 다카오, 다른 한 사람은 못 보던 얼굴의 남자다. 야마사키는 6척(약 180cm)이 넘는 장신의 남자로, 백발을 단정하게 넘겨 붙이고 대개는 웃는 얼굴을 하고 있다.

"이거, 안녕하십니까. 아, 그냥 편하게 계십시오."

인사를 하려고 일어선 나를 야마사키가 말렸다.

"이쪽은 우리 회사 서적과의 데라우치입니다. 이쪽이 세키구치 선생님."

데라우치는 익숙한 태도로 명함을 내민다. 나는 전혀 익숙하지 않아서 어떻게 받아들면 좋을지 몰라, 졸업증서라도 받듯이 바보처럼 정중하게 그것을 받아들었다. 물론 대신 내밀 명함도 없어서 더욱더 거북했다.

야마사키는 키가 크다기보다는 체격이 커서, 그가 앉으면 대부분의 의자는 좁아 보인다. 응접용 소파도 예외는 아니어서 매우 작아 보였다.

"이거이거, 선생님. '현기증'은 참 좋더군요. 내부의 평판도 꽤 좋습니다."

야마사키는 붙임성이 넘치는 태도로 그렇게 말했다.

그는 대개 웃는 얼굴이기에, 지금은 활짝 웃는 거나 마찬가지다.

나는 그때까지 작품을 칭찬받은 적이라고는 손꼽을 수 있을 정도밖에 없었기 때문에 대답하기가 곤란해졌다.

"예에, 정말 고맙습니다."

"아니, 다 읽고 나니 마치 초현실주의 그림이라도 본 듯한 느낌이 들었습니다. 아주 새로웠습니다."

"그런――가요?"

더욱더 곤란해졌다. 그 글을 쓴 본인으로서는 생각지도 못한 평가였기 때문이다. 옆을 보니 고이즈미도 생글생글 웃고 있다. 데라우치도 기분 탓인지 웃고 있다. 나는 왠지 다들 몰려들어 나를 바보 취급하고 있는 듯한 기분이 들기 시작했다.

데라우치가 진지한 얼굴로 돌아와 물었다.
"장르를 따지자면 환상소설, 아니 전위소설이 될까요?"
"글쎄요."
그런 걸 생각해본 적은 없다.
내게 있어서 나의 문장은 전부 사소설(私小說)일 뿐이었기 때문이다.
"편집장님, 아무래도 세키구치 선생님은 눈치가 빠르지 못하신 것 같으니, 단도직입적으로 말하는 게 이야기가 빠르지 않을까요?"
고이즈미가 말했다.
분명히 나는 눈치가 빠르지 못하다. 눈치가 없는 걸로는 유명할 정도다. 그러나 이것은 쓸데없는 참견이다. 야마사키는 고개를 끄덕이고는 더욱 활짝 웃으며,
"그렇군. 확실하게 말씀드리지요. 선생님 ——어떻습니까? 이쯤해서 단행본으로 묶어 보지 않으시겠습니까?"
라고 말했다.
"무엇을요?"
"이거 왜 이러십니까, 선생님의 작품 말입니다."

그제야 나는 사정을 이해했다. 오늘의 호출은 내 단편집 발행에 대한 승낙을 얻기 위한 것이었던가.
"다행히 선생님은 작품을 전부 우리 잡지에만 게재해 주셨으니, 귀찮은 일이 없거든요."
데라우치가 말했다.
문필을 생업으로 삼은 지 2년 남짓, 처녀작 '웃는 교사'에서부터 최신작 '현기증'까지, 써낸 단편은 8편 정도 될까.

2년 만에 8편이라면 1년에 4편, 붓이 느리다고까지는 할 수 없지만, 결코 빠른 페이스는 아닐 것이다. 그리고 데라우치의 말대로 8편 모두를 '근대문예'에 게재했다. 그러므로 다른 인기 작가와는 달리 출판권이 어떻다느니 하며 출판사끼리 다툴 일은 없을 것이다.

그러나——잡지에 게재할 때, 내 작품의 평판은 반드시 좋았다고는 할 수 없었다.

그렇다고 해서 반향이 없었던 것도 아니어서 난해하다든가, 작풍이 완성되어 있지 않다든가, 묘하게 납득이 가는 것 같기도 하고 빗나간 것 같기도 한 비평을 많이 받았다. 쉽게 상처받는 주제에 자존심이라는 놈을 품속 깊이 감추고 있는 나는, 그런 수많은 비평에도 굴하지 않은 채 질리지도 않고 비슷한 작품만을 계속 써 왔다.

그러므로——.

"제 책 같은 건——안 팔릴 텐데요."

정말로 그렇게 생각한다.

실은 단행본 출판 이야기는 작년 말에도 있었다. 그러나 그 불안정한 반향 때문인지 편집부 내에서도 출판에는 찬반양론이 있어, 결국 그때는 시기상조라는 의견이 다수를 차지했던 것이다. 물론 내게도 이의는 없었다. 그 말이 옳았을 것이다. 본래 나는, 실제로 소설을 쓰고 있으면서도 그 말을 들을 때까지 내 책이 나오는 것에 대해서는 생각한 적도 없었다. 그 마음은 지금도 변함이 없다.

야마사키는 순간 눈을 동그랗게 뜨고,

"그렇지 않습니다. 아마 이번 10월호는 평판이 좋을 거예요. 아니, 실제로 몇몇 평론가 선생님들께도 사전에 읽어 주십사 부탁을 드리고 기탄없는 의견을 받았는데, 대개 호평이었는걸요. 잘 될 겁니다."

라고 말했다.

"그 '현기증'이 —— 호평이라고요?"

복잡한 심정이었다.

"호평이에요. 야마사키 씨가 얼마나 집착하시는데요. 저도 좋아한답니다."

고이즈미가 말했다.

'현기증'은 다음과 같은 이야기이다.

하나의 몸에 두 개의 혼을 가진 두 남녀가 있다. 각각 하나씩의 혼은 서로에게 끌리고, 또 하나의 혼은 상대를 두려워한다. 남녀는 그림 속의 바닷가나 책 속의 깊은 바다에서 몇 번이고 만난다. 그리고 다중 구조의 건물 속에서 도망쳐 다닌다.

물론, 7월에 일어난 그 슬픈 사건이 짙게 반영되어 있다. 게다가 그것이 작품으로서 승화된 것도 아니다. 마감만 없었다면 쓰지 않았을 것이다. 사실을 소설로 만들 때까지의 양조(釀造) 기간이 너무 짧았던 것이다.

따라서 소설이 거의 끝날 때까지도 이야기는 전혀 수습이 되지 않았다.

결국 친구인 교고쿠도를 본뜬, 살인청부업자임을 자청하는 검은 옷에 장갑을 낀 남자를 등장시켜 여자를 죽이게 했다. 그렇게라도 하지 않았으면 끝나지 않았을 것이다. 졸작이다. 그것이 좋은 평가를 받다니 이해할 수 없다. 작가의 의도가 정확하게 독자에게 전해지는 일은 없겠지만, 아무리 그렇다 해도 이럴 수가 있는 걸까?

"선생님께 이의가 없으시면, 제목은 '현기증'으로 하고 싶은데요."

데라우치가 말했다. 멍하니 있는 동안에 이야기가 진행되고 있었던 모양이다.

"아, 아니 그건——."

당혹스러웠다. 그 사건 때 죽은 여자의 얼굴이, 내게는 아직 지나칠 정도로 생생했기 때문이다.

"좀——생각해 봐도 될까요?"

"그야 당연하지요. 일단 우리 회사로서는 전 작품을 수록하고 싶기는 한데, 수록 순서나 그런 것들도 상의해야 하고 장정이나, 그렇지, 가필이나 수정 같은 것은."

"아뇨, 그건 하지 않을 생각입니다만, 그."

출판 자체를 생각하게 해 달라는 뜻으로 받아들이지는 않았던 것 같다. 세 사람 다 웃고 있다. 말이 서툰 내가 설명을 제대로 못 하고 있는데, 낯은 익지만 이름은 모르는 편집자가 잰걸음으로 다가왔다.

편집자는 목례를 한 번 하고는 야마사키의 귓가에 입을 대고 뭔가 말했다.

"아, 그래요? 네, 네."

야마사키는 그렇게 말하고 몸을 빙글 돌려 뒤를 보았다.

"구보 선생님, 이거 죄송합니다."

입구에 젊은 남자가 서 있었다.

"마침 잘됐어요, 세키구치 선생님, 소개하지요. 데라우치, 그럼 그렇게 하는 걸로."

야마사키는 갑자기 이야기를 끝내 버렸다.

"그럼 세키구치 선생님, 나중에 다시 연락드리겠습니다. 모쪼록 잘 부탁드립니다."

데라우치는 기운차게 그렇게 말하고는 자리를 떴다.

내 단행본 출판 이야기는, 이렇게 어영부영 결정되고 말았다.

데라우치와 교대로, 아까 그 편집자가 문 앞에 서 있던 남자를 데리고 왔다. 야마사키와 고이즈미는 일어나서 그를 맞았다. 나도 따라서 일어섰다.

야마사키는 머리를 숙인다기보다 허리 언저리까지 크게 몸을 기울여 남자에게 인사를 했다.

"이거 잘 와 주셨습니다. 이번에 무례한 부탁을 받아들여 주셔서, 정말 뭐라고 말씀드려야 할지——."

"아뇨. 괘념치 마십시오. 아직 애송이니까 그럴 때는 편할 대로 부려 주세요. 그보다 편집장님, 이분은?"

"아, 소개하지요. 세키구치 선생님, 이쪽이 환상문학계의 젊은 기수——구보 슌코 선생님입니다. 이쪽은 세키구치 다츠미 선생님."

"세키구치입니다."

나는 평소처럼 힘없이 인사했다. 문사인 주제에 문단과는 완전히 소원하다. 친하게 지내는 소설가는 한 명도 없다. 그러므로 소개를 받아도 다음 말을 이을 수가 없다. 나 이외의 모든 소설가에 대해서, 나는 일개 독자일 뿐인 것이다. 그러나——구보 슌코라는 이름의 작가는 들어본 적이 없었다.

"아실지 모르겠는데, 구보 선생님은 작년 말에 처녀작 '수집자의 정원'으로 문화예술사 주최 본조환상문학신인상을 수상하신 기대의 신인입니다. 실은 다음 호에 집필하실 예정이었던 아라카와 아쓰시 선생님이 그저께 뇌경색으로 쓰러지셔서, 급히 대타를 부탁드린 참으로."

"땜빵, 이라는 거지요."

구보는 야마사키의 말이 끝나기도 전에 그렇게 말했다.

말도 안 된다——며, 야마사키는 과장되게 부정했다.

"——우리는 전부터 꼭 선생님께 원고를 부탁드리고 싶다고 생각하고 있었는데, 때마침."

"괜찮습니다. 어떤 사정이든지 쓰게만 해 주신다면."

구보는 웃으면서, 다시 야마사키의 말을 가로막았다.

별로 내가 좋아하는 타입의 인간은 아니다.

그리기라도 한 듯 또렷하고 가느다란 눈썹과 날카롭지만 청량한 눈매. 갸름한 얼굴의, 굳이 말하자면 미남이다. 머리카락도 손질을 게을리하지 않는 듯 단정하게 정돈되어 있다. 머리에 바른 화장품 향기가 난다. 옷차림도 신사 같아서, 땀으로 꾸깃꾸깃한 나와는 크게 다르다.

다만 이상하게도, 이 더운 날씨에 구보는 하얀 장갑을 끼고 있었다. 물론 방한용 장갑은 아니고 사진사가 끼는 듯한 얇은 장갑이기는 했지만, 이상하다면 이상했다.

구보는 웃는 얼굴을 지우고 내 쪽을 보았다.

"그보다 세키구치 선생님, 모처럼 뵙게 되었으니 이것도 무슨 인연이겠지요. 저는 선생님 작품의 독자로서 한 가지 묻고 싶은 것이 있는데요."

"예에."

"그런데 제 작품은 읽으셨습니까?"

읽지 않았다.

"미안합니다——그."

"괜찮습니다. 아직 풋내기니까요. 당연하겠지요. 하지만 저는 선생님의 작품은 아마 전부 읽었을 겁니다. 하긴 이 '근대문예' 이외의 잡지에 쓰신 적이 있다면, 읽지 못한 작품이 있을지도 모르겠지만."

"아, 그래요? 그런 건 없으니, 전부 읽으셨겠군요."

"그렇습니까? 그럼 여쭙겠는데, 그 망가진 문체는 기교인가요? 아니면."

"네?"

"얼마든지 아름다운 문장을 쓸 수 있을 듯한 기량을 예감하게 해 놓고, 그것이 덜컹거리며 무너져 가지요. 선생님의 작품은 전부 그렇습니다. 일부러 그러는 건지 정말 치졸한 건지, 그게 알고 싶어서요. 물론 직업으로 문장을 쓰시는 것이니 우연일 리도 없겠고, 이런 걸 묻는 건 사실 실례겠지만요."

눈이 웃고 있었다.

"아니, 그건."

우연입니다, 라고 말할 수는 없게 되고 말았다. 분명히 좋아서 망가뜨리는 부분도 있지만 멋대로 망가져 가는 부분도 있고, 의미나 어구 선택에 집착해 보다가 문법적으로 파탄되기도 하는 등, 그때그때에 따라서 다르다. 그러고 보면 기교라기보다 우연이 앞서니, 이 신인 작가의 논법으로 따지자면 내 문장은 치졸한 문장이 되는 걸까?

"비밀인가요? 저도 누가 그런 걸 묻는다면 대답하고 싶지 않을 거예요. 후후, 아니면 대답할 수 없는 건가? 아니, 제가 굳이 여쭌 것은 말이죠. 선생님이 쓰는 환상소설을 환상소설로 만들고 있는 단 하나의 요인은, 바로 그 망가진 문체에 있다고 생각하기 때문입니다. 그게 없으면 선생님의 소설은 초보자가 쓴 단순한 사소설이에요."

"아아, 나는."

환상소설을 쓰고 있다고는 생각하지 않는다——고 말하려다가, 나는 말을 삼켰다. 내가 어떻게 생각하든 실제로 세상 사람들은 그런 것으로 평가하고 있으니, 이것은 부정할 수도 없다. 게다가 그 평가를 물리쳐 버릴 경우, 내 작품은——그가 말하는 대로라면 초보자의 사소설이 되는 셈이고, 그렇다면 이 오해는 풀지 않고 놔두는 편이 나를 위한 것인지도 모르기 때문이다.

구보는 우물거리고 있는 내게 실로 가학적인 시선을 보냈다.

야마사키가 끼어들었다.

"구보 선생님, 이번에 나올, 아, 이거, 10월호인데요, 여기에 실린 세키구치 선생님의 이번 신작은 꽤 걸작이랍니다. 물론 증정할 테니 한 번 읽어 보시지요."

야마사키는 아까부터 멀거니 서 있는 편집자에게 잡지를 한 권 가져오라고 말했다. 그리고 나를 향해,

"환상이라기보다, 역시 전위일까요?"

하고 아까 데라우치가 했던 것과 똑같은 말을 했다. 나를 배려하고 있는 것이다.

그러나 그렇게 생각해 보면 전위라는 말도 치졸하다는 말을 바꿔 말한 것에 지나지 않는 듯한 기분이 들어서, 약간 화가 났다. 그래서 다른 말을 해 주었다.

"제 작품은, 그렇지, 부조리소설입니다."

"부조리, 그렇군요. 분명히 부조리하지요. 역시 자신의 작품을 잘 알고 계시는군요."

구보는 유쾌한 듯이 말했다.

그리고 건네받은 잡지를 팔랑팔랑 넘겼다.

아무래도 넘기는 손놀림이 이상했다. 그리고 나는 깨달았다. 그는 손가락에 무슨 장애가 있는 것이다. 아마 손가락 중 몇 개가 없는 게 아닐까. 그것을 감추기 위한 장갑일 것이다.

나의 분노는 갑자기 시들고, 구보에 대한 혐오감도 약간 누그러졌다.

묘한 일이다. 그러나 구보는 내 심경의 변화 따윈 아랑곳하지 않고,

"신작 부조리소설인가 하는 것을 한 번 읽어보지요. 그리고 이것은 쓸데없는 참견이지만 세키구치 선생님."

하고 이번에는 노골적으로 바보 취급하는 듯한 호칭으로 내게 말을 걸었다.

"어쨌든 저는 선생님의 작풍에는 주목하고 있었는데, 아무래도 똑같이 생각하고 있는 사람들이 또 있는 것 같더군요. 선생님 문장의 기교를 그대로 흉내 낸 듯한 사람이 있었습니다. 상대는 시시한 삼류 잡지에 별 볼 일 없는 내용의 꼴같잖은 글을 써제끼는 놈이니, 문단 중앙에 진출할 일은 없겠지만요——."

"내——흉내?"

"——네. 으음, 특이한 필명이었죠, 아마——소키, 소키 이츠미였던가? 문장이 망가진 방식 같은 게 아주 비슷해요. 본인이 아닌가 하는 생각도 했지만, 설마 그런 잡지에 세키구치 다츠미 정도 되시는 분이 기고할 리도 없고요. 그러니 세키구치 선생님, 조심하시는 게 좋습니다. 문장 작법을 도둑맞고 있어요——."

나는 얼굴이 파래졌다가 하얘졌다 한 후, 결국 얼굴을 붉혔다.

나는 원래 안면홍조증에 대인공포증이다.

그리고――.

친절한 충고를 받았음에도 불구하고, 왜 내가 얼굴을 밝혔는가 하면――그 소키 이츠미는 나 본인이기 때문이고, 구보도 어쩐지 그것을 꿰뚫어보고 있는 것 같았기 때문이다.

완전히 실어 상태에 빠진 나를 힐끗 보고 비웃으면서, 구보는 멋대로 화제를 바꾸었다.

"그런데 편집장님, 저는 대체 언제까지 몇 매를 쓰면 됩니까?"

대답한 사람은 고이즈미였다.

"아, 실은 아라키와 선생님은 다음 달하고 그다음 달 2회 연재인데, 전·후편 각 100매씩 써 주실 예정이었어요. 다음다음 달 몫은 아니더라도."

"좋습니다. 두 달 치 모두 그렇게 쓰도록 하지요. 그럼 마감은?"

"아, 1주일――이라고 했으면 좋겠지만 열흘――이나, 아니면."

"그럼 9월 10일이면 어떨까요?"

아무래도 이 구보라는 남자는 상대의 이야기를 끝까지 듣지 않는 성질을 갖고 있는 모양이다.

그렇다 해도 오늘 부탁을 받았는데 겨우 열흘 만에 100매, 그것을 아주 간단히 맡다니 꽤 대단한 사람이다. 나로서는 도저히 흉내 낼 수 없는 재주다. 보기에는 아직 스물두세 살밖에 안 되어 보이는데, 재능도 배짱도, 나 따위는 발끝에도 미치지 못할 정도다.

한심하게도 나는 이 젊은 라이벌에게 그저 감탄만 하고 있었다.

"공교롭게도 모레부터 여행을 가야 합니다. 아, 여행 가서 쓸 테니 안심하십시오."

청년 문사는 그런 말을 하고 있다.

결국, 나는 꿔다 놓은 보릿자루가 되어 조용히 서 있었다.
"저어, 그럼 저는 이만——."
"아, 이거 죄송하게 됐습니다. 그럼 그——그 일은 잘 부탁드립니다."
야마사키는 더 이상 활짝 웃을 수는 없을 만큼 활짝 웃으며——라고 해도, 그때까지도 계속 웃고 있긴 했지만——몇 번이나 작은 목례를 반복했다.
"세키구치 선생님! 앞으로도 잘 부탁드립니다."
구보는 그렇게 말하며 눈과 입으로만 웃었다.

복도로 나온 내 뒤를 쫓아, 고이즈미가 편집실에서 뛰어나왔다.
"세키구치 선생님! 정말 죄송합니다."
"아, 아뇨."
"저 사람——구보 선생님, 원래 저런 사람인가 봐요. 너무 신경 쓰시지 않는 게."
"아, 별로 신경 쓰지 않아요. 괜찮습니다."
오히려 마음이 무거운 것은 출판 이야기 쪽이었다.
내가 고이즈미에게 그 사실을 고백하려고 했을 때, 기세 좋게 계단을 뛰어내려온 사람이 갑자기 이쪽을 돌아보더니,
"선생님!"
하고 외쳤다.
추젠지 아츠코였다.
아츠코는 고양이처럼 가벼운 발걸음으로 방향을 바꿔, 큰 걸음으로 뛰듯이 이쪽으로 다가와서는 꾸벅 인사를 했다.

"웬일이세요? 고이즈미 선배님까지 이런 복도에서."

"잠깐 일이 있어서. 이번에 선생님의 단행본을 내기로 해서 회의가 있었거든."

"세상에, 축하드려요! 축하 잔치를 해야겠네요."

"잠깐만, 아츠코 양. 아직 결정된 건 아니고."

"또 그러시네. 오빠도 알아요? 분명히 기뻐할 거예요."

"교고쿠도가 퍽이나 기뻐하겠다. 누이인 네가 무슨 소릴 하는 거야. 설교나 당할 게 뻔해."

아츠코는 장난기 어린 눈으로 에헤헤 하고 웃었다.

"그보다 아츠코, 꽤 요란하게 내려오던데 무슨 일이야? 취재?"

고이즈미가 그렇게 묻자 아츠코는 다시 한 번 에헤헤 하고 웃고 나서,

"토막시체의 다리예요."

라고 말했다.

"토막시체라니, 어제 팔이 발견된――?"

그 사건이라면 나도 알고 있었다. 오늘 아침 신문에서 읽었었다. 무사시노의 무슨 언덕길에 젊은 여자의 팔이 떨어져 있었다나 하는 이야기다.

"네, 그런데 그 다리 2개가 사가미 호수에 떠 있었나 봐요. 그 지방 사람이 발견했어요. 오늘 아침에 경찰 수색대가 출동했다는 연락이 들어와서."

"그건 좋은데――그렇다고 왜 딱딱한 '희담월보' 편집부 안에서도 잔소리꾼이신 추젠지 기자씩이나 되시는 분이, 그런 엽기사건에 숨 가쁘게 출동해야 하는 거야? 편집 방침이 바뀌었나?"

"아뇨 ——."

토막시체 그 자체는 아무래도 상관없어요 —— 라고 추젠지 아츠코는 말했다.

"그건 무슨 뜻이야?"

"네 —— 고이즈미 선배님, 5월에 일어난 아라카와[16] 토막살인 기억나세요?"

"응, 여교사가 경관인 남편을 죽이고 어머니와 둘이서 토막 낸 그 —— 아아, 끔찍해. 아마 그런 사건 아니었나?"

"그때 경찰이 접수한 토막시체를 발견했다는 정보, 그것이 전부 사실이었다고 한다면 몇 명분의 시체가 될지 알 수 없을 만큼 많았었지요. 물론 거짓말이나 착각이었지만, 그렇다고 해서 단순히 착각한 이야기라고 하기에는 지나치게 정성이 들어가 있었죠. 그 전해 들은 이야기니 뭐니 하는 게 어느새 진실이 되는 거예요. 아니, 실제로는 있을 수 없는 팔이니 다리니 하는 게, 목격자에게는 실제로 보이는 거지요. 이것이 이번 테마랍니다. 유언비어나 선동이 대체 어떤 경위로 퍼지고, 그리고 어떻게 가상현실이 되어 가는가. 그것을 실지 답사하기에는 이번 사건이 가장 적절하고, 그것을 할 수 있는 시간은 지금 이 시기밖에 없어요."

과연 여러 가지를 생각하고 하는 일이다.

"그래서 실은 제가 지금 매우 바쁘답니다. 선생님, 발매일이 결정되면 가르쳐 주세요. 축하 잔치를 하게요."

그렇게 말하고 추젠지 아츠코는 다시 기운차게 계단을 내려갔다.

---

16) 관동산지의 고부시다케 산을 발원지로 하여, 사이타마 현 중앙부를 지나 도쿄 만으로 흘러드는 강의 이름. 길이 174km.

결국, 나는 단행본 발간에 대해서 주저하고 있다는 사실을 희담사의 그 누구에게도 말하지 못한 채 귀갓길에 올랐다. 마침 점심때였지만, 외식하는 것도 왠지 쓸데없는 일인 것 같아서 곧바로 집으로 돌아갔다.

냉국수 정도는 있을 것이다.

집에 도착하자 현관 앞에 이상한 차가 세워져 있었다. 모양만 보자면 최신형 닷선(DATSUN)[17] 스포츠카와 비슷하지만, 아무래도 좀 다르다. 게다가 가까이 가 보니 여기저기 찌그러져 있어 완전히 고물차다. 아무래도 우리 집에 온 손님이 타고 온 것인 듯하다.

손님은 도리구치 모리히코였다.

"아, 안녕하세요. 실례합니다. 아뇨, 사모님 혼자 계시는데 들어가는 것도 뭐한 거 같긴 했지만, 너무 더워서요. 나쁜 짓은 안 했답니다."

능청스런 말투의 손님――도리구치 청년은 그렇게 말했다.

도리구치는 아카이서방(書房)이라는 출판사에서 일하는 청년 편집자다.

단, 같은 출판사라 해도 아카이서방은 희담사와는 격이 다른 아주 작은 출판사다. 사원도 그를 포함해 세 명밖에 없고, 유일한 출판물인 '월간 실록범죄'도, 일단 월간지로 되어 있긴 하지만 고작해야 두 달에 1편 정도밖에 나오지 않는다.

속된 말로 가스토리의 생존물이다.

---

17) 닛산 자동차에서 생산하는 자동차 모델.

가스토리란 전쟁이 끝난 후의 해방감에 편승해 속속 출판된 삼류 잡지의 총칭이다. 물론 그 무렵 유행하던 가스토리 소주[18]에서 온 말이다. 가스토리 소주는 석 잔만 마시면 취한다, 즉 3호만 내면 폐간되는 잡지라는 뜻이다.

실제로 그런 잡지는 당국에 의해 집요하게 적발되기 때문에, 3호는 좀 과장되었다고 해도 눈 깜짝할 사이에 폐간되는 것이 대부분이었다. 그러나 단순히 그런 점뿐만 아니라 조악한 종이에 적당히 인쇄된 음란하고 배덕적인 기사 내용이 질 나쁜 소주의 뒷맛과 비슷하기도 했다.

'월간 실록범죄'도 예외는 아니어서 몇 번이나 적발을 당하고 휴간과 복간을 되풀이해 온, 말하자면 확고한 신념을 지닌 가스토리 잡지다.

다만 아직 폐간에 이르지 않은 것을 보면, 기세에 편승해 출판된 다른 가스토리 잡지와는 조금 취지가 달랐는지도 모르겠다.

나는 인기 작가도 아니고, 앞에서도 말했다시피 붓이 빠른 편도 아니다.

따라서 소설을 쓰는 일만으로는 생계를 유지할 수 없다. 그래서 이름을 바꾸어 수상한 내용의 기사를 삼류 잡지에 써내며 입에 풀칠하고 있는 것이다. 구보 슌코가 읽은 것도 아마 그중 하나일 것이다.

아니――그가 읽은 것은 틀림없이 '월간 실록범죄'일 것이다.

'실록범죄'에는 세 번쯤 썼다.

3호만 내면 망하는 가스토리에 3번 이상 썼다면, 그것은 이미 단골 작가다. 내가 단골 작가가 된 데에는 나름대로 이유가 있다.

---

18) 제2차 세계대전 직후에 암시장에서 널리 나돌았던 막소주.

삼류 잡지에는 삼류 잡지 나름대로 건방지게도 유행이라는 것이 있어서, 요즘은 '야마노테[19] 아가씨들의 규방'이나 '젊은 아내의 비밀'이라는, 소위 성애 기사가 인기인 모양이다. 익명으로 쓰는 것이니 마음 내키는 대로 뭐든지 쓸 수 있을 것 같지만, 나는 아무래도 그런 쪽 기사가 어려워서 요즘은 일 의뢰도 거절할 때가 많다. 그러나 그 점에서 아카이서방의 잡지는 시류에 거스르고 있다고 해야 할지 재미가 없다고 해야 할지, 오직 범죄 일변도이기 때문에, 억지 주문이 없는 만큼 나로서는 편한 일이었다.

사실을 말하자면, 나는 네 번째 집필 의뢰도 한참 전에 받았다.

한동안 정신없는 일이 이어지고 있었던 탓에 완전히 잊고 있었다. 아니, 내가 게재하기로 예정되어 있던 호는 이미 발매되었다. 나는 마감이 지난 단계에서 집필 의뢰도 취소된 거라고 지독하게 내 마음대로 판단하고 있었지만, 어쩌면 내 일은 다음 호로 이월된 채 아직 살아 있었던 건지도 모른다. 그렇다면——재촉하러 온 것일까?

"도리구치 군. 그건 상관없지만, 밖에 세워둔 건 뭔가? 무슨 차지?"

나는 시치미를 뗐다. 쓰고 싶지 않았다.

"저건 닷선 스포츠 DC-3형 4기통 측변식 엔진을 탑재한 20마력 자동차입니다——이건 거짓말이고요. 그냥 고물차랍니다. 우리 사장님이 도락으로 제작한 건데요. 개조차지요. 원래는 평범한 뭐라더라——잊어버렸지만, 폐차 직전이었던 놈입니다."

적도 시치미를 뚝 떼고 있다. 이것이 이 청년의 개성인 것이다.

그때 아내 유키에가 냉국수를 가져왔다.

---

19) 시가지에서 고지대에 있는 지구(地區). 도쿄에서는 도쿄 만의 저지대가 융기하기 시작하는 무사시노 이서 지방, 즉 시부야, 아오야마, 이치가야, 고이시카와, 혼고 주변을 말한다.

"도리구치 씨는 꽤 오래 기다리셨어요. 당신이 나가고 나서 곧바로 오셨거든요."

"그럼 자네는 3시간 가까이 여기서 나를 기다리고 있었다는 건가!"

도리구치는 냉국수를 게걸스럽게 먹으면서,

"나쁜 짓은 안 했다니까요. 그렇죠, 사모님?"

하고 말했다. 어떻게 이런 담백한 음식을 게걸스럽게 먹을 수 있는지 이해하기가 힘들다. 좀 산뜻하게 먹을 수는 없는 걸까?

"그런 건 나도 알아. 내가 묻고 싶은 건 어째서 그렇게까지 하면서 나를 기다리고 있었느냐는 걸세. 대체 무슨 일인가?"

"또 나왔답니다. 토막시체가."

아무래도 무슨 소린지 모르겠다.

"그건 알고 있네. 아까 들었어. 사가미 호수라면서? 그런데 대체 토막살인사건과 내가 무슨 상관이 있다는 건가? 나는 이래봬도 바쁘단 말일세."

"과연 정보가 빠르시군요. 하지만 바쁘다고 속이셔도 소용없습니다, 선생님. 자——."

도리구치는 가방에서 '근대문예'를 꺼냈다.

"이렇게 꼬박꼬박 사고 있다고요. 아직 읽지는 않았지만요."

나는 갑자기 부끄러워졌다.

"이래봬도 도매서점 쪽으로는 발이 넓어서, 발매 전에 제 손에 들어온답니다. 선생님 글도 실렸더군요. 다만, 여기에 실은 지 얼마 되지도 않은 선생님이 다음 작품을 시작했다고는 생각되지 않아서요. 선생님의 성격으로 봐서는 한 달 정도는 충전 기간을 가지시겠죠? 그러니 기분 전환도 할 겸, 우리 잡지에도 하나 써 주시지 않겠습니까?"

역시 재촉이었다. 도리구치는 변함없이 능청스러운 얼굴로,

"——세키구치 다츠미가 아니라 소키 이츠미로요."

라고 말을 맺었다.

무엇을 감추랴. 소키 이츠미는 '실록범죄'에 글을 쓸 때만 사용하는 펜네임이다.

따라서——구보가 읽은 것은 틀림없이 '실록범죄'인 것이다.

구보에게는 들켰다. 쓸 수 없다.

도리구치는 싱긋 웃었다. 이대로 가다가는——나는 분명히 일을 하게 되고 말 것이다. 아까 그 단편집도 그렇지만, 나는 정말로 밀어붙이는 데에 약한 인간이기 때문이다. 싫으면 싫다고 딱 잘라 말하는 게 좋다. 나는 얼굴을 일그러뜨리고, 우선 거부할 의사를 표시했다.

"쓴다 해도 뭘 쓴단 말인가? 토막살인을 쓸 수는 없잖나."

"어째서요?"

"왜냐하면——자네 잡지는 종결된 범죄의 진실한 모습——보도되지 않은 사실이니, 범죄에 이르기까지의 범인의 궤도니, 사건을 뒤집는 새로운 증언 같은 걸 소개하는 게 취지 아닌가? 토막살인사건은 어제 발표되었을 뿐이야. 말하자면 진행 중이고, 해결될 전망조차 없지. 쓸 수가 없어."

"그건 그렇지만, 요즘 신문은 꼭 삼류 잡지 같은 엄청난 기사를 싣지 않습니까? 얼마 전 아라카와 토막살인 때는, 아사히신문에 범인의 육성 인터뷰라는 게 나왔다니까요. 이렇게 되면 우리 같은 곳은 게임도 안 되잖아요. 그러니 진행 중일 때부터 취재를 시작해서 말이지요, 조금이라도 앞질러야 한다고요. 잘해서 경찰보다 먼저 진상을 해명하게 되기라도 하면, 잡지는 엄청나게 팔릴 테니까요."

"이봐, 그만하게. 그렇게 잘 될 리가 없지 않은가. 무엇보다 나는 어쩔 수 없이 범죄 기사를 쓰고는 있지만, 본업은 보잘것없는 소설가야. 공상으로 지어낸 이야기를 쓰는 거라면 몰라도, 현실에서 일어난 사건의 진상을 해명하는 건 내 영역이 아닐세. 자네 잡지에는 나 말고도 쓸 사람이 많지 않은가."

"선생님이 아니면 곤란합니다. 저는 안다고요. 그 왜, 얼마 전 조시가야 사건. 그건 신문 보도와 진실이 꽤 달랐지요? 선생님께서 엄청나게 활약하셨다면서요. 경찰을 누르고 어려운 사건을 해결하셨다고 들었는데요. 선생님은 꼭 이렇게 시치미를 떼시더라. 그래도 다 밝혀져 있다고요."

어떻게——도리구치가 알고 있는 걸까?

진실은 관계자밖에 모를 텐데. 그러나 그의 말은 사실과 약간 다르다.

그 사건에서 나는 그저 당하는 대로 우왕좌왕하고 있었을 뿐, 오히려 해결에 방해가 되고 있었던 것에 지나지 않는다. 아니, 그 사건은 사건 자체가 저절로 해결되어 버렸을 뿐, 본래 아무도 해결 같은 건 하지 않았던 것이다.

그렇다 해도 대체 어디에서 들었는지, 지난 한 달 동안 다른 삼류 잡지에서도 그 일에 관해서 써 달라는 의뢰가 두 건 정도 들어왔다. 물론 전부 거절했다. 어디에서 이야기가 샌 건지 이상하게 생각했는데, 도리구치 청년까지 진상 비슷한 것을 알고 있다는 건, 어차피 뱀의 길은 뱀이 안다고,[20] 의외로 소문이 퍼져 있다는 뜻일까?

---

20) 뱀이 다니는 길은 뱀이 안다, 즉 동류인 사람끼리는 서로 그 사정을 잘 알고 있다는

나의 복잡한 심정을 아는지 모르는지, 청년은 표정 하나 바꾸지 않고 친근한 눈으로,

"게다가 선생님의 얼굴은 경찰에게 통하신다면서요."

라고 말했다.

"자네는 착각하고 있네. 분명히 나는 그 사건의 관계자이긴 하지만, 경찰에게 얼굴이 통하는 건 아니야. 그냥 아는 사람이 한 명 있을 뿐이지."

"경시청의 기바 형사죠? 저도 압니다. 게다가 선생님이 조시가야 사건에 대한 집필 의뢰를 계속 거절하고 계신다는 것도 알아요. 그 왜, 곰의 길은 어쩌고라고 하잖아요."

잘못 알고 있는 건지, 일부러 틀리게 말한 건지 모르겠다.

"그 기바 형사가 아무래도 이번 현장에서 진두지휘를 맡고 있는 것 같더군요. 그런데 선생님, 아오키라는 젊은 형사를 아십니까?"

도리구치는 지난번 사건 때 기바가 소개해 준 아오키 분조 형사에 대해 말하고 있는 것이리라.

"머리가 약간 큰 고케시[21] 같은 청년 말인가?"

"네, 정말 그 고케시더군요. 그 고케시는 기바 형사의 파트너인데, 그 사람이 오늘 아침 일찍 사가미 호수를 향해 출동했다는 정보가 들어왔습니다. 파트너인데 혼자서 갔을 리가 없지 않습니까? 그러니 기바 형사도 가 있을 겁니다. 그런데 기바 형사의 상관인 오시마 경부는 아직 사쿠라다몬에 있단 말입니다. 그렇다면 기바 순사부장이 책임자일 거라는——뭐, 이건 간단한 추리지요."

뜻의 속담.

21) 일본 도호쿠 지방의 향토색 짙은 목각 인형. 원통형의 몸뚱이에 둥근 머리를 달아 여자아이의 얼굴을 그리고, 몸통을 붉은색, 파란색, 노란색 등으로 단순하게 채색한다.

"자네는 참 자세히도 아는군. 기바 형사의 상관 이름은 나도 모르는데. 무엇보다 기바 형사와는 그 사건 이후로 지금까지 보름 가까이나 만나지 못했네. 도리구치 군, 자네야말로 경찰에 얼굴이 통하는 거 아닌가?"

아무래도 그에게 정보를 흘리고 있는 자는 경찰 내부의 사람인 듯하다.

"아뇨, 저는 말단 중에 아는 사람이 있는 정도입니다. 고작해야 제복을 입은 순경이지요. 하지만 소매치기니 양아치니 경찰에 드나드는 녀석들은 많으니까요. 이런저런 소문들은 그냥 흘러나오지요. 단, 사실인지 아닌지는 알 수 없지만요."

"그렇군."

이제 그럭저럭 의문이 풀렸다. 경찰 내부의 사람――예를 들면 그 사건 때 지원하러 달려온 경관――이라면, 어느 정도의 사실은 알고 있을 것이다. 본래 이런 업계 사람에게 있어서 함구령조차 내려지지 않은 암묵의 비밀 따위는 비밀 축에도 끼지 않는 법이다. 삼류 잡지에서 나를 찾아온 것은 이상한 일이 아니라 당연한 일이었던 모양이다.

기바 형사와는 경찰에 불려 나가 조서를 쓴 후로 만나지 못했다.

그렇게 억센 사람이니, 변함없이 그 새된 목소리로 고함을 치며 부하들에게 팔팔하게 지시를 내리고 있을 것이다. 나는 기바를 만나보고 싶다는 생각이 들기 시작했다.

"그런데 도리구치 군, 토막살인에 관해서 말이네만, 자네는 나더러 어쩌라는 건가? 나는 형사도 아니고 범인도 아니니 아무것도 모르고, 그러니 쓸 것이라곤 아무것도 없는데."

"드디어 흥미가 생기셨군요. 그게 말이죠, 어제 손이 떨어져 있었고 오늘은 아침 일찍 다리가 나왔기 때문에, 오전부터 사가미 호수 일대를 수색하고 있답니다. 물론 나오지 않은 부분을 찾는 것이죠. 그러니 오늘은 내장이나 허리나, 그렇지, 목도 가슴도 다 나오게 될지도 모르지요. 그걸 취재하지 않을 수는 없잖습니까."

아무리 능청이 개성이라지만, 이 청년은 이런 잔혹한 내용을 어쩌면 이렇게 태연하게 말할 수 있는 것일까.

"취재라고——?"

정말 기분 전환이 될까?

"취재지요. 하지만 말입니다, 우리 같은 곳은 안 그래도 당국의 따가운 시선을 받고 있어서, 그렇게 쉽게 접근할 수는 없을 겁니다. 쫓겨날 거라고요. 그래서 명탐정이자 현장주임의 친구이신 세키구치 다츠미 선생님께 동반을 부탁하자 싶어 이렇게 찾아뵌 것입니다."

"이봐, 내가 간다 해도 출입 금지 구역 같은 데 들어갈 수 있는 것은 아닐세."

"그럴 때를 가리켜 흑심이 있으면 따뜻한 마음도 있다[22]고 하잖아요."

이번에는 완전히 틀렸다. 정정해 줄 기분도 들지 않는다.

"자네는 참 자네 좋을 대로만 생각하는군. 그럼 나는 꼭 쓰지는 않아도 되는 거지? 자네를 따라가기만 하면 되는 거야——나는 어찌 되어도 모르네. 그런데 도리구치 군, 벌써 오후일세. 지금 출발한다 해도 밤이 되지 않겠나? 그때쯤 되면 수사는 끝나 버릴 걸세."

---

22) 본래의 속담은 '물고기의 마음이 있으면 물의 마음도 있다'로, 물고기에게 물을 생각하는 마음이 있으면 물도 그 마음을 생각해 준다는 뜻에서 '상대가 나에게 호의를 보이면 나도 호의를 갖고 대하게 된다'는 뜻이다.

"오늘은 꽤 늦게까지 할 거라던데요. 게다가 여기에서 현장까지는 그리 멀지 않습니다."

"멀지 않아?"

"멀지 않아요. 오늘은 회사 차량인 닷선 스포츠급 고물차로 왔으니, 금세 날아갈 수 있습니다. 두 시간이면 도착할 거예요."

"두 시간이라."

"어떻습니까? 같이 가 주시지 않겠습니까? 취재비로 단팥죽도 한 그릇 대접하겠습니다. 물론 글도 써 주시면 그보다 더 좋을 것은 없고요. 기사가 나는 날에는 원고료를 평소의 2배, 아니 3배——."

"그만 됐네. 그런데 당신은 어떻게 생각해?"

아내에게 의견을 구한다고 어떻게 되는 것도 아니지만, 이대로 그냥 이 청년을 따라가는 것도 재미없다는 기분이 들었다.

"저한테 물으시면 대답하기 곤란하네요. 토막 난 시체라니 그런 것은 저라면 죽어도 보고 싶지 않지만——당신은 비교적 그런 것을 좋아하시잖아요——꽤 오래 기다려 주셨는데, 같이 가시지 그러세요?"

유키에는 덤덤하다. 도리구치는 허락을 얻었다는 듯이 일어서서,

"단팥죽은 서두르라[23]고 하지요. 자, 사가미 호수입니다."

하고 기운차게 말했다.

그 차는 결코 승차감이 좋다고는 할 수 없는 물건이었다. 지면의 굴곡이 그대로 엉덩이에 진동으로 전해져 온다. 조수석에서 보니 도리구치가 쥐고 있는 핸들도 덜덜 떨리고 있다.

---

23) 본래의 속담은 '좋은 일은 서둘러라'임.

"이런 걸 차량등록사업소에서 용케 허가했군. 나 같으면 만든 놈과 함께 폐차시켜 버렸을 텐데."

"그렇지만 선생님, 우리 회사의 세노 씨는 대단한 차라고 칭찬하던데요."

세노라는 사람은 도리구치의 하나밖에 없는 상사로, '실록범죄'의 편집장이기도 하다.

이 차의 창조주인 사장 아카이 씨는 경영만 할 뿐, 편집 작업에는 참견하지 않는다.

"그건 사장에 대한 아부야, 우우."

나는 혀를 깨물 뻔했기 때문에 말을 멈추었다.

차 안은 엄청나게 더웠다. 잠시 달리다 보면 시원해질 거라고 생각했지만, 내 생각이 짧았다. 덮개를 떼어 버리고 오픈카로 만들면 얼마나 기분이 좋을까. 그러나 자칫 잘못했다간 부서질 것 같아 무서웠기에, 나는 알아서 스스로의 제안을 기각했다. 한 번은 말랐던 셔츠가 다시 습기를 머금기 시작했다.

"빨리 왔네요. 벌써 미타카입니다."

도리구치가 말했다.

내가 아는 삼류 잡지 업계의 녀석들은 하나같이 사람이 어둡다.

적어도 내게 일을 의뢰하러 오는 사람들 중 몇 명은, 마치 햇빛을 받는 것이 싫기라도 한 듯 울적한 얼굴을 하고 있다. 그런 가운데, 유들유들한 도리구치의 캐릭터는 이채를 띤다. 아니, 그뿐만 아니라 아카이서방 사람들은 모두 하나같이 묘하게 밝으니까, 이것은 사풍인지도 모른다. 음침한 취재만 취급하는 일상을 보면 상상도 가지 않을 정도이다.

원래 나 자신은 명암으로 나누자면 어두운 쪽이겠지만, 아무래도 나는 그들 같은 성격을 가진 인종에게 끌리는 습성이 있는 듯하다.

확실하지는 않지만 도리구치는 사진가를 지망했었던 모양이다. 지금도 잡지에 게재하는 사진은 그가 찍는다. 그 탓인지 힘은 꽤 세다. 무거운 짐도 어렵지 않게 나른다. 운동선수처럼 체격이 좋고, 눈과 눈 사이가 다소 좁은 것을 빼면 꽤 호남자이기도 하다. 젊어서 그런지 2, 3일 밤샘이 이어져도 아무렇지도 않다. 실로 삼류 잡지 편집을 위해 태어난 듯한 남자이다.

단, 상사인 세노 씨의 이야기에 의하면 도리구치에게는 치명적인 약점이 두 가지 있다고 한다.

하나는 수면이다. 미리 자고 미리 먹어둘 수는 없다고 세상 사람들은 말하지만 아무래도 이 청년에게는 들어맞지 않는 이야기인지, 밤에는 엄청나게 강하지만 한 번 잠들면 어지간한 일로는 일어나지 않는 모양이다. 설사 일어난다 해도 다시 잠들고 만다. 천둥이 치든 공습경보가 울리든 일어나지 않고, 하루나 이틀 정도는 아무렇지도 않게 잔다는 것이다.

그리고 또 한 가지가——.

나는 그것에 생각이 미치자 후회하기 시작했다.

"도리구치 군, 자네 길은 아는 거겠지?"

"예? 그야 당연하지요. 지도가 있거든요."

"그럼 지도를 꺼내보지 않겠나? 내가 길을 지시할 테니."

도리구치는 그야말로 멋지게 잘못된 길로 접어든다고, 세노 씨는 말했었다. 방향치인 것도 아니다. 지방 사정에도 훤하다. 거리 감각도 그리 형편없지 않다.

그러나 왠지 길을 잃는다. 한 번 옆으로 벗어나면 손을 쓸 수 없을 만큼 계속 벗어나, 돌이킬 수 없는 일이 벌어지는 모양이다.

"어라, 또 미타카네요."

이미 늦었나 보다. 나카노[中野]에서 사가미 호수까지는 그렇게 크게 커브를 틀 필요도 없는 길일 텐데, 왜 미타카를 두 번이나 지난단 말인가? 그러나 본인은 별로 놀라지도 않고 곤란해 하지도 않는다. 길을 잘못 들었다는 생각조차 하지 않는 것 같다.

"세키구치 선생님, 미타카 하니까 생각났는데 선생님은 아십니까? 으음, 〈부정을 봉하는 온바코[24]〉인가 하는 수상한 이름의——."

"그게 뭔가? 신흥종교 같은 건가?"

"아뇨, 종교라고 할까, 굿의 일종인 것 같던데요. 꽤 효험이 있다는 평판이더군요. 미타카에 있는 모양인데, 도쿄 시내는 물론이고 다른 지방에서도 손님이 온답니다. 개중에는 정치가나 저명인사도 있다고 하고요. 유행이래요."

"호오, 점도 쳐 주는 건가?"

"그게 말이죠, 재미있을 것 같더라고요. 보통은 악령이나 귀신을 떨어뜨려 버리지 않습니까? 그런데 그것을, 상자 속에 봉해 넣는다더군요."

"상자? 상자라면 네모난 그 상자 말인가?"

"예, 바로 그 상자 말입니다. 교조(敎祖)는 떠돌이 스님 같은 아저씨인 모양인데, 영험 있는 상자를 지니고 다닌답니다. 신자의 고민을 정확하게 알아맞혀서는 말이죠, 기도를 한 번 하면 고민의 원인을 등에 진 상자에 봉할 수 있다는 거예요."

---

24) '상자'라는 뜻.

"하하하, 수상한 이야기로군."

"그렇지요? 꽤 큰돈을 받는 것 같더라고요. 적발하면 재미있을 것 같지 않습니까? 저명인사나 정치가가 신자라고 하니까요. 그래서 흥미가 좀 생겨서요, 토막살인만 아니었으면 지금쯤 취재하고 있었을 텐데."

"그러니까 그 토막살인 현장인 사가미 호수에는 대체 언제 도착하는 거야?"

"아아, 또 미타카네요. 이거 참 이상하네."

꼭 여우에 홀린 것 같다. 그야말로 상자님한테라도 부탁하는 게 좋을지도 모르겠다.

결국, 사가미 호수에 도착했을 때는 저녁때가 다 되어, 5시가 훨씬 지나 있었다. 그래도 여기저기에 로프 같은 것이 쳐져 있는 걸 보면, 아무래도 수사는 아직 계속되고 있는 것 같았다.

그러나 사람은 많지 않다. 경찰관의 모습도 보였지만, 그렇다고 경찰을 붙잡고 물어볼 수도 없다. 잡초가 우거진 길을 잠시 걷다 보니 보트 창고가 보였다.

"아, 선생님, 저기 사람들이 모여 있어요. 분명 저쪽일 겁니다."

도리구치가 빠른 걸음으로 나를 추월한다.

"이봐, 기다려 보게. 무작정 간다고 보여주지는 않을 거라니까."

나도 그 뒤를 좇듯이 잰걸음으로 걷게 되었다.

선창 부근에서 아래를 굽어보고 있던 남자가 우리를 알아차리고 일어섰다. 반사적으로 둘 다 달리던 걸음을 딱 멈췄다. 덕분에 더욱 눈에 띄고 말았다.

“세키구치 씨! 오랜만에 뵙습니다. 그런데 여긴 웬일이십니까!”

혼날 거라고 생각했는데, 놀랍게도 인사를 받고 말았다. 도리구치가, 과연 세키구치 선생님은 얼굴이 통하는군요, 하고 작은 목소리로 말하며 씩 웃었다.

남자는 지난번 사건 때 알게 된 기노시타라는 형사였다. 기노시타는 보트 창고 부근에서 돌을 차고 있는 남자를 손짓으로 불러들였다. 고케시——아오키 형사가 이쪽으로 달려왔다.

“안녕하십니까, 지난번에는 신세가 많았습니다.”

“어떻게 된 건가? 무슨 사건이라도 있나?”

이럴 때는 철저하게 시치미를 떼는 것 말고는 선택의 여지가 없다. 기노시타가 대답했다.

“어라, 세키구치 씨 모르셨습니까? 토막토막 잘린 다리가——아아, 다리 얘기가 실리는 건 석간이었지, 참. 이 근처에서, 아니 여기 있는 보트 창고에서 토막살인사건의, 그, 다리가 발견되었습니다.”

다행히 아무런 의심도 품지 않은 것 같다.

“토막살인사건이 있었단 말인가?”

나는 끝까지 시치미를 뗀다.

“선생님, 신문 안 읽으시지요? 어제 아침, 국도 20호선의 오타루미 고개 근처에 젊은 여자의 오른쪽 팔이 떨어져 있었습니다. 상박의 절반 정도부터 어깨까지가 말이죠. 경트럭을 운전하던, 그 지방에서 임업을 하는 남자가 발견했습니다. 그런데 오늘 아침, 여기에서——바로 이 선창에서 다리가 나왔어요. 두 다리 다요. 덕분에 엉망진창입니다. 저는 어젯밤에는 성매매 단속 강화의 달이라 지원하느라고 밤새도록 일하고, 오늘 아침에도 일찍부터 이러고 있다니까요.”

기노시타는 손에 든 긴 막대를 가리켰다.

"안 나와요. 쓰레기뿐입니다."

"여기에 다리가? 어떻게?"

"발견한 사람은 낚시꾼입니다. 호수 바닥——이라고 해도 저기, 파도가 밀려오는 해변입니다만."

"이봐, 기노시타. 호수에 해변이 어디 있어?"

아오키가 정정했다.

"이 선창 끝에서 보였답니다. 낚싯배를 띄우려고 했었나 봐요. 그런데 뭔가 상자 같은 것이 가라앉아 있더랍니다. 보물 상자라고 생각했나 보더군요. 바보 같은 소리죠. 안 그랬으면 좋았을 걸, 낚싯대 자루 같은 걸로 찔러 봤대요."

아오키는 기노시타에게서 막대기를 빼앗아 선창 끝으로 가서 수면에 그것을 찔러 넣었다.

"이렇게, 몇 번 찔렀더니 상자 뚜껑이 부서지고, 안에서 이렇게."

"떠올랐다는 건가?"

추젠지 아츠코는 다리가 떠 있었다는 말을 했었다.

"떠오르지는 않았습니다. 낚아 올린 거지요. 기름종이인지 뭔지로 싸여 있었나 봐요. 터무니없는 보물이지요? 어쨌든 다리였으니까요."

이미 정보가 뒤섞이고 있다. 소문이란 얼마나 믿지 못할 것인가.

"추라도 달려 있었나?"

"아니오. 가라앉아 있던 상자라는 게 철판으로 만든 이만한 크기의 튼튼한 것이라서."

아오키는 양손을 벌렸다. 2척 8촌(약 85cm)쯤 될까.

"폭이나 높이는 그렇게 크지 않은데, 네모난 연통 같은 상자랍니다. 이 안에 다리가 꽉 차게 들어 있었지요. 욱여넣어져 있었다고 할까요. 그래서 떠오르지 않았던 겁니다. 상자는 쇠로 되어 있으니까요. 어지간해서는 부서지지 않는 튼튼한 상자였습니다. 다만 던져 넣었을 때 뚜껑이 바닥의 돌 같은 데에 부딪혀서, 자물쇠가 망가져 버렸지요. 그래서 쉽게 열렸던 것입니다——."

그 후에는 엄청난 소동이 일어났지요——라고 젊은 형사는 말했다. 기노시타가 아오키의 말을 받았다.

"그래서 대수색이 시작되었는데, 아무것도 나오지 않습니다. 슬슬 끝내고 싶은데, 이곳 수사주임이 꽤 집념이 깊은 사람인가 봐요."

"수사주임은 기바 형사가 아닌가?"

"아아, 물론 수사의 모체는 가나가와 현 본부입니다. 우리는 지원하러 왔을 뿐이고요. 스무 명쯤 보내 달라는 수사협력 요청이 있었거든요. 가나가와는 지금 여러 가지로 바쁜 모양이에요."

나는 곁눈질로 도리구치를 보았다. 뭐가 간단한 추리냐? 장소가 사가미 호수이니 가나가와 현 경찰이 출동하는 게 당연하고, 기바 같은 말단 형사가 수사를 진두지휘할 리가 없다. 조금만 생각하면 알 수 있는 일이다. 도리구치는 머리를 긁적이며 웃고 있다.

"그런데 기바 형사는 어디 있지? 그는 성질머리가 급하니 지방 경찰과 싸움이라도 일으키고 있는 건 아닌가?"

내가 기바 이야기를 꺼내자, 아오키는 곤란한 듯이 기노시타와 얼굴을 마주 보며 힘없이 웃었다.

"기바 씨는 안 계십니다. 그분은 요즘 뭔가 이상해요."

"이상해?"

"예. 지금도 전혀 다른――관할이 다른 사건에 끼어들어, 멋대로 단독 행동을 하고 있어서 위에서 난리예요. 지난 며칠 동안 얼굴도 못 봤습니다. 오늘도 원래는 기노시타가 아니라 그분이 나와야 하거든요. 엄청난 빈축을 사고 있어요. 그렇지?"

기노시타가 고개를 끄덕였다.

"다른 사건? 대체 그건 뭔가?"

"아아, 그 사건도 가나가와 현 본부 관할인데――아니, 이것은 아무리 상대가 세키구치 씨라도, 지금은 대외 유출 금지입니다. 수사상의 비밀이라는 거지요."

말을 이으려고 하는 아오키를 기노시타가 막았다. 턱짓으로 보트 창고 쪽을 가리킨다.

두세 명의 제복경관과 사복형사인 듯한 남자가 이쪽을 보고 있다.

"아아, 큰일 났다, 저 가나가와의 경부보는 무섭거든요. 죄송합니다, 이만 실례."

기노시타는 가볍게 목례를 하고, 경부보의 시선을 피하듯이 재빨리 우리가 온 방향을 향해 걸어갔다. 선창에 있던 아오키도 묘한 얼굴을 하고는,

"이제 진절머리가 난다니까요. 그럼 이만――."

하고 뒤를 쫓았다. 그리고 생각난 듯이 돌아보더니,

"――아, 맞다, 세키구치 씨. 아까 저쪽 민가 쪽에서 그 음양사 선생님의 여동생, 그 잡지 기자인――귀여운 얼굴을 한――그 아가씨가 취재하고 있었습니다. 지금이라면 아직 있을지도 몰라요."

라고 말했다.

추젠지 아츠코가 와 있는 것이다.

결국, 나와 도리구치는 아무것도 하지 않고, 저녁이 다가오는 호수 수면을 멍하니 바라볼 대로 바라본 후 귀로에 오르게 되었다. 이래서야 무엇을 하러 왔는지 알 수 없다. 물론 근처에 단팥죽을 파는 가게 따윈 없었다.

터덜터덜 차 쪽으로 걸어가자, 낯익은 자그마한 몸집의 여성——바로 그 추젠지 아츠코가 맞은편에서 걸어왔다. 아츠코는 내 모습을 확인하고는,

"어머나! 어째서 선생님이 여기 계세요?"

하고 소리를 질렀다.

"아, 단팥죽을 먹으러 왔어. 그렇지, 도리구치 군?"

나는 잔뜩 비꼬듯이 말했지만, 도리구치에게는 전혀 통하지 않는 모양이다.

청년은 아츠코에게 잠시 넋을 잃고는,

"세키구치 선생님, 이분은?"

하고 내 쪽을 보지도 않고 작은 목소리로 물었다.

"글쎄, 이 사람은 그 유명한 '희담월보'의 편집 기자로 일하고 있는 추젠지 아츠코 양일세."

"희, 희담월보! 우왓."

청년은 코에서 대량의 공기를 뿜어냈다. 내 생각에 이것은 아마 열등감과 존경과 선망이 뒤섞인 결과 생성된 공기일 것이다. '실록범죄' 클래스의 삼류 잡지에서 보자면 '희담월보'는 하늘과 땅만큼 격차가 있다. 그만큼 먼 존재인 것이다.

게다가 추젠지 아츠코는 여성이고, 그뿐만 아니라 젊다.

실제 나이는 스무 살이 넘었지만, 언뜻 보기에는 여학생으로밖에 보이지 않는다. 거기에다 조금만 더 여성스러운 차림을 하면 그녀는 꽤 미인인 것이다. 그녀를 구성하는 모든 요소가, 도리구치에게 코로 공기를 내뿜으라고 명령하고 있는 것이나 마찬가지였다.

나는 그의 그런 심경을 읽어내고, 심술궂게 도리구치를 소개했다.

"아츠코 양, 소개하지. 이 청년은, 뭐 너는 모르겠지만 '월간 실록범죄'라는 훌륭한 잡지의 편집자로 일하고 있는 도리구치 군이야. 사이좋게 지내 주라고. 나는——크게 신세를 지고 있지."

그러나 도리구치는 염치도 없이 평소와 똑같은 태도로,

"아니, 아무리 신세를 지고 있다지만 남들 앞에서 폭로해 버리시면 부끄럽습니다."

하고 말했다. 뭐가 부끄럽다는 거냐. 정말 후안무치하다. 대체 이 청년은 어디에 수줍음이 있다는 건가?

아츠코는 다소 피곤한 기색이기는 했으나, 그래도 지지 않고 붙임성 있는 웃음을 지으며, 처음 뵙겠습니다, 하고 예의 바르게 인사했다. 그리고,

"저도 '실록범죄'는 읽고 있어요. 히카리 클럽[25]의 궤적을 다룬 기사는 흥미롭게 읽었답니다."

라고 말했다.

---

25) 히카리 클럽 사건은 전후(après-guerre)범죄 중에서도 손꼽힐 정도로 유명한 사건이다. 야마자키 아키쓰구라는 청년이 26세라는 젊은 나이에, 1948년 학생들이 중심이 되어 경영을 담당하는 히카리 클럽이라는 금융기관을 설립하였지만, 이자제한법, 물가통제령, 은행법 위반 혐의로 체포되었다. 동경대학교 출신으로 전설의 최우수성적을 남기기도 했던 야마자키 아키쓰구는 자신의 법률 지식으로 취조관과 법률 논쟁을 벌인 끝에, 체포된 지 두 달 만에 처분보류로 석방된다. 그러나 야마자키의 체포에 동요한 390여 명의 채권자로부터 약 3천만 엔의 채권반환 요구에 직면하자, 지불기한 전날 밤에 청산가리를 마시고 자살했다.

기사의 내용까지 기억하고 있는 것으로 보아, 인사치레가 아니라 정말 읽고 있는 모양이다. 도리구치도 묘한 얼굴을 했지만, 그 얼굴은 몇 초도 가지 않고 곧 헤벌쭉한 표정이 되어 평소와 똑같이 익살스러운 목소리로,

"우와아, 그 기사는 제가 원고를."

하더니 잠시 사이를 두고,

"자루에서 꺼낸 거랍니다."

라고 말을 맺었다. 결국, 끝까지 능청을 떨 셈인가 보다.

아츠코는 꽤 녹초가 된 듯 보였다. 취재가 어땠는지 묻자,

"아아, 잠복한 보람이 있었지요."

라고 말했다.

호숫가는 이미 어두컴컴해졌다. 전철로 돌아가는 것도 힘들 테고, 어차피 같은 방향이니 같이 차로 돌아가지 않겠느냐고 권하자 아츠코는 매우 기뻐했다. 그리고 그 닷선 같은 것을 보더니 굉장한 차라며 끊임없이 칭찬을 해댔다. 도리구치도 기뻐하고 있다.

"보세요, 아츠코 씨도 높게 평가하지 않습니까. 이 차를 나쁘게 깎아내리는 사람은 세키구치 선생님 정도라고요."

"아직 안 타 봐서 그래. 안 타 봐서."

나는 이번에는 확실히 지도를 손에 들고 조수석에 올라탔다.

"그런데 어째서 죽인 사람을 토막토막 자르는 걸까요? 손도 몹시 많이 갈 텐데. 얼른 파묻는 편이 좋을 것 같은데 말이지요——."

변함없이 가늘게 진동하는 핸들을 쥔 채 도리구치가 말했다.

"묻고 싶어도 묻을 곳이 없는 걸세. 주택 사정 문제지."

나는 거칠게 대답했다.

"흐음——그렇다고 토막을 내나요? 어지간히 미워하지 않고서야. 범인 입장에서 보자면 말이지요. 잘게 잘라도 분이 풀리지 않는 걸까요?"

"아니, 대개 살인을 범하는 것 자체가 정상적인 신경은 아니지. 범행에 이른 시점에서 일상성은 없는 셈이니, 미워한다거나 원망한다기보다 미친 것 아닐까? 제정신으로는 할 수 없지 않나. 그렇지, 아츠코 양?"

뒷좌석에 혼자 탄 아츠코가 아무래도 심심할 것 같아서, 나는 그녀에게 말을 걸었다. 그러나 돌아보니 그녀는 의외로 즐거운 얼굴을 하고 있었다. 드라이브를 좋아하는 것인지도 모른다.

"그 이야기는 얼마 전에 오빠하고도 했어요."

"호오. 교고쿠도는 뭐라고 하던가?"

나는 아츠코의 오빠——교고쿠도의 의견을 들어보고 싶어졌다.

대개는 일상생활과 관련 없는 지식을 방대하게 가지고 있는 이 비뚤어진 친구는, 아마 이런 이야기에는 일반인이 갖고 있지 않은 비뚤어진 일가견을 가지고 있을 게 틀림없는 것이다. 아츠코는 웃으며, 늘 하던 대로지요——라고 말했다.

"죽은 사람의 부활을 저지하기 위한 주술적인 행위라거나, 신원을 감춰 수사를 교란시키는 의미도 있을 거라고 하던데요."

"주술은 그렇다 치고, 신원을 감춘다는 건 좀 이해가 안 가는군. 그야 일시적으로 혼란스럽기는 하겠지만, 요즘은 과학수사도 발달했어. 목이 없어도 정체 정도는 금방 알 수 있다고."

"그래요, 분명히 오빠도 그렇게 말하더군요. 조만간 몸의 조직 일부만으로도 신원을 식별할 수 있는 시대가 될 거라나요? 따라서 토막을 내는 결정적인 이유는, 그렇지, 시체를 처리하기가 쉽지 않은 경우, 무거워서 옮길 수 없다거나 하는——그런 물리적인 이유가 있기 때문일 거라고 했어요. 거기까지는 선생님의 의견과 같아요. 하지만."

"뭔데? 더 있단 말이야?"

아츠코는 앞쪽으로 몸을 내밀어 왔다.

"시체를 절단할 때의 심리 상태 말인데요, 선생님은 제정신으로는 할 수 없다——고 하셨지요?"

"당연하잖아. 제정신일 리가 없지."

아츠코는, 그렇지요, 저도 그렇게 생각하는데요, 라고 전제하고 나서 말했다.

"오빠의 이야기에 의하면——아마 토막 낼 때의 정신 상태는 극히 정상적일 테고, 오히려 살인이라는 비일상에서 평범한 생활——일상으로 돌아오려고 토막을 내는 경우가 많지 않겠느냐, 토막을 냄으로써 범죄자는 이상한 정신 상태 속에서 정상을 되찾는 게 아니겠느냐고 하더라고요."

"어째서 그렇게 되는 거지? 인간의 시체를 잘게 자르는 잔혹한 짓이, 어떻게 정상적인 정신을 되찾는 것으로 연결되는 거야? 행위 자체만 놓고 본다면 오히려 살인보다 더 비정상적인 행위 아닌가? 실수로 사람을 죽이는 일은 있겠지만, 실수로 사람을 토막 내는 일은 없어. 그걸 생각해도 토막 낼 때가 더 이상한 거지. 안 그런가, 도리구치 군?"

도리구치는 덤덤하다.

"뭐, 이상과 정상의 선을 어디에서 긋느냐 하는 문제겠지요. 충동적으로 사람을 찔러 죽인 경우, 그것은 이상일까요? 아니면 정상일까요?"

"그것은 그 순간이 이상인 걸세. 발끈해서 이성을 잃는 경우가 아니겠나? 발끈했을 때가 이상인 것이지. 그렇지 않으면 살인이라는 수지도 안 맞는 짓을 할 리가 없어. 거의 틀림없이 처벌을 받게 될 테니 말일세. 손익계산을 할 줄 안다면, 또는 사회적 윤리적인 판단력만 있다면, 99퍼센트 생각을 고쳐먹겠지."

"네, 오빠도 그렇게 말했어요. 살인은 99퍼센트 충동적인——또는 발작적인 거라고——."

"계획적인 살인도 있지 않습니까? 모략이나 원한 관계, 돈이 필요하거나 지위, 명예를 지키기 위해서라거나. 살인에는 동기가 있는 법입니다, 아츠코 씨. 세키구치 선생님이 전문이시지요. 범인의 심리 묘사."

도리구치는 그렇게 말하며 나를 힐끗 보았다.

"오빠의 말로는——저는 잘 이해할 수 없었지만, 그런 동기는 나중에 가서 편의상 타인이 갖다 붙이는 거라나요. 범죄를 범죄로 만들기 위해, 사회 통념상 동기라는 이유가 필요한 거라고 하더군요. 약속 같은 거라고요."

"어째서? 그런 바보 같은 소리는 들은 적이 없어. 교고쿠도답다면 답기는 하겠지만."

어쨌든, 우선 동기가 있어야 한다. 동기가 나중에 붙는 거라니, 웃기는 소리다.

"아뇨, 동기만 따지자면 누구나 갖고 있고 계획만 하는 거라면 누구든지 할 수 있지만, 그것이 있다고 해서 특수한 건 아니다, 범죄자와 일반인을 가르는 기준은 그것이 가능한 상황이나 환경이 찾아오느냐 찾아오지 않느냐 하는 한 가지에 달려 있다——는 취지의 이야기였어요."

"그렇다면 우연히 마음대로 상대를 죽일 수 있는 상황이 찾아오면, 누구나 살인을 범한다는 거야? 말도 안 되는 폭론(暴論)이로군."

"저도 잘 모르겠어요. 하지만 오빠가 말하기로는, 동기와 같은 심리적인 요인과 환경과 같은 사회적 요인, 그리고 범죄가 가능해지는 물리적인 요인은 서로 떼어놓고 생각해야 한다고 했어요. 범죄를 만들어내는 것은 개인이 아니라 사회나 법률이라고요."

"아하하, 분명히 법률이 없다면 범죄는 있을 수 없겠군요. 차가 없으면 교통사고가 없는 것과 마찬가지로요."

도리구치는 어떤 화제나 똑같은 어조로 이야기한다.

나는 생각한다.

내가 죽이고 싶을 만큼 미워하는 상대와 대치하고 있다. 상대는 저항할 수 없는 상태에 있다. 내 손에는 충분히 살상능력이 있는 무기가 쥐어져 있다.

나는 그 상대를 죽일까?

아니, 아마 죽이지 않을 것이다. 왜냐하면, 처벌을 받게 되기 때문이다. 그러나 절대로 범행이 탄로 나지 않는다면 어떨까. 그보다, 이 세상에 법률이 없고 살인이 처벌받지 않는다면 어떨까——.

죽일지도 모른다.

오싹해졌다. 그런 상황은 있을 수 없다. 따라서 생각해 봐야 소용없는 일이다. 그러나 마지막 조건을 빼면 있을 수 없는 일도 아니다. 충분히 있을 수 있다. 그때 내가 마지막 조건——사회적인 규제만 떠올리지 못한다면——.

역시 그것은 있을 수 있는 일이다. 동기도 계획성도, 그렇게 중요한 것은 아닐지도 모른다. 마지막 선을 넘는 계기는, 실은 사소한 것——마음의 동요나 착각, 격앙된 감정과 같이 평소에 자주 있는 것——일지도 모른다.

"그렇다 해도."

도리구치가 내 불온한 생각을 방해했다.

"어쨌든 토막토막 자르는 것은 기분 나쁘지요. 역시 제정신으로는 그럴 수 없어요."

"그래, 아츠코 양. 동기 같은 건 접어둔다 해도 시체를 토막토막 자르는 것이 이상에서 정상으로 가는 길이라는 말은 이해하기 힘들어. 살인사건의 당사자라는 극한상황에 몰려 평소의 건전한 정신 활동을 영위할 수 없게 되었을 때, 그런 이상한 정신 상태에서 저지르는 행위라고 생각할 수밖에 없어."

두 손을 비비며 잠시 생각에 잠기는 아츠코의 모습이 백미러에 비친다.

오빠의 말을 떠올리고 있는 것 같다.

"아라카와——사건 기억나세요? 지난달 '실록범죄'에서도 다뤘지요."

아라카와 토막살인사건이 일어난 시기는 올해——1952년 5월의 일이다.

소학교 여교사가 순사였던 남편을 죽이고 어머니와 둘이서 목, 팔, 다리를 잘라 아라카와 강에 내던진, 소위 엽기사건이다. 범인이 직업 여성, 그것도 교육자라는 사실 때문에 사회에 준 충격은 컸다. 처음에는 공범인 정부가 있다는 소문이나 억측이 아주 그럴싸하게 돌았지만, 결국은 어머니와 단둘이서 저지른 범행으로 밝혀졌다.

"그건 토막을 낸 것도 그렇지만 범행 수단이 특이했지요."

도리구치가 아는 척하며 말했다. 나는 자세히 몰랐기 때문에 그 수단이 무엇인지를 물었다.

도리구치는 변함없는 말투로 대답했다.

"우선 곤봉, 이것은 경관인 남편의 생계 도구지요. 여기에 끈을 묶어 덧문에 끼웁니다. 덧문의 한쪽을 고정해 두고, 자고 있는 남편의 목에 그 끈을 슬쩍 감은 후 다른 쪽 덧문을 힘껏 잡아당긴 것이지요."

"그게 특이한가?"

"특이하지요. 계획적이라고 하기에는 도구가 너무 조악하잖아요. 근처에 있는 물건으로 적당히 때웠다는 느낌입니다. 그렇다고 충동적이라고 하기에는 행동이 느릿느릿하고 묘하게 용의주도하지요. 이건 이상합니다."

"하지만 그럴 수도 있지 않나? 동기가 없었던 것은 아닐 테니, 충동적이지는 않겠지."

아츠코가 내 말을 받아 이야기하기 시작했다.

"분명히 주범——아내에게는 난폭하고 낭비가 심한 남편과의 생활에 완전히 지쳐 있었기 때문에, 그야말로 평소에 동기가 있었던 거지요. 하지만 '그래, 죽여 버리자'고 생각한 것은 범행 당일 밤, 저녁 식사를 한 후 설거지를 하고 있을 때였다고 해요. 하지만 그때는 죽이지 않았어요. 남편은 무뢰한이지만 직업은 경찰입니다. 덮쳐 봐야 반격을 당할 게 뻔하지요. 게다가 살인이라는 행위가 얼마나 반사회적이고 용서받지 못하는 것인지를, 교육자였던 그녀는 충분히 알고 있었어요. 그러나 그날 밤, 남편이 잠들고 나서 그것은 갑자기 찾아온 것입니다."

"찾아와? 살의가?"

"살의 —— 일까요? 오히려 기회 —— 가 아닐까요."

"기회?"

살해 조건이 갖추어진 상황 —— 이라는 뜻일까?

"지금이라면 죽일 수 있다, 죽여도 된다, 죽이면 편해진다 —— 그리고 나서는 미움이니 뭐니 하는 문제가 아니었지요. 어떻게 해서 손쉽게, 실패하지 않고 그 행위를 저지를 수 있을 것인지가 문제였어요. 왜냐하면, 가장 귀찮은 문제는 그 시점에서는 해결되어 있었기 때문에, 살인 행위의 사회적 의미는 이미 잊었거든요. 동기, 즉 평소의 갖은 원한은, 죽이고 나면 사라져 버릴 거라고 굳게 믿고 있는 셈이니 역시 없었고요. 그 시점에서는 어떻게 하면 곤봉이 덧문에 단단하게 고정될까, 끈의 매듭은 풀리지 않을까, 그런 생각을 하게 되지요. 즉, 이상이라고 부른다면 그것이 찾아온 순간은 이상이겠지만, 그 외에는 평상시와 다름이 없는 거예요."

"아하, 확실히 상대가 사람이고, 결과가 살해만 아니라면 덧문에 막대기를 끼우는 것도, 막대기에 끈을 묶는 것도, 그것을 잡아당기는 것도 특별히 이상한 행동은 아니지요. 목적이 이상할 뿐."

"역시 궤변 같은데. 과연 교고쿠도의 의견다워. 하지만 범행 당시의 정신 상태가 이상이 아니라면, 그 후에 시체를 토막 낸 것은 어때?"

"글쎄요——도리구치 씨가 말씀하신 것처럼 선을 긋기는 어렵지만——이상과 정상으로 나눈다면, 정신 상태가 가장 이상해지는 것은 실행하고 있을 때보다도 오히려 범행 직후일 거라고 생각해요. 찾아왔던 것이 완전히 떠난 후——다시 말해서 죽이고 난 후."

"그럴까——? 살해하고 있는 동안보다 끝난 후가 더 이상하다고?"

"네——그것이 찾아온 순간은, 물론 정상은 아니겠지만, 범행 중에는 의외로 제대로 된 판단력을 갖고 행동하는 거지요. 하지만 모든 것이 끝났을 때——범인은 자신이 무시무시하게 비일상적인 상태에 놓여 있다는 것을 깨닫게 되는 거예요. 시체가 누워 있지요. 그리고 범인은 자신이고요. 그래서 대개 착란을 일으키는 겁니다. 그 결과 범인은 후회하거나 반성하거나 자수함으로써 비일상을 일상으로 교정하려고 하지요. 하지만 길은 여기서 한 가지 더 있는데, 이것은 사회에 들키지만 않으면 된다고 생각함으로써 일상을 되찾으려고 하는 길이에요. 요컨대 발각되지만 않으면 된다, 다시 말해 범행을 감추려고 하는 거지요. 여기에 이르기까지가 가장 정신적으로 동요하고 있을 때일 거예요. 이 시간이 긴 사람도 있고 짧은 사람도 있어요. 어느 한쪽 길을 곧바로 선택할 수 있는 사람도 있고, 좀처럼 선택하지 못하는 사람도 있을 테고요. 선택하지 못하는 경우는 대개 체포되고 말지요."

아츠코는 아무래도 거의 완벽하게 오빠의 말을 생각해낸 것 같다.

말투도 어딘지 모르게 교고쿠도와 닮았다.

"그건 알겠는데, 그럼 토막을 낸다는 것은 어떤 의미가 있는 거지?"

나는, 그래서 교고쿠도의 말에 반응하듯이 대답을 했다.

"아라카와 사건의 경우, 토막을 내자고 제안한 사람은 어머니였다고 해요. 이유는 간단해요. 그렇게 하는 편이 운반하기 쉽고 눈에 띄지 않을 거라는 거지요. 그저 그뿐, 무겁고 큰 것은 나누면 편할 거라는, 아주 일상적인 판단이 범인인 그녀를 이상한 정신 상태에서 구한 거예요. 아주 당연한 그 의견이, 살인이라는 중대한 반사회적 행위조차도 시정해 버린 거지요. 따라서 이제는 범행 당시와 똑같이 어떻게 효율적으로 토막 낼 것인가 하는 것만이 문제가 됩니다. 그 이외의 문제는, 그 시점에서는 일단 해결된 거예요. 모녀는 겨우 2시간 만에, 생선이라도 바르듯이 남편의 시체를 해체했다는군요."

"그렇군요. 그때는 여기 근육은 잘 안 잘린다거나, 지방이 묻으니까 부엌칼을 데우자든가, 뼈는 관절부터 빼고 자르라든가, 그런 생각을 하는 거로군요. 이놈이 미워 죽겠다는 생각은 별로 하지 않고요. 으음, 거의 장인 같은 상태라는 거로군요."

도리구치의 말투는 밝아서 더욱 기분 나쁘다.

그건 그렇고 아츠코는 마치 오빠가 옮겨 붙기라도 한 것 같다. 도저히 들은 이야기라고는 생각할 수 없었다.

"그래서 처음 이야기로 돌아오는 거로군. 토막을 냄으로써 일상을 되찾으려고 한다——너는 잘 모르겠다고 했지만, 제대로 이해하고 있잖아. 해석이 되어 있어서 본인한테 직접 듣는 것보다 이해하기 쉬웠어. 그렇지, 도리구치 군?"

대답이 없었다.

이야기에 열중해 있는 사이에 바깥은 완전히 어두워져 있었다. 벌써 꽤 오랫동안 달렸다. 슬슬 나카노에 도착해야 할 무렵이기는 했다.

"으음, 지금 어디쯤 온 걸까요?"
큰일 났다. 그러나 이미 늦었다.

고물차는 천천히 스피드를 늦추더니, 부르르 떨며 정차했다. 다행히 뒤에서 오는 차도, 맞은편에서 오는 차도 없었다. 게다가 가로등도 없다. 시골길 같은 샛길이 몇 개 있을 뿐이다.
"태연하게 농담이나 하기에 안심하고 있었더니——자네는 길도 모르면서 달리고 있었단 말인가?"
"하지만 세키구치 선생님이 길을 가르쳐주신다면서 지도를 가지고 계셨지 않습니까. 길을 잘못 들면 가르쳐주실 거라고 생각하고 있었지요."
"으음."
분명히 나는 지도를 손에 들고 있다.
"글쟁이로서는 모르겠지만, 안내자로서의 세키구치 다츠미는 너무나도 무능했던 것이로군요."
운전수로서의 무능함은 생각도 하지 않고 있다.
도리구치는 차를 길가에 세우고 내 손에서 지도를 받아들더니 현재 위치를 확인했다. 그러나 확인을 해도 어디가 어딘지 전혀 짐작이 가지 않는가 보다. 농담이 아니라 진짜 길을 잃고 말았다.
"야아, 여기는 대체 어디일까? 여긴가? 여기일까요?"
"나는 모르네. 차는 타고 다니지 않으니까."
"아무래도 이 길은 국도 16호선인 것 같은데요. 중간에, 가 아니라 꽤 한참 전에 한 번 길을 잘못 들었어요."
아츠코가 뛰어난 눈썰미로 표지판을 발견했다.

"그렇다면——."

"거의 요코하마 근처까지 왔다는 거겠네요."

아츠코는 냉정하다.

"요코하마?"

멀리도 왔다. 시각은 벌써 8시를 지나고 있었다.

"요코하마라 해도 그렇게 멀지는 않아요. 길을 잘못 들긴 했지만 한 번뿐이고 그 후에는 계속 똑바로 왔으니, 이 길을 되돌아가면 조만간 원래 길로 돌아갈 수 있을 거예요."

아츠코가 도리구치를 격려했다. 약간 주눅이 들었던 운전수는 하늘의 계시라도 얻은 양 기세가 등등해진다.

"하하하하, 맞습니다. 유턴하면 그만이지요, 세키구치 선생님. 그렇게 원망스러운 눈으로 보지 말아 주십시오."

도리구치는 기운차게 그렇게 말하고 차를 출발시켰다. 그러나 도리구치는 잠깐 달리다가 우회전해서 샛길로 들어가 버렸다. 어떻게 할 셈인 걸까.

"자네는 왜 이런 샛길로 들어오는 겐가? 되돌아가면 된다고 하지 않았나?"

"네? 그래서 차를 돌리려고요."

"하지만 이 길은."

엄청나게 좁은 길이었다. 양쪽에는 나무가 서 있다. 나무들의 간격은 점점 좁아져, 이윽고 숲처럼 되었다. 아무리 가도 외길이다.

"이보게, 외길인 샛길로 들어가 봐야 원래 길로는 돌아갈 수 없단 말일세. 도리구치 군, 자네는 그러니까 길을 잘못 들어온 거야."

조금

불길한 예감이 들었다.

"막다른 길은 아니겠지."

그것은 세 명 모두 느끼고 있었다. 그러나 길의 폭은 좁고, 후진으로 돌아갈 수도 없어서 차를 돌릴 만한 폭이 있는 곳까지 나아가기로 했다.

좋지 못한 예감이 든다.

아무래도 막다른 길인 것 같다.

그때 갑자기 전방이 새하얘졌다. 좌우에서 강렬한 조명을 받은 것이다. 눈이 부셨다. 도리구치는 갑자기 속도를 떨어뜨렸다. 차체가 부르르 떨린다.

나는 앞으로 고꾸라진 데다 엉덩이를 부딪쳤다.

빛이 있는 방향에서 몇몇 사람이 뛰어왔다. 바로 정면에도 몇 명이 있다. 경관이다.

세우라는 걸까?

도리구치가 더욱 브레이크를 밟는 바람에 나는 다시 한 번 엉덩이를 부딪쳤다.

"뭐, 뭐죠? 저건——."

아츠코가 가리킨다. 눈이 부셔서 눈을 가늘게 뜨고 본다. 그리고 나는 경관들 뒤쪽에, 도저히 이 세상의 것이라고는 생각할 수 없는 위압적인 덩어리가 있는 것을 보았다.

그것은 거대한 상자였다.

3층, 아니 4층짜리 빌딩 정도는 너끈히 될 듯한 거대한 상자였다.

건물에는——크기로 보아 건물임에는 틀림이 없겠지만——그러나 창문 같은 것은 전혀 없었다. 정면 입구 위에 붙박이창 같은 틈이 세로로 한 줄 나 있을 뿐이다. 그 외에는 시커멓고 압도적인 콘크리트 덩어리다. 사각형이라기보다 정방형, 아니——입방체인가?

거대하고 시커먼 입방체가, 위압적인 조명을 받으며 밤하늘에 떠 있는 것이다.

불길했다.

상자——건물 앞은 광장처럼 되어 있고 차가 네다섯 대 서 있다. 한 대는 트럭 같았지만, 나머지는 아무래도 경찰차인 것 같았다.

상자 뒤쪽으로 연통 같은 것이 두 개 보인다. 하나는 대중목욕탕의 연통처럼 크다.

이것은 대체 무엇일까?

어느새 우리들의 고물차는 경관들에게 둘러싸이고 말았다. 경관은 대략 열 명 정도 될까. 포위되었다는 뜻은 바로 이런 상태를 말하는 것이리라. 경관이 운전석 쪽 창유리를 들여다보며 똑똑 두드렸다. 열라는 것일까, 아니면 내리라는 뜻일까?

도리구치가 창을 열었다.

"당신들은? 무슨 일이지? 뭐하러 왔나?"

따지는 듯한 강한 어조다.

"저어, 그러니까, 길을 잘못 들었는데요——."

"잘못 들었다고? 길을 잘못 들어서 이런 샛길로 들어올 리가 없잖은가. 수상하군. 어쨌든 내리시오."

어쩌다 일이 이렇게 되었을까.

내가 앉아 있는 쪽 창문도 다른 경관이 똑똑 두드리고 있다. 내리라는 것이다. 나는 아츠코 쪽을 돌아본다. 아츠코는 말이 없었다.

그건 그렇고 삼엄한 경비다. 그렇다, 저 건물은 옛 육군의 비밀기지 같은 것이 아닐까? 아니, 전쟁 중이라면 몰라도 현재에 그런 것이 있을 리도 없다. 있다 해도 사용 중은 아닐 것이다.

내가 문을 열려고 했을 때, 건물 쪽에서 몇 명의 남자들이 더 나타났다. 그중 한 명이 문에서 몸을 반쯤 내민 내 모습을 알아보고는 당황한 듯이 달려왔다.

"이봐! 왜 여기에 있나!"

기바였다.

생각도 하지 못한 긴박한 상황 속에서 생각도 하지 않았던 아는 얼굴을 만난 나는, 솔직히 말해서 얼마쯤 안도했다. 그러나 기바는 딱딱한 표정을 풀지 않은 채 말없이 다가와 내 멱살을 잡고는 다시 한 번 똑같은 말을 했다.

"세키구치, 왜 자네가 여기에 있지?"

지옥에서 부처를 만난 것 같은 게 아니라, 이거야 지옥에서 귀신을 만난 것 같다.

"기, 길을 잃었어요. 여기, 운전을 한 지인이 길을 잘못 들어서 이 샛길로."

"그 녀석은?"

도리구치도 창백해진 얼굴로 침묵하고 있다.
세 명 정도의 경관이 그를 둘러싸고 있었다.
"잡지사의 도리구치라는 사람입니다. 제 지인이지요. 수상한 사람은 아닙니다."
"잡지라——."
기바는 뒷좌석에서 아츠코의 모습을 발견했다.
"——흠, 교고쿠의 동생도 같이 있잖아——아무래도 수상한걸."
"뭐, 뭐가 수상합니까? 도리구치 군은 모르겠지만, 저나 아츠코 양의 신원은 나리도 잘 아시지 않습니까."
기바는 잠시 생각에 잠겼다. 기바의 등 뒤에, 역시 형사인 듯한 남자가 두 명 섰다.
"기바 군, 무슨 일이지? 자네는 여기에서는 아무 권한도 없네. 멋대로 행동하면 곤란해. 심문은 이쪽에서 할 테니 비켜 주게."
기바는 한층 더 무서운 얼굴이 되어, 그렇게 말한 남자를 힐끗 노려보고 나서,
"어이, 세키구치. 정말 길을 잘못 든 거겠지? 잡지 기삿거리로 삼기 위해 뭔가 냄새를 맡고 다니는 건 아니겠지?"
하고 다짐하듯이 말했다.
"내, 냄새를 맡고 다니다니 뭘요? 우, 우리들은."
"알았네. 이제 됐어."
기바는 밀쳐내듯이 그렇게 말하고 나서, 정말로 나를 밀쳐냈다. 그리고는 등 뒤로 빙글 돌아,
"이놈들은 내가 아는 놈들입니다. 신원은 제가 보증하지요. 소동이 커지면 이래저래 귀찮으니 이대로 돌려보내 주십시오."

라고 말했다.

"돌려보내라니, 이봐. 자네에게는 이곳의 일을 처리할 권한이 없어. 수상한지 아닌지는 우리들이 판단할 일일세. 조사를 할 테니 비켜."

"이보십시오. 절대로 아무 상관도 없는 놈을 조사하는 것은 시간 낭비 아닌가요? 그런 쓸데없는 짓을 하다가 무슨 일이라도 생기면 어쩔 겁니까? 경비 인원을 나눠 가면서까지 그런 짓을 할 필요는 없다, 내 말은 그런 뜻입니다. 만일 이놈들이 사건의 관계자라면——그때는 내가 책임을 지지요."

남자들——아마 국가경찰 가나가와 현 본부의 형사들일 것이다——은 떫은 차라도 마신 듯 떨떠름한 얼굴을 했다.

"이봐, 기바 군. 자네는 고작해야 순사부장 아닌가. 책임을 지겠다는 둥 잘난 척해 봐야 자네가 뭘 할 수 있다는 건가? 무슨 일이 생기고 나서는 이미."

"그럼 이러는 사이에 무슨 일이 생기면 당신이 책임질 겁니까? 순사부장은 안 되더라도 경부는 할 수 있다고? 당신은 책임을 질 수 있다는 거로군요."

기바는 기죽지 않는다.

형사들은 범죄자를 보는 듯한 눈으로 우리들을 살피고 있다.

나는 아무래도 이런 상황에 약하다. 완전히 차분함을 잃고 만다. 태연자약할 수 없기 때문에 더욱 거동이 수상해 보이는 것이다. 그래서 나도 차분하게 있으려고 하지만, 시선만은 이리저리 흔들리고 만다.

경관의 얼굴. 형사의 얼굴. 밤하늘. 달이 떠 있다.

네모난 상자 바로 위에 둥근 달이 빛나고 있다. 달에서 건물로 시선을 떨어뜨린다. 상자 모서리를 따라 천천히 시선을 내린다. 건물 입구에, 걱정스러운 듯이 사태를 지켜보고 있는 여성의 모습이 보였다. 역광이라 얼굴까지는 알아볼 수 없었다.

이명이 난다. 아니, 이것은 이명이 아니다. 땅울림일까? 군수공장에서 들은 윙윙거리는 동력음과 비슷했다.

"언제까지 이러고 있을 겁니까? 나라면 몰라도 당신들은 그렇게 한가하지 않을 텐데!"

초조해진 기바가 고함쳤다.

"알았네, 기바 군. 이제 됐으니 일단 신원만이라도 확보해 두게 해 주지 않겠나?"

고집스러운 기바의 태도에 결국 형사가 꺾였다.

도리구치가 운전면허증을 보여주고 있다. 나와 아츠코에게도 주소와 이름을 물어왔다.

기바는, 그야말로 지옥의 나졸처럼 버티고 서 있다. 강한 조명이 뒤에서 비추고 있어서, 안색이 시커먼 게 정말 인왕(仁王) 같다. 그 뒤에는 역시 비상식적인 거대한 상자가 우뚝 솟아 있다. 상자 입구에는 여자의 실루엣이 그림자놀이처럼 서 있다.

하늘에는 달이 떠 있다.

왠지 악몽 같았다.

현실감이 서서히 사라져 간다.

기바는 내 옆으로 걸어와, 그치고는 꽤 낮은 목소리로 위압적으로 말했다.

"세키구치, 내 말 잘 듣게. 오늘 밤에는 아무것도 묻지 마. 잠자코 돌아가란 말일세. 그리고 이곳에서 일어난 일이나 본 것, 들은 것은 절대로 다른 데서 발설하면 안 되네. 약속하게. 저 남자랑 교고쿠의 누이에게도 다짐해 둬. 만일 약속을 깬다면, 내가——개인적으로 가만두지 않을 걸세."

기바의 목소리라기보다 등 뒤의 상자가 말하고 있는 것 같았다.

우리들은 마치 생각할 힘을 잃어버린 듯 상자의 명령에 따랐다.

나에게 몹시 인상 깊은 날이 된 8월 30일은 이렇게 끝났다.

※

(전략)

그리고, 그 소녀를 찾아보자.

역 앞 여인숙에서 묵기로 했다. 짐을 풀고 곧 거리로 나간다. 어디에서 누구에게 물으면 좋을지 전혀 짐작도 가지 않는다. 우선 식당에 들어가 본다. 식욕은 거의 없었기 때문에 술 한 병과 생선구이를 주문했다.

좌석 수와 탁상 수가 맞지 않는다. 아무래도 초조해진다. 탁상 하나에 의자 4개가 한 조일 텐데, 5개인 자리와 3개인 자리가 있다. 왜 저런 데에 신경을 쓰지 않는 것일까?

술병을 가져온 중년 여성에게 그 소녀에 관해서 물어보았다. 생각했던 대로 모른다고 한다.

계산서의 글씨가 고르지 않다. 게다가 한쪽으로 올라가 있다. 글씨도 삐뚤삐뚤하고 여백이 많다.

기분이 나빠져서 제대로 젓가락도 대지 않고 자리에서 일어섰다.

번화가를 걸어 보았다.

품위 없는 간판이나 호객 행위를 하는 남자의 화려한 복장 등이 끊임없이 눈에 들어와 불쾌해진다.

색깔에 규칙성이 없다. 모양이 제각기 달라 통일성이 없다. 왜 이렇게까지 엉망진창으로 만드는 것일까? 각기 제멋대로, 자신의 가게는 다른 곳보다 좋다고 서로 주장하고 있다. 협조성이 결여되어 있다. 외관뿐만 아니라 그 정신도 저열하다. 선전이니 광고니 하는 것은 원래 그렇게 품성이 저열한 법이다. 따라서 간판도 마찬가지다. 그 간판에 의해 이루어진 것과도 같은 번화가라는 곳은, 그러므로 이 세상에서 사라져 없어져 버려야 할 존재다.

자본주의니 자유경쟁사회니 하는 것에 이의를 제기할 생각은 털끝만큼도 없지만, 상업주의라는 이름하에 발생하는 이러한 품성의 결핍만은 곤란한 현상이다. 통일감 있고 단정한 경관을 만들지 않는 한, 사람은 점점 바보가 되어 갈 것이다.

지저분하게 꾸민 거리의 창부 같은 여자가 저속한 말을 걸어왔다. 진한 화장이 살짝 지워져서 몹시 추악하다.

노골적으로 혐오감을 나타내자, '어머, 오빠, 기분이 나쁜가 보네' 하는 쓸데없는 말을 한다. 침을 뱉으며 꺼지라고 말해 줬더니, '멍청이, 미친놈' 하고 욕하며 달려갔다.

(중략)

세상 여자들이란 아까 그 창부처럼 하나같이 전부 어리석은 존재인 걸까?

사고방식에 일관성이 없다. 마음에 틈이 있다.

그 틈에 저속하고 바보 같고 어리석은 생각이 충만하다.

그래서 늘 이야기가 통하지 않는다.

여자는 모두 그렇다. 야무지지를 못하다.

깊이 사귀지 않을 때는 괜찮다. 조금이라도 깊이 사귀게 되면 그 비합리성과 비논리성이 얼굴을 내밀고, 관계는 눈 깜짝할 사이에 끝난다.

여자는 자궁으로 생각을 한다고 한다. 남자에게는 없는 이 기관이 정신에 어떤 영향을 주는지는 모르지만, 그렇다면 이것을 제거해 버리면 여자는 합리적이고 논리적으로 생각하게 되는 걸까?

그렇다면 그 상자 속의 소녀는 어떨까?

과거에 알았던 모든 여자는 하나같이 입을 모아 그 멋진 상자의 침구를 싫어했다. 그렇게 완벽한 침상은 없는데도.

그 상자 속의 소녀라면 어떨까?

어떻게 해서라도 찾아야 한다.

그 소녀가 필요하다.

(이하 생략)

※

3

그렇다. 그랬다.

구스모토 요리코는 가까스로 거기에 생각이 미쳤다.

그날 밤 이후 아무래도 제대로 이해가 되지 않았던 그 부분을 그제야 납득할 수 있게 되었던 것이다.

가나코가 그렇게 된 후, 요리코는 거의 유폐 생활에 가까운 매일을 보내고 있었다.

감금되어 있었던 것도, 연금되어 있었던 것도 아니다. 그러나 굳이 제 발로 밖에 나가려는 기분이 들지 않으니 상황은 마찬가지다. 문 한 장을 사이에 둔 거실에는 기분 나쁜 어머니가 24시간 붙어 앉아 있다. 그곳에 있다는 생각만으로도 오한이 달린다. 하물며 자기 방에서 나가려고 하면, 아무래도 어머니와 얼굴을 마주해야만 한다.

요리코는 생각한다.

만일 그대로 가나코가 죽어 버렸다면——.

죽어? 가나코가 죽는다고?

실감이 나지 않는다.

가나코는 자신의 내세(來世)다. 그런 불행한 형태로 최후를 맞이하다니. 아니다. 뭔가 잘못됐다.

그럼 자살한 것이나 마찬가지가 아닌가.

자살? 아니다. 그럴 리 없다. 그렇다,

꼭 죽었다고 할 수는 없다. 가나코는 지금도 살아,

살아 있다고? 살아 있다면——.

안 된다. 그것도 곤란하다.

요리코는 이런저런 생각에 지치고 말았다.

불행과 행복, 강자와 약자, 정(正)과 부(負), 그런 대립된 요소들은 현세와 내세, 또는 전세와 현세라는 형태로 균형을 유지하고 있어야 하는 것이 아닐까? 현세에서 불행한 사람은 내세에서는 행복해져야 한다. 그렇다면 현재 결코 행복하다고는 할 수 없는 요리코는 내세——다시 말해 가나코의 인생에서는 행복해야 한다.

왜,

왜 울고 있었을까?

그것을 알 수가 없다.

그 여드름에는 무슨 의미가 있는 것일까?

오쇠다. 오쇠가 찾아온 것이다. 그래서, 그래서 가나코는 죽어야만 했던 걸까?

그래서——.

그렇다. 가나코는 사람으로서의 생을 버리고 천인이 되고 마는 것이 아닐까?

어렴풋이 기억하고 있다. 중국에는 죽어서 다시 태어나는 선인이 있다고 한다. 시해선(屍解仙)이라고 했던가?

시드는 것이 사람이라면, 가나코는 그것이 싫어서——그래서 그렇게 사소한 일로, 가나코는 윤회의 틀을 깨고 하늘로 올라가기로 했다——.

그것은 꽤 좋은 생각일지도 모른다.

아니, 안 된다. 그것도 틀렸다. 그렇다면,

그렇다면 가나코의 내세는 자신——구스모토 요리코가 아니라는 뜻이 되어 버리지 않는가?

아니, 그렇지 않다. 그게 아니라,

뭔가가 번득였다.

아주 좋은 생각이다.

그러나 가나코가 아직 사람으로서 살아 있다면——그것 역시 곤란하다.

전부 틀렸다. 안 된다. 가나코는 어떻게 되었을까?

안절부절. 진전이 없다.

혼란스러웠다. 가나코의 생사를 확인하고 싶다. 그게 먼저다.

생각하는 것은 아마 그 후에 해도 될 것이다.

부러지고, 피를 흘리고, 부서진 인형처럼 되어 버린 가나코.

그 후, 가나코는 어떻게 되었을까.

불안하다. 걱정된다. 무섭다.

그날 밤——.

가나코의 아름다운 언니 요코가 나타나고 나서 곧, 요리코의 어머니도 병원에 왔다. 어머니는 지저분한 블라우스에 낡은 스커트를 입고, 흐트러진 머리카락을 정돈하지도 않은 데다 더러운 샌들을 신고 나타났다. 변함없이 화장을 하지 않아서 엄청나게 추하다. 똑같이 당황해서 찾아왔을 요코와 비교하면 그 차는 현저했다.

어머니는 꼴사나운 모습으로 복도를 허겁지겁 달려와 요리코 앞에서 멈추더니, 어깨로 숨을 몰아쉬고 나서,

"요리코! 너 여기서 뭐 하는 거니!"

하고 찢어지는 목소리로 외쳤다.

바보 같다고 생각했기 때문에, 요리코는 대답을 하지 않았다. 얼굴도 보고 싶지 않아서 계속 요코를 보고 있었다. 요코는 깜짝 놀란 것 같았다. 어머니는 약간 사이를 두고,

"요리코!"

하고 외치더니 손을 쳐들었다. 때리려는 거라고 생각했다. 때리고 싶으면 때리면 된다. 그러나 그 손은 커다란 형사——기바인가 하는 이름이었다——의 굵은 팔에 붙잡히고 말았다.

꼴좋다.

"당신, 이 아이 부모요?"

"다, 당신은 누구세요, 노, 놓아 주세요."

"난 형사요. 이제야 어슬렁어슬렁 나타나서, 보자마자 때리려고 하다니. 무슨 짓이오? 딸의 이야기도 들어줘야 하는 것 아닌가? 어쨌거나 이 손 내려놓으시오. 꼴불견이니."

꼴불견——형사는 그렇게 말했다. 역시 요리코가 생각한 대로다.

어머니의 용모도, 어머니의 행동도 정말 꼴불견이다. 하지만 어머니 주위에 모여드는 천한 남자들은 어머니의 저속한 눈짓에 완전히 눈이 멀어 버려서 그것을 깨닫지 못하고 있다. 지금까지 한 번도 남자를 믿음직스럽게 생각한 적은 없었지만, 어머니를 야단치고 있는 억센 얼굴의 형사만은 조금 다른 것 같았다.

——아버지가 있었다면 이럴까?

요리코는 남의 일처럼 그렇게 생각했다.

"노, 놓아 주세요. 부, 부모가 자식을 어떻게 하든 부모 마음 아닌가요! 이 아이는, 이 아이는——."

"밤중에 싸돌아다니느라 연락도 되지 않는 사람이 뭘 잘났다고 부모라고 설친단 말이오? 밤중에 돌아다니는 아이를 야단칠 자격이 당신에게 있나?"

형사는 그렇게 말했다.

어머니는 잠자코 손을 내렸다.

"남의 가정 사정에 끼어들 생각은 눈곱만치도 없지만, 당신이 부모라면 우선 아이의 이야기를 들어봐요. 애가 잘못을 저질렀다면, 아이를 혼내기 전에 자신의 감독 불이행을 반성해 보는 게 어떻겠소? 이 아이는 소중한 친구가 눈앞에서 다쳐서 매우 동요하고 있단 말이오. 그것도 모르겠소?"

어머니는 울 것 같은 얼굴을 했다. 정말 꼴좋게 됐다. 하지만 얼굴이 일그러지자 그렇지 않아도 추한 얼굴이 더욱 더러워진다. 요리코는 그것을 남들에게 보이는 게 창피해졌다. 데리러 오지 않았으면 좋았을 텐데.

그렇게 생각했다.

어머니의 저 뒤쪽, 기둥 뒤편에 사사가와의 모습이 언뜻 보였다. 이런 곳까지 따라오다니. 정말 싫은 남자다.

"어쨌거나 당신 딸은 유일한 목격자요. 내일이라도 경찰에서 사정을 물으러 갈 거요. 그때까지 너무 돌아다니지 않도록 해 주시오. 만약을 위해 이름 좀 말해 보시겠소?"

커다란 형사는 옆에 앉아 있는 순경에게 적으라고 명령했다. 어머니는 사람 속에 소라가 섞여 들어간 듯 우둔한 목소리로,

"구스모토 기미에입니다."

라고 말했다.

요리코는 얼굴이 화끈거릴 만큼 창피해졌다.

가나코의 수술이 끝나기도 전에, 요리코는 어머니의 손에 이끌려 억지로 귀가하게 되었다. 가나코의 생사에는 몹시 신경이 쓰였지만, 왠지 저항할 기분이 들지 않아 잠자코 뒤를 따랐다. 아니나 다를까 사사가와는 어두컴컴한 복도에서 기다리고 있다가 어머니에게 뭔가 속삭이더니, 동정이라도 하는 듯한 둔한 감성의 기분 나쁜 시선으로 요리코를 훑어보았다.

사사가와의 트럭에 셋이서 몸을 기대듯 올라타고 집으로 돌아왔다. 땀에 젖은 살이 밀착되었다. 그 끈적끈적한 감촉과 시큼한 냄새에, 요리코는 몇 번이나 토할 뻔했다.

가나코를 생각한다.

가나코는 어떻게 되었을까?

집에 도착한 시간은 새벽 5시 반 정도였다.

사사가와는 요리코와 어머니를 데려다 주고는, 평소와 달리 말없이 돌아갔다. 사사가와가 없으면 없는 대로 어머니와 요리코 사이의 거리는 더욱 멀어져서, 나눌 말이라고는 전부 사멸(死滅)되어 있었다. 어머니는 말없이 이불을 깔았다.

잠은 오지 않았다.

다음 날 오전에 경찰이 왔다.

아무것도 떠올리고 싶지 않아서 아무 말도 하지 않았다.

어머니는 전날과 달리 저자세가 되어, 보고 있노라면 화가 치밀 정도로 굽실굽실 머리를 숙였다. 그리고 요리코가 아무 말도 하지 않는 것을 사과하며 요리코를 욕했다.

나쁜 아이는 아닌데 아비가 없다 보니, 죄송합니다, 죄송합니다, 운운.

아버지가 없다는 게 무슨 상관인가! 게다가 아버지가 없는 건 어머니인 당신의 책임이 아닌가. 사과하려면 요리코에게 사과해야 할 것이다——그런 생각이 강하게 들었지만, 결국 요리코는 잠자코 있었다.

말을 하는 것도 귀찮았다.

어제 그 순경은 아니었다. 진지하고 바보 같은 경관은 곤혹스러워하는 것 같았다.

그대로 놔두기에는 불쌍해서, 요리코는 울어 주었다. 경관은 그 모습을 보고,

"아아, 쇼크가 컸나 보구나. 가엾게도."

라고 말하며 납득했다.

게다가,

“아주머니, 따님을 너무 탓하지 마십시오. 생각이 안 난다면 어쩔 수 없으니까요. 대충 자살로 굳어져 가고 있고, 뭔가 생각이 나거든 가까운 파출소로 오면 되니까.”

라는 말까지 했다.

어머니는 그래도 여전히 죄송하다고 사과했다.

그리고 요리코의 머리를 붙들어 억지로 인사를 하게 했다.

덕분에 가나코의 상태를 묻지 못했다.

가나코는 살아 있는 걸까?

“엄마.”

요리코는 몇 달 만에 어머니를 불렀다.

“엄마는 바보야.”

알아듣지 못할 만큼 작은 목소리로.

“엄마 따위 죽었으면 좋겠어.”

라고 말했다.

왜 그런 말을 했는지 모르겠다.

어머니는 귀 밝게도 그 말을 알아듣고 몹시 비참한, 그러면서도 이상하다는 듯한 얼굴을 했다.

어머니가 현저하게 이상해진 것은, 그 다음 날부터였다. 차분하지가 못하다. 겁먹은 듯이 방을 이리저리 둘러보고, 일어났다 앉았다 하며 잠시도 가만히 있지를 못한다.

요리코는 원래부터 어머니가 무엇을 하든 전혀 흥미가 없어서 별로 신경 쓰지 않았지만, 방을 나섰을 때 우연히 마주친 눈은,

이미 어머니의 눈이 아니었다.

탁하다.

그러면서도 일종의 선명하고 강렬한 날카로움도 겸비하고 있다. 초점이 맞지 않는데도 한 곳을 응시하고 있다. 흰자 부분은 완전히 충혈되어,

새빨갰다.

"요리코, 너 역시, 망량이."

"네?"

"너, 너 때문에 엄마는."

"뭐가요!"

"나가! 이 망량!"

어머니가 갑자기 덤벼들었다. 그 행동은 용수철 인형이 튀어나오는 장난감――그렇다, 깜짝 상자――의 뚜껑을 열었을 때처럼 갑작스러웠다. 그럼에도 불구하고 기미가 끼고 주름진 추한 얼굴이, 요리코에게는 평소보다 더욱 또렷하게 보였던 것이다. 요리코는 무섭다기보다 불쾌해져서 반사적으로 몸을 피했다. 그리고 그 반동으로 어머니를 밀쳐냈다. 목표물을 잃은 데다 밀쳐지기까지 한 어머니는, 앞으로 고꾸라져 호되게 바닥에 쓰러졌다. 그리고 그 자세 그대로 움직이지 않게 되었다.

요리코는 도망치다가 히나 인형인지 무사 인형인지의 머리를 몇 개 밟아 뭉갰다.

그리고 나서 한동안은 움직일 수 없었다.

어머니는 이윽고 우우, 우우하고 신음하듯이 흐느껴 울기 시작했다. 요리코는 아주 잠깐이지만 어머니가 불쌍하다고 생각되었다. 그리고 동시에 지저분하고 꼴사나운 그 모습에 한층 더 낙담했다.

뭘까. 이 여자는.

가나코는——어떻게 되었을까?

그리고 그 사건이 있었던 날로부터 사흘째 되던 날 오후, 그 남자가 찾아왔다.

남자를 데려온 사람이 사사가와였는지, 아니면 어머니였는지는 모른다. 어쩌면 둘이서 나란히 불러온 것인지도 몰랐다.

남자는 하얀 옷에 야마부시[26]가 쓰는 것 같은 두건(頭巾)——두건(兜巾)이라고 하는 것이었던가——을 쓰고 있었다.

무엇보다 기묘했던 것은 짊어지고 있는 상자——급(笈)[27]이라고 하던가?——였다.

요리코는 갑자기 찾아온 기묘한 방문자의 정체를 알아내기 위해, 빼꼼히 연 장지문 사이로 얼굴을 들이대고 그 일거수일투족을 감시했다.

어머니는 시종 아래를 향한 채 그저 굽실거리고 있었다.

사사가와도 몹시 얌전한 얼굴을 하고 있다.

남자는 성큼성큼 집 안으로 들어오더니, 재산을 몰수하러 온 세무서 직원처럼 사정없이 주위를 둘러보았다. 어머니는 남자가 고개를 움직일 때마다 일일이 흠칫거리며 반응했다.

---

26) 산야에서 먹고 자며 불도 수행에 힘쓰는 승려.
27) 수험승이나 행각승이 불구(佛具)나 의복, 책과 종이 등을 넣어 지고 다니는, 다리와 문이 달린 상자.

"어떤가요?"

사사가와가 묻는다.

"좋지 않군."

남자가 낮게 대답한다.

어머니가 작은 목소리로 비명을 질렀다.

"이곳에는 언제부터 살았나?"

"그러니까, 기미에 씨——당신 아마 피난을 갔다가 돌아왔을 때부터 계속 여기 있었다고 했지?"

사사가와가 어머니 대신 대답했다. 어머니는 고개를 숙인 채 꺼질 듯한 목소리로 말했다.

"6년——7년 가까이 됩니다."

"충분한 시간이야."

"있나요——?"

"있네."

"마, 망량."

어머니는 경련이라도 일으킨 듯이 짧게 그렇게 말했다.

남자는 부모의 원수라도 보듯 날카로운 눈매로 다시 방 안을 한 바퀴 둘러보았다. 그리고 어머니 쪽을 보더니 갑자기 낮게 고함을 쳤다.

"방이나 집이라는 것은, 소위 하나의 상자일세! 상자는 물건을 넣는 것이니, 아무리 튼튼하게 만든다 해도 비어 있다면 아무런 도움도 되지 않아. 안에 무엇이 채워져 있느냐가 문제이지. 사람도 마찬가지. 겉을 장식하고 허식의 벽을 두껍게 바른다 해도, 안에 나쁜 것이 고여 있다면 아무 도움도 되지 않네. 알겠나?"

남자는 연극 같은 대사를 토해내며 어머니에게 서서히 다가갔다. 어머니는 완전히 동요해서 얼굴이 창백해졌다. 사사가와도 눈을 이리저리 굴리며 끊임없이 땀을 닦고 있었다. 지저분한 땀이다.

"아무리 더러움을 봉해도 다 봉할 수 없을 거라고 생각하고 있었네만, 이래서는 안 되겠네. 이곳에 있다가는――."

"이 집에서 이사하라는 말씀이십니까? 그것은 너무하신 말씀입니다. 그렇지, 기미에 씨?"

사사가와가 남자와 어머니 양쪽에게 물었다.

"상(相)이 좋지 않아. 인연이 나쁘네. 이 집은 더러운 재산으로 손에 넣은 것이지?"

어머니가 경직했다.

"아마도 본래는 혼이 더럽혀진――남자의 것. 도박인가―――."

어머니는 빗질도 하지 않은 헝클어진 머리카락을 쓸어 올렸다. 손이 떨린다.

"두――두 번째 남편의 집이었는데――야쿠자였습니다. 내기인지 뭔지로 다툼을 일으켜서――헤어질 때――이 집을."

"근성이 썩은 남자였던 모양이로군. 다툼을 일으키고 모습을 감추었나? 어쨌거나 이 집에는 상당히 좋지 못한 인연이 고여 있네."

"그걸 아십니까?"

사사가와가 묻는다. 남자는 에잇 하고 기합을 넣으며 눈을 감았다.

"오른쪽 뺨에 상처. 눈썹은 옅고 콧날은 반듯하지만, 앞니가 두 개 없네. 왼손 새끼손가락은 전쟁 때문에 잃은 것은 아니로군. 이 집은――오갈 데 없는 노인으로부터 사기도박으로 빼앗은 것――이름은 하기――아니 나오야마――."

어머니의 얼굴에서 핏기가 가시는 것을 알 수 있었다.

사사가와가 약간 당황하며 묻는다.

"기미에 씨, 맞아? 당신의 전남편 이름은 분명히 하기와라라고."

"네——입적할 때 알았는데, 그것은 가명——밖에서 사용하는 이름이고, 보, 본명은——나오야마 리이치라고——지금, 말씀하신 것은 모두——사실입니다."

어머니의 목소리는 떨리고 있어서 알아듣기가 힘들었다.

요리코는 그 남자——나오야마를 기억하고 있었다. 몇 번 맞은 기억이 있다. 술 냄새가 났고, 몹시 싫어하는 남자였다. 그러나 어머니가 그 남자와 잠시나마 결혼했었다는 사실은 몰랐었다.

그래도 아버지였단 말인가?

"어, 어떻게 하면 좋을까요, 가르쳐 주세요, 교주님!"

어머니는 더욱 착란했다. 남자는 장지문——요리코가 있는 방 쪽을 힐끗 보았다. 요리코는 눈이 마주친 줄 알고 몸을 젖혔지만, 남자는 눈치채지 못한 것 같다.

"부정한 재산은 버리는 게 제일일세. 팔아서 깨끗한 재산으로 만들어 시주한다면 조만간."

"그건."

"못 하겠다면 어쩔 수 없지."

"교주님!"

"그렇다면."

남자는 에잇, 하고 기합을 넣었다.

"저 망량과 정귀(精鬼)는, 이 신통한 온바코 님께 기도하여 봉하는 수밖에 방법이 없겠네."

"부탁드립니다, 돈이라면, 돈이라면 반드시——."

"어리석은 놈! 돈으로 어떻게 되는 것이 아니야!"

한층 더 낮은 호통 소리다.

어머니는 거의 다리가 풀린 듯 비틀거렸고, 쓰러지기 직전에 사사가와의 부축을 받았다.

"기미에 씨, 당신 무례한 말을 하면 안 돼. 교주님의 봉인은 금전으로 행하는 것이 아니라고. 돈벌이라니——그런 부정한. 당신도 몇 번이나 교주님의 이야기를 듣지 않았어?"

"아아."

"알겠나——망량은 깨끗하고 맑은 곳에서는 살지 않지만, 흐리고 탁한 곳에는 즐겨 나타나는 걸세. 마음에 벽을 만들면 그 벽에 의해 공간이 생겨나지. 그 공간에 나쁜 것이 쌓이는 거란 말일세. 망량은 그 마음의 틈새에 생겨난다네——."

"마음의——벽."

"마음의 벽이란 사악한 생각일세. 물욕(物慾)이지. 따라서 망량은 돈을 좋아해. 그러니 그 더러운 재산을 내던지고 벽을 걷어내어 마음에 바람이 잘 통하게 할 필요가 있는 걸세. 나는 그 더러운 재산을 맑게 하여, 깨끗한 재산으로 만들기 위해 온 것뿐일세."

남자는 변소 쪽으로 걸어갔다.

"건물도 마찬가지. 바람이 잘 통하지 않는 곳에 좋지 못한 것이 쌓여 망량이 들끓는 걸세."

그리고 변소 문을 쾅 두들기고는,

"귀문(鬼門)에 부정한 장소가 있다!"

하고 고함쳤다. 그리고 방향을 휙 틀었다.

"불길한 것이 들어오는 곤(坤) 방향을 향해 현관이 나 있구나! 나쁜 것이 흐름을 타고 이곳으로부터 흘러들어, 갈 곳을 잃고 소용돌이치고 있다. 그리고 귀문에 망량이 나타나."

"꺄아아."

어머니가 외쳤다.

"좋아!"

남자는 과장된 동작으로 바닥을 발로 굴렀다.

"천신의 모친께서 말씀하시기를, 만일 아픈 곳이 있으면 이 갈대로 엮은 신비의 상자를 들고 소테나테이리사니타치스이이메코로시테하며, 시후루, 후루, 흔들, 흔들, 시후루, 후루."

들어본 적이 없는 말이었다. 외국의 말일까?

요리코는 심장이 두근거렸다.

무슨 일이 일어날 것만 같은 불길한 예감일까. 아니면 남자의 목소리가 이상하게 큰 탓일까.

남자는 외국어를 중얼거리고 기묘한 율동으로 움직이면서 바닥을 몇 번 세게 굴렀다.

그리고 등에 짊어진 상자의 뚜껑을 열었다.

"그러면 이 땅, 이곳에 망량 퇴치를 위한 상자를 열겠다!"

남자는 그대로 변소 앞에서 한쪽 무릎을 꿇고 몸을 굽히더니, 뜻을 알 수 없는 외국어를 큰 소리로 외쳤다.

그리고 에이, 하고 다시 기합을 넣고는 상자 뚜껑을 닫았다.

요리코는 더 이상 보기가 싫어져서 장지문을 살며시 닫고 이불 속으로 파고들었다.

속임수다. 속임수가 분명하다.

어머니는 아마 사사가와의 부추김을 받아 저 이상한 남자에게 다니고 있었을 것이다. 매주, 금요일 밤이 올 때마다. 저런 이상한 짓을 하는 게 무슨 도움이 된다는 걸까. 어머니는 바보라서 저런 것에 의지하는 것이다.

바보 아닐까?

요리코는 아무것도 보고 싶지 않았고, 아무것도 듣고 싶지 않아서 이불을 뒤집어썼다. 그리고 ── 어리석은 어머니가 다음에 자신을 화제로 삼았으리라는 사실을 예측했다. 장지문을 열고 저 정신 나간 남자가 들어올지도 모른다. 망량인지 뭔지 모르지만, 빨리 돌아가 줬으면 좋으련만.

마음의 틈새에 망량이 생겨나? 분명히 그렇게 말했다. 어머니는 가나코가 망량이라고 했다. 그렇다면 저 남자는, 젊어지고 있는 저 이상한 상자에 요리코의 가나코를 넣어 버릴 생각인 걸까?

누가 가만히 있을 줄 알고?

무엇보다 저런 이상한 놈들이 가나코를 어떻게 할 수 있을 리도 없다.

하지만 ──.

가나코는.

가나코는 살아 있을까?

듣고 싶지도 않은 목소리가 들렸다. 어머니의 목소리다.

"제 딸의, 제 딸의 망량도."

"기미에 씨, 진정해요!"

"제 딸은, 제 딸은 망량입니다! 저 아이가——."

"서두르지 말게. 우선은 이 집을 깨끗하게 해야 해. 지금 이 집의 망량과 정귀는 이 온바코 님께 봉했네. 다시 날을 잡아 집을 깨끗이 한 다음, 그 후에 오겠네."

"하, 하지만."

요리코가 망량이라고? 망량이란 대체 무엇일까.

——나이를 먹지 않는다니, 무슨 꿈같은 소리를 하는 거니! 그런 건 인간이 아니라,

——요괴나 망량이라고!

망량은 나이를 먹지 않는 걸까? 그렇다면 어머니가 말하는 대로 요리코도, 가나코도 망량일지도 모른다.

가나코와 정말 호수를 보러 갔다면 대체 어떻게 되었을까? 그래도 상자를 짊어진 남자는 이곳에 왔을까?

예상과 달리 결국 요리코의 방에는 아무도 들어오지 않았다. 그래서 그런 생각을 하면서, 요리코는 깜박 잠이 들었다.

다음 날, 현관은 굳게 못질이 되었다. 몹시 불편한 데다, 요리코는 엄청나게 창피했다. 꼭 야반도주라도 한 것 같다. 아니면 차압이라도 당했든지.

게다가 변소에는 커다란 거울과 이상한 상자가 설치되었다. 출입할 수 있는 유일한 곳인 뒷문에는, 정월도 아닌데 금줄이 쳐졌다.

그렇게 함으로써 어머니가 조금은 행복해졌느냐 하면——완전히 반대였다. 어머니는 전보다 더 안절부절못하게 되고, 전보다 더 야위어 그 추함은 절정에 달했다.

일도 거의 하지 않고, 식사를 준비할 때 외에는 날이면 날마다 멍하니 그저 앉아 있었다. 무슨 소리가 날 때마다 흠칫흠칫 놀라며 겁을 낸다. 방 한구석에는 기분 나쁜 인형의 머리가 방치되어 있다.

그리고 항상 겁에 질려 있는 어머니의 그 모습은 요리코의 혐오감을 부추길 대로 부추겼다.

최악이다.

야단을 쳐도, 격려해도, 울어도, 고함쳐도, 아니, 때려도 좋다. 이런 대접을 받는 것보다는 그나마 낫다. 어머니 따위는 죽는 편이 낫다. 더럽다. 어리석다. 추하다.

요리코는 그런 어머니의 모습을 보는 게 싫어서 방에서 나가지 않았다. 어딘가로 가 버리고 싶었지만, 어디로 가면 좋을지 생각이 나지 않았다. 게다가 바깥에는 하루 종일 여름 햇빛이 위세를 부리며 쏟아지고 있다. 그렇다고 밤에 나가는 것은 어머니가 절대로 허락하지 않았다. 그래서 도망치고 싶어도 도망칠 수 없었다. 그렇게 반(半)연금 상태가 며칠이나 계속되었다.

찻집에 가자.

그 외국 음악이 듣고 싶다.

문학잡지를 읽고 싶다.

요리코가 그렇게 생각한 날은, 그 사건으로부터 딱 보름이 지난 여름의 마지막 날, 8월 31일의 일이었다.

아무것도 없는 거실로 나가자, 어머니는 변함없이 방 한가운데 힘없이 주저앉아 있었다. 그리고 변함없이 충혈되고 탁한 두 눈으로 요리코를 보았다.

"내일부터 학교에 가요."

요리코는 되도록 억양 없이 말했다.

"그렇구나, 참."

어머니는 건성으로 대답했다. 이것이 단절된 모녀의 대화일까.

"노트나 연필 같은 게 필요해요. 돈 주세요."

그렇게 말했다. 어머니는 잠시라고 하기에는 지나치게 긴 침묵을 사이에 두고,

"아아, 그렇구나. 잠깐 기다리렴."

하고 말했다. 그리고 그 이외에는 아무 말도 하지 않고 뒷문으로 살짝 나갔다.

도대체 뭘까. 저 여자는.

약 30분 동안, 요리코는 아무도 없는 집에서 어머니를 기다렸다. 조금 전까지 어머니가 그랬던 것과 똑같은 자세로. 이렇게 보니 이 집도 꽤 넓다. 쓸쓸하지는 않았지만 불안했다. 인형 머리의 시선이 따끔따끔 찌르는 것 같아서 싫었다. 그래서 구석에 먼지를 뒤집어쓰고 굴러다니는 기분 나쁜 머리들을 보자기로 덮었다.

어머니는 어디에서 조달해 온 것인지, 약간의 돈을 들고 돌아왔다. 전당포인지 급료를 가불한 것인지 모르겠지만, 지금 이 집에 어머니가 마음대로 쓸 수 있는 돈은 없다.

전부 그 상자를 짊어진 이상한 남자에게 쏟아부어 버렸기 때문이다.

"요리코, 이거――."

요리코는 어머니의 손에서 그것을 잡아채어 뒷문으로 뛰쳐나갔다. 뒤에서는 어머니가 호소하는 듯한 비명을 지르고 있었지만, 공교롭게도 요리코는 그런 쓸데없는 말은 듣고 싶지도 않았다.

이 돈이 어디에서 나온 것이든 알 바 아니다.

맑은 날씨였다. 더웠다. 오랜만의 햇살이 눈부셨다. 햇빛을 받으면 생물은 죽음에 가까워지는 것이라고, 가나코는 말했다. 그 말은 아마 맞을 것이다.

책방에 들렀다. 가나코가 자주 읽던 잡지는 어떤 것이었을까. 우선 '금일 발매'와 '절찬 판매 중'이라고 쓰인 팻말이 걸려 있는 잡지를 두 권 샀다.

어른 같은 얼굴을 하고 찻집에 들어간다. 늘 마시던 홍차를 주문한다.

귀에 익은 그 음악이다.

요리코는 홍차를 마시면서 잡지를 넘겼다. 보름 만에 가까스로 요리코는 인간이 된 듯한 기분이 들었다. 요리코는 이러고 있을 때만 인간인 것이다. 다른 때는 망량이든 무엇이든 상관없다.

아아, 그리워.

나는 전생에 자주 이러고 있었던 거야.

아니면 내세에서 이러고 있을 거라는 예감일까?

부족했던 것이 채워져 가는 충실감. 만족감.

그것이 갑자기 반전된다.

반대쪽에는 불안과 초조. 그리고 절망감.

안정되지 않는다.

이대로는 안 된다. 어쨌든 가나코를 만나야 한다. 그 생사를 확인해야 한다.

그러나,

모르겠다.

시선은 무료하게 활자를 쫓고 있다. 귀로는 그 외국 음악이 흘러들어온다.

겉으로만은 그날과 똑같이.

그리고 그때 간신히 알았다.

——그래, 그랬구나.

구스모토 요리코는 간신히 거기에 생각이 미쳤다.

그때 가나코는,

힘껏.

등을.

※

"등을 떠밀려서."

"다시 한 번 말해 주지 않겠니?"

믿을 수 없다. 귀가 의심스럽다. 그런 기분이다.

"가나코는 떠밀려서 떨어진 거예요. 그 남자한테."

"남자?"

"남자였어요. 힘껏, 난폭하게."

"정말 그랬어?"

"확 떠밀었어요. 너무해, 너무해요."

"으음."

후쿠모토 순사는 곤혹스러워하고 있었다.

눈앞에서 소녀가 흐느껴 울고 있다.

후쿠모토는 자신이 울린 것으로 생각되는 게 싫어서, 요리코를 길 가는 사람들로부터 잘 안 보이는 파출소 구석 쪽으로 이동시켰다. 그 증언 내용도 그렇고, 갑자기 나타나서는 마구 떠들어대더니 자신의 말에 상처 입고 흐느껴 우는 소녀를 대체 어떻게 다뤄야 할지, 인생 경험이 얕은 그로서는 솔직히 전혀 알 수 없었던 것이다.

"요리코, 라고 했지? 그 말이 사실이니? 언제 생각난 거야?"

"거짓말, 거짓말 아니에요!"

"거짓말이라고는 안 했어. 하지만 으음, 보름이나 지났는데 이제 와서."

"하지만, 하지만 사실이에요. 가나코는, 남자에게."

"남자라니 어떤 남자?"

"어두워서 얼굴은 모르겠어요. 새까만 옷을 입고 있었어요. 굉장히 재빨랐고."

"으음."

후쿠모토는 자신의 입을 눌렀다.

사실이라면 엄청난 일일지도 모른다.

경관이 된 지 아직 1년 남짓, 후쿠모토는 사건다운 사건을 만나지 못했다. 그러나 이 소녀의 증언이 사실이라면, 이것은 어엿한 살인미수——사건이다.

그러나 피해자는——.

피해자는 아무래도 현재 다른 사건에 휘말려 있는 듯, 그 사건의 관할은 국가경찰 가나가와 현 본부라고 들었다.

그날 밤, 이라고 할까, 새벽, 그 기묘한 병원——아니, 연구소였던가——어쨌거나 그 이상한 모양의 건물에 데려다 준 후로, 유즈키 가나코가 어떻게 되었는지 후쿠모토는 듣지 못했다. 그 소녀가 대체 무슨 일에 휘말린 것인지——그것은 완전히 후쿠모토가 관여할 수 있는 일이 아니게 되었던 것이다.

그 후 파출소로 돌아온 것은 점심때가 지나서였다.

그리고 후쿠모토는 상사로부터 호되게 야단을 맞았다.

그게 이달 16일의 일이니, 벌써 보름이나 지난 일이다. 보름이나 지났다는 느낌은 들지 않았지만, 아직 보름밖에 안 지났나 하는 기분도 들었다. 바로 어제의 일 같기도 하고, 생각하면 꽤 옛날 일인 것 같기도 하다. 너무나도 현실과 동떨어진 체험이었기 때문일까.

16일은 토요일이었고 후쿠모토는 비번이었으므로, 밤새워 근무한 데다 휴일도 반납하고 일한 셈이다. 칭찬을 받는다면 모를까, 그렇게 야단을 맞으리라고는 꿈에도 생각하지 않았다. 말로만 야단을 맞았다면 그나마 나았겠지만, 후쿠모토는 선배에게 두 대나 맞았다. 그런 건 네가 할 일이 아니다, 연락도 하지 않고 어딜 돌아다녔느냐는 것이 얻어맞은 이유가 아닐까 생각한다. 따라서 지금도 왜 맞은 건지는 잘 모른다. 그리고 그것을 모른다는 것 자체가 맞은 원인이라는 것도 후쿠모토는 모르고 있다.

후쿠모토는 떠올린다.

그날——.

지금 눈앞에 있는 소녀가 끌려가듯이 나간 후——.

이상한 색깔의 수술실 조명이 꺼지고, 붕대를 둘둘 감은 미라처럼 된 유즈키 가나코가 수술실에서 나와——.

미나미 기누코와 아메미야——그는 아마 기누코와 소문이 났던 그 연인이 아닐까——연예계에 빠삭한 후쿠모토는 그렇게 생각하고 있지만——가 가나코에게 매달린다. 간호사가 그들을 달랜다. 머리가 벗겨진 늙은 의사가 초췌한 모습으로 나온 것을 보고, 언제 나타났는지 1층에 있었을 사마귀 같은 간호사가 달려온다. 작은 목소리로 뭔가 이야기를 나눈다. 병원을 옮기는 것에 대해서 상의하는 걸까. 그러나 잘은 들리지 않는다. 졸린 탓일까. 마스오카가 이야기에 끼어든다. 단어가 단편적으로 들려온다.

"위험——비상식——인도적——뼈——수혈——신장——비장——."

이야기가 아무래도 잘 끝나지 않은 것 같았지만, 유즈키 가나코를 실은 침대는 덜컹덜컹 소리를 내며 움직이기 시작했다. 코와 입에서 많은 관이 나와 있고, 링거인지 수혈인지 하는 부록이 잔뜩 연결된 채.

기바 형사가 뒤를 따랐다. 올려다보았다, 고 후쿠모토는 생각한다. 기바는, 이야기를 듣자 하니 그냥 지나가는 길이었다고 한다. 따라서 이번 사건에 관한 책임은 전혀 없다. 도중에 돌아가거나, 아니, 처음부터 관여하지 않았더라도 아무도 탓하지 않았을 입장이다. 뼛속까지 형사인가 보다. 그렇게 생각한다. 후쿠모토는 미나미 기누코가 사건의 관계자라는 것만으로도 왠지 흥분했다. 그런데 이 커다랗고 억센 동업자는 미동도 하지 않는다. 흥미가 없는 걸까? 어쩌면 미나미 기누코를 모르는 건지도 모른다. 형사란, 경찰관이란 그런 걸까?

그렇게 생각하고 후쿠모토도 기바의 뒤를 따랐다.

간호사가 요청한 모양이다. 구급차는 이미 도착해 있었다. 붕대를 둘둘 감은 가나코는 간호사와 구급대원의 손에 의해 재빨리 구급차로 옮겨졌다. 구급차에 동승할 수 있는 사람은 단 한 명뿐이다. 아메미야가 무슨 일이 있어도 동승하고 싶다며 양보하지 않아서, 기누코는 곤란한 것 같았다. 그래서 후쿠모토는 자신이 기누코를 태우고 가겠다고 스스로 제안했던 것이다. 경관으로서는 그렇게 하는 것이 좋지 않을까, 정도로 생각했기 때문이다.

"기바 씨——는 어떻게 하실 겁니까?"

"가겠네. 여기에서는 집에 가기가 힘들거든. 돌아오는 길에 무사시고가네이까지 태워다 주게."

후쿠모토는 이 무뚝뚝하고 무서운 얼굴의 접근하기 어려운 형사에게 점점 호감을 품게 되었다.

왜인지는 모르겠다.

마스오카는 옮겨갈 병원의 주소를 간호사에게 묻고 있다. 간호사가 기누코에게 물어보라고 했는지, 마스오카는 뚜벅뚜벅 크게 구두소리를 내며 기누코에게 다가가 똑같이 질문했다.

"미마사카 근대의학 연구소."

기누코가 한 말을 후쿠모토는 잘 알아들을 수가 없었다.

조수석에 기누코가 앉았다. 향수인지 분 냄새인지, 희미한 향기가 후쿠모토의 콧구멍을 자극했다.

기바는 뒷좌석에 진을 치고 앉았다.

"——죄송합니다. 폐를 많이 끼치는군요. 그——미마사카 근대의학 연구소는——국도 16호선에 면해 있습니다."

역시 무슨 병원인지 알아들을 수가 없다. 그러나 일각을 다투는 사태임에는 변함이 없어서, 후쿠모토는 차를 출발시켰다. 위치를 아는 사람은 기누코뿐인 것 같다. 후쿠모토가 앞장서서 안내하고 구급차가 뒤를 따른다.

백미러에 말없이 지켜보는 의사나 간호사, 그리고 마스오카의 얼굴이 일그러져 비치고 있었다.

바깥은 완전히 밝아져서, 후쿠모토의 졸음기도 잠시 날아갔다.

"파출소에는 안 들어가 봐도 되나?"

기바가 물었다.

"오늘은 비번입니다."

"그렇——군요. 정말 죄송합니다."

"인명에 관련된 일이니, 저는 공무라고 생각하고 있습니다."

후쿠모토는 약간 기분이 좋았다. 방정맞지 않은가, 하는 생각도 들었지만, 잠자코 있으면 아무도 모른다. 심각한 상황임에도 불구하고 후쿠모토의 핸들은 가벼웠다.

야엔 가도를 빠져나가면 국도 16호선일 것이다. 그 후에는 지시가 있을 때까지 계속 달리면 된다. 이른 아침이라 길은 비어 있다. 창문으로 들어오는 바람에 기분이 좋았다.

기누코도, 기바도 말이 없다. 그러나 후쿠모토는 이미 이런 침묵에 익숙해져 가고 있었다. 어젯밤부터 계속 이랬던 것이다.

얼마나 달렸을까.

민가가 끊기고 숲이 나오더니, 아무것도 없는 쓸쓸한 풍경이 지나간다.

"좀 더 앞, 아아, 저 길에서 오른쪽으로 들어가 주세요——."

영화와 똑같은 목소리로 기누코가 말했다.

좁은 길이었다. 포장되지 않은 울퉁불퉁한 길이다.

잠시 달리자 갑자기 시야가 넓어져, 후쿠모토는 당황하고 말았다.

광장에 트럭이 한 대 세워져 있다. 그리고,

눈앞에 커다란 상자가 있었다.

"이곳입니다. 여기가 미마사카 근대의학 연구소예요."

기누코가 말했다. 후쿠모토는 약간 당황했다. 당황한 만큼 숨어 있던 졸음이 머리를 들어, 운전하는 손이 미끄러졌다. 차는 크게 커브를 틀며 급정거했다.

"아아."

덜컹하고 소리가 났다.

상자에만 주의를 쏟다가 트럭 짐칸에 부딪히고 만 것이다.

"이봐, 뭐하는 짓이야!"

기바가 고함쳤다.

"뒤에 구급차가 있어. 환자가 타고 있다고! 추돌이라도 하면 어쩔 셈인가!"

"죄, 죄송합니다. 저, 저어, 다치신 곳은?"

"저는 괜찮아요. 그보다 빨리."

"예."

다행히 구급차에는 아무 일도 없었는지, 상자 입구에 정차하는 중이었다. 상자——아니, 상자 같은 건물의 입구가 열리고, 흰옷을 입은 몹시 작은 남자가 나왔다.

아이보다 약간 큰 체형의, 눈매가 나쁜 중년 남자였다. 구급차의 문이 열린다. 구급대원과 아메미야가 허겁지겁 뛰어 나왔다. 긴급을 필요로 하는 모양이다. 아메미야는 굴러 나왔다는 표현이 딱 맞을 정도였다.

기누코가 달려간다. 기바가 무서운 얼굴을 하고 등 뒤에 떡 버티고 서 있다. 후쿠모토는 무엇을 하면 좋을지 전혀 알 수 없게 된 데다, 자신이 경관이라는 것조차 잊고 그저 아까 차를 받아 버린 것만 신경 쓰고 있었다.

가나코를 실은 들것이 나왔다. 작업복 같은 상의를 입은 남자가 건물 문을 활짝 열고 환자를 맞아들이려고 한다. 많은 사람들이 빨려 들어가듯이 상자로 향했다. 기바도 후쿠모토를 추월해 그쪽으로 향한다.

후쿠모토는 슬쩍 트럭 짐칸을 확인했다. 자물쇠가 약간 찌그러져 상처가 나 있었다. 손으로 만져 보니 망가진 것 같았다. 타고 온 지프도 조금 찌그러져 있었다.

어떻게 하지? 운전 중에는 즐거웠던 것 같은데, 이제는 별로 즐겁지 않았다.

흰옷을 입은 자그마한 남자에 의해 문이 닫힌다.

정신을 차려보니 혼자 남겨져 있었다.

완전히 아침이 찾아왔다. 숲에 둘러싸여 있는 탓도 있으리라. 참새인지 종달새인지가——새 소리를 구분하지 못하는 후쿠모토에게는 전부 똑같이 들리지만——시끄러울 정도로 울고 있다.

그건 그렇고——기발한 건물이었다.

정면은 완전한 정방형을 하고 있다. 높이로 보아 안이 건물 꼭대기까지 뻥 뚫린 구조인 것도 아닐 테니 3층, 아니 4층 정도는 될까.

입구의 문은 한가운데서 좌우로 열게 되어 있는 2장짜리. 폭은 일반적인 문보다 약간 넓다. 2장을 합해 1간 반(약 2.7m) 정도는 될 것이다. 튼튼한 금속 틀에, 위쪽 절반에는 간유리가 끼워져 있다. 그 바로 위에 50센티미터 정도 되는 차양이 튀어나와 있다. 특이한 것은 그 위쪽이었는데, 폭이 약 30센티미터 정도 되는, 홈 같은 슬릿의 창이 위까지 똑바로 이어져 있고 문과 똑같이 간유리가 끼워져 있다. 이것은 붙박이일 것이다.

무엇보다 이 건물이 이상하게 보이는 원인은, 적어도 정면에서 보기에는 그 슬릿 이외에는 창문 같은 것이 하나도 존재하지 않는다는 점이다.

건물에 가까이 가 본다.

문 오른쪽 옆에 금속 간판이 걸려 있다.

〈미마사카 근대의학 연구소〉

그렇군. 기누코가 말했을 때는 몰랐는데 한자를 보니 알겠다.

후쿠모토는 옆쪽으로 돌아가 보았다. 측면도 거의 정방형이다.

결국, 이 건물은 입방체인 것이다.

측면에는 창이 전혀 없다. 환기팬 같은 것 몇 개가 같은 간격으로 입을 벌리고 있다.

아마 반대쪽도 오십보백보일 것이다.

뒤쪽으로 돌아갔다. 뒤뜰 같은 광장이 있었다. 그리고 건물 바로 뒤에는 부속시설처럼 커다란 소각로가 툭 튀어나와 있다. 소각로에는 벽돌을 쌓아올린, 믿을 수 없을 만큼 높은 굴뚝이 솟아 있다.

당연한 일이지만 뒤쪽에도 창이나 뒷문 같은 것은 존재하지 않는다. 이 건물에는 출입구가 하나밖에 없는 걸까? 이것은 말하자면 완벽한 입방체다. 주사위 같은 것이다.

정면에서 보았을 때는 몰랐지만, 옥상에 굴뚝이 또 하나 나와 있었다.

어느 굴뚝에서도 연기는 나지 않는다.

대체 이 건물은 무엇일까? 이 주사위는 정말로 그 소녀를 살릴 수 있는 걸까?

후쿠모토는 딱히 할 수 있는 일도 없어서 정면에 있는 광장으로 맥없이 돌아왔다.

꿔다 놓은 보릿자루 같다. 게다가 수면 부족인 후쿠모토에게는, 지금 안에서 무슨 일이 일어나고 있는가 하는 복잡한 것을 생각할 힘이 없다. 문을 열고 안으로 들어가야 할까? 그러나 왠지 모르게 그럴 기분도 아니었다. 금속과 두꺼운 유리로 만들어진, 분명히 무거울 것만 같은 그 문은, 아무래도 젊은 순사를 받아들여 줄 것 같지 않은 분위기를 가지고 있었던 것이다. 게다가 그냥 멍청한 파수병이나 문지기처럼 이 정면 현관을 지키고 있는 것이야말로 경찰관인 자신에게 어울리는 행위인 듯한 기분도 들었다.

그러나 아무리 지키고 있어도 아무도 찾아오지 않는다. 상자에서도 아무도 나오지 않는다.

망가뜨려 버린 트럭 짐칸이 신경 쓰인다. 잠자코 있으면 이것은 범죄다. 누군가에게 알려줘야 할 것이다. 그러나 누구의 트럭인지 알 수가 없다. 군대의 매각 물자일까? 그다지 깨끗하다고는 할 수 없는 트럭이다. 혹시 자물쇠는 처음부터 망가져 있었던 것이 아닐까?

그럴 리는 없다.

그것만은 알고 있었다.

광장 양쪽에는 통나무 전봇대가 우뚝 서 있다. 전봇대는 길을 따라 몇 개나 서 있다. 국도 쪽에서부터 쭉 전선이 연결되어 있는 것이다. 그 전선 끝은 칠칠맞지 못하게 축 늘어진 곡선을 그리며 상자 속으로 끌려들어 가 있다. 전화선일까?

전화——파출소나 관할서에 현재의 상황을 보고해야 할까? 그러나 건물 옆은 고사하고 국도로 나간다 하더라도 전화 같은 것은 한 대도 없을 것이다. 아무리 사고가 정지해 있는 후쿠모토라도 그 정도는 알았다. 하지만 저 문을 열기는 정말 싫었다.

안에 간호사 정도는 있을까? 아니면——.

새 소리가 그쳤다. 파닥파닥 날갯짓하는 소리와 함께 숲 속의 새들이 일제히 날아올랐다.

시선을 하늘로 보낸다. 굴뚝에서 연기가 나왔다.

갑자기 지옥의 가마솥 뚜껑이라도 연 듯한 소리가 났다.

부우웅——.

뭘까.

몹시 불길한 기분이 들었다.

상자가 몸을 부르르 떨고 있는 것 같다.

상자가.

※

"상자에 말이지."

"상자?"

요리코는 상자라는 말을 듣고 그 이상한 남자를 떠올렸다.

아무래도 믿음직스럽지 못하다. 이 강아지 같은 순경은 꼭 어린아이 같다.

같은 경찰관이라도 그 커다란 남자——기바——였던가? 기바가 몇 배는 더 신뢰할 수 있을 듯한 기분이 들었다. 기바는 없는 걸까? 그 무서운 얼굴을 한 남자라면, 혹시 요리코를 구해줄지도 모른다.

이대로는,

이대로 가다가는 요리코는,

"가나코가 상자에 들어갔다고요? 순경 아저씨, 지금 그렇게 말씀하셨어요?"

"응? 아, 뭐, 그렇지."

"가나코는 살아 있지요?"

"너 정말 모르니? 가족한테서는 아무 말도 듣지 못했어?"

역시 이 경관은 강아지다. 둔하다. 경멸이라도 해 줄까? 요리코는 그렇게 생각한다.

"아니, 아마 아직 살아 있을 거야. 수술이 실패했다는 얘기는 못 들었거든. 게다가 죽었다면 그, 유괴——."

"유괴?"

"아, 아니야, 그건 말이지."

어쨌거나 살아 있기는 한 모양이다.

비참하다. 이대로 가다가는 요리코의 미래는 엉망진창이 된다. 내세 따위는 없는 편이 낫겠다.

"보고 싶어. 보고 싶어요! 가나코를 만나게 해 주세요!"

"응? 하지만 얘야, 그건——."

"가나코는 떠밀려서 떨어진 거예요. 검은 옷을 입은 남자에게! 저는 그걸 알고 있었는데, 지금까지 생각이 도저히 미치지 않았어요. 정말, 정말이에요! 가나코가 살아 있다면, 어떻게 해서라도 만나야 해요. 네? 저기, 그렇지, 그 형사님에게."

기바라면 어떻게 해 줄지도 모른다.

가나코가 살아 있다 해도, 그 미타카에 있는 병원에 없는 것만은 확실할 것이다. 가나코의 집이 어딘지도 모르는 요리코에게, 매달릴 곳이라고는 경찰밖에 없었다. 이 강아지가 안 된다면, 남은 것은 기바밖에 없다.

상자? 상자에 들어갔다니 무슨 소리일까?

요리코가 기바 얘기를 꺼내자, 후쿠모토는 잠시 곤란한 얼굴을 하고 생각에 잠겨 있었다. 그리고는, 이 이야기는 분명히 사실이겠지, 하고 다짐하듯이 반복하고 나서, 천천히 전화 수화기를 들었다. 왠지 요리코는 후쿠모토가 수화기를 향해 이야기하는 내용을 듣지 않는 게 좋을 것 같다는 기분이 들어서, 되도록 다른 생각을 하려고 노력했다.

그러자 그 외국 음악이 아득한 이명처럼 고막 안쪽에 되살아나, 요리코의 눈에 비치는 후쿠모토는 그저 입을 뻐끔거릴 뿐인 꼭두각시 인형처럼 되어 갔다.

꼭두각시 강아지는 일단 수화기를 놓고 다시 잠깐 천장을 보고 있다가, 발작이라도 일어난 듯 다시 수화기를 움켜쥐었다. 그러자 요리코의 고막 진동을 지배하고 있던 그 음악의 불확실한 이미지가 서서히 사라지고, 강아지의 목소리가 사람의 말이 되기 시작했다.

"하지만 그렇게 말하고 있는데요. 예. 그러니 이런 경우에 저는 어떻게——아닙니다. 그러니까 살인일 가능성이 말이지요, 아뇨, 살인미수사건입니다. 미수. 그렇습니다. 그렇게 증언을——예에. 그러니까, 예에."

음악이 완전히 끊어졌을 때, 후쿠모토는 큰 소리를 질렀다.

"그럼 저는 어쩌란 말입니까!"

요리코의 시선을 깨닫고 후쿠모토는 조금 당황한 것 같았다.

그리고 그대로 움직임이 멈추었다.

"정말이지——하나같이 다들——이래서야 가나가와 본부에 연락이라도 했다간 징계면직이 되겠어."

후쿠모토는 그렇게 말하며 수화기를 놓았다. 끊어져 버린 모양이다.

후쿠모토는 검은자위가 많은 작은 눈으로 요리코를 물끄러미 바라보았다.

이럴 때의 자신이 상대의 눈에 어떻게 비치는지를, 요리코는 어렴풋이 알고 있었다.

그렇게 슬프지 않아도, 그렇게 괴롭지 않아도, 그래도 타인에게는 충분히 슬프고 괴로운 모습으로 보이는 것이다. 눈물이라도 한 방울 흘리면 대개는 통한다.

그 기술이 통용되지 않는 상대는 같은 나이의 급우들 정도일 것이다.

강아지의 눈에도 그렇게 비치고 있을 것이다.

아니나 다를까——후쿠모토는 가련하다는 듯한 표정을 얼굴에 드러냈다.

"얘야, 유즈키 가나코는 아직 살아 있어. 다만 가나코를 노리는 나쁜 놈이 있다고 해서, 지금은 많은 경찰들이 엄중하게 경호를 하고 있단다. 그래서 그럴 때가 아닌가 봐. 하지만 네가 말하는 그 검은 옷을 입은 남자가 가나코를 밀어 떨어뜨린 범인이라면, 이것은 사건과 연관이 없다고는 생각할 수 없겠지. 하지만 관할서와 본청은 아무래도 안 될 것 같구나. 관할이 다르거든. 그래서 만날 수는 없어. 하지만 살아 있는 건 분명하단다. 그래도 사고 자체는 우리 관할에서 발생했으니, 그 수사는 고가네이 쪽 형사가 하게 될 거래. 그러니까 요리코——라고 했니? 방금 한 이야기를 말이야."

"가나코를 만날 수 없나요? 왜 만날 수 없죠? 관할인지 뭔지 모르지만, 저는, 저는——."

울어 보였다.

"아아, 저기, 요, 요리코, 응, 그렇지."

즉각 효력이 나타난다. 후쿠모토는 그야말로 노골적으로 몹시 곤란하다는 얼굴을 했다.

"기바——씨인가?——그 사람이라면 어떻게든 손을 써 줄 거야."

후쿠모토는 그렇게 말하고 다시 한 번 요리코를 보았다. 의견을 구하는 것이다. 나이도 먹을 만큼 먹은 경찰관이 울고 있는 열네 살짜리 소녀에게 어떻게 행동해야 할지를 묻고 있다. 요리코는 약간 우스웠다.

후쿠모토는 동물원의 곰처럼 좁은 파출소 안을 왔다 갔다 했다. 그러다가 다른 경관이 자전거를 타고 돌아왔다. 요리코의 집을 찾아왔던 경관이다.

후쿠모토는 동료의 얼굴을 보더니 덤벼들 듯 뭔가 이야기했다. 또 다른 경관은 몹시 놀라서 후쿠모토와 요리코의 얼굴을 번갈아 쳐다보고는,

"하지만 이봐, 그건."

하고 말했다.

"또 야단맞을 걸세. 아니, 후쿠모토 군, 면직될지도 몰라. 그때도."

"하지만 내버려둘 수는 없잖아요. 울고 있다고요, 친구를 생각하면서. 살인사건이에요."

"하지만 그건 우리 관할서 형사가 조사하겠다고 했지 않았나."

"관계가 없다고는 생각할 수 없어요. 중요한 정보입니다. 하지만 이상한 구역 의식이 있으니까 그쪽에 언제 얘기가 전달될지 모릅니다! 그러니까."

"마음대로 하게. 나는 모르겠어. 나는 안 들은 걸로 하겠네."

경관은 그렇게 말하고 곤봉으로 자신의 어깨를 두드렸다.

후쿠모토는 몹시 긴장한 얼굴로 돌아보고는,

"만나게 해 줄게, 요리코."

그렇게 말했다.

"가나코를 만나게 해 줄게. 가나코는 기바 형사와 함께 ── 기억나지? 너도 아까 말했던 그 형사님 말이야. 그 사람과 함께 있을 거야. 기바 씨라면 분명히 이해해 줄 거다 ──."

그 사람이 가나코와 함께?

"나는 틀리지 않았어. 이건 좋은 일이야."

후쿠모토는 혼자 속단하고 기쁜 표정을 지었다.

기바 형사가 가나코와 함께 있다고?

그 사람이 가나코를 지키고 있는 건가?

"기바 씨라면."

후쿠모토가 뭐라고 말하고 있다.

요리코에게 그의 말은 더 이상 들리지 않는다.

"기바 씨라면 이해해 줄 거야."

기바——.

기바 형사——.

※

"기바 군! 기바 군!"

——부르는군.

기바는 귀찮다는 듯이 얼굴을 들었다.

대체 무슨 일일까? 본청에서 호출이라도 있었나?

그렇다면——.

최후통고일지도 모른다.

기바는 벌써 1주일 가까이 명령을 무시하고 단독 행동을 취하고 있다. 제멋대로 구는 것도 슬슬 한계일지도 모른다고, 스스로도 그렇게 생각한다. 성매매업소의 단속이나 누구누구의 경호 같은 것은 자신이 할 일이 아니다. 기바는 공안도 방범과도 아니다. 나는 살인 전문이다——그렇게 말하며 도망쳐 다니곤 했다. 듣자 하니 무슨 토막살인이 발생했다고 한다. 그렇다면 이제 변명은 소용없다. 그러나 가나가와에서 일어난 사건이라면 그것은 가나가와 현 본부의 일이고, 도쿄 경시청 소속인 자신은 나설 일이 아니다.

아아, 또 모순되어 있다.

무엇보다 기바가 현재 있는 곳은 가나가와 현이지 도쿄가 아니다. 따라서 이 일이야말로 가나가와 현 본부의 일이고, 게다가 유괴 예고에 대한 경비 따위는——그것이야말로 기바가 나설 자리가 아닌 것이다.

——아오키는 화내고 있겠지.

실제로 화가 난 사람은 상사 오시마일 테고, 성격으로 미루어 보아 아오키는 화를 내지는 않을 것이다. 그런 것은 잘 알고 있지만, 기바는 굳이 아오키를 생각했다.

그리고 기바는 경찰을 그만둔 후에 대해서 생각한다. 내가 무엇을 할 수 있을까? 나는 조직에는 맞지 않는 인간인 걸까? 대체 조직이란 무엇일까?

순사가 있고, 순사부장이 있고, 경부보, 경부, 경시, 경시정, 경시장 등, 계급은 마치 군대처럼 분명하다. 그런데 왠지 무기력하고 일관적이지 못하다.

그것이 민주주의라는 것일까? 기바가 그렇게 생각하는 이유는, 미군 점령이 끝나고 나자 그것은 왠지 한층 더 느슨해진 것 같았기 때문이다.

이것이 군대였다면——.

명령에 등을 돌리고 제멋대로 행동을 취한 기바는 아마 틀림없이 영창행이었을 것이다. 아니, 본부의 명령을 무시했음으로 목숨을 잃는 일도 있을 수 있다.

그런데 지금, 기바는 태평스럽게 마음 내키는 대로 행동하고 있다. 아직 엄한 추궁은 없었다.

그러나 조만간 처분을 받게 될 것이다. 하지만 그렇다 해도 고작해야 징계면직이다. 그 이상의 벌은 없을 것이다. 목숨을 빼앗기는 일은 절대로 없다. 감봉이니 훈계니 하는 느슨한 처분이라면, 그만두면 그만이라고 생각하고 있다.

그러나 경찰을 그만둔 후 무슨 일을 할 것인지 기바는 아무것도 생각이 나지 않았다.

어쨌거나 처분을 할 거라면 빨리 처분해 줬으면 좋겠다. 정말 느슨한 조직이다. 이런 조직이라면 없는 편이 낫다.

생각은 그렇게 하지만, 그 경찰 조직 자체를 기바는 제대로 이해하지 못하고 있다. 경찰기구의 조직 계통은 매우 복잡한 것이다. 게다가 바뀐다. 기바가 경찰관이 되고 나서 곧 새로운 경찰법이 제정되었고, 그것도 작년에 또 부분적으로 개정되었다. 제도가 바뀔 때마다 조직도 조금씩 바뀌었다. 작년 개정 때는 일부를 제외한 각 지방자치단체의 경찰이 국가지방경찰 관할이 되어, 조직적으로는 대통합이 이루어졌다. 하지만 소문에 의하면 강화가 성립됨에 따라 다시 개정을 검토하고 있는 모양이다.

쓸데없는 일은 아니겠지만, 기바의 입장에서 보자면 귀찮기만 한 이야기다. 잘 이해도 가지 않는 그런 일은 아무래도 좋다. 무엇보다, 현재도 이름만은 국가지방경찰 어디어디 현 본부로 되어 있어 같은 조직인 것 같은 명칭으로 되어 있기는 하지만, 어차피 시 경찰, 군 경찰, 구 경찰을 한데 모아놓은 것이다. 명칭이 바뀌고 상층부의 관할이 바뀌어도, 사람이 변하지 않으면 마찬가지다.

변함없는 구역 의식과 희박한 연대감은 기바를 매우 우울하게 만들었다.

그렇게 구역에 집착하려면 내부의 구조부터 더 탄탄하게 만들든가 할 것이지, 반항분자 하나도 제대로 처분하지 못하는 주제에 체면이니 면목이니 하는 것에만 신경을 쓰고, 방해물만 제거하고 싶어 한다.

——아아, 나랑 똑같다.

거기에서 기바는 깨달았다. 속이 텅 비고 겉만 그럴싸하다. 빈 과자 상자 같은 거다. 왠지 우스워졌다.

"기바 군! 있으면 빨리 대답을 해야지. 이쪽은 자네하곤 달라서 바쁘단 말일세."

국가지방경찰 가나가와 현 본부의 어쩌고저쩌고하는 경부가 눈썹 위에 파란 힘줄을 세우고 소각로 옆에 서 있었다. 바쁘다 어쩐다고 하지만 사실 온종일 부근을 어슬렁거릴 뿐이라는 것을 기바는 잘 알고 있다. 경호란 그런 것이다.

"여기에서는 아무래도 초대받지 못한 손님인 것 같아서요. 눈에 띄지 않게 있었지요."

기바는 한껏 귀찮다는 듯한 태도로 일어섰다.

경부는 오물이라도 본 듯한 얼굴을 하고 말했다.

"자네는 대체 뭘 하러 여기에 다니고 있는 겐가? 그렇게 낮잠을 자기 위해서? 도쿄 경시청이란 꽤나 편한 직장이었나 보군. 공교롭게도 우리 관할은 그렇게 한가하지가 않네. 나는 몸이 몇 개나 있어도 모자랄 지경이야."

"그럼 이런 편한 일은 부하한테라도 맡기시고 얼른 힘든 곳으로 가시면 되겠네요. 토막살인사건이 일어났다면서요? 그쪽이야말로 사람이 필요할 텐데요."

"살인사건은 내 담당이 아닐세. 자네야말로 살인과 아닌가? 본부에서 본청에 지원을 요청했더니 정말 믿음직스럽지 못한 놈이 왔다면서 투덜거리더군. 그런 잔혹한 엽기사건에는 원래 자네처럼 무서운 사람이 적임이라고."

"흥! 이러니저러니 하셔도 결국 이 일이 좋으신 게지요. 몸이 몇 개 있어도, 당신이라면 몇 개나 되는 몸이 전부 편한 현장으로 갈 테니까요. 하지만 그것은 좋은 일이기도 하지요. 아마 당신처럼 미숙한 사람이 살인 현장에 갔다가는——방해만 될 겁니다."

경부는 파열하는 게 아닐까 싶을 정도로 관자놀이에 힘을 주며 기바를 노려보고 있다. 선이 가늘고 어느 모로 보나 관리 같은 풍채다. 기바와 나란히 서면 도저히 동종업계 사람으로는 보이지 않는다. 살인 현장에 갔다가는 빈혈이라도 일으키는 게 아닐까? 기바는 그 장면을 상상하고 약간 미소를 지었다.

"이, 이봐. 기바 군. 자네가 멋대로 지껄일 수 있는 시간도 지금뿐일세. 자네에 대해서는 도쿄 경시청에 엄중하게 항의해 두었으니까. 조만간 처분을 받게 될 거야."

"하기야 저는 상사의 명령을 무시하고 있으니까요. 명령에 따르지 않는 것은 경찰관 복무규정을 위반한 거지요. 그러니 도쿄 경시청에서 저한테 어떤 처분을 내리든, 그건 어쩔 수 없습니다. 하지만 저는 당신들에게는 폐를 끼치지 않았다고 생각하는데요. 저는 그저 이렇게 조용히 있을 뿐이지 않습니까? 당신들한테서 항의를 받을 이유는 없는 것 같은데요."

"자네가 있으면 통솔이 흐트러진단 말일세. 만일 무슨 일이 생기면 자네 탓이야!"

경부는 히스테릭하게 뒤집어진 목소리로 그렇게 말했다.
무슨 일이 생겼을 때, 아무 일도 하지 않은 사람에게 책임을 전가하겠다니 무슨 소리일까.
기바는 이해할 수가 없었다.
"통솔이 제대로 안 되는 것은 제가 있기 때문이 아니라 당신의 지휘가 엉성하기 때문 아닙니까? 이렇게 경관이 많은데 전원이 하루 종일 그저 멍하니 서 있을 뿐이니까요. 아무리 무능한 사람이라도 싫증이 나겠지요. 게다가, 무슨 일이 있으면 운운하시는데, 이래서야 어떤 일도 일어날 수가 없어요. 이렇게 과잉 경비를 하다가는 일어날 사건도 안 일어나겠다고요. 가나가와야말로 시간이 남아도는 거 아닙니까? 고작해야 여자애 하나, 그것도 전신 깁스 상태라 한 발짝도 움직이지 못하는 환자의 몸을 지키는데 1개 중대가 통째로 출동하다니. 아무 데나 돌을 던져도 경관이 맞을 것 같은 상황에서, 통솔이니 어쩌니 그런 게 어디 있습니까!"
확실히 이렇게 많은 인원이 동원되다니 심상치 않다. 애초에 기바는 아마 2, 3명의 경관이 교대로 경호를 하는 정도일 거라고 생각하고 있었다. 그래서 걱정이 되어 와 본 것이다. 그러나 인원은 날이면 날마다 늘어나, 지금은 30명 가까이 되는 경관이 건물 안팎에 배치되어 있었다.
당연히 기바가 나설 자리는 없지만, 사흘을 다니다 보니 그만둘 수가 없게 되었고, 정신을 차려 보니 어느새 일주일째를 맞으려 하고 있다.
고쳐질 줄 모르는 기바의 불손한 태도에, 신경질적인 경부는 완전히 이성을 잃고 말았다.

"기, 기바 군, 자네는 정말 무례한 사람이로군. 경비에 만전이라는 말은 없는 법일세. 살인사건과 달리 이쪽은 살아 있는 인간을 지키는 거라고. 아아, 큰일 났다――할 때는 이미 늦는 거야. 범죄를 미연에 방지하는 일은 일어난 범죄를 해결하는 일보다 훨씬 섬세한 작업이란 말일세! 마구잡이로 용의자를 검거하는, 자네 같은 야만스러운 살인과 사람들과는 방식이 달라!"

이미 논리적이라고는 할 수 없는, 완전히 감정적인 발언이다. 상대가 흥분하면 흥분할수록 기바는 점점 냉정해져 간다. 그리고 그런 때, 기바는 꼭 쓸데없는 말을 한 마디 하고 만다.

"그럼 여쭤 보겠는데요, 상대가 평범한 소녀라도 당신은 이렇게까지 했을까요?"

"평범한――이라니 무슨 뜻인가!"

"그러니까 말이죠. 유즈키 가나코가 그저 그런 가난뱅이의 딸이라도 당신은 똑같은 경호를 했겠느냔 말입니다."

경부는 할 말을 잃고 말았다.

그렇다. 유즈키 가나코는 그저 그런 평범한 소녀가 아니었던 것이다. 따라서 만일 예고장대로 가나코가 유괴를 당한다면――그것은 역시 큰 실수가 될 것이다. 가나가와의, 아니 일본 경찰의 체면은 땅에 떨어지는 것이다.

그 사실이 드러난 것은 유괴 예고장이 도착한 다음 날이다. 어떤 루트로 흘러나간 정보인지는 확실하지 않지만, 어떤 압력이 가해졌으리라는 것은 분명하다. 물론 경호원이 증원된 것도 그 때문일 것이다. 기바는 그렇게 생각하고 있다.

가나코는 일본의 부(富) 몇 분의 일인가를 소유하고 있다는 어느 재계 거물의 직계였던 모양이다. 그런 모양이라고 하는 것도, 기바는 어디까지나 제삼자이기 때문에 직접 사정을 듣지 못한 탓이다. 따라서 기바는 사실 그 거물의 이름조차 모른다. 그러나 그것을 알고, 기바는 그날 밤의 대화를 이해할 수 있었다. 아마 그 마스오카인가 하는 불쾌한 남자는 변호사나 뭐 그런 존재일 것이다. 다시 말해 마스오카는, 그날 밤 가나코의 보호자인 요코 일행과 재산분할 문제 등에 대해 의논하고 있었던 것이 아닐까?

——나는 희망적 관측보다 정확한 현실 인식을 중시해야 할 입장이거든.

——저를 모욕하는 것은 제 의뢰인까지 모욕하는 게 됩니다.

——어쨌거나 가나코 양이 먼저 죽게 된다면 이 이야기는 백지화되는 겁니다.

먼저 죽는다고? 먼저 죽는다는 것은 무슨 뜻일까?

어쨌거나 의논할 필요가 있다는 말은, 가나코는 분명히 직계라 해도 정당한 상속권을 갖지 못한 입장에 있는 소녀일 것이다. 첩의 자식일까? 아니면 어떤 사정으로 인지(認知)를 받지 못해, 호적상 적자 취급을 받지 못하고 있는 걸까? 하지만 언니인 요코에게는 아무래도 상속권은 없는 것 같다. 요코와 가나코는 매우 닮았으니 핏줄로 이어져 있다는 사실에는 틀림이 없겠지만, 그렇다면 아버지가 다른 자매인 걸까?

——당신은——기뻐하는 것 아닌가요?

그렇다, 가나코가 죽으면 기뻐할 녀석은 분명히 있는 게 틀림없다.

그것은, 요코의 말이 사실이라면——마스오카의 고용주다.

그렇다면 가나코 유괴 계획의 주모자도 그 일파가 아닐까?

하지만 만일 그렇다고 한다면 일이 더 이상해진다. 이 어이없을 정도로 엄중한 경계 태세는, 기바가 생각하기에 그 거물의 요청에 따른 것이다. 공안이든 총감이든 본부장이든, 어쨌거나 상층부에 뭔가 입김이 작용한 것으로 볼 수 있다. 그렇기 때문에 눈앞에 있는 경부는 이렇게 발끈 화를 내는 것이다.

마스오카의 고용주가 그 거물이었다면, 이야기에 모순이 생기게 된다. 유괴의 주모자가 경비 강화를 의뢰하는 것은 이상하다.

기바의 생각은 며칠 동안 항상 거기까지 갔다가 거기서 막혔다.

본래 유산상속 같은 문제는 기바와는 인연이 없는 이야기다. 따라서 실감이 나지 않는다. 큰돈이 얽히면 온갖 잡다한 놈들이 망자처럼 몰려들게 마련이고, 재계는 어차피 복잡한 음모가 교차하는 이매망량의 소굴 같은 곳일 테니, 아마 기바가 생각도 해 보지 못한 기괴한 사태가 전개되고 있을지도 모른다.

기바는 그런 생각을 하며 잠시 침묵하고 있었다.

그동안 경부는 내내 부들부들 떨면서 분노를 참고 있었다. 그러나 결국에는 더 이상 참을 수 없다는 듯이 오른손을 과장되게 휘두르며,

"이보게, 기바 군! 작작 좀——."

하고 말했다. 어지간한 기바도 눈앞에 있는 남자의 한심한 모습에 연민의 정을 느꼈다.

경부는 그 시선을 민감하게 눈치챘는지, 한껏 위엄을 담아 말했다.

"아, 아무래도 좋네만, 기바 군. 자네한테 또 정체 모를 손님이 와 있네. 부탁이니 얼른 쫓아내 주게나. 그 김에 자네도 같이 떠나 주면 고맙겠네만!"

"손님?"

누구일까? 아까부터 경부의 말투를 돌이켜 보건대, 도쿄 경시청 사람이 아닌 것만은 확실할 것이다. 그러나――그 이외의 사람 중에서 기바가 여기에 있다는 것을 아는 사람은 없을 것이다. 아니――.

그때 기바는 어젯밤의 소동을 떠올렸다.

――세키구치가 알고 있다.

그렇게 입막음을 했음에도 불구하고, 세키구치가 누군가에게 누설한 걸까?

경부는 괴롭힘을 당해 참고 있는 어린아이처럼 바지 주머니를 꽉 움켜쥐고 히스테릭하게 뒤집힌 목소리로 외쳤다.

"그래. 뭔지는 모르지만, 자네가 아니면 안 된다더군. 본인 말로는 고가네이의 파출소 순사라고 했네. 여자아이를 데리고 있더군. 곤란하게 됐어. 나를 비방할 시간이 있으면 그 사람한테나 빨리 가 보게!"

기바가 어슬렁어슬렁 나가보니, 전봇대 옆에 후쿠모토가 서 있었다.

"기바 형사님! 후, 후쿠모토입니다."

변함없이 멍청한 강아지 같은 표정이다. 기바는 보름 전의 일을 얼핏 떠올렸다.

"무슨 일인가? 파출소에 있어야 하는 거 아닌가? 아니면 오늘도 비번인가?"

"아니오, 오늘은 공무로 왔습니다."

"공무?"

"아니, 공무라고 할까요, 예. 요리코, 자."

구스모토 요리코였다. 전봇대 뒤편에 있어서 잘 보이지 않았던 것이다.

기바는 예상을 크게 벗어난 방문자를 보고 꽤 동요했다. 왜인지는 모르지만, 요리코의 단정한 얼굴을 본 순간 심장이 두근거렸다.

"어이, 어떻게 된 건가! 무슨 일이라도 있었나?"

요리코가 대답하기 전에 후쿠모토가 기세 좋게 대답했다.

"요리코는 그날 밤의 일을 기억해 냈습니다. 그것은 역시 살인미수 사건이었습니다!"

"뭐라고!"

"가나코는 떠밀려서 떨어진 거예요. 검은 옷을 입은 남자에게."

요리코는 그렇게 말하며 기바의 눈을 바라보았다.

기바는 눈을 피했다.

"그런데 이 엄중한 경비는——가나코를 지키기 위한 건가요? 굉장하군요. 마치 요인 경호 같아요."

후쿠모토는 마치 유람하러 온 관광객처럼 주위를 두리번거리면서, 변함없이 무신경한 말을 했다. 이런 점이 이 남자의 안 좋은 점이라고 기바는 생각한다.

그리고 시선을 요리코에게 보낸다. 변함없이 기바를 주시하고 있는 시선과 부딪혀, 기바의 시선은 튕겨 나간 듯이 다른 쪽으로 날아간다.

"가나코는, 가나코는 지금 어떤가요? 가나코는 살아 있나요?"

요리코는 기바에게 인정사정없이 캐물었다. 기바는 그날 밤과 똑같이 약간 주눅이 들었다.

"살아 있겠지. 아마."

"아마?"

이번에는 후쿠모토가 되묻는다.

"아마라니요?"

"나도 지난 보름 동안 두세 번밖에 그 아이의 모습을 보지 못했네. 면회 사절이야."

"이야기는, 이야기는 할 수 있나요?"

"글쎄. 목소리는 들은 적이 없구나. 의식은――약간은 있는 것 같지만."

나도 공공연하게 만날 수는 없는 처지라고 말하고 싶었다. 그러나 기바는 말하지 않았다.

요리코는 안심한 것 같기도 하고 더욱 불안해진 것 같기도 한, 뭐라 말할 수 없는 표정을 했다.

"어쨌든――자세한 이야기를 들어보자꾸나."

기바는 두 사람을 상자 안으로 불러들였다.

상자――미마사카 근대의학 연구소――의 문은 보기보다 훨씬 튼튼하고 무거웠다. 아마 특별 주문일 것이다. 문은 알루미늄이 아니라 철강으로 되어 있다. 유리도 철선이 종횡무진으로 둘러져 있는 두꺼운 것이다. 웬만큼 두드린 정도로는 깨지지 않아 보인다. 어쩌면 이 문은 자동차로 들이받아도 멀쩡할지도 모른다. 마치 전차 장갑 같다.

아니, 문만 그런 것이 아니다. 건물 전체가 지나치게 튼튼하다. 이것은 조심이나 경계 같은 레벨이 아니다. 집요하게 외부로부터의 침입을 거부하고 있다. 이곳은 연구소라기보다 견고한 요새다.

그렇다. 모양부터가 거대한 방어진지가 아닌가. 이곳은 방어진지 그 자체다. 이 평화롭고 맥 빠지는 시대에, 이 상자는 대체 무엇으로부터 무엇을 지키려는 것일까?

처음으로 이곳에 들어왔을 때도 기바는 똑같은 생각을 했다. 그리고 이 무거운 문을 닫은 순간, 기바는 속으로 어떤 결론에 이른 듯하다.

어떤 결론에 이르렀는지 명확하게 인식할 수는 없었지만――어쩌면 수면 부족과 근무에 의한 피로에서 오는 환상이었을지도 모르지만――어쨌거나 기바는 결론을 내림으로써 안정감과 활기를 되찾았다.

그리고 기바는 어렴풋이나마 그 이유를 짐작하고 있다. 상자 속이 꽉 찬 것이다. 기바 슈타로라는 텅 빈 상자 속에 무언가가 충만해졌다.

기바의 텅 빈 속을 채운 것은, 그것은 아마 유즈키 요코일 것이다.

기바가 생각하기에, 자신도 또 하나의 상자다. 그렇다면 이 기묘하고도 견고한 건물과 마찬가지로 무언가를 지키기 위해 존재하고 있는 것은 아닐까? 그 속의 텅 빈 공간에는 어느새 요코가 있다. 그리고 빈 상자는 더 이상 빈 것이 아니게 되고, 상자에 존재 이유가 발생한다. 다시 말해서 기바는 요코를 외적으로부터 지켜주는 상자가 된 것이다.

적이 대체 무엇인지는 전혀 짐작이 가지 않았지만, 그 정체를 알 수 없는 것으로부터 요코를 지켜줄 수 있는 존재는 아마 자신 말고는 생각할 수 없을 것이다. 그것이야말로 자신이 이곳에 온 본래의 이유인 양――기바는 착각했다.

무엇이 정의이고 무엇이 악인지, 대체 누가 적이고 누가 아군인지 알 수 없게 된 기바에게, 그렇게 생각하는 것은 큰 위안이 되었던 것이다. 법률이니 논리니 하는 것으로 선악이나 적과 아군을 나누기가 어렵다면, 그리고 그것을 나누지 않고는 못 배기는 인생이라면, 그 구분은 스스로 할 수밖에 없다.

요코에게 불이익이 되는 것은 적이고, 악이다——기바는 아마 그런 결론에 도달한 것이리라. 정체는 알 수 없지만 명확한 적을 갖게 된 기바는, 실로 오랜만에 안정감과 활력을 되찾은 것이다.

다만, 그것이야말로 일반적으로 말하는 연애 감정이라는 사실을, 기바 자신은 깨닫지 못하고 있었다.

요새는 문을 활짝 열어젖혔을 때만 잠깐 바깥세계를 받아들이고, 그 문을 닫은 순간부터 완전히 독립된 소우주를 확립한다. 공간은 깊고 조용한 중저음과 푸르스름한 인공적인 광선으로 채워져 있고, 공기는 고여 있으며 긴장하여 진동하고 있다. 자연광이 전혀 들어오지 않는 세계에서는 존재하는 모든 것이 형광등의 세례를 받아 영화 필름처럼 현실감을 잃어버린다. 요새 내부——상자 안은 확실히 바깥세계로부터 차단되어 있는 다른 세계인 것이다.

기바에게는, 자신이 내는 목소리조차 한 번 전기 신호로 분해되었다가 재구성된 스피커의 음성——그렇다, 전화 목소리——처럼 생각되었다.

물론 그것은 너무 오래 듣다 보면 머릿속이 멍해지는, 가라앉은 기계음의 영향이라는 사실도 기바는 알고 있다.

내부의 모습은 그 외관에 뒤지지 않을 만큼 이상하다.

문을 열면 문과 거의 같은 폭의 복도가 똑바로 이어진다. 바닥과 벽, 천장도 콘크리트로 되어 있고 장식성은 전혀 없다. 마치 터널 같다.

천장에는 형광등이 세로 일렬로 빽빽하게 달려 있고, 좌우 벽에는 철제인 듯한 문이 왼쪽에 3개, 오른쪽에 2개 늘어서 있다. 이 문에는 창문조차 없다. 탄약고의 문처럼 튼튼하다.

복도 막다른 곳도 역시 철문이다. 이 문은 바깥세계로 통하는 문이 아니라 커다란 엘리베이터의 입구다. 문 앞에서 침대로 옮겨진 가나코는 곧바로 이 승강기에 삼켜졌다.

1층은 아마 동력실이 아닐까, 하고 기바는 생각하고 있다. 기바가 이곳에 다니는 1주일 동안에도 연료 같은 것이 몇 번이나 반입되었던 것이다. 가나코가 수용되고 나서 곧바로 들리기 시작한 기계음은 틀림없이 이 1층 방이나, 아니면 그 아래 —— 지하실이 있는지 없는지는 확실하지 않지만 —— 에서 들려오고 있다. 그리고 그 낮고 무거운 소리는, 분명히 전쟁터로 향하는 수송선의 동력실에서 새어 나오던 소리와 같은 것이었다. 분명히 발전기 같은 것이 있을 것이다.

복도는 승강기 앞에서 오른쪽으로 꺾어진다.

그 앞은 3층까지 천장이 뚫려 있고, 역시 철제의 나선계단이 있다.

그날 —— 승강기 문이 닫혀 버리는 바람에 기바와 요코는 이곳으로 올라갔다.

기바는 신기하다는 듯이 여기저기를 둘러보고 있는 후쿠모토와 불안한 듯 겁먹은 눈으로 얌전히 있는 요리코를 데리고 —— 그날과 똑같이 —— 계단을 올라갔다.

2층은 1층과 똑같은 구조다.

1층과 다른 부분이라면 계단 쪽 벽에 있는 2개의 문이 목제라는 것과, 출입구가 있던 벽——건물 정면 쪽——에 문 대신 일자 모양의 가늘고 긴 창이 있다는 것 정도다.

기바는 계단과 가까운 쪽에 있는 목제 문을 열었다.

안에는 또 복도가 있다.

복도에는 4개의 문이 있다. 이것은 아주 평범한 목제 문이다. 들어가서 왼쪽 중앙에 한 개. 오른쪽에는 같은 간격으로 2개. 막다른 곳에 또 한 개. 이 막다른 곳에 있는 문은 변소와 작은 욕실의 문이다. 놀랍게도 이 커다란 건물에는 변소가 여기 한 군데밖에 없다. 따라서 경호하는 경관이 증원되고 나서는 매우 혼잡하다. 어쨌거나 전부 합쳐서 30명이나 있기 때문이다.

가나가와 본부는 결국 가설 변소를 설치했다. 기바는 그것을 볼 때마다 실소한다. 범죄를 막기 위해 이곳에 있는 것인지, 이곳에 있기 위해 이곳에 있는 것인지 알 수 없다. 무엇보다, 일부러 변소를 만들어야 할 만큼 경관이 많은데 범죄가 일어날 리가 있을까? 하지만 그런 의미로는, 변소 설치도 일단은 범죄에 대한 억제력을 갖는 행위라고 하지 못할 것도 없다.

하지만 웃긴다. 바보 같다.

이래서야 본말전도다.

가설 변소도 웃기지만 이 건물의 조작도 그 이상으로 웃긴다.

경관이 있든 없든, 이 상자의 레이아웃이 상당히 비상식적이라는 사실에는 변함은 없다. 한가운데의 복도에서 이 복도로 들어오기 위한 문은, 보통 같으면 필요 없다.

기바도 처음에는 당황했지만 이제 익숙해졌다.

오른쪽에 있는 2개의 문은 이 연구소에서 살고 있는 두 직원의 방으로 통하는 문이다. 물론 기바는 들어간 적이 없다. 앞쪽은 스자키라는 작달막한 남자의 방으로, 이 남자는 늘 흰 가운을 입고 다니니 의사이거나 연구원일 것이다. 안쪽 방, 변소와 가까운 쪽에 있는 방을 사용하고 있는 사람은 고다라는 초로의 남자로, 이 사람은 작업복을 입고 다닌다. 기바의 생각으로는, 그는 1층 동력실의 기계를 조작하는 기술자다. 이것은 작업복만 보고 연상한 것은 아니다. 태도나 표정이 그의 인상을 그렇게 만든다. 말하자면 기바의 편견이다.

이 연구소에는 소장 외에는 직원이라고는 이 두 사람밖에 없다.

소장의 방은 그들의 방 맞은편, 건물 정면 쪽에 있는 것 같다.

왼쪽 문을 연다. 이곳이 일단 응접실인 듯하다. 듯하다고 하는 것은, 이 방은 전혀 손님을 응접할 마음이 없다고밖에 생각할 수 없는 방이기 때문이다. 10평 정도 될까. 바닥은 무뚝뚝한 타일이다. 조잡한 테이블과 의자 10개 정도가 아무렇게나 방치되어 있다.

그 외에는 그저 종이 묶음이 산더미처럼 쌓인 선반이 있을 뿐이다.

방 한구석에는 세면실이 있다. 이것은 변소의 세면대와 별로 차이가 없는 작은 것이다. 다만 일단 거울이 붙어 있기 때문에 화장실이 아니라 세면실임을 알 수 있다.

반대쪽 구석에는 책상이 놓여 있고, 그 위에도 서류가 산더미처럼 쌓여 있다. 그냥 그런 방이다.

문을 열자 그 책상 앞에 요코가 서 있었다.

"기바——씨."

이 장면은 1주일 전의 그날과 똑같다.

기바는 강한 기시감을 느꼈다. 그것은 당연히 착각이고, 이전에도 같은 장면이 있었을 뿐이다. 그런 것은 알고 있다.

그날도 요코는 문을 연 기바를 보고 몹시 놀랐다. 그리고 그때 그녀의 손에서 미끄러져 떨어진 것이 가나코의 유괴를 예고하는 협박장이었던 것이다.

"무슨 일이세요? 그쪽은 아마——."

"무사시 고가네이 역 앞 파출소의 후쿠모토입니다."

후쿠모토는 가슴을 펴고 대답했다. 그러나 요코의 시야 중심에 담겨 있던 것은 후쿠모토가 아니라 요리코 쪽이라는 사실은 분명했다.

"아마——가나코의 친구인——."

"요리코입니다."

요리코가 짧게 대답한다.

"대체, 아가씨가 왜 이런 곳에——기바 씨, 이것은 도대체——."

"가나코는, 아무래도 누군가에게 떠밀려서 떨어진 모양입니다. 그렇지, 후쿠모토?"

"예. 이 아이가 증언해 주었습니다. 그것은 사고도 자살도 아닌, 어엿한 살인미수사건입니다."

"멍청한 놈. 살인에 어엿한 게 어디 있나? 어쨌거나 이야기를 들어보세."

그때서야 기바는 처음으로 실내에 스자키가 있었다는 사실을 깨달았다. 스자키는 선반 아래 벽에 기대어 기바 일행을 바라보고 있었다. 자그마한 몸이 선반에 완전히 가려져, 전혀 시야에 들어오지 않았던 것이다. 스자키는 부은 듯한 얼굴을 선반에서 쑥 내밀고,

"흥."

하고 코웃음을 쳤다.

머리가 크고 팔다리가 짧다. 그러면서도 눈매는 남들보다 배는 나쁘다.

"미안하지만 자리를 피해 주시겠소?"

기바는 귀찮아져서 단도직입적으로 말했다. 이 남자는 본능적으로 마음에 들지 않는다. 이유는 없다.

스자키도 똑같이 생각하고 있는지, 기바를 힐끗 쳐다보고는 아무 말도 하지 않고 순순히 방에서 나갔다. 다만, 문을 닫을 때 몸을 돌려 요코를 보고 슬쩍 웃었다.

기바는 테이블 방향을 돌려, 맞은편에 요리코와 후쿠모토를 앉히고 자신 옆에 의자를 놓아 요코에게 권했다. 요코는 움직임을 딱 멈추고, 여우에 홀린 듯한 얼굴로 요리코를 보고 있었다.

"요코 씨, 당신도 듣는 게 좋겠어요."

기바의 말에 요코는 예, 하고 작게 대답하고 의자에 앉았다. 아직 조금 멍한 상태다.

"자, 아가씨. 그날 밤 아무리 물어도 이야기해 주지 않았던 것을 이야기해 주겠어? 왜 이제 와서 갑자기 이야기할 마음이 들었지?"

"저 —— 떠올랐어요. 그랬더니 무서워져서 ——."

"그 후로 보름이나 지났어. 갑자기 왜?"

"제 생각에, 충격이 너무 강해서 생각나지 않았던 것은 아닐까요? 뭔가 ——."

"자네 의견은 안 물었어."

별로 나쁜 사람은 아닌 것 같지만, 기바는 이 후쿠모토라는 경관이 조금 얄미워지기 시작했다.

"왜 생각나지 않았느냐가 아니라 왜 갑자기 생각났는지를 물은 거야."

"쓸쓸해서 ── 찻집에 ── 갔어요. 가나코와 자주 가던 찻집이요. 그리고 가나코가 늘 읽던 잡지를 읽고 있는데 갑자기 ──."

"생각났다는 거니? 그래서?"

"가나코는 떠밀려서 떨어진 거예요. 등을 세게 밀려서."

"누구한테?"

"검은 옷을 입은 남자요."

"아는 남자야?"

"몰라요! 전혀 모르는 남자예요. 갑자기 뒤에서 튀어나와서 등을 확 밀었어요."

사실일까? 기바는 거의 믿을 수가 없었다.

그러나 이제 와서 그런 거짓말을 해 봐야 이 소녀에게는 한 푼의 이득도 없다.

그렇다면 ── 장난을 치는 걸까? 아니면 어른을 놀리고 있는 걸까?

그런 것치고는 눈빛이 진지해 보인다.

"그, 그건 사실인가요 ──?"

요코가 소리를 질렀다.

"── 정말로 아가씨는 ──."

요리코는 순간 당황했고, 진지한 눈빛은 동요의 빛을 띤다. 그리고 그것을 감추듯이 눈을 내리깐다. 안정감이 없다.

"사, 사실이에요 ── 거짓말 ── 아니에요."

어미가 떨리고 있다. 눈동자에는 눈물이 고여 있었다.

눈물의 필터 때문에 요리코의 진의는 일그러져, 형사의 눈으로도 진실을 읽어낼 수가 없다.

기바는 아무래도 요리코라는 소녀의 본질을 잘 이해할 수가 없었다. 거짓말을 하고 있는 것은 아니겠지만, 말 하나하나에 현실감이 없다. 어딘가 허구 같다.

따라서 기바는 이 소녀가 사실 어떤 성격의 소녀인지, 액면 그대로 받아들여서는 안 된다는 것 정도밖에 모른다. 요리코의 말은 기바에게, 그렇다, 마치 영화 대사를 듣고 있는 듯한 감각으로 들릴 뿐이다. 내용도 잘 만들어져 있다. 감정도 담겨 있다. 그러나 어차피 대본에 쓰여 있는 대사를 읽는 거라면, 아무리 리얼하게 열연해도 인물은 허구이지 배우 본인의 모습은 아니다. 살아 있는 사람의 리얼리티와는 다른 것이다. 다만, 정말로 그렇다면 요리코는 요코보다 훨씬 명배우일지도 모른다.

그러나 이 건물 내부는 리얼리즘의 세계가 아니다. 따라서 구스모토 요리코는 이 상자 속에 들어옴으로써 오히려 존재감을 얻은 것처럼 생각된다.

그것이 더욱 기바를 혼란스럽게 만든다.

"좀 더 자세히 들려주지 않겠니? 예를 들면, 그렇지, 서 있던 위치. 여기가 플랫폼이라고 치자. 이 앞이 선로고, 이 의자가 전봇대라고 치자고. 그때, 가나코는 이쯤에 서 있었지?"

기바는 가상의 현장을 설정하고, 자신을 가나코로 삼아 그곳에 섰다. 만일 요리코가 거짓말을 하고 있다면, 꼬치꼬치 캐물으면 허점을 드러낼지도 모른다.

"저는——이쯤에 서 있었어요."

요리코는 자리에서 일어나 망설임 없이 기바의 오른쪽 대각선 뒤로 이동했다. 거리는 3척(약 91cm) 남짓, 4척(약 121cm)이 조금 못 되는 정도일까.

"여기에 가방을 놓고. 가나코는 이쯤에."

동작에 막힘은 없었다.

"하지만 이상하군. 아가씨들은 함께 그――호수인가? 거기에 가려고 같이 간 거잖아? 보통 친구 둘이면 이렇게 나란히 서서 기다리지 않나? 여러 가지 이야기할 것도 있었을 테고."

그것은 어쩌면 기바와 같은 30대 남자의 피폐한 감각이고, 젊은 소녀들에게는 그런 습성은 없을지도 모른다――기바는 머리 한구석에서 희미하게 그렇게 생각한다. 그러나 곧 그것은 일반적인 감상이라고 고쳐 생각한다.

역시 이런 경우, 보통은 나란히 서서 기다릴 것이다.

"가나코는――울고 있었어요. 가나코가 우는 건 처음 봤고."

요코의 표정에 그늘이 졌다.

"울고 있었어? 요리코 양, 가나코는 울고 있었나요?"

"그래요. 그래서 저는, 뭐라고 말을 걸어야 할지 몰라서, 그래서 왠지 얼굴을 보는 것도 미안한 기분이 들어서."

그래서 3척 물러서서 뒤에 있었던 건가?

"그래서? 그 남자는?"

"저는 앞을 보고 있었기 때문에, 어디에서 나왔는지는 모르겠지만――저쪽에서."

요리코는 자신의 왼쪽 뒤를 가리켰다.

"후쿠모토."

기바는 후쿠모토에게 신호를 보낸다. 둔한 젊은 경관도 나름대로 눈치를 챈 모양이다.

"이렇게요?"

후쿠모토는 왼쪽 뒤에서 돌아와 기바의 등을 밀었다.

"그게 아니에요. 더 엄청난 기세로, 확 밀었어요. 저는 놀라서 엉덩방아를 찧고 말았지요. 아니, 그게 아니에요. 가나코를 떠민 반동으로, 남자는 저까지 뒤로 밀친 거예요."

"그러니까, 이렇게?"

후쿠모토는 기바의 등을 양손으로 탁 밀고 몸을 돌리면서 요리코를 밀었다.

"아뇨——아마 도망치던 중에 부딪힌 걸 거예요."

"아아, 그렇군."

후쿠모토는 몸을 돌리면서 몸으로 부딪치는 시늉을 했다.

"저는 이렇게."

요리코는 몸을 반회전시키며 주저앉았다. 분명히 그때도 요리코는 털썩 주저앉아 있었다.

"알았다. 그래서, 얼굴은 봤니?"

"무서운 얼굴이었어요."

"무섭다니 어떻게? 나도 얼굴은 무서운데."

기바는 농담으로 말했지만, 아무도 그렇게 받아들이지는 않은 듯하다.

"눈매가 날카롭고——하지만 순식간이었고, 또렷하게는 모르겠어요. 다만 검은 옷을 입고 있었고, 손에는 장갑 같은 것을 끼고 있었어요."

구체적인 증언이다. 기바는 요코 쪽을 보았다.

"어떻게 생각하십니까, 이 소녀의 이야기. 사실일까요? 그렇다면——이건 범죄입니다. 그런데 요코 씨, 가나코 양은 말을 할 수 있습니까? 저는 지금까지 별로 들을 기회가 없어서 모르겠지만, 만일 말을 할 수 있다면 무슨 얘기를 들었겠지요."

"유감스럽게도 가나코는 말을 못해요. 의식은 가끔 돌아오지만 몽롱한 것 같고요. 그래서 사고——사건 때의 이야기는 듣지 못했습니다."

"의심하시는 거예요? 형사님."

요리코가 다시 기바가 불편해하는 시선을 보낸다.

"저, 저는 거짓말 같은 건——."

"울지 마!"

기바는 큰 소리로 꾸짖었다.

이제 진저리가 난다. 소녀의 눈물에 휘둘리고만 있을 수는 없다.

지금의 기바는 처음 만났을 때의 기바와는 다른 것이다.

요리코는 꽤 놀란 듯, 울음을 뚝 그쳤다.

적이 더욱더 분명해졌다. 기바의 등골에는 몇 년 만에 무언가가 차오르기 시작했다.

"이 소녀의 증언이 사실이라면, 가나코 양은 누군가에게 죽임을 당할 뻔했다——는 뜻이 됩니다. 그리고 이번에는 누군가가 납치하겠다는 예고를 보내온 것이지요. 이게 서로 무관하리라고는 생각할 수 없어요. 당신네 자매에게는 분명히 적이 있소. 나는 제삼자라서 지금까지 자세한 사정은 물을 수 없었지만. 요코 씨, 지장이 없다면 내게 그——."

"잠깐만요——."

요코는 기바 쪽을 보지 않고 기바의 말을 가로막았다.

"——기바 씨. 당신은 왜 그렇게까지 우리에게 상관하시나요? 만일 이 요리코 양의 말이 사실이라 해도, 그것은 이시이 경부에게 말하면 되는 것 아닌가요? 당신은 우연히 그 자리에 있었던, 그저 지나가던."

이시이는 아까 그 가나가와 본부의 경부다.

"이시이 따위에게 말해서 해결될 문제였다면 나는 벌써 물러났을 거요. 그 사람은 안돼요. 관리 근성밖에 없는 아부쟁이요. 평지풍파가 일어나지 않도록 윗분들 기분이나 살피면서 그저 쭈뼛거릴 뿐이지. 아무리 사람이 많아도, 그 사람은 당신의 적을 쓰러뜨릴 수 없소. 당신의 적은 생각 외로 거물인 것 같으니까."

"기바 씨는 그 적을——쓰러뜨릴 수 있나요?"

요코의 눈이 기바를 바라보았다.

"적이란 쓰러뜨리기 위해 있는 거요."

"끝까지 손을 떼지 않으시겠다는 건가요?"

"살인미수 현장에 있었던 사람은 나요. 협박장이 도착했을 때 그 자리에 있었던 사람도 나지. 이것도 무슨——운명인 게지요."

요코는 고통을 견디듯이 비장한 표정을 하고, 잠시 생각에 잠겼다. 과묵한 시간이 흘렀다.

말이 끊기자 기계음이 다시 들이찬다.

건물 자체가, 체감할 수 없을 만큼 가느다란 진동을 되풀이하고 있다.

"가나코는——만날 수 없나요?"

침묵을 깬 사람은 요리코였다. 요코는 반사적으로 흠칫 반응하며, 다시 요리코를 보았다.

요리코는 요코를 응시하고 있다.

후쿠모토는 멍청하게 사태를 지켜보고 있다.

기바의 심장 고동이 빨라진다.

"요리코 양, 당신에 대해서는 가나코한테서 들었어요. 가나코는 당신을 매우 좋아한 것 같더군요. 오늘 당신이 와 준 것도 우연은 아닐지도 몰라요. 만날 수 있도록 선생님께 부탁하고 올게요. 기바 씨, 이야기는 그 후에."

요코는 그 말을 남기고 자리를 떴다.

"기바 씨, 저어."

후쿠모토가 그제야 입을 열었다.

"저도, 그 이번 사건에 관여하는 것은, 사실은."

"알고 있네. 자네는 돌아가. 나를 따라 하는 짓은 그만두라고. 직장을 잃게 될 걸세."

"하지만 저도 영역 의식만 강한 현재의 경찰기구에는."

"그런 논리는 상관없어. 나는 그런 걸 불만스럽게 생각하는 게 아닐세. 나는 내가 하고 싶은 대로 하고 있을 뿐이야."

"하지만."

후쿠모토의 발언은 거기에서 끊어졌다. 아메미야가 방에 들어온 것이다.

"요코 씨에게 들었습니다. 아아, 요리코, 잘 와 주었구나."

아메미야는 보름 전과 똑같은 차림이었다. 지난 보름 동안 기바는 몇 번이나 그를 보았지만, 거의 항상 똑같은 차림을 하고 다닌다.

“안녕하십니까, 수고하십니다.”

아메미야는 기바와 후쿠모토에게 정중하게 인사했다. 아메미야에게 경관이란 전부 동류(同流)로 보이는지, 기바가 관할 외의 일에 참견하고 있는 제삼자라는 사실 따위는 처음부터 신경도 쓰지 않는 것처럼 느껴진다. 제복을 착용하고 있는 후쿠모토 같은 경우, 아메미야가 보기에는 밖에 있는 놈들과 똑같이 보이는 듯, 다시 말해 전혀 경계심을 갖지 않는다.

아메미야는 변함없이 졸린 듯한, 희로애락을 잘 알 수 없는 표정을 유지한 채 요리코 곁으로 다가갔다.

“네가 만나 주면 가나코도 매우 기뻐할 거야. 나도 너에 대해서 많은 이야기를 들었단다.”

“가나코는 저를――알아볼까요?”

“당연히 알아보지. 말을 걸면 반응도 하거든. 나나 요코 씨는 알아보고.”

요리코의 얼굴이 갑자기 일그러졌다.

“가나코――.”

요리코는 자신의 어깨를 안고――마치 그날 밤 미타카의 병원에서 그랬던 것처럼――부들부들 떨기 시작했다.

“괜찮아. 가나코는 죽지 않아.”

아메미야는 천천히 그렇게 말했다.

한층 높은 노크 소리가 들리고, 제복을 입은 경관 한 명이 들어왔다.

“면회가 된다고 합니다. 위로 올라와 달라고 하십니다.”

경관은 그렇게만 말하고는 발길을 돌려 나갔다. 기바는 천천히 일어섰다.

기바, 요리코, 아메미야, 후쿠모토 순서로, 일렬로 나란히 방을 나갔다. 건물 구조가 영향을 미치는 걸까?

나선계단에 이르기 직전, 요리코의 걸음이 멈추었다. 떨고 있다. 아메미야가 요리코의 어깨를 살며시 안는다.

기바는 어깨 너머로 그 익숙한 동작을 보고, 왠지 약간 불쾌한 기분이 들었다.

다만――그것이 질투라고 불리는 감정과 몹시 가까운 것이라는 사실을 기바는 전혀 생각하지 못했다. 아메미야는 딱딱한 음성으로 부드럽게 말했다.

"괜찮아, 걱정하지 마. 가나코를 만나 주렴. 아니, 적어도 얼굴만이라도 보여주지 않겠니?"

"가나코, 가나코는――나를――."

"가장 소중한 친구라고 말했어. 같은 반의 다른 아이들하고는 친해지지 못했던 모양이야."

"친해지지 못해요?"

"응――가나코도 복잡한 가정환경에서 자랐으니까. 좀처럼 친구가 생기지 않았지. 어릴 때부터 늘 혼자였고. 요리코와 사이가 좋아졌다며 기뻐했어."

요리코의 얼굴이 아주 잠깐이기는 했지만 요리코 자신의 얼굴로 돌아온――것처럼 기바의 눈에는 비쳤다. 요리코는 아메미야의 팔에 어깨를 폭 안겨, 마치 깨지기 쉬운 물건인 듯 조심조심 계단에 발을 올려놓는다.

아메미야는 역시 웃는 건지 우는 건지 알 수 없는 독특한 표정을 유지한 채 약간 흥분하면서 기바 옆을 지나간다.

"거, 짓, 말."

들릴까 말까 할 정도의 작은 목소리로, 요리코는 그렇게 말했다. 으르렁거리는 듯한 기계 소리가 가져오는 진동에 섞여서, 그것은 너무나도 가냘프고 희미한 공기의 흔들림 같기는 했지만, 기바의 귀에는 지금까지 요리코가 한 어떤 말보다도 직접적으로 닿아왔다.

제일 위층──3층은 1층이나 2층과는 구조가 매우 다르다.

나선계단을 다 올라가면 곧바로 복도가 있다. 1층, 2층 모두 복도는 건물 중앙을 일직선으로 나누듯이 지나고 있지만, 3층만은 복도가 정면에서 보아 오른쪽 벽을 따라 뻗어 있다. 따라서 오른쪽 벽에는 아무것도 없다. 왼쪽 벽에는 문이 2개 달려 있다.

앞쪽──계단에 가까운 쪽이 목제이고, 안쪽──즉 건물 정면에 가까운 쪽이 철제문이다. 따라서 3층에는 유일한 창문인 듯한 그 슬릿조차 없다. 그것은 철문으로 닫혀 있는 방 안으로 열려──하기야 붙박이 식이니 열려 있는 것은 아니지만──있는 것이다.

그리고 3층은 승강기까지도 복도가 아니라 방 안에 있다. 다시 말해 승강기를 타고 3층까지 올라갔을 경우에는 방 안으로 나가게 되는 것이다.

아메미야는 요리코의 어깨를 안은 채, 기바를 지나쳐 그 승강기가 있는 방의 문──앞에 있는 목제로 된 문을 열었다.

기계 소리가 커진다.

군수공장에 있는 것 같다.

"이쪽입니다."

아메미야는 요리코를 안에 들여보내고 나서, 기바와 후쿠모토를 안으로 안내했다. 기바는 입실할 때 잠깐 주저했다. 기바는 이 방에 들어온 적이 세 번 있다. 네 번째는——이시이 경부에게 저지당하고 말았다.

이곳이 집중치료실이다.

방은 커다란 L자 모양을 하고 있다. 정사각형을 네모지게 잘라낸 구조의 L자형 방은 있을 수 없다. 당연히 방 안에 또 하나의 방이 있다. 이곳은 아마 처치실, 아니 수술실일까.

문을 열면 오른쪽에 승강기 문이 있다. 그 옆에 직각으로 벽이 튀어나와 있고 거기에도 승강기 문과 똑같은 크기의, 양쪽으로 잡아당겨 여는 문이 있다. 영화관 문과 매우 비슷한 문이다. 가나코가 이곳에 실려 온 날, 계단을 뛰어 올라가 이 방에 도착한 기바와 요코는 이 영화관 문으로 실려 들어가는 가나코를 보았다. 기바가 이 방을 처치실이라고 판단한 것은 그 때문이다.

처치실 문은 하나 더 있다. 이쪽은 입구 부근에서는 각도상 보이지 않는다. 방 안을 어슬렁거리기 힘든 상황이었기 때문에, 기바는 이쪽 문을 잘 보지 못했다. 그러나 어쨌거나 똑같은 문일 것이다. 왜냐하면, 가나코는 그쪽 문으로 나왔기 때문이다.

기바는 그날의 일을 떠올린다.

그날——처치실로 실려 들어간 가나코.

직무를 마치고 구급대원들이 와글와글 돌아간다.

요코와 아메미야, 그리고 기바가 남겨져——.

그때 기바는 깨달았다.

그때, 기계 소리는 나지 않았던 것이다. 가나코가 처치실에 들어간 후, 갑자기 그 소리는 시작되었다. 그리고 지금까지 보름 동안——적어도 기바가 이곳에 있는 동안——그 소리는 끊임없이 계속 이어지고 있다.

수술은 오후까지 계속되었다. 기바는 후쿠모토를 먼저 돌려보내고, 고다에게 부탁해 트럭을 빌려서 식료품을 사러 나갔다. 그 후 조금 전 그 응접실에서 잠깐 잠을 잤다. 요코와 아메미야는 그동안에도 계속 이 방에 있었던 모양이다.

실내에는 크고 작은 여러 가지 기계며 계기(計器) 등이 놓여 있다. 당연히 전부 상자 모양을 하고 있다. 비석이 난립하고 있는 것 같다. 비석에는 전함의 레이더 같은 오실로스코프[28]나 라디오 손잡이 같은 것이 잔뜩 붙어 있다. 그리고 그것들은 전선이며 튜브로 모두 연결되어 있다.

그것들에 둘러싸여, 방 중심에는 반투명한 비닐 텐트가 설치되어 있다. 이것을 텐트라고 불러야 할지 말아야 할지 모르겠지만, 기바의 어휘 중에서 비교적 가까운 단어를 고른다면 그것은 텐트다. 이것이 천이었다면 기바는 모기장이라고 생각했을 것이다.

텐트는 천장에서 몇 겹이나 되게 늘어져 있고——그런 의미로는 모기장이 더 가깝겠지만——바깥에 있는 비석에서 튜브나 호스가 몇십 개나 끌어넣어져 있다. 비닐 막 자체는 반투명이지만, 몇 겹으로 되어 있어 안은 전혀 보이지 않는다. 그림자만 흐릿하게 비칠 뿐이다. 그리고 그 그림자도 비석처럼 네모나다. 역시 안에도 기계 상자가 있기 때문이다.

---

28) 브라운관을 사용하여 전기진동처럼 시간적 변화가 빠른 현상을 관측하는 장치.

이곳은 내부도 전부 상자투성이다.

가나코는 그 안에 누워 있다.

기바의 기억으로는, 가나코는 얼굴 말고는 전부 붕대와 깁스로 뒤덮여서 이집트의 미라처럼 되어 있었다. 몸 여기저기에서 링거인지 무엇인지 알 수 없는 관이 몇 개나 나와 있었다. 코에도 튜브가 꽂혀 있었고, 입에는 산소흡입기 같은 것을 달고 있었다. 처음 보았을 때는 자고 있었다. 두 번째는 기바 쪽을 보았다. 세 번째는 허공을 보고 있었다.

사고 직후, 부러지고 휘어져 피를 흘리고 있었을 때의 가나코가 그나마 생기를 갖고 있었다고 기바는 볼 때마다 생각한다. 살 수 있을 것 같다고 생각했을 정도였다. 하지만 침대 위의 가나코는, 물론 살아 있기는 하지만 왠지 살 수 있을 것 같지가 않아 보였다. 첫 번째보다 두 번째, 두 번째보다 세 번째가 더욱 그렇게 생각되었다. 이번에는 어떨까?

잠시 그런 회상을 하다가, 기바는 방으로 들어갔다.

비석 틈에는 의자가 몇 개나 놓여 있고, 거기에 요코와 이시이, 그리고 몇 명의 경관이 앉아 있었다. 벽을 따라서도 경관들이 서 있다.

기바가 방에 들어가자 모두 일제히 기바를 보았다.

묘지에서 꽃구경을 하고 있는 것 같았다. 꽃구경하러 온 이시이가 다가왔다.

"이분한테서 들었네, 기바 군. 자네는 그렇게 중요한 것을 왜 나한테——."

"그런 얘기는 여기에서 할 게 아니지요. 나중에 합시다."

조금 전 뒤뜰에서 이야기하던 때보다, 기바는 더 과격해졌다.

이시이 경부는 그 기세에 눌려 입을 다물었다.

"이제 곧 교수님이 진찰하러 오실 겁니다. 지금 가나코는 깨어 있으니 만나 주세요."

요코는 그렇게 말하고는 일어서서, 비석과 경관 사이를 구불구불 돌아 텐트 옆에 섰다. 그리고 텐트의 이음매를 들춘다. 요리코도 비석을 피하면서 구불구불 돌아 텐트에 이르렀다. 기바도 뒤를 따른다. 이어서 후쿠모토가 우물쭈물 따라간다.

비석과 비석 사이의 바닥에는 겨울잠 중인 뱀의 둥지처럼 똬리를 튼 전선이며 튜브들이 자리가 비좁다는 듯 기어 다니고 있어서, 걷기 힘들기 짝이 없다.

기바가 도착하기를 기다려, 요코는 두 번째 텐트를 들춘다. 세 번째, 네 번째——즉 이 텐트는 4중으로 되어 있었던 것이다——계속해서 들춘다.

요코가 앞으로 고꾸라져 비틀거렸다. 들추었던 텐트가 차례차례 원래대로 돌아간다.

"아아, 죄송합니다."

아메미야가 재빨리 다가와 어깨에 손을 댄다. 빈틈이 없다.

"요코 씨, 아직 무리하면 안 돼요. 엊그제도 그렇게 피를 뽑았잖아. 안 그래도 빈혈 기운이 있는데."

"피를 뽑아요?"

"수혈 말입니다. 혈액형이 맞는 사람이 요코 씨밖에 없습니다."

그래서 창백한 얼굴을 하고 있었던 건가?

그러고 보니 그날——가나코의 수술이 끝난 후에도 요코는 비틀거리고 있었다. 피곤해서 그런가 보다고 생각하고 있었는데, 그때도 피를 뽑았기 때문이었던 걸까. 아마 기바가 식료품을 사러 나갔을 때나 잠을 자고 있던 사이에, 요코는 가나코에게 수혈을 했을 것이다.

기바가 잠에서 깨어 이 치료실에 올라왔을 때——이 방에는 이렇게 많은 사람들이 있지는 않았다.

그때는 완전히 핏기가 가신 요코가, 마치 부서져서 버려진 셀룰로이드 인형처럼 축 늘어져 의자에 앉아 있었다. 요코 옆에서 아메미야가 머리를 싸안고 신음하고 있었다.

숨 막히는 분위기였다. 가나코가 죽은 줄로만 알았다.

그때 스자키——그때는 이름을 몰랐지만——가 피로 물든 가운을 손에 들고 처치실에서 나왔던 것이다. 요코 일행의 모습에서 가나코의 생사를 확인할 길을 찾지 못한 기바는, 스자키에게 다가가 물었다. 스자키는 피곤하기는 했겠지만, 그렇다 해도 불쾌하다는 듯한 태도로,

——혈관 구분하는 게 정말 힘들었소. 하지만 대동맥궁과 가슴 동맥 문합이 잘 되었으니, 아마 괜찮겠지.

라고 대답했던 것이다. 기바는 무슨 소린지 전혀 알 수 없었지만, 가나코가 목숨을 건진 것 같다는 사실만은 알 수 있었다. 그러고 나서 스자키가 턱짓을 하자 그에 맞추어 돌아본 기바는, 그때 처음으로 이 텐트를 확인했던 것이다.

요코는 아메미야의 보호를 받으며 이시이 경부 옆에 앉았다.

새파랗다. 눈언저리만 약간 붉다.

그때보다 더 야위었다.

"기바 군, 가나코 양은 엊그제 밤, 자네가 돌아간 후에 다시 큰 수술을 받았네. 본래 면회 같은 건 말도 안 되는 상황이야. 요코 씨가 소장님께 간절히 부탁한 모양이니, 만날 거라면 얼른 끝내게나."

이시이 경부가 빠른 말투로 말한다.

기바는 텐트를 걷어 올리고, 변함없이 어깨를 껴안은 채 떨고 있는 요리코의 어깨를 살짝 밀어 안으로 밀어 넣었다. 요리코의 어깨에 손가락이 닿은 순간, 전류처럼 긴장이 달린다. 건물의 가느다란 진동과 요리코의 몸은 동조하고 있었다. 그렇군, 하고 기바는 납득한다. 이 소녀가 이 건물 안에서 현실감을 유지할 수 있는 이유를 알 것 같은 기분이 든다. 그리고 자신도 안을 들여다본다. 후쿠모토도 기바 앞으로 나서서 허리를 굽히고 안을 보았다.

가나코가 있었다.

온몸에서 관이 몇 개나 뻗어 있다.

조금 작아졌나?

링거만으로 생명을 유지하는 것이라면 야위는 게 당연하다.

하얀 이불 밑으로 깁스를 한 다리가 엿보여, 가엾게 느껴진다.

텐트 안은 마치 누에고치 속처럼 완전히 다른 세계다. 그리고 그 세계에도 여기저기에 갖가지 작은 상자가 설치되어 있다.

오늘의 가나코는 산소흡입기를 달고 있지 않았다. 단정한 얼굴에는 상처 하나 없다.

가나코는 천천히 기바 쪽으로 고개를 돌렸다.

머리의 움직임을 따라가지 못했는지, 조금 뒤늦게 눈이 기바 일행을 응시한다. 빨려 들어갈 듯한 깊은 색깔의 커다란 눈동자다.

그리고 이상하다는 듯한 표정을 했다.

요코를 똑 닮았다. 아니, 쓸데없는 부분이 떨어져 나간 만큼, 미인이라면 가나코 쪽이 더 미인이라고 할 수 있으리라. 아니, 미소녀인가?

침상 위의 미소녀는 알 수 없을 정도의 느릿한 움직임으로 시선을 내렸다. 시야에 요리코가 들어온다.

그리고 방긋 웃었다.

"요."

입 모양이 그렇게 발음한다. 목소리는 나오지 않는다.

요리코의 요다. 기바는 그렇게 생각했다.

"가나코 —— 가나코!"

요리코가 지독한 금속성 목소리로 짜냈다.

"가나코!"

"더 이상은 부담이 돼. 이제 충분하잖나?"

기바의 등 뒤에서 이시이 경부의 목소리가 들렸다.

경부는 기바와 후쿠모토를 떼어내듯이 텐트에서 떨어뜨리고, 가나코를 향해 걸어가려고 하던 요리코를 붙잡더니,

"자, 아가씨 얘기를 들어볼까?"

하고 그 자리에는 가장 어울리지 않는, 최악의 말을 내뱉으며 밖으로 데리고 나갔다.

그리고 이시이 자신은 잠시라고 하기에는 지나칠 만큼 오랫동안, 등 뒤를 돌아보는 부자연스러운 자세로——가나코의 모습을 바라보고 있었다.

다시 이쪽을 향한 경부의 얼굴은——아연해져 있었다.

기바는 왠지 화가 치밀었다.

"왜 그러시죠, 경부님? 당신 설마, 본인이 경호하고 있는 바로 그 당사자를 지금 처음 본 건 아니겠죠."

"아니, 그런 건 아니지만——뭔가, 말하려고 한 것 같아서——."

"가나코가 무슨 말이라도 했나요?"

요코가 물었다. 땀이 이마를 흥건하게 덮고 있다. 몸이 꽤 안 좋은 모양이다.

"아니오, 알아듣지 못했습니다."

이시이 경부는 얼빠진 대답을 했다.

기계 소리가 난다. 깊고 조용하게, 땅 밑에서 울려온다.

승강기의 문이 열렸다.

마지막 주역 배우가 승강 장치를 타고 무대로 올라온 것이다.

미마사카 고시로——.

이 연구소의 소장이다.

남자다운 얼굴. 엄격한 눈. 꼭 다문 입. 넓고 총명해 보이는 이마. 이성덩어리 같은 얼굴. 나이에 비해 검고 윤기 있는 머리카락을 모두 뒤로 빗어 넘기고, 주름 하나 없는 가운을 입은 과학자.

나이는 50대 중반이라고 한다.

옆에 스자키를 거느리고 있다.

스자키는 상자를 들고 있다.

폭은 1척(약 30cm), 높이는 1척 5촌(약 45cm), 깊이는 8촌(약 24cm) 정도 되는 금속 상자다.

새로운 기계일까?

"진찰 시간입니다——."

스자키가 심드렁한 목소리로 말했다.

미마사카는 기바 일행도 이시이 경부도 안중에 없는 듯, 누구에게도 눈길을 주지 않고 텐트 입구로 직행했다. 스자키는 그 주위의 묘석에서 전선이며 튜브 몇 개를 잡아 빼서 자신이 들고 있던 상자에 다시 연결하고, 그대로 선을 질질 끌며 텐트로 들어갔다.

미마사카는 입구에서 준비되기를 기다릴 생각인 모양이다.

갑자기 다급한 듯 덜컹거리는 소리가 났다.

그것은 쿵, 탕, 하는 큰 소리가 되더니, 곧 비명 소리가 되었다.

"으아아악!"

스자키의 목소리다.

"왜 그러나, 스자키."

미마사카가 짧게 외치며 텐트를 걷는다.

"어떻게 된 건가! 뭐야! 이게 어찌 된 일이지?"

미마사카가 몸을 돌려 이시이를 노려보았다.

이시이가 당황해서 일어선다.

"무, 무슨 일이라도?"

"당신들 대체 뭘 하고 있었던 거요?"

미마사카는 탄력 있는 목소리로 있는 힘껏 고함을 치고는 억지로 텐트를 당겼다. 천장 쪽에서 투둑 하는 소리가 나며 반투명 비닐 막은 바닥에 반쯤 늘어지고 안에 있는 별세계가 모습을 드러냈다.

스자키가 기겁하고 있다.

작은 상자가 몇 개로 보인다. 이제 어느 것이 스자키가 가져온 상자인지조차 모른다.

침대가 있다.

침대 옆에 둥글게 뭉친 시트가 떨어져 있다. 그리고.

침대 위에는

아무것도 없었다.

유즈키 가나코는 모든 사람들이 지켜보는 가운데 실로 홀연히, 홀연히 사라져 버렸다.

가나코는――.

※

가나코는 하늘로 올라간 것이다.

그렇다. 그랬던 것이다. 역시 내가 생각한 대로였다.

요리코는 그렇게 생각했다.

가나코는 웃었다. 이해해 주었다.

나는――.

내 미래는 구원받았다.

※

(전략)

그 소녀가 필요하다.

숙소로 돌아왔다. 한숨도 잘 수 없었다. 방 중앙에서 이불을 뒤집어 쓰고 밤을 보냈다.

여러 가지 생각이 차례차례 떠올랐다가는 사라졌다.

아버지. 어머니. 그리고 할머니. 과거의 추억은 끊임없이 이어져, 불안과 초조를 안도로 이끌어 준다.

(중략)

집에 돌아가고 싶다. 이런 빈틈투성이의 방에서 잠들 수 있을 리가 없다.

틈에 눌려 찌부러질 것 같다. 틈 속에서 밤이 부풀어 오른다. 밤이 움켜쥔다. 밤이 코를 통해 침입해 온다.

뇌가 압박되어 머리가 멍청해진다.

잠깐 졸았다. 그리고 꿈을 꾸었다.

만월의 빛을 받으며 할머니의 무덤을 파내고 있다.

젖은 흙냄새가 난다. 이끼나 곰팡이, 미생물의 사체가 뒤섞여 유기적인 냄새를 풍기고 있다. 취할 것 같다.

손톱 사이에 흙이 낀다. 이것은 이 나름대로 기분이 좋다. 관 뚜껑이 보이기 시작했다. 뚜껑을 비틀어 열고 할머니의 시체를 끌어낸다.

할머니는 벌써 썩기 시작했는지, 왠지 모르게 질질 미끄러져서 옮기기가 몹시 어렵다.

힘껏 잡아당기자 가슴 언저리에서부터 찢어져 버렸다. 썩고 있는 것이다. 이것은 좋다. 딱 알맞다.

우선 상반신을 내려놓고 관을 파낸다.

그리고 마음껏 조각조각 분해한다. 판자를 하나씩 조심스럽게 모아 끈으로 묶는다.

그리고 다시 구멍에 묻는다. 다음으로 미리 준비해 둔 상자를 꺼내 할머니를 넣는다.

물론 잘 들어가지 않는다.

그러나 걱정할 필요는 없다.

들어가지 않아서 할머니를 분해한다.

골반에서 다리를 뜯어내 구부리고, 아까 그 판자와 똑같이 끈으로 묶는다. 팔도 똑같이 어깨에서 뜯어낸다. 썩었기 때문에 분해는 매우 간단하다. 꼽등이 다리를 떼어내는 거나 마찬가지다.

팔도 깨끗하게 떨어졌다.

팔도 끈으로 묶어, 마침내 상자에 넣는다. 분해했기 때문에 빈틈없이 채워 넣을 수 있다.

꽉꽉 밀어 넣고, 빈틈에는 떨어진 장기를 채운다.
상자에 할머니가 가득 찼다.
이제 안심이다. 이제 불쾌한 것이 들어올 공간은 없다. 모두 이렇게 해야 한다.
할머니는 안심한 듯한 눈을 하고,
"호오."
하고 말했다.
상자 뚜껑을 닫기 전에 날이 밝았다.

그렇다. 간단한 일이다. 상자 속의 소녀도 그렇게 만들어진 것이 틀림없다.

그 사실을, 신이 꿈을 통해 알려준 것이다.
이대로 무턱대고 찾아다닌다고 그 소녀를 찾아낼 수 있다는 보장은 전혀 없다. 휴가는 앞으로 사흘밖에 남지 않았다.
그렇다면 내 손으로 그 소녀를.
우선은 상자를 준비해야 한다.

(이하 생략)

※

4

그날, 내가 잠에서 깬 시각은 정오가 지났을 무렵이었다.

가벼운 두통과 온몸에 빈틈없이 퍼져 있는 권태감. 그저께 마신 술도 아직 깨지 않았다.

그저께, 희담사 문예부의 데라우치가 우리 집을 찾아왔다. 단편집 발행이 어영부영 결정된 지 벌써 20일 가까이 지났다. 그동안 회의 자리는 몇 번이나 마련되었지만, 데라우치가 우리 집을 찾아온 것은 처음이었다.

애초, 나는 발표한 작품을 가필하거나 수정할 생각은 전혀 없었다. 따라서 단편집 따위는 마음대로 만들어 달라는 듯 건성으로 대응하고 있었던 것이다.

나는 글——아니, 글뿐만 아니라 모든 표현이라는 것은 배설물과 같은 것이라고 생각한다.

내 경우로 말하자면 나라는 개인이, 마치 음식물을 섭취하듯이 계속해서 섭취해 온 인생이라는 이름의 양분을 짜내고 남은 찌꺼기——내게 있어 내 작품이란 그런 종류의 것이었다. 따라서 배설해 버린 찌꺼기에 이것저것 손을 대는 것도 왠지 쓸데없는 작업으로 생각되었던 것이다.

그래서 손을 대기는 싫었다.

희담사에서 몇 번 회의를 했을 때 내가 그런 심경을 토로하자 데라우치는,

"그럼 선생님, 독자는 선생님의 배설물을 보고 있다는 뜻이 되고, 그뿐만 아니라 평론가라는 작자들은 그 오물에 대해서 이러니저러니 고견을 늘어놓고 있다는 뜻이 되잖아요. 그렇게 말씀하시면 아주 통쾌하긴 하지만, 아무래도 좀."

하고 말꼬리를 흐리며 쓴웃음을 지었다.

나는 별수 없이,

"아니, 평론해 주시는 선생님들께는 감사하고 있습니다. 다만, 그렇지, 의사에게 변을 보이고 건강 상태를 진단받는 듯한 느낌이랍니다. 영양이 좀 부족하군요, 피가 섞여 있군요, 벌레가 생겼군요, 하는 말을 듣고, 저는 당황하며 마음을 가다듬고 매일의 생활 태도를 고치는 것입니다."

라는 궁색한 변명을 했다.

데라우치는 더욱 쓴웃음을 지으며,

"그럼 저는 선생님의 건강하지 못한 배설물을 만지며 감동했다는 거로군요. 왠지 묘한 기분인데요."

하고 말했다.

나는 그 말을 듣고, 부끄럽게도 처음으로 자신의 입장을 인식했던 것이다.

나는 작품을 쓰기만 한 것이 아니다. 발표해 버린 것이다. 쓰고 나서 쓴 대로 내버려 뒀다면 배설물이든 오물이든 전혀 상관이 없었겠지만, 하필이면 나는 그것을 팔아 버렸던 것이다. 그것도 나와는 인연도, 안면도 없는 낯모르는 많은 타인들에게.

나는 이미 단순한 표현자가 아니게 되었다. 소위 글을 파는 사람이 되어 있었던 것이다. 만일 앞의 발언이 진실이라고 한다면, 나는 불특정다수의 타인――독자를 향해 소변을 뿌리고 있었다는 뜻이 된다. 그리고 나는 뿌린 소변의 반동으로 약간의 돈을 받아 생계를 꾸리고 있었다는 뜻이 되는 것이다.

나는 얼굴이 빨개져서 서툰 말로 앞에서 한 말을 철회하고, 수록된 작품의 교정을 시작하겠다는 뜻을 전했다. 데라우치는 나의 내면의 움직임을 파악하지 못하고, 어이없다는 듯한 얼굴로 그것을 승낙했다.

나는 아무래도 그런 섬세한 의사전달이 서툴다.

데라우치는 우선 열흘 정도의 기한을 주었다. 그 열흘째가 그저께였던 것이다.

고칠 생각도 없었던 주제에, 다시 읽어 보니 오자가 있었다. 탈자도 있다. 한 군데를 고치면 인상이 달라진다. 결국, 자질구레하게 꽤 많은 부분을 수정했다.

자신의 작품을 다시 읽는다. 과거를 반추하는 듯한 열흘간의 작업은 그야말로 우울한 일이었다.

원래 내 작풍 자체가 우울하다. 아무리 내가 쓴 글이라고 해도, 몇 번이나 되풀이해 읽으면 암담한 정신 상태가 되는 것은 자명한 이치였다. 작품에 대해 조금이라도 책임을 지려는 생각으로 시작한 작업이긴 했지만, 더 이상의 재독은 나에게 일종의 고통이 되어 가고 있었다.

그래서 나는, 철저하게 장인적인 발상으로 일관하자고 다짐했다.

그 보람이 있었는지 —— 지병인 울증도 가까스로 나타나지 않았고 무사히 일을 마칠 수 있었던 것이다.

찾아온 데라우치는 붉은색으로 수정된 원고를 받아들고는,

"정말 이제 괜찮으십니까? 선생님의 작품이니까 미련이 남지 않도록 충분히 고치십시오. 시간은 괜찮습니다. 회사 사정도 있으니 무기한 시간을 드릴 수는 없지만, 일정이 작품보다 우선한다면 본말전도니까요 ——."

라고 말했다. 첫 번째 단행본인 탓도 있어서 신경을 써 준 것이리라.

나는 기한을 딱 정해주지 않으면 언제까지나 질질 끌며 끊임없이 고치고 있을 것만 같았고, 반면 이런 작업을 더 이상 계속하다간 그야말로 울증이 재발할 것 같기도 했기에, 데라우치의 배려에 감사를 표하고,

"이제 됐습니다."

라고 말했다.

잡지와 단행본은 활자 배치가 다르니, 어차피 앞으로도 몇 번 교정을 해야 할 것이다.

초조해할 것은 없다.

그러나 막상 데라우치가 그것을 가방에 넣는 장면을 보자 뭐라 말할 수 없는 불안한 기분이 되어, 후회와도 닮은 미련이 꽤 오랫동안 꼬리를 끌었다.

그 후, 드물게 술자리가 벌어졌다.

데라우치는 술을 좋아한다고 고이즈미 여사가 말했었기 때문에, 신경을 쓴 아내가 한 자리 마련한 것이다.

데라우치는 처음에는, 아뇨, 이러시면 곤란합니다, 제가 야단맞으니까요——하며 크게 사양했으나, 별로 집요하게 권하지도 않은 것 같은데, 그럼 한 잔만——하며 잔을 비우더니, 일단 마시기 시작하자 결국은 혼자서 거의 다 마시고 돌아갔다. 어지간히 좋아하나 보다. 좋아하긴 하지만 별로 많이 마시지도 못하는 나도 출판에 대한 뭐라 말할 수 없는 불안을 지우기 위해서인지, 아니면 역시 기분이 좋았던 것인지 평소와 달리 도를 넘어, 그 덕분에 이렇게 숙취와 사흘에 걸친 두통에 시달리고 있는 것이다.

그러나 이 권태감은 기분 좋았다.

여름이 끝나려고 하는구나——나는 침상 속에서 그렇게 생각했다. 달력상으로는 이미 끝난 여름이지만, 내 안에서 여름은 아직 계속되고 있었던 것이다. 잔서(殘暑)라고 불리는 여름 같은 기후가 이어지고 있었던 탓도 있다. 그러나 그 이상으로, 내 안에서 여름이 계속되고 있었던 이유는 내가 그 조시가야 사건에서 빠져나오지 못하고 있었기 때문일 것이다.

나에게 올해 여름은 그 슬픈 사건 자체였다.

그러나 우연히 거기에서 소재를 얻은 '현기증'을 되풀이해서 퇴고하는 동안, 내 안에서 일단은 결론 비슷한 것이 생성되었는지 모른다.

사건은 여름과 함께 끝나 버렸다.

그렇게 생각하니 조금 쓸쓸해졌다.

그러나 싫어도 계절은 바뀐다. 벌써 가을인 것이다.

아아, 오늘이야말로 교고쿠도에 가야지――.

그렇게 생각했다.

나는 그 사건 이후로 교고쿠도에 가지 않았다. 교고쿠도와도 사정 청취 때 경찰서에서 만난 게 마지막이다. 전화로는 몇 번 이야기를 나눴지만, 왠지 찾아갈 마음이 들지 않아 벌써 그 공백은 슬슬 두 달 가까이 되어 간다. 어쩌면 교고쿠도를 찾아가려는 마음이 든 것 자체가, 내 안에서 결말이 지어졌다는 뜻인 걸까?

교고쿠도에게는 상의하고 싶은 것이 있었다.

순서에 대해서다.

나는 단행본에 수록할 단편의 순서를 고민하고 있었던 것이다.

현재로서는 발표 순서대로 수록하기로 되어 있다. 이것은 데라우치 이하, 편집부 측에서 제안한 것이다. 나도 그 의견에 크게 이의는 없었다. 다만 무언가 아주 조금 꺼림칙한 느낌이 들었던 것이다. 무엇이 꺼림칙했는지, 그것은 나도 잘 알 수 없었다.

변명할 생각은 없지만, 그렇다고 비뚤어진 친구의 의견을 참고해 내 작품의 순서를 결정하려는 무책임한 생각을 가지고 있었던 것은 아니다.

내가 무엇 때문에 꺼림칙함을 느끼는 것인지, 그 친구라면 설명해 주지 않을까 하고 생각한 것이다. 아마 명확해지지는 않더라도 어떤 논리는 갖다 붙여 줄 것이다.

그것이 진실이든 아니든――우선 이치에 맞는 명확한 형태를 줄 것이 틀림없다. 그는 그런 사람이다.

그러나 어제는 도저히 갈 수 없었다. 몸이 안 좋았던 것은 아니고, 몸에 나태함이 깊숙이 배어 있었던 것이다. 어쨌거나 열흘 동안 집 밖에 나가지를 않았으니. 오늘에야말로 밖에 나가자. 교고쿠도에 가는 것이다――.

그렇게 결심은 해 보았지만――나는 아무래도 침상을 떠나지 못하고 누운 채 담배라도 피우려고 손을 뻗어 재떨이를 끌어당겼다. 끌어당긴 것은 좋았지만 공교롭게도 가장 중요한 담배가 손이 닿는 범위에 존재하지 않아, 나는 아주 간단히 담배를 포기하고 베개에 얼굴을 파묻었다.

빈둥거림의 모양으로 부드럽게 파인 그 형태와 온기는 나를 다시 사정없이 잠으로 끌어들였다.

꿈을 꾸었다.

검고 커다란 상자가 있다.

그 상자 속에는 또 상자가 있고, 그 안에도 또 상자가 있다. 러시아 인형 상자 같은 구조다. 아무리 열어봐도 계속 상자고, 마지막 상자는 최초의 상자다. 클라인 병(Klein' bottle)[29]인지 뫼비우스의 띠인지. 혹은 우로보로스(Ouroboros)의 뱀[30]인지――.

---

29) 두 개의 뫼비우스의 띠의 경계를 붙여서 만들어지는, 방향을 특징지을 수 없는 병. 클라인 병에는 방향도 없고 경계도 없어서, 클라인 병에 물을 부으면 붓는 것과 동시에 물이 줄줄 흐르게 된다.

30) 자기 꼬리를 입에 문 모습으로 우주를 휘감고 있다는 뱀. 고대 그리스에서는 무한을 나타내는 일종의 상징적 존재로 여겼다.

세상에는 상자밖에 없고, 상자 속에 세계가 있다. 호중천(壺中天)[31], 아니 상중천(箱中天)인가?

상자 앞에는 남자가 서 있다. 남자는 머리에 상자를 뒤집어쓰고 있다. 상자 남자다.

상자 남자의 발밑에는 여자의 두 팔이나 다리가 구르고 있다. 남자는 피투성이다.

남자의 등 뒤에 있는 상자 속에서 얼굴 없는 여자가 내다보고 있다.

몹시 불쾌한 기분이 든다.

"선생님, 선생님 계세요?"

목소리가 들렸다.

"주무시나?"

누가 온 것 같다. 아무래도 아내는 내가 자는 사이에 외출한 모양이다. 그러고 보니 교고쿠도의 아내와 '바람과 함께 사라지다'를 보러 간다고 했던 것 같다. 그게 오늘이었나?

시계를 본다. 아까 담배를 포기한 시점에서 1분도 지나지 않았다. 그렇다면 아내는 그보다 일찍 외출했었던 걸까? 그렇다면 방금 꾼 꿈은 겨우 한순간의 백일몽이었던 것이다.

——이게 무슨 꿈이란 말인가.

아마 지난달 말, 내 단편집 기획에 대해 처음 듣던 날에 체험한 그 기묘한 사건의 꿈일 것이다.

---

31) 호리병 속의 별천지라는 뜻. 후한의 비장방이라는 사람이, 시장에서 약을 파는 노인이 약을 다 팔고 나더니 가게 앞에 걸려 있는 호리병 속으로 들어가는 광경을 보게 되었다. 장방은 노인에게 부탁하여 호리병 속으로 들어가 보니, 화려한 누각과 산해진미가 가득했다는 '후한서(後漢書)'의 고사에서 유래.

정경이 단편적으로 맞아 들어가는 듯한 생각이 든다. 그러나 왜 이제 와서 그런 꿈을 꾼 걸까? 나는 그간 바빠서 그 일을 잊어 가고 있던 참이었는데.

"안 계십니까? 세키구치 선생님."

방문자의 부름은 냉혹하게도 멈추지를 않았다.

나는 아쉬워하며 침상을 떠나 현관으로 향했다.

자면서 흘린 땀으로 젖은 몸에 차가운 바깥 공기가 닿는다. 침상이라는 강력한 보호자를 잃은 나는, 마치 이사 도중인 소라게처럼 한심하게 흐느적거렸다.

현관문은 잠겨 있지 않았는지, 손님은 이미 현관 안에 우뚝 서서 한심한 집주인이 도착하기를 기다리고 있었다.

"아아, 주무시고 계셨군요. 제가 깨웠나요?"

손님은 도리구치였다.

아까 갑자기 그런 꿈을 꾼 이유를 이제야 알았다. 그것은 도리구치의 목소리에서 연상한 것이 틀림없었다. 그때 동행했던 도리구치의 방문이 내 기억을 자극해, 한순간에 그 불쾌한 영상을 야기한 것이리라.

"무슨 일인가, 도리구치 군? 나는 자고 있었던 게 아니야. 누워 있었을 뿐일세."

"거짓말하셔도 소용없습니다, 선생님. 눈이 부으셨는걸요. 잠에 취하신 얼굴입니다. 주무시고 계셨던 게 분명해요."

변함없이 능청스럽다.

"내가 자고 있었든 안 자고 있었든 그런 건 아무래도 좋지 않은가. 그보다 무슨 일인가?"

도리구치는 대담하게 웃으며,

"또 나왔답니다. 토막 난 시체가."

하고 말했다.

나는 왠지 몹시 불길한 기분이 들었다. 아까 그 꿈이 과거 사건의 재구성인지, 이제부터 일어날 사건의 예지몽인지 알 수 없어졌기 때문이다.

"자네는 토막 난 시체가 나올 때마다 우리 집에 오는군. 나는 토막 살인 전문 글쟁이가 아니란 말일세."

"무슨 말씀이십니까. 그 일로 여기에 온 건 오늘이 겨우 두 번째잖습니까. 토막시체는 거의 사흘 간격으로 나오고 있다고요. 모른다는 말씀은 안 하시겠지요. 정말이지, 선생님 형편대로만 말씀하시니 곤란하다니까요."

8월 29일에 시작된 그 사가미 호수의 토막살인사건은 날이 갈수록 상식을 벗어난 전개를 보였다. 토막살인이 연쇄 토막살인으로 발전한 것이다. 현재 항간을 떠들썩하게 하고 있는 소위 무사시노 연쇄 토막살인사건이다. 그 정도는 알고 있었지만, 그 이상 자세히 알지는 못했다.

"뭔가? 도리구치 군, 나는 자네처럼 자세히는 모르네. 이제야 몸통이라도 나왔나? 아니면 머리? 자네 말처럼 사흘 간격으로 그렇게 토막시체가 나오고 있다면 거의 다 나왔겠지. 신원은 파악됐나?"

"그게 또 팔과 다리만 줄줄이 나왔답니다. 지금까지 오른쪽 팔이 4개, 왼쪽 팔이 3개, 오른쪽 다리 3개에 왼쪽이 2개. 어제 나온 게 좌우 다리입니다. 그런 문어 같은 인간은 없을 테니 네 명은 죽은 셈이지요."

몸통도 머리도 발견되지 않기 때문에 피해자의 신원은 전혀 판명되지 않아, 수사는 난항을——이라고 어느 신문에 실린 것을 본 기억이 있다. 그때의 기사에는 피해자는 세 명이라고 나와 있었다. 내 기억이 확실하다면, 또 다른 시체의 일부가 발견되었다는 뜻이리라. 어쨌거나 흔치 않은 엽기살인이다. 5월에는 아라카와, 8월 초에는 치하마무라[千浜村] 등 올해는 아무래도 토막살인의 해인 듯하다. 그러나 어느 것도 이번 무사시노 사건 앞에서는 빛이 바랜다.

"그래서 자네는 나더러 어쩌라는 겐가? 요전번과 같은 일은 사양일세."

"아아, 요전에는 엄청난 일을 당했지요. 재난이었습니다."

뭐가 재난이란 말인가. 전부 자신 탓이라는 것을 완전히 무시하고 있다.

"그 일은 아츠코 씨에게도 꽤 자극적이었던 모양입니다. 어쨌든 그 건물은 무슨 무슨 연구소라는 것 같은데, 그 엄중한 경계 태세는 대체 무엇이었는지, 아무래도 함구령이 내렸는지 전혀 모르겠다니까요."

"자네——그 상자에 대해서 조사했나?"

"아니오, 아츠코 씨가 조사했습니다."

"아츠코 씨라니. 자네, 그 후에도 아츠코와 만난 건 아니겠지."

"억측은 하지 말아 주시지요. 직업상 정보교환입니다. 같은 편집자로서 말이지요."

"뭐가 같단 말인가? 하늘과 땅 차이지. 곤란하게 됐군, 이상한 벌레가 꼬인 게 아츠코의 오라비에게 알려졌다간 큰일이라고. 나한테까지 불똥이 튈 걸세. 그 아가씨의 오라비는 엄청나게 무섭거든."

교고쿠도가 알면 정말 무슨 짓을 할지 알 수 없다.

그건 그렇고 도리구치도 방심할 수 없는 녀석이다. 능청스러운 성격과 사람 좋아 보이는 모습에 완전히 속고 있었다. 말투로 판단해 보건대, 벌써 몇 번이나 추젠지 아츠코와 만난 모양이다.

"흐음. 소문으로는 들었습니다만. 아츠코 씨의 오라버님이 그렇게 무섭습니까? 근골이 강대하고 구름을 뚫을 만큼 건장한 사람입니까?"

나는 나도 모르게 웃음을 터뜨리고 말았다.

"하하하, 교고쿠도는 근육과도 뼈와도 상관없네. 건장하기는커녕, 고목 같은 남자일세."

"근육도 뼈도 없는 그런 목이버섯 같은 사람이 무섭나요? 이해가 안 가네."

나는 교고쿠도를 표현할 때 그가 즐겨 사용하는, 가능한 바보 같은 비유를 선택하기로 했다.

"자, 도리구치 군. 자네가 터널 한가운데 있다고 생각해 보게. 출구는 두 군데일세. 앞문에는 불같이 화가 난 도치니시키[栃錦][32]가 손을 벌리고 기다리고 있네. 뒷문에는 엄청나게 원망스러운 표정을 한 아쿠타가와 류노스케[33]의 유령이 흐릿하게 떠 있지. 자네라면 어느 쪽으로 갈 텐가?"

"으음, 도치니시키는 살아 있는 거지요? 그렇다면 도치니시키 쪽으로 가서 손이 발이 되도록 빌며 사과하겠습니다. 상대가 유령이어

---

32) 스모 선수로 제44대 요코즈나. 우승 10회. 일본 스모협회 이사장. (1925-1990)

33) 소설가. 도쿄 출생. 제3차, 제4차 '신사조(新思潮)' 동인. '코'라는 작품으로 나쓰메 소세키의 격찬을 받았으며, 재기 넘치는 여러 작풍의 단편소설을 썼다. '나의 장래에 대한 막연한 불안'을 품고 음독자살. 작품으로 '라쇼몽', '지옥변' 등이 있다.

서야 뒤끝이 좋을 리 없으니까요."

"그렇지? 그런 종류의 무서움일세."

도리구치는 으아악, 하며 입을 다물었다.

"그런데 자네는 뭘 하러 온 거지? 자네가 하는 말이 무슨 소린지 도통 모르겠는데. 말해 두겠지만 토막살인 관련이라면 나는 끼어들지 않겠네."

"음, 그게 말이지요. 토막살인 자체는 얘기가 커져 버리는 바람에 우리의 단독 특종이 되기는 힘들게 됐습니다. 어디에서나 다루고 있으니까요. 그래서 관점을 약간 바꾸어 그 미타카의 온바코, 그쪽을 조사해 보았지요. 그랬더니 재미있는 사실을 알게 되었습니다. 잠입 취재를 좀 해 봤는데, 꽤 힘겹더라고요."

"힘겹다니 뭐가 말인가?"

"아무것도 가르쳐주지는 않는데, 아무리 생각해도 뭔가 있다니까요. 돌팔이라고 생각했는데 말입니다. 제 정체도 들켜서 쫓겨나 버렸어요."

"그야 자네 얼굴이 수상하니까 그렇지. 그보다 재미있는 사실이라는 건 뭔가?"

"슬슬 이야기를 들어볼 마음이 드시는 거로군요. 하지만 그건 가르쳐드리지 않겠습니다. 먼저 상담에 응해 주겠다는 약속을 해 주십시오."

"마음에 안 드는 사람이로군. 그렇게 애태울 거라면 필요 없네. 나는 이제부터 외출할 참이니."

도리구치는 눈썹을 축 늘어뜨리며,

"선생님, 요즘 저한테 냉정하시네요."

라고 말했다.

"사실을 말하자면 그 온바코는 분명히 돌팔이입니다. 취재한 신자의 8할이 엄청난 일을 당했어요. 이대로 내버려둘 수는 없습니다. 어떻게든 찍소리도 못하게 혼내 주고 싶어서 쳐들어갔는데, 전혀 꼬리를 잡을 수 없더군요. 종교라는 건 아무래도 까다로워요. 그래서 선생님의 고견을 청하려고 찾아온 것입니다."

"호오. 삼류 잡지의 왕도를 걷는 '실록범죄'치고는 사회파 기획 아닌가. 분명히 곤란한 처지에 놓인 사람의 약점을 파고드는 악덕 종교는 용서할 수 없지만——그래도 자네 회사가 그것만으로 움직이리라고는 생각할 수 없는데."

"날카로우시군요. 하지만——그다음은 복잡한 이야기라 말씀드릴 수 없습니다. 어떠십니까? 온바코 퇴치 상담에 응해 주시겠습니까?"

어지간히 대단한 이야기인가 보다.

"으음, 하지만 그런 이야기라면 나보다 더 적임인 사람이 있네. 마침 지금부터 그 친구 집에 가려던 참이었거든. 어떤가, 함께 가겠나?"

"그야 선생님이 그렇게 말씀하신다면 모시고 가겠습니다. 그런데 대체 누굽니까? 종교에 대해 잘 아는 대학교수님이나, 아니면 역술가라도 됩니까?"

"후후후, 아쿠타가와 류노스케의 유령이 있는 곳일세."

도리구치는 다시 으아악, 하고 비명을 질렀다.

교고쿠도까지는 도보로 30분 정도 걸린다.

동네 전체가 기울어져 있는 것처럼 언덕이 많은 곳이다.

커다란 묘지 사이로 난 좁은 언덕길을 끝까지 올라가면 교고쿠도가 있다. 언덕의 이름은 현기증 언덕이라고 한다. 언덕은 경사진 정도 때문인지, 7할쯤 올라가면 평형감각이 이상해져서 현기증이 난다. 그래서 그렇게 불리는 모양이다.

현기증 언덕은 차로 올라갈 수 없기에, 도리구치는 그 고물차를 우리 집 앞에 두고 왔다. 어깨에 짊어진 커다란 짐이 무거워 보인다. 짐도 같이 두고 오면 좋았을 텐데, 하고 생각했다.

교고쿠도는 고서점이다. 주인은 신주(神主)이자 음양사다.

가게는 휴일이었다. 처마 끝에 주인이 직접 쓴, 달필인지 졸필인지 알 수 없는 글씨로 '휴점'이라고 쓰인 나무판자가 걸려 있었다.

우리는 안채 현관으로 돌아갔다.

문을 잡아당겨 열자 교고쿠도의 아내가 신발을 정리하고 있는 참이었다.

"어머, 세키구치 씨."

"이거 오랜만에 뵙습니다."

아내——추젠지 치즈코는 얼굴을 들더니 애교 있게 미소 지었다. 피부가 희고 눈이 커다란, 언뜻 보기에 서양인 같은 얼굴의 미인이다.

그러나 그녀가 여기에 있다면 아내는 대체 어딜 간 것일까?

"치즈코 씨, 오늘은 유키에와 함께 계시는 게 아니었습니까? 분명히 영화 바람과 함께——."

"아아, 그건 예매하려는 사람들의 줄이 너무 길어서 표를 살 수가 없었어요. 유키에 씨는 오늘 뭘 좀 사러 간다고 했었던 것 같은데요."

"아, 그렇습니까?"

이 얼마나 얼빠진 남편인가. 치즈코는 도리구치를 의아한 얼굴로 바라보았다.

"아아, 소개하겠습니다. 이 청년은 도리구치 군이라고 하는데, 제가 알고 지내는 편집자입니다."

"도리구치입니다. 추젠지 아츠코 씨에게는, 그, 신세를 많이 지고 있습니다."

"어머나, 네, 말씀 많이 들었어요. 저야말로 고맙습니다——세상에, 이런 곳에 세워 두다니 실례가 많았습니다. 자, 들어오세요."

치즈코는 시원스럽게 웃으며 우리들을 맞아들였다.

"치즈코 씨, 오늘 책방은 쉬는 것 같던데, 교고쿠도는 있습니까?"

"네, 시무룩한 얼굴의 지장보살 석상이라면 객실에 혼자 있어요."

"객실에?"

교고쿠도는 장사에 의욕적인 기색이라고는 눈을 씻고 찾아봐도 없지만, 이유 없이 가게를 쉬는 경우도 좀처럼 없다. 그러나 쉴 때는 대개 서재에 틀어박혀 있다.

"아뇨, 그게 조금 전까지 이사마 씨가 와 계셨어요."

"이사마야가? 별일이군요."

"무슨 여행을 떠나신다나요."

이사마야——이사마 가즈나리는 우리들의 공통된 친구로, 마치다에서 '이사마야'라는 낚시터를 경영하고 있는 특이한 사람이다. 교고쿠도처럼 상호가 그대로 별명으로 통한다. 꽤 독특한 데가 있는 마른오징어 같은 사람인데, 마치다는 교통편이 좋지 않아 좀처럼 만날 기회가 없다.

복도는 정원에 면해 있다.

정원은 깨끗하게 손질되어 있다. 아내가 손질하는 것인지, 주인이 한 것인지, 정원사라도 고용한 건지, 어쨌거나 나는 정원 손질을 하고 있는 부부의 모습을 본 적이 없다.

"방금 그분이 아츠코 씨의 언니로군요. 얼굴이 닮았어요."

도리구치는 실실 웃고 있다.

"유감이지만 자네의 예상은 크게 빗나갔네. 아츠코와 핏줄로 이어져 있는 사람은 저기."

나는 눈으로 도리구치에게 신호를 보냈다.

늘 그렇듯이 툇마루에는 경계심이 전혀 없는 고양이가 누워 있고, 장지문을 활짝 열어젖힌 객실에는 유카타[34]를 입은 아쿠타가와의 유령이 앉아 있었다.

객실의 유령은 변함없이 친척이 모두 죽기라도 한 듯 시무룩한 얼굴로 낡은 책을 읽고 있었다.

우리가 문턱을 넘기 전에, 유령은 얼굴도 들지 않고 말했다.

"여어, 오랜만이로군, 세키구치 군. 하지만 오랜만에도 정도가 있는 법일세. 언제는 문지방이 닳도록 들락거리더니, 안 올 때는 두 달이나 안 오긴가? 자네의 변덕스러운 인생에 나를 끌어넣지 말아 주게."

우리를 쳐다보기는커녕, 책에서 눈을 떼지도 않는다.

"아니, 내가 좀 바빴네. 오늘은 상의할 게 좀 있어서 왔지. 그리고 이쪽은――."

34) 목면으로 만든 홑옷. 목욕 후나 여름철에 입는다.

"——'월간 실록범죄'의 도리구치 모리히코 군이로군."

"음?"

도리구치는 소개도 받지 못한 데다 인사를 할 기회도 놓치고 말았다.

"두 사람 다 그런 곳에 우뚝 서 있지 말고 좀 앉지 그러나? 방석도 준비되어 있지 않은가."

교고쿠도는 그제야 얼굴을 들더니 아주 희미하게 웃었다.

나도 도리구치도, 여우에 홀리기라도 한 기분으로 그의 말에 따라 순순히 앉았다.

"저어."

"처음 뵙겠습니다. 저는 추젠지 아키히코라고 합니다. 거기 있는 세키구치 군과는 학생 시절부터 친구——아니, 아는 사이입니다."

일부러 말을 고친 것은 이런 녀석과는 친구가 아니라는 뜻이고 이런 녀석이란 물론 나를 가리키는 것으로, 요컨대 그는 나를 바보 취급하고 있는 것이다.

오늘은 상당히 표현이 부드럽지만, 평소에 교고쿠도는 나와는 친구가 아니라고 서슴없이 공언하고 다닌다.

그건 그렇고 멋진 선제공격이다.

우리는 나설 시기를 놓치고, 완전히 분위기에 휩쓸려 버렸다.

그런데 교고쿠도는 어떻게 내가 데려온 이 청년이 도리구치라고 단정할 수 있었던 걸까? 내가 그것을 물으려고 입을 열자, 도저히 못 참겠는지 도리구치가 동시에 말했다.

"저어, 그보다——."

그러나 질문은 허락되지 않았다.

"그렇지, 도리구치 군. 무사시노의 토막살인사건 말인데, 빠른 해결은 바랄 수 없을 테니 아마 다음 호 마감 때까지 기사를 싣기는 힘들 걸세. 하긴 자네들의 '실록범죄'가 다음 달에 제대로 발행할 마음이 있는지 없는지 모르니 거기까지는 뭐라 말할 수 없네만."

"예?"

큰일이다. 교고쿠도의 페이스에 빠져들었다.

교고쿠도는 변함없이 기분 나쁜 듯한 표정을 전혀 누그러뜨리지 않지만, 오랫동안 그와 사귀어 온 나는 그의 기분이 좋다는 걸 어렴풋이나마 안다. 하지만 그것은 나니까 알 수 있었던 것이고, 처음 만나는 도리구치가 그런 것을 알 리도 없다. 이래서야 당황하는 게 당연하다.

"도리구치 군, 따라서 자네는 거기 앉아 있는 삼류 소설가 선생을 끌고 다녀 봐야 아무런 이득도 없다는 걸세. 무엇보다 편집장——세노 씨——인가? 그의 입장으로는 특종의 단독 게재를 바랄 수 없는 이상 현재 진행 중인 사건을 다루는 것은 잡지 편집 취지에 어긋난다는 생각일 테니, 토막살인사건의 취재에 대해서는 별로 내키지 않아 할 거야."

도리구치는 입을 반쯤 벌리고, 게다가 눈까지 동그랗게 뜨고 주인을 보고 있다. 말이 나오지 않는 모양이다.

"그리고——이건 노파심에서 충고하는 건데, 자네들이 길을 잃고 헤매다 발견한 이상한 건물에 대해서는 조사하지 않는 게 스스로를 위한 일일세. 깊이 들어가지는 않는 게 좋아."

교고쿠도는 시원시원한 어조로 그렇게 말하고는, 펼치고 있던 낡은 책을 탁 덮었다.

나는 이대로 그의 말대로 하는 것도 왠지 부아가 치밀어서, 도리구치 대신 끼어들었다.

"자네는 어떻게 그런 소릴 할 수 있단 말인가? 우리는 이곳에 오고 나서 아직 아무 말도 하지 않았네. 무엇보다 나는 자네에게 이 청년이 도리구치 군이라고 소개한 기억이 없는데."

"내가 틀렸나?"

"아니, 틀린 건 아니지만, 그게."

"어, 어떻게 아셨습니까?"

도리구치는 그냥 아무 뜻도 없이 입을 반쯤 벌리고 있었던 것이 아니라, 이야기 도중에 가로막혀 버린 이 말을 하려고 대기하고 있었던 모양이다. 입을 '어떻게'의 '어' 모양으로 벌린 채 굳어 있었던 것이다.

첫 글자를 말하고 나니 기세가 붙었는지, 도리구치는 둑이 무너진 듯 고여 있던 말을 토해냈다.

"분명히 저는 '실록범죄'의 도리구치 모리히코이고, 토막살인사건을 다음 호 특종으로 게재하려고 안달하고 있고, 게다가 소극적인 세노 씨에게 매일 충고를 듣고 있습니다. 기사가 제대로 갖춰지지 않으니 다음 호 발행을 늦출까 하는 얘기도 실제로 나오고 있습니다. 하, 하지만 처음 뵙는데 어떻게 그런 걸 아셨습니까? 아니, 그보다 더 이상한 것은 길을 잃고 헤매다가 그 상자 같은 건물에 들어가게 된 이야기는——."

도리구치는 거기서 말을 끊고 곁눈질로 나를 보았다. 내가 교고쿠도에게 그 상자 이야기를 했는지를 묻는 것인가 보다. 나는 고개를 작게 가로저어 부정했다.

"나는 이야기하지 않았네. 마지막으로 교고쿠도를 만난 날은 그 상자 같은 건물에 들어간 날보다 훨씬 전의 일이야."

"그럼 어떻게 이분――추젠지 씨는 그 일을 아시는 겁니까? 혹시 이분도 심령술인지 뭔지를――."

교고쿠도는 도리구치의 질문을 손으로 제지하고는, 도리구치 군, 자네에 대해서 아는 것은 그것 말고도 여러 가지 더 있네, 라고 엄숙하게 말하고, 날카로운 눈으로 청년의 이마 언저리를 바라보았다.

"가령, 그렇지, 자네는 어릴 때 신사 경내에서 자주 놀곤 했네――그렇지? 신사는 하나, 둘, 아니 넷인가? 그리고――커다란 나무가 있군. 삼나무일세. 깃대가 몇 개나 서 있어."

도리구치는 어깨 힘을 빼고 다시 입을 벌렸다. 이번에는 완전히, 소위 벌어진 입이 다물어지지 않는다고들 하는 그 상태다.

"이보게. 왜 그러는가, 도리구치 군? 설마 교고쿠도의 말이 맞는 것은 아니겠지?"

"아니오, 맞습니다. 정확히 맞습니다. 노, 놀랍군요."

"맞았다고?"

어떻게 된 일일까? 나는 이곳을 찾아올 때마다 놀랄 때가 많지만, 아무리 그래도 이것은 심령술이라고밖에 생각할 수 없다. 내가 찾아오지 않은 두 달 사이에 친구는 신비로운 술법이라도 익힌 것일까?

"이보게! 교고쿠도! 사람 참 못됐군. 영문을 좀 말해 보게. 설마 잠시 못 본 사이에 그렇게도 싫어하던 심령술을 체득했다거나 그런 건 아닐 테지."

내가 그렇게 말하자 교고쿠도는 잠시 내 쪽을 보고, 한쪽 눈썹을 치켜세우는 그 특유의 표정을 지었다.

"아니, 이것이 심령술일세, 세키구치 군."

교고쿠도는 심술궂은 얼굴로 그렇게 말하고, 품에서 담배를 꺼내더니 입으로 가져갔다.

"심령이라니——자네는 무엇보다도 심령 같은 현실을 초월하는 걸 싫어하지 않았나. 자네는 나와 만나지 않은 그 잠깐 사이에 생각을 바꾸기라도 했단 말인가? 그렇게 갑작스럽게 심령술이라고 단정하다니, 나는 자네가 무슨 소리를 하는 건지 도통 모르겠군."

"도대체 무슨 소린가, 자네는——."

교고쿠도는 연기를 길게 내뿜었다.

"——나는 지난 수십 년 동안 시종일관 지론을 바꾸지 않았네. 일반적으로 말하는 소위 심령술이라는 것은 이전과 다름없이——아니, 전보다 더 바보스럽다고 생각하고 있네. 하지만 말일세. 부정하는 것과 구조를 아는 것은 다른 문제일세. 또 싫어하느냐 좋아하느냐 하는 것과 할 수 있느냐 없느냐 하는 것도 다른 문제지."

"자네의 말은 변함없이 이해하기 힘들군. 오늘은 도리구치 군이라는 초심자가 있네. 좀 더 알기 쉽게 말해 줄 수는 없겠나?"

교고쿠도는 턱을 문지르며 우울하게 대답했다.

"으음——예를 들어 가위로 종이를 자르는 것을 좋아하지 않는 사람이 있다고 치세. 가위부정론자이지. 그는 가위를 사용하지 않겠지만, 어떻게 가위로 종이를 자를 수 있는가 하는 구조를 모르는 건 아닐세. 오히려 그것을 알기 때문에 사용하지 않는 것이겠지. 아무래도 일반적인 비유는 아니로군. 그렇지, 무기——권총의 소지나 사용에 이의를 제기하는 사람들은 많지만, 그들이 권총을 다루지 못하는 것은 아닐 거야. 그런 뜻일세."

"그건 알겠네. 하지만 내가 묻고 싶은 건 어떻게 자네가 점쟁이처럼 도리구치 군의 정체나 과거, 현재를 알아맞혔는가 하는 걸세. 도리구치 군, 자네는 분명히 이 사람과 처음 만난 사이고, 아까 이 사람이 한 말은 사실인 겐가?"

"예, 어릴 때 일은 잊고 있었지만 전부 사실입니다. 저는 신사에서 놀곤 했습니다."

도리구치는 그답지 않게 얌전한 얼굴로 말했다.

"그렇다면 교고쿠도. 자네는 어떻게 알았나? 자네는 이 청년과 오늘 처음 만나지 않았는가. 옛날부터 알고 지내던 나도 들은 적이 없는, 아니 본인조차 기억하지 못하던 과거를 어떻게 알았나? 자네가 말하는 그 구조라는 게 뭔지 좀 들려주게. 아무리 생각해도 이상하지 않은가!"

교고쿠도는 희미하게 웃고는 담배 연기를 길게 내뿜었다. 그리고 이렇게 말했다.

"이 세상에는 이상한 일이라고는 무엇 하나 없다네, 세키구치 군."

"아니, 이번만은 넘어가지 않겠네. 자네는 늘 그렇게 나를 속이지 않는가."

"누가 속였다는 겐가. 남들이 들으면 날 어떻게 생각하겠나."

"그러니까 어떻게 알았는지 똑똑히 말해 보게. 무슨 속임수인가?"

다른 사람이라면 몰라도 교고쿠도만은 영시(靈視)니 독심술이니 하는 것을 증거로 내세우지 않을 것은 확실하고, 그렇다면 반드시 속임수가 있는 것이다.

"속임수 같은 것은 없네. 나는 알고 있었기 때문에 안다고 말한 거야."

"뭐?"

알고 있었다니 무슨 말일까?

"알고 있었다니 교고쿠도, 그건 있을 수 없는 일일세. 도리구치 군이 우리 집에 온 것도 우연이고, 내가 그를 여기 데려올 생각을 한 것도 우연이야. 게다가 그럴 결심을 한 것은 겨우 3, 40분 전의 일일세. 자네가 알았을 리가 없어."

"어떻게 그렇게 단정할 수 있나? 결심한 것이 30분 전이든 10분 전이든 상관없네. 내가 안 것은 겨우 5분쯤 전이니까."

"5분?"

"그래. 자네들이 여기 왔을 때, 나는 마침 뒷간에 다녀오는 길이었네. 현관 가까이에 있었지. 자네는 치즈코에게 도리구치 군을 소개하지 않았나. 그래서 나는 세키구치 다츠미와 함께 우리 집을 찾아온 사람은 도리구치 모리히코 군이라는 사실을 알게 되었지. 들었거든."

"이런 사기꾼 같으니!"

"사기꾼이라니? 나는 일부러 훔쳐 들은 것도 아니고, 먼저 앞질러서 이곳으로 돌아온 것도 아닐세. 자네들이 객실에 도착하는 게 늦었을 뿐이지."

분명히 우리는 잠시 서서 이야기를 나누었다.

도리구치는 전혀 납득이 가지 않는지 계속해서 교고쿠도에게 캐물었다.

"하지만 추젠지 씨는 제 정체나 직업에 대해서도 알아맞히지 않으셨습니까? 그것만으로는——."

"후후후, 세키구치 군, 치즈코는 도리구치 군을 소개받았을 때 뭐라고 하던가?"

——어머나, 네, 말씀 많이 들었어요.

말씀 많이 들었어요, 그의 아내는 그렇게 말했다.

"아아, 자네는 이 도리구치 군 이야기를 아츠코에게 들어서 알고 있었던 것이로군!"

"그렇다네. 아츠코 녀석은 어제도 들렀다 갔네만, 참으로 재치 있고 유쾌한 청년이라고 끊임없이 떠들어대더군. 그래서 나는 도리구치 군에 대한 기초지식——근무처, 일의 내용, 사람됨 정도는 미리 알고 있었던 걸세. 게다가 도리구치 군, 자네는 아츠코에게 토막살인 사건에 대해 별로 적극적이지 않은 세노 씨에 대한 불평을 늘어놓았었지?"

"아, 그러고 보니 불평한 적이 있습니다. 그렇군요. 그럼 그 상자 건물에 대해서도 아츠코 씨에게 이야기를 들으신 겁니까?"

교고쿠도는 도리구치가 상자라고 말한 순간 미간에 주름을 지으며 싫다는 얼굴을 했다.

"음, 그렇다네. 그런데——자네, 그 일에 대해서는 정말로 깊이 관여하지 않는 게 좋아. 세키구치 군, 자네도 마찬가지일세."

교고쿠도는 나를 노려보았다.

그는 그 건물에 대해 뭔가 알고 있는 것이다.

그러나 무엇을 알고 있는지 캐물을 분위기가 아니다. 어차피 이 친구는 말하기 싫은 것은 아무리 물어봐도 한 마디도 하지 않는 사람이다. 그래서 나는 순순히 고개를 끄덕였다.

그보다——지금 묻고 싶은 것은 다른 것이다.

"잠깐——교고쿠도. 방금 한 이야기만으로는 설명할 수 없는 부분이 있네. 도리구치 군은 신사에서 놀았던 일 따위는 기억하지 못하고 있었다고 증언했네. 그렇다면 아츠코에게 이야기한 적도 없을 테지. 그런데 자네는 신사의 수는 물론이고 삼나무니 깃대니 하는 것의 존재까지 알아맞히지 않았는가. 도리구치 군, 그것도 틀림없이 사실이겠지?"

"예, 분명히 신사는 4개였고——마을 입구에는 커다란 삼나무가 있었는데 무슨 깃대가 세워져 있었던 것 같습니다."

"교고쿠도, 그 부분을 설명해 주게. 그것도 알고 있었나?"

교고쿠도는 다시 턱을 긁었다.

"세키구치 군. 〈알고 있는 것〉과 〈알 수 있는 것〉은 다르다네. 이 경우 내가 알고 있었던 사실은 도리구치 군이 와카사의 오뉴군[遠敷郡], 그것도 노타오이[納田終] 출신이라는 점이고, 이 사실은 아츠코에게 들었네."

"고향 이야기는 했었지요. 아츠코 씨도 관서(關西) 쪽에 계셨다고 들었고요."

"노타오이라니 나는 들은 적이 없네. 유명한 곳인가?"

"글쎄요, 아무것도 없는 산속입니다만——추젠지 씨는 아십니까?"

"간 적은 없지만 알지. 세키구치 군과 달리, 노타오이에 대한 선행 지식이 내게는 다소 있었던 걸세."

"지식이 있었다 해도 어떻게 그 이상의 사실을 알 수 있단 말인가? 설마 자네는 일본 전국, 각 시군구마다 신사가 몇 개 있는지 전부 외우고 있다는 건 아닐 테지."

교고쿠도라면 반드시 있을 수 없는 일도 아니었다.

"그런 건 모르네. 하지만 노타오이는 특별해. 노타오이는 나타쇼[名田庄] 마을이지. 나타쇼라 하면 쓰치미카도[35] 가문에게 주어진 토지일세. 쓰치미카도 가는 아베노 세이메이의 혈통을 물려받은 가계야. 응인(応仁)의 난[36] 때, 쓰치미카도 가는 세이메이의 분령(分霊)[37]을 그곳으로 옮겨 모셨네. 이후 그 신사는 역대 천황의 보호를 받으며 천사궁(天社宮)이라는 칭호까지 받았지. 우리 신사도, 정통성은 꽤 의심스럽네만 일단은 아베노 세이메이를 모시는 신사이니, 영 관련이 없다고 할 수도 없어."

교고쿠도는 신주이기도 하다. 신사는 바로 옆에 있는 숲에 있고, 그 이름은 무사시세이메이사라고 한다.

"뭐, 그런 지식의 조합에서 도출된 것이 아까 말한 내용일세. 이것이 바로 알 수 있는 일이란 거지. 나타쇼라면 산속일세. 지금 도리구치 군 본인도 말했지만, 그렇게 이것저것 있을 만한 곳은 아닐 테지. 있는 것은 신사——기후네[貴船], 가모[加茂], 요시쓰네카와카미[善積川上], 그리고 천사(天社) 네 종류일세. 따라서 도리구치 군이 그곳에서 자랐다면 거기서 놀았을 것이다——라는 추리일세. 겉으로 보기에 밖에서 전혀 놀지 못할 만큼 병약한 아이였다고 생각할 수도 없었고,

35) 성씨의 하나. 헤이안 중기의 아베노 세이메이로 시작하는 유파가 유명하다. 천문 및 음양도를 가업으로 삼아 조정에 봉사했으며, 대대로 천문박사와 음양두(陰陽頭)를 배출했다. 전국시대 이후로는 역술박사(暦術博士)를 겸했음.

36) 1467년부터 11년간 이어진 내란. 호소카와 가쓰모토[細川勝元]와 야마나 모치토요[山名持豊]의 대립에 무로마치 막부 8대 쇼군인 아시카가 요시마사[足利義政]의 후계자 문제, 시바[斯波]·하타케야마[畠山] 양가의 상속싸움이 얽혀, 각 지방의 수호 다이묘[大名]들이 호소카와 측의 동군과 야마나 측의 서군으로 나뉘어 싸웠다. 전란은 지방으로 확산되어 전국시대를 초래하는 원인이 되었고, 교토는 황폐해지고 막부의 권위는 실추되었다.

37) 한 신사에서 모시는 제신의 영을 나누어 다른 신사에 모시는 것, 또는 그러한 영.

다만, 이것은 어림짐작에 가까운 부분도 있으니 실제로는 그렇지 않았을 가능성도 있네. 주로 야산에서 놀았을 수도 있고. 하지만 안색을 읽으면서 얘기해 보니 아무래도 맞는 것 같다고 단정한 걸세. 삼나무도 깃대도, 문헌에서 얻은 지식이지."

듣고 보니 이상할 것은 하나도 없다. 도리구치는 그제야 입을 다물고, 과연, 으음, 그렇군, 그랬구나 —— 하고 끊임없이 감탄했다.

"그런데 교고쿠도, 분명히 이상한 점은 없었지만 왜 이런 장난을 친단 말인가? 처음 만나는 사람인데 당황하지 않겠는가. 그는 제대로 소개도 받지 못했어."

교고쿠도는 담배를 한 개비 더 꺼내 물었다. 그리고,

"세키구치 선생이 소개했다간 오히려 오해해 버릴 것 같아서 그랬지. 게다가 자네들은 이런 걸 물어보러 온 것 아닌가?"

하고 말했다.

도리구치가,

"아아, 그때도 지금처럼!"

하고 외쳤다.

회전이 느린 내가 사정을 이해하기 전에, 도리구치는 팔짱을 끼고 생각에 잠기고 말았다.

"뭐야? 대체 왜 그러는가? 도리구치 군!"

이번에는 나만 혼자 남겨진 모양이다.

"선생님, 눈치가 없으시군요. 그 왜, 온바코 있잖아요. 그렇지요, 추젠지 씨?"

도리구치는 팔꿈치로 나를 가볍게 찌르며 그렇게 말했다. 교고쿠도는 잠시 웃는 얼굴을 보였다.

"도리구치 군이 수상한 기도사인지 점쟁이를 잠입 취재할 계획이라는 얘기는 아츠코에게 들었거든. 세키구치 군이 일부러 내게 도리구치 군을 데려온 이상, 99% 그쪽 관련일 거라고 짐작한 걸세. 그러니——."

그제야 나는 이해했다.

교고쿠도의 짐작은 정확히 맞았다. 내가 도리구치를 이곳에 데려온 이유는 교고쿠도에게 그쪽 관련 이야기를 듣고 싶었기 때문이다.

"자네는 어째서 그리 앞서가는 건가? 사람이 물어보고 나서 대답해도 되지 않는가."

"장황하게 설명하는 것보다 이해가 빠르지 않나?"

"그건 그렇네만——."

나는 제대로 반론할 수 없자, 궁한 나머지 쓸데없는 말을 했다.

"자네들 남매는 싸움만 하는 것 같은데 정보는 서로 줄줄 새는군. 방심할 수 없는 남매야."

"방심이라니 무슨 말인가? 왜 우리 남매가 자네에게 경계 대상이 되어야 하는 거지?"

교고쿠도가 곤란한 얼굴로 말한다. 그때 장지문이 열리고, 그의 아내가 뭔가 담은 쟁반을 들고 들어왔다. 그의 아내는 나와 도리구치에게 다시 인사를 하고, 차와 양갱을 우리 앞에 조심스럽게 늘어놓으면서 말한다.

"이 사람이 또 이상한 말을 했군요. 정말 어쩔 수 없는 사람이라니까요. 도리구치 씨, 정말 죄송합니다. 이 사람은 이렇게 이상한 사람이지만, 아츠코는 이 사람을 닮지 않아서 정상이니, 너무 괘념치 마시고 앞으로도 잘 부탁드려요."

도리구치는 갑자기 황송해하며,
"다, 당치도 않으십니다, 저야말로."
하고 몸을 경직시켰다. 그녀의 이야기로는 차에 절인 물양갱은 이사마야가 가져온 선물이라고 하는데, 그는 내일부터 산음[38] 쪽으로 낚시하러 떠난다고 했다고 한다.
그녀가 있는 동안 도리구치는 풀이라도 바른 듯 굳어 있었지만, 그녀가 느긋하게 노시다 가세요, 하며 장지문을 닫은 순간 공기가 빠진 듯 흐물흐물해졌다. 그러고 보니 이 청년은 처음 우리 집을 찾아왔을 때도 아내가 있을 때는 계속 굳어 있었던 것 같다. 도리구치도 원래대로 돌아왔고 해서, 나는 양갱을 다 먹고 원래 하던 이야기로 돌아갔다.
"교고쿠도, 방금 그 사기는 사기라고 치고, 자네는 점이니 뭐니 하는 다른 것들도 자네가 하는 것과 똑같은 사기라고 하는 건가?"
"사기, 사기 하지 말게. 하지만——뭐, 자네 말이 맞네. 개중에는 에노키즈처럼 특수한 체질의 점쟁이도 있겠지만, 대개는 방금 내가 한 것과 비슷비슷할 테지. 신기할 것은 아무것도 없지만, 설명하지 않았으면 내가 술법이라도 쓴 줄 알았겠지."
에노키즈는 우리들의 친구로, 간다에서 탐정사무소를 하고 있는 사람이다. 그는 타인의 기억이 보이는 기묘한 체질을 가진 듯하다. 교고쿠도는 그걸 말하고 있는 것이다.
"그랬겠지. 자네가 내막을 밝히는 대신 종교나 초현상을 끄집어냈다면, 깜박 속을 뻔했네."

---

38) 일본 추고쿠[中国] 지방에서 추고쿠 산지보다 북쪽 지방. 돗토리, 시마네 두 현과 야마구치 현 북부에 해당한다. 효고 현과 교토 북부를 포함할 때도 있다.

"속인 건 아니지 않은가. 나는 거짓말은 하지 않았고, 사실을 왜곡하거나 얼버무리지도 않았네. 그저 보통의 경우와 순서가 달랐을 뿐이지."

"그건 그렇지만, 자네의 수법은 의뢰인의 정보를 미리 알아두는 것이 전제 아닌가? 세상 점쟁이들이 모두 그렇게 운 좋게 의뢰인의 정보를 사전에 입수할 수 있는 상황에 있다고는 생각할 수 없네만."

"아니, 그렇지 않네. 단, 한 가지만 전제해 두자면 영감(靈感) 운운하는 것과 점은 별개일세. 어떤 부분에서 구조는 같지만 말이지. 게다가 일반적으로는 종교나 초능력까지 한데 묶어 취급하는 경향이 있지 않은가? 이게 혼란의 원인이야. 가령 종교를 비판하는 방법론으로 초능력을 비판해 봐야 말짱 도루묵이고, 그 반대도 마찬가지지. 하지만 적도 그런 점은 잘 알고 있어서, 아니면 자신도 혼동하는 경우도 있지만, 혼란을 틈타 상대를 현혹시키네. 더욱더 수상해지지만, 비판하는 쪽은 어디가 틀렸는지 모르기 때문에 비판할 수도 없지."

"어떻게 다릅니까?"

도리구치가 물었다.

평소와 달리 진지하다.

"정리해서 생각해 보면 간단한 일일세. 편의상 종교인, 영능력자, 점술사, 초능력자로 우선 나누어 보세. 묘한 진용(陣容)이군. 하지만 이 분류법은 정확하게 말하면 장르의 레벨이 다르기 때문에 같은 선상에서 논할 수 없지만, 지금은 상관없겠지."

"레벨이 다르다는 건 무슨 뜻입니까?"

"점술사는 직업이고 영능력자, 초능력자는 그 개인의 특이성을 나타내는 말이지. 초능력을 가진 점술사도 있을 수 있고, 그 사람이 어떤 종교 단체에 속해 있는 경우에는 종교인이라고도 부를 수 있을 걸세. 따라서 무, 당근, 호박, 오이와 같은 분류는 아닌 셈이야. 하지만 설령 종교를 가진 초능력 점술사가 있다 해도, 어느 한 종류로 한정해서 논할 경우 그 사람은 그 네 가지 중 한 가지에 귀속하게 되네. 그 사항에 관해서만 논할 거라면 구분은 명확하고 중복되지도 않으니, 분류법도 이 정도면 되는 걸세."

"그 사항이란 무엇입니까?"

"그들이 비판을 받는 큰 이유이기도 하고, 그리고 혼동되는 가장 큰 원인이기도 한 사항, 즉 〈기적〉이지. 오해가 있어서는 안 되니 미리 말해 두겠는데, 여기서 말하는 기적은 〈통상 일어날 수 없다고 생각되는 현상〉이라고 정의하겠네. 그렇게 정의하면 이름이나 생각은 여러 가지라도 〈활동의 일환으로 기적을 취급하는 사람들〉로서 그들을 하나로 묶을 수 있네. 논지를 명확히 하기 위해, 지금은 그 부분에만 논점을 한정하기로 하지. 물론 그들은 그것 이외에도 많은 속성을 갖고 있으니 그 부분만 끄집어내서 논하는 건 난폭한 짓이지만, 비판의 대상 중 많은 부분이 그 한 가지에 집중되어 있고, 또 그 한 가지에서만 혼동과 혼란이 발생하고 있는 이상, 그것 이외의 부분에 대해 적절치 못한 비판을 피하고 효과적인 비판을 전개하기 위해서라도 그 차이를 명확히 하는 작업이 쓸모없지는 않으리라 생각하네. 또 비판뿐만 아니라, 어디까지 긍정해야 하는가 하는 것을 명확히 하는 데도 도움이 될 거야."

교고쿠도는 얼마나 이해했는지를 재 보듯이 우리를 둘러보았다.

"자, 기적에도 여러 가지가 있지만, 가장 간단하고 네 부류에서 공통으로 일어나는 것을 예로 들겠네. 아까 내가 한 거지. 미래의 일, 과거의 일, 자신이 모르는 사실, 제삼자는 모르는 일, 보통은 알 수 없는 이런 일들을 알아차리고 알리는 기적, 소위 〈비밀의 해명〉일세. 네 부류는 모두 비밀의 해명을 자주 행하지. 독심술이나 영시나 역술이나, 모두 다른 것 같지만 결과는 같네. 보통은 알 수 없는 것을 안다, 그런 기적이지. 점을 보는 쪽의 입장에서는 누구를 찾아가도 마찬가지야. 그럼 어디에 차이가 있는가 하면, 각자의 목적과 일어난 기적에 대한 설명 체계가 다른 것이지."

교고쿠도는 가끔 선동자가 된다. 이런 재미없는 화제에, 도리구치는 반쯤 끌려 들어가 버린 것 같다. 나는 익숙하다 보니 한 걸음 물러나 있기는 했지만――머릿속은 이미 승려와 역술인과 영매로 점령되어 가고 있다.

교고쿠도의 말은 계속 이어진다.

"우선 종교인의 경우를 보세. 이 사람들은――우선 신앙하는 것, 그리고 그에 따른 포교야말로 그들의 목적일세. 기적은 그것을 위해 일어나지. 한 명이라도 신자를 늘리기 위해 기적이 일어나는 셈일세. 이것은 원칙적으로 영리를 목적으로 하는 것과는 구별해 두어야 하네."

"신자를 늘리는 것은 영리 목적이 아니란 말인가?"

신심이 없는 나는 종교에 대한 편견을 갖고 있다.

"신앙이 없는 자네는 이해하지 못하겠지만, 그건 달라."

"그래? 신자를 늘리면 돈이 많이 들어오지 않나? 돈이 벌리니 포교하는 거 아닌가?"

교고쿠도는 눈을 가늘게 뜨고 나를 보았다.

경멸하는 눈이다.

"그 이야기는 복잡해지니 나중으로 돌리지. 다음으로 기적에 대한 종교인의 설명 말인데, 이건 신앙의 대상인 절대자나 신의 존재를 빼고는 생각할 수 없네. 이 경우 기적의 설명 방법은 두 가지가 있는데——우선 신앙의 대상, 예를 들면 신——이 직접 기적을 일으켰다는 설명이 있네. 이것은 본래 천재지변 같은 엄청난 일이 일어났을 때 유효하지. 여기에 대해서는 더 이상의 설명은 필요 없겠지? 또 하나는 진실한 신앙심, 또는 신앙심의 표현으로서의 수행 결과로 특별한 힘이 부여되었다는 설명일세. 어떻게 〈비밀〉을 알 수 있는가 하는 물음에 대해서는, 종교인이라면 신의 계시라고 대답하기만 해도 설명할 수 있게 되지. 왜 신의 계시가 있었느냐고 물으면 그것은 수행의 결과, 다시 말해 신앙심 덕분이 되는 셈일세."

"흐음, 그 이상은 아무리 물어봐도 의미가 없다는 거로군요?"

"그렇지. 따라서 신앙의 대상 자체나 교의의 이론 등을 비판하지 않는 한, 결말이 나지 않는 논쟁이 될 뿐일세."

분명히 그런 토론은 끝이 나지 않는 경우가 많다.

"그럼——다음으로 영능력자의 경우일세."

도리구치는 자세를 더욱 바르게 했다.

"영능력자와 방금 말한 종교인은 다른가? 수행으로 영능력을 얻었다는 이야기도 많이 들었는데."

"글쎄——."

무시당할 거라고 생각했는데, 교고쿠도는 순순히 말했다. 나의 이번 질문은 그렇게 빗나간 것은 아니었던 모양이다.

"——세키구치 군의 말대로, 수행자를 종교의 교의와 따로 떼어서 생각하는 경우에는 영능력자와 차이가 거의 없지. 하지만 그래도 나는 일선을 그어야 한다고 생각하네. 영능력자는 신앙이나 포교를 목적으로 하지는 않으니까. 설령 수행으로 영능력을 얻은 종교인이 있다 해도 신앙이나 포교와 무관한 부분에서 그 힘을 발휘한 경우에는 ── 그건 종교 활동이 아니니, 역시 영능력자라고 불러야겠지. 그 반대의 경우도 있어서, 영능력자가 어느새 체계적인 교의를 얻어 유사종교인이 되어 버리는 경우도 있네. 하지만 이런 경우는 영능력자 자신의 신앙과 그 영능력자를 중심으로 발생한 유사종교 신자들의 신앙은 다른 걸세."

"잘 모르겠군."

"그런가──?"

교고쿠도는 얼굴을 찌푸린다.

"영능력자를 중심으로 발생한 유사종교의 신앙의 대상은 대부분이 영능력자 본인일세. 영능력자 본인이 부동명왕을 신앙하든 백사(白蛇)를 신앙하든, 신자가 숭배하는 것은 영능력자 본인일 테지. 다시 말해 영능력자 본인과 신앙이나 포교 같은 대의명분은 본래 관련이 없네. 어떤 신앙도 갖지 않는 영능력자도 존재해."

"영능력자의 목적은 무엇이 되는 겁니까?"

도리구치가 물었다.

"──신앙도 포교도 상관이 없는 건가요?"

"그렇다네. 대개는 구원이지."

"그럼 종교와 같지 않은가. 신앙도 구원을 논하잖아?"

내가 그렇게 말하자 교고쿠도는,

"꼬치꼬치 따지기는──."

하고 말했다.

"——종교에서 말하는 구원과는 다른 걸세. 종교에서는 신자 자신이 신앙을 가짐으로써 구원을 받네. 따라서 종교인의 목적은 포교이고, 구원은 그 결과일 뿐이야. 그에 비해 이쪽은 영능력자가 특수한 능력을 발휘해 신자를 구해 주는 것이니 구원 자체가 목적이 되네. 구원받은 사람은 구원해 준 영능력자에게 감사를 표하게 되는데 이것은 특수기능요금이라는 것이고, 그 후 신앙을 갖느냐 갖지 않느냐는 그다지 상관이 없어. 따라서 구원이라는 명목의 특수기능을 살린 영업일세. 다시 말해 무상으로 행한 경우를 제외하면 이쪽은 명백하게 영리 목적이라고 할 수 있지."

"영능력자는 기적에 대해서 어떻게 설명하는 걸까요?"

"간단하지. 내게는 그런 힘이 있습니다, 라고 말할 뿐일세. 왜 그런 힘이 있는가 하는 물음에 대한 대답은 무엇이든 상관없어지네. 수행이나 신앙의 결과로만 한정되지도 않아. 태어날 때부터 타고난 힘이라는 것부터, 자신이 신이기 때문이라는 것까지 있네. 다시 말해 종교인은 신에 대한 신앙인이라는 입장을 준수하는 데 비해, 영능력자는 신과 자신이 치환 가능한 입장이라는 것이지. 그래서 영능력자 자신에 대한 신앙이 생겨나는 거야."

도리구치는 알 듯 모를 듯한 얼굴로 고개를 끄덕이고 있다.

나는 왠지 모르게 이해할 수 있을 것 같았다.

"그럼 ——다음은 점술사로군. 점에는 몇 가지 계통이 있네. 예를 들어 기원이 중국에 있는 것, 동방에서 발생한 것, 역술이나 서양점성술 등 꼽아 보자면 끝이 없지. 하지만 이것은 그 점술의 이론만 배우면 누구나 할 수 있는 일일세. 수행도 신앙도, 천부적인 재능도 필요가 없어. 변호사나 법무사가 되는 거나 마찬가지, 공부만 하면 되거든."

학교 같은 것도 있지요——하고 도리구치는 말했다.

“그렇지. 이 경우 목적은 분명하네. 영업을 하고 있으니, 두말할 것도 없이 영리가 목적이지. 기적이 일어나는 이유——라 해도 이 경우 기적이라고 부르지는 않지만, 이것도 명쾌해서, 각 점술의 이론을 근거로 삼고 있을 뿐일세. 음양오행이든 십간십이지든 사주팔자든 별자리 운세든, 뭐든지 상관없네. 어떻게 아느냐고 물어도, 목화토금수가 어쨌다느니, 백양궁에 태양이 들어왔다느니, 배운 대로 말하면 되네. 점술은 그런 것이고, 그 이상도 그 이하도 아니니 비판하려면 점술 이론의 모순점을 지적할 수밖에 없지.”

“하지만 세상에는 영감으로 점을 치는 사람도 있지 않은가.”

“그것은 가장 중요한 이론 부분에 종교나 영능력자의 것을 가져왔을 뿐일세. 공부하기가 귀찮았던 게지. 어쨌거나 점술사라는 간판을 걸고 있는 이상, 점을 친 후에 선조를 공양하라느니 인연이 어쨌다느니 하는 말을 꺼내는 것은 어불성설이야.”

논리적으로는 맞는 것 같지만, 나는 아무래도 석연치가 않다. 평소 그런 것의 구별을 의식해서 생각한 적이 없고, 만일 명확하게 구분할 수 있는 것이라 해도 내게는 붓꽃과 제비붓꽃의 차이 정도밖에 의미를 갖지 않을 것이다. 그러나 왠지 모르게 알 것 같은 정도의 이해도로 임하기에, 항간에 그런 무리들이 횡행하는 것인지도 모른다.

“마지막으로 초능력자인데, 이것은 딱히 목적이라고 할 건 없지. 되려고 해서 초능력자가 될 수 있는 것도 아닐세. 설명 체계로 과학 이론을 끼워 맞추려는 경우가 많은데, 당연히 아직 설명되지 못하는 부분이 있어. 다 설명할 수 있다면 초(超)라는 글씨는 붙지 않을 테니 말일세. 그냥 능력이라고 하겠지. 에노키즈는 본래 이쪽 종류일세.”

도리구치는 에노키즈를 모르니, 마지막 부분은 나를 향한 말이다.

"이 경우 능력 자체는 비판할 수 있는 것이 아니지. 체질이니까. 비판하려면 그것을 어떻게 사용하고 있는가, 또는 거기에 어떤 이론을 갖다 붙였는가 하는 것에 대해서 해야 하네. 다만, 그 경우에도 그런 능력을 진짜 가지고 있는지, 즉 능력을 사칭하고 있지는 않은지 하는 검증은 필요하지. 하지만 진짜 그런 특이하고 남다른 재능을 갖고 있다 해도, 그 능력을 착각해서 영능력자를 자칭한다거나 종교인으로서 눈을 뜨게 되거나 점치는 데 이용하는 웃기는 녀석이 많이 있으니 더욱 혼란스러워지는 걸세. 자, 도리구치 군, 여기까지는 알아듣겠지?"

도리구치는 갑자기 토론의 방향이 자신에게 향해지자 턱을 당기며,

"예에."

하고 멍청한 목소리를 냈다.

"여기서 아까 내가 쓴 속임수로 돌아가 보세. 세키구치 군은 그것을 가리켜 계속 사기라고 말했지만."

"사기 맞지 않은가."

"그러니 말일세. 내가 영능력자라서 불가사의한 천리안의 신통력으로 도리구치 군의 방문을 알았다――고 말했다면 이건 사기일세. 거짓말이니까. 또 내가 초능력자라서 도리구치 군의 마음을 읽었다――고 했다 해도 이건 사기겠지. 하지만 그 어느 쪽 경우에도 거짓말이라고 부를 수 있을 만한 거짓말은 하나뿐일세. 즉――도리구치 군에 관한 정보 수집 방법에 대한 설명만이 허위일 뿐, 그 이상의 거짓은 없지. 게다가 만일 내가 정말 영능력이나 초능력으로 그것을 알았다 해도, 자네들은 곤란할 거 없지 않은가."

"이상한 일도 다 있구나, 하겠지."

"뭐, 초능력이 있다면 이상한 일은 아닐 테지만. 게다가 이것은 간단한 검증으로 금세 속임수가 들키게 되네. 신이 나서 예지능력도 있습니다, 라고 해 버리면 그야말로 간단히 들키지. 이것은 우선 그 정도의 것일세. 하지만 내가 영능력자가 아니라 점술사를 표방하고 있었다면 어떨까?"

교고쿠도는 소매에 넣고 있던 손을 꺼내 좌탁 위에서 손가락을 깍지 꼈다.

"어떻다니, 다를 게 뭐 있나? 거짓말은 거짓말이지."

"그게 달라진단 말일세. 예를 들어, 내가 중국에 옛날부터 전해오는 천후산명술(天后算命術)에 의해 도리구치 아무개라는 사람의 방문을 알고, 그 관상에 의해 그 고민이나 운세를 느끼고 그에 근거하여 도출된 과거, 현재의 여러 가지 일들을 말한 것이다——라고 한다면 물론 그것은 사기지만, 그래도 자네들은 믿었을 것 아닌가? 아까 그렇게 말하지 않았는가."

"초능력이라고 하는 것보다는 설득력이 있네. 이제 와서는 뭐라 말하기 힘들지만, 뭐, 믿었겠지."

교고쿠도는 깍지 낀 손가락을 풀고 말한다.

"그렇다면 내가 계속해서, 그런데 도리구치 아무개는 내일부터 몹시 나쁜 운세에 접어든다, 일은 꼬이고 기다리는 사람은 오지 않으며 물건을 잃어버릴 운세에, 수난(水難), 화난(火難), 여난(女難)에다 죽을 상이 있다——고 했다면 어땠을까?"

도리구치가 으아악, 하고 비명을 지른다. 아무래도 으아악은 입버릇인 모양이다.

"교고쿠도, 자네도 참 몹쓸 사람이로군. 예를 들더라도 좀 좋은 예를 들어줄 것이지. 아무래도 도리구치 군은 거짓말이라는 걸 알면서도 반쯤 믿으려는 것 같네. 자네가 속임수를 밝히지 않고 지금 같은 말을 했다면, 그때는 그대로 저기 있는 문지방에다 목을 매달았을지도 모른단 말일세."

가짜 점쟁이는 심술궂게 도리구치를 바라보며,

"왜 믿는 거지? 과거나 현재의 일과 달리, 맞으리라는 보장은 전혀 없는데."

라고 물었다.

우물거리는 도리구치 대신 내가 대답했다.

"그야 과거의 일, 현재의 일이 모두 적중했기 때문이지. 미래의 일도 알아맞힐 거라고 생각하지 않겠나."

가짜 점쟁이는 크게 고개를 끄덕였다.

"바로 그거야. 이 경우는 이게 가장 큰 사기일세. 과거의 일, 현재의 일은 정보를 수집할 수 있으니 알아맞히는 게 당연해. 하지만 여기서는 그걸 이용해 미래의 일, 다시 말해 예언의 정당성을 과시하는 셈일세. 사실 점술사란 미래를 예지할 수 있어야 존재 가치가 있는 것이지, 다 지난 일을 알아봐야 의미가 없네. 하지만 뒤집어서 말하자면 내일 있을 일 따위는 알 수 없으니 무슨 말을 하든 판단할 수가 없지. 판단 기준을 과거나 현재에 둘 수밖에 없는 것 또한 사실일세. 그러니, 과거와 현재의 일을 잘 알아맞히는 점술사는 신용할 수 없네."

"과연, 공부는 되었네만, 하고 싶은 말이 뭔가? 나는 자네의 의도를 잘 모르겠군."

가짜 점쟁이는 대담하게 웃었다.

"좀 더 듣다 보면 알게 될 걸세. 그럼 내가 점술사라면 사기꾼이든 그렇지 않든, 미래 예지를 늘어놓은 단계에서 일은 끝나는 걸세. 복채를 받고 작별 인사를 하게 되지. 도리구치 군이 물에 빠져 죽든 불에 타 죽든 알 바 아닌 걸세."

"으음, 그렇군."

"오히려 그렇게 되면 점괘가 맞았다는 증거가 되니 더 좋지."

"그건 너무 심합니다."

도리구치가 한심한 목소리로 말한다.

"걱정하지 않아도 이것은 대개 빗나가게 되어 있네. 앞일을 알 도리는 없거든. 하지만 만일 도리구치 군이 이미 완전히 나——점술사를 철석같이 믿고 있는 경우에는 점괘가 빗나갔을 때도 점을 침으로써 위험을 알아차리고 경계하여 운명이 바뀌었다——고 생각할 테지. 따라서 살아남았을 때는 감사한 마음에 다시 점술사를 찾아와, 점괘를 인생의 지침으로 삼게 되는 셈일세. 이건 이 나름대로 좋네. 점술사가 사기꾼이었을 경우에는 완전히 걸려든 게 되지만, 돈을 내고 점을 친 본인이 감사하고 있으니 불평이 없거든. 점술사는 대충 적당한 말을 해서 몇 번이나 복채를 받을 수 있네. 다만 몇 번 되풀이하다 보면 실수를 하게 되어 망하는 거지. 그런데 내가 점술사가 아니라 영능력자라면 어떨까?"

"어떤데?"

"영능력자의 경우에는 나쁜 미래를 예지한 후, 그럼 안녕히 가십시오——로는 끝나지 않네. 그다음이 남아 있지."

"그게 뭔가?"

가짜 점쟁이는 갑자기 영능력자의 얼굴이 된다.

"그러니 액운을 없앱시다, 하는 거지."

"아아—— 그렇군."

"그렇지. 아까 말하지 않았나. 점술사는 장사로 하는 걸세. 복채만 받으면 귀찮은 일을 할 의미가 없지. 하지만 영능력자의 경우는 그렇지가 않네. 구원이 따라오거든. 나쁜 미래에 대한 대처법을 전수해야 하는 걸세. 따라서 나쁜 운세를 걷어냅시다, 굿을 합시다, 개운(開運)의 도장을 팝시다, 아니 신성한 항아리를 사시오, 가 되는 거지. 이건 복채보다 훨씬 비싸네."

교고쿠도는 다다미 위에 놓여 있던 하얀 항아리를 들어 올렸다.

안에는 아마 마른 과자가 들어 있을 것이다.

"으음, 그렇군. 하지만 도리구치 군, 자네라면 사겠나? 가령 저 항아리라든지."

"살지도 모르지요. 돈이 있다면."

도리구치는 약간 작은 목소리로 그렇게 말했다.

"하지만 영능력자는 굿을 하거나 신성한 물건을 주기만 하면 끝일세."

교고쿠도는 항아리를 좌탁 위에 놓았다.

"종교인의 경우는 그다음도 있네."

"질 나쁜 건가?"

"그렇지 않네. 그다음이 있을 뿐이야."

"그다음이라니?"

"종교인의 본분은 재삼 말하지만 포교, 즉 입신이나 개종인 셈이니 도리구치 군이라면 도리구치 군이 무슨 무슨 종교의 신자가 되게 하는 것에, 그때까지의 모든 행위가 수렴되네. 다시 말해 최초의 사기

부분도, 그다음의 들어맞지 않는 미래 예지도, 그다음의 가지기도(加持祈禱)도, 모든 것이 수단에 불과한 걸세. 아무래도 상관없는 거지. 거짓말도 하나의 방법이라고 하지 않나. 요는 도리구치 군이 신심을 갖기만 하면 되네. 신자가 되어 버리면 사기고 뭐고 없으니까. 그 도중에 항아리를 사게 하든 구슬을 사게 하든, 모두 신성한 보물이 되어 버리지. 하물며 처음에 약간의 거짓말이 있었다는 것 정도는 아무래도 상관없는 일 아니겠나? 그 이후의 행복한 일생을 손에 넣었으니까. 믿는 것이 곧 구원받는 걸세."

벌써 스님의 설교 같은 말투가 되었다.

그 말투 때문인지, 왠지 나는 뭔가 속고 있는 듯한 기분이 들기 시작했다.

잘 생각해 보면 고마울 것이라고는 하나도 없다. 교고쿠도는 아니라고 하지만, 초능력이나 점술이나 영능력이나 종교나, 내게는 전부 똑같이 생각되었다.

"좀 너무하는군. 원래는 전부 사기 아닌가. 그럼 종교도 사기와 다를 바 없잖아."

"너무할 게 뭐 있나? 그건 자네가 최초의 부분이 사기라는 걸 알기 때문에 그렇게 생각하는 거 아닌가? 몰랐으면 그렇게 생각하지 않을 걸세."

"그건 그렇지만, 속고 있다는 사실에는 변함이 없지 않은가. 다 마찬가지야."

"마찬가지가 아닐세. 방금 말한 네 부류는 모두 같은 사기 수법을 사용하고 있지만, 사기가 차지하는 위치는 전부 달라. 우선 초능력자의 경우, 지금 같은 속임수를 썼다면 그 능력 자체가 거짓말이 되네.

이건 얘기할 필요도 없지. 따라서 들키면 끝장이네. 규탄을 받아도 할 수 없어. 그런 힘을 갖지도 못한 주제에 초능력자라고 나서는 것 자체가 사기니까. 이건 교묘한 방법을 이용해서, 설령 들키지 않았더라도 규탄해야 하는 걸세. 그 경우에는 초능력자가 아니라 마술사라고 해야 할 테니까. 당연히 진짜 이외에는 성립하지 않지. 하지만 점술사는 어떨까? 이 경우, 속임수가 있다면 현재와 과거를 점치는 것은 전부 사기일세. 하지만 그 후에 행하는 미래 예지는 진실일지도 모르지. 진실이 아니라 해도, 점괘만은 자기 나름의 이론으로 점친 결과일지도 모르니까. 말하자면 사기인 부분은 손님 끌기일세. 나는 미래 예지는 전혀 불가능하다는 게 지론이지만 점술사는 그렇게 생각하지 않겠지. 되는 대로 아무렇게나 말해도 몇 가지는 들어맞을 테고, 들어맞았으면 되는 걸세. 그런 법이야. 따라서 과거나 현재 부분이 사기라 하더라도 점술사의 경우에는 모든 것을 부정할 수는 없네. 영능력자는 어떤가 하면, 그 본분은 기도 같은 데 있지. 따라서 최초의 부분이 사기든 뭐든 상관이 없네. 영능력자는 영능력의 효험만 있으면 되거든."

"폭론이로군. 굿이 효과가 있는지 없는지는 모르겠지만, 최초의 부분에서는 마찬가지 아닌가? 속임수잖아."

"마찬가지지만 그거면 되는 걸세. 심령이란 바로 그런 것이니까."

교고쿠도는 단언했다.

"예로부터 많은 사람들이 착각해 왔지만——뭐, 그렇다기보다는 거의 일본 전역의 사람들이 현재도 그렇게 생각하고 있는 것 같지만, 심령술이란 설명하기 어려운 〈영(靈)〉이라는 관념에 편의적으로 형태를 주는 작업을 말하는 것이지, 결코 신비롭고 비과학적인 힘을 가리키는 게 아닐세. 따라서 무녀나 주술사가 내일의 일을 알 수 있을 리도 없고, 또 알 필요도 없는 것이지. 그들에게 필요한 것은 정보를 수집하는 특이한 능력과 효과적인 정보공개의 방법론일세. 어떠한 형태로든 자신이 수집한 정보를 가장 효과적인――이것은 제삼자에 대해 효과적이라는 뜻이네만――형태로 공개함으로써 그 후에 행해질 기적에 신빙성을 부여하는 셈이지."

"그건 점술사의 손님 끌기와 똑같은 거 아닌가?"

이때까지도 나는 교고쿠도가 하는 이야기의 의도를 정확히 파악할 수 없었다. 파악은 할 수 없었지만 벌써 이 화제에 홀딱 넘어간 상태다. 교고쿠도는 내 물음에 평소처럼 거의 뜸도 들이지 않고 즉시 대답했다.

"아닐세. 점의 경우, 처음 수단은 자신의 점술 이론을 신용하게 만들기 위해 작용하네. 과거와 현재를 알아맞힌 것과 〈같은 이론〉으로 점을 치는 것이니, 미래도 맞는다는 논리지. 하지만 결국 그 미래 예지는 우연히 들어맞는 경우를 제외하고는 대개 빗나가 버린다네. 미래의 일은 어떤 이론으로 생각해도 알 수 있을 리 없으니까――."

"알 수――없습니까?"

"없네. 점이란 빗나가는 거야. 빗나가면 점술의 이론이 틀렸다는 뜻이 되겠지. 하지만 최초의 부분만은 알아맞힌 걸세. 따라서 최초의 부분은 다른 이론――사기로 맞힌 것임을 알 수 있네. 속임수를 알 수 있지. 하지만 영능력의 경우는 다르네. 기도나 굿 종류는 효험이 있거든. 점술과 달리 빗나가지 않아."

"왜지? 미래의 일 따위는 알 수 없다고――지금 자네가 말하지 않았나!"

"그러니까 미래의 일 따위는 영능력자와는 관련이 없는 걸세. 영능력자는 점술사와 달리, 내일 당신에게 무슨 일이 일어납니다, 라는 말은 하지 않네. 굿을 하지 않으면 나쁜 일이 일어난다, 항아리를 사지 않으면 행복해질 수 없다고 하는 거지. 굿을 하거나 항아리를 사도 행복해질 수 없는 경우에도, 마음가짐이 나쁘다, 공양이 부족하다 등 얼마든지 이유는 있네. 즉 빗나갈 일이 없지. 영능력자는 내일 무슨 일이 일어날지를 전하는 게 아니라 내일 무슨 일을 해야 할지를 전하기 위해 존재하는 거거든."

"점술사보다 더 질이 나쁜 거로군."

"그렇지 않네, 설령 어떤 방법을 쓰더라도 그것에 의해 구원받는 사람이 있는 한, 그건 그 나름대로 좋은 거지. 심령술이란 그런 거야. 불평이 나오는 이유는 방식이 서툴기 때문이고, 사람을 구하지 못하는 영능력자가 늘어난 탓일세. 사람을 구하지 못하는 한, 어떤 영능력자라도 모두 사기꾼이야. 따라서 부분적으로 사소한 꼬투리를 잡아 사기라고 떠들어대는 건 잘못이란 이야기일세. 원래 사기인 게 당연한 거니까."

"끝까지 속일 수 있으면——된다는 건가?"

"나쁘게 말하자면 그렇지. 다시 말해 수단이 아니라 솜씨가 문제가 되네. 금세 들킬 서툰 방법밖에 못 쓰는 게 문제란 말이야. 들키지 않는다면 어떤 방법을 쓰든 상관없는 걸세. 따라서 그야말로 먼 옛날부터 그들은 정보 수집의 테크닉 연마에 애써 왔지. 어떻게 정보를 얻을 것인가 하는 명제는 그들에게는 사활 문제라고도 할 수 있어."

"하지만 정보를 얻는다고 해도, 그렇게 운 좋게 잘되지는 않을 게 아닌가. 아까 자네처럼 우연히 안 경우는 특수하잖아."

"우연도 테크닉 중 하나일세. 사소한 행동이나 몸가짐, 말꼬리 등에서 최대한의 정보를 끌어내는 거지. 적절한 상황 판단, 예비지식의 축적, 교묘한 언변에 의한 유도신문, 이것이 영능력일세. 물론 사전 조사도 영능력의 일부지. 다들 얼마나 고생을 하는지 몰라. 그러니 에노키즈처럼 아무것도 하지 않아도 상대의 비밀을 아는 놈들은 정말 적임이지."

"그럼 교고쿠도, 자네는 에노 씨가 영능력자라는 건가?"

"아닐세. 자네도 이해력이 떨어지는군. 정보를 수집하는 수단으로서, 흔히들 말하는 소위 초능력도 유효하다고 말했을 뿐일세. 그 사람은 남을 구하기는커녕 혼란스럽게 만들 뿐이지 않은가. 수집한 정보를 얼마나 효율적으로 공개하느냐가 중요한 걸세. 그런 테크닉은 정보 수집보다 훨씬 어려워."

"——그럼 세상의 영능력자들은 알고 보면 대개 사기꾼이라는 건가?"

"그렇지. 몇 번이나 말하지만, 그거면 되는 걸세. 속임수가 밝혀지지 않는 한 그것을 사기라고 불러서는 안 되거든. 그래서 내가 처음에 말하지 않았나, 이것이 심령술이라고. 이 심령술의 테크닉을, 맞히지도 못하는 점술사나 가짜 초능력자들이 남용하고 있네. 그래서 얘기가 복잡해지는 거야."

도리구치가 잠시 생각한 후 발언했다.

"그렇군요. 잘 만들어져 있어요. 하지만 정말 그렇다면 영능력자에 대한 불만이나 비판은 나오지 않아야 하는 것 아닙니까? 점술사와 달리 빗나가지 않고, 속임수도 들키지 않는 한은 의심받지 않을 테니까요."

"아니 —— 하지만 요즘 영능력자들은 기본적인 부분에서 틀렸거든. 지금 말한 논리를 모른단 말이야. 그러니 방식이 서툴지. 금방 수법이 알려지고 굿이 효험이 없으니 사람을 구할 수도 없네. 따라서 우연히 운이 좋으면 믿는 사람도 나올 테지만, 운이 나쁘면 아무도 믿지 않아. 개중에는 서툰 주제에 입만 산 자들도 있어서 몇 번이나 굿을 하게 하는 경우도 있지만, 그래도 결국 안 되면 더욱더 평판이 떨어지게 되네. 점술사보다 훨씬 단발에 승부하는 성격을 가진 장사가 되어 가고 있지. 따라서 요즘은 한 번의 영시나 기도의 요금이 점을 볼 때의 복채보다 훨씬 비싸네. 항아리는 또 얼마나 비싼지."

"그래서 비싼 거군요."

"그렇지. 하지만 비싼 돈을 냈으니까 —— 라는 가난뱅이 근성이 운세를 바꾸는 경우도, 개중에는 있다네. 우연히 행운이 돌아오는 경우도 있지. 그것이 되풀이되다 보면, 아까 말한 유사종교가 구성되네. 이렇게 되면 서툰 사람이라도 떼돈을 벌 수 있어. 하지만 그렇지 않은 경우에는 —— 불만만 문전성시를 이루게 되지."

"다시 말해 최근의, 그 서툰 영능력자들은 영능력자의 본분을 잊고 있다는 뜻이로군요?"

"그렇지, 정보 수집을 어떻게 했는지 금방 들키곤 하거든. 절대 밝혀서는 안 될 영능력의 유래를 밝히기도 하고. 어리석게도 그것을 초능력이라고 우기는 바보도 있네. 점술사의 이론을 반대로 도입하거나, 하지 않아도 될 미래 예지를 하기도 하지. 그리고 돈은 더 많이 받아. 사기꾼과 별 차이 없는 수준까지 타락한 놈들이 많네."

"그럼 엄밀히 말해서 본래의 영능력자는 점술사 같은 미래 예지는 하지 않는 거로군요?"

"하지 않지. 영능력자가 행하는 〈비밀의 해명〉은 미래 예지가 아니라 대개 지금 현재의 상황을 초래한 원인——과거의 인과를 해명하는 거지. 미래에 관해서는, 지금 이대로 있으면 좋지 않다——는 표현을 하네. 그들에게 맞고 틀리는 게 명확한 일은 취약이야. 그것은 긴 역사가 증명해 주고 있네. 예언은 위험부담이 너무 커서 수지가 맞지 않는 걸세. 따라서 내 생각에는 과거와 현재의 일만 귀신같이 알아맞히는 점술사를 신용할 수 없는 것처럼, 미래를 분명하게 말하는 영능력자도 삼류라는 거지."

"그렇군요. 그럼 종교인은 어떨까요?"

"종교인도 물론 예언은 하지 않네."

"예언자(予言者)라는 게 있지 않은가."

"그건 예언자(預言者)지. 신의 말을 전하는 자라는 뜻일세. 알겠나? 종교인 뒤에는 전지전능한 신이 있는 거야. 만일 대충 예언을 했다가 빗나가 버리면, 그것은 신이 틀렸다는 뜻이 되네. 대체 누가 책임을 지겠나? 신의 체면이 완전히 구겨지지 않겠나? 그런 위험을 무릅쓸 필요는 없지. 석가모니의 경우 점을 금지하는 가르침을 설법했을 정도네."

"그렇습니까?"

"음. 초기 불교의 사상이 짙게 남아 있는 남방불교의 경장(経蔵) 중 소부(小部)[39]에 실려 있는 팔리어(語)[40] 수타니파타에 기록되어 있는 불타의 말 중에, 서조(瑞兆), 천재지변, 관상, 해몽을 완전히 멈추고 길흉

---

39) 페이지 수가 적은 소책자.

40) 스리랑카, 동남아시아의 소승불교 경전에 사용된 고대 인도의 언어. 인도유럽어족의 인도어파에 속하는 프라크리트(Prakrit)어의 일종으로, 기원은 기원전 3세기 이전으로 거슬러 올라간다.

을 판단하는 것을 금한 수행자는 올바른 편력을 한다——는 것이 있네. 또 같은 교전 안에서 석가는, 브라만의 베다 주법, 관상, 해몽, 점성술을 금한다고 분명히 말하고 있어."

나는 그가 말하는 출전이 무엇인지 알지는 못하지만——아무래도 정말인가 보다.

"하지만 미래를 예지한 성전(聖典)이 있다든가, 덕이 높은 스님이 국난을 예언했다는 이야기는 많이 들어봤는데——."

나는 교고쿠도와 달리 구체적인 예는 무엇 하나 들 수 없다. 그만큼 설득력이 부족해서 어린아이가 반항하는 듯한 말투가 되어 버린다.

"그런 것도 있네. 다만 성전이 예언하는 것은 몇천 년 뒤의 일이라거나 몇만 년 뒤의 일이라거나, 어쨌든 동시대 사람은 확인할 수 없는, 정신이 아득해질 정도의 미래 예언일세. 맞을지 틀릴지 절대로 확인할 수 없으니 위험부담은 없지."

그건 분명 그럴 것이다. 아직 맞는지 틀리는지 알 수 없는 것들뿐이다.

"그리고 스님의 예언 말인데, 이건 이도 저도 아닐세. 원래 예언하는 스님은 파계승이니까. 구도자가 아니지. 이건 단순한 영능력자, 아니 초능력자일까? 이건 말일세, 예언이 맞아 버리면 교단이 선전되니 채용, 틀리면 추방이지. 그런 면에서 교단은 빈틈이 없어. 무엇보다 불교 교단에서는 사실 굿도 하면 안 된다네. 기본적으로 불교는 영혼의 존재를 인정하지 않으니까."

"그렇습니까?"

도리구치는 고개를 갸웃거렸다.

의외라는 얼굴을 하고 있다.

분명히 처음 듣는 사람에게는 기이한 이야기일 거라고 생각한다. 나는 본래 불교는 영혼을 인정하지 않는다——는 이야기를 전에도 교고쿠도에게서 들었다. 예비지식이 있었기 때문에 놀라지 않았을 뿐이다.

도리구치는 고개를 갸웃거리며 묘한 얼굴을 했다.

"——저는 올해 편집실 근처에 있는 절에서 굿을 했는데요."

"편집실 근처——아아, 메구로에 있는 유텐지[祐天寺] 말이로군."

"예. 유텐지였습니다. 거기는 훌륭한 절이지요?"

"유서 깊은 훌륭한 절이지. 기누가와 강[鬼怒川][41]의 하뉴무라[羽生村] 마을, 그 유명한 가사네[42]의 원령을 진정시킨 것으로 알려진 유텐 상인(上人)과 인연이 깊은 절일세. 유텐 상인은 일본의 원령조복(怨靈調伏), 낙태아 공양의 창시자 같은 사람인데, 이 사람은 정토종 십팔담림(十八談林)의 대엄사(大厳寺), 대담림(大談林)의 전통원(伝通院)을 거쳐 총본산 증상사(増上寺)의 주지, 그리고 최종적으로는 대승정이 되었네. 말하자면 정토종의 톱까지 올라간 사람이야. 그런데 이 사람은, 대엄사의 주지로 일약 발탁되기 전까지는 교단과 관련이 없는 떠돌이 종교인이었네."

"그건 또 어째서?"

"왜냐하면——그가 악령 퇴치 전문가 같은 사람이었기 때문이지. 정토종은 유서 깊은 수수한 종파니까. 악령 퇴치처럼 요란한 일은 논외일세. 경원시했던 거겠지. 하지만 최종적으로 다시 복귀한 사실

---

41) 도치기 현 서단에서 발원하여, 현 중앙부를 관통해 이바라키 현 남부에서 도네가와[利根川] 강으로 흘러드는 강. 길이 177킬로미터.

42) 괴담의 주인공. 하뉴무라 마을에 사는 평민의 아내로, 질투가 심한 추녀였는데 남편에게 살해되어 죽은 후 일족을 저주했다고 한다.

에서도 알 수 있듯이 교단은 그를 완전히 잘라냈던 건 아닐세. 배치를 떠나, 교의상으로는 이단이지만 표현자로서는 높이 평가하고 있었던 셈이지. 이것이 교단의 방식일세. 하지만 기본적으로 그런 것은 인정하지 않는 거야."

"교고쿠도, 나는 자네에게 여러 가지 이야기를 들었으니, 꼭 믿지 않는 건 아니지만 아무래도 자네의 이야기는 궤변이라는 감을 씻을 수가 없군. 어찌 그렇게 적당한 예가 속속 나오는 건가? 우리가 모른다는 걸 이용해 논지에 맞지 않는 예를 버리고 유리한 예만 소개하고 있는 것 아닌가?"

"유감스럽지만 세키구치 군의 의견은 기각해야겠네. 나는 먼저 결론을 준비해 두고, 그 결론을 끌어내기 위해 적당한 예만 끌어오는 짓은 하지 않아. 유감스럽게도 남아 있는 예들이 모조리 적당한 예뿐이었다고 하는 게 옳지."

"불리한 예는 말소되었다는 뜻인가?"

"뭐, 그렇다고 할 수 있지."

나의 우문(愚問)은 대뜸 기각되어 버렸다.

그러자 도리구치가,

"아프리카 같은 곳의 주술사는 어떻게 됩니까? 그건 종교잖아요. 게다가 미래의 일도 곧잘 예언하곤 하지 않습니까?"

라고 순박한 질문을 던지자, 교고쿠도는 실로 즐겁다는 듯이 무릎을 쳤다.

"그렇지. 도리구치 군은 세키구치 군보다 훨씬 이해도가 높아."

"꼭 한 마디가 많군. 어차피 나는 이해력이 없네. 하지만——이해력에 있어서는 이 친구도 오십보백보라고 생각하는데."

"그렇지 않네. 지금 도리구치 군이 한 질문은 중요한 의미가 있어. 첫 단계에서 내가 종교인의 정의를 확실히 하지 않았던 게 잘못이었군. 여기서 내가 말하는 종교인이란 〈보편종교적 요소를 많이 가진 종교〉의 전도자라는 뜻일세. 도리구치 군이 말하는 아프리카의 종교는 보편종교가 아니라 민족종교야."

"보편종교란 뭔가?"

"개인을 구제의 대상으로 하는 종교를 말하네. 불교, 기독교, 이슬람교 등이 그렇지. 통상 이 세 가지가 보편종교, 또는 세계종교라고 불리네. 이들은 인종과 국적에 관계없이 누구나 입신할 수 있어. 즉 포교로 세력 확대가 가능한 종교일세. 내가 이번에 예로 든 것은 이 삼대 종교의 전도자뿐만 아니라 포교를 해서 세력 확대를 꾀할 수 있는 종교의 신자라는 뜻이니, 이단이나 신흥종교 등도 포함되네. 보편이라고 부르기에는 어폐가 있지만, 민족종교와는 분명히 다르니 어쩔 수 없지."

"그 민족종교란 무엇입니까?"

"보편종교가 개인을 구제하는 데 비해 민족종교는 민족, 국가, 집락, 혈연집단과 같은 특정 집단만을 구제하는 종교지. 이것은 포교할 필요도 없고, 또 할 수도 없네. 일본의 신도 같은 것도 이 민족종교로 분류돼. 여기에 입신하기 위해서는 그 나라에 국적을 두거나 그 마을의 주민이 되거나 혈연관계를 맺거나 할 수밖에 없네. 부족 간의 세력 다툼이나 서로 다른 민족종교를 가진 집단 사이의 세력 싸움 같은 건 있지만, 기본적으로 신자를 늘려 세력을 확대하려는 측면은 민족종교의 교의에서 빠져 있어. 따라서 민족종교의 경우, 종교적 상징으로서의 주술사는 필요하지만, 그 존재 가치는 영능력자로서의 그것과 거의 다르지 않네. 종교적 구심력은 갖고 있지만, 민족종교에서 주술사는 단순히 신의 대리인이지, 교의를 설법하고 포교 활동에 힘쓰는 종교인으로서의 성격은 전혀 갖고 있지 않은 거야. 게다가 그들은 신 자신과 치환 가능한 입장이니, 이것은 아까 말한 구분으로 말하자면 —— 영능력자에 해당하게 되네."

또 이야기의 규모가 커진 것 같다.

"하지만 그걸 그대로 받아들인다면 신도에서 말하는 신주, 즉 자네도 영능력자라는 뜻이 되네. 내 인상으로 판단하기에, 궁사신주[43] 같은 사람들은 종교인이라도 영능력자와는 거리가 먼데."

내 발언은 항상 인상과 같이 근거가 빈약한 것 위에서 이루어진다.

"신주는 본래 영능력자일세. 다만 신도의 원래 뿌리가 하도 복잡해서 말일세. 본래 발생적으로는 혈연 종교였다고 생각되지만, 혈연자는 당연히 한 곳에 모여 살기 마련이니 그러다 보면 지역 종교적인 발전을 이루게 되네. 마을의 수호신이라는 게 있지 않나?"

"있지."

"그 옛날에는 각 일족, 각 집락마다 신이 하나씩 자리 잡고 있었던 걸세. 수많은 신들이지. 한편, 국가가 체재를 갖춤에 따라 각 집단에 정치적 상하 관계가 생기게 되네. 그 결과 종교적으로도 신들 사이의 주종 관계나 인척 관계 같은 것이 발생하여, 일종의 통폐합이 이루어지게 되지."

"신들의 통폐합?"

---

43) 신사의 장(長)인 신관. 고대에는 신사의 조영(造営), 세금징수 등을 관장하는 사람, 후에는 제사, 기도를 담당하는 신직자를 널리 가리켰다. 메이지 이후의 신사제도에서는 국가에서 관리하는 신사의 주관자를 말했으며, 2차 대전 후 사격제도(社格制度)가 폐지되고 나서는 일반신사의 주관자도 궁사라 부르게 되었다.

"그래. 마을의 수호신과는 전혀 다른 부분에서 국가 종교적인 진화를 이뤄 버린 걸세. 더욱 나쁜 일은, 거기에 외래 보편종교——불교가 들어온 걸세. 당연히 불교가 종교로서는 더 잘 만들어져 있지. 그래서 불교의 골격을 차용한 체질 강화가 검토되었네."

"신도가 불교의 영향을 받은 건가?"

"그야 당연히 받았지. 쓸 수 있는 시스템을 차용해 구조개혁을 꾀한 걸세. 그렇게 해서 보편종교적인 색채가 짙은, 그러면서도 전혀 보편종교가 아닌 민족종교가 생성되어 가네. 그것들은 한데 뒤섞여 숙성되어, 이윽고 메이지 시대가 가까워져 올 무렵에는 불순물은 아래로 가라앉고 위에 맑은 물이 뜨는 것처럼 분리되기 시작한 지역 종교적 측면과 불교색 두 가지를 완전히 잘라내고, 국가신도로 탄생하지. 마치 처음부터 그런 형태였던 듯한 얼굴을 하고 말이야. 하지만 근원을 살펴보면 아프리카의 부족 종교와 다를 게 하나도 없어. 신주는 신비로운 주술사와 마찬가지인 걸세. 무엇보다, 신주라는 것은 본래 돌아가며 담당해 온 거지."

"돌아가면서?"

"그래. 매년, 올해는 자네에게, 내년에는 당신에게 하는 식으로 신이 돌아오거든. 당번제일세."

"하지만 추젠지 씨, 당번제로 영능력자 노릇을 할 수 있단 말입니까? 영능력이 회람판처럼 돌아오나요?"

"할 수 있네. 영능력은 특수한 힘이 아니니까. 방법만 알면 누구나 할 수 있는 일이야. 게다가 이건 매우 합리적인 시스템이라네. 신직을 세습제로 했을 경우, 그 가계가 끊어져 버릴 위험이 있었거든. 다시 말해 산제물일세."

"어째서 신주가 산제물이란 말입니까?"

"재직 중에 아무 일도 일어나지 않을 경우는 괜찮아. 다음 사람에게 신을 보내주기만 하면 되지. 하지만 재해나 천재지변, 소위 예측하지 못한 사태가 발생했을 때, 신주는 책임을 져야만 하네."

"어떻게?"

"죽는 걸세. 재앙이 발생한 것은 영능력자이자 신인 자의 책임이거든. 전능해야 하는 신은, 빗나가 버린 경우 죽을 수밖에 없는 걸세. 알겠나? 아주 먼 옛날에는 신의 말을 전하지 못한 무녀는 죽어야만 했던 걸세. 따라서 신직과 권력이 동등한 의미를 갖기 시작했을 무렵――즉 신직이 세습되기 시작했을 무렵부터, 신주――영능력자는 경솔한 미래 예지를 전하지 않게 된 걸세. 예언이란 빗나가는 법이라는 말은 아무도 하지 않지만, 모두 알고 있었던 일이니까."

"위험부담이 너무 크다는 말씀입니까?"

도리구치는 나보다 적절하게 맞장구를 친다.

"바로 그것일세. 도리구치 군이 아까 말한 대로, 현재도 미개한 지역에서는 〈예언을 하는 영능력자〉가 존재하네. 하지만 그들은 반드시 그에 따르는 책임을 지게 되어 있어. 따라서 영능력자는 책임을 지지 않으려면 미래 예지를 해선 안 되는 걸세."

도리구치는 다시 팔짱을 끼고 아래를 향한 채 생각에 잠겼다.

나도 지금으로서는 끼어들려 해도 끼어들 수가 없어서 잠자코 있었다. 이래서야 마치 교고쿠도의 연설을 들으러 온 것 같지 않은가. 이대로라면 본래의 방문 의도――작품 수록 순서의 상의――가 주인에게 언제 전해지게 될지 알 수 없다.

도리구치가 고개를 갸웃거리며 얼굴을 들고, 조용히 입을 열었다.

"저 나름대로 정리해 봤습니다. 틀렸다면 말씀해 주십시오. 우선, 스스로가 초능력자라고 말하는 사람. 이건 어떤 경우에도 진짜 말고는 전부 규탄 받아야 하는 거지요. 설령 그 자리에서는 교묘하게 해냈다 해도, 속임수가 전혀 들키지 않아도, 검증하는 자세는 빠뜨려선 안 된다. 초능력자에게 사기는 일절 허용되지 않는다——."

"그렇지."

"다음으로 점술사의 경우, 이것은 점술의 본분을 제대로 지켜서 한다면 도입 부분에서의 사기는 용인되는 경우도 있다. 하지만 분야가 다른 기도나 공양 같은 것을 언급하는 점술사라면 주의가 필요하다——."

"그렇지."

"그리고 영능력자의 경우. 이건 들키지 않는 한 어떤 사기도 허용된다. 따라서 속임수를 썼다 해서 규탄할 수는 없다. 단, 사람을 구제하지 못하는 엉터리 영능력자, 무책임하게 예언을 하거나 쓸데없이 요금이 비싼 사람은 주의해야 한다——."

교고쿠도는 이번에는 몹시 유쾌한 듯이 턱을 어루만졌다.

"마지막으로 종교인의 경우, 이건 신앙의 자세나 교의 자체에 문제가 없는 한, 함부로 비판하거나 규탄해서는 안 된다. 단 신앙이나 교의와 관련이 없는 부분에서의 활동은 명확하게 나누어 생각해야 한다는——."

교고쿠도는 턱에서 손을 떼고 손뼉을 딱 쳤다.

"도리구치 군, 자네는 삼류 잡지의 편집자 노릇이나 하기에는 아까운 인재일세. 내 의도를 아주 분명하게 정리해 주었군. 세키구치 군과는 크게 달라."

심한 말이다.

아무래도 나는 혼자 남겨진 것 같다.

"교고쿠도, 자네도 번거로운 사람이로군. 지금 도리구치 군이 짧게 정리한 것과 같은 말을 하고 싶었던 거라면, 처음부터 그렇게 말했으면 되지 않는가. 서론이 너무 길었어."

"처음부터 그렇게 말했다면 자네는 전혀 납득하지 않았을 걸세. 어떤 구조이든지 사기는 사기다, 속임수가 있다면 반드시 규탄해야 한다고 하지 않았겠는가?"

분명히 그랬을 것이다.

그러나 그런 마음은 긴 이야기를 다 듣고 난 지금도 그리 변함이 없었다.

"자네 말이 맞네, 교고쿠도. 종교는 포교가, 영능력자는 구제가 본분이고 그것을 위한 수단은 가릴 필요가 없다, 거기까지는 좋아. 그렇다 해도 거짓말은 거짓말 아닌가. 사기라는 걸 알면서도 눈감아 주는 건 좀 그렇다고 생각하네. 그런 은폐된 부분에 메스를 가하지 않고 용인하는 자세가, 속된 말로 하는 오컬티스트의 증가를 부르는 것 아닌가? 성립이나 대의명분은 알겠지만, 현대에는 종교나 점술이나 초능력이나 전부 매한가지일세."

나는 물고 늘어졌다. 반쯤은 본심이지만, 나머지는 혼자 뒤처진 데 대한 분풀이다. 교고쿠도는 한쪽 눈썹을 치켜세우고 코로 한숨을 내쉬었다.

"세키구치 군. 자네는 뭘 모르는 것 같으면서도 시시한 용어만은 잘 알고 있군. 일본에서 오컬트라는 말을 아는 사람이 몇이나 있을까? 도리구치 군은 알고 있나?"

"오카루[お軽][44]와 간페이[45]라면 아는데요."

"거 보게. 추신구라[忠臣蔵][46]는 알지만, 보통은 오컬트라는 말은 모른다고. 무엇보다 자네는 오컬트의 진정한 의미를 알고 한 말인가? 오컬트란 무엇이라고 번역할 텐가?"

"자네가 가르쳐주지 않았는가. 아마도 신비적이나 초자연적이라는 뜻일 테지. 오컬티즘은 신지학(神智学)이라고 번역하는 거 아니었나?"

"오컬트란 본래 〈감추어진〉이라는 뜻일세. 소문에 의하면 이 말이 처음 사용된 것은 아그리파의 저서 〈신비 철학(occult philosophy)〉이라고 하네. 이것은 16세기의 책인데, 본래 오컬트 자체의 성립은 더 과거로 거슬러 올라갈 테지. 뭐, 르네상스 이후라고 생각하면 틀림없네. 애초에는 오컬트 사이언스라고 불렸어. 일본인은 사이언스가 붙으면 당장 과학이라고 번역하는 버릇이 있지. 그래서 자연과학에 대항하는 수상한 과학과 착각해 버린 걸세. 가령 사이킥 사이언스라고 하면 심령 과학이라고 번역해. 멍청한 일이지. 사이언스는 원래 지식이라는 뜻이니, 오컬트 사이언스는 감추어진 지식이라고 번역해야 하네. 과학과는 상관이 없는 거야. 그건 그렇고, 오컬트가 문예부흥 시기에 나온 데에는 이유가 있지. 이것 역시 버려진 지식의 부흥이었거든."

"버려진 지식이라는 건 —— 무슨 뜻인가?"

---

44) 인형 조루리 '가나테혼 추신구라[仮名手本忠臣蔵]'의 등장인물. 하야노 간페이[早野勘平]의 아내이며, 야마자키의 요이치베의 딸. 남편을 위해 몸을 판 기온[祇園] 제일의 기녀로, 요라노스케[由良之助]의 조력 때문에, 적과 내통한 오노쿠다유[斧九太夫]를 남편 대신 찔러 죽임.

45) 하야노 간페이.

46) 아코[赤穂] 낭사(浪士)들이 원수를 갚는 것을 주제로 한 조루리[浄瑠璃]·가부키[歌舞伎]·록본[実録本] 등의 총칭. 보통은 조루리인 '가나테혼 추신구라'를 말하며, 1748년에 조루리 극장인 다케모토자[竹本座]에서 초연되었는데 초연 후 곧 가부키로도 옮겨졌다.

"글쎄 —— 그리스, 로마, 동방이나 이슬람교권과 같은 유럽의 지식 체계에서 일탈한 지식일세. 그것을 새로운 눈으로 보게 된 거야. 하지만 그것들은 부흥하자마자 기독교의 미움을 받아, 반기독이라는 낙인이 찍히게 되네. 한동안 오컬트는 반기독적 지식이라는 뜻이었어. 하지만 19세기쯤 되자 엘리파스 레비(Eliphas Levi)[47] 같은 사람들의 손에 의해 점성술이니 카발라니 강령술이니 하는 것과 하나로 뭉뚱그려져 버렸네. 그 결과 오컬트는 훨씬 비속해지고, 마침 그 당시 발흥하기 시작한 자연과학의 적대를 받게 돼. 이번에는 반자연과학의 낙인까지 받아 버린 셈이지. 이렇게 되자 수상한 것은 전부 오컬트의 상자 속에 넣어 버리자는 식이 된 거야. 금세기에 들어와 자연과학과 기독교의 마음이 서로 맞지 않게 되자, 하필이면 오컬트 규탄의 최선봉이었던 기독교마저 오컬트의 블랙박스에 넣으려 하는 움직임까지 생겨났네. 뭐, 이건 어쩔 수 없는 부분도 있지만. 어쨌거나 오컬트는 편리한 잡동사니 상자가 되어, 어지간히 수상한 것은 이것저것 가리지 않고 몽땅 넣을 수 있을 만큼 넣고, 냄새나는 것에 뚜껑이라도 덮듯이 봉인되어 버렸네. 그게 오늘날까지 이어졌고 —— 머나먼 일본에까지 전해져서 세키구치 군, 자네 같은 몰이해한 인간을 낳은 걸세."

교고쿠도는 장광설 끝에, 나를 바보 취급하듯이 바라보았다.

"어디가 몰이해인가! 나는 오컬트에 대해서 자네가 지금 말한 대로 이해하고 있었다고. 틀리긴 어디가 틀렸단 말인가?"

---

47) 본명은 알퐁스 루이 콩스탕(Alphonse Louis Constant 1810~75). 프랑스의 신비 사상가. 카발라 연구의 권위자이며 동시에 실천가이기도 하다. 성직에 뜻을 두고 신학을 공부하지만 신비주의, 사회주의와 접하면서 가톨리시즘에서 멀어져 카발라, 마술을 연구하기 시작한다. 대표적인 저서로 '마술사', '대신비의 열쇠' 등이 있다.

"틀렸어. 벌써 진짜 오컬트가 될 수 있는 것과 그렇지 않은 것을 구별하지 못하게 되지 않았는가. 이대로 가다가는 우리나라에 오컬트라는 말이 정착되었을 때에는 대체 어떻게 해석되어 있을지 우려될 뿐일세. 오컬트의 상자에 집어넣어져 피해를 보는 사람도 있지만, 그것을 위장용으로 이용하는 사람도 많으니까. 뭐든지 삼켜 버리는 데다 불가침이라는 성질이 뜻하지 않은 결과를 초래해 버렸어. 블랙박스는 참 편리하단 말이야. 그러니 자네도 설마 오컬트라는 말을 사용해서 규탄하려고 하는 거라면, 먼저 그 진위 정도는 확인해야 하네."

"오컬트의 진위? 그래서 만일 진짜라면 손을 대지 말라는 건가? 하지만 진위를 확인하기 위해서는 블랙박스 안을 들여다봐야 하네. 나는 그걸 말하고 있는 거야."

"들여다보지 않아도 확인은 간단해. 아까 네 부류로 나누지 않았는가. 오컬트 기준으로 생각한 적은 없었지만, 초능력은 탈(脫)오컬트, 점술은 준(準)오컬트, 영능력은 진(眞)오컬트, 종교는 초(超)오컬트가 되려나. 음, 재미있군——."

교고쿠도는 지금 생각해낸 듯한 네 개의 이름이 마음에 들어 버린 모양이다.

"예를 들면——마술은 오컬트가 아니지?"

"당연하지. 그건 보여주기 위한 것이 아닌가. 그것은 신기하게 보이지만——속임수가 있네."

"그렇지. 마술에는 속임수가 있네. 우리는 속임수가 있다는 걸 알면서 마술을 즐기지. 속임수가 있다는 것에 대해 비난을 하지는 않아. 그럼 초능력은 어떻겠나?"

"초능력은——오컬트 아닌가? 그것은 표면상———속임수는 없는 것으로 되어 있지 않은가. 속임수가 없는 신기한 일은 거짓일세. 오컬트지."

"뭐——초능력에 속임수는 없지. 초능력은 마술이 아니니 속임수가 있어서는 안 되네. 따라서 초능력은 그 내력을 밝히지 않으면 안 되지. 아무리 속임수를 찾아봐야 별수 없다. 그런 말이지?"

"그렇다네. 그러니 명명백백하지 않은가. 마술은 오컬트가 아니고, 초능력은 오컬트일세. 이유도 명명백백해. 속임수가 있느냐 없느냐일세."

교고쿠도는 한쪽 눈썹을 치켜세우고 경멸하듯이 나를 보았다.

"자네도 참 곤란한 사람이로군. 역시 아직도 전혀 구별을 못하고 있지 않은가."

"무슨 뜻이지?"

"속임수가 있느냐 없느냐는 상관이 없네. 그것으로 구별되는 이상은——어느 것도 본래의 오컬트가 아닌 거야. 본래의 오컬트는 속임수가 있는지 없는지도 생각해서는 안 되는 걸세. 다시 말해, 속임수가 있습니다, 하고 공언하는 마술도, 속임수는 없습니다, 라고 표방하고 있는 초능력도, 오컬트로서는 실격이란 말일세."

"그럼——초능력은 오컬트가 아니라는 건가?"

"그래. 말하지 않았나. 오컬트는 감추어진 걸세. 속임수도 장치도 없습니다——라고 입 밖에 내어 말해 버린 시점에서, 그것은 오컬트의 상자에서 꺼내어지지 않으면 안 돼."

"속임수는 있으나 없으나 상관없다——라는 데까지 가 버리지 않으면 오컬트라고 할 수 없다, 그런 뜻입니까?"

도리구치가 그렇게 말하자——분하게도 교고쿠도는 단호하게 고개를 끄덕였다.

"바로 그렇다네. 따라서 본래 오컬트의 범주에 넣어서는 안 될 것이 오컬트의 상자 속에 숨어 있는 거지. 또 본래 밝혀서는 안 될 내력을 그럴듯하게 이야기하는 가짜 오컬티스트도 있다네. 이들은 분명히 세키구치 군이 말한 대로 규탄 받아야 할 대상일지도 몰라. 말해야 할 것을 말하지 않고, 말하지 말아야 할 것을 말하거든. 진짜 영능력자가 생명을 걸고 지켜온 오컬트의 비밀을 삼류 가짜 영능력자가 간단히 밝히는 걸세. 오컬트란 말해서도 안 되는, 물어서도 안 되는 걸세. 그런 의미로는 종교도, 아니 과학조차도 오컬트적인 부분을 가지고 있네. 그리고 아는 사람은 잘 알고 있어. 진짜 종교인은, 교의는 말하지만 기적이 일어나는 구조에 대해서는 절대로 말하지 않을 걸세. 그것은 신의 영역에 속하는 일이기 때문이지. 그것을 말하지 않아도 되도록, 종교는 많은 비유를 생성해 온 걸세. 저세상 이야기 같은 것도 본래는 모두 비유야. 그것을 있는 그대로 받아들여 영계에 무엇무엇이 살고 있고 그 신비한 힘이 어쨌다는 둥, 그런 바보 같은 이야기를 하는 것은 역시 마물일세."

"그건 알겠네만, 그래도——."

나는 교고쿠도가 하려는 말은 이미 거의 이해하고 있었다. 다만, 왠지 모르게 인정하고 싶지 않았을 뿐이다. 교고쿠도도 그것은 눈치챈 모양이었다.

"뭐, 자네가 고집을 부리는 마음도 이해가 가네. 설령 그런 모조품이 아니라 해도, 뚜껑을 덮은 채 내용물을 확인하지 않고 신용할 수는 없다는 거지?"

나는 그렇지——하고 말했다.

바로 그 말대로였다.

"이보게, 세키구치 군. 상자라는 건 말이지, 뚜껑을 열고 안을 확인하지 않으면 가치가 없는 그런 게 아닐세. 안에 무엇이 들어 있는지 따위는 그리 중요하지 않은 거야. 상자에는 상자로서의 존재 가치가 있는 법이거든."

교고쿠도는 한층 더 매끄러운 목소리로 그렇게 말했다.

"오컬트의 본뜻이 수수께끼나 신비가 아니라 〈감추어진 것〉이었다는 데에 큰 의미가 있는 걸세. 오컬트가 반기독이나 반자연과학이라는, 오직 그뿐이었다면 좀 더 다른 이름이 붙었을 테니까. 감추어져 있기 때문에 의미가 있는 것——그것이야말로 오컬트일세. 상자에 과자라고 쓰여 있다면, 안에 쓰레기가 있다 해도 뚜껑을 열 때까지는 과자가 들어 있는 것과 다름없어. 과자는 먹기 위해 있는 거라며 뚜껑을 열어 버리면 거짓이 탄로 나지만, 상자에 쓰인 말을 믿고 끝까지 뚜껑을 열지 않는다면 그건 끝까지 과자인 걸세. 쓰레기가 되는 일은 없지. 옆에서 남이 끼어들어, 그건 쓰레기입니다, 라며 모처럼의 즐거움을 빼앗는 일은 없단 말이야."

"알았네——."

나는 결국 체념한다. 그리고 교고쿠도가 좋아할 만한 멍청한 비유로 그 의사표시를 했다.

"——자네가 좋아하는 비유로 말하자면 오컬트는 라디오인데, 이건 특별히 구조를 모르더라도 들을 수 있다. 하지만 구조를 모른다는 이유로, 안에 작은 귀신이 있어서 사람의 목소리로 나니와부시[浪花節][48]를 읊조리고 있다는 바보 같은 말을 하는 사람이 있는 거야. 그래서 나는 그것을 규탄하기 위해서 라디오 자체를 규탄하고 있었던 것이 되는 셈이로군. 이것은 번지수가 틀린 거지. 그 경우 라디오를 비판할 필요도, 라디오 뚜껑을 뜯어 안의 게르마늄을 꺼낼 필요도 전혀 없고, 작은 귀신의 바보 같은 존재만을 떼어내어 증명하면 된다. 뚜껑을 열고 게르마늄을 보아 버리면 작은 귀신이 없다는 것은 간단히 증명할 수 있지만, 흐르는 노랫소리 또한 전기의 속임수라는 걸 알고 흥이 식어 버리니까. 따라서 라디오 자체에는 손을 대지 마라, 뭐——이런 소리지?"

내가 이야기하는 도중 교고쿠도는 내내 그답지 않게 실실 웃고 있었지만, 이야기가 끝나기를 기다려——폭소했다.

"세키구치 군, 자네, 오늘은 꽤 상태가 좋군. 한동안 못 만난 사이에 덕을 쌓은 건가? 자네의 비유는 묘하게 잘 들어맞아. 그걸 제대로 모르고 무턱대고 비판만 가하면 뭐가 제대로 되겠나?"

"속아 넘어가게 되겠지."

"그뿐만이 아닐세. 세키구치 군, 자네는 메이지 말기에 일어난 후쿠라이 사건을 알고 있나?"

"나, 아, 알고 있습니다——."

대답한 사람은 도리구치였다.

"——아마 후쿠라이라는 사람은 제국대 조교수였지요. 염사(念寫)인지 천리안(千里眼)인지, 소위 초능력 연구를 하고 있었는데, 아마 공개 실험에서 속임수가 들키는 바람에 그 지위에서 물러났지요? 아닙니까."

---

48) 대중예술의 한 가지. 에도 말기, 오사카에서 발생. 샤미센을 반주로 하여, 절(節)과 담가(啖呵) 부분으로 이루어지는 일종의 창(唱)으로서, 메이지 이후에 성행했다.

"대충 맞았네. 후쿠라이 도모키치 박사는 도쿄제국대학의 조교수인데, 최면심리학의 창시자 같은 인물일세. 그는 친구인 구마모토 고등공업고교의 다카하시 아무개라는 교수로부터 미후네 치즈코라는 천리안의 여성을 소개받으면서 미지의 능력에 대한 가능성을 접하게 되었고, 수많은 통신 실험 끝에 이것을 확신하기에 이르러, 그 실험 도중에 염사라는 새로운 능력의 가능성까지 찾아냈지. 그리고 유명한 1909년의 '14박사의 공개 실험'이라는 실험을 거쳐 그 후에도 나가오 이쿠코, 다카하시 사다코와 같은 천리안을 가진 여성을 차례차례 발굴했지만, 결국은 많은 비판과 규탄의 벽을 뛰어넘지 못하고 학계에서 추방되었네——."

교고쿠도는 일단 말을 끊고 정좌하고 있던 다리를 폈다.

"——단, 지금 도리구치 군이 말한 것처럼 공개 실험에서 속임수가 있었는지 어떤지는 아직까지 확실하지 않네. 하지만 그가 가짜 초능력자를 만들어내서 명성을 얻으려 한 사기꾼 같은 인물이었는가 하는 점에 대해서는, 나는 아니라고 생각해. 그는 정말 학구적인 관점에서 해명되지 않은 미지의 능력을 쫓고 있었던 거라고 생각하네. 만일 그렇다면 추방은 누명이지. 하지만 이 하나로 이어지는 후쿠라이 사건의 진정한 비극은, 세 명의 초능력 여성 중 두 사람이나 죽었다는 것일세."

"죽었습니까?"

"미후네는 자살. 나가오는 마음고생 끝에 병사. 둘 다 화살 같은 비난과 중상을 견디지 못하고 최후를 맞은 걸세. 몇십 년이나 지난 지금에 와서는 모두 어둠 속에 묻혀 버렸지만, 죽은 이 두 사람이 진짜 능력자였다면 어떨까?"

“그건 비극이라고 해야겠지. 즉 올바른 검증이 되지 않았다는 뜻이기도 하지 않은가. 검증도 하지 않은 채 비판해서는 안 되는 것이었다——고.”

“진실은 알 수 없지. 그녀들은 역시 사기꾼이었고, 비판은 옳았는지도 모르네. 하지만 아카데미즘이나 대중이 냉정하고도 객관적인 태도로 비판을 가했는가 하면 대답은, 아니오, 일세. 센세이셔널하고 저속한 보도가 그것을 선동했지. 메이지 말기에는 최면술이 꽤 유행하고 있었거든. 〈부지깽이 구부러뜨리기〉라는 수상쩍은 기술이 여기저기에서 행해졌어. 이것은 유행이었던 만큼 당연히 비판의 대상이 되었네. 게다가 당시는 급격한 서구화——근대화 정책의 일환으로 미신박멸운동 같은 것이 끊임없이 일어나던 시기였으니까. 제국대학은 솔선해서 근대화를 추진해야 할 입장에 있었던 셈이지. 그런 풍조 속에서 최면심리학의 전문가가 벌인 천리안 실험이니, 철두철미하게 색안경을 끼고 보았으리라는 것은 상상하기 어렵지 않네. 하지만 잘 생각 좀 해 보게. 초능력은 미신이 아닐세. 현재의 과학으로는 설명할 수 없는 현상에 대해서 영혼이나 저주 등의 설명 체계를 이용하지 않고 설명하자——는 것이 그 힘을 초능력이라고 부르게 된 출발점이었어. 그렇다면 그것은 미신과는 가장 거리가 먼 곳에 위치해야 하는 것 아닌가——.”

듣고 보니 그렇다. 과학이라는 배경이 없었다면, 그것은 초능력이라고 불리지 않고 마술이나 주술로 불렸을 것이다. 선을 긋는 것은 근대와 맞물린——과학이다. 이것은 마법이 아닌 초능력이라고 주장했을 때, 그 배경에는 오컬트로부터의 탈출——전근대와의 결별이라는 의지가 숨겨져 있는 것이다.

"——그러한 초능력이 아무런 저항도 없이 오컬트의 블랙박스에 처넣어져 버린 걸세. 최면이나 천리안이라는 말의 어감이 가져오는 수상한 인상에만 의지해서. 그것에 대해 학계도, 보도기관도, 물론 대중들도 아무런 의문이나 위화감을 느끼지 않았어. 이것이야말로 큰 무지일세. 그 무지는 어쩌면 아무 죄도 범하지 않았을지도 모르는 사람을 죽음으로 몰아넣고 말았네. 모든 것은——무지에서 기인하는 걸세."

기분 좋은 듯했던 교고쿠도의 얼굴이——그렇다 해도 불쾌해 보이긴 하지만——약간 굳어졌다.

"자, 그래서 도리구치 군. 자네의 상대는 누군가?"

교고쿠도가 갑자기 진의를 표했다.

과연. 그랬던 건가.

이 친구는 늘 그렇다. 그에게 의견을 구하는 사람은 대개 생각도 하지 못한 엉뚱한 길로 질질 끌려다닌 끝에, 왠지 출발점으로 돌아와 버린다.

그러나 그때는, 생각의 선택지는 그가 의도하는 길 하나밖에 남아 있지 않은 것이다.

도리구치도 나도, 이미 오컬트에 관한 경솔한 규탄 기사는 쓸 수 없게 되었다. 이곳을 찾아온 그 순간부터 이미 방문 목적은 눈치채인 상태였고, 교고쿠도는 우리가 자신과 같은 씨름판 위에 올라오기를 끈기 있게 기다리고 있었을 뿐인 것이다.

별로 대단한 것은 아니다. 우리는 처음부터 본론에 들어가 있었던 것이다.

도리구치는 신중하게 단어를 골라 가며 말했다.

"제가 취재하고 있는 상대는 영능력자입니다. 이곳에 오기 전에는 점쟁이라는 둥 사이비 종교인이라는 둥 마음 내키는 대로 불렀지만, 현재 소속된 교단은 없습니다. 미래 예지도 하지 않는 것 같아요. 그가 하는 일은 타인의 불행을 없애는 일, 즉 구제입니다. 스스로 특이하고 남다른 재능을 가지고 있다고 공언하는 것은 아니니, 초능력자도 아닙니다."

교고쿠도는 다시 기분이 좋아진 것 같다.

"또 그 활동에 대해서 구체적인 불만 같은 사항이 경찰이나 변호사에게 신고된 사실도 없습니다. 신자는 꽤 많은데, 이것은 그에게 의지했다가 구원받은 사람 또한 적지 않다는 사실을 나타내는 것이겠지요. 다시 말해, 아까의 논지에 비추어 보자면 경솔하게 적발하거나 규탄해서는 안 되는 부류일 겁니다."

나는 교고쿠도의 술수에도 감탄했지만, 도리구치의 이해력에도 감탄하고 말았다.

이제 두 사람 사이에는 공통의 인식이 생겨났으니, 쓸데없는 입씨름이 오갈 일은 없을 것이다.

그때——.

나는 떠올렸다.

교고쿠도는 평소 오컬트적인 것에 무지한 항간에 대해서 몹시 분개하고 있었던 것이다.

사사로운 감정인지 정의감에서 오는 분노인지는 모르지만, 이 비뚤어진 친구의 분노의 대상은 모든 것에 향해져 있었다. 그도 그럴 것이——지금 그가 말한 것 같은 사항을 평소에 골똘히 생각하는 사람은 아마 없을 테니까. 있다 해도 상당히 특이한 사람일 것이다.

왜냐하면——그것은 어떤 의미로, 아무래도 상관없는 일이기 때문이다. 점술사와 영능력자의 구별 따위는 있으나 없으나 상관없다고, 많은 사람들은 생각하고 있을 것이다. 그렇게 생각하면서도 대중은 그때그때마다 그런 류의 것을 근거도 없이 평가한다. 그래서 교고쿠도는 화를 내는 것이리라.

그러고 보니——나도 꽤 애꿎은 피해를 당해 왔다. 그는 특히 잡지나 신문 등 대중전달매체의 자세에 민감했는데, 그런 쪽 일에 완전히 둔감한 나는 그만 비속한 기사를 쓰고 말아, 그때마다 계속 설교를 들어온 것이었다.

내 경우 설교가 될 거리가 실리는 매체는 주로 삼류 잡지이고, 도리구치는 바로 그 삼류 잡지의 왕도를 걷는 편집자이니 지금 와서 생각해 보면 나는 터무니없는 조합을 생각해 버린 셈이다. 교고쿠도는 소위 말하는 삼류 잡지의 천적과도 같은 사람이었던 것이다. 두 달의 공백이 내게 친구의 성격을 깨끗이 잊어버리게 만들었나 보다.

지금 이렇게 상호이해 하에 대화가 성립하고 있는 상황은 요행이라고 할 수 있으리라.

도리구치는 아마 지금 한 이야기로 오컬트를 다루는 것이 얼마나 무서운 일인지를 알고, 온바코의 취재를 중지할 것이다. 그편이 낫다. 출판에 종사하는 사람의 사회적 책임을 염두에 두고 생각한다면, 일정 부분에서 무책임해지지 않을 수 없는 그런 쪽의 기사는 삼가는 게 현명하다. 특히 마지막에 나온 후쿠라이 박사의 일화는, 기본적으로 상관이 없는 나조차 깊이 생각하게 하는 무언가를 내포하고 있었다.

따라서 이 화제는 이걸로 끝이다. 드디어 내 의논——수록작품 게재 순서에 대한 이야기——를 할 수 있게 된 것이다.

그러나——내 기대는 완전히 빗나갔다.

"추젠지 씨, 하지만 저는 꼭 이 영능력자를 적발하고 싶습니다. 그러니——지혜를 빌려 주셨으면 합니다."

나밖에 몰랐겠지만, 교고쿠도는 분명히 씩 웃었다.

"그 이유를 듣고 싶군. 도리구치 군——."

나는 또다시 뒤에 혼자 남겨져 있었다.

도리구치는 수첩도 보지 않고 이야기했다. 머릿속에 들어 있는 모양이다.

"우선 적의 이름을 말씀드리겠습니다. 부정을 봉하는 온바코 님이라는 게 간판에 걸려 있는 명칭입니다. 바코라는 글자는 보통 쓰는 상(箱)자가 아니라 대 죽(竹) 머리에 여(呂)자를 쓰는 거(筥)자로, 저는 처음에 어떻게 읽는지도 몰랐습니다. 이 온바코가 영능력자 본인의 호칭은 아니고, 신자들은 영능력자를 교주님이라고 부릅니다. 장소는 미타카인데 마을 공장에 검도 도장처럼 판자를 깔아 개조한 건물이 있고, 그 도장이 통칭 온바코 님이라고 불립니다. 교주는 본인이 불가사의한 능력을 가지고 있다고는 하지 않았고, 불가사의한 영력이 숨어 있는 상자를 모시는 사람이라는 걸로 되어 있습니다. 따라서 표면상으로는 상자가 본체고 교주는 그 상자를 섬기는 스타일로 되어 있는 것이지요. 하지만——그는 신자들에게 자신과 똑같이 상자를 섬기라고 설법하지는 않습니다. 이것이 온바코 교(教)라고 불리지 않는 이유일 겁니다. 교주는 주로 생활 태도를 개선하고 부정한 재산을 희사(喜捨)하라고 가르치고, 그때 아까 말한 <비밀의 해명>이 이루어집니다. 그러다가 아무래도 개선되지 않는 경우에만 가지기도를 합니다. 어느 것이나 무상이고, 기도비용이나 감정료는 설정되어 있지 않습니다."

"무료란 말인가?"

교고쿠도가 거의 맞장구를 치지 않아서, 대신 내가 물었다.

그러나 효험이 있는지 없는지는 차치하고, 공짜로 한다면 이것은 성자(聖者)이니 불평이 나올 리도 없다.

"무료입니다. 공짜——."

내 쪽을 보고 이야기할 때만은, 도리구치도 평소의 우스꽝스러운 말투로 돌아온다.

"——단, 공짜에도 많은 속임수가 있어서요——."

게다가 말장난까지 한다.

"요컨대 부정한 재산을 버리고 깨끗하게 살지 않는 한 행복은 오지 않는다고 하는 거지요. 부정한 재산은 교주가 맡아, 일정 기간 신성한 상자에 넣어 깨끗하게 한다고 하더군요. 그렇게 하면 부정한 재산이 깨끗해진다나요. 말하자면——돈 세탁소지요."

"그거 교묘하군. 하지만 그래도 행복해질 수 있다면 상관없지 않나? 아까 이야기도 그런 결론이었고. 게다가 맡긴 돈이라면 돌려달라고 할 수 있잖나? 그래도 돌려주지 않으면 그때는 고소하면 되지."

"예, 예. 그렇게 생각하는 게 보통이지요. 하지만 돌려달라고는 할 수 없는 구조로 되어 있습니다. 게다가 돈을 맡기지 않을 수도 없지요. 왜냐하면, 신자들은——점점 불행해져 가니까요."

"불행해진다고?"

"예. 믿고 또 믿어도 —— 희사하고 또 희사해도 불행해집니다."

"그럼 구제가 안 되잖나. 어째서 그런데도 신자가 모인단 말인가!"

그런데도 신자가 늘어난다면 이만큼 좋은 장사는 없다.

그때, 교고쿠도가 무거운 입을 열었다.

"점점 불행해진다는 말은 경제적으로 불행해진다는 뜻인가? 아니면 정신적으로?"

"설령 경제적으로 아무리 가난해지더라도 —— 그걸로 정신적 안정을 얻을 수 있다면 그건 불행이 아니라고 말씀하시고 싶은 거지요? 하지만 그렇지가 않습니다."

"뭐가 아니란 말인가?"

"교주는 재산을 전부 내놓으라는 말은 절대로 하지 않습니다. 낼 수 있는 만큼만 내라고 하지요. 그것이 5엔이든 10엔이든 불평은 하지 않습니다. 이러면 말이죠, 처음에는 다들 조금밖에 돈을 내지 않습니다. 얼마를 내든 상관없다는 말에 처음부터 큰돈을 바치는 사람은 없으니까요. 보통은 큰돈을 받는 게 수상하다고 생각하고요. 아까도 그렇게 말씀하셨지요? 여기는 싸기 때문에 일단 믿게 됩니다. 하지만 신자는 원래 구제를 바라고 오는 사람들이니, 대개 현재진행형의 불행이지요. 생활 태도를 청렴결백하게 하라는 잔소리를 듣고, 돈을 조금 낸다고 해서 뭐가 바뀌겠습니까? 대개 2, 3일은 상쾌한 기분으로 보내지만, 곧 원래대로 돌아오게 됩니다. 상(相)도 변함없이 불행한 셈이고요. 그래서 아아, 효험이 없다, 고 생각하면 되겠지만, 그때는 원래 별로 큰돈을 내지 않았다는 정신적인 부담이 있잖아요. 그 탓이라고 생각하는 거지요. 또 처음에 그렇게 생각할 만한 말을 하기도 하고요. 교묘하게. 따라서 재산을 더 내놓으면 좋아지려나 ——하고 생각해 버립니다. 이건 한 번 빠지면 필로폰 같은 거라서, 갈 때마다 내는 금액은 늘고 그걸로 살 수 있는 행복은 줄어들고, 그 반동으로 돌아오는 불행은 몇 배로 늘어나는 일이 반복되는 것입니다."

확실히 교묘한 구조다. 나는 감탄했다. 그러나 도리구치는 나를 힐끗 보더니,

"이 정도로 감탄하시면 안 됩니다——."

라고 말했다.

"——뭐, 선량한 사람한테서 돈을 짜내는 놈들은 많고, 그 수법도 교묘한 것에서부터 치졸한 것까지 하늘의 별만큼이나 많지요. 이 온바코가 만들어낸 구조가 교묘한 건, 신자가 낼 수 있을 만큼 돈을 다 낸 단계까지 가도 끝나지 않는다는 겁니다. 어떤 상황이라도 생활하기 위해서는 돈을 벌지 않을 수 없으니, 가진 돈을 다 바쳐도 곧 적은 돈은 모이게 됩니다. 가난한 사람은 그리 큰 액수가 아니지만, 부자는 끝없이 돈을 내게 되는 겁니다. 저명한 사람의 경우는 가만히 있어도 돈이 모이지요. 아아, 또 불행의 원인이 쌓였구나, 하는 식입니다. 재산을 가진 사람은 처분하고 싶어지고, 누가 돈을 얼마 냈다는 이야기를 들으면 질 수 없다는 생각에 집도 팔고 옷도 팝니다. 빈털터리가 되어 구걸이라도 시작하지 않는 한 끝은 없습니다. 특히 저명인은 좀처럼 거기까지는 가지 않으니까요. 끝없이 돈을 빼앗기는 겁니다. 가난한 사람은 정말로 걸인이나 마찬가지 상태가 돼 버립니다."

엄청난 이야기다.

"그건 악질적이군. 너무 잔인해. 그런 구제가 어딨나?"

"있네."

화제에 따라가려고 끼어들었는데, 내 의견은 아주 간단히 일축되고 말았다.

"온도계나 체온계처럼 행복의 정도를 재는 행복계가 있으면 좋겠지만, 공교롭게도 그런 건 없네. 행복이라는 것은 몹시 주관적인 것이고, 그 질도 무한히 많아서 그 사람이 행복한지 아닌지 제삼자로서는 알 수 없어. 자신의 입장을 불리하게 만듦으로써 얻을 수 있는 기쁨이라든가, 바보 같다는 걸 알면서도 계속 반복함으로써만 얻을 수 있는 안정도 있네. 예를 들면 알코올의존증 같은 게 그렇지."

"알코올 중독은 좋은 것이 아니지 않나."

"사회적으로 좋지 않다, 건강에 좋지 않다는 의견이라면 좋지 않지. 하지만 그거라면 담배도 몸에 좋지 않네. 게다가 행복은 꼭 사회와의 관계에서만 생겨나는 것도 아닐세. 따져 보자면 대뇌생리학이니 뭐니 하는 이야기를 해야만 하게 되지. 무엇보다 신심은 약물의존증과 달리 물리적인 해가 적으니 그나마 낫지 않은가?"

"하지만 아무리 영능력자라 해도 악랄하지 않은가. 너무 많은 돈을 챙겨. 적발까지는 하지 않더라도 신자들에게는 적절한 조언을 해 줘야 하지 않을까?"

"지금——누군가 제삼자가 온바코의 속임수를 밝힌다 해도 신자들은 혼란스러워질 뿐이야. 불행 속의 유일한 안식처를 잃어버리는 거니까. 신자들 사이에서 자발적으로 비판이 나오든지, 어떤 내부 고발이 있든지, 신자 측이 이걸로는 구제되지 않는다는 자각을 갖고 교주 대 신자라는 구도가 생겨날 때까지 제삼자의 섣부른 개입은 피해야 하네."

"그럼 자네는 이대로 놔둬도 괜찮다는 건가?"

"이보게, 세키구치 군. 이야기는 끝까지 듣게나. 도리구치 군은 자네가 생각하는 듯한 이유로 온바코를 적발하려는 게 아니야. 그렇지 않은가?"

"예, 그렇습니다."

라고 도리구치는 얌전한 표정으로 말했다.

나는 어떻게 해도 두 사람을 쫓아갈 수 없다.

"온바코의 대략적인 골격은 이해했네. 더 묻고 싶은 건 있지만, 자세한 이야기는 나중에 듣도록 하지. 도리구치 군, 여기 있는 소설가 선생은 아무래도 결론을 서두르는 버릇이 있다네. 이 사람이 쓸데없는 추임새를 넣으면 귀찮아지니, 우선 그것을 가르쳐주지 않겠나?"

교고쿠도의 요청을 받고, 도리구치는 잠시 눈을 깜박거리며 생각하다가 천천히 이야기하기 시작했다.

"제가 온바코를 안 것은——세키구치 선생님과 함께 그 이상한 상자 건물에 들어가기 얼마 전의 일이니까, 어디 보자, 8월 20일 정도일까요. 아니, 시모키타자와에서 오다큐 전철이 사고를 일으킨 날이니까——."

"22일이로군."

교고쿠도는 대개의 일은 기억하고 있다.

"맞습니다, 22일. 그날, 기요노라는 남자가 편집실에 연락해 왔습니다. 그런데 이 사람이, 은밀한 목소리로 대뜸 정보를 사 달라고 하는 겁니다. 우리는 아시다시피 범죄전문 삼류 잡지니까요. 수상한 녀석들과 어울리는 일도 적지 않습니다. 폭로나 밀고 종류는 대환영이고요. 그래서 뭘 팔 거냐고 물어보니, 팔고 싶은 건 명부라는 겁니다. 아무래도 스캔들 종류인 것 같았어요. 우리하고는 색깔이 좀 다르다고 생각했지만, 스캔들 전문 잡지를 내는 곳도 알고 있으니 그냥 그쪽으로 보내면 되지 않을까 싶어서."

"산 건가?"

"세노 씨와 상의를 했지요. 기삿거리가 부족했어요. 부족했다고 할까, 세키구치 선생님도 아시다시피 우리는 항구적으로 기삿거리가 부족합니다. 그래서 사겠다고 했더니, 기요노는 곧 왔습니다. 얼굴이 좀 부은 음험한 사람이었는데, 이쪽 바닥에 많이 있는 타입은 아니었습니다. 지금 생각해 보면 그는 온바코의 신자거나, 신자의 가족이었을 겁니다."

"온바코? 무슨 명부였나?"

"자, 그리 서두르지 말게. 자네도 참 차분하지 못한 사람이로군. 도리구치 군은 순서대로 이야기하려는 것이니 잠자코 들으면 되지 않겠나. 결론을 먼저 말해 버리면 알 수 있는 것도 모르게 될 때가 있네. 순서가 중요한 거야."

교고쿠도는 서두르는 나를 견제했다.

"뭐, 까놓고 고백하자면 그 명부는 온바코의 신자 명부였습니다. 신자들의 주소, 이름과 개인 정보, 6월과 7월 두 달에 걸친 희사 횟수와 각각의 금액이 적혀 있었지요. 아마 기요노가 어느 시점에서 온바코로부터 훔쳐내서, 그 후 꾸준히 조사한 사실을 덧붙여 적은 것 같았습니다――."

도리구치는 커다란 가방에서 봉투를 꺼내, 안에서 누렇게 바랜 종이뭉치를 꺼내서 교고쿠도에게 건넸다.

"—— 보십시오."

교고쿠도는 고문서나 한서(漢書)를 보는 것과 같은 눈으로 그것을 보았다.

"이건 장부 형식으로 되어 있군. 여성의 필적인 것 같은데 —— 그건 단정할 수 없겠어. 비고란에 있는 연필로 쓴 지저분한 글씨가 —— 그 기요노라는 남자가 써넣은 건가? 기요노라는 남자는 학력은 있지만 사교적이지 못하고 집념이 깊은 성격의 남자인가 보군."

"어떻게 알지?"

"써넣은 문장의 문체, 한자나 외래어의 비율, 그리고 필적과 서식이지. 뭐, 그런 건 중요하지 않네."

도리구치가 말을 받는다.

"정말 꼭 그런 느낌의 남자였습니다. 이야기할 때 제 눈을 보지 않고 자기 손가락만 바라보더군요. 이런 식으로 ——."

도리구치는 피아노라도 치는 듯한 손놀림을 하며 자신의 손가락을 주시했다.

"—— 아시겠지요? 이건 좀 기분이 나쁘더군요. 그건 그렇고 —— 분명히 그것은 장부입니다. 희사는 일단 받아준다는 형식으로 되어 있으니까요. 얼마를 받았는지는 기장되어 있었지요. 거기에 직업이나 성격을 기요노가 덧붙였어요. 그 녀석, 신자들의 신변 조사를 한 모양이더군요. 그리고 —— 그 메모가 사실이라면, 희사 액수가 적은 신자의 신변에는 반드시 나쁜 일이 일어나고 있습니다. 그 결과 희사 금액은 높아지지요. 기요노는 온바코 쪽에서 희사금액을 올리기 위해 뭔가 한 거라고 역설했습니다. 우연일지도 모르지만요. 아니, 그때는 말도 안 되는 헛소리라고 생각했습니다."

교고쿠도는 메모를 읽고 있는 듯 대답을 하지 않았다. 도리구치는 말을 이었다.

"제가 그 명부를 보고 우선 생각한 것은, 역시 스캔들이었습니다. 명부에 실려 있는 신자들은 대충 300명 전후인데, 주소지도 광범위하고 직종도 꽤나 제각각입니다. 직종 같은 건 기요노가 조사한 거지만요. 게다가 잘 보면 상당히 알려진 이름이 섞여 있어요. 가수 아무개, 국회의원, 작가, 웃기는 건 이름난 스님의 아내까지 있다는 거지요. 유명인이 수상한 종교와 관련되어 있다는 것은 스캔들의 정석 같은 거니까요. 그래서 얼마에 팔 거냐고 물어봤습니다. 그랬더니 값은 얼마라도 상관없다는 겁니다. 돈이 필요한 거였으면, 이 명부에 실려 있는 유명인에게 가져가는 편이 훨씬 비싸게 사 줄 거라면서요."

"그건 협박이지."

"협박입니다. 하지만 기요노 자신은 협박으로 돈을 갈취하는 짓은 하고 싶지 않았는지——그 진의는 알 수 없지만 어쨌거나 이걸 근거로 조사해서, 뒤를 캐내거든 기사로 실어 달라고 했습니다. 그게 유일한 조건이고, 금액은 얼마를 주든 상관없다면서요."

"얼마를 냈나?"

"만 엔입니다. 뭐, 기사로 쓰지 못하더라도 이걸 갖고 싶어 할 동업자는 있으니까, 만 엔 정도라면 전매할 수 있거든요. 기요노는 잠자코 돈을 받더니 꼭 실어 달라고 다짐하고 돌아갔습니다."

"이상한 사람이로군."

"아마 도리구치 군의 추측대로 기요노 씨는 신자이거나——아니, 분명히 신자의 가족이나 친지일 걸세. 돈을 원했던 것이 아니라 자기 친지의 신앙을 말리고 싶었던 거겠지. 삼류 잡지에서 기사를 때리면 신자들 사이에 동요가 생겨날 것이다. 동요는 파문처럼 퍼져서, 이윽고 불신으로 바뀔 것이다——그렇게 생각한 모양이군. 그가 신자라면 장부를 훔쳐낸 단계에서 상당한 불신을 품고 있었다는 뜻이 되고, 그렇다면 그렇게 빙 둘러가는 방법을 쓰지 않고 더 소동을 피웠을 걸세. 자신이 손해 본 몫을 되찾으려고 할 테니까. 상당히 궁지에 몰려서 한 행동일 테니, 다른 신자들을 협박해 돈을 갈취함으로써 손해를 메우려는 무도한 생각도 할 수 있었네. 하지만 그가 사기를 고발하려고 한 거라면 공갈은 하지 않겠지. 기요노의 입장에서는 다른 신자에게서 돈을 뜯어낸다는 건 생각도 할 수 없었을 거야."

그렇습니다, 하고 도리구치는 말했다.

"그 명부를 손에 넣고 나서, 저는 취재도 조금은 했습니다. 우선 한 신자를 만나 보려고 했지요. 하지만 이건 좀처럼 잘되지 않았습니다. 취재할 구실이 없었거든요. 그러는 사이에 일주일이 지나고 말았습니다. 그때 토막살인사건이 터진 겁니다."

그리고 나는 떠올린다. 그 이상한 체험을.

"29일에 오른쪽 팔이 나오고 30일에 두 다리가 나와, 저는 세키구치 선생님을 데리고 의기양양하게 사가미 호수로 갔습니다만——이건 헛수고였습니다. 이런 사정은 이미 아시지요?"

"아츠코에게 들었지. 그건 그렇고 도리구치 군, 이건 친절한 마음에서 하는 충고네만, 세키구치 군 따위를 데려가니까 이상한 일을 당하는 걸세. 저기 있는 사람은 경찰과 안면이 있기는커녕 단골 식당 아저씨마저 얼굴을 잊어버릴 정도로 그림자가 엷은 사람이거든. 이런 역병신(疫病神)을 데려갔다간 잘 될 일도 잘 안 될 걸세. 앞으로 조심하는 게 좋아."

교고쿠도는 질릴 때까지 나를 놀리고 싶은 모양이다. 도리구치도 도리구치대로 점잔을 빼며, 그렇군요, 라고 말하고 있으니 얄밉다.

“그래서 말이지요, 우선 그날은 헛수고였지만 역시 토막살인사건 앞에서는 스캔들이 흐려져 버려서 말입니다. 그 후 완전히 잊고 있었습니다. 그 후는 아시는 대로입니다. 토막살인은 끝나지 않고 계속 나오고 있습니다. 저는 어떻게든 기사로 쓰려고 분골쇄신 노력했지만, 그렇게 잘되지는 않더군요. 그런데 추젠지 씨, 이번 무사시노 연쇄 토막살인사건의 경위는 아십니까?”

“신문에 실린 정도의 지식이라면 있지.”

갑작스러운 질문에 교고쿠도는 미동도 하지 않고 대답했다.

“이보게, 잠깐만. 도리구치 군, 토막살인은 이것과 상관없지 않나. 지금은 온바코 이야기를 하고 있는 거잖아? 화제가 탈선한 것 아닌가?”

“하지만 탈선한 게 아니랍니다. 이건 하나의 이야기입니다.”

도리구치는 태연하다. 교고쿠도도 이상하게 생각하지 않는 듯하다. 어째서 온바코와 토막살인이 하나의 이야기가 되는 걸까. 나는 이해할 수가 없었다.

“미안하지만 교고쿠도. 나는 토막살인사건은 그다지 잘 모르네. 관련이 있다면 간단히 가르쳐주지 않겠나? 나는 자네들 화제를 따라가기가 힘들군.”

결국, 약한 소리를 하고 말았다.

그러나 여기까지 왔는데도 제일 중요한 부분을 모른다면 소화불량을 일으키고 말 것이다.

교고쿠도는 바보 취급하는 듯한 눈으로 비스듬히 나를 보고는,

"나는 범죄 전문가가 아닐세. 그래서 내가 평소에 신문을 읽으라고 하지 않았나. 어째서 내 충고를 듣지 않는 거지? 뭐, 정리하는 의미로는 도움이 될 테니, 이번에는 오히려 나을지도 모르겠군."

하고 말했다.

입살스런 말을 하지 않으면 속이 후련하지 않은가 보다.

"발단은——도리구치 군도 말했다시피 8월 29일에 발견된 오른팔일세. 이건 고슈[甲州] 간선도로[49] 오타루미[大垂水] 고개의 가나가와 쪽에서 발견되었네. 발견한 사람은 사가미 호수 부근에 사는 목재상 할아버지로, 트럭에 밟히는 바람에 눈치챘지."

나는 그런 건 몰랐다.

"다음은 자네들이 갔던 사가미 호수일세. 다음 날인 8월 30일 이른 아침, 그 지역 낚시꾼 몇 명이 낚아 올렸어. 이건 좌우 허벅지 아랫부분이었지. 전날 발견된 오른팔과 같은 사람의 것일세. 이 시점에서는 피해자가 한 명이지. 덧붙여 말하자면 이 피해자의 왼쪽 팔은 현재에 이르기까지 아직 발견되지 않았네."

그것도 몰랐다.

다만——교고쿠도는 다리가 상자에 든 채로 가라앉아 있었던 사실은 언급하지 않았다.

모르는 걸까?

"그리고 6일 동안은 아무것도 나오지 않았네. 7일째 되는 날인 9월 6일, 다시 오른쪽 다리가 발견되었지. 장소는 하치오지[八王子].[50]

49) 5대 간선도로 중 하나로, 에도 니혼바시에서 나이토 신주쿠를 거쳐 고후[甲府]에 이르는 간선도로이다.

50) 도쿄 남서부에 있는 시. 기계 산업을 중심으로 하는 상공업 도시로 발전. 현재는 전기기기, 정밀기기, 화학공업 등이 자리 잡고 있으며 주택지화가 진행 중.

이 시점에서는, 두 개의 토막살인이 연속된 것이라는 판단은 내려지지 않았어. 관할도 다르고 말이야. 이쪽은 하치오지서(署)와 도쿄 경시청에서 합동수사를 하게 되었네. 그전의 사건은 가나가와 본부였지. 하지만 자네들의 경험담으로 판단해 보건대, 가나가와 본부는 도쿄 경시청에 지원을 요청했던 모양일세. 사람이 부족했나? 하지만 그 다음 날, 9월 7일에 동일인의 것으로 생각되는 왼쪽 다리가 조후[調布], 오른쪽 팔이 노보리토에서 발견되어 복잡해졌네. 그로부터 3일 후인 9월 10일, 이번에는 쇼와초에서 왼쪽 팔 2개가 함께 나왔어."

"왼쪽 팔만 2개?"

"그래. 이건 애초에 발견되지 않았던 첫 번째 피해자와 두 번째 피해자의 왼팔로 생각되었지만――다음 날인 11일의 신문 기사에 따르면 혈액형 및 그 외 감정 결과, 두 번째 피해자와 세 번째 피해자의 것임이 판명되었네. 여기에서 〈피해자는 3명〉이라고 센세이셔널하게 보도되어, 이후에는 무사시노 연쇄 토막살인사건이라는 이름이 붙여졌지."

내가 읽은 신문은 그거다. 나는 9월 11일 조간을 읽은 것이다.

"그다음은 귀찮으니 생략하겠네. 13일에 구루마가에시에서 세 번째 피해자의 오른팔, 14일에 로카 공원에서 같은 사람의 오른쪽 다리, 16일에 다나시에서 또 오른팔이 나왔네. 이것으로 피해자는 4명이지. 19일에는 네 번째 피해자의 왼팔이 야기사와――이건 다나시 부근이지. 여기에서 발견. 그리고 어제, 21일에 다마 묘지에서 왼쪽 다리, 그리고 오른쪽 다리가 또 다나시에서 발견되었네. 다섯 번째라고는 쓰여 있지 않았으니 아마 세 번째 피해자의 왼쪽 다리와 네 번째 피해자의 오른쪽 다리겠지."

"자네는 어떻게 그런 걸 기억하고 있나? 나는 지금 손가락을 꼽아가며 세고 있었으니 간신히 끼워 맞췄네만, 피해자 4명, 왼쪽 팔이 6개라고 해도 그것으로는 알아채지 못하겠네."

정말 쓸데없는 걸 잘 외우는 친구다.

"세키구치 군, 그건 자네의 기억력에 문제가 있는 걸세. 신문을 읽다 보면 누구든지 이 정도는 알 수 있어."

내게는 그렇게 생각되지 않았다.

"그보다 도리구치 군, 이쯤이면 되겠나?"

"놀랍군요. 너무 충분해서 황송할 지경입니다. 덧붙일 것은 아무것도 없겠는데요. 굳이 말하자면 머리와 몸통은 하나도 나오지 않았기 때문에, 네 명 모두 신원 확인이 아직 되지 않았다는 점입니다. 실은 바로 그게 접점이 된 겁니다."

"호오."

교고쿠도는 모처럼 반응을 보였다. 그리고 도리구치를 일단 제지하고 아내를 불러들였다.

아무래도 그의 아내는 이야기를 끊기 좋은 때를 노려 차를 더 내오려고 대기하고 있었던 모양이지만, 이야기가 전혀 끊어지지 않아서 곤란했던 것 같다.

목이 말랐던 나는 나온 차를 재빨리 다 마셨다.

도리구치는 그의 아내가 객실에 있는 동안 긴장하고 있었지만, 그녀가 나가자 곧 원래 분위기를 되찾고 다시 이야기하기 시작했다.

"가나가와 본부에서는 처음에 피해자의 신원을 찾기 위한 수사 구역을 사가미 호수 부근으로 한정했습니다. 하지만 해당자가 없었지요. 그래서 가나가와 전역으로 범위를 확대했습니다. 바보 같은 일이지요. 사이타마[51]일지도 모르잖아요? 도쿄일지도 모르고. 어쩌면 가고시마[52]의 소녀가 아오모리[53] 출신의 남자에게 유괴되어 그 한가운데에서 살해당한 건지도 모르지 않습니까?"

차를 마셔서 목도 축였고, 분위기에 꽤 익숙해지기도 해서인지 청년 편집자는 특유의 능청스런 맛을 발휘하기 시작했다.

"하지만 두 번째 피해자 이후로는 사건이 도쿄에서 전개되었기 때문에, 이거 안 되겠다고 유감스럽게 생각했는지 결국 수색 범위를 관동 전역으로 확대하지 않을 수 없게 된 것입니다. 피해자 찾기는 범인 찾기보다 어렵습니다. 범인은 아마 한 명이겠지만 피해자는 4명이니까요. 그리고 ── 피해자에 해당하는 인물의 조건 말인데요, 이게 한정된 것 같으면서도 아주 막연하단 말입니다. 우선 여성일 것, 이건 틀림없습니다. 나이는 네 사람 모두 12세에서 24, 5세. 이건 확실하지 않다고 합니다. 10세일지도 모르고 26세일지도 모르지요. 가장 결정적인 단서가 되는 게 사망추정일시인데요, 하지만 이것도 통상 시체의 상황이나 위(胃)의 내용물 등으로 판단하지 않습니까? 위는 없다고요. 사후경직이나 부패도 같은 사항도 명확하게는 알 수 없고요. 팔하고 다리뿐이니까요. 조건이 너무 나쁩니다. 얼음으로 식혀 두면 2, 3일 정도는 얼버무릴 수 있거든요."

수사가 난항을 겪을 만도 하다.

---

51) 관동 지방 중부의 내륙에 있는 현. 옛 무사시노쿠니의 북반부를 차지한다. 동부는 관동평야, 서부는 관동산지에 속함. 아라카와 강이 중앙부를 지나 도쿄만으로 흘러든다. 현청 소재지는 우라와 시.

52) 규슈 지방 남부의 현. 가고시마만(湾)의 동쪽은 오스미 반도, 서쪽은 사쓰마 반도(半島)이며 북부에는 시라스 고원이 펼쳐져 있다. 현청 소재지는 가고시마 시.

53) 도호쿠[東北] 지방 북부, 혼슈 최북단에 있는 현. 동쪽은 태평양, 서쪽은 동해에 면해 있으며 북쪽은 쓰가루 해협이 된다. 현청 소재지는 아오모리 시.

"단 한 가지 확실시되는 부분이, 최초의 피해자는 8월 29일 이전에 실종되었다는 것. 두 번째 피해자는 9월 6일 이전. 세 번째 피해자는 9월 10일 이전, 네 번째 피해자는 9월 16일 이전에 실종되었어야 한다는 점입니다. 그래서 조건에 맞는 실종된 여자를 추려냈지요. 이런 사람은 꽤 많습니다. 게다가 4명을 한꺼번에 유괴 같은 걸 해서 일단 납치 감금해 두고, 그러고 나서 순서대로 죽인 후 토막 낸다——는 것도 왠지 현실미가 없지요. 가능성이 없는 건 아니겠지만, 왠지 부자연스럽잖습니까. 그래서 8월 29일 이전, 29일부터 9월 6일까지, 6일부터 10일, 10일부터 16일로 나누어 본 겁니다. 이렇게 하면 꽤 줄일 수 있지요."

"그렇군."

"그렇게 추려낸 여자들을 철저하게 조사해서, 약 3명씩 열두세 명까지 한정했습니다. 그리고 가족들에게 팔이나 다리의 사진 같은 걸 보여주고——뭐, 팔이나 다리니까 가족이라 해도 단정하기는 어렵겠지만 그래도 꽤 진전이 있었습니다. 두 번째, 네 번째 피해자는 거의 확인 직전까지 갔어요. 일본 경찰도 대단하지요. 하지만——곤란하게도 그 추려낸 여자들 사이에서 무엇 하나 공통점이 발견되지 않는다는 겁니다. 사는 곳도 다 다르고, 가정환경도 유사점은 없었어요. 물론 서로 면식도 없고요. 접점이 전혀 없거든요. 그런데 정말로 그럴까 하고——."

"도리구치 군, 자네는 어째서 그렇게 경찰의 내부 사정을 잘 아는 건가? 그런 건——."

묻고 나서 생각났다.

——고작해야 제복을 입은 순경이지요.

——경찰에 드나드는 녀석들은 많으니까요.

——소문들은 그냥 흘러나오지요.

"그러고 보니 자네는 확실히 경찰의 내부 사정을 잘 알고 있었지. 간첩을 고용한 거였군."

"듣기 거북한 말씀을 하시는군요. 아는 사람이 있을 뿐이라니까요."

도리구치는 머리를 긁적였다. 곧바로 교고쿠도가 말한다.

"하지만 도리구치 군. 모처럼 피해자를 특정할 수 있게 되었다면, 반대로 지금까지의 연쇄라는 견해를 기각하는 편이 낫지 않을까?"

무슨 소리인가——하고 나는 물었다.

"그러니까 이건 연쇄가 아니라 동시다발 토막살인사건이라고 궤도를 수정한다는 말일세. 범인도 4명까지는 아니라도 최소한 2명 이상이고 그들은 서로 관계가 없거나, 아니면 먼저 일어난 사건에 자극을 받아 한 짓이라든가, 또는 먼저 일어난 사건의 범인에게 죄를 뒤집어씌우려고 똑같은 스타일의 범행을 했다든가, 그런 발상은 경찰에게 없는 건가?"

"이거이거, 제가 하려던 말을 먼저 하시는군요——."

도리구치는 자신의 이마를 탁 쳤다.

"——저도 그렇게 생각했지만, 그건 아니었습니다. 우선, 처음에 발견된 것은 트럭에 치이거나 물에 잠겨서 퉁퉁 불어 있었기 때문에 잘 몰랐지만, 두 번째 피해자는 흉기를 단정할 수 있었습니다. 오른쪽 팔에 상처 자국이 있었나 보더라고요. 톱 같은 게 아니라 손도끼 같은 걸로 싹둑 잘라낸 거였습니다. 그것과 똑같은 흉기 자국이 네 번째 희생자에게도 있었어요. 제가 정보를 얻은 당시에 네 번째 희생자는 팔밖에 발견되지 않았으니까, 어느 쪽 팔인가의 상처겠지요. 따라서

두 번째와 네 번째 피해자는 동일범의 소행이 됩니다. 그리고 두 번째 피해자의 왼팔과 세 번째 피해자의 왼팔은 세트로 같은 곳에서 나왔지요. 이건 쇼와초에서 발견되었는데, 끈으로 묶여 있었습니다. 즉 두 번째 이후의 범인은 틀림없이 동일인인 셈입니다. 지금 문제가 되고 있는 서로 관련 없는 소녀들은 각각 두 번째와 네 번째 피해자로 추정되고 있으니까요."

"네 번째 피해자는 팔만 나왔는데 추정할 수 있었나?"

"네 번째 피해자는 거의 확정입니다. 불량소녀인데, 매춘 단속에 걸렸었어요. 15세인데 말이지요. 매춘이라기보다 꽃뱀 같은 짓을 했었나 봅니다. 선도라기보다는 체포였지요. 그때의 지문이 남아 있어서 그걸로 알았습니다. 미성년도 지문을 찍나 보죠? 체포했을 때는 화려하게 화장을 한 데다 매춘부 같은 차림을 하고 있었기 때문에 나이를 몰랐답니다. 두 번째 피해자는 부모에게 확인을 했는데, 사마귀인지 멍 자국이 일치했다나요."

"그렇군. 그런데 그 두 사람의 공통점을 찾아내기가 그렇게 어려웠나?"

그렇게 말한 교고쿠도는 변함없이 까다로운 얼굴을 하고 있다.

그러나 오늘은 아무래도 즐기는 듯한 구석도 있다.

"그 네 번째 피해자는 가와사키에 있는 사진관 집 딸로, 상당히 타락한 소녀였습니다. 두 번째 피해자는 한노, 즉 사이타마였지요. 그곳 소학교 선생님의 딸로, 이쪽은 행실이 바른 소녀였던 것 같지만 가출한 상태였습니다."

도리구치는 거기서 말을 끊고 수줍은 듯한 엷은 미소를 띠며 나와 교고쿠도를 번갈아 바라보았다.

그리고,

"어떻게 이렇게 잘 아는지, 이상하다고 생각하시겠지요?"

라고 말했다.

"영감이나 초능력 같은 게 아닌 건 확실하군."

교고쿠도는 그렇게 말하고 나를 힐끗 보았다.

"하하하, 여기에는 비결이 있지요. 아주 비합법적인 비결이라 공언할 수는 없지만요."

도리구치는 다시 가방에서 다른 봉투를 꺼내더니, 거기에서 뭔가 서류를 꺼내 좌탁 위에 늘어놓았다.

"실종된 소녀들의 일람입니다. 세키구치 선생님이 말씀하신 경찰 내부의 간첩으로부터 그저께 입수한 거지요. 뭐, 메구로 파출소의 순경인데 나쁜 사람은 아니지만, 사람이 너무 좋아서 저 같은 호청년에게는 호의적이랍니다."

"그게 아니라, 저 같은 백전노장에게는 속기 쉽답니다, 이겠지."

보복해 주었다.

"그런 설도 있지요."

전혀 효과가 없다.

"어쨌든, 여기 두 종류의 서류가 있습니다. 이건 아무 관련도 없는 겁니다. 하지만 네 번째 피해자인 불량소녀, 가키자키 요시미라고 하는데요, 그 보호자인 사진관 주인이 가키자키 구니하루, 그 아내가 사다. 이것은 이 경찰 일람에 나와 있습니다."

도리구치는 경찰에서 불법으로 입수한 일람을 넘겨 보여 주었다.

"그래서 문득 생각이 났습니다. 여기 있는 장부가요. 생각이 번뜩였다고 하나요? 여기, 유명한 모 여성가수의 아래쪽을 봐 주십시오."

도리구치는, 이번에는 온바코의 신자 명부를 넘기더니 방향을 바꿔 교고쿠도 쪽으로 내밀었다. 나도 들여다보았다. 유명가수 밑에는,

〈가키자키 사다〉

라고 쓰여 있고 연필로 흘려 쓴 메모가 빽빽하게 적혀 있다. 도리구치가 요청했기 때문에 교고쿠도는 그것을 소리 내 읽었다.

〈사진관 주인의 아내. 경영 상태는 좋지 않음. 희사금액이 낮은 탓으로 생각됨. 머지않아 불행한 일이 일어날 것이 틀림없음. 요주의. 외동딸. 매춘으로 단속된 경력 있음. 아프레게르(après-guerre)[54], GI 등 불특정 다수의 남자와 부도덕한 관계를 맺는 소녀라는 소문이 있음. 이 집의 망량은 충분한가? 딸이 위험――딸이 위험?〉

"기요노는 예언을 한 겁니다. 그래서 혹시 하는 생각이 들었지요. 저는 이 두 서류가 서로 부합하는 게 아닌가 생각했습니다. 그리고 그건 옳았습니다."

도리구치는 길었던 설명의 결론을 드디어 공개하기 시작했다.

"올해 들어 관동에서 발생한 미해결 소녀실종사건은, 신고가 들어온 것만 해도 73건입니다. 8월 하순부터 9월 하순까지로 한정해 보면 23명. 엄청나게 집중되어 있지요. 전체의 3할에 가까운 수가 8월부터 9월에 걸친 한 달 사이에 실종된 것입니다. 그리고 이 73건 중 온바코의 신자 명부와 중복되는 건수는――10건이었습니다. 이건 많은 건지 적은 건지 판단할 수 없지만요."

54) 전후파(戰後派). 일본에서 제2차 대전 후 노마 히로시·나카무라 신이치로 등이 구세대의 문학가와 스스로를 구별하기 위해 사용한 말이지만, 후에는 무책임한 젊은이들을 가리키는 말이 되었다.

"뭐, 온바코는 다른 신흥종교에 비하면 신자 수는 훨씬 적지. 규모에 비해서는 비율이 높다고 할 수 있을 거야. 신자가 300명인데 그중 10명에게 〈딸의 실종〉이라는 불행이 일어났네. 30분의 1이야. 같은 불행이 발생한 확률로는 높다고도 할 수 있지."

교고쿠도의 말이 끝나기를 기다렸다는 듯이 도리구치가 말을 잇는다.

"다르게 해석하면 확률은 더 높아집니다. 실종소녀 일람 중에서 온바코의 장부와 중복되는 것이 10건이지요. 그리고 경찰이 토막살인의 피해자일 가능성이 높다고 추정한 소녀는 13명. 그런데 이 10건과 13명은 7건이 겹칩니다. 다시 말해 피해자일 가능성이 높은 13명 중에서 7명이 온바코 신자의 딸이라는 뜻이 됩니다. 이렇게 생각해보면 비율은 5할 이상이지요. 게다가 가장 유력한 후보 2명은 모두 이 안에 들어 있습니다."

"그렇군. 자네는 경찰이 아직 찾아내지 못한 피해자의 공통점을 발견한 셈이로군."

교고쿠도는 억양 없는 목소리로 그렇게 말했다.

나는 가벼운 흥분에 사로잡히고 말았다.

이것은 어쩌면 항간을 떠들썩하게 하고 있는 대사건의, 해결을 향한 중대한 국면이 열린 것이 아닐까――?

"덧붙이자면 장부 속 실종된 소녀들의 가족란에는, 전부 기요노의 불길한 예언이 적혀 있습니다. 즉 6월과 7월의 희사금액이 적은 사람의 딸이 실종된 것입니다."

"무사시노 연쇄 토막살인사건에는 온바코가 관련되어 있다――자네는 그렇게 생각하는 거로군. 도리구치 군."

"아뇨, 저는 실행범이냐 아니냐는 별개로 하고, 온바코의 교주가 연쇄 토막살인사건의 범인이라고 생각하는 겁니다. 그러니까——."

도리구치 모리히코는 단호하게 말했다.

"다시 말해 저는, 영능력자로서가 아니라 범죄자로서 온바코를 고발하고 싶은 겁니다."

"자세한 이야기를 해 보게."

교고쿠도가 자발적으로 이런 잡다한 일에 관여할 자세를 보이는 것은 매우 드문 일이다. 그리고 이 순간, 나 자신의 방문 의도는 주인에게 전달될 가능성은 거의 완전히 끊어져 버렸다고 할 수 있을 것이다.

하지만 그에 대한 도리구치의 대답은 한심하기 짝이 없는 부류의 것이었다.

"자세한 이야기를 하고 싶은 마음은 굴뚝같지만, 사실 저는 이보다 더 자세한 이야기는 할 수가 없습니다. 유감이라고 할까 부끄럽다고 할까, 저는 잠입 취재에 실패해서 지금 여기 앉아 상의를 드리고 있는 거니까요——."

도리구치는 반쯤 웃음을 띠면서 머리를 긁적였다.

곤란하게 됐다고 생각했다.

이대로 가다가는 모처럼 흥미를 갖기 시작한 교고쿠도가 물러나 버릴 것이다. 물러나는 것뿐이라면 괜찮지만, 비뚤어진 친구는 또 어떤 궤변을 늘어놓아 도리구치를 구워삶아 버릴지 모른다. 그 결과 이 특종이 빛을 보지 못하게 될 가능성도 있는 것이다.

과연 경찰도 눈치채지 못한 이 발견을 어둠에서 어둠으로 장사지내버려도 되는 걸까? 이 자리를 주선한 건 나고, 그렇다면 내가 나서서 어떻게든 수습을 해야 한다. 이상한 의무감이 나를 몰아세웠다. 그리고 그 의무감은 도리구치를 묘하게 추어올리는 발언이 되었다.

"아니, 하지만 도리구치 군. 자네는 대단하네. 자네가 그 경찰의 실종소녀 일람을 입수한 것은 그저께의 일 아닌가? 그럼 그것과 온바코의 장부를 연결 지은 추리는 겨우 하루 정도 만에 이루어진 게 되네. 게다가 아까부터 이야기를 듣자 하니, 온바코의 영능력자로서의 골격이나 사기성 짙은 활동 내용도 대충 이해가 되더군. 정보는 충분해. 그렇다면 잠입 취재 같은 건 하지 않아도 되지 않겠나? 아니, 더 이상 취재할 필요는 없네."

"취재하지 않아도 된다는 건 기사로 쓸 일 없다는 뜻입니까? 세키구치 선생님."

도리구치는 의아한 얼굴로 더욱 한심한 목소리를 냈다.

"바보로군, 그 반대일세. 한시라도 빨리 기사로 써야 한다는 걸세. 도리구치 군, 자네는 충분히 설득력 있는 사실관계――아니, 증거까지 잡았지 않은가. 데려온 내가 말하는 것도 뭣하지만, 이런 교고쿠도 따위의 장황한 궤변을 듣고 있을 시간이 있으면 제깍 원고용지를 마주 보고 앉는 게 좋다는 거야."

"세키구치 군."

교고쿠도는 내 야유를 받은 게 분한지, 그야말로 음험한 눈빛으로 나를 노려보았다.

"자네는 참으로 성의 없는 사람이로군. 아니면 '실록범죄'가 삼류 잡지라는 이유로 바보 취급이라도 하는 건가?"

"왜 그렇게 되나? 나는 기사를 쓰라고 한 건데. 이보게, 온바코는 충분히 수상해. 일람과 장부의 부합은 지나치게 완벽하네. 그게 무엇보다 큰 증거 아니겠나? 이것은 최악의 범죄일세. 희사금액을 올리기 위해, 말하자면 실력 행사로 신자들을 불행하게 만드는 거라고. 그것도 사기나 공갈이 아닐세. 살인이야. 죄도 없는 소녀가 벌써 4명이나 살해되었을 뿐만 아니라 토막토막 잘려 여기저기에 버려진다는, 다시없는 비참한 최후를 맞았네. 게다가 경찰은 온바코의 존재를 몰라. 이대로 내버려두면 다섯 번째, 여섯 번째 피해자가 나올 걸세. 심령이라는 취급하기 어려운 분야가 얽혀 있기는 해도, 이건 명백히 영리 목적의 잔혹한 엽기범죄 아닌가."

내 안에서는, 〈영능력자〉 온바코와 무사시노 연쇄 토막 〈살인사건〉이라는 언뜻 보기에 관련이 없어 보이는 두 사항 사이에, 이미 명료한 인과관계가 생겨나 있었다. 이제는 양자 사이에 관련이 없다고 하는 게 더 부자연스럽게 생각될 정도다.

"거참 비논리적이군. 들었나, 도리구치 군? 이 세키구치 군은 평생 삼류 잡지 편집자 노릇은 할 수 없을 걸세."

교고쿠도는 그렇게 말하고 나서 담배에 불을 붙였다.

나는 그를 따라 한 건 아니지만, 똑같이 가슴주머니에서 담배를 꺼내 입에 물었다.

잘은 모르겠지만, 욕을 들은 것 같다.

교고쿠도는 맛없다는 듯이 연기를 내뿜고는,

"그렇게 간단히, 게다가 무책임하게 기사를 날조해도 된다면 누구도 고생하면서 취재 같은 걸 하지 않을 걸세. 도리구치 군은 우연히 손에 넣은 자료에서 어쩌다가 재미있는 착상을 얻었을 뿐이야. 만일 사실이라면 이건 천재일우의 기회니까 취재를 개시했다, 그러나 상대가 좋지 않아 좌절했다, 그렇지?"

하고 말했다. 도리구치가 대답한다.

"예에, 이건 추젠지 씨가 말씀하신 대로 단순한 착상입니다."

"도리구치 군, 자네까지 왜 그러나? 조금 전까지 그렇게 자신만만하게 달변을 늘어놓지 않았나! 게다가 착상이라 하기에는 장부와 일람이 지나치게 잘 들어맞아. 5할 이상의 확률이잖나. 그런 우연은 없네."

"확률은 아무리 높아도 가능성이 있다는 것뿐입니다. 증거가 되지는 않아요. 증거가 된다면 벌써 경찰에 알렸지요."

"뭐?"

"그러니까 경찰에 신고했을 거라고요. 당연하잖아요."

도리구치는 표정이 풍부한 것 같으면서도 실은 얼굴 패턴이 몇 가지밖에 없다. 나는 전혀 예상하지 못했던 대답에 그 능청스런 옆얼굴을 멍하니 바라보았다. 그 한순간을 교고쿠도의 날카로운 혀가 놓치지 않고 포착했다.

"그게 국민의 의무지. 도리구치 군은 잘 알고 있군. 그에 비해 세키구치 군, 자네는 정말 모르는군그래. 정말로 범죄의 증거를 잡았다면 잠자코 있는 것은 좋은 일이 아닐세. 범죄를 적발하고 범죄자를 검거하는 것은 경찰의 일이고, 처벌하는 것은 법률이야. 일개 잡지사가 멋대로 그런 짓을 해도 될 리가 없지. 특히 삼류 잡지는 공서양속(公序良俗)에 반한다고 규제 대상이 되고 있을 정도일세. 경찰에 협력한다면 몰라도 경찰을 따돌리는, 곱지 못한 시선을 받게 될 짓을 굳이 할 필요는 없지 않겠나? 그건 도리구치 군이 제일 잘 알고 있네——."

도리구치는 고개를 끄덕였다.

“하지만 다른 매체처럼 경찰보다 뒤늦은 기사만 내서야, 부수도 적고 판매력도 없는 범죄전문 삼류 잡지는 사멸해 버릴 테지. 따라서 기발한 아이디어로 다른 매체에서 빠뜨린 기삿거리를 모아서 기사로 내는 걸세. 그렇다고 생각나는 대로 아무렇게나 엉터리 기사를 쓰기만 하면 되는 것도 아니지. 그런 건 아무도 읽지 않네. 최근의 독자들은 민감하거든. 현실감 없는 공상 기사 따위는 한눈에 선별되고 말아. 게다가 범죄에 관한 기사는 비방과 중상으로 이어질 가능성이 있네. 삼류 잡지로서는 그야말로 위험부담이 너무 커. 그렇지, 도리구치 군――?”

도리구치는 다시 크게 고개를 끄덕였다.

“세키구치 군, 자네 같은 소설가는 늘 자네 좋을 대로 써대겠지만, 전쟁이 끝난 직후라면 모를까, 요즘 같은 시절에, 특히 삼류 잡지의 편집자는 필요 이상으로 예민한 법일세.”

“예민하지요――.”

그리고 도리구치는 금세 부활했다.

“하지만 추젠지 씨가 말씀하신 듯한 진지한 자세를 갖고 있느냐 하면, 그렇게 성실하지도 않습니다. 다만 자신이 좀 없어서요. 그래서 상의를 드린 겁니다.”

“자신이 없다니 도리구치 군, 그건 너무하는군. 나야말로 자네 이야기를 진지하게 듣고 순순히 믿었는데. 대체 아까 그 얘기 어디에 자신감이 없었나? 확률도 5할 이상이라면서.”

“확률이라는 건 말이지, 요컨대 궤변일세. 맞지 않는 미래 예지를 꼭 맞을 것처럼 보이게 하는 숫자의 속임수지. 예를 들어 내일 비가 내릴 확률이 5할이라고 하세. 이건 비가 내리든 날씨가 맑든 적중한 게 되지 않겠나?"

교고쿠도의 퉁명스러운 말에 나는 정신이 번쩍 들었다. 지금까지 한 번도 생각해 본 적이 없었지만, 정말 그 말대로다. 기상대에서 비가 내릴 확률이 7할이라고 발표했다면, 만일 날씨가 맑다 해도 3할은 맞은 셈이다. 그 대신 정말 비가 내려도 3할은 빗나간 게 된다. 어떤 경우에도, 10할이 아닌 한 그것은 고작해야 기준에 지나지 않는 것이다.

"그러니 가능성은 있을지도 모르겠지만 말일세. 그것만으로는 아무것도 못 해."

교고쿠도의 말에 도리구치가 더욱 크게 고개를 끄덕인다. 아무래도 오늘의 나는 따돌림을 당할 운명인 것 같다. 하지만 이대로는 속이 시원치 않다.

"하지만 온바코와 토막살인 사이에 관련이 없다는 것도 가능성 아닌가? 알아 버리고 난 지금에 와서는, 아무래도 나는 그렇게 생각되지 않네."

"결론을 먼저 준비하고 유리한 정보만을 선택하니까 그렇게 생각되는 거지. 그런 사고방식은 좋지 않다고, 아까 자네 입으로 말하지 않았나. 이보게, 세키구치 군, 자네가 유추의 뒷받침으로 삼았고 또 증거라고 부르고 있는 것은 이 두 종류의 서류뿐일세. 지금으로서는 우선 이게 진짜라는 확증부터가 전혀 없단 말이야."

교고쿠도는 몸을 내밀어 두 종류의 서류를 내 쪽으로 돌려놓았다. 분명히 이것이 의심받는다면 말짱 도루묵이다.

"하지만 적어도 한 통은 경찰이——."

"경찰의 수사를 얼마나 믿을 수 있을지, 우선 그 확증이 없네. 도대체 메구로인지 유텐지인지의 경찰이 정말로 그런 일람을 손에 넣을 수 있는 입장인지 아닌지도 수상해. 게다가 온바코의 장부에 이르면 그 진위를 확인할 수단은 현재로선 없네."

"그렇군요. 기요노의 창작일지도 모르는 거로군요. 그 생각은 못 했습니다."

도리구치가 감탄했다.

"하지만 무엇 때문에 그런 짓을 한단 말인가? 부자연스럽지 않나?"

"그런 이유라면 얼마든지 있지. 온바코를 망하게 할 작정이라면, 수상한 소문을 만들어내는 건 매우 유효하지 않겠나?"

"하지만 말일세. 설령 진짜든 가짜든, 출처가 다른 두 종류의 서류에 그렇게 공통점이 있는 건 납득할 수 없어."

교고쿠도는 조금 초조한 듯이 턱을 몇 번 긁었다.

"이보게, 세키구치 군. 이 자리에 자네가 없었다면 이 이야기는 5분의 1 정도의 시간이면 끝났을 걸세. 아무리 공통점이 많아도, 아니 내용이 완벽하게 일치한다 해도 그것은 확률이 10할이 된 게 아니란 말일세. 자네는 가장 큰 가능성을 잊고 있어."

"그게 뭔가?"

"물론 〈우연〉이지."

교고쿠도는 불쑥 그렇게 말했다.

"이게 탐정소설이라면, 우연이었습니다, 라는 공정하지 못한 전개겠지만, 유감스럽게도 현실은 그 9할이 우연으로 이루어져 있네. 가령 이론적으로 필연이 증명되었다 해도, 그것이 우연이 아닐 가능성은 지울 수 없어. 만일 만 번 실험이 성공했다 해도 만 한 번째에는 실패할지도 모르네. 그 후로 계속 실패할지도 몰라. 즉 실험이 우연히 만 번만 잘 된 건지도 모른단 말일세. 그렇다면 그건 어디까지나 개연이지, 필연이라는 증명은 되지 않아."

"그건 만 번이 1억 번이라도 마찬가지겠군요."

도리구치는 그렇게 말하고 다시 팔짱을 꼈다. 교고쿠도는 도리구치 쪽을 향해 나더러 들으란 듯이 말을 이었다.

"애초에 그 정보의 제공자인 기요노 씨는 그 장부를 〈희사금액이 적은 사람에게 불행이 일어난다〉고 보았네. 하지만 그것은 지나친 견해야. 선입관을 갖지 않고 순당하게 생각한다면 〈불행해졌기 때문에 희사금액을 늘렸다〉고 봐야겠지. 그렇다면 거기에 인위적인 조작이 개입할 여지는 없네. 당연히 경찰이 작성한 일람과의 중복은 우연일 수밖에 없지."

할 말이 없었다. 도리구치가 미안하다는 듯이 말했다.

"그렇습니다. 그럼 저는 이제부터 어떻게 해야 할까요? 역시 이 이야기는 안 되는 걸까요? 온바코를 범죄자로, 그것도 항간을 떠들썩하게 하고 있는 토막살인사건의 범인으로 상정하는 건 무리일까요?"

"뭐, 그렇게 실망할 것까진 없네."

교고쿠도는 이번에는 선뜻 그렇게 말했다.

"그게 뭔가, 교고쿠도. 자네는 대체 어느 쪽이야?"

되겠다고 말하면 안 된다고 하고, 안 되느냐고 하면 되겠다고 한다. 청개구리란 이 사람을 가리키는 말이다.

"어느 쪽이고 뭐고 없네. 지금 가지고 있는 재료만으로 판단을 내리기에는 이르다는 거야. 하지만 판단을 하기 위한 재료를 수집할 방법은 있지."

"어떤 방법인가요?"

"도리구치 군, 자네는 처음에 어떻게 하려고 했나?"

"음, 신자를 취재하는 건 어렵다는 사실을 초기 단계에서 학습하고, 그렇다면 오히려 직접 대결하는 편이 가능성이 있을지도 모른다고 생각했지요. 기사를 쓸 그 장본인에 대해서 모르고서야 얘기가 안 된다고 생각한 것입니다."

"현명하군. 그래서?"

"제가 경찰의 일람을 입수하고 수사 상황을 알아낸 것이 그저께, 그러니까 20일 3시입니다. 온바코 범인설에 관한 착상을 얻은 게 그로부터 2시간 후이고요. 가만히 앉아 있을 수가 없어서 당장 미타카로 갔습니다. 무모하다는 생각도 했지만, 이건 어차피 착상에 불과한 거였으니까요. 안 해 보는 것보다는 낫다고 생각했습니다. 온바코가 있는 곳은 금방 알았습니다. 간판이 있었거든요. 계십니까, 하고 들어갔더니, 판자가 좌악 깔려 있었습니다. 신자인 할머니, 아주머니, 뭐, 거의 여성이었습니다만, 이 사람들이 죽 열을 지어 정좌하고 있지 뭡니까. 장관이었습니다. 멀리 도코노마[55]에는 역시 상자가 놓여 있었습니다. 모두 아래만 보고 있어서 어둡더라고요. 아무래도 말을 걸기가 힘들었습니다. 저는 원래 내성적이거든요."

뻔뻔스러운 사람이다. 교고쿠도와 좋은 맞수가 될 것 같다.

"그러자 안에서 한 여자가 나왔습니다. 어디 보자, 스물다섯 살은 넘었을 것 같더군요. 서른셋까지는 안 되었을 겁니다. 아무래도 그 여자가 그 도장을 관리하는 것 같았습니다."

"무녀나 뭐 그런 건가?"

55) 다다미방에서 정면 상좌에 바닥을 한층 높게 만들어 족자나 꽃병 등을 장식하는 곳.

"아뇨. 차림새는 평범했습니다. 여비서 같은 분위기였어요. 험악한 데가 있고, 좀 엄격한 분위기였지만 묘하게 요염했습니다. 본래 물장사를 하던 여자였을까요?"

내가 그 여성의 외모에 대해 더 자세히 물으려고 하는데 교고쿠도가 방해했다.

"그래서 뭐라고 하던가?"

"무슨 일이시냐고요. 당연하지요. 물론 저는 입에서 나오는 대로 아무렇게나 말했습니다. 경기가 좋지 못한 얼굴을 하고, 실은—— 하는 일마다 운이 없고 아침에 일어나서 잠들 때까지 내내 나쁜 일만 일어난다, 몸 상태도 나쁘고 회사도 망할 것 같다, 교주님께서 꼭 한 번 봐 주셨으면 좋겠다——고 했지요. 그랬더니 이러더군요."

도리구치가 아마 그 여성의 말투를 흉내 낼 태세에 들어가려는지 말을 끊은 바로 그 틈에, 교고쿠도가 다음 말을 이었다.

"보시다시피 많은 신자들이 기다리고 있어서 지금은 무리이니 가능하시다면 나중에 다시 찾아와 주십시오, 연락처를 가르쳐 주시면 예약을 잡아 내일이라도 일시를 정해서 연락드리겠습니다——뭐, 이런 거 아니었나?"

도리구치는 이제 별로 놀랍지도 않은지, 오히려 기뻐하는 말투로,

"예. 꼭 그 여성이 지금 여기 있는 것 같군요——."

라고 말했다. 정말 그랬을 것이다.

"——그래서 저는 일단 맥없이 물러났습니다."

그때 내가 끼어들었다. 아무래도 나는 방청인은 못 되나 보다. 오늘도 몇 번이나 창피를 당했는데도 금세 그것을 잊고 쓸데없는 말을 하고 만다.

"연락처는 가르쳐주었나? 내 생각에 그게 사기꾼의 수법인 것 같군. 자네 설마 '실록범죄' 편집부 전화를 가르쳐준 건 아니겠지? 그렇다면 자네는 정말 어리석은 사람일세. 정체가 들킨 건 당연해. 전화만 해도 자네 정체를 알 수 있으니."

도리구치는 곁눈질로 나를 노려보았다.

"아무리 저라도 그런 어린아이 같은 속임수에는 걸려들지 않는다고요. 집 전화번호였습니다."

"자네는 집에 전화도 있나? 그거 대단하군. 삼류 잡지라는 게 그렇게 많이 버나?"

"무슨 말씀을 하시는 겁니까. 그게 아니라 하숙집 아래층이 중국 국숫집입니다. 그 국숫집 주인이 집주인인데, 거기 전화를 가르쳐준 겁니다. 번호를 가르쳐줬더니 잠깐 기다려 달라고 하고는, 잠시 후에 내일 괜찮은 시간을 연락해 준다고 하기에 돌아왔습니다. 마침 다음 날은 일요일이었고, 만일을 위해 계속 하숙집에서 대기하고 있었지요. 제가 없을 때 전화가 와서 이것저것 묻기라도 하면 곤란하다고 생각했거든요. 뭐, 혹시 몰라서 집주인에게 부탁도 하고 왔지만요. 이상한 전화가 오면 아무것도 대답하지 말고 당장 바꿔 달라고요. 그리고 점심때쯤 전화가 왔습니다. 당장 오라고, 지금이라면 괜찮다는 겁니다. 달려갔지요. 하숙집은 에바라[56]라서, 도착한 게 그러니까——1시 반쯤이었을까요? 도장을 지나 안쪽 방으로 안내되었습니다. 대기실 같은 곳이었어요. 거기서 차를 내 주기에, 그 관리인 같은 여성과 한 10분쯤 얘기를 나눴지요."

"어째서?"

56) 도쿄 시나가와 구(区) 서부의 한 지구. 주택·상업지.

"아, 제 앞 상담자가 끝나지 않았거든요. 안쪽에서 무슨 주문인지 기도인지가 들려오고 있었습니다."

"무슨 얘기를 했나?"

"기본적으로는 잡담이었어요. 그러다가 무슨 불행하신 일이 계속 일어나신다고 말씀하셨는데, 힘드십니까? 하고 다 틀린 존댓말로 묻기에 아하, 이건 덫이구나, 했죠. 그래서 미리 생각해 둔 거짓말을 청산유수로 늘어놔 줬습니다."

도리구치는 존댓말 부분을 몹시 강조하며 말했다.

"저는 칫솔 만드는 회사 판매원인데, 나일론 칫솔에 밀려 매상이 떨어지고 한숨만 나오는 상태라는 설정이었지요. 출신은 니가타라고 했습니다. 그리고 생활에 지쳐서 건강도 망쳤다는 식으로——."

도리구치는 약간 등을 구부리더니 말투도 음울하게 바꿔 말했다.

"——이런 식으로 얘기했으니까 옆방에는 들리지 않았을 겁니다. 게다가 옆방에서는 변함없이 주문을 외는 목소리가 웅얼웅얼 들리고 있었고요. 그쪽이 목소리가 더 컸거든요."

"다른 방에서 이야기 내용을 훔쳐 들었을 가능성은 없다는 건가? 만일 들었다 하더라도 자네의 내력은 새빨간 거짓말이고."

용의주도하다고 할 수 있다.

나라면 그 짧은 시간에 거기까지 생각이 미치지 않았을 것이다.

"그러다가 옆방이 조용해졌습니다. 그래서——저는 아마 그 여자가 먼저 방을 나가서, 방금 한 이야기의 내용을 옆방의 교주에게 전하지 않을까 생각했어요. 하지만 그 생각도 빗나가서, 저를 먼저 내보내더라고요. 옆방은 4평 정도 되는 다다미방이었는데, 너저분하게 장식한 히나단[57] 같은 게 있고 상자가 가득 놓여 있었습니다. 그 앞에 있었습니다. 하얀 옷을 입고. 백발 섞인 머리를 짧게 깎고 그 두건, 이라고 하나요? 고깔을 뒤집어쓴 것 같은 모자를 쓰고 있었습니다. 해골에 가죽을 입힌 것 같은 남자였습니다. 제게 정면에 앉으라고 하고, 여자는 비스듬히 제 뒤쪽에 앉았습니다."

그리고 오른쪽 뒤를 힐끗 돌아보았다. 여자는 그쪽에 있었나 보다.

"앉고 나니 순식간이었습니다. 에잇, 하고 기합을 넣는 소리에 저는 목을 움츠리고."

"으아악, 했나?"

"으아악, 했습니다. 아주 잘 울리는 목소리였어요. 그대는 거짓을 말하고 있군, 하더군요. 북쪽 지방 출신이라고 했지만 서쪽, 아니, 와카사 출신 아닌가——여기에서 깜박 속았지요. 깜짝 놀라고 말았습니다. 그러더니 자네는 물건을 파는 장사도 아닌, 음, 남의 불행을 밥벌이로 삼고 있군, 이 얼마나 고약한 일이란 말인가, 잡지, 그것도 수상한 잡지의 편집자지? 실, 실록범죄——네 이놈, 뭣 하러 왔느냐! 하는 겁니다. 잡지 이름까지 알아맞히는 걸 듣고는 찍소리도 못하고 서둘러 물러났지요."

대체 어떤 속임수일까?

그의 말만 듣자면 아까 교고쿠도가 한 것처럼 정보를 수집할 시간은 없을 것 같았다.

"뭐, 도리구치 군이 대기실에서 이야기한 것에 대해서는 나중에 이야기하도록 하지. 서쪽 출신이라는 건 아무렇게나 할 수도 있는 말이지만 '실록범죄'라는 고유명사가 나왔다면——교고쿠도. 자네는 어떻게 된 영문인지 알겠나?"

---

57) 히나 마쓰리 때 히나 인형이나 조도품을 장식하는 계단식 단.

"알겠네."

"알겠다고?"

이상할 것 하나도 없다는 얼굴이다.

"알지. 으음, 우선 도리구치 군이 집주인에게 이상한 전화에 대한 적절한 대응을 의뢰한 것은 언제인가?"

"온바코의 도장을 나와서 바로였습니다. 미타카에 있는 야채가게에서 전화를 빌려 연락했지요. 온바코의 도장에서 나와서는 일단 편집실로 돌아가야 했기 때문에, 하숙집에 도착하면 8시쯤 됩니다. 그 사이에 전화가 오면 곤란하다고 생각했거든요."

"편집실에서 이상한 일은 없었나? 그렇지——시골 누님이나 누구한테서 전화가 왔다든가."

"우와아, 있었습니다. 아니, 있었던 모양입니다만——본가에서 편집실로 물건을 보낸다나 뭐라나——."

"아직 도착하지 않았지?"

"겨우 이틀밖에 지나지 않았으니 도착하려면 당분간은 더 있어야겠지요."

"아마 그건 오지 않을 걸세."

"예? 그럼 그 전화가——하지만 어떻게 편집실의——."

"후후후, 그렇다면 나머지는 간단하네. 집주인한테 물었겠지."

"예? 하지만 저는 온바코의 도장에서 나와서 곧바로."

"자네가 온바코의 도장에 있는 동안——즉 자네가 번호를 가르쳐 주자마자 그녀는 집주인에게 전화를 한 걸세. 잠깐 기다려 달라고 하지 않던가?"

"아."

도리구치는 잠시 정지해 있다가 손뼉을 탁 쳤다.

"야채가게에서 전화했을 때, 본가에서 전화가 왔었다고 집주인 아저씨가 그랬습니다. 물건을 보내고 싶은데 모리히코는 낮에 집에 있느냐고 물었다더군요. 물론 저는 거의 집에 없지요. 집주인 아저씨가 그렇게 대답하자, 그쪽에 맡기는 것도 미안하니 회사로 보내겠다고 했다나 뭐라나—— 그렇군요. 그래서 주소를 물어보고 싶으니 전화번호를 가르쳐 달라고——. 아저씨가 가르쳐준 거군요. 아니, 설마 그때 이미 손을 써 두었으리라고는—— 저는 반대로 그 후 편집실에 걸려왔다는 전화까지 본가에서 온 거라고 믿어 버렸습니다."

도리구치는 간식을 미처 먹지 못한 어린아이처럼 몹시 분한 얼굴을 하고 있었다. 그의 표정 패턴 중에서는 보기 드문 표정으로 분류될 것이다.

"알겠나, 도리구치 군? 가짜 전화를 할 때는 본인이 없는 편이 유리하네. 이것저것 묻기 전에 먼저 본인을 바꿔 달라고 하면, 전화를 받은 사람은 거의 신용하게 되지. 따라서 본인이 눈앞에 있는 동안에 집주인에게 전화를 한 걸세. 그럼 본인은 절대로 집에 없지. 도리구치 군은 눈앞에 있거든. 가족인 것처럼 가장해서 상대가 신용해 버리면, 근무처의 전화번호 정도야 묻기 쉬워지지. 집에 없으면 회사로 걸겠습니다, 하면서 물어보면 되니까. 그리고 우선 도리구치 군을 놓아주고 나서, 이번에는 근무처로 전화를 하네. 똑같이 가족을 가장해 두면, 나중에 그 얘기를 하더라도 거짓말이 잘 탄로 나지 않아. 근무처라면 전화만 해도 대개 이름을 알 수 있네. 자네 회사는 아마 예, '실록범죄' 편집부입니다, 하고 전화를 받겠지? 아니면 아카이서방입니다, 인가?"

"예, 도 없습니다. 대뜸 '실록범죄'입니다, 라고 받죠."

"그러면 자네의 정체는 알 수 있네. 나머지는 간단해. 출신지라도 알면 더 좋지. 시골인데요——라고 하면, 붙임성 좋은 사람 같으면, 아, 어디어디로군요, 정도 말은 하지."

"그렇군요, 하지만 대비했다고 생각했는데 걸려들고 말았네요."

도리구치는 그래도 분한 것 같았다.

"이것은 일어난 순서와 일어나야 할 순서가 다르기 때문에 알기 힘들 뿐일세. 표면에 나타난 그대로를 시간에 따라 파악하면 왠지 앞뒤가 안 맞지만, 따로따로 떼어놓고 재조립하면 이상할 건 하나도 없지. 차례대로만 한다고 되는 것도 아닐세."

교고쿠도는 의미심장하게 그렇게 말했다.

"그 외에는 보통 역술인들이 잘 쓰는 수법이지. 이것은 반드시 2인 1조로 하네. 한 사람은 점술사, 또 한 사람은 조수나 제자야. 우선 다른 방에서 제자가 손님으로부터 정보를 끌어내네. 아까 설명한 대로 이런저런 방법으로 탐색을 하지. 요즘은 수고를 덜려고 미리 준비한 신청용지에 기재하게 하는 경우도 있다고 하더군. 하지만 이것은 역술인 본인에게는 전달되지 않는 것으로 생각되네. 이야기하고 있는 방은 다른 방이고, 종이에 써도 역술인은 보지 않아. 하지만 다른 방으로 안내를 받아 보면 역술인은 전부 알고 있네."

"그 장치는?"

"간단해. 동석한 제자가 손님은 알 수 없는 신호를 보내는 걸세. 앉는 위치, 방석의 각도, 초인종을 울리는 횟수, 인사가 암호로 되어 있거나, 머리를 긁거나 코를 긁거나 엉덩이를 긁는 등 뭐든지 상관없지. 사전에 의논해 두면 돼. 도리구치 군의 경우, 상대가 파악하고 있던 정보는 직업과 출신지였을 테지. '실록범죄'입니다, 라고 전화를 받았다면 그 이름에서 일의 내용을 쉽게 상상할 수 있을 걸세. 따라서 정직하게 말하면 손님으로 대하고, 거짓을 말한 경우에는 쫓아내려고 한 걸세. 여자는 자네 뒤에 앉았을 테니 손가락으로 가리키든지 입을 뻐끔거리든지 자네로서는 알 수 없지. 게다가 일갈을 당하고 깜짝 놀란 상태였다면 더욱 그랬을 걸세."

"속이 시원해졌습니다."

도리구치는 정말 상쾌해진 모양이다.

생생한 얼굴을 하고 있다.

교고쿠도는 잠시 이마를 긁적이다가 이윽고 얼굴을 들고,

"그런데 그 제단에 놓여 있던 상자는 전부 네모난 상자였나? 모자 상자처럼 둥근 건 없었나?"

하고 기묘한 얼굴로 물었다. 도리구치가 대답한다.

"글쎄요, 전부 소위 말하는 평범한 상자였는데, 그게 무슨?"

"대죽머리(竹)에 여(呂)라고 쓰는 글씨는, 대나무로 만든 둥근 상자를 의미하는 거거든. 그렇군——아니었나——?"

교고쿠도는 표정을 흐렸다.

그리고,

"자네는 완전히 얼굴이 알려진 셈이로군."

하고 말을 이었다.

그리고는 복잡한 얼굴로 한숨을 쉬었다.

그답지 않게 생각에 잠겨 있다.

평소에 교고쿠도는 그다지 망설이지를 않는다.

"어쨌거나 지금은 온바코에 대한 정보가 너무 적군. 하지만——자네가 정말 할 마음이 있다면 미력하나마 힘을 빌려줌세. 자네들, 특히 세키구치 군에게 심령술은 짐이 너무 무거운 것 같으니——단, 이렇게 되면 토막살인사건도 같이 쫓아야만 하네. 심령으로만 끝나면 좋겠지만——."

교고쿠도는 다시 생각에 잠긴다.

"어떤 정보가 필요합니까?"

도리구치가 기운차게 물었다.

"우선, 온바코 교주의 개인 정보가 필요하네. 본명과 심령술을 배운 경위, 성장 과정, 전직, 가족이나 선조. 뭐든지 좋아. 많으면 많을수록 좋네."

"음, 본인을 만날 수 없다면 밖에서 공격하라는 거군요."

"다음으로 온바코의 능력. 기적의 종류 말일세. 굿이라면 어떤 방식인지, 어떤 주문인지. 제구(祭具)는 무엇을 쓰는지, 그리고 무엇을 쫓는지. 대략적인 교의도 알고 싶군."

"그럼 역시 신자일까요——이웃 사람들에게 묻는 방법도 있겠군요——."

"그리고 세키구치 군, 자네는 한가하지?"

"어, 어디가 한가하단 말인가? 지금 나는 인생에서도 최고조로 바쁜 나날을 보내고 있단 말일세——."

대체 내게 무엇을 시키려는 걸까. 귀찮은 일에 휘말리기는 싫었지만, 반면에 나는——내 안에서 뭔가 알 수 없는 기척이 회오리치는 전조를 느끼기 시작하고 있었다.

그 장마철 끝자락의——.

그날도 이렇게 사건이 시작되었다.

아니, 그때 이미 사건은 끝나 있었지만, 이번에는——.

"바쁘긴 뭐가 바빠? 출판 이야기는 들었네만, 새로 쓰는 거라면 몰라도 이번 단행본은 재록이라면서? 자네가 특별히 할 일도 없지 않은가. 첨삭이나 교정 같은 건 끝났을 테지? 한가해서 온 거 아닌가?"

그렇지 않다고 말하고 싶었다. 그러나 내 입에서 나온 말은 다른 것이었다.

"나더러 어쩌라는 건가?"

"경찰에 정보를 흘리게. 제대로 흘려도 일이 뜻하는 대로 되지는 않을 테지만, 잘하면 증거 수집은 그들이 해 줄 걸세."

"하지만 그럼 모처럼의 특종이 날아가지 않나. 진상은 해명할 수 있을지도 모르겠지만, 도리구치 군의 고생은 뭐가 되겠나?"

"그건 괜찮네. 신문, 잡지 어디를 찾아봐도 지금 현재 온바코의 정보를 가진 곳은 없으니, 만일 뭔가 발각되면 그 단계에서 허둥지둥 취재를 개시할 걸세. 하지만 '실록범죄'만은 즉각 대응해서 기사를 쓸 수 있어. 게다가 '실록범죄'는 정확한 발매일이 정해져 있지 않으니, 그야말로 임시 증간이든 합본호든 당장 내면 되네. 어느 곳보다도 빠르고 내용은 충실하지."

"그거면 충분합니다."

도리구치는 싱글벙글 웃으면서 큰 가방을 어루만지고 있다. 의욕이 생긴 모양이다.

"하지만 교고쿠도. 정보를 흘린다니 말은 쉽네만, 어떻게 하면 된단 말인가? 기바슈 나리에게 흘리기라도 할까? 그는 담당이 아닐 텐데?"

"확실히 담당은 오시마 경부라고 신문에 나와 있었지. 그는 기바 나리의 상사일 걸세. 다만——기바슈의 소문이 요즘 들리지 않더군. 게다가 그 남자는 폭주하고 말 테니——그렇지, 형사보다 우선은 사토무라 군이 더 좋으려나."

사토무라는 우리와는 안면이 있는 검시관이다.

"사토무라 군에게 뭐라고 하란 말인가? 나는 오늘 자네가 이야기한 것 같은 심령이니 점술이니 하는 해설은 도저히 못 하네."

"그런 걸 할 필요는 없어. 우연히 온바코의 장부를 입수해서 보게 되었는데, 신자들 중에 딸이 실종된 가족이 10건이나 있다. 이것은 연관이 없는 걸까, 라고 하면 되네. 그렇지, 기요노 씨가 도리구치 군에게 이야기한 것처럼 말하면 돼. 자네가 기요노가 되었다는 생각으로 한껏 음침하게 해 주게."

"으음."

그렇게 한다고 무슨 이득이 있는 것일까?

가령——경찰이 지푸라기라도 잡고 싶은 정보의 고갈 상태라면 어떨까. 이것은 유력하지는 않지만 흥미진진한 정보라고 할 수 있을 것이다. 그렇다면 어떤 형태로든 수사를 개시할 것이 틀림없다. 그러면 적어도 앞으로 똑같은 사건이 발생하는 것은 막을 수 있을지도 모른다.

물론 그것은 온바코가 사건과 관련되어 있을 때의 이야기지만.

반대로 경찰에 알리지 않고 기사를 냈을 경우에는 어떨까?

그랬다가 만일 새 희생자가 나오기라도 하면, '실록범죄'가 어떤 형태로든 책임 추궁을 받게 될 것은 명백하다. 범죄의 확증을 사전에 입수했음에도 불구하고, 이익을 추구하기 위해 조기에 정보공개를 하지 않은 게 되기 때문이다.

게다가 기사의 근간을 이루는 부분은 경찰로부터 부정한 방법으로 입수한 서류인 것이다. 법적 처분은 받지 않는다 해도 조만간 사법 당국의 탄압은 면할 수 없다.

또, 온바코가 사건과 관련이 없을 경우에는 말하지 않아도 뻔한 결말이다.

삼류 잡지는 존재 자체가 반체제적이다. 따라서 권력이나 도덕, 기성 개념 등에 대한 비판적 기사도 많이 싣는다. 그러나 어차피 삼류, 사류라는 사실에는 변함이 없고, 무책임한 비방 기사도 다수 눈에 띈다. 공서양속에 반하는 이유가 바로 이것이다. 이 경우 상대가 거대하면 즉각 탄압당하기 때문에, 결과적으로 개인을 공격하는 방향으로 일관하게 될 가능성이 높다.

종교 단체나 영능력자 등을 상대로 하는 경우에는 미묘해서, 칭찬하는 게 반체제인지 깎아내리는 게 삼류 잡지다운 건지 분명하지 않다. 기준은 상대의 규모로, 크면 깎아내리고 작으면 큰 소리로 칭찬하는 것이 경향인 것 같다.

온바코는 어느 쪽일까? 사실무근의 기사라면 신자들이 난리를 칠 것이다. 300명이 소란을 피우면 골치 아파진다. 개인을 공격하는 것보다는 훨씬 위험할 것이다.

그런 생각을 하면서 도리구치를 바라본다.

도리구치가 말했다.

"선생님, 왠지 물러날 수가 없네요. 추젠지 씨의 협력도 받을 수 있을 것 같으니 든든합니다. 선생님도——."

왠지 물러날 수가 없다. 그 기분을 아주 잘 알 것 같았다.

"——상자 퇴치에 힘을 빌려주십시오."

상자——나는 낮에 꾼 꿈을 떠올렸다.

"자, 세키구치 군. 이 장부를 잘 봐 두게."

교고쿠도가 신자들의 장부를 내게 내민다.

"흠, 자네는 언제나 직접 움직이지는 않는군."

탐정소설에는 안락의자 탐정이니 침대 탐정이니 하는 탐정이 등장한다. 교고쿠도의 경우는 요컨대 다다미방 탐정이다. 그러나 이 남자의 경우, 추리를 해도 이야기하지 않는다든지, 궤변으로 뭉뚱그리는 것을 좋아하는 듯하니 탐정에는 맞지 않는다.

나는 일부러 심술궂게 말하며 장부를 눈으로 좇았다. 그때는 거의 관심이 없었기 때문에 아무 생각도 하지 않았다. 그래서 글자는 보였지만 읽히지는 않았다. 읽는 척하고 있었을 뿐이다.

읽히는 글자가 있었다. 몇 줄 되돌아간다.

눈이 멈췄다.

〈구보 슌코〉

"구보——슌코?"

소리 내어 말하고 말았다.

"그 신진 환상소설가 말인가?"

교고쿠도는 알고 있었다.

"이름이 나와 있나? 그는 아직 젊은 사람 아닌가? 신자인 걸까. 아니, 동명이인일지도 모르지. 기요노 씨의 메모는 어떻게 되어 있지?"

나는 당황해서 훑어보았다.

〈소설가. 제2회 본조환상문학 신인상 수상. 희사를 한 흔적은 없음. 세부 사항 불명〉

무슨 뜻일까? 나는 그 단정한 얼굴을 떠올렸다. 어울리지 않는다. 그가 가짜 행자에게 머리를 숙이고 예배를 하는 모습은 상상도 할 수 없다. 게다가 희사를 하지 않았다는 건 무슨 뜻일까?

나는 몹시 불안정해졌다.

"왜 그러나? 자네는 구보라는 소설가를 알고 있나? 그러고 보니 다음 호 '근대문예' 신간 광고에 그의 이름이 있었지. 만일 자네와 안면이 있다면, 그를 만나 본다는 방법도 있겠군."

"그건 —— 미안하지만 거절하겠네."

그는 대하기 거북하다.

아니, 좀 다르다. 그 남자는 별로 상관없다.

그 남자가 자신보다 강한 존재에게 예배를 올리는 모습이 너무나 싫은 것이다.

나는 상상한다. 하얀 장갑을 끼고 단정하게 정장을 한 구보가 머리를 깊이 숙이고 있다. 그 상대는 상자다. 거대한 상자다. 상자 안에는 상자가 있고 그 안에는 또 상자가 있고, 주위에는 팔이며 다리가——.

안 된다, 혼란스러워지고 말았다.

왜 나는 갑자기 이렇게 불안정해진 걸까? 도리구치가 뭔가 말하고 있다. 그 커다란 가방에는 대체 무엇이 들어 있는 걸까?

역시 상자가 아닐까?

9월 22일. 나는 이렇게 해서 사건에 깊이 개입하게 되었다.

※

전략

약속한 원고를 보냅니다 본래대로 하자면 귀사에 찾아가 직접 건네 드리는 게 확실한 방법으로 생각됩니다만, 제반 사정에 쫓겨 우송하게 되었습니다

오늘은 9월 7일, 우편 사고만 발생하지 않으면 기일인 9월 10일에는 도착할 것 같습니다

일독해 보시면 아시겠지만, 작품은 전부 옛 가나[58]로 표기했습니다

이것은 의도적인 글이니 교열하실 때 고치지 말아 주십시오

또, 귀찮으시겠지만 교정쇄는 겉봉에 쓴 주소로 우송해 주시기 바랍니다 도착하는 대로 바로 교정한 후, 반송해 드리겠습니다

그럼, 격려해 주신 야마사키 씨께도 모쪼록 안부 전해 주십시오

고이즈미 다마요 귀하

구보 슌코

58) 가나는 일본 고유의 문자를 가리키는 말로, 히라가나와 가타카나가 있다. 옛 가나는 1946년에 고시된 '현대 가나'에 대비되는 개념으로, 그 이전에 사용되던 역사적 가나를 말한다. 현재는 사용되지 않는 문자가 다소 포함됨.

※

'상자 속의 소녀' 전편

구보 슌코

어릴 때부터 결벽증이 있어, 무엇이든 제대로 정리가 되어 있지 않으면 마음이 진정되지 않는다. 양복에 주름이 있거나 벽 모서리가 휘어져 있으면 화가 난다.

도시락 통의 밥알이 한쪽으로 기울어져 틈이 비거나 하면, 식욕보다 분노가 앞서게 되어 먹지 않는다.

빈틈이 생겨 있을 바에는 차라리 아무것도 들어 있지 않은 편이 낫다. 용기(容器)라는 것은 안에 물건이 들어 있어야만 용기이고, 충분히 유효하게 활용하기 위해서는 빽빽하고 충실하게 들어 있을 필요가 있다.

그런 것만이 신경 쓰인다.

(중략)

시험도 만점이 좋다. 90점을 받고 점수가 높다고 들떠 있는 사람을 보면, 어리석어서 화가 치민다. 부족한 10점치가 비어 있지 않은가.

그래서 공부를 곧잘 했다. 뭔가를 배우면 그만큼 뇌수가 충실해진 듯한 기분이 들어서 만족감이 있었다. 빈틈이 메워져 가는 것은 기분 좋은 일이다.

(중략)

불완전한 것에 대한 혐오감은 자라면서 더해 갔다. 모자란 것, 부족한 것은 악(惡)이고 열(劣)이다.

필통에 연필이 들어 있다. 새 연필은 길어서 필통 속의 빈틈은 적다. 그러나 조금이라도 깎으면 곧 틈이 생긴다. 공허야말로 바보의 상징이다. 필통의 그 빈틈에 어리석음이 충만해 있는 것 같아서, 보고 있노라면 구역질이 났다.

그래서 필통 속의 연필은 늘 새것이다.

그렇게 모든 것이 충만하고 완벽했던 덕분에, 수석으로 졸업할 수 있었다.

그리고 주위의 바람대로 관리가 되었다. 물론 일은 완벽하게 해냈기 때문에, 당연히 매일 충만했고 행복했다. 행복이란 가득 찬 것이다.

(중략)

아버지가 돌아가셨다.

어머니는 철이 들기 전에 돌아가셨기에 넓은 집에 혼자 남았다.
비어 있는 방이 많은 집에는 무서워서 살 수 없다.
문 맞은편, 장지 맞은편에서 공허가 기다리고 있다.
앉아 있기만 해도 불안이 슬슬 증폭되어 견딜 수가 없다. 뇌수가 비대해져 머리에 바람구멍이 생길 것 같다. 1초도 견딜 수 없다.
즉각 집을 팔고 작은 집을 빌렸다.
정방형의, 상자 같은 집이다.

방의 붙박이장에는 고리짝과 이불이 차곡차곡 들어 있다.
밤에 이불을 깔면 이불이 들어 있던 부분은 비게 된다.
자는 사이에 거기에 불안이 차오른다고 생각하면 무서워서 잘 수가 없다.
게다가 일어나 있을 때는 별로 신경이 쓰이지 않지만, 누우면 천장까지의 공간이 무섭다.
뭔지 모를 공기에 눌려 찌부러질 것 같다.
미칠 것 같을 만큼.
그래서 붙박이장에 들어가 자기로 했다.
밀착해 있으면 얼마나 기분이 좋은지.
구석구석까지 완전히 충만해 있는, 이 더할 나위 없는 충실감.

아랫단에 있는 고리짝이 신경 쓰였다.

고리짝은 세 개밖에 들어 있지 않다. 그래서 누워 있는 바로 밑에는 불쾌한 빈틈이 생긴다.

거기에 불안이 가득 차서, 조만간 위로 올라올 게 틀림없다.

다음 날, 붙박이장에 들어갈 만한 고리짝을 사 왔다. 빈틈이 생기지 않도록 꽉꽉 채워 넣는다. 빈틈에는 천을 접어 끼운다. 그때 고리짝에 아무것도 들어 있지 않다는 것이 생각났다.

이 안은 공허다.

당황해서 고리짝을 끄집어내 이것저것 채운다. 잘 들어가지 않는다. 아무래도 빈틈이 생긴다. 만 하루 걸려서 시행착오를 되풀이하지만, 결론이 나지 않는다.

모서리에 틈이 생긴다.

흙을 넣기로 했다. 밤중에 마당에 나가 흙을 파내서 방으로 날랐다.

빽빽하게 구석구석까지 꼼꼼하게 흙을 채우고, 물건을 넣는다. 완벽하게 충만한 고리짝은 무겁다. 들어 올리려니 꽤 힘들다. 붙박이장에 하나씩 넣어 간다. 붙박이장 아랫단을 완벽하게 채우는 데 만 이틀이 걸렸다.

이제 안심이다.

윗단의 이불 사이로 비집고 들어간다. 어머니의 태내(胎內) 같은 안도감에 둘러싸여 푹 잤다.

갑자기 무서워진다. 아직 빈틈이 있다. 이불은 흐물흐물해서 아무런 안도감도 없지 않은가. 그렇게 생각하자 안도감은 갑자기 멀어졌다. 이걸로는 안 된다. 불완전하다.

아침까지 한숨도 자지 않고 밀려오는 공포감과 싸우다가, 날이 밝자 당장 줄자로 붙박이장의 치수를 잰 후 밖으로 나갔다.

상자를 제작하자. 붙박이장에 빈틈없이 들어가는 상자에 빽빽이 흙을 채우고, 그 안에서 자는 것이다.

좋은 생각이었다.

상자가 완성될 때까지 7일이 걸렸다. 그동안에는 자지 않고 계속 앉아 있었다.

상자가 완성되자 다시 행복이 찾아왔다.

엄청난 행복감.

다음 날, 전보다 더한 충실감을 느끼며 직장에 복귀할 수 있었다.

그러나 아버지가 돌아가신 후 보름의 공백이 생겨 버렸기에, 그것을 메우기 위해 필사적으로 일했다.

안정되었다.

정해진 일을 정확하게 실행할 수 있다는 것은 멋진 일이다. 그것은 무엇보다도 소중한 일이다.

반복연습을 되풀이해, 빈틈이 생기지 않도록 군더더기 없는 행동으로 하루를 보내는 것이다.

1초라도 쓸데없는 시간이 있어서는 안 된다.

아버지의 상월(祥月)[59] 기일에 전보가 도착했다.

---

59) 죽은 지 두 돌 만에 지내는 제사를 대상(大祥)이라 하는데, 상월이란 이 대상을 치르

부보였다.

할머니가 돌아가시는 바람에 서둘러 귀성했다.

(이하생략)

※

는 달을 말함.

5

방에 연기가 차 있다. 꼭 안개가 낀 것 같다.

기바는 창문을 열었다. 창틀은 미묘하게 비틀려 있어서 잘 열리지 않는다. 여닫이가 나쁘다기보다 건물이 낡았다. 창문을 열 때마다 기바는 생각한다. 고색창연하다는 사자성어는 이 집에 딱 어울린다.

창문에서 보이는 풍경은 살풍경하다고밖에 표현할 수 없다. 공터에 전신주. 대각선으로 건너편에 있는 단층집의 빨래. 검은 담장. 밤에는 개구리 소리. 요즘은 벌레 소리도 섞여 있다.

창문을 열면 바람은 통한다. 하기야 창을 열지 않아도 외풍은 사정없이 침입해 온다. 그런 주제에 통기성이 좋다고도 할 수 없다. 겨울에는 춥고 여름에는 더운, 그런 집이다.

잠시 밖을 바라보다가 시선을 실내로 돌린다. 희미하게 가을 빛깔을 실은 바람이 방을 지나가 여기저기 있는 틈새로 도망친다. 그 참에, 바닥에 고여 부패해 가던 일상을 조금은 가져가 준다.

실내는 바깥보다 더 살풍경하다.

찬장과 밤낮없이 깔아놓는 이부자리. 접이식 밥상. 여기저기 얼룩이 배어 있는 회반죽 벽. 알전구.

베갯맡의 재떨이에는 꽁초가 산더미처럼 쌓여 있고, 산더미가 지나쳐 산사태를 일으키는 바람에 담뱃진과 담뱃재가 다다미를 침식하고 있다. 이럴 바에는 재떨이가 없는 편이 낫다.

담배를 너무 많이 피운다. 목이 아픈 건 아니지만, 기분이 나쁘다. 아니, 2, 3일 목소리를 내 보지는 않았지만 어쩌면 목도 맛이 갔을지도 모른다.

너무 건강에 해로워서 눈물이 날 것 같다.

잠시 망설인 후, 기바는 결국 이부자리로 돌아갔다.

기바는 원래 성실한 남자다. 지금도 이불을 개고 펴는 건 게을리하고 있지만, 방의 정리 정돈은 잘 되어 있다. 잡지, 신문류는 판형별로 묶여 있고 찬장 속의 식기도 깨끗하게 닦여 있다. 그러나 지난 20일 동안, 30대 독신남자치고는 드문 그 꼼꼼함은 거의 발휘되지 않고 있다.

일 개월 동안의 근신――.

그것이 일주일에 걸쳐 명령을 무시하고 단독으로 행동한 대가로 기바에게 주어진, 도쿄 경시청으로부터의 선물이었다.

해고되지 않으면 그만둬 주마.

그렇게 생각하고 있었다. 그러나 기바는 그만두지 않았다. 그만둘 수 없는 이유가 생긴 것이다.

가나코를 찾는 것.

요코의 적을 쓰러뜨리는 것.

얼빠진 놈들은 할 수 없는 일이다. 그러나 기바도 민간인이 되어 버리면——그 일을 이룰 수 있을지 없을지 알 수 없다. 기바에게는 아직 형사라는 신분이 필요한 것이다. 현재의 기바는, 형사여야만 기바 슈타로다.

즉 신분이 없는 기바는 기바 슈타로조차 못 되는 것이다. 상자는 바깥쪽에만 존재 가치가 있다. 내용물이 가득 찬 순간 겉면이 떨어져서야 웃음거리가 될 뿐이다. 기바라는 상자는, 기꺼이 처벌을 받아들임으로써 상자로서의 체면을 유지한 것이다.

그리고 지금, 기바라는 이름의 이 상자는 이 방과 똑같이 빈틈투성이이고——.

그러면서도 안은 탁하게 고여 있다.

처분이 내려진 것은 9월 5일의 일이었다.

사건 발생 후부터 그때까지, 기바는 가나가와 본부에 구속되어 있었다.

처분은 도쿄 경시청에서 기바를 인도받으러 온 상사 오시마 경부의 입으로, 인도될 때 그 자리에서 선고되었다. 동석한 가나가와 본부의 이시이 경부는 그에 대해 격렬하게 이의를 제기했다. 왜냐하면, 그것은 어디까지나 도쿄 경시청의 명령에 등을 돌린 행동에 대한 처우이지, 가나가와 본부의 공무집행을 방해한 사실에 대한 처벌이 아니었기 때문이다.

이시이는 철두철미하게 계속 기바의 책임을 주장했다. 제삼자의 부당한 관여 때문에 통솔은 흐트러지고, 경비 태세는 교란되고 운운. 결국은 〈기바 범인설〉이다.

기바는 일절 변호하지 않고 잠자코 듣고 있었다. 기바가 잠자코 있는 것을 기회로, 이시이는 집요하게 같은 이야기를 되풀이했다. 너무나도 집요해서 어지간한 오시마도 참다못한 듯, 잔뜩 비꼬며 이렇게 말했던 것이다.

"기바는 말이지요, 일부러 당신의 실패에 대한 핑계를 만들어준 거나 마찬가지지요. 기바를 몰아세울 기력이 있다면 조금은 감사하는 게 어떨까요, 이시이 씨."

그리고 기바 쪽을 보더니 똑같은 말투로,

"기바, 사실 나는 더 화가 났었지만 이 사람을 보고 있으니 자네를 야단칠 마음이 사라졌네. 더 이상 아무 말도 않을 테니 냉큼 집에 가서 자."

라고 말했다.

이시이는 침묵했다.

오시마는 그 후로 정말 아무 말도 하지 않았다.

처음부터 변명 같은 걸 할 생각은 없었지만, 잔소리를 해대면 물어뜯어 주겠다는 생각은 하고 있었다. 그러나 기바는 예상 밖의 상황에 전의를 상실했다.

그대로 3주 가까이 지났다.

아무것도 할 수 없었다. 이 방에 있는 한, 그 후의 수사 진척은 알 수도 없다.

형사를 그만두지 않음으로써 상자의 체면을 유지한 기바는, 지금 다시 상자의 내용물을 잃어 가고 있다. 아무것도 하지 못한다면, 결국 기바는 빈 상자인 것이다. 공허다.

그때. 가나코가 사라졌을 때.

그것은 마법일까, 마술일까, 아니면――.

이부자리의 먼지 냄새를 맡으면서, 기바는 떠올린다. 지난 3주 동안 벌써 몇 번이나, 셀 수도 없을 만큼 재생했던 그 기억을 또다시 더듬는다.

"무슨 일이냐니! 당신들 대체 뭘 하고 있었소!"

미마사카가 고함을 친 바로 그때.

침대 위의 가나코가 사라진 순간.

기바는 자신의 눈을 의심했으나, 곧 형사의 눈으로 전원을 훑어보았다.

요코는――요코는 여전히 셀룰로이드 인형처럼 핏기 없는 얼굴로 천천히 침대를 보고 있었다. 무슨 일이 일어난 건지 아직 이해하지 못하고 있다. 서서히 턱을 치켜든다. 이윽고 공포의 표정을 띤다. 목소리가 나오지 않는 모양이다.

후쿠모토는 아아, 하고 공기가 빠진 듯한 목소리를 내며 얼어붙는다.

경관들이 우왕좌왕한다. 아무도 어떻게 하면 좋을지 모르는 것이다. 그저 묘석 같은 기계류 사이를 왔다 갔다 하며 당황할 뿐이다. 복도에 있던 경관이나 아래층에 있던 경관들까지 몰려들어, 현장 유지는 고사하고 이래서야 건물 안에 몇 명의 사람이 있었는지도 알 수 없을 지경이다. 본래 명령 계통의 정점에 있어야 할 이시이 경부 자신이 입을 반쯤 벌리고 한 마디도 하지 못한 채 우두커니 서 있으니, 경관들을 야단칠 수도 없었을 것이다.

이시이는 완전히 망연자실한 상태였다.

그도 그럴 것이 가나코의 모습을 마지막으로 본 사람은 이시이 자신이었고, 게다가 그것은 가나코가 사라지기 겨우 몇 분 전이었을 뿐만 아니라 그 후에도 반투명한 비닐막 네 장을 사이에 두고 있었을 뿐, 가나코와 이시이 사이의 거리는 1간 반도 되지 않았던 것이다.

그리고 요리코는——요리코는 몹시 이해할 수 없는 표정을 하고 있었다.

그 표정은 그때까지 기바가 본 요리코의 표정 중에서 가장 진정한 요리코의 얼굴인 것처럼 생각되었다.

그리고 그 얼굴은, 기바에게는 기뻐하고 있는 것처럼 보였다.

더욱 놀랍게도, 그것은 역시 기뻐하는 표정이었다는 사실을, 기바는 나중에 요리코에게서 들었다.

그러나 그때는 그저 기이한 인상을 받았을 뿐이다.

아메미야는.

아메미야는 없었다.

문 근처에 있던 경관의 증언을 따르면 미마사카가 들어올 때 방을 나간 모양이다.

그때, 아메미야가 없다는 사실을 깨달았을 때, 당장 어디 있는지 확인부터 해야 했다. 기바는 그 생각을 하면 후회가 밀려와 미칠 것만 같았다. 아마 아메미야가 없다는 사실을 알아차린 사람은 기바뿐일 것이다. 그리고 그 이후 아메미야의 소식은 끊겼다.

아메미야도 사라져 버린 것이다.

경관들이 우선 한 일이라면——.

그것은 수사라고 부르기에는 너무나도 엉성한 행동이었다.

그들은 강아지라도 찾듯이 몸을 굽히고 온 방의 방바닥을 기어다니며——찾았다. 개중에는 쓰레기통이나 약품 선반 속까지 들여다보는 엉뚱한 사람도 있었다. 이것이 범인의 유류품이나 범행의 흔적을 찾는 모습이라면 그나마 이해가 가지만, 그들은 전원이——가나코를 찾고 있었던 것이다.

지갑을 떨어뜨린 것도 아닌데 뭘 찾아내려는 것일까?

묘지에서 일제히 제초 작업을 하는 것 같다.

기바는 비난받을 것을 각오하고 침대로 다가가 현장검증을 시도했다.

아마 이 요새 안에서 비교적 침착하고 냉정한 사람은 기바, 자신뿐일 거라고 생각한 것이다.

사실 그런 기바도 마치 조금 전의 요리코처럼 희미하게 떨고 있었지만.

비난받지는 않았다.

침대 주위는 조금 전 기바가 들여다보았을 때와 전혀 다르지 않았다. 기계류는 아직 가나코가 그곳에 계속 누워 있는 것처럼 변함없이 작동하고 있는 것 같았고, 스자키가 엉덩방아를 찧은 곳도 마침 기계 상자와 상자 사이였는지, 큰 소리가 난 것치고는 부딪치거나 쓰러진 흔적은 없다.

침대 밑을 들여다본다.

기바는 바닥에 엎드려서 보았다. 경관들의 자세를 따라 한 거라고 생각한다.

조금 전까지 가나코에게 덮여 있던 하얀 천이 떨어져 있다. 가나코와 이어져 있던 튜브며 호스, 코드 등이 그 본체를 잃고, 침대를 중심으로 방사상으로 뻗어 있다. 시선을 들자 링거액이 뚝뚝 떨어지고 있다. 링거 자루에서 뻗어 나온 튜브를 따라가 본다. 주사기 끝에서 떨어진 약물이 조금씩 바닥으로 퍼져 간다. 범인은 링거조차 쓰러뜨리지 않은 것이다.

그러나 꼼꼼하게 링거까지 떼어낸 것치고는, 가나코가 상당히 난폭하게 취급되었으리라는 것도 쉽게 상상이 된다. 왜냐하면, 깁스가 산산이 부서져 바닥에 흩어져 있었기 때문이다.

——그런 소리——아니, 기척조차 나지 않았다.

침대 위는 어떨까? 기바는 일어선다.

미마사카와 눈이 마주쳤다. 미마사카는 파충류 같은 눈으로 기바를 보고 있었다.

기바는 왠지 그 시선이 견딜 수 없어 침대에 신경을 집중한다.

베개가 머리 모양으로 움푹 패어 있다. 만져 본다. 가나코의 체온이 남아 있는 걸 알 수 있다. 조금 전까지 가나코는 분명히 여기 있었던 것이다. 조금 전 기바가 본 것은 환각도 착각도 아니다. 이것은 그 증거였다.

이——침대 자체에 무슨 장치가 있는 것은 아닐까?

아사쿠사의 극장에서 본 적이 있다. 사람을 둘로 자르는 광경. 사라지는 소녀. 그렇다, 마술이다. 마술이라면 반드시 속임수가 있을 것이다.

그러나 침대의 구조는 간략하기 짝이 없었고, 속임수도 장치도 끼어들 여지가 없었다.

두께도 3촌(약 9cm) 정도밖에 되지 않으니, 아무리 말랐다 해도 사람이 숨을 수 있을 리 없다.

시트는 거의 흐트러지지 않았다. 전혀 몸을 움직일 수 없었던 모양이다.

팔과 다리 부분만이 그 형태대로 조금 패어 있다.

——뭔가——이상하다.

이상하다고 생각한다면 물론 전부 이상하지만, 왠지 기바는 특히 더 이상하다고 느꼈다.

기바가 얼굴을 든 것과 미마사카가 기바에게서 시선을 피한 것은 거의 동시였다.

미마사카는 우왕좌왕하고만 있는 경찰관들에게 있는 힘껏 경멸의 시선을 던지고, 이시이에게는 눈길도 주지 않은 채 말없이 승강기로 향했다.

그 파충류를 연상케 하는 냉철한 시선은 승강기 문이 완전히 닫히는 찰나 요코를 바라보았다——기바에게는 그렇게 생각되었다. 그러나 그때 어떤 감정의 움직임이 있었는지, 기바가 읽어내는 것은 불가능했다.

——문제는 스자키다.

스자키가 언제 나갔는지 모르겠다.

미마사카가 나갔을 때, 그 모습은 이미 없었던 것 같다.

——그는 허리가 풀려 있었다.

허리가 풀려서 기듯이 도망친다——이 방은 그런 것이 가능한 무대 설정이 아닌 것이다.

전선이며 튜브가 엉켜 있는 바닥은 발 디딜 곳도 마땅치 않았고, 침대와 출구를 직선으로 잇는 길도 없다. 당황한 상태에서 여기저기 서 있는 기계들을 쓰러뜨리지 않고 도망칠 수 있을 리가 없다. 경관들도 사실 몇 번이나 발이 걸려 엎어지고 고꾸라지는 추태를 연출했었던 것이다.

그런데 스자키는 누구보다도 일찍 방에서 사라지고 없었다. 방 밖에 있던 몇몇 경관들의 증언을 따르면, 가져온 작은 상자를 그대로 안고, 큰일이다, 큰일이야, 하면서 서둘러 계단을 내려갔다고 한다.

그게 언제일까? 가나코가 사라지고 나서 몇 분 후일까?

그걸 알 수가 없다.

가나코가 사라진――정확하게는 사라진 것이 발견된――시간을 아무도 모르는 것이다.

――멍청한 노릇이다.

30명 이상의 경관이 있었는데 아무도 확실하게 모른다.

아는 것은 미마사카가 탄 승강기가 2층에 도착한 시간뿐이다. 그것은 마침 1층이나 옥외에서 대기하고 있던 경관들이 비상사태가 발생했다는 말을 듣고, 떼거리로 나선계단을 뛰어 올라왔을 때였던 모양이다. 2층 복도에는 사용 순서를 기다리는 경관이 3명쯤 모여 있었고, 그중 한 사람이 시계를 보고 있었다.

6시 18분이었다고 한다.

스자키가 방을 나간 시간은 그 이전이라는 걸까?

기바 일행이 응접실에 들어간 시각이 6시 32분. 기바의 느낌으로는 가나코가 사라지고 나서 30분 정도는 족히 그 방에 있었던 것 같다. 그 느낌이 맞는다면, 소실 시간은 6시 전후라는 뜻이 된다.

그럼 스자키는 6시부터 6시 18분 사이에 나선계단을 내려갔다는 것일까? 1층과 옥외에 있던 경관들은 스자키의, 큰일이다, 하는 목소리에 사태를 안 모양이다.

이시이가 경관에게 내린 가장 최초의 구체적인 지시가 기바를 포함한 4명을 응접실로 데려가라는 것이었으니, 이시이는 30분 동안은 제대로 기능하고 있지 않았다는 뜻이 된다. 따라서 스자키가 경관들에게 처음으로 사태를 알렸다 해도 이상하지는 않을 것이다.

그러나——.

그렇다면 스자키는——바깥까지 나갔다는 뜻이 된다.

그렇다. 스자키는 작은 기계 상자를 들고 밖으로 나갔다. 밖에 있던 경관은 설마 건물 안에서 무슨 일이 일어날 거라고는 생각도 하지 않았다. 범인은 밖에서 올 거라고만 생각하고 경비하고 있었다. 따라서 안쪽에서, 큰일이다, 하는 목소리가 들리자 매우 당황한 모양이다. 스자키가 문을 열었다. 문 부근의 경관 몇 명이 달려왔다. 그때 스자키는 경관을 보고는 당황해서,

"위에요, 위로."

라고 말하며 천정을 가리켰다고 한다.

경관들은 순순히 나선계단으로 향했다. 스자키는 그 틈에 밖으로 나간 것으로 생각된다.

——아무리 생각해도 움직임이 부자연스럽다.

기바는 스자키를 의심한다. 가나코가 누워 있지 않은 텅 빈 침대를 처음으로 본 자는 스자키이므로, 그의 증언이 가장 중요하지 않은가. 스자키야말로 첫 번째 발견자인 것이다. 그러나——경찰은 그 귀중한 첫 번째 발견자의 증언을 청취할 기회를 영원히 잃어버렸다.

그 후, 스자키는 시체로 발견되었던 것이다.

무능한 지휘관 밑에서 통솔을 잃은 30여 명의 경관들은 그 후 완전히 오합지졸이 되어 쓸데없는 움직임만 요란하게 되풀이했다. 결국에는 옥외의 경관들이 전원 건물 안에 들어와 버리는 언어도단의 폭거에 이른다. 건물 주위에 아무도 없다는 놀랄 만한 사태가 무려 30분 가까이 계속되었던 것이다.

그동안 스자키는 살해당했다. 명백한 경찰의 실수다.

현재 가장 의심받고 있는 사람은, 따라서 행방불명된 아메미야다. 이틀 후, 아메미야는 유괴 살인 혐의로 전국에 지명수배되었다. 아무 증거도 없다. 동기도 불명확하다. 그러니 가나가와 본부로서는, 그 자리에서 사라져 버린 사람을 의심하는 정도밖에는 길이 없었던 것이다. 그러나 아메미야가 범인이었다고 가정하더라도 가나코가 사라진 장치가 전혀 해명되지 않는다. 이것 또한 사실이다. 무엇보다 가나코가 사라졌을 때, 아메미야는 방에 없었다.

——아메미야가 범인일 리는 없어.

기바는 그렇게 생각하고 있다. 그러나 만일 건물 안에 범인이 있었다면, 아메미야 이외에 해당되는 사람은 없다.

——고다가 있지.

그때는 고다에게까지 생각이 미치지 않았다.

혼란은 몇 시간 동안 계속되었다.

이시이는 우선 제삼자를 한데 모아두는 정도의 지혜밖에 갖고 있지 않았는지, 기바 일행을 응접실로 옮긴 후에도 이렇다 할 명확한 수사 방침을 정하지 못했다.

스자키의 시체가 발견되고, 이시이가 간신히 사태의 심각함을 파악하고 경관들이 본래의 기능을 회복한 것은 가나코가 사라진 지 2시간 이상 지난 오후 8시경, 감식반 등 지원 인력이 도착한 것은 그로부터 1시간이 더 지난 후, 9시가 넘어서다. 그동안 기바, 후쿠모토, 요리코, 그리고 요코는 그 응접실에 계속 연금되어 있었던 셈이다. 심문도 없고 아무것도 없다. 그리고 경관들은 그저 벌집이 쑤셔진 벌들처럼 위로 아래로 뛰어다니고 있었던 모양이다.

——어쩔 수 없나.

기바는 그렇게 생각했다. 이런 바보 같은 사건은 있을 수 없다. 30명의 경관들에게 둘러싸인 채 출구가 하나밖에 없는 건물에 누워 있던, 온몸에 깁스를 해서 꼼짝도 할 수 없는 중환자가 형사나 경관들이 지켜보는 가운데 홀연히 사라지다니. 불가능하다. 비상식적이다. 바보 같은 일이다.

7월에 일어난 이해할 수 없는 사건도 침실에서의 실종 사건이었다. 그러나 이번에는 그때와는 상황이 다르다. 잘못 본 것이나 착각일 리는 없다.

——초자연현상.

기바는 지난번 사건 때 그 말을 알았다. 인간의 지식을 뛰어넘은 불가사의한 사건을 그렇게 부르는 모양이다. 그런 일은 있을 수 있다고 생각은 한다.

그러나 기바는 자신의 주위에서 그것이 일어난다는 것을 인정하고 싶지는 않았다.

"어떻게 된 겁니까? 어떻게 된 겁니까, 기바 씨, 기바 형사님, 이게 어떻게 된 일입니까?"

얼어붙어 있던 후쿠모토는 응접실에 들여보내진 순간 해동되었다. 그리고 유아퇴행이라도 일으킨 듯 꼴사나운 흥분 상태를 보였다. 기바는 무시하는 일도 피곤할 것 같아서 크게 소리쳤다.

"시끄러워!"

한 번의 일갈로 후쿠모토는 입을 다물었다.

그리고 온 방이 입을 다물었다.

처음으로 말을 한 사람은 요코였다.

"아, 아메미야 씨는——아메미야 씨는, 어디 있는 걸까요? 기바 씨, 저어, 아메미야 씨가 없어요. 그 사람이 어디 있는지 모르시나요?"

기바 쪽을 향하고 있지만 기바를 보고 있지 않다. 핏기 없는 얼굴은 화장기가 거의 없지만, 화장을 했을 때와 그렇게 인상이 다르지 않다. 형광등 때문인지 막 성충이 된 매미처럼 피부가 투명하다. 유일한 화장인 입술연지가 몹시 붉다.

"아까 경관에게 물어보니 소장이 들어올 때 나간 것 같소. 어딘가에 가 있다면 이 소동도 모르겠지."

되도록 억누른 목소리로 이야기했다.

"어디로——간 걸까——이런——때에."

어미는 목소리가 작아서 알아듣기 힘들었다.

정신을 차려 보니 그 낮은 기계음이 부활해 있었다.

물론 그 소리는 끊임없이 계속 울리고 있었지만, 귀가 익숙해졌는지 걸핏하면 의식에서 벗어나고 만다.

“이런——바보 같은 얘기가 어딨나. 요코 씨, 결국 일어나 버렸소. 이시이 따위에게 맡겨 뒀다간 앞으로 어떤 사태가 벌어질지 알 수 없어. 부탁입니다. 내게 자세한 사정을 가르쳐 주시지요. 가나코 양은 내가 반드시 되찾을 테니——.”

“하지만 기바 씨——.”

후쿠모토가 또 쓸데없는 소리를 한다.

기바가 얼마나 말을 골라 가며 요코에게 이야기하고 있는지 모르고 있다. 그도 그럴 것이 아무리 말을 골라도 기바의 어휘로는 이 정도다. 고르나 안 고르나 큰 차이가 없다.

“범인의 수법도, 의학에 대해서도 잘 모르지만 그런 중환자를 유괴하다니 비상식적이라고 생각합니다. 유괴란 인질이 살아 있어야만 이루어지는 범죄 아닙니까? 유괴한 순간 인질이 죽어 버린다면 몸값을 받을 수가 없으니까요. 좀 더 경상인 환자라면, 빨리 되찾지 않으면 목숨이 위험하다면서 그것 자체도 공갈 대상이 되겠지만, 가나코 양의 상태로는.”

“시끄럽다고 했잖아!”

진심으로 화가 치밀었다. 그런 건 알고 있다. 협박 편지가 왔을 때부터, 기바는 그것만 생각해 왔다. 이것은 유괴라는 이름의 살인이다. 그렇게 붕대로 둘둘 감겨 있는 환자를 데리고 나간다는 발상 자체가 살인적이지 않은가. 생명을 유지하기 위해 그렇게 많은 기계를 달고, 링거를 놓고, 산소를 공급하고, 깁스를 하고, 가나코는 부서진 물건과도 같은 것이다.

"가나코는——죽지 않아요. 그렇게 쉽게는——."

요코가 말했다.

"그건 무슨 말씀이십니까? 가나코 양이 이미 그만큼 회복되었다는 뜻인가요?"

정말 무신경한 놈이다.

기바는 후쿠모토의 멱살을 잡아 끌어당기고는, 가능한 떫은 얼굴로 노려봐 주었다.

강아지는 기바를 보고도 아무것도 이해하지 못하고,

"회복된 거라면 안심이네요."

라고 말했다.

기바는 말없이 후쿠모토를 쳤다.

왜 맞았는지는 모를 것이다. 상관없다.

후쿠모토는 비틀거리며 엉덩방아를 찧더니 넋이 나간 듯 기바를 바라보고, 그러고 나서 요코를 보았다. 당연히 아무도 일어서는 걸 도우려고 하지는 않는다. 그래도 후쿠모토는 여전히 둔감했고, 아마 말을 하는 게 좋지 않다고 판단했는지 왼쪽 뺨을 누르며 방구석으로 물러났다.

갑자기 요리코가 말했다.

"가나코는 죽지 않아요. 언니."

목소리가 밝았다. 기바는 분위기에 어울리지 않는 〈소리〉를 듣고 귀를 의심했다. 조금 전까지 부들부들 떨고 있던, 갓난아이처럼 섬세하고 약한 정서불안 소녀가 내는 목소리라고는 생각할 수 없었기 때문이다. 요리코는 역시 이해할 수 없는 표정을 하고 있었다. 요코가 이상하다는 듯 바라보자 요리코는 웃음까지 띠며,

"가나코는 살아서 천인(天人)이 된 거예요. 저는 들었어요. 사고가 일어난 후 오늘까지, 가나코는 번데기였던 거예요. 오늘 간신히, 나비가 되듯이 천녀가 되어서 하늘로 올라간 거예요. 우화등선(羽化登仙)이라고 하잖아요."

라고 말했다.

기바는 당황하고 말았다. 역시 이 소녀는 기바가 이해할 수 있는 범주 밖에 있다. 게다가 이 소녀는 기바가 들은 적도 없는 말을 잘 알고 있다. 천인오쇠, 시해선, 우화등선——망상인지 현실인지 모를 요리코의 이야기를 들을 때마다 그런 말이 나온다. 기바는 한자를 어떻게 쓰는지도 몰랐다.

"그래서 전 기뻐요. 가나코는 불행해서는 안 되거든요. 나이도 먹지 않아요. 게다가 죽지도 않지요. 그 검은 옷을 입은 남자는 정말 웃기는 사람이에요. 그런 줄도 모르고 밀어서 떨어뜨리다니. 하지만 한때는 어떻게 되는 건가 했어요. 가나코가 천인이 될 준비가 끝나기 전에 인간으로서 죽어 버린다면——."

가나코는 죽으면 요리코가 되는 게 아니었던가? 기바는 그런 말을 들은 기억이 있다. 소녀들은 행복의 순환계를 끊어 버린 것일까?

"언니, 그러니까 가나코는 죽지 않을 거예요. 그렇죠?"

요코는 대답하기 곤란해 하고 있다. 그저 작게,

"그래, 죽지 않을 거예요."

라고 말했다.

요리코는 할 말을 다 하고 나더니 기바 쪽을 향해,

웃었다.

——기뻐하고 있다.

이 소녀가 기뻐하는 이유를 기바는 그제야 깨달았다. 결국, 이런 것이다. 요리코는 현재 그렇게 행복하지 않다. 그에 비해——요리코의 눈으로 보자면——가나코는 행복해 보인다. 요리코가 죽어서 가나코로 환생한다, 이것은 아주 좋은 생각이다. 그러나 그런 가나코가 사고를 당한다. 그러면 어떻게 될까? 불행한 요리코는 내세에서도 불행하다는 뜻이 되고 만다. 이것은 곤란하다. 게다가 가나코가 죽어버리기라도 하면, 또 요리코로 다시 태어나는 것이다. 행복의 순환계는 불행의 순환계로 바뀌고 만다. 이것은 최악이다.

그래서 무슨 등선이니 해선이니 하는 것을 끄집어낸다. 그럼 어떨까? 요리코가 죽어서 가나코가 되고, 가나코는 죽지 않고 천녀가 되는 것이다. 천녀가 죽는지 안 죽는지는 모르겠지만——죽는다고 이전에 요리코가 말했던 것 같기도 하지만——요리코로 환생하는 것은 가나코가 아니라 천녀인 것이다.

그런 이론이다.

기바는 약간 혼란스러워졌다. 기바 생각에는 헛소리다. 믿느냐 안 믿느냐 하는 차원의 이야기가 아니다. 그러나 스무 살이나 연하인 이 소녀에게는 그것이 현실 아닐까?

그렇다면 그 소녀에게 동조하고 있는 이 상자 속에서는, 그것도 또 일어날 수 있는 일이 아닐까?

——바보 같다.

곧 그 생각을 지운다.

"그러니까 찾아봐야 소용없어요, 형사님."

요리코는 그렇게 간단히 말하고 기바에게 등을 돌렸다.

기계음이 난다.

"기바――씨."

요코가 기바를 불렀다.

"이렇게 된 이상――실례지만――이제 당신 개인으로는 아무것도 할 수 없는――거 아닌가요? 기바 씨도――그쪽에 계시는."

요코는 후쿠모토를 힐끗 보았다.

"후쿠모토――씨던가요, 당신도 더 이상 우리들에게 관여하는 것은――그만둬 주시지 않겠어요?"

"귀찮다는 거요?"

요코는 대답하지 않았다.

"이시이처럼 어설픈 일처리로는 가나코 양을 찾을 수 없을 텐데."

요코는 기바를 보려고 하지 않는다. 그러나 기바도 요코를 직접 보지 않기 때문에 두 사람의 시선은 영원히 마주치지 않는다.

"당신이라면 찾아줄지도 모르지요. 그건――알고 있습니다."

"그렇다면 어째서."

기바는 세면대 거울에 비친 요코를 보고 있었다.

마치 영화라도 보듯이.

"당신의 적은――이런 비상식적인 일을 저지른 놈은――누구요?"

"그건――."

기바는 돌아보았다.

"당신입니다――."

소리 내 말하지는 않았다. 하지만,

요코의 입술은 분명히 그렇게 움직였다.

——무슨 뜻일까.

그걸 모르겠다. 똑똑히 알아들은 것도 아니니, 요코는 다른 말을 한 건지도 모른다.

——아니다. 분명히 그렇게 말했다.

뭔가 착각을 하고 있는 걸까, 아니면,

알 수 없었다.

요코가 진심으로 자신을 의심하고 있으리라고는 도저히 생각되지 않았다. 기바 범인설을 뻔뻔스럽게 사람들에게 이야기할 수 있는 자는, 일본 전국을 뒤져봐도 이시이 정도밖에 없을 것이다.

——그리고 미마사카인가?

그렇다. 그 냉철한 과학자가 방에 들어왔다.

그리고 스자키의 시체가 발견되었다고 전했다.

——어째서 미마사카가 일부러 그 소식을 전하러 왔지?

경관이 왔다면 이해가 간다. 아니, 그때 응접실에 있었던 사람은 당사자의 가족——요코와 제삼자 3명뿐이다. 일부러 가르쳐주러 와야 할 이유도 없다. 무엇보다, 미마사카는 그런 심부름 같은 일을 할 사람은 아니다. 기바는 그렇게 생각한다.

기바는 그때까지 미마사카와 한 번도 말을 나누지 않았다.

그것은——.

"스자키가 죽었소. 소각로 앞에서——."

그 말은 누구를 향한 말이었을까?

그때 미마사카는 그답지 않게 당황하고 있었다.

그리고 요코를 보고 있었——지 않았을까?

그러나 이어지는 말은 분명히 기바를 향한 것이었다.

"살인이라면 당신이 나설 차례 아닌가? 여기에서 시시한 탐색전만 할 바에는 현장에 가 보는 게 어떻겠소? 그 몽고계 얼굴을 한 경부는 빈혈을 일으킬 것 같더군. 아니면 관할 외여서 그것도 안 되려나?"

——어떻게 내 신분을 알고 있었지?

미마사카는 스자키의 죽음을 요코에게 알리기 위해 나타난 것이 아닐까? 그리고 요코에 대한 기바의 탐색을 멈추게 한다. 그런 느낌이다.

전혀 모르겠다.

요코는 갑자기 흐트러진 모습을 보이며,

"교수님, 가나코는, 가나코는 무사할까요?"

하고 울 것 같은 목소리로 말했다.

그때까지는 아무렇지도 않게 말하고 있었음에도 불구하고——.

하지만 이 상황은, 미마사카의 모습을 발견하고 급격하게 불안해진 거라고 생각한다면, 그렇게 부자연스러운 반응은 아니다. 그 정도로 생각하고 있었다. 그러나 몇 번이고 반추하여 상기해 보면 좀 이상하다고 생각된다.

요코는 스자키의 죽음을 알고, 새삼 가나코의 안부가 신경 쓰인——건 아닐까?

더욱더 모르겠다.

미마사카는 대답하지 않았다.

요코는 실이 끊어진 인형처럼 의자에 주저앉았다.

스자키의 시체는 뒤쪽 소각로 앞에서 발견되었다.

발견자는 미마사카다.

아니, 정확하게는 경관인 듯하다.

미마사카가 밖으로 나가려던 것을, 마침 계단을 내려온 몇 명의 경관이 발견한다.

어디로 가십니까, 라는 질문에 미마사카는,

"스자키가 돌아오는 시간이 늦는 거 같아서."

라고 대답한 것 같다.

그 말을 듣고, 경관들은 스자키가 조금 전 건물 밖으로 나간 것에 생각이 미친다. 경관 중 한 명이 갑자기 불안을 느끼고——이것은 본인의 이야기다——기바는 직접 들었다——미마사카보다 먼저 건물 밖으로 나갔다. 미마사카는,

"아, 괜찮으니까 안을."

이라는 말을 한 것 같다. 그러나 그 경관에게는 잘 들리지 않았던 모양이다. 경관은 뒤쪽으로 돌아들어 가 누군가가 쓰러져 있는 것을 발견한다.

보통은 그럴 때 그게 누구인지 확인한다. 그러나 비일상적인 전개에 동요하고 있었는지——기바는 단순히 배짱이 없었을 뿐이라고 생각하지만——경관은 크게 소리를 질렀다.

결국, 경관을 밀어내고 달려온 미마사카가 시체를 확인했다.

사인은 후두부 강타에 의한 뇌좌상(腦挫傷). 흉기는 발견되지 않았다. 모서리가 있는 곤봉 모양의 금속이 아닐까 추측되고 있는 모양이다. 공교롭게도 기바는 그런 알맞은 형태의 물체를 모른다.

스자키는 6시 18분 이전에 밖으로 나갔다.

기바 일행이 응접실에 들어간 시간이 6시 32분.

시체가 발견된 시간은 7시 30분. 그 사이는 약 1시간이다. 경관들이 모두 건물 안에 들어가 있었던 시간은 7시경부터 발견될 때까지의 약 30분간으로 생각된다.

미마사카가 알리러 온 시간이 7시 50분 정도일까.

안 된다. 머릿속에 늘어놓아 봐도 하나도 정리되지 않는다. 순서에 따른 기억의 재생이 도움이 되지 않는다.

——그보다 요코다.

그렇다, 기바가 가장 납득하지 못하는 것은 그때 요코의 언동이었다.

미마사카가 말없이 문가에 서 있다. 요코는 초점이 맞지 않는 눈으로 미마사카를 바라보고 있다. 요코의 눈에 순식간에 눈물이 고이고, 그것이 넘쳐흐른다. 미마사카가 말한다.

찾아왔을 때와는 반대되는, 몹시 차분한——아니, 가라앉은——아니다, 냉혹한 목소리였다.

"환자는——없어져 버렸소. 이런 굼뜨고 무능한 경관들 덕분에, 정말로 납치되어 버렸단 말이오. 나는 이제——할 수 있는 일이 아무것도 없소. 게다가 스자키까지 살해되어 버렸고. 그러니 이제 방법이 없소——."

미마사카는 기바를 바라본다. 그 파충류의 눈으로.

"이제 어쩔 수 없어요."

그때, 요코의 태도가 돌변했다.

요코는 상자 속의 팽팽하게 떨리는 공기를 한껏 들이마시고는, 몹시 전기적인 비명을 질렀다. 기관이 파열할 듯한, 목소리 같지도 않은 소리다.

"안——돼——에——."

기바에게는 그렇게 들렸다.

그대로 기바 쪽을 본다.

"기바——씨!"

울고 있다.

"기바 씨, 기바 씨, 부탁이에요, 가나코를 찾아 주세요! 아까 했던 말은 전부 취소하겠습니다. 부탁드립니다, 빨리, 지금 당장, 가나코의 목숨이, 빨리!"

후쿠모토와 요리코가 놀라서 요코를 바라본다.

시선이 집중된 순간 요코는 일어서더니 울면서 다가와——.

기바에게 매달렸다.

그리고 요코는 들은 적도 없는 찢어지는 듯한 목소리로 울었다.

정신이 아득해진다. 상자 뚜껑이 열린다. 기바는 어쨌든 요코를 의자에 앉혔다. 어떻게 하면 좋을지 알 수 없었다. 그대로 껴안아주어야 했을까?

하지만 아무래도 껴안아줄 수는 없었다. 게다가 그렇게 하는 것이 좋은 일인지 아닌지도, 기바는 알 수 없었던 것이다.

요코는 울면서 몇 번이나 기바에게 애원했다. 가나코를 찾아 달라, 지금 당장 가 달라, 당신밖에 할 수 없다——그러나 아무리 기바가 질문해도, 요코는 그 이외의 대답은 결코 하지 않았다.

기바가 돌아보자, 요리코가 싸늘한 눈으로 보고 있었다.

마치 영화라도 보듯이.

——그렇군. 그때의 요리코와 똑같다.

기바는 보름 이상이 지난 지금에야 가까스로 그 사실에 생각이 미쳤다. 그 역에서 요리코가 취한 태도와 요코의 그 모습은 매우 닮아 있었던 것이다.

그런 걸 알았다고 해서 무슨 의미가 있을까?

요코를 지킨다——.

요코의 적을 쓰러뜨린다——.

기바는 그때까지 멋대로 혼자 설치고 있었을 뿐이었지만, 그때 그것이 갑자기 현실의 것이 되었다. 만날 리가 없었던 요코와의 비현실적인 만남은, 꾸물거리면서도 확실하게 생생한 만남으로 바뀌고 있었다.

하지만——.

거기까지였다.

기바는 감식반이나 지원하러 온 형사들이 달려옴과 동시에 근처 파출소로 호송되어 구치되었다. 왠지 모르게 예감은 하고 있었지만 설마 범인 취급을 받을 거라고는 생각하지 않았다. 그 후 후쿠모토나 요리코, 그리고 요코가 어떻게 되었는지는 알 수 없었다.

다만, 아메미야가 지명수배되었다는 이야기만은 들었다.

그래서 오시마가 올 때까지, 기바는 범인이었다.

——당신입니다.

기바는 왠지 우스워져서 이불에 드러누운 채 웃었다. 자신이 범인이라면 얼마나 유쾌할까.

해방과 동시에 근신이 내려졌다. 근신 중에는 경찰수첩을 일시적으로 반납해야 한다.

기바는 거기에 끼워져 있는 요코——기누코의 사진을 몰래 빼내느라 꽤 고생했다. 엉덩이 주머니에 요코의 사진만이 남았다.

그 뒤로 기바는 정말 근신하고 있다.

요코를 만나고, 혼자서라도 수사를 계속 진행하고, 가나코를 찾아내고——.

상상은 하지만 현실이 따라주지 않았다.

정신이 들면 담배를 피우고 있다. 너무 많이 피운다. 하지만 멈출 수가 없다.

방 공기가 또 가라앉는다.

버저가 울렸다.

몇 번을 들어도 이상야릇한 소리다.

아래층 노부인——집주인은 공습 때 넘어져서 왼쪽 정강이를 다친 후부터 마음대로 걷지 못한다. 전혀 걷지 못하는 것은 아니지만, 하루의 대부분을 누워서 보낸다. 누워 있는 다다미방은 안쪽에 있고, 그녀는 귀가 좀 어두워서 사람이 와도 금방 알아채지는 못한다. 따라서 손님들은 모두 버저를 울려야 한다.

때문에, 기바가 있을 때는 버저가 울리면 기바가 현관까지 나간다. 보통은 초인종을 달지 않느냐고 울릴 때마다 생각하지만, 버저는 기바가 이곳에 살기 훨씬 전에 단 것인 듯하니 노부인의 죽은 남편도 별로 이상하게 생각하지는 않았던 모양이다.

하기야 여기에는 의미가 있는데——물론 의미는 나중에 생긴 거라고 생각하지만——노부인에게 무슨 이변이 일어났을 때 기바를 부르는 초인종과 구별할 수 있게 되어 있는 것이다. 이 초인종의 버튼은 그녀의 베갯맡에 달려 있다.

귀찮았지만——무거운 엉덩이를 든다.

좁은 계단을 내려간다. 거한인 기바에게는 비좁다. 삐걱, 삐걱하고 나무판자가 삐걱거렸다.

아오키가 서 있었다.

"선배님. 위로차 왔습니다."

머리가 좀 큰, 허수아비 인형 같은 젊은 형사는 어린아이 같은 얼굴로 웃었다.

"바보 같은 놈. 위로는 무슨 위로."

기바는 욕을 퍼부었다.

결국, 조금 기뻤던 것이다.

"직장에 복귀하실 때까지 앞으로 1주일 남았네요. 복귀하시기 전에 지쳐 버리시면 제가 곤란하거든요. 어차피 제대로 드시지도 않을 것 같아서요."

아오키는 신문지에 싼 바나나를 내밀며 납작한 방석에 앉았다. 기바는 아오키의 말대로 지난 며칠 동안 제대로 된 식사를 하지 않았다. 즉 굶었다. 그러나 요리를 한 것이라면 몰라도 풋풋한 바나나 향을 맡자 속이 나빠졌다.

그러나 하나 벗겨서 억지로 입에 집어넣자, 그것은 역시 맛있었다.

"안색도 나쁘시네요. 머리카락이랑 수염도 엉망으로 자란 걸 보면 정말 근신하고 계시나 봐요. 정말이지 바보처럼 정직하시다니까."

"너한테 왜 설교를 들어야 하냐? 그보다 무슨 일이지?"

"상의할 게 있습니다. 사건 때문에요."

"그딴 거 알 게 뭐야. 돌아가."

"공짜는 아닙니다. 선배님, 정보를 교환하지 않으시겠어요? 저는 가나가와 놈들한테서 유즈키 가나코 유괴사건의 수사 상황을 입수했습니다. 그걸 선배님께 가르쳐드리지요. 그러니――그 대신 지혜를 빌려 주십시오."

"너, 아는 거냐?"

놀랐다.

"선배님, 저도 귀신같은 기바슈에게 2년이나 붙어 있었다고요. 그 정도는 압니다."

"건방진 소리 하고 있네. 이 대두 녀석이."

자, 어떻게 할까.

기바는 망설이고 있다.

아오키가 다루고 있는 사건이라면 틀림없이 토막살인사건이다. 그런 것에 별로 머리를 쓰고 싶지 않았다.

그러나 더 이상 같은 장면――가나코의 소실――을 되풀이해서 재생하는 것도 쓸데없는 일로 느껴졌다. 그것은 앞으로 나아가는 척하는 후진이다. 아무것도 나오지 않는다.

"이런 방에서 썩어 있는 건 좋지 않아요. 저는 선배님만큼 상사를 무시하는 공무원은 본 적이 없었는데, 그 기개는 어디로 간 겁니까?"

어디로 갔는지 모른다.

지난 3주에 걸친 허탈감이 무엇에 기인하는 것인지는 스스로도 전혀 상상할 수 없었다.

어차피 기바에게 요코는 허구 속의 여자일 뿐이었던 걸까? 이 지저분하고 살풍경한 방이야말로 기바의 현실인 것이다.

기바가 입을 다물자 아오키는 약간 곤혹스러웠던 모양이다.

"선배님이 왜 그 사건에 집착하시는지 저는 모르지만——뭐, 사고 현장에 계셨던 게 원인이라는 이야기는 오시마 경부님에게 들었습니다. 어쨌거나 이대로 내버려둘 생각은 없으신 거죠?"

대답하지 않았다.

"실은 이제 와서야 구스모토 요리코의 증언이 새삼 주목을 받고 있습니다. 유즈키 요코가 이제야 사건 당일에 검은 옷을 입은 남자를 보았다고 증언했어요."

"뭐라고?"

"가나가와 본부에서는 아메미야를 감싸느라 위증한 게 아닐까 생각하고 있습니다. 하지만 한편으로는 아메미야 또한 살해당한 것은 아닐까 하는 견해도 있고, 그렇다면 이 검은 옷을 입은 남자의 존재는 그냥 보아 넘길 수는 없지요."

요코는 언제——언제 보았다는 것일까? 왜 보름이나 지난 후에 그런 증언을 한 것일까.

——보름이 지난 후——의 증언?

"요코는 사건 당일, 8월 31일이지요. 그날 오후 2시 경이었다고 하는데, 아무래도 기분이 개운하지 않아서 연구소 뒤에 있는 숲을 산책했다고 합니다. 건물 안은 물론이고 건물 주변에도 경관들이 빈틈없이 있으니 왠지 숨이 막힐 것 같았다나요."

"30명 정도 있었으니까."

"36명이었답니다."

기바는 그날, 평소처럼 아침 일찍 집을 나섰다. 7시에 집을 나가 마치다에서 택시를 탄다. 연구소에 도착하는 시간은 10시 30분 정도다. 노골적으로 환영받지 못하고 있던 기바는, 오로지 평지풍파를 일으킬 것 없다는 배려 때문에 국도변에서 차를 돌려보내곤 했다. 나무들에 둘러싸인 좁은 길을 도보로 걷는다. 3일째부터는 그렇게 하곤 했다.

완전히 낯이 익었는데도 경관들은 기바를 보고도 인사조차 하지 않는다. 그런 주제에 들어오지 못하게 하거나 돌려보내지도 않았다. 그렇게 하라는 지시를 받았을 것이다. 이시이의 태도는 일관되게 우유부단했던 것이다. 하기야 기바는 경관들이 찾아오기 전부터 연구소에 와 있었고 가나가와 경찰에게 연락해 출동 요청을 한 사람도 기바이니, 본래 방해꾼 취급을 받을 이유도 없었다.

관계자이기도 하고 신고자이기도 하고 도쿄 경시청의 형사이기도 한 기바는, 첫날은 그야말로 정중한 대우를 받았다. 둘째 날 명령을 위반하고 단독 행동을 하고 있다는 사실이 알려지고, 이어서 가나코가 평범한 소녀가 아니라는 사실이 알려지면서 단계적으로 기바는 그들의 눈엣가시가 된 것이다.

따라서 기바는 언제나 곧바로 뒤쪽으로 돌아갔다. 소각로는 사용되는 것 같지 않아서, 기바는 그 위에 눕는다. 앞에는 재목 같은 것이 방치되어 있고 왼쪽에는 경관용 임시 변소가 있다. 성가시다는 취급을 받기 시작하고 나서는 거의 그러고 있었다. 잠복이라고 생각하면 고생스럽지도 않았다.

지금 생각해 보면 쓸데없는 행위다. 그래도——.

——요코가 뒤쪽 숲을 산책했다고?

기바의 눈에 띄지 않고 숲에 들어올 수는 없다.

요코가 숲에 들어왔는데 기바가 눈치채지 못할 리도 없는 것이다.

거짓말이다. 틀림없이 거짓말이다. 그런 일은 없었다.

"그 숲 속에서 검은 옷을 입고 장갑을 낀 수상한 남자를 만났다고 한 모양이더군요."

장갑?

——검은 옷을 입고 있었고, 손에는 장갑 같은 것을 끼고——.

"남자는 요코의 모습을 보고는 도망치듯이 숲 안쪽으로 갔다고 합니다."

거짓말이다. 요코는 거짓말을 하고 있다. 그것은 요리코의 증언에서 착상을 얻어 지어낸 이야기다. 기바가 요코의 모습을 보지 못했을 리가 없다. 게다가 만일 그것이 사실이라면, 요리코의 이야기를 들었을 때 요코는 좀 더 다른 태도를 취했을 것이다. 그때 요코에게 동요는 없었다.

"그건 거짓말이야."

"그렇지요, 저도 그런 이야기는 지어낸 걸 거라고 생각합니다. 하지만 가나가와 측으로서는 부정할 만한 결정적인 근거가 없어요. 어쩐 셈인지 건물 뒤쪽은 아무도 감시하고 있지 않았던 모양이고, 명확하게 부정할 수는 없어요. 그게, 책임 추궁을 당한 가나가와의 경부가 경비 인원 배치도인지 뭔지를 그렸는데 말이지요. 기억나지 않아서 엄청 고생을 한 모양이더라고요. 그런데 그려 보니 위쪽이 완전히 비어 있었다는 게 판명되었어요. 살인이 일어난 것도 뒤뜰이잖아요?

이건 문제가 되지요. 실제로 요코가 숲에 갔는지 안 갔는지도 알 수 없고요."

기바가 있었기 때문이다. 기바를 피하려고 하다 보니, 경관들은 거의 뒤쪽에는 오지 않았다.

그것이 바로 이시이가 말하는 공무집행방해인 것이겠지만, 기바의 입장에서 말하자면 공무를 제대로 집행하지 않았다고 생각될 뿐이다.

"그러니 그 검은 옷을 입은 남자가 실존한다면, 범인이라고 생각하지 않는 게 더 이상하지요."

"그렇지."

"그리고 이런 것을 입수했습니다."

아오키는 얇은 종이에 싼 사진을 기바에게 건넸다.

"선배님은 실물을 보셨을 테지만——무슨 도움이 되지 않을까 싶어서 드리는 겁니다."

유괴 예고장의 복사 사진이었다.

"도움이 되다니 이봐, 아오키. 나는 근신 중이라고. 이런 걸 받아 봐야——."

"선배님. 가나가와의 그 겁쟁이 경부가 이 어려운 사건을 해결할 수 있을 리가 없지 않습니까. 저는 선배님이 혼자서 과감하게 수사한 거라고 생각했습니다. 그래서 이렇게 온 겁니다. 이 사진도——토막살인 합동수사 때문에 알게 된 형사에게 몇 번이고 머리를 숙여 가면서 입수한 거라고요. 그런데 선배님이 이렇게 나오시다니."

"자네 멋대로 떠들지 마."

기바는 사진을 보면서 대답한다. 나는 그렇게 대단한 사람이 아니라고 말하려고 했지만, 그 말을 삼켰다.

"그 예고장은 선배님이 발견하셨나요?"
"아니, 그게 왔을 때 마침 그 자리에 있었지."

세 번째로 문병을 갔을 때였다.

고가네이 역의 사고——제1막의 시작——로부터 5일 동안을, 기바는 복잡한 심정으로 보냈다. 그리고 엄청나게 고민한 끝에, 6일째에 가나코에게 문병을 갔다. 문병이라면 꽃을 들고 가는 것이 일반 사람들의 감각이겠지만 거친 형사로서는 생각이 미치지 않아, 기바는 그때 팥빵을 사 갔다.

가나코는 면회 사절이라 만날 수 없었지만, 요코와는 만날 수 있었다. 요코는 몹시 놀라면서도 정중하게 인사를 해 주었다.

기바가 있었던 시간은 겨우 15분 정도였고 거의 대화다운 대화는 없었지만, 기바에게 그 15분은 다른 어떤 시간보다 농밀했다. 이틀 후에 다시 기바가 찾아간 것도 다시 한 번 그런 시간을 갖고 싶어서였다. 가나코의 상태도 걱정되기는 했지만 만날 수도 없는 사람한테 마음을 써 봐야 소용없다고 생각했다.

그러나 두 번째는 가나코를 만날 수 있었다.

연구소에는 마스오카가 와 있었는데 마스오카는 미마사카나 스자키와 끊임없이 무슨 이야기를 하고 있었으니, 면회 허가는 그가 얻어냈을 거라고 생각한다. 다만 기바는 마스오카와 말을 하지 않았으므로 확실하게는 모른다. 그리고 두 사람은 나란히 텐트 속을 들여다보았다.

가나코는 자고 있었다.

살아 있는지 죽었는지 확실하지 않았다.

그것은 요코에게도 해당되는 말이었는데, 초췌한 건지 무슨 불안한 요소가 있는 건지, 상태가 이상한 것만은 틀림없었다. 대화는 전보다 더 적었지만, 가나코의 사고는 거의 자살로 마무리될 것 같다는 연락을 고가네이의 경찰로부터 받았다고 요코는 말했다.

너무 분위기가 이상해서, 기바는 이틀 후에 다시 연구소를 찾아갔다.

그것이 유괴사건의 발단이 된 날——8월 25일이다.

처음에는 법의 수호자로서 범죄의 싹을 뽑기 위한 행동이었을지도 모른다.

그러나 지금 생각해 보면, 그때 이미 기바의 마음속에 요코에 대한 특별한 감정——적을 쓰러뜨리려는 사기가 싹트기 시작했는지도 모른다.

물론 그때는 아직 흐릿하고 정체를 알 수 없는 감정일 뿐이었지만, 기바가 그 감정의 정체에 생각이 미치는 것은 좀 더 나중의 일이다.

1층에 인기척은 없었다. 첫 번째는 아메미야, 두 번째는 고다가 1층에 있어서 기바를 상자 내부로 안내해 주었다. 1층에서는 아무리 큰 소리를 내도 위층에는 들리지 않는다. 이 상자에는 버저도 초인종도 없는 것이다. 그러나 방문도 세 번째가 되다 보니 기바도 익숙해져 있었다. 요코는 2층 응접실에 있을 거라고——그렇게 짐작했다. 기바는 허락도 없이 들어가, 멋대로 나선계단을 올라가서 응접실 문을 열었다.

요코밖에 없었다.

요코는 구석의 책상 앞에 있었다.

놀라서 돌아본다.

왼손에 봉투를 들고 있다.

오른손에서, 거기에 들어 있었을 편지가 미끄러져 떨어진다.

"——기바 씨!"

몹시 당황하고 있다. 보통 일이 아니었다.

"왜 그러십니까? 요코 씨!"

요코가 빈혈을 일으킨 듯이 쓰러진——것처럼 보였다. 기바는 달려갔다. 요코가 정말 쓰러진 것인지, 바닥에 떨어진 그것을 주우려고 몸을 굽힌 것인지는 지금도 알 수 없다.

요코를 부축해 일으키려고 한 기바는 요코보다 한 발 먼저 그것을 집어 버렸다. 따라서 그것을 주우려던 요코의 손가락은 기바의 거친 주먹 위에 올려졌다.

"아."

요코가 손을 뺀다.

기바는 손에 쥔 종이를 펼친다.

여기저기서 잘라낸 듯한 활자가 붙여져 있었다.

〈가/나/코를/데려가/겠다

가/나/코는/Il a le diable au corps(일 아 르 디아블르 오 코르)

목숨이 아까우면 돈/을/준비/해라

액수는/1천만/엔/이다

기일/은9/월/□□/다

□□/에 알리/□□/다/ /악마(데빌)〉

"그, 그건."

"이건 —— 협박 ——."

어떻게 해야 할지 모르겠다. 그런 얼굴이었다. 사정을 물어도 잘 모른다. 정신이 들어 보니 아메미야가 등 뒤에 있었는데, 역시 당황하고 있었다.

제2막이 시작되는 장면이다.

기바는 그 장면의 기억도 몇 번이나 재생해 보았다. 그러나,

—— 이건 언제 온 거지?

정말 그때 온 것일까? 기바는 조금 전까지 그것을 의심도 하지 않았다.

아오키가 말했다.

"그 묘한 서양 문자는 프랑스어라고 하더군요. 악마가 붙어 있다 —— 뭐, 그런 뜻이라고 하는데, 지금 가나가와에서는 그 협박장이 어떤 경로로 도착했는가 하는 부분이 쟁점이 되고 있는 모양입니다. 어쨌거나 봉투가 발견되지 않은 모양이더라고요."

그때는 있었다. 기바는 보았다.

"봉투 겉에는 뭐라고 쓰여 있었을까. 그냥 우송이 아니었던 것만은 확실한 것 같아요."

그때 아메미야는 현관문에 끼워져 있었다고 증언했다. 기바가 그렇게 말하자 아오키는,

"그건 —— 피해자의 집이라면 그랬을 수도 있지요. 하지만 그곳은 연구소 아닙니까. 말하자면 남의 집인 셈이지요. 겉에 아무것도 쓰여 있지 않은 편지를 아메미야와 요코는 왜 개봉했을까요? 이상하지 않습니까? 반드시 유즈키 귀하라든가 무슨 말이 쓰여 있었을 겁니다."

라고 말했다.

그 말이 맞다. 그러나 기바도 봉투 겉면까지는 기억나지 않는다. 기바의 연락을 받고 온 형사도 내용에만 신경을 썼다.

아메미야는 끊임없이 장난이라고 되풀이했다. 요코는 아무 말도 하지 않았다.

"그리고 그 빠진 부분. 후반부가 빠져 있잖아요. 그건 처음부터 그랬던 건지, 아니면."

"이건 처음부터 그랬네."

사진에 찍힌 그것은 바로 그때 기바가 본 실물과 똑같았다.

"그럼 부자연스럽지 않습니까?"

분명 그럴 것이다. 그 점은 가나가와의 형사도 지적했다. 기바는 자신이 움켜쥐었을 때 떨어진 것은 아닐까 생각했다. 그러나 그런 생각이 들어 되돌아가 보았지만, 바닥에는 아무것도 떨어져 있지 않았다.

"풀 자국은 있는 모양이에요. 그러니까 떨어졌거나 뜯어낸 겁니다. 그것은 언제일까요? 개봉한 후에 뜯은 거라면 누가 무엇 때문에 뜯었을까요? 그렇지 않다면, 범인은 일부러 돈을 준비할 기일과 맺음말을 뜯어낸 후에 협박장을 가져온 걸까요?"

듣고 보니 엄청나게 웃기는 이야기다. 이런 협박장이라면 보통은 장난이라고 생각할 것이다.

왜 지금까지, 지금 아오키가 말한 것을 생각하지 못했을까? 봉투도 그렇고 편지 내용도 그렇고 경로도 그렇고, 기초가 되어 있지 않다. 기바는 지금까지 그런 생각을 하지도 않았던 것이다.

——이래서야 해결될 리가 없지.

"덧붙여 말하자면 풀은 시판되고 있는 아주 평범한 풀입니다. 알 수 없는 게 활자인데요, 이건 전부 똑같거나, 같은 종류의 인쇄물에서 잘라낸 것 같습니다. 잡지도 아니에요. 등사판 인쇄와 비슷한 것인데, 동인지나 뭐 그런 게 아닐까 하는 의견도 있지만, 아직 특정하지는 못한 것 같습니다."

아오키는 거기까지 말하고 바나나를 벗겼다.

"결론적으로 가나가와 본부는, 이것은 위장 유괴가 아닐까 생각한 겁니다. 발단이나 준비가 너무 조잡하거든요. 누구나 그렇게 생각할 겁니다. 용케도 그만한 인원으로 그렇게 오랫동안, 변소까지 만들어 가면서 경호했지요. 뭐, 현장에는 위에서 압력이 들어온 것 같지만, 그렇다 해도 보통은 이런 부실한 협박장으로는 기각되잖아요. 사건이 일어날 거라고는 생각할 수 없으니까."

그것은 그럴 것이다.

하지만,

"하지만 사건은 일어나고 말았다, 고 말씀하시고 싶은 거지요. 그 말씀이 맞습니다."

아오키는 바나나를 다 먹고 껍질을 던졌다.

껍질은 쓰레기통에 쏙 들어갔다.

"확실히 위장 유괴라고 생각할 수 없는 부분도 몇 군데는 있습니다. 위장이라면 범인은 요코, 아메미야 두 사람이라는 뜻이 되겠지만——위장 유괴라면 보통은 유괴하고 나서 공표하지 않습니까. 예고하면 경호가 붙어서 범죄가 성립되지 않으니까요. 뭐, 이번처럼 아무도 알 수 없는 불가사의한 속임수를 생각해 냈다면 모르겠지만요. 그리고 발단을 지나치게 우연성에 의존하고 있어요. 선배님이 그곳을 찾아간 것도 우연, 예고장을 집어 든 것도 우연, 선배님이 경찰을 부른 것도 우연입니다. 그리고 무엇보다 위장이라고 생각할 수 없는 부분은 유괴사건을 꾸미더라도 두 사람에게는 아무런 이득도 없다——는 점입니다. 어쨌거나 돈을 준비해야 하는 사람은 자신들이니까요. 애석하게도 가나코 양의 목숨을 위험에 노출시킬 뿐이지요."

"그래. 위장이라면 들어맞지 않는 부분이 많다고. 가나코가 다친 상태가 아니었다면 또 모르겠지만——그 아이는 당장 죽어도 이상하지 않을 만큼 중태였어. 게다가."

——가나코를 찾아 주세요.

——지금 당장, 가나코의 목숨이.

그 말은 거짓이 아니다. 그것만은 믿을 수 있다.

"그건 거짓말이 아니야."

"뭐, 정말이든 거짓말이든, 어느 쪽이든 가나가와 본부로서는 그 사건을 해결할 의지가 없는 모양이던데요. 이건 제 느낌이지만요."

아오키는 무뚝뚝하게 말했다.

"해결할 의지가 없다니——이봐, 그렇게 대단한 경비 태세를 깔아놓고 이제 와서——게다가 어디선가 압력이 들어오고 있었던 게 아닌가? 그렇다면 그 거물이 납득하지 않을 걸세."

그렇다. 가나코를 지키라고 경찰에게 지시한 놈이 있을 것이다. 그놈은 가나가와 본부를 통째로 움직일 수 있을 만한 힘을 갖고 있다. 그리고 기바 생각에, 그놈의 정체를 모르고서는 적의 얼굴도 알 수 없다.

"압력을 가한 것은 가나가와 본부의 상층부입니다."

"뭐?"

"뭐, 재계의 거물이 유즈키 가나코와 모종의 관계——혈통 관계를 갖고 있었던 건 사실인 것 같지만요."

"바로 그거야. 그게 누군가?"

"모릅니다. 말단인 우리야 그게 누군지 모르지요. 저도 몇 번 알아내려고 했지만 알 수 없었어요. 처음에는 함구령이 내려진 줄 알았을 정도지만, 정말 모르는 것 같더라고요. 수사원들이 누구 한 사람 모르더라니까요. 이건 이상하지요? 그래서야 수사를 할 수가 없잖아요. 배후의 인간관계도 모르고 뭘 조사하겠습니까? 가나코의 몸 상태를 생각하면 아무도 유괴할 생각은 하지 않을 겁니다. 유괴 동기로 이어지는 요인을 가지고 있다면 틀림없이 그 인물 아니겠어요? 뭐, 제 추측을 말씀드리자면 그 거물은 가나가와 현의 실력자가 아닐까요? 왜냐하면 그는 도쿄 경시청에는 아무런 효력도 갖고 있지 않았으니까요. 선배님이 그 증거입니다."

듣고 보니 그렇다. 소녀 하나를 지키는 데 그렇게 많은 경관을 동원할 수 있을 만큼 영향력을 가진 사람이 경비상 방해가 되는——현장 지휘자가 그렇게 생각하는——순사부장 하나 제거하지 못할 리가 없다. 아오키의 말대로라면 그러지 못한 것은 기바가 가나가와 본부 소속이 아니었기 때문이라는 뜻이 된다. 일리가 있다.

아오키는 말을 이었다.

"하지만 상당한 거물인 것만은 확실하겠지요. 이시이 경부는 강등되었거든요."

"이시이가? 그 거물은 내부 인사까지 영향력이 있단 말이야?"

"아닙니다. 이건 체면치레지요. 그 거물에 대한 체면 말입니다. 고육지책이에요. 이시이 씨는 산제물인 겁니다. 요컨대 이걸로 봐 달라는, 가나가와 본부의 의사표시지요."

"봐 달라니 무슨 말인가?"

아오키는 약간 뜸을 들였다.

"선배님, 이건 가나가와 본부의——라기보다 이시이와 그를 포함한 몇몇 높은 분들이 생쇼를 한 결과입니다."

"생쇼?"

"실제로 외부에서 들어온 압력은 없었던 겁니다. 아무리 재계의 거물이라 해도, 정부 요인도 아니고 그렇게 쉽게 경찰을 움직일 수는 없지요. 경찰기구가 그렇게 썩지는 않았거든요. 썩은 건 내용물입니다. 다시 말해 인간이지요."

"잘 모르겠군."

"생각 좀 해 보세요. 유괴사건이든 뭐든, 가나가와 본부가 범인을 잡기 위해 한 일이라고는 아무것도 없었지 않습니까? 그들은 지키고 있었을 뿐이에요. 협박장의 출처를 조사하기 시작한 것도 사건이 일어난 후입니다. 그도 그럴 것이, 그들은 사건 따윈 일어날 리 없다고 생각하고 있었으니까요."

"뭐, 그렇지."

"어쨌거나 그들은 협박장을 본 시점에서 위장 유괴라는 의심을 꽤 강하게 품었어요. 하지만 선배님, 즉 경시청의 형사가 통보해 온 이상 그렇게 대충 취급할 수도 없잖습니까. 게다가 아까도 말했다시피 위장이라고는 생각할 수 없는 부분도 있고요. 그래서 상식적인 경비와 수사를 시작했어요. 이시이가 담당하게 되었지요. 이게 잘못이었어요. 거기서 터무니없는 것이 발각된 것입니다. 가나코의 정체 말입니다. 거물이 얽혀 있다는 거요. 이 정보는 아마 요코를 통해 이시이에게 흘러나갔을 겁니다. 이시이는 당황해서 본부로 돌아가 사실을 조회했습니다. 이런 경위는 지금도 이야깃거리가 되고 있는 모양입니다. 이시이가 당황해서 혼자 무덤을 팠다면서요. 어쨌거나 그건 사실이었겠지만 이렇게 되면 사정이 좀 달라져요."

"어떻게 다른데?"

"위장 유괴설이 부활하는 겁니다. 요코 일당은 그 거물로부터 돈을 뜯어내려던 게 아닐까. 그렇다면 천만이라는 파격적인 몸값도 이해가 갑니다. 하지만——그렇게 되면 친족 내의 문제지요. 그래도 이미 유괴되었다면 모를까, 가나코는 아직 무사했습니다. 게다가 매우 유괴하기 어려운 상태로——말입니다. 그렇다면 그런 어리석은 계획은 저지해 주마, 크게 움직이면 포기하겠지, 어차피 가족끼리의 싸움질이다, 평지풍파를 일으키지 않는 게 그 거물을 위해서도 좋을 테지, 그런 생각으로."

"그럼 그건 압력이 들어온 게 아니라 경찰이 자발적으로——."

"그렇지요. 현장에 압력을 가한 것은 가나가와 본부의 상층부인 겁니다. 물론 현장 책임자인 이시이도 크게 한몫을 했어요. 그 거물에게도, 이렇게 열심히 하고 있습니다, 라는 포즈를 보여주고 싶었겠지요. 그래서 변소까지 만들었고요. 요란하게 지키는 편이 좋은 거니까요. 당연히 경비 도중에 누군가 시찰하러 왔을 겁니다."

——마스오카다.

마스오카가 다시 찾아온 것은 협박장이 발견되고 나서 이틀째 되던 날의 일이다. 임시 변소는 그날 아침에 만들어졌던 것이다.

기바에 대한 처우가 한층 더 악화된 것도 그 무렵부터다.

"다시 말해 포즈만 과장되게 잡아 놓고, 실제로는 가족 싸움이니까 어떻게든 될 거라고 얕잡아 보고 있었던 거지요. 그게 패인입니다. 가나코는 정말로 유괴되고 말았으니까요. 놀랐을 테지요. 하지만 머릿속으로 그렇다고 굳게 믿고 있었으니 다른 발상이 나올 리가 있겠어요. 그래서 제일 먼저 그들은 요코를 의심했던 겁니다. 선배님은 구치되어 있었으니 모르시겠지만, 요코 씨도 선배님과 다른 장소에 구류되어 있었습니다. 선배님과 공범일 수도 있으니까 따로따로 말이죠."

"그녀가 범인? 바보 같은 소리."

"하지만 이런 생각은 들었어요. 생각해 보면, 만일 배후의 거물에게서 돈을 뜯어낼 생각이라면 그 거물에게 협박장이 갔을 겁니다. 그런데 아무 연락도 없었어요. 도착한 것은 오직 요코가 가지고 있던 한 통뿐입니다."

"그야 요코가 범인이라면, 구류되었으니 협박장 따윈 보낼 수 없었을 것 아닌가?"

"아메미야가 있지 않습니까. 어쨌거나 범인한테서는 아무런 연락도 오지 않았습니다. 요코는 일주일 만에 방면되었지요. 그때 꽤 추궁을 당한 모양이에요. 뭐, 남 말은 할 수 없는 처지지만, 처음부터 수상하다고 생각하면 심하게 심문하지 않습니까, 우리들은. 그러다 보니, 이제 와서 새로운 증언이 나와도 거짓말 아니냐는 말도 못했던 거지요."

이시이가 요코를 괴롭히는 모습을 상상하자 기바는 몹시 화가 났다.

“거물이 누군지, 요코나 가나코, 그리고 아메미야가 어떤 관계인지, 말단 수사관은 아무것도 모릅니다. 그래서야 수사를 할 수 있을 리가 없지요. 거물이 협박을 받고 있다면 모를까, 그런 것도 아니니 이젠 하루라도 빨리 사건에서 발을 빼고 싶다고, 녀석들은 그렇게 생각하고 있는 겁니다. 게다가——녀석들은 가나코 씨는 벌써 죽었을 거라고 생각하고 있어요.”

“그런 건 모르잖나. 시체가 나온 것도 아닌데.”

“공식적으로는 그렇게 말하고 있지만, 가나가와 본부에서 가나코가 생존해 있을 가능성을 믿고 있는 사람은 하나도 없습니다. 죽었다면 그렇게 서둘러 찾을 필요도 없다고 생각하는 거겠지요.”

“쳇.”

도대체 자신은 지난 3주 동안 뭘 그리 꾸물거리고 있었을까.

기바는 후회하기보다 먼저 분노했다. 그렇게 많은 사람들이 있었는데 아무도, 누구 한 사람 요코를 지켜줄 수 있는 사람은 없었던 것이다. 오히려 요코는 용의자 취급을 받고 있었다고 한다. 속이 뒤집힌다.

“어쨌거나 하는 일마다 다 기대에 어긋나고 있어요. 살해당한 스자키인가 하는 사람도 참 안됐지요. 경찰에게 살해당한 거나 마찬가지니까요.”

전혀 사정을 듣지 못했다고는 하지만, 그 멍청한 녀석들과 결국 행동을 함께하고 있으면서도 전혀 그것을 깨닫지 못한 자신은——더 어리석은 놈이다.

기바는 그렇게 생각했다.

“그래서 요코의 새 증언이 나왔단 말인가?”

"그렇지요, 녀석들은 지금 머리가 텅 비어서 제대로 판단하지 못하는 겁니다. 지시해야 할 윗사람은 착란해 있고요. 실제로 수사를 담당하는 말단에게는 아무런 정보도 오지 않습니다. 고작해야 유일한 증거인 협박장을 만지작거리며 요코를 다시 범인으로 꾸며 내든지, 실종된 아메미야를 정처 없이 찾아다니는 정도밖에 못 하고 있지요."

"아메미야의 발자취는?"

"전혀 없습니다. 그 건물에서 어떻게 떠난 건지도 알 수 없습니다. 아메미야는 소동이 일어나기 전에 밖으로 나갔어요. 그래서 아무도 수상하다고 생각하고 지켜보지 않았습니다. 하지만 경관들이 허둥지둥하고 있던 앞쪽 광장에는 없었어요. 그러니 경비가 적은 뒤쪽에 있었으리라 생각되지만, 그것도 확증은 없습니다. 차를 사용한 흔적도 없어요. 도망친 거라면 걸어서 가장 가까운 역으로 갔겠지요. 게다가 그가 범인이라면 빈사의 가나코를 짊어진 채 누구의 눈에도 띄지 않고 걸어갔다는 뜻이 됩니다."

바보 같다.

그런 건 무리다.

역까지 걸어갈 수 없는 것은 아니겠지만 가나코를 데리고 가는 것은 무리다.

아오키는 학생 같은 얼굴로 웃었다.

"어떻습니까? 이건 선배님이 나서야 할 일이라고요. 이대로 가다가는 100% 미궁에 빠지고 말 겁니다."

"나는——근신 중이야. 관할도 다르고."

"그렇다고 이대로 놔두실 겁니까?"

"경찰수첩도 없고 무기도 없어. 뭘 할 수 있단 말인가?"

"선배님께는 그 특이한 친구분이 계시지 않습니까. 이 사건은 그때의 일과 똑같습니다. 경찰이 처음부터 제대로 수사했더라도 진상은 알 수 없어요. 하물며 이 꼴로——."

세키구치. 에노키즈. 추젠지.

아오키는 그 녀석들에 대해서 말하고 있는 것이다. 기바도 생각하지 않은 것은 아니다. 그러나 그 녀석들이 무엇을 할 수 있을까.

"아오키, 자네가 들은 건 그것뿐인가?"

"그 미마사카 근대의학 연구소의 소문도 들었습니다. 사건과는 관계없겠지만요."

"말해 봐."

기바는 동요하고 있었다. 이대로 있어도 괜찮을 리가 없다. 그렇다고 무엇을 어떻게 하면 될지는 더욱 모르겠다. 정리해도 정리해도 혼란스러워진다. 사건에 관여하기 시작한 그때부터, 이미 자신이 냉정한 판단을 하지 못하고 있었다는 것을——지금 알았다. 그러나 냉정한 판단으로 해결될 사건이라고 생각할 수도 없었다.

아오키는 커다란 머리를 갸웃거리며 잠시 생각하고 나서는 말하기 시작했다.

"그곳은 숲 속에 고립되어 있기 때문에 존재 자체가 그리 알려져 있지 않습니다. 전쟁 때는 군 시설이었던 것 같다는 얘기도 들었습니다. 뭐, 건물에는 이상한 장치나 비밀 통로 같은 건 없는 모양이지만요. 이건 아무리 무책임한 가나가와 녀석들이라도 조사를 했답니다. 소문이라는 게 또 있는데, 그곳에는 몇 달 간격으로 짐승이 반입되는 모양이에요."

"짐승? 호랑이나 무소 같은 짐승 말인가?"

"그렇습니다. 어디에서 데려오는지 원숭이나 개코원숭이, 그만한 크기의 동물이라고 합니다. 살해당한 스자키 씨 말인데요, 그 사람은 살아있을 때 일주일에 한두 번은 트럭으로 마을에 물건을 사러 나갔던 모양이더군요. 별로 깨끗한 트럭은 아니었는지 기억하고 있는 사람도 많았다고 합니다. 그 트럭이 짐칸에 우리를 싣고 달리는 모습을 본 사람도 많다나요. 끼익끼익 우는 소리나, 개중에는 우리를 들여다봤더니 털이 덥수룩한 어린아이가 있었다는 둥, 어쨌거나 기분 나쁜 이야기가 많습니다. 하지만 키우는 것 같지도 않아요. 반입은 되지만 나오지는 않고요."

"흥. 시시한 얘기로군."

"그러니까 관계없다고 하지 않았습니까. 이것은 그냥 괴담 같은 겁니다. 묘지에서 무슨 괴물을 잡아와서 사람 시체를 먹인다든지."

"시체?"

"짐승뿐만 아니라 그 연구소——그 지방 사람들은 상자라고 부르더군요. 그 상자에 들어간 환자는 두 번 다시 돌아오지 않는다는 평판입니다. 살해되어 괴물의 먹이가 된다는 거지요."

가나코도 먹혔다는 걸까?

기바는 토할 것 같을 만큼 불길한 기분이 들었다.

"어쨌든, 제가 열심히 알아본 유즈키 가나코 유괴사건의 자료는 이것뿐입니다. 선배님이 나설 기분이 드셨다면, 협력은 아끼지 않겠습니다."

아마 아오키의 생각대로 될 것이다.

그러나 이렇게 되면 빈손으로 돌려보내기도 뭐하다.

"아까 교환 조건이라는 식으로 말하지 않았나? 그건 괜찮아?"

아오키는 더욱더 학생 같은 표정이 되었다.

"예, 예. 물론 상담은 받아 주셔야지요. 원래 토막살인사건은 선배님이 담당하셨어야 하는 거니까요. 사건의 경위는 아십니까?"

기바는 잘 몰랐다. 사건이 발각된 날이 가나코 유괴 이틀 전. 그리고 사건이 확대된 것은 근신 처분을 받은 후이다. 신문은 읽지 않았고, 라디오도 듣지 않았다. 기바가 그렇게 말하자 아오키는 짧게 사건의 전모를 이야기하고 즉시 감상을 요구했다.

"어떻습니까? 이게 신문에 발표된 전모입니다. 마음에 걸리는 것은 없으십니까?"

많이도 죽였다. 기바의 감상은 그 정도의 것이었다. 그러나 한 사람이, 그것도 단기간에 그렇게 많은 사람을 죽일 수 있는 걸까?

"그건 연속인가? 각각 다른 사건 아니야?"

"연속입니다."

아오키는 두 번째 피해자와 세 번째 피해자의 팔이 함께 나왔다는 것, 두 번째 피해자와 네 번째 피해자의 절단에 사용된 흉기가 동일하다고 여겨진다는 것을 말했다.

"첫 번째는 어때? 첫 번째 피해자는 아닐지도 모르잖나."

"그게, 이건 발표하지 않았지만 사가미 호수에서 발견된 첫 번째 피해자의 다리가 상자에 들어 있었지 않습니까. 그리고 두 번째 이후의 피해자도 전부 상자에 들어 있었어요."

"그건 그 첫 번째 사건의 수법을 알고 그것을 모방한 것 아닌가?"

"사가미 호수에서 발견된 첫 번째 희생자의 다리가 상자에 들어 있었다는 건 감춰져 있었다니까요. 호수에 떠 있었다고 발표되었습니다."

"왜 그런 짓을?"

"엽기성이 너무 높다는 판단 때문이었을 겁니다. 경찰 이외에 이 정보를 알고 있는 사람은 발견자와 세키구치 씨 정도입니다. 하기야 세키구치 씨는 두 번째 이후의 피해자 팔다리도 상자에 들어 있었다는 건 모르시겠지만요. 뭐, 세키구치 씨가 범인이라면 또 모르겠지만."

예상도 하지 않았던 이름이 튀어나오자 기바는 상당히 당황하고 말았다.

"세키구치라고? 왜 세키구치가 나오는 건가?"

아오키는 기바의 안색을 보고, 큰일 났네, 하고 작은 목소리로 말한 후, 이마를 긁적이며 부끄러운 표정을 지었다.

"실은 사가미 호수를 일제 수색하고 있을 때 세키구치 씨가 우연히 현장에 오셨습니다. 그리고 설마 그렇게 발표되어 있을 줄은 몰랐기 때문에, 저와 기노시타가 그만 말해 버렸지요."

"그게 언제지?"

"30일입니다."

그럼 세키구치와 추젠지 아츠코, 그리고 그 젊은이는 사가미 호수에서 돌아가는 길에 길을 잃고 연구소까지 들어왔다는 것일까? 기바가 당시의 기억을 떠올리기 전에 아오키가 웃었다.

"하하하, 저는 세키구치 씨를 의심하는 건 아니지만요. 선배님 말씀대로 두 번째 이후의 범인이 첫 번째를 흉내 낸 것이라고 한다면, 그건 경찰관계자나 세키구치 씨 정도로 좁혀지게 되지요."

웃을 일이 아니다.

"상자는 어떤 상자인가?"

"첫 번째 상자는 쇠로 된 것이었습니다. 그러니 가라앉아 있었지요. 낚시꾼이 집적거리지 않았으면 발견되지 않았을 겁니다. 이만한, 다리 두 개를 넣기에는 딱 알맞은 상자였지요. 열쇠까지 달려 있었어요. 그 후로는 똑같은 크기의 상자지만 나무로 만들어져 있었습니다. 오동나무 상자 말입니다. 거기에 팔이며 다리를 넣고 그 사이에는 솜을 채워서, 그 왜, 한약 재료 같은 게 그렇게 되어 있곤 하지 않습니까? 그런 식으로 끈으로 묶여 있었어요. 뭐, 쇠와 나무니까 다르다고 하자면 다르지만, 토막을 내서 상자에 넣는다는 생각은 그렇게 아무나 떠올리는 게 아니지요."

괴상한 사건이다.

분명히 관계가 없지는 않을 것이다.

"상자에 들어 있지 않았던 것은 맨 처음 발견된 팔뿐입니다. 하지만 이것은 그다음에 발견된 것과 동일한 피해자의 것으로 생각되니까 말이지요."

"그럼 무엇에 쓰는 상자인가? 설마 그것을 위해 만든 것도 아닐 테고."

"시판되는 상자는 아닙니다. 특별 주문한 겁니다. 하지만 출처는 좀처럼 알아낼 수 없었어요."

"그거야 간단하잖아."

"그렇지도 않아요."

아오키는 지친 듯한 얼굴로 기바를 노려보았다.

"팔다리가 든 상자는 묻혀 있었나?"

기바는 시답잖은 변명을 듣고 싶지 않았기 때문에 먼저 질문해 주었다.

"묻혀 있었던 것도 있지요. 끼워져 있었다고 해야 옳을까요? 민가 처마라든가 돌담과 벽 사이라든가, 딱 알맞게 들어가는 곳에 꼭 끼어 있었어요. 범인은 이상합니다. 미쳤어요. 숨기려고 한 거라고는 생각할 수 없어요."

"끼워져 있던 집에 살던 사람들이 안 됐군."

"정말 그렇다니까요. 덕분에 아까 그 괴담처럼 분위기가 이상해져 버려서 큰일입니다."

아오키는 그렇게 말하고는 다시 바나나를 벗겼다.

아무래도 자신이 먹고 싶어서 사온 것인가 보다.

"이것은 사람이 한 짓이 아니라 화차(火車)의 짓이라나요."

"화차?"

"불수레 말입니다. 요괴의 일종이겠지요. 뭐라더라, 생전에 나쁜 짓을 한 사람은 임종 때 이 화차가 찾아와 거기에 태운답니다. 시체는 토막토막 잘려서 여기저기에 뿌려지고요."

"왜 그런 이야기만 퍼지는 거지? 요즘 같은 세상에."

그렇게 말하면서도, 기바는 활활 타오르는 수레에서 팔이며 다리가 내던져지는 장면을 언뜻 떠올렸다. 그것을 지우기 위해서, 그리고 약간은 부끄러움을 감추기 위해서도, 기바는 마지막 바나나에 손을 뻗는다. 그러나 기바는 껍질을 벗기지 않고 만지작거리기만 했다.

"조기에 해결한다는 것이 불가능하기 때문입니다. 주민들은 불안해하고 있습니다. 요즘은 유체 발견 현장 부근은 저녁이 가까워지면 얼마나 조용한지 모른다니까요."

"하지만 화차라 해도 팔과 다리만 뿌려서야 수레에 머리나 몸통이 쌓여 버리지 않겠나."

"그렇지요. 하지만 그건 전혀 나오지 않고 있어요. 다만——이것도 발표되지 않았지만, 첫 번째 희생자의 경우에는 몸통 약 절반이 나왔습니다."

"약, 이라니?"

"약, 이지요. 대략. 골반과 등뼈 몇 개가 나왔거든요. 호수 밑바닥을 뒤졌더니 걸려 나왔습니다. 상자는 발견되지 않았어요. 아마 던져 넣었을 때 부서진 게 아닐까 생각됩니다. 똑같이 쇠로 된 상자라면 떠오르지 않을 테니까요."

"골반이라니, 몸통이 통째로 나온 게 아니라? 더 잘게 토막 낸 건가?"

"그런 것 같습니다. 저는 사진으로만 봤지만, 그냥 뼈였어요. 살 조각이 붙어 있을 뿐."

아오키는 자기 입으로 말해 놓고 기분이 나빠진 모양이다. 사진을 떠올린 것 같았다.

"그럼 피해자의 신원은 아직 못 알아냈나?"

"아니오. 신원은 거의 알아냈습니다. 아직 공표하지 않았지만요."

"그거 대단하군. 왜 밝히지 않나?"

"거의, 이기 때문이지요. 확실한 신원은 네 번째 피해자. 가와사키의 사진집 딸입니다. 나쁜 딸이었대요. 열다섯 살인데 비뚤어져서, 매춘 단속에 걸린 적도 있다더군요. 창부들 사이에 섞여 매춘을 하고 있었답니다. 그뿐이라면 괜찮은데, 남자를 유혹해서 상대가 목욕하러 들어간 사이에 지갑을 뒤져 도망치는 짓을 자주 하곤 했답니다. 게다가 들치기, 날치기, 꽃뱀 행각, 절도의 상습범이기도 했던 모양이에요. 그래서 지문을 채취해 조회한 것이 남아 있었습니다. 이건 확실하지요. 그리고 두 번째 피해자는 사이타마에 사는 교사의 딸, 세 번째는 센주에 사는 회사원의 딸로, 아마 확정 아닐까요. 확증은 얻지 못한 것 같지만요."

"첫 번째 피해자는 모르는 건가?"

"후보는 몇 명 있습니다. 하지만 전부 결정적인 단서가 부족합니다. 게다가 피해자끼리의 관련성이 전혀 없어요. 이것도 곤란한 일입니다. 사진집 딸과 교사의 딸은 살던 곳도 떨어져 있고, 가정환경이나 성격에도 유사점이 없어요. 하물며 면식도 없고요. 우연에 의한 범행이라고밖에 생각할 수 없다니까요. 단, 어머니가 모두 같은 종교에 입신했었던 모양입니다. 이것은 간신히 알게 된 공통점입니다. 하지만 관계가 있다고는 생각할 수 없어요."

"같은 종교라——조사해 봤나?"

"지금 하고 있습니다. 하지만 어머니가 같은 종교라고 해서 살해당한 건 아니에요. 그랬다간 앞으로 얼마나 더 살해당할지 모른다고요. 그보다 지금 가장 제 마음에 걸리는 건 다른 정보입니다."

아오키는 몸을 내밀었다. 기바는 반대로 상반신을 뒤로 뺐다.

"사진집 딸——가키자키 요시미라고 합니다. 이 소녀가 실종되기 직전에 목격한 몇몇 사람들이 증언한 건데, 요시미는 검은 옷을 입고 장갑을 낀 남자와 걷고 있었다는 겁니다."

"뭐라고?"

"그리고 센주에 살던 소녀 말인데요, 이쪽은 오자와 도시에라고 합니다. 이 소녀는 행실이 발랐던 모양이라 유괴된 게 아닐까 생각되고 있었어요. 그래서 관할서에서는 선행 수사를 하고 있었는데, 그 수사 선상에 떠오른 자가 장갑을 낀 젊은 남자였습니다."

——검은 옷을 입고 있었고, 손에는 장갑 같은 것을 끼고——

"설마, 아오키, 자네."

"하지만 이상하잖습니까. 사건이 일어난 것은 여름입니다. 어떻게 그렇게 장갑을 낀 남자가 여기저기 있을 수 있겠습니까? 이게 우연일까요?"

두 사건이 관련되어 있다?

기바는 저도 모르게 들고 있던 바나나를 으깨고 말았다.

구스모토 요리코도, 유즈키 요코도 사실을 말하고 있었다는 걸까? 두 사람의 발언이 허구라고 생각하고 있던 기바는 또다시 출발점으로 돌아와 버린 듯한, 한없는 초조함을 느꼈다.

"하지만 이봐, 그럼——가나코도, 유괴되고, 살해당해서, 토막토막 잘렸다는 건가?"

"그런 뜻은 아닙니다만."

"토막살인사건은 가나코가 유괴되기 전부터 일어나고 있었지 않은가? 게다가 피해자도 확실한 후보자가 있다고 했었잖아."

"어디까지나 후보지요."

——가나코가 토막토막?

생각도 해 보지 않았지만, 왠지 마음에 걸린다.

"두 사건을 결부해서 생각되고 있다는 건가?"

"아니오. 양쪽을 다 신경 쓰고 있는 건 저뿐입니다. 물론 합동수사는 고사하고 정보교환조차 이루어지지 않고 있습니다."

"검시 담당은 누구지?"

"아, 장소가 그야말로 제각각이니까요. 다 다르지만——사토무라 씨가 결국 전부 보고 있을 겁니다."

"사토무라——."

"저로서는 가나코가 토막토막 잘려 있으리라고는 생각할 수 없지만요. 거의 확실한 후보자가 있으니까요. 하지만 가나코의 행방도 여전히 모르지 않습니까? 그래서 만일, 만약에 말입니다, 이 두 사건이 어떤 관련을 갖고 있다면 가나코도."

"그만해."

기바는 그다음 말을 듣고 싶지 않았다. 중상을 입은 여동생이 유괴되고 살해된 데다, 사지가 토막토막 잘려 해부된 채 여기저기 버려졌다는 이야기를 요코가 들으면 대체 어떻게 생각할까.

그 슬픔의 깊이와 충격의 정도를 생각하면,

——그런 일은 없어.

불길한 상상은 생각하는 것조차 거부된다.

——하지만.

"하지만 앞으로 그것이 나올 가능성이라면——있다고 말하고 싶은 거로군."

"그야 있지요. 충분히."

"그런 바보 같은 일이 어딨나!"

토막토막 잘린 가나코가 앞으로 발견될 거라는 건가?

연쇄 토막살인사건과 가나코 살인미수 · 유괴사건에 어떤 관련이 있다는 건가?

——그런 건 없어.

아오키는 학생처럼 맑은 눈으로 기바를 보고 있다.

기바는 젊은 부하의 이 눈만은 좀 거북하다.

"자네는——두 사건이 관련되어 있다고 짐작했지."

"그렇습니다."

"이유는, 장갑을 낀 남자인가?"

"그것도 있지만——직감이랄까요. 선배님이 자주 말씀하시지 않았습니까? 예측은 유효하다, 증거는 나중에 따라온다고."

기바는 아오키에게서 눈을 피한다.

"바보 같은 놈. 잘난 척하지 마. 네놈의 경험치로는 아직 멀었어."

——잠깐.

돌파구일지도 모른다.

좀 더 냉정하게 가나코의 사건을 처음부터 살펴볼 필요가 있다. 기억이 오락가락하는 지금으로써는, 아무리 세부를 떠올려도 전혀 전체상이 잡히지 않는다.

머리를 식혀.

객관적으로 생각해.

기바는 일어서서, 으깨진 바나나를 본래 싸여 있던 신문지와 함께 뭉쳐 쓰레기통에 넣었다.

——아깝군.

그리고 창밖을 본다.

요코에게 도움이 되고 싶다는 흥분되고 거만한 기분 때문에, 자신은 사건을 제대로 보지 못하고 있었을 것이다. 침착하고 냉정한 형사의 눈을 되찾아야 한다. 기바라는 상자의 존재 가치는 바로 거기에 있는 것이다.

——그렇다.

9월 24일――.

그 후 형사 기바 슈타로는 금세 부활했다.

아오키를 되도록 무뚝뚝하게 쫓아 보내고, 기바는 우선 목욕탕에 갔다. 어중간한 시간이라 비어 있다.

뜨거운 탕에 몸을 담근다.

――자.

생각을 정리하거나 사실관계를 정리하는, 그런 쓸데없는 짓은 일절 그만둔다. 그런 것이 형사에게 아무 도움도 되지 않는다는 것을 기바는 누구보다 잘 알고 있다. 증거는 반드시 떨어져 있다. 생각하기보다는 걸어라. 보고 듣고 냄새 맡고, 몸으로 아는 것이다.

기바는 생각하는 것과 느끼는 것의 구별을 잘 모른다. 머리를 쓰면 주관적이 된다. 몸으로 알면 객관적이 된다. 기바의 기준은 고작해야 그런 것이다.

따라서 우선 자신의 튼튼한 육체를 확인한다.

굵은 팔. 두꺼운 가슴. 이거면 된다.

――내용물 따위는 아무래도 좋아.

기바는 상자가 튼튼하다는 것을 확인한다. 그것이 요코에게 도움이 된다. 기바가 요코를 어떻게 생각하든 이제는 상관없다. 지금은 그저 튼튼한 상자가 되는 것이 선결이다. 속이 텅 비었든, 속이 꽉 차 있든, 상자는 상자로서밖에 존재 가치가 없는 것이다.

수염을 깎고, 몸을 씻고 나서 기바는 걸어간다.

――현장을 백 번 살펴라. 그런데 어디가 현장이지?

무사시 고가네이 역일까?

미마사카 근대의학 연구소일까?

아니면 사가미 호수일까?

—— 사토무라.

어쨌거나 지금까지 발견된 팔다리가 가나코의 것이 아니라는 확증이 필요하다. 만일 가나코의 것이라면 수사 순서를 바꿀 필요가 있다.

기바는 사토무라 의원으로 향했다.

사토무라 고이치가 어떤 경위로 검시관 일을 하게 되었는지, 기바는 잘 모른다. 전쟁 중에는 해군에서 봉합을 잘하는 군의관으로 유명했다고, 친구 에노키즈에게 들은 적이 있다. 기바는 육군이었기 때문에 자세히는 모른다.

사토무라는 평소에는 구단시타[九段下][60]에서 작은 외과의원을 하고 있다. 친근한 얼굴에 말을 잘해서 환자에게는 꽤 인기가 있는 듯, 병원은 번성하고 있다고 들었다. 그런데도 어디어디에서 시체가 나왔다는 소식만 들으면, 산 사람도 젖혀 두고 희희낙락 달려온다.

아무래도 그는 해부를 좋아하는 모양이다.

남들보다 훨씬 온후한 인격자처럼 굴면서, 해부라면 정신을 못 차리는 것이다. 그 점을 기바는 잘 이해할 수 없다. 아무리 일이라도 인체를 잘게 자르는 것을 좋아하는 남자라니, 역시 기바로서는 이해할 수 없는 존재일 뿐이다.

평소에는 꽤 좋은 녀석이니 더욱 그렇다.

마침 휴식시간이었다.

---

60) 도쿄 치요다 구의 지명.

간호사에게 사정을 설명할 것까지도 없이, 기바의 목소리를 알아들은 의사는 만면에 웃음을 띠며 안쪽 방에서 등장했다.

"기바 군, 기바 군이 아닌가. 와하하하, 근신 풀렸나? 근신이라니 웃기는 노릇이군. 안색은 나쁘지 않은 것 같은데 배탈이라도 났나? 어디, 배 한 번 열어봐 줄까?"

"흥. 네놈이야말로 근신하는 게 좋겠군. 저기 있는 간호사에게 부탁해서 그 실실거리는 입을 꿰매 달라고 할까? 그 김에 눈이랑 코도."

"안 돼, 안 돼. 꿰매도 나는 금방 잘라 버릴 거거든."

사토무라는 메스를 쥐는 시늉을 했다.

방약무인한 인사의 교환이 한바탕 끝나자, 기바는 안쪽 진료실로 안내되었다.

병원이라기보다는 진료소에 가까운 규모지만, 규모에 어울리지 않게 정리 정돈이 구석구석까지 매우 잘 되어 있는 방이다. 기바는 환자가 앉는 의자에 걸터앉아 환부의 상태를 이야기하듯이 이곳에 온 목적을 이야기했다.

기바가 이야기하기 시작하자, 사토무라는 도중에 몇 번이나 기바 군, 기바 군, 하고 기바의 이름을 연호했다. 아마 그의 인지력으로는 기바가 이야기하는 내용을 끝까지 듣기가 답답했을 것이다. 그러나 그런 것은 기바가 알 바 아니다. 그리고 기바의 화술은 고작해야 이름을 불리는 정도로 무산될 만큼 약하지 않다. 결국, 기바는 되풀이되는 중단 요청을 무시하고 아오키가 암시한 유괴와 토막살인의 관련 가능성을 이야기했고, 가나코가 피해자 중 하나일 가능성을 물었다.

사토무라는 경련하듯이 웃었다.

"그렇지는 않네——."

간신히 발언 기회가 주어진 사토무라는 가나코 피해자설을 대수롭지 않게 무시해 버렸다.

"——실은, 그 발상은 아오키가 처음이 아니거든. 오시마 씨가 먼저야."

"과장님이?"

"그 왜, 기바 군을 빼내 올 때도 꽤 그쪽 사건에 관여하고 있었으니, 지식이 좀 있었는지 그런 생각이 든 모양이더군. 그래서."

사토무라는 책상 위의 바인더를 펼치고 그 안의 서류를 기바에게 보여주었다.

"이건 미타카의 병원에 남아 있던 유즈키 가나코의 진찰 기록. 오시마 씨는 용의주도해. 경부니까."

오시마가 그렇게 눈치 빠른 남자일 줄은 몰랐다.

"뜸 들이지 말고 결론을 말해."

"그러니까 인간의 혈액에는 혈액형이 있다네. 그 정도는 알겠지? 분류법은 여러 가지지만 ABO식이 보통이지. 간단히 알 수 있고. 가나코 양은 B형일세. 그리고 네 명의 피해자 중 똑같이 B형인 것은 최초로 발견된 사람——아니, 팔다리뿐이었지 참. 다른 팔다리들은 혈액형이 달라. 첫 번째 팔다리가 발견되었을 무렵, 가나코 씨는 아직 유괴되지 않았네. 기바 군, 자네도 봤지? 그러니 절대 있을 수 없는 일일세."

기바는 약간 안도했다. 재빨리 자료를 갖추어 준 오시마에게 감사하고 싶을 정도다. 최악의 사태를 요코에게 전하는 것만은——현재로서는——피할 수 있었던 것이다.

"그래서 오시마 씨도 일찌감치 그 가능성은 지운 것 같더군. 그보다 나는 말이지, 머리에 피가 좀 올랐다네."

"네놈이 미쳤다는 건 옛날부터 알고 있었어. 새삼스럽게 무슨."

사토무라는 재채기를 할 듯한 발바리 같은 얼굴을 하고, 숱이 없어져 가는 머리카락을 뒤로 쓸어 넘겼다.

"그게 아니야. 나는 화가 났단 말일세."

"왜 네놈이 화가 나? 고작해야 검시관 주제에."

"경찰은 내 견해를 제대로 듣지 않아. 나는 일본에서 가장 실력이 좋은 검시관인데, 어리석은 경관들은 이 귀중한 의견을 듣지 않는단 말이야."

"바보 같은 의견이겠지."

"바보 같다니? 아니, 몇몇 피해자는 적어도 어느 한쪽 팔만은 죽은 직후이거나, 아니, 어쩌면 아직 숨이 붙어 있을 때 잘린 거라고. 내 생각에는 살아 있는 동안에 절단된 게 아닌가 싶네."

"바——."

바보 같은 의견 맞잖아——라고 말하려고 했지만, 기바는 말하지 않았다. 의사의 견해라는 의미로만 판단하자면 사토무라는 신용할 수 있다.

"생활반응이 있어. 활성산소에도 차이가 보였고. 이게 사후 절단이라면, 나는 내 배를 갈라도 좋네. 하지만 같은 피해자의 것이라도 다리, 이건 확실히 죽은 후에 자른 거야."

"그건——무엇을 의미한다——고 생각하나?"

"나는 변태가 아니니까 범인의 기분은 모르겠지만——."

사토무라는 범인이 변태라고 단정하고 있는 것 같다. 다른 케이스는 안중에도 없는 듯한 말투다. 기바는 여기에서도 입을 다물었다.

"우선 목을 조르거나 약을 먹이거나 머리를 내리치거나, 방법은 모르겠지만 죽이지 않나? 그리고 보통 시체를 처리하기가 곤란해서 토막을 내는 거라면, 일단은 숨기거나 해체하기 쉬운 곳으로 운반하거나, 적어도 절단할 도구를 준비하는 동안만큼은 시체를 눕혀 두잖아. 그 사이에 조금이라도 부패가 진행되지. 하지만 이 범인은 죽이고 나서, 죽었는지 확인하지도 않고 곧바로 팔을 자른 듯한 느낌이 드네. 가사 상태. 심장이 멈추었어도 아직 죽지는 않았다거나. 의식만 잃었다거나. 그때 이미 자른 것 같은 느낌이라고."

"그렇군. 그렇다면."

"그 순간에 이미 자를 도구는 준비되어 있었다는 뜻이 되지. 그래서 내 생각에는, 죽인 후에 자른 게 아니라, 자르기 위해 죽인 게 아닌가 싶어."

"어째서? 무엇 때문에!"

"모르지. 그런 건 형사가 생각할 일이잖나. 나는 의사로서 말하는 걸세."

——자르기 위해 죽였다?

이 무슨 역전적 발상이란 말인가. 그러나 그런 일이 있을 수 있을까? 죽여 가면서까지 팔다리를 잘라야만 할 이유가 있을까?

기바가 묻자 사토무라는 안경 속의 커다란 눈동자를 가느다랗게 뜨며, 말한다.

"글쎄, 예를 들면 무슨 재료로 쓴다거나."

"재료라니 이봐, 먹기라도 했다는——."

"내가 먹는다면 허벅지는 안 버릴 거야. 팔뚝 안쪽 살도. 도깨비나 요괴도 아니니 먹지야 않았겠지만. 그러고 보니 육식동물의 경우는 팔다리보다 부드러운 배를 먹는군. 하지만 짐승은 사냥감을 죽인 후에 잠깐 눕혀 두었다가, 그야말로 약간 썩었을 때 먹지. 그편이 맛있나 보더군. 아미노산의 분해 상태가 좋은 걸까? 나는 짐승이 아니니 모르겠지만, 분명히 맛있으니까 그런 거겠지. 싱싱한 고기를 먹는 건 인간뿐이라고 하더군. 싱싱하다 해도 어차피 죽은 고기인 건 똑같은데 말이야."

사토무라는 어린아이 같은 표정으로 웃었다.

기바는 공복인 탓도 있어 약간 토할 것 같았다.

"뭐, 먹었는지는 모르겠고 나는, 그렇지, 인체 실험이라도 한 게 아닐까 생각했지."

"실험?"

"그렇다네. 무슨 실험인지 모르겠지만, 그렇게라도 생각하지 않으면 그것 이외에 몸통이나 머리가 나오지 않는 이유가 떠오르지 않지 않나. 몸통이나 머리는 무언가에 사용한 게 아닐까? 그리고 그 실험을 할 때는 팔다리를 서둘러 잘라낼 필요가 있었다거나."

——인체 실험.

있다. 그런 일은 있을 수 있다. 기바의 직감은 그렇게 말하고 있다. 비상식적인 이야기이기는 하다. 그러나 기바의 직감을 자극한 것은 막연한 인상이 아니라 몹시 구체적인 것이다. 아니, 구체적이라기보다 더 명확한 대상을, 기바는 알고 있었다.

——미마사카 고시로.

물론 아무 증거도 없다. 근거도 없다. 그러나 사토무라의 이야기에서 착상을 얻은 기바의 예측은, 틀림없이 그를 향해 가고 있었다. 뭔가 있다. 있다면 녀석이 관련되어 있지 않을 리가 없다. 그 냉철한, 파충류와도 비슷한 과학자의 눈. 논리는 필요 없다. 지금의 기바에게 그 눈은 충분한 표적이다.

——그 상자에 들어간 환자는 두 번 다시 돌아오지 않는다는 평판입니다

——괴물을 잡아와서 사람 시체를 먹인다든지

——짐승이 반입되는 모양이에요

"왜 그러나? 기바 군. 하지만 실험에 사용한 것치고는 서툰 솜씨일세. 의사라면 더 깔끔하게 자를 텐데. 그건 왠지 낫이나 도끼로 아무렇게나 자른 듯한 느낌이었거든. 조심스럽게 했다고는 생각할 수 없어. 게다가 같은 피해자라도 다리를 자를 무렵에는 이미 죽어 있단 말이야. 다리 절단면에는 생활반응이 없거든. 다시 말해, 팔을 잘라낸 시간과 다리를 잘라낸 시간에 상당한 시간차가 있는 걸세. 자르는 동안에 죽은 거겠지. 꽤나 시간이 걸린 모양이야. 하지만 범인은 공부를 열심히 하고 있는지, 솜씨가 점점 나아지고 있어."

"나아져?"

"네 번째는 거의 일도양단이라네. 나는 첫 번째는 사진으로밖에 보지 못했지만, 두 번째는 엉망진창이었어. 하지만 네 번째는 신이 났는지 조금 앞쪽에서 자를 뻔했다가 중간에 멈췄더군. 어쩌면 범인은 자르는 연습을 하고 있었던 걸까? 그렇다면 동기는 죽이는 것도 토막을 내는 것도 아니고, 연습 삼아 자른 거겠군. 이것도 그럴듯한

걸. 단, 몸통이나 다른 부분이 나오지 않는 것에 관해서는 설명이 안 되지만."

"연습 삼아? 에도 시대도 아니고 그럴 리는 없겠지."

아무리 역전의 발상이라 해도 연습 삼아 잘랐다는 설까지는 채용할 수 없을 것이다. 역시 인체 실험설은 포기하기 아깝다. 무엇보다 그쪽이라면 조금이라도 가나코 사건과 이어질 듯한 기분이 든다. 물론 미마사카를 통할 때의 이야기지만.

——아직 한참 부족해.

"사토무라, 그건 그렇고 미마사카 고시로라는 의사를 모르나? 아름다울 미(美) 자에 말 마(馬), 비탈 판(坂) 자를 쓰는."

"알지. 전쟁 전에는 꽤 유명했어. 천재라고 불리던 외과의사일세. 수술 실력은 실로 명인의 기예 같아서, 신의 메스 실력이라는 말까지 들었다네. 전설적인 사람이지. 하지만——아마 원래는 제국대에서 면역학인지 뭔지를 전공했던 사람이었지? 꽤 선진적인 논문도 발표했었던 것 같은데. 나도 읽었거든. 이름이 신기해서 똑똑히 기억하고 있다네. 미마사카 하면 보통 아름다울 미에 만들 작(作)이라고 쓰잖아?"

"그런가——그렇게 유명해?"

천재 외과의라면 더 잘 자르겠지.

"하지만 너무나도 특이한 연구를 하는 바람에 학계 중앙에서 따돌림을 받아, 아마 추방되었다던가——14, 5년 전이었나? 전쟁이 끝난 후에 어떻게 되었는지는 모르겠군. 무슨 불사(不死)의 연구를 하고 있었나 보던데."

"불사?"

"죽지 않는 연구 말일세. 그 논문은 안 읽어서 모르겠지만. 하지만 그 메스 실력처럼, 그가 상당히 천재적인 재능을 가진 과학자였던 것은 틀림없어. 그 재능이라는 건 말이지, 특히 아카데미즘의 중심에 눌러앉는 데에는 무엇보다 쓸모없는 것이니까."

사토무라는 자신의 넓은 이마를 검지로 두드렸다.

"천재적이면 천재적일수록 쉽게 따돌림당하거든."

——불사.

"불사라——."

실감이 나지 않는다. 사람은 쉽게 죽는 법이다. 기바는 눈앞에서 몇 명이나 되는 병사들이 재미있을 정도로 쉽게 죽어 가는 모습을 보았다.

"선인(仙人)도 아니고, 제정신으로 한 연구라고는."

——시해선.

——영원히 죽지 않아요.

——가나코는 영원히 죽지 않아요.

구스모토 요리코——.

무엇일까. 이 기분 나쁜 부합은. 어떻게 연결되는 것인지 전혀 알 수 없다. 그러니 아마 이것은 우연일 것이다. 억지로 머리를 써 가며 추리를 하고 끼워 맞추려 하니 혼란스러워지는 것이다. 기분이 나쁘면 그냥 기분 나쁘다고 생각하기로 하자.

사토무라는 거즈로 안경을 닦으면서,

"뭐, 그렇지. 테마가 무좀 치료법 정도였다면 좋았을 텐데."

라고 말했다. 그리고 이어서,

"그런데 미마사카 씨가 어떻게 되기라도 했나?"

하고 물었다.

기바는 말을 흐리며 얼버무렸다.

사토무라는 이상하다는 듯이 다시 안경을 닦으며,

"그건 그렇고 경찰은 내 의견도 안 듣고 어떻게 토막살인을 해결하려는 걸까?"

하고 말했다. 그리고 작게 고개를 갸웃거렸다.

"이봐, 좀 더 상식적인 선에서 이루어지는 게 수사라는 거야. 자네 이야기를 있는 그대로 받아들인다면, 상대는 완전한 변태이거나 미친 과학자이거나, 그렇지 않으면 시험 삼아 사람을 베는 무사라는 뜻이 되고 말아. 그런 놈은 없다고. 경찰관의 머릿속에는 말이야."

그래서 안 되는 거라는 말은 하려다 말았다.

"토막살인이란 99% 시체 처리가 곤란한 경우야. 그 선에서 벗어나는 일은 없어. 그게 아니면 원한이지. 너무 미워서 토막토막 자르는 거야. 이것도 조사해 보면 금방 알 수 있지. 간단히 알 수 있는 게 더 정답률이 높으니까 이상한 생각은 쓸데없는 거라고."

"그럴까? 나는 사실을 말하는 건데. 게다가 말이지 —— 처리하기 곤란해서 자른다는 게 이해가 안 가."

"무슨 소리야?"

"처리하기 곤란해서 그런 거라면 왜 그렇게 어중간하게 자른단 말인가? 이번만이 아니라 토막살인사건은 대개 사지와 목을 자르는 정도로 끝나지 않나. 기왕 할 거면 아예 다져 버리는 게 좋을 텐데. 시간이 없다면 몰라도. 하지만 토막을 낼 시간이 있다면 조금만 더 노력하면 되잖아. 살은 다지고 뼈는 갈아서 사료에라도 섞어서 밭에

뿌려 버리면 절대 들키지 않을 거야. 정말 절박했고 체포되고 싶지 않다고 생각한다면 그 정도는 할 수 있을 거라고 생각하는데. 기분 나쁜 건 마찬가지고."

정말 기분 나쁜 이야기다. 사토무라는 전혀 아무렇지도 않은 모양이다.

기바는 입을 누르는 것도 왠지 여자 같아서 싫었기 때문에 밀려 올라오는 타액을 계속 삼킬 뿐이었다.

"하지만 이봐, 사람 하나를 해체하는 건 보통 작업이 아닐 텐데."

"그렇지도 않아. 시체의 팔다리를 자르는 정도라면 간단하지. 한 시간도 안 걸려. 살아 있는 걸 자른다면 몰라도. 그러니까 하루만 들이면 다지는 정도는 할 수 있어. 그렇게 하지 않는 것은 마음 어딘가에 체포되고 싶다는 기분이 있기 때문이라고밖에 생각되지 않는데."

"이번 사건도 그렇다는 건가?"

"이번 사건은 다르다니까. 범행을 감추려고 한다든지, 시체를 처리하기 곤란했다든지, 그런 느낌이 들지 않는다고. 팔은 살아 있는 동안에 자른 것 같고. 그러니 더 이상하단 말이지. 내 의견이 맞단 말이야."

사토무라는 입을 삐죽거렸다.

어린아이 같은 남자다. 그리고 재미없다는 듯 가나코의 진찰 기록을 덮으면서,

"그건 그렇고 무슨 일이람, 오늘은 토막 내는 이야기만 하게 되는군."

라고 말했다.

"무슨 소리야?"

"아까도 세키구치 군이 왔거든. 역시 토막살인사건 때문에."

"세키구치가? 어째서!"

무엇을 냄새 맡고 다니는 걸까? 역시 연구소에 온 것은 우연이 아니었던 것일까?

"뭐라더라, 으음, 부정을 봉하는 상자님인가 하는 종교의 신자 명부를 손에 넣었는데, 그중 몇몇 신자의 딸——10명이었던가, 실종되었다더군. 수상한 종교니까 어쩌면 토막살인사건과 관계가 있는 게 아닐까, 경찰에 가려 해도 근거가 빈약하고, 그렇다고 나한테 와 봐야 뾰족한 수는 없을 거라고 생각했지만——그는 언제나 진지하잖아? 대충 대할 수 없는 타입이지. 그래서 이야기를 들어 주었다네. 내일이라도 내가 오시마 씨에게 정보를 흘려줄까 하고——."

아오키가 말한 종교일까?

"——으음, 이게 명부 사본이라는데 원본은 그가 가지고 있어. 열심히 베껴 적었다는 걸 알 수 있지?"

사토무라는 서랍에서 종이 묶음을 꺼내 기바에게 건넸다.

"마침 잘됐네, 기바 군이 아오키한테라도 갖다 주게나. 도움이 된다면 좋은 일이잖나."

"흠."

아마 이 정보는 이미 경찰이 알고 있는 것이리라. 하지만 명부까지는 어떨까. 기바는 그런 사정을 전혀 말하지 않고 그 명부를 받아들였다. 아무 말도 하지 않은 것은 특별히 이유가 있는 것이 아니라, 형사의 습성에 가까웠다.

기바는 받아든 명부를 본다. 세키구치가 서둘러 옮겨 적은 것인가 보다. 깨끗한 글씨는 아니다. 대충 훑어본다. 이것도 형사의 습성이다.

묵묵히 생각하고 있어 봐야 아무 수확도 없지만, 이렇게 발을 쓰면 어떤 정보가 들어온다. 도움이 될지 안 될지는 별도로 하고, 기바는 사토무라 단 한 명으로부터 벌써 꽤 많은 수확을 얻었다.

눈이 뭔가에 걸렸다.

——응?

명부는 히라가나 순으로 되어 있는 것 같았다.

구와노 사다코, 구리타 레우, 구보 슌코——그 위다.

〈구스모토 기미에〉

요리코의 어머니다.

——이것도 우연일까?

등골이 오싹했다.

“왜 그러나? 기바 군. 얼굴이 이상하네. 역시 진찰을 받아 보겠나? 수술도 할 수 있는데.”

말도 안 된다. 그럴 여유는 없다. 당장 다음 현장으로 가야 한다.

다음은 어딜까.

요코를 만날까? 요리코를 만날까.

——세키구치인가.

세키구치를 만나자.

기바는 엄청나게 무뚝뚝한 태도로 사토무라와 헤어져, 사토무라 의원을 나왔다. 발길은 벌써 나카노로 향하고 있다.

조금은 풀렸다. 오리무중, 사면초가의 상황임에는 변함이 없지만, 실마리는 몇 가지 보이기 시작했다.

——이대로 나아가면 돼.

기바는 어깨로 바람을 가르며 구단시타를 걷는다.

아마 기바가 생각하고 있는 만큼 수확을 얻은 것은 아니고, 물론 상황도 호전되지 않았을 것이다.

그러나 그런 생각을 하지 않고 행동할 수 있는 걸 보면, 기바는 원래대로 돌아왔다.

——멍청한 놈, 두고 봐라!

기바는 누구에게랄 것도 없이 기합을 토했다.

※

전략

세키구치 선생님. 오랜만입니다. 잘 지내시나요? 요즘은 저녁 바람도 완전히 시원해져서, 곧 여름도 끝날 것 같다는 느낌이 들기 시작했습니다.

단행본 준비도 착착 진행되고 있다고, 데라우치에게 들었습니다. 완성이 기대됩니다.

다름이 아니라, 선생님께서 읽어 주셨으면 하는 작품이 있어 교정쇄를 보내드립니다. 바쁘신 줄은 알지만, 시간이 나실 때라도 괜찮으니 꼭 좀 읽어봐 주실 수 있을까요?

일전에 편집실에서 소개해 드렸던 구보 슌코 선생님의 신작, '상자 속의 소녀'의 전편입니다.

솔직히 말씀드리자면, 저는 어떻게 평가해야 할지 고민하고 있습니다.

하기야 일개 편집자인 제가 작가가 기고해 주신 작품에 대해서 이러쿵저러쿵할 수 있는 신분은 아니지만, 담당자로서는 대단히 괴로운 매일을 보내고 있습니다.

어디가 좋은지를 모르겠습니다. 아니, 그보다 일독한 후 뭐라고 형용하기 어려운 불안, 아니, 혐오감이 덮쳐 왔습니다. 그렇다면 명작일지도 모르겠지만, 그것이 무엇에 기인하는 것인지 모르겠습니다.
구보 슌코라는 작가의 넓은 도량을, 제가 따라가지 못하는 것뿐인지도 모르지요.

너무 사견을 쓰면 선생님이 선입관을 갖게 되실지도 모르니, 더 이상 쓰지 않겠습니다.

제 의견이 어떻든지, 작품은 다음 호에는 게재됩니다. 그전에 저 나름대로 정리를 해 두고 싶습니다. 선생님의 감상을 꼭 좀 들려주십시오.

바쁘실 텐데 멋대로 이런 부탁을 드려서 정말 죄송합니다.
그럼, 환절기에 몸조심하십시오.
출판을 고대하고 있겠습니다.

9월 20일　고이즈미 다마요 올림

추신
데라우치로부터 선생님께서 작품의 게재 순서 때문에 고민하고 계시다는 이야기를 들었습니다. 잡지 게재 당시의 담당자로서 변변치 못한 의견을 말씀드리겠습니다.
선생님의 작품은 아마 완성한 순서와 잡지에 게재한 순서가 다르지 않았던가요?

제 기억으로는 작년 여름에 게재하신 '창백한 것을 들고'는 봄에 완성되었고, 그 직전에 새로 쓰셔서 게재한 '천녀환생'이 더 나중에 탈고되지 않았나 합니다. 그리고 제가 '천녀환생'을 부탁드렸을 때, 선생님은 이미 다음 작품인 '무답선경(無踏仙境)'을 시작하신 상황이었다고 기억하고 있습니다. 분량 관계상 게재 순서가 바뀌었다고 기억합니다. 참고로 삼아 주십시오.

※

'상자 속의 소녀' 전편

구보 슌코

(이하생략)

※

6

에노키즈 레이지로는 평소보다 더욱 일어나기 힘든 아침을 맞았다. 아침이라고는 하지만 이미 일반 사람들에게는 낮 또는 오후라고 불리는 시간대이다. 그러나 그의 입장에서 보자면 어느 때고 잠이 깬 그 시간이 아침이니, 설령 그것이 저녁이나 심야라고 불리는 시간대라 해도 일어나기 힘든 아침이라는 표현을 사용하기에 불편함은 없다.

——아버지 때문이다.

어제 아버지에게서 전화가 왔다.

드문 일이다.

에노키즈의 아버지는 옛 화족으로, 옛날에는 자작이라고 불렸다.

사민이 평등해지고 그 요란한 신분이 떨어져 나가자, 대부분의 화족들은 쇠락의 길을 걸었다. 생활 수단으로서의 기능 습득을 게을리하던 인종들에게, 그것은 당연한 결과였을 것이다.

결국, 그들은 토지와 재산을 매각하는 것 외에는 길이 없었고, 그러자 천 년에 걸쳐 간직해 온 부(富)도 눈 깜짝할 사이에 바닥을 보이게 되어 전쟁 후에는 모조리 몰락했던 것이다.

그러나 에노키즈 전(前) 자작은 달랐다. 그는 현재 몇 개나 되는 계열사의 회장이나 대표라는 명예직을 겸하고 있는 유유자적한 신분이다.

에노키즈는 그런 아버지가 성공에 이른 경위를 어느 정도는 높이 평가하고 있다.

그러나 한편으로, 그것은 단순한 우연의 산물이라는 생각도 버릴 수 없다.

에노키즈의 아버지라는 사람은 유례를 찾아볼 수 없을 만큼 취미에 열중하는 사람이다. 본인만 빼고 모두가 그는 특이하다고 말한다. 옛날부터 물려 내려온 화족이라는 자랑할 만한 혈통도 무시한 채 선조는 해적이라고 태연하게 퍼뜨리고 다니는 등, 말투부터가 도저히 정상적인 상식인이라고는 생각할 수 없다.

그리고 그 상식인과 동떨어진 부분은 아들 에노키즈에게 그대로 물려졌다.

부자 모두 신분 없이도 잘 살 수 있는 인종이다.

그러나 좋아하든 좋아하지 않든, 그런 것은 상관없이 아버지에게는 전 화족이라는 역사적 신분과 계열사의 대표라는 사회적 신분이 붙어 다닌다. 그러나 아들은 어떤가 하면, 정말로 아무것도 없다.

현재 에노키즈의 신분은 탐정이라는 두 글자뿐이다. 화족의 후예가 생업으로 삼기에는 너무나도 엉뚱한 신분 같은 기분도 들고, 어떻게 보면 회사원이나 생선가게보다는 어울리는 듯한 기분도 든다.

——귀찮기 짝이 없군.

정말 귀찮은 이야기다. 아버지는 자신의 신분에 딸려온 부산물을 에노키즈에게 떠넘겨 왔다. 그것이 자신의 신분에 의한 부산물이라면 뒤치다꺼리라도 할 수밖에 없겠지만, 아무리 아버지라고는 해도 남의 뒤치다꺼리는 딱 질색이다.

——단호하게 거절했어야 하는데.

그러나 나름대로 아버지를 존경하고 있는 에노키즈는 또 그 나름대로의 일반 상식도 가지고 있어서, 그 두 가지에 비추어 보니 아버지의 의뢰를 거절하는 것이 옳지 못한 일인 것도 같았다. 애매한 태도를 취하는 사이에, 결국은 받아들이게 된 것이다.

아버지의 목소리는 쾌활했다.

아버지는 일반적이지 않은 날씨 이야기를 일방적으로 한바탕 떠든 후, 그저께 자전거를 타고 귀뚜라미를 잡으러 갔다가 돌아오는 길에 둑에서 굴러떨어져 발을 삐었다는 이야기를 했다. 어린아이라면 몰라도 환갑이 지난, 지위도 명예도 남들 이상을 가진 인물의 일화라고는 생각할 수 없다.

에노키즈가 그렇게 말하자 아버지는 크게 웃었다. 그 웃음소리가 슬슬 질리기 시작했을 무렵에,

"그러고 보니, 레이지로. 너는 아직도 그 천한 장사를 계속하고 있지?"

라고 말했다.

천한 장사란 물론 탐정을 말한다. 하고 있다고 대답하자, 그거 잘됐구나, 그거 잘됐어, 하고 필요 이상으로 기뻐하며, 다음과 같은 말을 했다.

“내가 아는 사람 중에 시바타라는 남자가 있다. 뭐, 나는 별로 중요하지도 않다고 생각하는 사람이지만 회사 사람들은 그렇게 생각하지 않는지, 의리인지 은혜인지를 챙겨야 하는 모양이야. 그런데 그 시바타의 부하가 아무래도 네 평판을 들었나 보더구나. 그래서 그 탐정인가? 그걸 꼭 해 달라는 거야. 웃기는 얘기지. 자세히는 모르겠다. 나더러 꼭 좀 말을 넣어 달라고 회사 사람들이 시끄럽게 굴어서 당해낼 수가 있어야지. 너무 집요해서, 불초자식의 수상한 장사가 도움이 된다면 얘기해 보겠다고 말해 버렸지 뭐냐. 내가 그렇게 말해 버렸으니 네가 맡아주지 않으면 곤란해.”

곤란하다니, 그런 말을 들은 쪽이 더 곤란하다. 질문도 반론도 허락받지 못하고 있던 에노키즈는 아버지가 숨을 몰아쉰 일순간의 틈을 뚫고 발언했다.

“그 시바타인가 하는 사람이 혹시 거물은 아니겠지요?”

거물이라는 게 어떤 사람을 말하는 뜻인지 명확하게 정의할 수는 없지만, 짧은 시간에 발언하기에는 한계가 있었다. 아니나 다를까 아버지와 아들의 가치관은 미묘하게 어긋나 있었다.

“거물은 아니야. 실가게 사장이지. 아니, 회장이었나?”

아마 아버지가 말하는 시바타는 시바타 방적의 창업자이자 시바타 재벌의 창시자, 일대 만에 막대한 재산을 모은 입지전적 인물——시바타 요우코우를 말하는 것이리라. 만일 그렇다면 재계의 흑막이라고 일컬어지는 몇 사람 중 하나다.

다시 일반적인 사고방식으로 말하자면 에노키즈의 아버지보다 격은 높다. 하지만 흑막이든 장막이든, 아버지의 눈에는 벼락출세한 실가게 영감에 지나지 않는 모양이다.

자신의 가문도 내세우지 않는 대신, 타인이 어떤 신분이든 개의치 않는 점이 아버지의 대단한 점이기도 하다.

"거물이에요. 그 사람 정도면 거물이라고요."

"거물은 무슨. 실을 팔아서 돈을 벌었을 뿐이다. 하늘을 날 수 있는 것도, 탈피할 수 있는 것도 아니잖니. 그래도 돈은 좀 있는 모양이니 사례금은 잔뜩 뜯어내도록 해라. 내일 오후에 심부름꾼이 올 테니 나가지 말고 있어다오."

그다음은 구렁이 담 넘어가듯 한다.

마음이 무거웠다. 문제는 그쪽이 탐정에 대해 어떤 인식을 가지고 있는가 하는 것이다.

뭔가 조사하는 게 일이라고 인식하고 있다면 최악이다.

탐정이란 비밀을 찾는 사람이다. 조사를 하거나 통계를 내거나, 하물며 시시한 가설을 세워 가며 추리하거나, 남에게 설교하는 사람이 아니다.

그리고 에노키즈에게 있어 탐정은 자신의 바보 같은 체질을 살릴 수 있는 얼마 안 되는 직종 중 하나이다.

에노키즈에게는 잘 알 수 없는 것이 보인다.

왜 보이는지는 알 수 없다.

그것이 무엇인지도 흥미가 없다.

보이는 것을 보이는 대로 이야기하면 상대가 기분 나빠 할 때가 많다.

어떤 사람은 그것이 영(靈)이라고 한다.

또 어떤 사람은 사람의 마음이라고 한다.

그것은 타인의 기억이라고 말하는 사람도 있다.

에노키즈가 보기에는 어느 것이 됐든 그리 큰 차이가 없다.

사람의 얼굴이나 풍경일 때도 있고, 형태를 잘 알 수 없을 때도 있고, 사진을 이중으로 찍어놓은 듯 흐릿하게 보이는 경우도, 마치 에노키즈 자신이 체험한 것처럼 똑똑히 보이는 경우도 있다.

뱃멀미가 난 것처럼 기분이 나빠진다.

에노키즈가 남들보다 훨씬 총명하고 학습 능력이 높은 사람이 아니었다면, 평범한 일상생활은 도저히 불가능했을 것이다.

이것은 조상의 영혼입니다, 저는 선택받은 영능력자입니다, 하며 깨끗이 받아들이고 그쪽 바닥으로 가 버릴 수 있다면 얼마나 편할까. 그러나 그럴 수는 없었다. 초능력이라는 낯선 말도 싫었고, 어설프고 미덥지 못한 현대 과학에 기대는 것도 경박한 듯한 기분이 들었다. 영이라는 경계의 문제도 아니고, 과학이라는 외적 문제도 아니다.

그런 것이 아니라는 건 알고 있다. 그저 어떤 것인지 모를 뿐이다.

총명하기 때문에 의심스럽다. 질서를 획득하지 못하기에 혼돈을 용인하지 않을 수 없다. 에노키즈는 그런 모순을 안고 살아가고 있다.

그 성질은 우연히 타인의 비밀을 폭로해 버리는 경우가 많다.

그래서 에노키즈는 탐정인 것이다.

오해를 받는 것이 가장 곤란하다.

에노키즈는 마지못해 주위에 쌓여 있는 산더미 같은 옷 중에서 적당히 손에 닿는 것을 끄집어내어 몸에 걸쳤다. 나름대로 겉모습이란 중요하다고 생각한다. 그러나 멋있으면 그만이라고도 생각한다. 입어 보니 왠지 바텐더 같은 느낌이 들었다. 그래서 나비넥타이를 찾아내서 맸다.

완전히 바텐더다.

——바텐더.

그렇게 중얼거리며 방을 나섰다. 스스로도 좀 재미있어져서 기분이 약간 고양되었다.

문을 열면 그다음 방은 사무실이다. 칸막이 너머로 야스카즈 도라키치가 복잡한 얼굴로 신문을 읽고 있는 것이 보인다. 탐정 조수라는 명목으로 함께 살면서 에노키즈의 시중을 들어주는 청년이다.

"아이고, 이제야 나오셨군요. 선생님, 오늘은 꼭 급사 같으십니다."

바텐더라고 말해 주길 바랐는데.

에노키즈는 말없이 자리에 앉는다. 커다란 책상 위에는 아무것도 놓여 있지 않다. 그저 〈탐정〉이라고만 기록한 삼각명패가 놓여 있을 뿐이다. 한껏 신분을 과시할 생각이었지만 대개는 웃음을 산다.

"손님은 몇 시에 오십니까? 꽤 유명한 분이지요?"

"꽤 유명한 분의 심부름꾼일세. 그러니 그리 유명하지는 않겠지."

도라키치가 내미는 커피를 받아들면서, 에노키즈 레이지로는 다시 우울해졌다.

딸랑, 하고 종이 울렸다.

키 큰 남자가 서 있었다.

은테 안경에 길쭉한 얼굴. 머리카락을 7대 3으로 단정하게 가르고, 고급스러운 천으로 만든 양복을 걸치고 있다. 눈도 코도 입도 크다.

"에에, 장미십자탐정사무소, 탐정 에노키즈 레이지로 씨——인가요? 틀림없겠지요?"

엄청나게 말이 빠른 남자다. 대답할 새도 없다.

"저는 이런 사람입니다. 아마 방문 의도는 어제 전달되었으리라고 생각합니다만."

남자는 인사도 하는 둥 마는 둥 하며 명함을 내민다.

〈법률가 · 변호사 마스오카 노리유키〉

명함에는 그렇게 쓰여 있었다.

"변호사? 시바타 방적에서 나온 분이 아니십니까?"

"저는 시바타 재벌 및 시바타 요우코우 개인의 고문 변호사단과 계열회사의 임원으로 구성된 어느 단체에 소속되어 있는 사람입니다. 제 발언 및 행동은 모두 그 단체가 결정하는 내용에 준거한 것으로, 이것은 시바타 요우코우 개인의 의지라고 해석하셔도 됩니다."

"어느?"

참으로 번거로운 남자다. 쓸데없는 말을 줄줄이 늘어놓는 게 똑똑한 거라고 착각하고 있다.

이런 녀석은 교고쿠도가 상대하게 하는 편이 좋다. 마음이 맞을지도 모른다. 나불나불 장황한 말을 늘어놓고 있지만, 어느라는 말밖에 인상에 남지 않는다. 요컨대 시바타의 심부름꾼인 것이다――.

에노키즈는 순식간에 그런 생각을 했다.

에노키즈가 이상한 말을 하기 시작할 것 같다는 낌새를 눈치챈 듯, 도라키치가 마스오카를 응접용 의자로 안내하고 커피를 내밀었다. 에노키즈도 응접실 쪽으로 이동한다.

가까이서 보니 마스오카의 얼굴은 더욱더 길다.

숨소리도 거칠어서, 에노키즈는 그에게서 약간 히스테릭한 인상을 받았다.

── 여자다.

"다른 게 아니라, 사람을 찾아 주셨으면 합니다."

"아아, 영화 봤습니다."

"네?"

"으음, 뭐였더라, 그 산고로[三五郎] ── 산타로[三太郎]."

"산시로[三四郎] 말입니까요?"

도라키치가 도와준다.

"그래, 그 '산시로'의 ──."

마스오카는 당황한 모양이다.

"나 ── 나쓰메 소세키 말인가요?"

"아니오. 그 왜, 여배우인 기타[北]인지 미나미[南]인지."

"미나미 기누코 말입니까요?"

"그래, 그래, 그 기누코. 당신도 좋아하십니까? 어어 ── 응, 마스오카 씨."

얼굴을 맞대고 이름을 틀린다면 아무리 그래도 미안한 노릇이라고 생각했기 때문에, 에노키즈는 명함을 확인하고 나서 불렀다.

마스오카는 길쭉한 얼굴을 멍청하게도 더욱 길게 늘이고 있다. 소위 말하는 얼빠진 얼굴이다.

이윽고 변호사는 뭔가 떨쳐내듯이 두세 번 고개를 젓고 이성을 되찾았다.

"── 비결을 알려주셨으면 좋겠군요, 에노키즈 씨. 소위 기업 비밀이라는 건가요?"

무슨 소리를 하는 건지 알 수 없었다.

에노키즈는 생각한 그대로 말한다.

"미나미 기누코는 약간 어린아이 같은 그 목소리가 좋지요. 연기는 서툴지만, 만들어낸 듯한 무표정이 폼 나서 좋아요. 당신도 팬이지요? 으음 그러니까."

명함을 볼 새는 없었다.

"아니, 당신의 조사 능력은 충분히 알았습니다. 이제 그 화제는 됐어요. 하지만 유감스럽게도 저희가 찾아 주셨으면 하는 사람은 미나미 기누코 본인이 아닙니다. 뭐, 어제오늘 사이에 그녀의 일까지 조사한 것만으로도 당신의 재능은 높이 평가할 만하겠지요. 믿고 맡기도록 하겠습니다."

자문자답 끝에 멋대로 믿어 주는 것도 곤란하다. 요컨대 이 마스오카라는 남자는 에노키즈가 사전에 조사해서 미나미 기누코를 찾아냈다고 생각한 모양이다.

——뭐, 상관없지.

본 그대로 말했을 뿐인데.

"찾아 주셨으면 하는 사람은 이 소녀입니다."

마스오카는 봉투에서 사진을 꺼냈다.

"뭐야, 역시 기누코 아닙니까."

똑 닮았다. 미나미 기누코의 젊은 시절 사진일까?

"아니오, 이 소녀는 미나미 기누코의, 열네 살 된 딸입니다."

"딸?"

"하, 하지만 기누코는 아마——올해로 스물다섯 살 정도라고 생각하는뎁쇼. 은퇴했을 때 스물셋인가 네 살이었지요. 그렇다면 열 살 때 낳은 아이란 말입니까요?"

도라키치는 그런 것에 훤하다.

"미나미 기누코의 본명은 유즈키 요코. 실제 나이는 올해 서른한 살입니다. 이 소녀는 유즈키 가나코. 다시 말해 그녀가 열일곱 살 때 낳은 아이가 되지요."

도라키치는 쇼크를 받았는지 얌전히 입을 다물었다.

마스오카는 매우 사무적인 어조로 담담하게 이야기하기 시작했다.

"우선 저희와 이 소녀가 어떤 관계인지 설명하는 것이 먼저일까요? 아실지도 모르니 간단히 말씀드리겠습니다. 시바타 요우코우 씨는 시바타 재벌의 창시자이며 관동에서도 1, 2위를 다투는 재계의 거두입니다. 에노키즈 씨의 아버님과도 친하게 지내시는 듯하니 소문은 들으셨겠지요――."

에노키즈의 아버지는 어제 별로 중요하지도 않다고 생각하는 사람이라고 했었다.

분명히 소문은 들었다.

"――시바타 요우코우 씨는 무일푼에서 부를 이룬 걸물(傑物)이지만 가정운은 좋지 못했다고 할 수 있어요. 아내인 도키 부인을 지진으로 잃고, 장남 히로아키 씨도 1929년에 30세의 나이로 타계했습니다. 결핵이었지요. 히로아키 씨의 외아들인 히로야 씨가 유일한 혈연자, 즉 상속권을 가진 사람이었습니다. 덧붙여 말씀드리자면 히로아키 씨의 배우자, 즉 히로야 씨의 모친은 1933년에 돌아가셨지요. 그리고 히로야 씨는 사이판에서 전사했어요. 시바타 가(家)는 부모가 자식을 먼저 보내는 가계인 셈이지요. 이게 무슨 뜻인가 하면 시바타 요우코우의 막대한, 천문학적인 유산을 상속할 인간이 모두 죽었다는 뜻입니다."

"그렇군요. 그 경우에는 어떻게 되는 것이었던가요? 유산은 국고에라도 들어가게 되나요? 아니면 기업의 것이 되던가요?"

에노키즈는 법률을 공부한 적이 있다. 성적은 우수했다. 그러나 열심히 떠올리지 않는 한, 아무리 사소한 것이라도 지금은 전혀 모른다. 그리고 그가 그것을 열심히 떠올리는 일은 평생 없을지도 모른다.

"법적인 절차는 여러 가지지요. 복잡한 구조를 설명해 봐야 당신이 이해할 수 있을지 모르겠네요."

마스오카는 변함없이 빠른 말투라서 마치 에노키즈를 우롱하고 있는 것처럼 들린다. 그러나 에노키즈는 신경 쓰지 않는다.

"지금부터 하는 이야기는 전부 비밀입니다. 발설 금지해 주셨으면 합니다."

"발설 금지란 말이지요."

그 말뜻은 잘 모르겠다.

"15년 전의 일입니다. 1937년. 히로야 씨가 스무 살 무렵의 일이었습니다."

마스오카는 눈썹을 찌푸리고 목소리를 약간 떨어뜨렸다.

마스오카가 한 옛날이야기의 내용은 다음과 같은 것이다.

시바타 요우코우의 직계 손자인 시바타 히로야는 일반적으로는 탕아라고 불리는 부류의 청년이었던 모양이다. 공부는 그럭저럭 했지만, 가부키 연극에 꽤나 열중해서 요우코우의 속을 썩였다. 요우코우의 입장에서 보자면 뒤를 이을 사람은 히로야밖에 없으니, 경영자로서의 영재교육을 시키려고 필사적이었던 모양이다.

에노키즈의 아버지와는 크게 다르다. 에노키즈의 아버지는 재산은 스스로 벌어라, 성인은 키워주지 않는다며 두 아들을 내쫓아 버렸다. 에노키즈와 그 형 둘 다 관련 기업에 취직시켜 주지 않았던 것이다. 또한, 에노키즈는 아버지로부터 기업인으로서의 영재교육 따윈 전혀 받은 기억도 없다. 에노키즈가 아버지에게 배운 것은, 굳이 말하자면 제왕학(帝王學)이다.

조부 요우코우의 열의와는 반대로 히로야는 점점 깊이 빠져 갔다. 그는 방탕삼매(放蕩三昧) 타입은 아니었던 것 같지만, 자산가 중에 흔히 있을 법한, 금전적으로 느슨한 호인이었던 모양이다. 좋아하는 배우나 예술인에게 원조를 아끼지 않았고, 소위 말하는 후견인 같은 지원을 좋아했던 것 같다.

그리고 요코하마의 극장에서 입장권 받는 일을 하고 있었던 17세의 미나미 기누코——당시에는 유즈키 요코——와 만나게 된다. 뻔한 연애가 시작되었다.

요코는 당시 병든 어머니를 모시느라 매우 고생하고 있었던 모양이다. 요코의 아버지는 병든 어머니와 요코를 마치 개 쫓듯 쫓아냈다. 어머니는 일은커녕 전혀 걷지도 못해서, 요코는 극장에서 입장권 받는 일 외에도 간병을 하는 한편 부업을 하며 밤낮으로 열심히 일하고 있었다고 한다.

물론 마스오카의 이야기이니 어디까지가 각색이 가해진 건지는 확실하지 않다.

그러나 그의 사무적인 어조는 불행한 소녀의 비참한 생활을 전하는 데에는 오히려 효과적이었다.

눈물을 짜내는 진부한 이야기도 갑자기 진실미를 띤다. 그러나 그 뒤에 이어지는 연애 이야기를 할 때에는, 그의 말투는 너무나도 윤색이 부족했다.

박복하고 가난한 미소녀와 자산가 집안의 탕아——진부하다면 진부한 조합이다. 히로야는 열렬한 사랑에 빠져, 실로 즉흥적으로 요코와 결혼하려고 한다. 그 앞에는 맹렬한 반대가 기다리고 있으리라는 것은 보지 않아도 쉽게 상상할 수 있었을 텐데. 그리고 두 사람은 당연히 갈라놓아 졌고, 결국 도피행을 벌이게 된다.

1937년 8월 15일 새벽. 히로야는 막대한 재산과 약속된 장래를, 요코는 병든 어머니를 버리고, 손에 손을 잡고 사랑의 도피를 했다. 두 사람이 만난 날로부터 겨우 한 달 후의 일이다.

"하지만 이것은 단 하루의 도피행이었지요."

마스오카는 단숨에 거기까지 이야기하고, 식은 커피를 들이켰다.

"두 사람은 도망치던 도중, 요우코우 씨가 보낸 추격자에게 붙잡혔습니다."

"꼭 사극 같군요."

"그래요. 옛날이야기지요."

두 사람은 다음 날인 16일 밤, 숨어 있던 다치카와의 싸구려 여인숙에서 추격자에게 어이없이 붙잡혀, 그대로 끌려왔던 것이다.

그러나 단 하룻밤의 이 어린아이 같은 도피행이 성가신 미래를 잉태해 버렸다.

요코는 임신해 있었다.

당연히, 낳네 못 낳네 하며 말다툼이 벌어진다. 요코는 인지(認知)하거나 호적에 넣어주지 않아도 괜찮으니, 어쨌든 낳게 해 달라고 했던 모양이다. 낳게만 해 주면 물러나겠다, 요코는 그렇게 말했다고 한다.

곤란해진 사람은 요우코우다.

요우코우의 입장에서 보자면, 요코는 귀여운 손자를 부추겨 천한 길로 유혹한 음란한 여자였다. 아무리 기특한 행동을 하더라도 마음을 놓을 수는 없다. 하물며 시바타 가의 며느리로 받아들이는 것은 말도 안 되는 일이다. 재산을 모은 사람은 재산을 지키는 데 심혈을 기울인다. 요우코우의 눈으로 보자면 가난뱅이 아가씨 따위는 인격이나 성격에 상관없이 모두 재산을 노리는 하이에나로밖에 보이지 않는다.

히로야는 그런 할아버지에게 몹시 대들었다.

이대로 내팽개치면 뒷맛이 나쁘다, 그렇지 않아도 가난한 데다 병든 어머니를 모시고 있는 요코가 제대로 출산을 할 수 있을 리가 없다, 다시 말해 시바타 가가 죄 없는 아가씨의 일생을 엉망진창으로 만든 것이 된다. 항의의 핵심은 그런 내용이었던 모양이다. 정론인 것 같기도 하고, 그러면서도 아주 제멋대로의 논리다.

쓸데없는 반목이 이어지던 중, 요코는 어딘가로 모습을 감추어 몰래 가나코를 출산했다.

당장 필요한 생활비는 히로야가 주었던 모양이다.

태어나 버린 이상, 더 늦기 전에 돈으로 해결할 수밖에 없다 ―― 이런 케이스의 경우에는 역시 그것이 상투적 방법이었던 모양이다. 다행히 태어난 아이는 여자아이였다.

남자아이라면 몰라도 여자아이라면 후계자 싸움과는 직접적으로 관련이 없을 테고, 금전으로 인연을 끊을 수 있다면 귀찮은 일이 일어날 일도 없을 거라고——넘칠 정도로 돈을 가진 사람이라면 당연히 그렇게 생각할 것이다.

소위 위자료라는 것이다.

파격적인 액수가 제시된 모양이다.

그러나 요코는 그 액수에도 아랑곳하지 않고 전혀 돈을 받지도 않았다.

요우코우는 가난한 형편에도 원조를 받으려 하지 않는 요코에게 약간 마음이 움직여, 가엾은 모녀에게 연민의 정을 품었다고 한다.

머리를 식히고 생각해 보면, 결혼하기도 전에 아가씨에게 손을 대서 아이까지 낳게 한 손자인 히로야의 잘못이었다. 그리고 뒤집어 보자면 이대로 내버려두더라도 시바타 가는 아프지도 가렵지도 않은 것이다. 그렇기 때문에 더욱 히로야가 말한 대로——내버려두자니 뒷맛이 나쁘다.

아무래도 요우코우라는 사람은 냉혈한 상인은 될 수 없는 인물이었던 모양이다.

어쩌다 보통 사람들 이상의 부를 수중에 넣어 버리는 바람에 경계심이나 방어심이 이상하게 팽배해 있었을 뿐, 원래는 정이 두텁고 남을 돌봐 주기 좋아하는 성격의 사람이었으리라 생각된다.

걸물이라는 말을 들을 만하다.

요우코우는 요코에게 몇 가지 조건을 내놓았다. 본래 뭔가 해 달라고 할 생각이 없었던 요코는 끝끝내 그것을 거절한 모양이지만, 그래서야 체면이 서지 않는다며 요우코우 측도 물러나지 않았다고 한다.

결국, 요코는 조건을 받아들였다. 병든 어머니가 요코의 완고한 마음을 약하게 만들었던 모양이다.

요우코우가 제안한 조건은 다음과 같다.

1, 가나코가 15세가 될 때까지 학비를 포함한 양육비를 매달 시바타 가가 지급한다. 액수는 특별히 정하지 않고 필요한 액수로 한다.
2, 요코의 어머니, 유즈키 기누코가 완쾌, 또는 완쾌와 같은 정도의 회복, 또는 사망할 때까지의 의료비를 전액 시바타 가가 부담한다.
3, 전항에 있는 양육비, 의료비에 해당하지 않는 금품의 요구는 액수에 상관없이 일절 인정하지 않는다.
4, 시바타 히로야와는 평생 만나지 않는다. 또한, 과거의 경위는 일절 입 밖에 내지 않는다.
5, 상기 조건의 정확한 집행을 확인하기 위해 제삼자의 감찰을 허락한다.

"사실은── 더 세세하게 약정되어 있습니다. 하지만 근간을 이루는 것은 이 다섯 가지 항목이겠지요."
마스오카는 그렇게 말하고 수첩을 덮었다.
"미나미 기누코의 어머니 이름이 기누코입니까?"
"예."
에노키즈의 물음에 마스오카는 무뚝뚝하게 대답했다.
"어머니의 이름을 예명으로 한 거지요. 그보다."
마스오카는 다음 이야기를 서둘렀다.

"마지막 조항은 잘 이해가 안 가실지도 모르겠군요. 이것은 요컨대 감시를 붙이겠다는 뜻입니다. 요우코우 씨는 계열사의 많은 사원들 중에서 성실하고 충성심이 두터운 젊은이를 골라 요코 곁에 보냈습니다. 이 사람은 요코가 요구하는 학비나 병원비가 정당한 액수인지 판단하는 역할, 요코가 히로야와 만나지 않도록 감시한다는 두 개의 역할을 가지고 있었어요. 요우코우 씨가 선택한 사람은 아메미야라는 당시 22세의 젊은이였지요."

——정말 특징 없는 얼굴이다.

아마 아메미야라는 남자일 것이다. 말하지는 말자.

마스오카는 오른쪽 입가를 약간 끌어올리며 바보 취급이라도 하는 듯한 말투로 말을 이었다.

"요우코우 씨는 사람 보는 눈은 확실했는지, 이 인선은 옳았어요. 이 아메미야라는 남자는 기술직 출신이었던 모양이지만, 바보스러울 만큼 정직하게 14년 동안이나 불평 한 마디 없이 그 역할을 해냈습니다. 직장에 복귀하게 되면 많은 급료를 주겠다거나 중역 자리를 마련해 주겠다는, 그런 인센티브도 전혀 준비되어 있지 않았는데도 불구하고 말이지요. 세상 사람들은 이런 걸 해고라고 할 겁니다. 믿을 수 없는 일이지요. 정말 적임이었어요."

마스오카는 그 일이 마치 어리석은 행위라도 되는 것처럼 그렇게 내뱉고, 그 자리에 있지도 않은 아메미야를 깔보는 듯한 표정을 지었다.

"그래서요?"

에노키즈에게는 그런 것은 아무래도 좋았다.

"실례했습니다."

마스오카는 그에게 있어서의 바보——아메미야의 인생——를 떠올림으로써 은밀하게 우월감을 키우고 있었으리라 생각된다.

"이 아메미야의 덕도 있어서, 두 사람 사이에 약속된 조항은 그 후 오랜 세월에 걸쳐 정확하게 이행된 모양입니다. 가나코는 호적상으로는 요코의 동생으로 되어 있었고, 아메미야는 적당한 거리를 두고 그 성장을 지켜보았어요. 그 후 요코의 어머니는 1940년에 죽었습니다. 그때 요코는 시바타 가에서 아메미야를 통해 건넨 부조금조차도, 조항에 없다는 이유로 받지 않았다고 합니다. 시바타 측에서 보자면 그렇게 큰 지출은 아니니 아무래도 좋았지만, 약속대로 의료비 지급도 중단해 달라고 했다더군요. 뭐, 빈틈은 없는 사람이라고 할 수 있지만."

요코도 바보다——마스오카는 그렇게 말하고 싶었을 것이다.

"전혀 문제가 없군요. 세상에 그렇게 깨끗한 사람들만 있다면 재판 같은 건 없어져서 당신 같은 변호사는 실업자가 되겠어요. 흠 잡을 데라곤 없는 계약이에요."

에노키즈의 쾌활한 목소리에 마스오카는 불쾌한 얼굴을 했다.

"그게 그렇지도 않아요. 이게 사기 아니냐는 의혹이 있거든요."

"사기?"

"실은 그 후, 1941년에 히로야 씨의 결혼 이야기가 나왔어요. 그러자 다른 여자가 애인이라고 나섰지요. 들어 보니 교제가 시작된 시기는 1937년 봄이라더군요."

"그것은——."

"요코와 도피행을 벌였을 때, 히로야 씨에게는 이미 애인이 있었던 셈이지요."

"스무 살 나이에 두 명이나 말입니까요?"

도라키치는 타고난 구경꾼이라, 이런 연애에 얽힌 이야기라면 사족을 못 쓸 정도로 좋아한다. 미나미 기누코의 연령이 거짓이었던 충격에서 회복된 모양이다.

"그것참 호기롭군요."

"아니오. 히로야 씨는 그 후로도 그 애인과는 끊지 못하고, 다시 말해서 몰래 사귀고 있었던 겁니다."

"예? 그럼 같은 시기에 양다리를?"

마스오카는 안경을 밀어 올리며 도라키치를 노려보았다.

"눈치가 없으시군요. 그 여자는——저는 만난 적이 없지만, 물장사를 하는 여자인 모양입니다. 요코와의 화려한 도피행은 그 여자와의 일을 은폐하기 위한 연극이었던 게 아니냐는 의혹이 나온 거지요. 요코는 돈이 필요했고, 히로야 씨는 진짜 애인에게서 다른 곳으로 주의를 돌리고 싶었어요. 그래서 연극을——."

무슨 소리를 하는 것인지——.

에노키즈는 머쓱해졌다.

"그건 지나친 생각입니다. 으음, 마스모토 씨."

"마스오카요."

"돈이 필요하다면 주면 되잖아요. 돈도 많다면서."

"그렇지만——."

"그리고 여자를 감추기 위해 다른 여자와 화려한 사건을 일으킨다는 생각은 보통 안 하지 않습니까. 사귀기가 더 어려워질 텐데. 결혼할 생각이 없다면 잠자코 있으면 아무도 모르지요. 실제로 몰랐잖습니까."

"그래요. 그것도 그렇지요. 하지만 그 당시부터 시바타 가가 요코 모녀에게 의혹을 갖고 있었던 건 확실합니다. 히로야 씨는 그거야말로 생트집이다, 사실무근의 협박이라고 주장한 모양이지만, 상대에 대한 체면도 있었기 때문에 결국 그 또 한 명의 여자는 거액의 위자료를 가로채서 모습을 감추었어요. 아이가 있었던 것 같지도 않고, 사실은 가짜였을지도 모르지요. 그 여자는 전쟁이 끝난 후로 행방불명이라 이제 와서는 확인할 수도 없어요."

마스오카는 입을 약간 벌리며 의미심장한 결론을 내렸다. 그리고 말을 잇는다.

"하지만 생각해 보면 요코는 너무 깨끗하게 물러났다고 생각되지 않습니까? 그래도 도피행까지 벌인 사이인데, 마치 출산이 무사히 끝나고 생활만 보장된다면 남자 따위는 어떻게 되든 상관없다는 것처럼 보이기도 해요. 실제로 조건을 받아들이고 나서 요코는 정말로 평생 히로야 씨와 만나지 않았고요."

"그러니 좋은 일 아닙니까? 그 요코인가 하는 사람은 정말로 천연기념물로 지정될 만큼 의리 있는 사람일지도 몰라요. 곤란한 일이 없다면 상관없지 않습니까."

에노키즈는 슬슬 질리기 시작했다. 그게 어쨌다는 걸까. 그 가나코인가 하는 소녀를 찾는 일과 그 소녀의 출생 경위를 듣는 것 사이에서, 에노키즈는 거의 관련성을 찾아내지 못하고 있다.

담배를 살 때마다 담배 가게 할머니의 인생 역정을 들어야 한다면, 담배 가게에서 나오기도 전에 담배를 다 피워 버리고 말 것이다. 의뢰인의 대부분은 그 의뢰와 관련 없는 이야기만 끝없이 늘어놓고, 탐정은 그 이야기를 들으면 뭔가 알 수 있을 거라고 생각한다.

그런 이야기에서 뭔가 알 수 있다면, 그것을 타인에게 이야기할 만큼 자세히 알고 있는 본인이 가장 잘 알고 있다는 뜻이고, 그렇다면 탐정에게 의지할 필요는 처음부터 없는 것이다.

그런데도 마스오카는 멈추려고 하지 않는다.

"뭐, 그렇지요. 좋은 일이었다고 해 둡시다. 어쨌거나 히로야 씨의 혼담은 없던 일이 되고 말았어요. 정략결혼에 흔히 있는, 시기를 기다리자는 것이었지요. 히로야 씨가 중역이나 사장이 되거든 그때 꼭 결혼을 시키자는 결론이 나온 것입니다. 하지만 그렇게 되지는 않았습니다. 태평양전쟁이 발발했지요. 물론 시바타 요우코우 씨가 히로야 씨의 결혼을 서두른 것도 이 전쟁이 시작되리라는 것을 예상했기 때문이었지만요."

"아아, 전쟁으로 한바탕 벌어보려는 생각이었군요."

마스오카는 또다시 얼굴을 일그러뜨리고,

"뭐, 그렇지요."

라고 말했다.

"하지만 어지간한 요우코우 씨도 히로야 씨가 어이없이 전사해 버릴 줄은 몰랐나 봅니다. 낙담이 컸던 모양이에요."

"전쟁 중에 그 요코 씨에게는 돈을 주고 있었습니까? 설마 그 가나코인가 하는 아가씨가 공습으로 행방불명되었으니 찾으라는 것은 아니겠지요."

"미안하지만, 에노키즈 씨. 이번에는 완전히 빗나갔어요. 요코 모녀는 아메미야와 함께 신슈[61]로 피난 가 있었기 때문에 무사했어요. 물론 돈은 꼬박꼬박 주었지요."

61) 현재의 나가노 현을 가리키는 옛 지명.

"아메미야는 출정하지 않았나요?"

"그는 선천적으로 폐에 결함이 있어서 징병검사에서 떨어졌습니다. 중노동은 할 수 없는 몸이라나요."

"호오."

"유감스럽게도 계약된 조항 중에는 히로야가 사망했을 때 어떻게 할지에 관한 조항은 없었어요. 그런 건 생각도 해 보지 않았겠지요. 따라서 전쟁 후에도 가나코의 양육비는 계속 지급되고 있었어요. 요코가 우연히 여배우로 데뷔하게 되고, 원조를 받을 필요가 없어진 후에도 계속."

"기특하군요. 좋은 일이에요."

에노키즈는 이미 들을 마음이 없다.

"올해 7월——."

마스오카는 큰 소리를 냈다. 에노키즈는 놀라지는 않았지만 마스오카에게 지지 않을 만큼 커다란 눈을 크게 뜨고 빠른 말투의 변호사를 바라보았다.

——노인——시바타 요우코우. 그리고——.

"요우코우 씨가 쓰러졌어요. 아흔이 넘은 나이라 한때는 돌아가시는 줄 알았지요. 안팎에 미치게 될 영향을 생각해서 이 일은 덮어두었습니다——."

아무래도 이야기가 이제야 본론에 가까워진 것 같다.

에노키즈는 아버지의 체면도 있어 하품을 참으며 이야기를 들었다.

요우코우는 뇌일혈이었다고 한다. 92세라는 나이를 생각하면 목숨을 건진 것만으로도 기적이라고 할 수 있을 것이다.

그러나 그는 목숨을 건졌을 뿐만 아니라 전처럼 회복되었다고 한다. 엄청난 생명력이다. 그리고——잠시 소강상태가 이어지게 된다. 그런 가운데——.

어지간한 재계의 거두도 한 번 죽음의 늪을 들여다보고 나니 마음이 약해진 모양이다. 후회와 참회가 뇌리를 스쳤는지, 끊임없이 요코에게는 못할 짓을 했다, 가나코를 만나게 해 달라고 헛소리처럼 지껄이게 되었다고 한다. 이제 와서는 피붙이라고는 가나코밖에 없으니, 그 흉중은 짐작하고도 남음이 있지만——당황한 것은 측근들이었던 모양이다.

바로 상속 문제다. 히로야가 전사하여 후계자가 없어진 요우코우는 그때 양자를 맞았다. 법규상 상속자는 그 양자다. 일단 아무 문제는 없다.

그러나 재계인으로서의 요우코우 주변에는 막대한 재산을 노리는 사람들이 수도 없이 몰려들어 서로 얽혀 있는 것이다. 이것은 간단히 없어지지 않는다. 그러나 그들 사이에는 암묵의 이해가 있었던 모양이다.

분배 할당뿐만 아니라 번잡한 법적 절차에서부터 세금 계산에 이르기까지, 이미 면밀한 청사진이 그려져 있었던 것이다. 요우코우의 입장, 그리고 재산의 액수와 나이를 생각하면 그것은 당연한 일이었을 것이다.

그러나 그것을 완전히 뒤집는 말을, 죽음을 목전에 둔 노인이 하기 시작한 것이다.

모든 재산을 가나코에게 물려주겠다.

이것이 노인의 의지였다.

몇 분의 일도 몇 퍼센트도 아니다. 전부, 다.

이 경우 전부란 동산 · 부동산을 포함한 모든 자산——이라는 평범한 의미가 아니다. 주식은 물론이고 그 개인이 가진 특허, 판매권의 이권 등등, 생각할 수 있는 모든 것이라는 의미가 된다. 엄청난 일이다.

재계의 거두. 흑막. 재벌의 장. 걸물. 지위는 셀 수 없을 만큼 많이 붙었다.

지위, 명예, 재산, 정신이 들어 보니 주위에는 높고 견고한 벽이 둘러쳐져 있어서 몸을 움직일 수가 없다.

자신이 앉아 있을 곳만 있으면 족했는데.

무일푼으로 출발해서 성공을 거둔 입지전적 인물은 임종을 맞아서야 그 사실을 깨달은 것이다.

"죽고 나면 돈은 필요 없지요. 누가 얼마를 어떻게 받든 상관없지 않습니까."

"그런 문제가 아니에요. 여기에는 지극히 정치적인 문제도 포함되어 있습니다. 가령 요우코우 씨가 가진 주식을 모두 상속해 버린다면, 유즈키 가나코는 관련 회사의 최대 주주가 되는 겁니다. 고작해야 중학생이 말이지요. 이것은 중대한 문제입니다. 에노키즈 씨, 기업이라는 것은 이미 개인의 의지로 마음대로 움직일 수 있는 게 아니에요. 법인에는 법인격이라는 인격이 있습니다. 아무리 창시자라고는 해도 그렇게 제멋대로 행동할 수 있는 게 아니에요."

그러니까 그런 것은 에노키즈가 알 바 아니고, 이런 남자에게 설교를 들을 이유는 에노키즈에게는 없다.

"뭐, 모르는 것도 아니지만, 그것이 요우코우 씨의 의지 아닙니까? 그렇다면 그렇게 하면 되지 않습니까. 당신은 처음에 당신의 말은 시바타 요우코우의 말이라고 했었는데, 왠지 듣고 있자니 그렇게 들리지도 않는군요."

마스오카는 약간 당황했다.

"저는 개인적인 견해를 말하고 있는 게 아닙니다. 경위를 말하고 있는 거지요. 결론에 이르기까지는 여러 가지 우여곡절이 있습니다. 그것을 당신은 모른단 말입니다. 그만큼 요우코우 씨의 개인 재산은 ――막대하다고요."

"변명은 됐습니다. 그래서 어떻게 됐습니까?"

마스오카는 다소 흔들린 평정심을 아마도 억지로 올바른 위치로 교정하고, 그 특유의 말투를 되찾는다.

"――유언장이 작성되었어요. 이것은 현재도 법률상 완전히 살아 있습니다. 시바타 요우코우의 재산은 모두 유즈키 가나코에게 양도되게 되었다. 이제 됐지요? 요우코우 씨의 의지는 관철된 것입니다."

"그거 잘됐군요! 그런데, 그――상자는?"

"상자?"

――상자――로밖에 보이지 않는다.

마스오카는 나름대로 에노키즈의 반응에 익숙해졌는지, 무시하고 이야기를 계속했다. 세키구치보다 학습 능력은 훨씬 높다――에노키즈는 그렇게 생각했다.

"하지만 사정을 아는 일부 관계자들로부터 강경한 의견이 나왔어요. 요컨대 가나코가 진짜 히로야 씨의 아이인지 아닌지 의심스럽다는 겁니다. 그 애인 사건이 있었으니까요. 이것은 지극히 당연한 의견입니다. 그래서 다시 기탄없는 의논을 벌인 끝에 유언장에 다음 한 줄이 추가되었어요. 유즈키 가나코가 진짜 히로야 씨의 친딸임이 확인되었을 경우에 유언은 집행된다——고 말이죠."

"그래서요?"

"이 작업은 꽤나 고된 작업이었어요. 어쨌거나 당시의 사정을 알고 있는 관계자가 없었거든요. 당사자인 히로야 씨도 죽었고요. 고작해야 14년 전 일인데, 전쟁이란 귀찮은 거지요."

마스오카는 불쾌한 얼굴을 했다. 결국은 어느 단체로부터 그 조사를 담당하는 중임을 맡은 사람이, 마스오카 자신이라는 뜻일까.

"그런 거야 본인에게 물어보면 되지요."

"쉽게 말씀하시는군요."

역시 그렇다. 마스오카는 비교적 무표정한 편인 듯하지만, 눈썹의 모양과 콧구멍이 벌어지는 정도로 심정을 알 수 있다. 지금까지의 고생이 그 두 곳에 집약된 듯한 얼굴이다.

"뭐, 하지만 결론적으로는 당신의 말처럼 요코 본인에게 물어볼 수밖에 없었어요. 낳은 본인이니까. 아메미야에게 물어보았지만, 전혀 도움이 되지 않았거든요. 의심한 적도 없을 겁니다. 만일 가나코가 히로야 씨의 딸이 아니라면, 그의 14년은 엄청난 낭비가 되어 버릴 테니 무리도 아니지만요."

"그보다 어땠습니까?"

"물론 히로야 씨의 아이라는 대답이 돌아왔지요. 하지만 만일 아니라 해도 틀림없이 그렇게 말할 것 아닙니까. 가나코는 아직 열네 살입니다. 막대한 유산은 사실상 보호자인 요코에게 상속되는 거나 마찬가지니까요."

“하지만 14년 전에 천연기념물처럼 결백했던 사람이 그런 걸 받아들일까요?”

“바로 그겁니다, 그거. 요코는 가나코에게 아버지에 관해서는 이야기하지 않았다고 해요. 조건에 있었거든요. 일절 입 밖에 내지 않는다고. 그러니 유산도 받을 수 없다고 하더군요.”

“아하, 상속권 포기라는 것 말이군요. 잘됐지 않습니까. 이제 욕심 많은 분들도 만족하셨겠지요!”

“무슨 소릴 하는 겁니까. 조금도 잘되지 않았어요.”

마스오카는 담배를 꺼냈다. 도라키치가 즉시 재떨이를 내민다.

“가나코 본인이 사실관계를 인식하고 자신의 의지로 상속권을 포기한 거라면 좋겠지만, 본인은 자신이 상속인이라는 사실조차 모른단 말입니다. 아무리 열네 살이라 해도 상속되는 사람은 가나코라고요. 요우코우 씨와 가나코를 쏙 빼놓고, 본인들은 전혀 모르는 채 우리 같은 제삼자들이 서로 의논해서 결정할 수 있을 리가 없잖습니까.”

마스오카는 거기까지 이야기하다가 담배에 사레가 들렸다. 그리고 겨우 두 모금 정도밖에 빨지 않은 담배를 재떨이 위에 히스테릭하게 비벼 껐다.

“그래서 저는 연일 유즈키 가를 찾아가 요코를 설득했어요.”

“상속해 달라고요? 매일?”

바보다.

“아닙니다. 가나코에게 사실을 말하고 자신의 의지로 판단할 수 있는 상황을 주라고 했지요. 당연하잖아요. 아이는 부모의 것이 아닙니다. 인생을 좌우할 만한 이런 중대한 사항을, 아무리 부모라 해도 요코의 판단으로 멋대로 거부하는 것은 횡포예요.”

그건 그럴 것이다.

그러나 거부하는 마음도 모르는 것은 아니다.

"요코는 가나코에게 정보를 공개하기를 집요하게 거부한단 말입니다. 게다가 아메미야까지 요코 편을 들고요. 분명히 가나코가 감정이 풍부하고 까다로운 시기라는 것도 모르는 것은 아니지만, 죽을 때까지 계속 숨길 수도 없잖아요. 가나코가 나이를 먹어서 사실을 안다면 어떻게 되겠습니까? 원망을 듣게 될 사람은 요코예요. 게다가 이쪽도 좋아서 교섭하고 있는 건 아니라고요. 게다가 요우코우 씨의 의사도 존중해야지요. 저는 차라리 가나코에게 직접 이야기할까 하는 생각도 했을 정도입니다. 하지만 가드가 단단해서 본인과는 결국 한 번밖에 이야기를 나눌 기회가 없었어요."

"결국이라니——마치 가나코와는 이제 만날 수 없다는 듯한 말투로군요."

"그렇습니다. 그러니 당신한테 찾아달라고 부탁하고 있는 것 아닙니까."

"오오!"

마스오카는 경멸 섞인, 어이없다는 듯한 시선을 던졌다. 에노키즈는 흥미 없는 이야기를 지겹도록 들으며 억지로 건성건성 대답하고 있었을 뿐이라, 이 지루한 일대기를 듣게 된 원래의 이유를 완전히 망각하고 있었던 것이다.

"유즈키 가나코는 지난달 15일에 사고를 당해 몸을 움직일 수 없는 중상을 입었어요. 이것은 현재로서는 일단 자살로 되어 있습니다."

"되어 있다, 는 것은 그렇지 않을지도 모른다는 뜻이로군요."

이야기하려면 여기서부터 할 것이지.

에노키즈는 그렇게 생각하고 있다. 그 생각이 자기도 모르게 비꼬는 발언이 되어 이어진다.

"그런데 어쩌면 그렇게 적당한 시기에 자살을 했을까요? 만일 그때 그 소녀가 죽었다면 당신의 고생도 줄었을 텐데. 이거 유감이군요. 유감이에요."

"무, 무슨 그런 말을."

"화를 내시네요. 설마 —— 그녀가 상속하는 것을 원치 않는 높으신 분들이 벌인 짓은 아닐 테지요."

"바보 같은 말 하지 마십시오!"

마스오카의 시선은 더욱더 경멸의 빛을 띤다.

"이게 싸구려 소설이나 영화라면, 이런 경우는 대개 시바타 가 쪽에서 자객이라도 보냈다는 줄거리가 될 테지만 말입니다. 우리는 대중이 좋아하는 악역으로서 나무랄 데 없는 소양을 갖추고 있으니까요. 하지만 그것은 권력이나 재력에 대한 시기입니다. 돈이 있다고 해서 그렇게 쉽게 살인을 할 수 있겠습니까? 현실은 그렇게 간단하지 않아요. 재벌쯤 되는 사람이 그렇게 즉흥적으로, 살인처럼 위험부담이 큰 범죄로 손을 더럽힐 리가 없지 않습니까. 돈만 주면 뭐든지 하는 놈들도, 그야 찾아보면 세상에는 있을 테지만 공교롭게도 우리는 그런 무뢰한들과는 교류가 없습니다. 무엇보다 죽여서 될 일이라면 옛날에 벌써 죽였을 테지요."

마스오카는 흥분했다. 이럴 때, 에노키즈는 곧바로 사과하곤 한다. 아마 마스오카가 화내기 시작한 이유는 당치도 않은 혐의를 뒤집어썼기 때문도, 에노키즈의 부족한 견식에 의분을 느꼈기 때문도 아니고, 사실은 그렇게 하고 싶었는데 할 수 없었기 때문일 것이다.

"진상이야 어찌 됐든 가나코는 목숨을 건졌어요. 아무리 봐도 살 수 없는 중상이었지만, 요코의 지인인가 하는 의사가 대단한 명의라서요. 가까스로 연명했지요. 제가 그 미마사카라는 의사에게 들은 바로는, 의식이 흐려지지만 않으면 가나코는 앞으로 한 달만 지나면 회복될 전망이었어요."

"전망이었다?"

"그래요. 그렇게 되면 이야기는 다시 출발점으로 돌아갈 뿐이었지만——그로부터 보름 후, 가나코는 절대 안정을 취하고 있던 침대 위에서 유괴당해 버린 겁니다."

마스오카는 기운 빠진 얼굴을 했다. 이 남자는 꽤 알기 쉬운 사람인지도 모른다.

——아아, 기바다.

그것은 요코와 기누코, 그리고 죽마고우인 기바 슈타로다——.

"기바——인가요? 형사인."

"당신은 기바 형사를 아십니까? 혹시 에노키즈 씨, 당신은——지금 제가 이야기한 것을 미리——이거이거, 방심할 수 없는 사람이로군요."

마스오카는 또 지레짐작했다. 그는 에노키즈가 모든 것을 이미 조사했다고 생각했는지, 조급하게 이야기를 끝내려고 했다. 에노키즈는 기바가 마음에 걸렸기 때문에 오해를 풀려고 시도했지만 쉽게 풀리는 것이 아니다.

"잠깐만요. 저는 아무것도 모릅니다. 의뢰하시려면 이야기를 해 주셔야지요."

이 얼마나 본의 아닌 발언이란 말인가.

에노키즈는 평소 의뢰인에게 될 수 있으면 이야기하지 말라고 부탁한다. 에노키즈에게 의뢰인의 이야기는 지루할 뿐 아무 도움도 되지 않기 때문이다.

그러나 이번만은 여기에서 이야기를 멈추면 곤란하다. 재미도 없는 서두만 듣고 가장 중요한 제목이 빠진다면 결말도 낼 수 없다.

마스오카는 마지못해 이야기하기 시작했다.

아무리 주관적으로 들어봐도 신용할 수 없는, 사람을 바보 취급하는 듯한 유괴사건이었다.

"믿기 힘들군요. 경찰은 제대로 하고 있었던 겁니까?"

"제대로 했을 리가 있습니까? 수만 많았을 뿐입니다. 이쪽도 상속 이야기에 결말이 지어질 때까지는 공표할 수 없는 입장이라서 강력하게 규탄할 수도 없었지만——그렇다 해도 이런 바보 같은 사건은 전대미문이에요! 보세요, 유괴를 당하고 나서 그 후에 협박장이 온 게 아니라고요. 도착한 것은 예고장입니다. 그 경찰관들은 유괴당할 것을 알면서도 떼로 몰려와 꽃구경이라도 하듯이 구경이나 하고 있었을 뿐이에요!"

에노키즈의 인식에 비추어 보건대 경찰이라는 것은 결국 그런 것이고, 따라서 별반 놀랄 정도의 일도 아니라고 생각한다.

"대응이 미숙했나요? 움직임이 둔했나요?"

"움직임은 빨랐어요. 하지만 도움이 되지 않았지요. 비상식적이게도, 사건이 일어나기 5일쯤 전에 이미 국가경찰 가나가와 현 본부의 본부장과 형사부장이 비밀리에 시바타 가를 찾아왔습니다. 그리고 유즈키 가나코와의 관계를 묻더군요. 우리는 어떻게 응대하면 좋을지 곤란해지고 말았습니다. 요우코우 씨가 위급한 상태라는 것은 대외적으로는 비밀이고, 히로야 씨도 요코와의 일도 당연히 관계자 이외에는 모르는 일입니다. 이쪽이 똑똑히 말하지 않고 이야기를 흐렸더니 그들은 사정이 있다고 지레짐작했지요. 그리고 이쪽이 실력자라는 것을 고려해 바보 같을 만큼 엄중한 경비를 깔았다고, 묻지도 않았는데 보고하러 오더군요. 이쪽도 이건 무시할 수 없지 않습니까. 제 일은 또 늘어나고 말았지요. 경찰을 찾아갔더니 매우 환대해 주더군요. 뭐라고 생각하는 건지."

마스오카는 정말로 경찰에게 화가 났는지, 난폭한 손놀림으로 다시 담배를 꺼내어 아무렇게나 불을 붙였다.

"그들은 그렇게 하면 무슨 보답이 있을 거라는 생각이라도 한 걸까요? 마치 축제처럼 떠들썩했습니다. 그렇지 않아도 이야기가 꼬여 있는데. 저는 진절머리가 났습니다. 하지만 목각인형은 몇 명을 모아 놔도 목각인형이지요. 가나코는 눈앞에서 유괴되었어요. 어떻게 해도 수습이 안 되게 되어 버렸습니다."

"하지만 행방불명이라면 어쩔 수 없지요. 절대 안정을 취해야 할 중환자이니 벌써 죽었을지도 모르고."

"그러니까."

마스오카는 꽤 친근하게 굴기 시작했다.

처음 찾아왔을 때의 기계적이고 서먹서먹한 분위기는 아마 가면일 것이다.

에노키즈와 대화하는 사람은 어느새 그런 가면이 벗겨져, 정신이 들어 보면 민얼굴을 드러내고 있을 때가 많다.

그러나 그것은 에노키즈의 대화술이나 대인처방이 뛰어나서가 아니라, 단순히 그가 직위나 신분을 무시한 비상식적인 대응밖에 하지 못하는 사람이기 때문이다.

"당신이 말하는 대로 가나코가 요우코우 씨보다 먼저 죽어 버린다면 모든 상속 이야기는 백지화됩니다. 백지로 돌아가게 된다고요. 그뿐만이 아닙니다. 14년 전의 계약에 따르자면 요코에 대한 경제적 원조도 중단되지요. 하지만."

"하지만?"

"요우코우 씨가 가나코보다 먼저 죽었을 경우에는, 유언이 집행되어야만 해요."

"그렇군요."

"그리고."

"그리고?"

——아아, 시바타 요우코우가

"시바타 요우코우 씨는 그저께 새벽에 죽었어요."

마스오카는 짐짓 대단한 척하며 말하더니, 침묵함으로써 여운을 갖게 했다. 그 흔한 연출 덕분에 사실은 매우 충격적으로 에노키즈의 귀에 들어왔——나 하면, 실제로는 그렇지도 않다. 에노키즈로서는 역시, 얼른 말하라는 살풍경한 감상밖에 떠오르지 않는다.

"다시 말해서, 현재 유언은 당장에라도 집행되어야만 할 상황입니다. 하지만 당사자인 상속인은, 행방은 고사하고 생사 여부도 알 수 없어요. 이것은 실로 미묘한 문제입니다. 유괴당한 지 벌써 20일 이상 지났습니다. 그만한 중상을 입었으니 죽었을 가능성은 높지요. 하지만 가능성은 어디까지나 가능성이고, 확률은 설령 아무리 높다 해도 이런 경우에는 어떤 판단 재료도 될 수 없는 겁니다."

"그야 그렇지요. 그래서 저한테 찾으라는 거군요."

"찾아 주십시오."

"경찰도 찾고 있을 테지요?"

사람 찾기는 질색이다.

"경찰은 안돼요. 이것이 요코의 위장 유괴 아니냐는 생각에 사로잡혀 있어서, 그 생각에서 한 걸음도 진전하지 못하고 있다니까요."

"그럴 가능성은 없습니까?"

"가능성이 없는 건 아니지만, 저는 아니라고 생각합니다."

"아니라고요?"

"이것은 사견이지만요. 그럴 리가 없어요. 먼저 경찰 측의 견해를 말하도록 하지요. 제삼자가 가나코를 유괴한 것이라 해도, 요코에게서 돈을 뜯어내려는 것 자체가 불가능하다――이것은 맞는 말입니다. 요코는 부자도 아니고. 그렇다면 반드시 이 유괴사건은 시바타 요우코우 씨를 염두에 둔 범죄일 것이다, 요우코우 씨 이외에 돈을 뜯어낼 표적은 없다――이것도 지당해요. 경찰은 나름대로 조사를 했는지, 가나코가 요우코우 씨의 증손녀라는 것을 알고 있는 사람은 요코와 아메미야밖에 없다고 생각하고 있어요. 그렇다면 범인은 이 두 사람이 틀림없다, 따라서 위장이다――그런 논리지요."

"일리는 있네요."

"일리가 있을 뿐이지요. 사실에서 자신들에게 유리한 점밖에 보이지 않는 겁니다. 우선 요우코우 씨와 가나코의 관계를 알고 있는 사람 말인데――실제로는 수십 명이 존재한단 말입니다. 우리 조직의 사람들, 시바타 가와 옛날부터 인연이 있는 사람들, 이 사람들만 합쳐도 50명은 넘어요. 그 외에도 있겠지요. 모두 입을 다물고 있을 뿐이지 알고는 있습니다."

"그렇군요. 그중에 나쁜 마음을 품은 사람이 있었단 말인가요?"

"아니, 그것도 아닐 겁니다. 사정을 알고 있는 사람들은 대개 가나코와의 사이에 어떤 이해관계를 가지고 있는 사람이라고 생각해도 틀림없겠지요. 다시 말해서, 천만 엔 정도의 싼 몸값을 뜯어내고 기뻐할 사람들이 아니란 말입니다. 유괴라는 어리석은 행동으로 나갈 정도라면, 당신이 아까 말한 듯이 죽여 버리는 편이 훨씬 이익이 커요."

"그럼 역시 요코 아닐까요?"

"당신도 바보로군요. 가나코는 가만히만 있으면 살았을 거란 말입니다. 의사가 그렇게 말했어요. 그렇다면 의식이 돌아온 후에 본인을 설득하면 됩니다. 만일 의식이 돌아오지 않더라도 꼭 돈이 필요하다면, 숨이 붙어 있는 동안에 베갯맡에서 사실을 말하고, 본인이 상속하겠다고 했습니다, 라고 말하면 끝이라고요. 제대로 말도 못 하는 환자입니다. 어떻게든 하면 되지 않겠습니까. 그렇게만 하면 천만 엔의 수백 배나 되는 금액이 손에 들어오는데. 어차피 우리를 속일 거라면 그편이 훨씬 이득이지 않습니까."

그렇겠지만, 뭔가 아니다. 그렇게 단순하게 결론을 내릴 수 있는 걸까? 에노키즈는 막연하긴 하지만, 마스오카의 이야기에 석연치 않은 점을 느끼고 있었다.

"소강상태를 유지하고 있던 요우코우 씨는 그저께 갑자기 덜컥 돌아가신 겁니까?"

"예?"

에노키즈의 질문은 마스오카의 예상과 달랐던 모양이다.

"아니 —— 소강상태라고 할 수 있었던 것은 —— 그렇지, 지난달 후반 —— 가나코의 사고가 있고 나서 1주일 정도까지는 건강하셨지요. 요우코우 씨에게는 사고에 대해서 보고하지 않았지만, 그 후 갑자기 용태가 악화되어서 —— 그렇지, 유괴 예고장이 오기 얼마 전부터 이상해졌어요. 그리고 마침 가나가와 경찰이 왔을 무렵에 다시 위독해졌습니다. 그러고 나서 그저께까지 한 달 동안은 언제 돌아가셔도 이상하지 않은 상태였지요."

"그 사실을 기누코에게 말했습니까?"

"예. 빨리 결말을 내고 싶어서 말했어요. 그게 뭐 잘못됐습니까?"

에노키즈는 그냥 물어봤을 뿐, 그게 어떻다는 것은 아니었다. 대답이 없자 마스오카는 지론으로 돌아간다.

"그 요코라는 여자는 강한 건지 속이 깊은 건지 모르겠어요. 하지만 돈에 집착은 없는 것 같더군요. 집착하는 것이 있다면 딸 —— 가나코에게 집착하는 것 같았어요. 따라서 생명의 위험을 무릅쓰면서까지 바보 같은 위장 유괴를 저지를 거라고는 생각할 수 없습니다. 뭐, 다시 한 번 말하지만, 이것은 어디까지나 제 사견이에요."

그쪽도 아니다, 이쪽도 아니다 하면 길이 없다. 그럴듯한 이유를 붙여 스스로 활로를 끊고 있다. 에노키즈는 마스오카도 가나가와 경찰과 큰 차이가 없다고 생각한다.

죽을 것 같은 소녀. 과거가 있는 여배우. 지겨울 만큼 재산을 가진 위독한 노인. 욕심으로 눈이 벌건 사람들. 이 조합에는 뭔가가 빠져 있다.

—— 기바 슈타로.

멍청한 기바가 한 다리 걸치고 있는 건가.

아니, 마스오카는 놓치고 있다. 그렇다면 누구일까?

——확실하지 않은 얼굴의 남자.

아메미야——라고 했던가. 그리고

——상자다.

상자? 도마뱀 같은 남자. 저게 의사인가?

——아직 부족하군.

범죄라면 누군가 그림을 그린 녀석이 있을 것이다. 우연의 집적이라면 그런 것은 없다. 에노키즈에게 그림은 보이지 않는다. 그만큼 교묘한 설계도인 걸까? 아니, 그림이 서툴 가능성도 있다.

에노키즈는 눈을 반쯤 뜨고 있다. 그 색소가 옅고 커다란 눈동자는, 반은 감겨 있고 반은 뜨여 있다. 졸린 걸로밖에 보이지 않는다. 대화 도중에 거의 끼어들지 못했던 도라키치가 그 모습을 바라보고 있다.

마스오카는 어떻게 생각했는지, 천천히 가방에서 서류를 꺼냈다. 가나가와 경찰에게 협력을 구해 작성한, 사건의 상세한 경위를 기록한 서류였다.

"이것은 뭔가 도움이 될까 싶어서 지참한 자료입니다. 그리고 기한 말인데——한 달로 해 둘까요? 하지만 가능한 한 빨리 찾아 주었으면 좋겠어요. 본인을 확보하지 못하더라도 최악의 경우 사망을 확인할 수 있는 증거만이라도 좋아요. 탐정료는 바라는 대로 얼마든지 내지요. 이것은 당장 필요하실 비용입니다. 단, 당신이 조사하는 중에 경찰이 가나코를 확보하거나 그 사망을 확인한 경우에는, 필요경비만 청구해 주십시오. 지금 드린 금액을 웃돌거든 청구하세요. 그보다 아래인 경우에도, 이 돈을 반환할 필요는 없어요."

이어서 마스오카가 꺼낸 봉투는 꽤 두꺼웠다. 에노키즈는 계산하기가 귀찮아서 받자마자 도라키치에게 건넸다. 도라키치는 당황해서 책상 쪽으로 이동해 안을 들여다본다. 오오, 하는 목소리를 내는 바람에 에노키즈는 약간 창피해졌다.

"그럼 에노키즈 씨. 지금 이야기한 내용——특히 가나코의 출생에 관한 사정이나 요우코우 씨의 사망 사실에 관해서는, 모쪼록 비밀로 하고 조사를 진행해 주십시오. 주식 상장을 비롯해 여러 분야에 큰 영향이 미칠 테니까. 이런 정보를 공개하는 데 있어서는 몹시 섬세한 사전 작업이 필요하거든요. 부디 발설 금지해 주시기를 부탁드립니다."

"발설 금지——란 말이지요."

"그래요. 발설 금지."

※

"발설 금지란 말이야."

맥이 빠진 목소리다.

그 말을 마지막으로 에노키즈는 말을 멈추고 엄청나게 큰 하품을 했다.

"발설했잖아요."

"뭐?"

"뭐긴 뭡니까. 발설 금지라면, 어째서 그렇게 주절주절 간단히 이야기하는 건지 묻고 있는 겁니다. 에노 씨에게 탐정으로서의 매너는 없는 건가요?"

"없어."

탐정은 좌탁 밑에 발을 집어넣고 벌렁 드러누운 채, 큰 소리로 웃었다. 장신이라기보다는 몸이 길기 때문에 머리는 툇마루 문턱에 닿아 있다.

"나치고는 잘 기억하고 있었지? 잊기 전에 말해 둬야겠다고 생각했지. 이 녀석에게 한 번 이야기하면 대개는 기억하니 안심이야."

에노키즈는 턱짓으로 교고쿠도를 가리켰다. 수첩 대신이라는 취급을 받아도 주인은 대답 한 마디 하지 않는다. 그뿐만 아니라 교고쿠도는, 오늘은 아직 한 마디도 하지 않은 거나 마찬가지다. 그저 좌탁 위의 책을 읽고 있을 뿐이다.

도리구치 모리히코는 얼마 전에 겨우 교고쿠도에게 익숙해졌는데, 에노키즈라는 예기치 못한 복병의 등장에 또다시 말을 잃은 모양이다.

도리구치는 어제 만 하루에 걸쳐 취재한 끝에 온바코 교주에 대해 상당히 많은 정보를 얻은 것 같다.

나는 어땠는가 하면, 어제는 하루 종일 집에 있었다.

그저께 교고쿠도에서 돌아와 보니 희담사에서 봉투가 와 있었다. 보낸 사람은 고이즈미 다마요로, 놀랍게도 내용물은 구보 슌코가 쓴 신작의 교정쇄였다. 첨부된 편지를 읽어 보니 고이즈미는 그 작품에 상당히 당혹해하고 있는 모양이다. 내게 감상을 요구하고 있는 것이다.

일독했다. 분명히 기묘한 맛을 가진 작품이다. 그러나 잠시 후, 오한이 달렸다.

뒷맛이 나쁘다. 하기야 작품은 전·후편 중 전편이었고, 후편을 읽지 않은 상태에서 뒷맛 운운하는 것도 이상한 일이지만.

기이하게도 상자를 모티브로 한 작품이다.

제목부터가 '상자 속의 소녀'라고 한다.

상자에 이상한 집착을 가진 남자의 망상을 그린 환상소설——그렇게 자칭하고 있었으니 그럴 것이다——이다. 주인공은 상자도착증이라기보다 극도의 공간공포증이거나, 아니면 폐소애호증이라고 부르는 편이 가까울 듯한 성격 설정이다. 항상 부족한 부분을 채우고 싶다는 강한 욕구를 갖고 있다. 그것은 도를 넘은 결벽증으로 받아들일 수도 있다. 흥미 있는 제재이기는 하다. 그러나 지금의 나에게 〈상자〉를 다룬 작품은 너무나도 꽉 낀다. 약간 지나친 감조차 있다. 게다가 그로테스크한 묘사는 토막살인까지 환기시킨다.

솔직히 말해서 약간 우울해졌다. 구보의 작품은 내 작품을 반추하는 것보다 훨씬 격렬하게 나의 울증을 자극했던 것이다.

어제는 하루 종일 아무것도 할 수 없었다. 별수 없이 도리구치에게서 맡아놓은 온바코의 신자 명부를 필사했다. 할 수 있다면 그렇게 해 달라고 교고쿠도로부터 지시를 받았던 것이다. 아무 생각 없이 남의 이름을 필사하는 동안, 기분은 만난 적도 없는 기요노라는 남자와 점점 가까워져 울증 상태는 면할 수 있었지만, 그야말로 뭔가에 씐 것처럼 되고 말았다. 밤늦게까지 걸렸다.

오늘 아침은 힘들었다. 수면 부족과 불안정한 정신 상태 때문에 외출할 기분이 영 아니었지만, 도리구치와 약속이 있으니 어쩔 수 없다. 오후에는 함께 교고쿠도에 가기로 했던 것이다. 그때까지 나는, 사토무라에게 정보를 흘려두어야만 했다.

나는 미적거리는 몸에 채찍질하여 사토무라 의원으로 향했다. 진찰 시간 중이기는 했지만 운 좋게 환자가 끊어졌을 때라 사토무라는 쾌히 나를 만나주었다. 나는 교고쿠도가 말한 대로 기요노가 된 기분으로, 찾아온 이유를 말했다.

그러나 서툰 연기 따위 하지 않아도, 울증과의 사이를 오가고 있던 나의 표정은 생각한 것보다 훨씬 심각한 것이었던 모양이다. 사토무라는 마치 불행한 여성의 반생에 대해 듣고 있는 가케코미데라[駆込寺][62]의 비구니와 같은, 자애 넘치는 눈빛으로 내 이야기를 들어주었다. 그러나 진지하게 듣고 있는 건지, 심상치 않은 분위기의 지인을 가련하게 여기고 있는 건지는 구별이 되지 않았다.

우선 의무적으로 용건을 마친 나는, 가벼운 점심을 먹고 1시에 나카노 역 앞에서 도리구치와 만나 이곳——교고쿠도를 찾아온 것이다.

지난번과 마찬가지로 책방은 휴일이었다. 게다가 그의 아내도 부재중인지 불러도 아무도 나오지 않는다. 문이 열려 있었기에 늘 그렇듯이 멋대로 들어가자, 툇마루 복도에서 에노키즈의 머리가 보였다. 에노키즈는 통나무처럼 누운 채 얼굴을 이쪽으로 돌리고,

"여어, 세키 군 아닌가."

하고 말했다.

그는 항상 나를 그렇게 부른다.

주인은 늘 그렇듯이 도코노마를 등지고 책을 읽고 있다.

---

62) 에도 시대, 남편 때문에 고통받는 여성이 도망쳐 들어가 3년 동안 살면 이혼할 수 있다는 특권을 가진 절.

직각으로 좌탁을 사이에 두고 있어서, 주인의 위치에서는 누워 있는 손님의 콧구멍 정도밖에 보이지 않는다. 익숙하지 않은 사람에게는 기묘한 구도이다.

그러나 이것은 드문 풍경도 아니다. 에노키즈는 한 달 혹은 두 달 간격으로 이곳을 찾아와, 그때마다 이 객실에서 이렇게 뒹굴곤 하는 모양이다. 누워 있지 않을 때는 뜻을 알 수 없는 바보 같은 이야기를 한다. 이런 태도는 교고쿠도의 아내가 있어도 변함이 없다. 물론 내가 있을 때도 큰 차이가 없어서, 에노키즈는 나를 쿡쿡 찌르거나 매도하거나 비웃거나 한 후, 결국 똑같은 형태로 뒹굴뒹굴하는 것이다. 교고쿠도의 이야기에 의하면 오자마자 누워서 쿨쿨 자다가, 일어나자마자 돌아갈 때도 있다고 한다. 무엇을 하러 온 건지 전혀 알 수 없다. 그러나 주인이 이 이상한 사람의 얼빠진 행동을 마음에 두는 기색은 전혀 없다.

교고쿠도는 우리들을 보더니 인사 대신 무뚝뚝하게 한 손을 들어 올리고, 앉으라고 재촉했다.

나는 에노키즈 맞은편에 앉는다. 이곳이 나의 정위치인데, 내 위치에서 에노키즈의 모습은 전혀 보이지 않는다. 도리구치는 교고쿠도 맞은편에 앉았다. 나는 누워 있는 남자가 탐정인 에노키즈 레이지로라는 사실을 도리구치에게 말하고, 에노키즈에게도 도리구치를 소개했다. 나한테는 보이지 않았지만, 추측하기에 에노키즈는 머리만 들어 올려 도리구치에게 인사한 모양이다. 그런 것 같은 이상한 목소리가 났기 때문이다.

교고쿠도는 그저 한 마디,

"먼저 이 이상한 탐정의 이야기를 들어보지 않겠나?"

라고 말했을 뿐이었다. 사정을 전혀 모르는 우리가 이의를 제기할 수 있을 리도 없다.

에노키즈는 누운 채로 헤헤헤, 하고 어린아이처럼 웃더니,

"오늘은 말이지, 할 이야기가 있어서 온 걸세."

하고 큰소리를 쳤다.

결국은, 역시 평소에는 명확한 용건도 없이 이곳을 찾아오고 있다는 뜻이다.

그리고 에노키즈는, 이 남자치고는 길게, 어제 그의 사무실을 찾아온 마스오카라는 변호사에게 들었다는, 시바타 재벌에 관한 불가사의한 사건 이야기를 했던 것이다.

나와 도리구치는 그제야 그 상자 건물의 정체와 기바가 왜 거기 있었는지를 알았다.

교고쿠도는 에노키즈를 들여다보고 그가 더 이상 이야기할 마음이 없다는 것을 확인하자, 그제야 입을 열었다.

"거물들 사이에 인맥이 있고, 게다가 탐정이라는 부정한 장사를 생업으로 삼고 있으면서 이렇게 입도 싼 친구는 그리 많지 않다네. 그런데, 그럼 에노 씨는 왜 여기에 있는 거지?"

"후후후. 그건 몰라. 모르니까 여기 온 걸세. 고가네이라도 가 볼까 했지만, 가 본다 한들 뭘 해야 할지 전혀 생각나지 않았거든. 어차피 방향도 같으니 여기 들렀지. 어쨌든 나는 조사라는 것은 해 본 적이 없으니까."

"당신은 정말 탐정 중의 탐정이야."

교고쿠도는 어이없다는 듯이 그렇게 말했다.

도리구치가 멍청한 목소리를 낸다.

"그런데 미나미 기누코의 등장도 의외지만 시바타 요우코우라니, 또 거물이 등장했군요. 깜짝 놀랐습니다."

"도리구치 군, 이렇게 되면 온바코나 토막살인보다 그쪽 사건을 폭로하는 게 더 빠르지 않을까? 차라리 이 탐정에게 편승해서 말이야."

"세키구치 군."

교고쿠도가 내 발언을 방해한다.

"어리석은 사고는 중지하게. 그 상자——미마사카 근대의학 연구소에는 손대지 않는 편이 좋다고, 내가 재삼 충고하지 않았나."

"왜지? 자네는 무엇을 알고 있는 건가? 그 미마사카인가 하는 의사와 자네는 아는 사이인가?"

"글쎄. 알긴 알지."

교고쿠도는 그래도 아직 말하고 싶지 않은 모양이다.

"미마사카의 연구소에 대해 함구령이 내려져 있었던 것은 역시 시바타가 관련되어 있었기 때문일까요?"

도리구치가 묻는다.

"아니, 그 탓도 조금은 있을 테지만 이 경우, 그런 생각은 근본적으로 틀렸——을 걸세. 설령 이것이 시바타 요우코우라는 거물이 얽혀 있지 않은 사소한 절도사건이라 해도, 미마사카가 얽혀 있다면 일단은 사태가 겉으로 드러나는 일은 없을 걸세. 즉——그런 거지."

"잠자는 사자의 코털을 건드리지 말라는 겁니까?"

도리구치는 납득한 모양이다. 에노키즈가 묘한 목소리를 낸다. 무리한 자세로 발언해서 그럴 것이다.

"그럼 나는 어떻게 해야 되는 건가?"

"그걸 내가 어찌 알아? 스스로 생각해야지."

"흥, 생각할 거야."

에노키즈는 잠잠해졌다.

"하지만 정말 어떻게 된 걸까. 요즘은 시끄러워서 살 수가 없군. 평소에는 잠만 자는 탐정이 이렇게 말을 많이 할 줄은 몰랐네. 무엇보다 자네들도 그렇지만, 우리 집은 이발소 2층이 아니란 말일세. 게다가, 모든 고민 상담해 드립니다, 라는 간판도 내걸지 않았어. 뭐—— 이번에는 어쩔 수 없지. 자, 이쪽 화제에 관해 이야기해 보세. 다행히 이상한 탐정은 잠들어 버렸군."

"잠들었어?"

내 위치에서는 보이지 않기 때문에 도리구치에게 묻는다.

도리구치는 에노키즈 쪽을 살피고 나서, 복잡한 표정으로 고개를 끄덕였다.

교고쿠도는 에노키즈를 타고 넘어 부엌으로 가더니 차를 가져왔다.

"자——그럼 세키구치 군은 남들만큼 일하고 왔나?"

늘 그렇지만 참으로 실례되는 말투다. 나는 명부를 필사하느라 한 고생과 사토무라에게 적절하게——적절했는지 아닌지 사실은 모르지만——그것을 건넨 것, 그리고 사토무라에게서 얻은 약간의 정보를 보고했다.

"자네의 시시한 고생담 따윈 듣고 싶지도 않네만——사토무라 군의 견해는 흥미롭군. 그는 이번 사건에 대해서, 시체 처리를 위해 해체한 것이 아니라 해체하기 위해 죽였다고 보고 있다는 거지."

교고쿠도는 턱에 손을 대고 잠시 생각한다.

“뭐, 세키구치 군치고는 잘했네. 도리구치 군은 어땠나?”

자신은 아무 일도 하지 않는 주제에 정말 무례한 남자다. 슬프게도 나는 이런 냉대에 익숙하다.

도리구치는 맡겨 달라는 듯이 가슴을 편다.

교고쿠도는 먼저 교주의 상세한 개인 정보 보고를 요구했다.

다행히 도리구치는 겨우 하루의 취재로 까다로운 친구의 기대에 부응할 만한 정보를 얻어 왔다.

나는 그저 멍하니 듣고만 있었지만, 그의 열변으로 온바코 교주의 사람됨에 대해서 거의 이해할 수 있었다.

도리구치가 말한 내용은 다음과 같은 것이다.

도리구치는 우선 그의 이름부터 조사했다.

교주는 이름으로 불리는 경우가 거의 없는 모양이다.

영능력자는 그 신비성을 유지하기 위해 일부러 본명을 숨기는 경우가 많다고 한다.

그 경우, 영능력자의 내력이나 가계를 밝히는 것은 꽤 힘든 작업이었다.

그사이에 전쟁이 있었기 때문에 흔적이 끊어져 있는 경우가 있는 것이다. 끊어진 과거를 더듬어 보아도 좀처럼 전쟁 전까지 거슬러 올라갈 수 없다. 호적이 소실된 경우에는 더욱 조사하기 어렵다.

그러나 도리구치는 그런 고생은 전혀 하지 않았던 모양이다. 교주가 이름으로 불리지 않는 이유는 그저 부를 필요가 없다는 단순한 것이었던 것이다.

도장에는 꼼꼼하게 문패까지 걸려 있었다고 한다.

문패에는,

〈데라다 효에 / 마사에 / 다다시〉

라고 명기되어 있었다고 한다.

너무나 무방비해서, 도리구치는 건물 전 주인의 문패를 떼는 것을 교주가 잊은 거라고 생각했다고 한다. 그러나 혹시나 해서 부근에 사는 주민들에게 확인해 본 결과, 틀림없이 온바코 교주는 데라다 효에 본인이고 데라다 가는 벌써 몇 대 전부터 이곳, 이 건물에서 살아왔다고 했다는 것이다. 그리고 교주 자신도 그 사실을 딱히 숨기는 것 같지도 않고――숨겨 봐야 그 지방에 사는 한 무의미하다는 생각은 들지만――신분이나 경력을 사칭할 가능성도 전혀 없었던 모양이다.

데라다 가는 그 기원을 따져 보자면 신사나 불각 건축을 전문으로 하던 목수 집안이라고 한다.

그러나 목수였던 적은 에도 시대의 이야기로, 당시에는 교바시[63] 근처에 살고 있었다고 한다. 거주지를 미타카로 옮긴 시기는 메이지 초기 무렵의 일인 것 같다.

그러나 그 무렵, 그 근처는 아직 가나가와 현 신카와무라였고 미타카라는 이름은 아직 없었다.

교고쿠도의 이야기에 의하면 미타카라는 이름은 1889년 행정구역제 도입 때 명명된 것이라고 하는데, 가나가와에서 도쿄로 편입된 시기는 그보다 더 후인 1893년의 일인 듯하니, 데라다 가가 이 지방에서 생활해 온 역사는 도쿄 미타카 시의 역사보다 더 오래된 것이었다.

63) 도쿄 주오 구(區) 동부의 지명. 도쿄의 대표적인 비즈니스가.

미타카로 옮겨왔을 무렵, 데라다 아무개는 역시 목수를 생업으로 삼고 있기는 했으나 이미 신사나 불각 건축 전문은 아니었던 모양이다. 그러나 많은 직인을 거느린 십장도 아니었고 다른 십장 밑에서 일하는 직인도 아니었다고 하니, 소위 말하는 목수라고 하기에도 무리가 있다. 가구나 공예품 같은 세공품을 만드는, 혼자 일하는 목공 직인 같은 것이었던 셈이다.

그럼 현재의 도장은 본래 공방이었다는 걸까?

그 사람이 몇 대 전의 데라다 아무개였는지는 확실하지 않다. 그러나 적어도 효에의 조부는 그런 일을 하고 있었던 모양이다. 조부 대에는 제자도 몇 명 생겼고, 공방도 증축하여 작은 공장 같은 체제를 만들었다고 한다. 이에 대해서는 동시대를 살았던 산 증인의 증언이 있었다. 도리구치의 이야기에 의하면 대각선으로 건너편에 있는 막과자가게 할머니의 증언이라고 한다.

그리고 효에의 아버지 대에, 데라다 목공제작소의 간판이 달렸다. 그러나 간판은 달았으되 일거리는 별로 들어오지 않았다고 한다. 가구나 세공품 주문은 갑자기 줄고——그것은 오직 효에 아버지의 실력이 형편없었던 탓이었나 보지만——제자들도 하나둘 떠나고, 초라하게 쇠퇴해 갔다고 한다.

효에의 아버지는 어쩔 수 없이 익숙하지 않은 영업을 개시했다. 그리고 결국 몇 군데의 인형 도매상과 이야기가 되어, 인형을 넣는 〈상자〉를 독점으로 제작하는 일을 시작했다. 관동대지진이 있었던 무렵이라고 하니, 다이쇼[大正][64] 말기쯤이었던 것 같다. 그 무렵부터 목공제작소는 〈상자가게〉라고 불리게 되었다.

---

64) 1912.7.30~1926.12.25까지 사용된 연호.

이후 현재도 그 지방 사람들은 그곳을 〈상자가게〉나 〈상자공장〉이라고 부른다고 한다.

죽마고우의 증언에 의하면 효에는 올해——1952년——로 45, 6세라고 하니, 상자가게라는 통칭을 얻었을 무렵 그는 10대 후반이었으리라고 생각된다.

기왕지사 상자가게라면 상자나 전문으로 만들자고 결심하고 나니 일은 꽤 많았는지, 인형뿐만 아니라 도자기나 칠기를 넣는 상자에서부터 음식 배달통 종류까지, 데라다 목공은 나름대로 번성했던 모양이다. 신사나 불각을 주로 짓던 데라다 목공제작소는 이리하여 상자가게가 되었고, 옛날의 긍지와 맞바꾸어 데라다 가는 안정을 손에 넣은 것이다.

효에의 아버지는 그렇게 장사 수완이 뛰어났던 것도 아니고 인망이 높은 편도 아니었지만, 그 후 〈상자가게의 추 씨〉라고 불리며 죽을 때까지 마을 사람들과 친한 인기인이었다고 한다. 추 씨가 추지[忠次]인지 추키치[忠吉]인지 그런 것은 확인할 수 없었던 모양이지만——효에 본인에 관한 일도 아니니 이것은 아무래도 좋은 것이라고도 여겨지지만——어쨌거나 효에의 아버지, 상자가게의 추 씨는 실력은 없어도 사람은 좋은 타입의 인간이었던 것 같다.

그러나 아들 효에는 특별히 이렇다 할 특징도 없는 평범한 젊은이였다고 한다. 어떤 사정으로 다니게 되었는지, 효에는 어울리지 않게도 중등학교를 나왔다. 그 후, 이웃마을의 작은 공장에 취직해 그곳에서 선반이나 용접 기술을 배웠다고 한다. 효에는 불평 한 마디 하지 않고 묵묵히 일한 모양이다. 그러나 이때까지는 아버지의 뒤를 이어 상자가게를 물려받을 의사는 별로 없었던 것 같다.

이윽고 상자가게가 궤도에 올라, 제자까지는 없더라도 직인을 고용하지 않으면 해나갈 수 없게 되자 어차피 남을 고용할 거라면——이라는 이유로 효에는 공장을 그만두고 목공 수업을 겸해 가업을 돕게 된다. 그리고 처음으로, 효에는 가업을 이어야겠다는 생각을 한다.

효에는 아버지와 달리 실력이 좋은 직인이었던 모양이다.

일도 빨리 배워, 어엿한 목공 직인이 되는 데도 그렇게 많은 시간은 걸리지 않았다고 한다.

그리고 효에는 스물대여섯쯤에 장가를 들었다. 아내의 이름을 기억하는 사람은 인근에 없었지만, 문패에 기록된 이름이 본명인 이상 나란히 적혀 있던 마사에라는 것이 아내의 이름일 거라고, 도리구치는 말했다.

상세한 가정생활에 대해서는 알려지지 않았다. 아버지인 상자가게의 추 씨는 막과자가게 할머니의 기억에 의하면 1933년에 간경화로 세상을 떠났다고 한다. 꽤 술을 좋아하는 위인이었던 모양이다. 추 씨의 아내——즉 효에의 어머니는 그보다 3, 4년 전에 세상을 떠나고 없었다.

형제도 없었는지 상자가게, 즉 데라다 목공제작소는 그대로 효에가 물려받게 된 모양이다.

효에는 실력이 좋을 뿐만 아니라 공부에도 매우 열심이었던 것 같다. 가업을 이은 효에는 젊었을 때 배운 선반이나 용접 기술을 응용해 연구에 연구를 거듭한 결과, 그때까지 찾아볼 수 없던 신상품을 고안했다.

금속상자이다. 상자도 금속이 되면, 수요가 적기에 대량생산을 할 수 없는 상자는 좀처럼 만들기 힘들다. 그래서 특별 주문이 되므로 보통은 가격이 비싸진다. 재료비와 약간의 인건비만 받고 이것을 만들자는 생각을 한 것이다.

이것은 괜찮은 생각이었다. 기계의 시작품이나 연구실의 특수한 설비 등, 의외로 일거리는 있었던 것이다. 대학이나 군대에서도 발주가 있었던 모양이다.

착상이 좋았던 점도 있었겠지만, 한편으로 효에가 정말 열심히 일을 했다는 점도 번성의 한 원인이었으리라 생각된다.

효에가 만드는 상자는 설계도와 조금도 다르지 않았다. 정확하고도 정밀하여 털끝만큼의 오차도 없었다. 정말 완벽한 상자였던 모양이다. 정밀기계를 집어넣을 상자로, 이보다 더 적합한 상자는 없었을 것이다.

"신사나 불각, 신여(神輿)[65] 등 정밀하기 짝이 없는 세공물을 능숙하게 만들던 목공의 피 때문인지도 모르겠네——."

이 말은 그 무렵 본인이 한 이야기다. 물론 그 말을 들은 사람은 도리구치가 아니고 이웃집 목욕탕 주인이다.

효에는 오랫동안 생업으로 해 온 목공 일도 그만두지 않고, 아버지 대부터 다니던 직인도 그대로 부리며 계속 일을 해 나갔다. 효에는 이 직인들의 솜씨에도 매우 민감해서, 직인들은 게을렀던 아버지 대에는 생각할 수 없을 만큼 기술 향상을 강요당하게 되었다.

65) 신사 제례 때 신령(神靈)이 타는 가마.

그러나 일이 없을 때 효에가 만드는 나무상자도 매우 훌륭한 것이었기 때문에, 본래 스승에 해당하는 직인들도 불평은 할 수 없었다고 한다.

효에는 상자에 홀리고 말았다.

가정을 돌보거나 휴식을 취해야겠다는 생각은 그에게 없었던 모양이다. 그는 아침에 일어나서 잠들 때까지 상자만 만들었다는 것이다.

그런 효에의 첫 번째 좌절은 전쟁이었다. 태평양전쟁이 시작되자, 우선 주문이 줄었다. 당연하다. 비상시에 인형 상자니 도자기 상자 같은 게 필요할 리 없고, 대량생산을 할 수 없는 쇠상자는 군수산업과도 기본적으로는 관련이 없었다. 그리고 그러다 보면 상자를 만들 자재를 조달할 수 없게 된다.

효에는 황폐해졌다. 일이 줄어서 경제적으로 힘들어졌기 때문이 아니다. 상자를 만들 수 없게 되었기 때문이다. 어쩐 셈인지, 효에를 아는 이웃 사람들은 하나같이 그렇게 인식하고 있었던 모양이다.

——상자가게 도련님은 상자에 홀렸다.

모두 그렇게 생각했다고 한다.

그리고 효에는 소집되었다.

효에가 어느 전장에 갔었는지는 유감스럽게도 아는 사람이 없었다. 그러나 좋아하는 상자도 만들지 못하고, 서른도 훨씬 넘은 나이에 소집된 그가 어떤 군대 생활을 보냈을지는 상상하기 어렵지 않다.

그러나 효에는 무사히 살아 돌아왔다. 다만, 부리던 직인들은 모두 죽고 없었다. 공습을 당했는지 전사했는지는 알 수 없다.

그리고 전쟁이 끝난 후 효에는 새 직인들을 고용하지 않고 오직 혼자서——다시 상자가게를 열었다.

그러나——무엇보다도 이해할 수 없는 것은 효에의 가족이라고 한다. 분명히 있었던 아내——마사에와 아들——다다시의 소식을 아는 사람은 없다고 한다. 전쟁 중에도 둘이서 상자가게에 살고 있었다, 어디어디에 피난을 가 있었다는 등, 이웃 주민들의 의견도 분분한 모양이다. 막과자가게의 할머니는 모자가 모두 공습을 당했다고 했고, 목욕탕 할아버지는 전쟁 후에 몇 번 본 적이 있다고 했다.

지금 도장에 그 두 사람이 살고 있지 않은 것만은 확실하다.

전쟁 후, 상자가게가 번창했는지 어떤지도 확실하게는 알 수 없다.

본래 이웃들과 서먹서먹했던 효에는 전쟁터에서 돌아온 후 더욱 붙임성이 없어져서, 사람 사귀는 것만은 잘했던 아버지 추 씨와는 정반대로 완고하게 마음을 닫고 그저 고독하게 살았던 모양이다. 물론——그것은 그가 교주가 되기 전의 이야기지만——.

거기에서 나는 생각했다. 아무리 평범한 사람이라도 반평생을 이렇게 짧게 정리해 보면, 이 데라다라는 남자처럼 뭔가 수상한 것이 되어 버리는 걸까? 나는 이 평범하면서도 기이한 운명을 더듬어간 남자에게 약간 공감을 갖기 시작했다. 타인과 제대로 커뮤니케이션을 할 수 없는 서툰 인생은, 아무래도 남의 일 같지 않다.

데라다 효에가 영능력자로서 제2의 인생을 시작하기까지는, 그 후로도 5년 가까운 세월이 걸렸다. 부정을 봉하는 온바코가 탄생한 시기는 효에가 전쟁터에서 돌아온 지 5년 후인 1951년——바로 작년의 일이기 때문이다.

"그래서 말이지요, 이것은 그 목욕탕 주인이 한 이야기인데—— 어쨌거나 목욕탕은 바로 옆집이고, 죽마고우이기도 해서 조금은 교류가 있었나 보더군요. 그런데 목욕탕 주인이 재작년 말에 대청소를 하다가, 벽장 천장 뒤인지 어디에 낡은 보자기가 있는 것을 발견했대요. 뭘까, 무거운데, 하면서 꾸러미를 풀어 보니 오동나무 상자가 나왔습니다. 이것이 복잡한 사연이 있는 물건이었던 것이었습니다."

도리구치는 마치 옛날 변사 같은 독특한 말투로 손짓까지 더해 가며 이야기했다.

"상자에는 무슨 편지가 같이 있었는데, 그 내용이 묘했습니다. 무슨 말인지 잘 이해할 수가 없었다더군요. 어쨌거나 옆집인 상자가게 데라다의 물건이라는 것만은 알았습니다. 목욕탕 주인의 할아버지가 맡아둔 것이었나 봐요. 그래서 목욕탕 주인은 돌려주러 갔었답니다."

도리구치는 뻐단지라도 드는 듯한 동작으로 상자를 나르는 제스처를 해 보였다.

"——그 상자는 아무래도 효에의 할머니가 목욕탕 주인 할아버지에게 맡긴 것 같았습니다. 그래서 목욕탕과 상자가게의 손자들끼리 읽기도 어려운 편지를 읽어 보았지요. 그 편지에 의하면 효에의 할머니, 즉 추 씨의 어머니 되는 사람은 무슨 영능력이 있었던 모양이에요. 그 이야기는 막과자가게 할머니도 했었습니다. 평판이 좋았나 봐요. 어떤 힘이 있었는지는 모릅니다. 다만 그것은 정말 대단했다고 할머니는 말했습니다. 효에도 그렇고 목욕탕 주인도 그 사실은 어린 마음에 어렴풋이 기억하고 있었던 모양입니다. 그러니 사실이었겠지요. 어쨌거나 편지에 의하면 어디어디의 유명한 선생——이건 누군지 모르겠지만——할머니는 배우지 못한 사람이었는지, 읽고 쓰는 것도 그리 잘하지 못했다고 합니다. 유명한 선생의 신분이나 이름은 적혀 있지 않았어요. 어쨌거나 그 선생이 할머니의 능력을 감정하러 왔다고 하더군요. 하지만 효에의 할아버지라는 사람은 엄청나게 고지식한 분이라, 평소에도 아내의 수상한 평판에 화를 내고 있었던 것 같습니다. 그런 판국에 이상한 선생이 찾아와 이러니저러니 하는 게 마음에 들지 않았어요. 진짜라는 말을 들어도 곤란하고, 가짜라는 말을 들어도 화가 나지요. 어느 쪽이든 용서할 수 없다며——."

그런 것에 회의적——이라기보다 거부하는 타입이었을 것이다.

"——그래서 할아버지는 선생이 찾아오자마자 마구 고함을 쳐서 쫓아 보냈어요. 그 기세가 하도 험악해서 선생은 두 번 다시 오지 않은 모양이지만, 그때 잊어버리고 두고 간 것이 그 상자였던 것입니다. 할머니는 곤란해졌던 모양이에요. 남편은 화를 내며 버리라고만 했어요. 하지만 왠지 비싸 보이는——당시에는 그렇게 생각되었겠지요. 어쨌거나 비싸 보이고 무거웠기 때문에, 선생이 찾으러 올지도 모른다고 생각했습니다. 그래서 목욕탕에 맡긴 것이지요."

그때 교고쿠도가 매우 쾌활한 목소리로 끼어들었다. 드문 일이다.

"도리구치 군. 그 선생은 아마 지난번 이야기에 나왔던 후쿠라이 도모키치 조교수일 걸세."

도리구치는 당연히 말을 멈추고 입을 딱 벌렸다. 잠자코 있던 나도 똑같이 입을 벌리고 있었다.

"그 상자 속에는 주석으로 만든 항아리 같은 것이 들어 있었을 테지? 산딸기인지 포도 그림이 그려 있고, 손잡이가 달린——."

"예? 그, 그렇습니다. 잘 아시네요."

"말이 나온 김에 말하자면 오동나무 상자는 끈으로 묶여 있고, 매듭은 종이를 꼬아 만든 끈으로 봉인되어 있었겠지."

"아니, 추젠지 씨, 사실은 역시 영능력자이신 거죠? 목욕탕 아저씨도 바로 그렇게 말했습니다. 이렇게 엄중하게 봉인되어 있으니 분명히 보물임이 틀림없다——고 생각한 모양입니다. 하지만 종이끈을 뜯어내고 끈을 자른 후 안에 든 항아리 뚜껑을 열어 보니——."

"글씨를 쓴 종이가 들어 있었지."

"우와아!"

하는 말마다 신기하다.

"교고쿠도, 자네는."

"자네들은 별것도 아닌 일로 놀라는군. 그것은 후쿠라이 박사의 〈천리안 감정 세트〉일세. 나가오 부인 때 사용했던 것이지. 그 안의 글씨를 투시하게 하는 거야. 데라다 효에의 아버지 추 씨가 데라다가를 이은 시기가 관동대지진 무렵이라고 하니 1923년 전후. 효에는 올해 마흔여섯이라고 치면 당시 17세. 효에 조부모의 생존 기간은 불확실하지만, 추 씨는 적어도 1906년에는 결혼을 했네. 어린 효에에게 할머니의 기억이 있다면, 그것은 1907년대부터 1912, 13년 사이의 일일 테지. 한편 후쿠라이 박사가 천리안 공개실험을 시작한 시기가 1910년, 그 해에 최초의 능력자 미후네가 자살, 이듬해인 1911년 2월에는 제2의 능력자 나가오가 병사. 제3의 능력자 다카하시를 만나, 저서 〈투시와 염사〉를 쓰고 제국대에서 쫓겨난 것이 2년 후인 1913년일세. 시기적으로 들어맞으니 넘겨짚어 본 거지. 나가오가 죽고 나서 다카하시와 만날 때까지는 약간 공백이 있어. 후쿠라이 박사는 그동안에도 천리안 여성을 찾고 있었을 걸세. 그때 데라다라는 우수한 능력자의 소문을 듣게 된 걸세. 나라면 내버려두지 않았을 거야. 그래서 나가오에게 사용한 것과 똑같은 항아리와 상자로 이루어진 천리안 세트를 들고 달려간 걸세. 그런데 우연이라고는 하지만 묘한 부합이로군."

정말 이번에도 전혀 신기할 게 없다. 교고쿠도가 묻는다.

"효에의 할아버지라는 그 사람은 고지식한 것 말고 무슨 다른 일화가 있지는 않았나?"

"글쎄요, 막과자가게 할머니의 이야기로는, 추 씨는 야무지지는 못했지만 아버지라는 사램은 그야말로 딱 부러지는 사램이라, 애가 서서 소변을 보기만 해도 화내는 사램이었다, 법률과 다르다면서, 라더군요."

이것은 그 할머니의 말투일 것이다.

"흐음, 그렇군. 말을 삼가고 실천에 힘쓰는 준법자였던 셈이야. 그렇다면 당연히 화를 냈겠지. 1908년에는 최면술 남용 금지를 위한 경찰범 처벌령이 발포되었다네. 전에도 말했지만, 최면술은 당시 붐이었거든."

"그런 바보 같은 법률이 있었나?"

"있었지. 당시의 의사 협회나 지식인들의 탄원에 의한 것이었네. 하기야 메이지 초기에는 수험도(修驗道)[66] 금지령이니 무당 금지령이니 주술 금지령이니, 이것저것 다 금지되었어. 따라서 ── 그 할아버지라고 했나? 그가 보기에는, 법률을 지키자면 최면술 전문가는 도둑 전문가와 같은 뜻이 되는 걸세. 천리안과 좀도둑은 똑같아지고 마네.

---

66) 산속에 들어가 밀교적 수행을 하며 영험을 얻으려는 종교. 개조(開祖)는 엔노오즈노[役小角]라고 전해진다. 산악신앙에 신도·밀교·음양도 등의 요소가 합쳐진 것.

아내가 좀도둑질 상습범이고, 도둑 선생이 그것을 칭찬하러 오는 거지. 당연히 화를 낼 만해."

"천리안이 좀도둑이라."

도리구치가 반복한다. 마음에 든 모양이다.

"그런데 도리구치 군, 그 항아리 속의 종이에는 뭐라고 적혀 있었던가?"

교고쿠도는 일이 어떻게 전개되든 똑같은 페이스다.

"그게, 〈망량〉이라고 적혀 있었다고 합니다. 한자로."

"망량(魍魎)?"

교고쿠도는 곤란한 얼굴을 했다. 나는 처음에 무슨 말인지 몰랐지만, 금세 귀신 귀(鬼) 자를 쓰는 불길한 글씨를 떠올릴 수 있었다.

"망량이라니, 이매망량(魑魅魍魎)의 망량 말인가?"

"글쎄요, 목욕탕 주인은 어려운 글씨였다고 하던데요. 저는 그 이매망량이라는 글씨도 모릅니다. 뭐, 그거야 어찌 됐든 그 글씨를 본 순간 놈은 삐뻿 하고 와 버린 겁니다."

"뭐가?"

"영감이요."

"망량을 보고?"

"망량을 보고요. 그 후로 상태가 이상해졌어요. 그때까지는 붙임성은 없었지만 그냥 평범했다고 하는데, 그 후로 말을 하지 않게 되었습니다. 항아리 속에 망량을 넣어 뚜껑을 덮고 원래대로 상자에 넣고 나더니, 돌아가라고 하더랍니다, 목욕탕 주인한테. 열 받는 놈이지요. 목욕탕 주인은 화가 나서 그 후로 오늘까지 옆집과 말을 하지 않는답니다. 꽤 완고하지요, 그 목욕탕 아저씨도——."

그런 것은 아무래도 좋다.

지적하기 전에 도리구치는 알아서 궤도를 수정했다.

"그리고 새해가 되고 나서 한 달 정도는 아무 일도 없었는데, 2월인지 3월부터 신자들이 출입하기 시작했어요. 이웃 사람들도 설마 상자가게 주인이 교주가 되었을 줄은 몰랐기 때문에 상자를 만들러 온 손님일 거라고 생각하고 있었지요. 실제로 찾아오는 사람들은 인형사나 도매상 등, 상자를 발주하던 업계 사람들이 많았던 모양입니다. 처음에는 인형업계에만 퍼져 있었던 것 같기도 해요. 온바코라는 이름도 그 사람들이 부르던 이름이 남은 것 같습니다. 게다가 그 무렵에는 아직 상자도 부지런히 만들고 있었어요. 여름에는 새로운 단골손님이 하나 생겨서, 커다란 상자를 많이 만들었다고――이것은 두부가게 주인의 이야기입니다만."

"그게 그럭저럭 평판이 좋았던 거로군."

그런 이야기는 흔하다.

즉, 수상한 심령 관련 소문이 퍼질 때의 속도는 빠른 것이다.

"하지만――평판이 좋았다고 할 정도도 아닙니다. 신자들이 점점 늘어나서 커졌다――는 것도 아니고요. 결국, 계속 부지런히 하고 있었던 거지요. 하지만 목욕탕 주인의 이야기로는, 어느 날 갑자기 상자가게 공장에 많은 목수들이 들어와 개장공사를 시작했다더군요. 외관은 손대는 것 같지 않았지만, 안은 공장 부분을 전부 부수고 판자를 깐 모양이에요. 살림채 부분도 개장해서 제단풍의 히나단이 있는 기도방을 만들었어요. 하기야 목욕탕 주인은 옆집이니 담장 너머로 그걸 알았지만, 이웃 사람들은 안에서 무슨 일이 일어나고 있는지 전혀 몰랐던 모양입니다."

"갑자기 ―― 란 말이지."

"갑자기 그랬답니다. 이윽고 개장이 끝나자 30년 가까이 걸려 있던 간판이 데라다 목공제작소에서 부정을 봉하는 온바코로 바뀐 것이지요. 그리고 드디어 상자가게 주인은 상자님이 된 것입니다. 하지만 동네 사람들은 그래도 무슨 일이 일어나고 있는지 몰랐다고 합니다. 신자가 늘어난 것은 그 후의 일입니다. 개장이 끝난 게 8월 말쯤인데, 끊임없이 신자 ―― 라고 할까, 상담자들이 찾아오게 된 것은 10월 정도부터라고 합니다. 막과자가게 주인 같은 경우, 지금도 상자를 만들고 있다고 생각하고 있었어요."

교고쿠도는 뺨을 긁는다. 그 손이 점점 위쪽으로 올라가, 머리를 긁적이기 시작한다.

무언가 마음에 걸리는 모양이다.

다시 말해 ―― 교고쿠도는 묻는다.

"다시 말해 입소문으로 서서히 퍼진 것 같지는 않다는 뜻이로군. 오히려 먼저 받아들일 태세를 갖추고 나서, 그에 호응해서 신자가 늘었단 말인가?"

"그렇습니다. 상자가게에 손님이 늘어서 곤란하니까 개장한 것이 아니란 말이지요. 그 후 겨우 반년 남짓, 1년도 지나지 않아 신자는 300명이 되었습니다."

"그 데라다 효에라는 사람은 처음에 누구의 고민을 들어준 것일까? 음, 그것이 알고 싶군. 일이란 모름지기 ―― 처음이 중요한 법이거든."

"첫 번째 상담자 ―― 말씀이십니까? 찾아볼까요?"

도리구치는 수첩을 꺼내 메모를 했다.

“이보게, 교고쿠도. 그야 분명히, 일개 흐리멍덩한 범부가 남다른 재능을 가진 영능력자로 변모해 가는 과정은 흥미롭고, 그 신자 제1호가 누구이며 무슨 이야기를 했는가 하는 얘기가 나오면 호기심은 생기지만, 그런 것을 도리구치 군에게 조사하게 한들 무슨 의미가 있단 말인가? 시간 낭비 아닌가. 토막살인과는 관련이 없네.”

“그렇지 않아. 계기를 알고 싶은 걸세.”

“계기는 그 후쿠라이 박사의 상자 아닌가? 아니, 안에 들어 있던 망량이라고 쓰여 있는 종이인가?”

“그것은 그의 감상(感傷)을 뒤흔드는 아이템이기는 했을지도 모르지만, 영능력과는 관련이 없어. 전에도 말했다시피 영능력이란 체질이 아닌 한은 기술일세. 그가 어떻게 그것을 습득하기에 이르렀는지가 알고 싶은 거야――.”

교고쿠도는 한층 더 까다로운 얼굴을 하고는 내게서 시선을 떼고 도리구치를 응시했다.

“그래, 그 남자는 무엇을 하나?”

“예, 예. 기다리고 있었습니다. 그저께도 말씀드렸지만, 아무것도 하지 않습니다. 고민을 들어주고 훈시를 늘어놓을 뿐이지요. 깨끗하고 바르게 살자고 설득하고요. 하지만 그는 고민을 듣는 도중에 상담자가 이야기하지 않은 부분까지 말합니다. 그러니 사람들이 믿는 것이지요.”

“이제 알 것 같군, 도리구치 군. 그가 알아맞히는 것은 의뢰인이 모르는 것이나 유독 비밀로 하고 있는 것이 아니고, 하물며 미래에 일어날 일도 아닌, 단순히 〈데라다에게는 말하지 않은 것〉이란 말이지?”

"그렇습니다. 하지만 신자들은 믿어요. 저도 믿었으니까요. 그리고 말이지요, 지금부터 말씀드릴 데라다의 가르침은 아주 간단한 것입니다. 우선 축재를 하지 말아라, 집에서든 밖에서든 바람이 잘 통하지 않고 물이 제대로 빠지지 않는 곳에는 좋지 못한 것이 끓는다. 마음도 마찬가지라, 축재를 해 두면 좋지 못한 것이 끓는다, 오직 그것뿐입니다."

"마음의 축재?"

마음의 축재란 무엇일까.

나는 이래봬도 심리학이나 정신병리학에는 다소 조예가 있다. 물론 나 자신이 치료를 받아야 했던 울증 환자였다는, 그다지 자랑스럽지 못한 경력이 그 이유이다.

그 변변치 못한 지식으로 생각하건대, 그것은 심리학에서 〈방어기제〉라고 불리는 개념과 똑같은 것일까?

그러나 도리구치의 설명은 전혀 다른 것이었다.

"마음의 축재라는 것은, 욕심이나 거짓말 같은 그런 것인가 봅니다. 돈이 갖고 싶다, 물건이 갖고 싶다, 갖고 싶다, 갖고 싶다고 생각하는 천박한 마음이 부정한 재산을 모으는 원인이 된다는 것이지요. 재산이 쌓이면 놓치고 싶지 않다, 더 모으고 싶다고 생각하지 않습니까? 당연한 일이지만, 이것이 집착이라 해서 또 나쁜 겁니다. 이것 때문에 사람은 타인과 자신을 비교하고, 경쟁하고, 조금이라도 남들보다 앞서고 싶다는 더욱 천박한 마음을 품게 된다. 이것이 악순환의 원인이다——."

뭐——그건 그럴 것이다.

그러나 그것은 별로 독특한 견해도 아니다.

내가 평범하다고 말하자, 도리구치도 평범하다고 대답했다.

"그것이 마음의 축재인가?"

"예. 도덕에 반하는 그런 야비한 삶을 살면 말이지요, 조만간 야비한 생각에서 발생한 야비한 재산이 마음의 사방을 막아 통풍과 물빠짐이 나빠집니다. 그러면 그 축적된 재산 사이에 뭔가 나쁜 것이 들끓는다는 것이지요. 이것이 바로 불행의 원인입니다. 그것을 퇴치하거나 쫓아내고, 그것이 들끓지 않도록 정신 위생에 주의하자는 것이지요."

내 예상과 달리 그냥 시시한 것이었던 모양이다.

"그럼 가르침이라기보다 도덕이로군. 설마 그러니 욕심을 버리고 청렴결백하게 살아라, 위를 보면 끝이 없다, 이웃과 비교하지 마라, 검소하게 살아라, 하고 타이르는 것도 아닐 텐데."

"아니오, 그렇습니다."

도리구치는 몹시도 간단히 그렇게 단언하고, 꽤 멍청한 표정으로 나를 보았다.

기가 막혔다.

누구나 생각할 수 있을 만한 그런 유치한 교의에 신자들은 열광하고, 생활을 망칠 정도로 돈을 내는 것인가?

교고쿠도가 말했다.

"뭐, 상투 수단이지. 그 정도 말이라면 그야말로 막과자가게 할머니라도 할 수 있네. 아니, 손자에게 설교하려고 한다면 그보다 더 나은 말을 하겠지. 그게 착안점일세."

"어떻게 착안점이란 말인가? 대중이란 그렇게 어리석다는 말인가?"

"어리석은 대중의 대표격인 세키구치 다츠미가 뭘 잘난 척 남의 일 같은 말을 하는 건가? 이보게, 손자가 콧물을 흘려서 곤란해 하는 할머니에게 구문지총명법(求聞持聡明法)[67]을 전수해 봤자, 남편이 하도 바람을 피워 질투가 끊이지 않는 여자에게 아자관(阿字観)[68]을 설법해 봤자, 뭐 하나라도 도움이 되는 줄 아는가? 그저 현세의 이익만을 추구하는 우민 앞에서는 아무리 숭고한 교의 이론이라도 무력한 걸세. 난해한 가르침은 물론이고 시간이 걸리는 수련법, 하물며 수행이라는 것이 통용될 리 없지. 내일부터, 지금부터 실천할 수 있고 바로 효과가 있는 간단한 이론——뒷골목 할머니의 설교 같은 게 가장 효과적일세. 그리고 거기에 아주 약간 향신료만 써 주면 되지. 거룩하고, 불교 냄새가 살짝 나는 걸 말일세. 가장 효과가 좋은 것이 오컬트 향이기도 하네."

"그렇군. 유치한 교의와 수상쩍은 기적은 세트란 말인가? 자네의 말인즉슨, 그것이 신흥종교나 삼류 영능력자의 장기라는 거지?"

"그렇지만 그것은 특별히 나쁜 짓은 아니고, 제법 훌륭한 교단이라도 하고 있는 일일세. 전에도 말했지만 그렇게 해서 구원할 수 있다면 그것은 좋은 일이거든. 하지만 본래 훌륭한 교의를 가진 교단이라도 신자를 획득하기 위해 분주한 결과 숭고한 불교 이념도 비속한 비유로 모습을 바꾸고, 게다가 어느 쪽이 진실한 모습인지 알 수 없게 되어 종국에는 주객이 전도된 채 오컬트의 바다에 가라앉아 수상쩍은 자국을 남기고 만다——는 전개도 있기는 있지."

67) 불교에서 기억력을 증진시키기 위한 수련법.
68) 불교의 대표적 명상법으로, 아자본불생(阿字本不生)을 명상하여 깨닫는 것. 정신을 집중하고 숨을 내쉴 때마다 '아'자를 소리 내 읽거나 글자로 쓰다 보면, 만물은 생멸하는 것이 아니라 본원적으로 존재한다는 '본불생'의 이치를 깨달을 수 있다고 하였다.

"그렇군. 수단이 목적을 변용시켜 버리는 건가?"

"그렇지. 게다가 아직 배경에 이념이 있는 것은 그나마 나은 편이고, 본래 이념이 없는 신흥종교는 그것밖에 없는 경우도 흔하다네. 따라서 유행은 하지만 기반이 없지. 그래서 말인데. 우리들의 온바코는 도덕적인 교훈을 늘어놓을 때 대체 어떤 향신료를 쓰는 걸까?"

"예, 예. 그게 말이지요. 온바코의 말로는 마음이나 집에서 통풍이 나쁜 곳에 들끓는 이유는 바로 그 망량이라고 합니다."

"망량?"

"예, 망량이요."

"망량이라——."

교고쿠도는 이해할 수 없는 표정을 했다.

"그것이 들끓는 것이 무엇보다 큰일이라, 신자는 언제 어느 때 망량이 나올지 전전긍긍합니다. 일단 나온 후에는, 교주에게 부탁해서 상자 안에 넣어 봉하는 것 말고는 살아날 길이 없는 것이지요."

"어째서 망량이지?"

교고쿠도는 얼굴을 찌푸렸다. 마치 망량이면 안 된다는 말이라도 하려는 것 같다.

"망량."

그때까지 자고 있던 에노키즈가 마치 시소처럼 일어나며 그렇게 말했다.

"에노 씨, 듣고 있었군요."

"듣고 있었고말고. 그런데 그 망량이라는 게 뭔가?"

"저도 그걸 묻고 싶습니다. 알고 있는 편이 이야기하기 쉽고요."

에노키즈는 도리구치의 말을 받아, 말이 통하는군, 하며 웃었다.

"망량이라는 것은 요괴의 총칭 아닌가? 그렇지, 교고쿠도?"

내게는 그런 인식밖에 없다. 따라서 망량이 들끓는다는 표현에 불편함은 느끼지 않는다. 분명히 귀에 설은 어감이기는 하지만 나에게는 유령이 나왔다, 요괴가 들끓는다는 말과 같은 뜻이다.

교고쿠도는 한쪽 눈썹을 치켜세우고 나를 노려보았다.

"이매망량이라고 붙여서 말하는 경우에는, 세키구치 군이 말하는 대로 여우나 너구리, 요괴와 큰 차이 없는 의미의 말이지. 하지만 떼어놓았을 경우는 좀 다르네. 이(魑)는 산의 신. 매(魅)는 스다마라고 읽는데, 이것은 나이 먹은 정령 같은 것에 가깝네. 이에 비해 망량(魍魎)은 참으로 막연하지. 이것은 말하자면 망량(罔兩)이나 방량(方良), 망상(罔象)이라는 것과 같은데, 그렇게 되면 망(魍)과 량(魎)을 나누어 생각하려 해도 명확한 구별은 없네."

"이해가 잘 안 가는군. 갓파[河童][69]나 덴구[天狗][70] 같은 것과는 다른 건가?"

"다르지는 않네만. 이해가 잘 안 간다는 그 말이 정답일 거야. 듣기만 해도 알 테지만 망량이라는 말의 어원은 중국에서 찾을 수 있네. 그 시점에서 이미 확실하지 않은 것이지."

"교고쿠도, 자네도 모르는 요괴가 있나? 자네는 요괴의 흥행주 같은 사람이라 모르는 요괴 따윈 없다고 생각하고 있었네만."

---

69) 물에 산다고 여겨지는 요괴. 부리가 뾰족하고 등껍질이나 비늘이 있으며, 정수리에 물을 담은 접시가 있다. 인간에게 스모를 하자고 덤빈다든지, 사람이나 말을 물속으로 끌어들인다든지, 모내기를 돕는다는 등 인간계와 관련된 이야기가 많다.

70) 일본 고유의 산요괴 중 하나. 또는 매나 까마귀와 관련이 깊은 요괴 중 하나로 코가 높고 얼굴이 붉으며, 손발톱이 길고 날개가 있고, 금강장, 큰 칼, 깃털부채를 갖고 있다. 신통력이 있어 하늘을 자유자재로 날아다닌다고 한다.

"세키구치 군, 그 흥행주라는 건 무슨 소린가?"

교고쿠도는 등 뒤에 있는 도코노마에 쌓여 있는 재래식 장정의 책을 가까이 끌어당겼다.

장정으로 보아 아마 도리야마 세키엔이라는 에도 시대의 화가가 그린 '화도백귀야행'이라는 요괴 책일 것이다. 그렇다면 그것은 그가 좋아하는 책이다.

교고쿠도는 그것을 넘기면서 이야기한다.

"일본 요괴의 원류는 중국에서 찾을 수 있는 경우가 많은데, 그것은 어떤 의미로는 맞고 또 어떤 의미로는 틀리네. 예로부터 대륙에서는 많은 문화가 유입되었으니 그에 따라 요괴 종류도 유입된 것은 틀림없지만, 단순히 그것이 일본에서 발전하여 변형된 것이 일본 요괴라고 생각하는 것은 잘못이야. 문화적 교류가 거의 없는 세계 각지에서 마치 같은 것이기라도 한 듯 비슷한 요괴가 확인되는 것처럼, 그것은 어떤 의미로는 보편적으로 발생했다고 생각되는 구석이 있기 때문일세. 인간은 근원적인 〈요괴 원형〉이라고나 부를 만한 것을 몇 가지 갖고 있는 거지. 그것이 각 지역에서 각 문화의 세례를 받아 형태를 얻네. 따라서 똑같은 요괴가 다른 지역에서 발견되는 경우, 무조건 발생이 오래된 쪽이 오리지널이라고 단정할 수는 없어. 비슷한 것이 동시다발적으로 발생했을 수도 있는 걸세."

교고쿠도는 특기 분야에 돌입한 모양이다.

다만——이번에는 좀 내키지 않아 하는 듯한 기분이 든다.

"그래서, 요괴의 정체를 고찰하는 많은 학자나 식자들은 그 〈요괴 원형〉이란 무엇인가를 고찰하지. 민속학자, 인류학자, 철학자, 나아가서는 심리학자나 정신병리학자들까지 그것에 대해 언급하네. 어떤 사람은 어둠이나 자연현상에 대한 공포심이다, 어떤 사람은 죽음에 대한 공포심이다——이것은 틀리지는 않았을지도 모르지만 맞지도 않네. 웃기지. 지나치게 당연한 이야기거든. 된장국을 마실 때 거기에 들어간 재료는 무엇인지 따져보다가 무가 들어 있는 것을 확인하고, 이것은 무입니다, 하고 소리 높여 선언하는 거나 마찬가지지 뭔가. 하지만 아무리 무가 들어 있어도 그것은 된장국이지 무가 아닐세. 무라고 주장해서는 된장국이라는 총체를 설명하지 못해. 요괴도 마찬가지라서, 아무리 옛날 사람들이 무지몽매했어도 자연현상과 요괴 현상 정도는 구별할 수 있었네. 학자들은 어떤 의미로, 옛날 사람들은 바보라서 야채인 무와 무를 넣고 끓인 된장국을 구별하지 못했다고 말하는 것 같단 말이야."

"그런데 망량은 대체 언제 나오는 건가?"

에노키즈가 농담조로 끼어들었다. 아무래도 에노키즈는 긴 설명을 싫어하는 모양이지만, 교고쿠도의 경우는 에노키즈가 좋아하는 바보 같은 비유를 사용하기 때문에 꼭 그렇지도 않은 것 같다.

교고쿠도는 에노키즈 따위에 동요하지는 않는다.

"가령, 〈물줄까〉라는 요괴가 있네. 줄까, 줄까 하는 부름에 주려면 다오, 라고 대답해 버리면 갑자기 세차게 밀어닥치는 물에 삼켜지고 만다——는 요괴 현상일세. 아까 한 설명대로 말하자면 단순한 홍수가 되고 말지."

확실히 자연현상에 대한 공포심이 요괴를 낳았다——면 그 요괴는 정말 그 말 그대로——이긴 하다. 단순한 홍수와 그 물줄까 사이에 현상으로서의 구별은 없다. 다시 말해 모든 홍수는 요괴라는 뜻이 되고 만다.

"옛날 사람들이 인위적인 방어가 불가능한 자연현상에 대해 공포심을 갖고 있었던 것은, 그야 당연하겠지. 따라서 홍수를 무서워하는 것은 당연한 일일세. 하지만 홍수는 어디까지나 홍수란 말이야. 아무리 무서워도 요괴는 아닐세. 이것은 부름과 대답이라는 주술적 의례를 매개로 하여, 비로소 요괴가 되는 것이지. 자연현상은 일어나는 게 당연한데, 그것이 당연하지 않은 것처럼 생각되는 형태로 치환되는, 그 교환의 다이나미즘이야말로 요괴란 말일세. 〈요괴 원형〉은 〈공포심〉이나 〈외경심〉이라는 원시적인 감정 그 자체가 아니라네. 오히려 그런 감정과의 괴리가 완성되지 않고서는 성립하지 않아. 요괴는 〈형태〉와 〈이름〉을 얻어야만 비로소 성립하거든. 따라서 이름 없는 요괴는 요괴라고 부를 수 없는 걸세."

"왠지 어렵군."

나는 이해가 잘 가지 않았다.

"거기에서 본말전도가 발생하네. 그 지역에서는 본래 요괴로 인식되지 않는 요괴인데, 이름만 유입되는 케이스일세. 원산지에서는 요괴로서 성립하여 어엿하게 이름이 있는 요괴인데, 그 이름만 들어오게 되지. 거기서 혼란이 발생하는 거야. 완전히 새로운 형태나 성질이 부여되는 경우도 있네."

"망량이 그렇다는 건가?"

"그래. 그래서 성가신 걸세. 나는 이런 요괴는 껄끄러워."

교고쿠도는 그렇게 말하고 턱을 긁었다.

"자네도 껄끄러운 요괴가 있나?"

"가령 에도 시기에는 '본조삼기(本朝三奇)'[71]로 동국의 가마이타치(鎌

71) 우리나라의 세 가지 기이한 것들이라는 의미.

鼬)[72], 서국의 가하쿠와 나란히 북국의 망량이 꼽혔네. 다시 말해 당시의 일본에서도 흔한 요괴 중 하나로 꼽혔던 것이지. 가하쿠는 갓파를 말하고, 가마이타치도 다들 알지? 하지만 망량은 약간 지명도가 낮네. 지금은 잊혔지만, 당시에는 흔했는가 하면 그렇지도 않고, 그렇게 기록에 많이 남아 있는 것도 아닐세. 게다가 북국의 명물이라지만 북쪽 지방에서 그 이름이 자주 발견되느냐 하면, 그렇지도 않아. 반대로 시코쿠[四国][73] 부근에는 망량 신앙 같은 것이 존재하네. 이것은 재앙을 내리는 신을 숭배하는 원령 신앙의 변형에 가까운데, 망량을 모신다고 말한다는 점이 대단하지. 말이 선행되고 형태가 없어. 이것은 아까도 말했지만, 출생지인 대륙 쪽에서도 뚜렷하지 않으니 어쩔 수 없네."

"옛날부터 확실하지 않았던 건가?"

교고쿠도는 팔짱을 끼었다.

"글자의 뜻이 문제란 말이야."

"글자의 뜻? 한자 말인가?"

"그렇지. 대륙의 요괴에 관해 이야기하자면 며칠이 있어도 모자라겠지만, 일본의 요괴보다는 그래도 이해하기가 쉽네. 우선 형태를 보면 성립 연대를 알 수 있지. 예를 들어 사람의 얼굴에 짐승의 몸을 한 요괴는 짐승의 얼굴에 사람의 몸을 한 요괴보다 오래된 걸세. 왕조가 바뀔 때마다 그 전 왕조의 일을 세세하게 기록하는 멋진 습관을 지닌 민족이었고, '산해경(山海經)'을 비롯한 연구 분류서에도 빈틈이

72) 몸이 물건에 부딪히지도 않고 닿지도 않았는데, 낫으로 벤 듯한 상처가 생기는 현상. 소용돌이치는 바람의 중심에 생긴 진공에 인체가 닿아 일어난다고 한다. 옛날에는 족제비 같은 마수(魔獸)의 짓이라고 여겨졌다.

73) 일본 열도를 구성하는 네 개의 섬 중 하나. 도쿠시마, 가가와, 에히메, 고치의 네 현(縣)이 시코쿠에 있다.

없었으니까. 게다가 한자가 표의문자라는 것도 도움이 되었네. 같은 발음이라도, 이름으로 주어진 한자는 직접적으로 그것 자신을 가리키기 때문에 완전히 구별할 수 있어. 다시 말해 이름에 쓰인 한자를 보면 성질까지 어느 정도는 짐작할 수 있다는 말이지. 하지만 망량은 어렵네."

"어째서?"

"망은 산천의 괴신(怪神), 량도 산천이나 돌, 나무의 정령이라는 뜻으로 갖다 붙일 수 있지만, 아무래도 개운하지가 않아. 게다가 아까도 말했지만 망량의 표기는 여러 가지가 있어서, 벌레 충(虫) 변이 붙는 경우도 있네. 미즈치(蛟蝄)[74]에 쓰는 망(蝄)과 똑같은 글자지. 귀신 귀(鬼) 변을 떼고 망량(罔兩)이라고 쓰는 경우도 많은데, 그러면 다른 의미가 발생하네. 자네들은 '장자'를 읽었나?"

"장자요?"

에노키즈도 도리구치도, 어차피 제대로 된 대답을 할 리가 없다. 두 사람이 이상한 화류계 소설을 생각하는 사이에 내가 일단락을 지었다.

"나는 옛날에 한 번 읽었지만, 노장(老壯)은 유학에 비하면 인상이 옅지. 잘 기억나지는 않네."

"큰일 났군. 그게 얼마나 중요한데. 제물론편(齊物論編) 중에 있는 유명한 대목인데——."

교고쿠도는 기억하고 있는 것이다. 아니나 다를까, 그가 암송하기 시작했다.

74) 고대인들이 두려워하던 상상의 동물. 물속에 살며 뱀과 비슷한 모양을 하고 뿔과 네 개의 다리가 있으며, 독기를 내뿜어 사람을 해친다는 일종의 용.

"망량이 그림자에게 물어 말하기를, 그대는 아까는 가더니 지금은 멈추어 있다. 그대는 아까는 앉아 있더니 지금은 일어서 있다. 어찌 그리도 지조가 없단 말인가, 하였다. 그림자가 말하기를, 의지하는 게 있어서 그런 것이 아닌가. 또한 내가 의지하는 것도 기대는 것이 있어 그렇다. 혹시 나는 뱀의 비늘이나 매미 날개에 기대고 있는 것은 아닐까? 어째서 그런 줄 알며 왜 그렇지 않은 줄 알겠는가, 하였다."

"아아, 들은 적이 있네."

"세키. 교고쿠. 자네들은 왜 그런 경문 같은 문구를 외우고 다니나? 보통은 모른다고. 안 그런가, 으음——."

"도리구치입니다. 저는 모릅니다. 들어도 모르겠습니다."

"몰라도 되네, 어쨌거나 이 경우 망량이란 그림자 주위에 생기는 엷은 그림자를 가리킨다고 해석되네. 흐릿한 부분 말이야. 망량에는 그런 뜻도 있는 셈이지. 한편, 망상(罔象)이라고 쓰는 경우는 또 다르다네. 이 경우는 물에서 생겨나는 요괴를 말하지. '회남자(淮南子)'[75]에 산은 규양(梟陽)을 낳고 물은 망상을 낳고, 나무는 필방(畢方)을 낳고 우물은 분양(羵羊)을 낳는다고 되어 있네. 각각 산의 요괴, 물의 요괴, 불의 요괴, 흙의 요괴지. '좌전(左伝)'[76]의 두예(杜預[77])의 주석에도 망상은 물가에 사는 요괴라고 되어 있네. 그리고 물의 요괴인 망상은 일본식으로 읽자면 〈미즈하〉가 되지. 이것은 일본에서는 일종의 수신(水

75) 중국 전한 시대의 학자이자 회남왕이었던 유안이 저술한 사상서. 도가, 음양가, 법가 등 제학파 이론을 기술, 편집한 책으로 21편이 현존한다.

76) '춘추'의 역주서인 '춘추좌씨전(春秋左氏伝)'의 약칭. 좌구명(左丘明)이 지었다고 전해지며, 춘추 3전 중 하나로 30권으로 이루어져 있다. 춘추 3전 중 가장 문학성이 뛰어나며 역사적 사실도 풍부하다.

77) 222~284. 중국 서진(西晋)의 정치가·학자. 자는 원개(元凱). 진의 무제(武帝)를 모시며 진남대장군으로서 오(吳)를 평정하여 두정남(杜征南)이라고도 불린다. 만년에는 '좌씨전'의 현존 최고(最古)의 주석서인 '춘추좌씨경전집해'나 '춘추석례'를 저술하였다.

神)일세. '고사기(古事記)'[78]는 읽었나?"

아무도 대답을 하지 않는다.

물론 전쟁 전에 교육을 받은 우리는 고사기라면 질릴 정도로 머릿속에 들어 있다. 하지만 아마 교고쿠도처럼 불경한 목적으로 읽지는 않았을 것이다.

"후후, 이자나미노 미코토[伊邪那美命]가 불의 신 가구쓰치[軻遇突智]를 낳다가 타서 죽을 때, 고통 끝에 흘린 소변에서 태어난 것이 미즈하메노가미[罔象女神]지. 이것은 여신일세. 미누하나 미루메 등 읽는 방법은 여러 가지가 있네. 여기에서 여자를 빼면 미즈하, 즉 망량이 된다——는 것도 이상한 이야기지."

교고쿠도는 그답지 않게 고개를 갸웃거린다. 정말로 망량이 껄끄러운 것일까?

"오리구치 선생 같은 분은, 이것은 미소기[禊][79]와 관련이 있는 신이라고 지적하고 있네. 하지만 망량과 미소기가 관련이 있을까? 이 신을 단독으로 모신 신사가 분명히 있었는데——미즈하노메[弥都波能売]신사였나——그것은 아마 아와[阿波][80] 지방의——미쓰마노코리[美馬郡]일 걸세——응? 그것은 미마사카[美馬坂]의."

교고쿠도는 입을 다물고 말았다.

"미마사카? 그것은 아까 에노 씨의 이야기에 나왔던 그 상자 건물의 의사 말인가?"

---

78) 712년에 성립된 역사서. 총 3권으로 이루어져 있는데 상권은 신대(神代)의 이야기, 중권은 진무[神武] 천황에서 오진[応神] 천황까지의 기록, 하권은 닌토쿠[仁徳] 천황에서 스이코[推古] 천황까지의 기록을 담고 있다. 현존하는 일본 최고(最古)의 역사서이며, 천황 통치의 유래와 왕권에 의한 국가 발전의 역사를 기록하고 있다.

79) 바다나 강의 물로 몸을 깨끗이 하여, 죄나 더러움을 씻어내는 것.

80) 현재의 도쿠시마 현을 가리키는 옛 지명.

"아니, 관계없네. 그거야말로 우연이야."

불쾌한 얼굴이다. 평상시의 태도가 늘 불쾌하니 눈에 띄지는 않지만, 교고쿠도는 분명히 불쾌감을 품고 있다.

에노키즈가 바보 취급하듯이 얼굴을 길게 늘여 보인다.

교고쿠도는 그것을 계기로 다시 이야기하기 시작했다.

"뭐, 됐네. 어쨌거나 이매망량과 비교해 보면 이매가 산에 속하니, 망량은 물에 속하는 것으로 생각하고 싶어지는 것은 인지상정이지. '일본기'[81]에서도 이 생각을 받아들여 이매를 산신, 망량을 수신으로 기록하고 있네. '야마토 본초[大和本草]'[82]에는 수호(水虎)가 망량이라고 되어 있어."

"수호란 갓파를 말하는 건가?"

"그렇다네 —— 그렇다면 일본 물요괴의 왕인 갓파와 동일시하고 있다는 뜻이지. 어느새 우리나라에서도 망상인 망량은 강의 요괴라는 성격을 부여받아 버린 걸세. 또 미즈하는 발음상 수엽(水葉), 서치(瑞齒)하고도 같아서 식물의 요괴도 이 안에 들어간다는 덤이 붙어 있네. 그 결과 이매망량이라는 네 글자로 산천초목, 자연계의 요괴 변화를 총칭하게 되었을 거야."

어미가 애매하다.

"자네치고는 대답이 신통치 않군. 이런 화제라면 어느 때라도 쾌도난마처럼 해석을 가하는 것이 추젠지 아키히코 아니었나?"

나는 쓸데없는 공격을 한다.

---

81) 한서, 후한서 등 중국의 역사서를 보고 배워 일본에서 최초로 편찬된 국정 역사서. 6국사(国史) 중 첫 번째로, 720년 도네리 친왕 등에 의해 편찬되었다. 신대(神代)에서부터 지토[持統] 천황까지의 역사를 기록함.

82) 1708년, 가이바라 에키켄이 저술한 본초서. '본초강목'에 실려 있는 내용에 일본 특유의 것이나 외국의 것도 더하여 총 1362종을 분류·기술하였다.

아무래도 이번에는 교고쿠도는 뭔가 숨기고 있는 것이 분명하다.

"아니, 말은 이렇게 했지만 항간에 전해지는 망량은 지금 한 이야기와는 동떨어진 모습이거든. 집요한 것 같지만 이런 혼란은 중국에도 있네. '사기(史記)'에 실려 있는 이야기인데, 땅속에서 단지에 든 양(羊)이 나온 적이 있었다네. 대체 이것이 무엇인가 하고 소동이 일어났지. 그때 상쾌하게 등장한 사람이 그 유명한 공구(孔丘) 선생[83]일세. 그때 자 왈, 목석(木石)의 요괴는 기망량(夔罔閬)이고 물의 요괴는 용망상(竜罔象)이며 흙의 요괴는 분양(羵羊)이다――라고 했네. 괴력난신(怪力乱神)을 다루지 않는 줄 알았던 공구 선생은 꽤 요괴에 대해 자세히 알고 있었던 거지. 기(夔)는 다리가 하나인 짐승이고, 분양은 자웅동체의 양일세. 여기에서 망량은 완전히 요괴 전반을 나타내는 명칭으로 취급되고 있는 것 같지?"

"전부 망량의 일종인가?"

"그렇다네. 이것을 발단으로, 그 유명한 공자 선생이 한 말이니 거짓이 아닐 거라고 생각했는지 망량은 목석의 요괴라는 설이 널리 퍼지고 말았네. 공자 선생은 강의 요괴에도 망량이라는 말을 붙였는데도, 그쪽은 용이 이겨 버린 거지. 지금도 사전을 찾으면 망량은 목석의 요괴라고 나와 있네. 산천의 정령으로 물의 요괴이자 목석의 요괴, 이래서야 서식지가 분명한 요괴 세계의 질서를 무참히 깨뜨리는 것이지. 게다가 대부분의 요괴에 구체적인 형태가 주어져 있는 중국이지만, 망량만은 그렇지가 않아. '술이기(述異記)'에서는 돼지 같다고도 하고, 코가 길다는 둥 부리가 있다는 둥 거북이를 닮았다는 둥, 지리멸렬하기 짝이 없네."

---

83) 공자를 말함. 구(丘)는 이름.

"명확한 형태가 없는 것이로군."

"그게 —— 있네."

교고쿠도는 이마에 손을 대고 한숨을 쉬었다.

"곤란하게도, 망량의 전승은 〈요괴의 일반명사〉적으로 발전한 그 것과는 다른 계통의 내용이 또 있거든. 망량은 고대 중국 황제의 아들이라는 신화일세."

"아들? 망량은 인간이란 말인가?"

"신화시대의 중국은 인간이라고는 생각할 수 없는 분들이 지배하고 있었네. 황제(黃帝)[84]의 증손에 해당하는 전욱(顓頊) —— 이 사람부터가 평범한 모습은 아니었던 모양인데 그 천제의, 태어나자마자 죽어 버린 세 아이 중 하나가 망량이라고 되어 있네."

"아이가 망량?"

"뭐, 다른 두 아이도 학귀(瘧鬼)와 소아귀(小兒鬼)라고 하지만, 이 망량은 이런 모습을 하고 있네. 세 살이 된 아이 정도의 크기로 눈이 붉고 귀가 길며 몸은 붉은 빛이 도는 검은색, 머리에는 촉촉한 흑발이 돋아 있고 인간의 목소리를 흉내 내어 사람을 현혹시킨다 ——."

"꽤 구체적이로군."

"한편으로는 무엇인지 알 수 없는 것으로 이미지가 점점 확대되어 가고, 또 한편으로는 아주 그럴싸한 구체상이 전해지고 있어. 이 망량의 형태는 회남왕의 말로 '설문해자(說文解字)'[85]에 인용되어 있다고 하네. 하지만 지금 전해지는 '회남자'에는 이 말이 없어. 그리고 '산해

84) 중국 고대 전설상의 제왕으로 삼황오제 중 한 사람. 성은 공손(公孫), 이름은 헌원(軒轅). '사기'에 따르면 염제(炎帝)의 자손을 치고 치우(蚩尤)를 멸하여 천자가 되었다고 함.

85) 현존하는 중국 최고(最古)의 학서. 100년경에 허신(許愼)이 썼다. 당시의 9천여 자의 한자를 부수별로 배열하고 육서(六書)의 설에 따라 조자법·의의·음을 해설한 것으로, 중국 문자학의 기본적 문헌.

경'에도 같은 설명이 실려 있네. 그것을 밑바탕으로 한 '화한삼재도회(和漢三才図絵)'도 이것을 채용했지. 여기에서는 모습이 그려지네. 이 기록대로 그리면 마치 토끼 요괴 같지. 짐승일세. 망량은 다시 말해, 정체를 알 수 없는 거야. 알 수 없는데도, 어느새 짐승이 되어 버린 걸세."

"짐승?"

"이것이 결국 우리가 알 수 있는 망량의 유일한 구체적인 모습일세."

교고쿠도는 '백귀야행'을 좌탁 위에 펼쳐 우리들에게 보여주었다.

〈망량〉이 나와 있었다.

덤불 속에서 털이 부숭부숭한 작은 귀신 같은 것이 몸을 반쯤 내밀고 있다.

시커먼 쑥대머리 사이로 뿔인지 귀인지 모를 것이 두 개 튀어나와 있다.

애교 있는 동그란 눈에 악의는 없다. 이를 드러낸 입가는 웃고 있는 것처럼 보이기도 한다.

무섭지는 않다.

그저 오싹하다.

왜냐하면.

그 짐승은, 파낸 듯한 관에서 망자를 끌어내어,

먹고 있기 때문이다.

망량은 무표정하게 시체를 먹고 있는 것이다.

"이것은——."

"그래. 결국, 망량은 산야나 강가의 정령이자 수신이며 목석의 요괴이고, 그리고 그런 얘기는 어디 부는 바람이냐는 듯 이런 형태로 자리 잡았네——뭐가 뭔지 알 수 없는 요괴란 말이지. 사람들에게 가장 익숙한 것은 이것, 즉 시체를 먹는 작은 귀신일세. 망량은 여러 가지 성격이나 역사적 대의명분을 그대로 남긴 채, 서양에서 말하는 시식귀(屍食鬼)로서 일본에 정착했네. 이렇게 성가신 놈은 없어."

"어, 어째서 그렇게 되는 거지? 너무 갑작스럽잖아."

"글쎄. '본초강목' 수부(獸部) 우괴류(寓怪類)에, 망량은 망자의 간을 즐겨 먹는다고 되어 있네. 또, 처음에 말했지만 망량에게는 방량(方良)이라는 이름도 있는데 이것은 시체를 묻는 구덩이에 들끓는다고 해. 입춘 전날 콩을 뿌려 귀신을 쫓는 풍습의 원형이 된 추나(追儺)[86]의 방상씨(方相氏)[87]는, 본래 이 방량을 쫓는 역할을 했던 모양일세. '유양잡조(酉陽雜俎)'에는 따로 불술(弗述)이라는 요괴도 나와 있는데, 이것은 시체의 뇌를 먹지. 불술은 떡갈나무 가지로 찌르면 죽는데, 망량도 떡갈나무와 호랑이를 무서워한다고 하네. 즉 이것들은 같은 것이라고 되어 있어. 이렇게 전승이 복잡하게 얽혀 있어서야 뭐가 뭔지 알 수가 없지."

---

86) 악귀와 역병을 쫓는 행사. 헤이안 시대에 궁중에서 섣달 그믐날 성대하게 치러졌으며, 그 후 각 지방의 신사에서도 치러지게 되었다. 고대 중국에서 시작되었으며 일본에는 몬무 천황 때 전해졌다고 한다. 입춘 전날, 재앙을 쫓고 복을 부르기 위해 콩을 뿌리는 행사는 추나가 변형된 것.

87) 옛날 궁중의 추나 의식 때, 눈이 네 개 달린 황금 가면을 쓰고 검은 옷에 붉은 하의를 두르고, 창과 방패를 들고 악귀를 쫓던 역할. 천황이나 친왕, 태정대신이 죽었을 때 관을 실은 수레를 인도하던 역할도 했다.

"정말 모르겠어요."

도리구치가 우는소리를 했다.

"더 혼란스럽게 하려면 얼마든지 그럴 수 있네."

장난스러운 어조에 비해 교고쿠도는 심각한 눈빛이었다.

"화차라고 불리는 요괴가 있네. 이것은 불[火]의 수레[車]라고 쓰는데, 지옥에서 악인을 데리러 오는 요괴지. 악인이 죽으면 어디선가 활활 타오르는 수레가 나타나 시체를 가져가네. 이 시체는 토막토막 잘려 여기저기 흩뿌려진다고 해. 이 화차를 이끄는——또는 화차에 타고 있는 짐승은 경우에 따라서는 고양이 모양으로 나타날 때도 있지만——일설에 따르면 여기에 타고 있는 짐승은 망량이라고도 하네. '모창만록(茅窓漫録)' 같은 데 실려 있지."

화차라고 불리는 요괴에 대해서는 막연히 들은 적이 있지만 그런 짓을 하는 요괴인 줄은 몰랐다. 교고쿠도는 말을 잇는다.

"또 일설에 따르면, 죽은 지 얼마 안 되는 시체가 있을 때 칼과 같은 금속 기운을 시체 가까이 두는 이유는 나이 먹은 고양이 같은 짐승이나 망량이 시체로 들어가지 않도록 하기 위해서라고 하네. '미미부쿠로[耳嚢]'에 따르면 인간으로 둔갑하여 관리를 섬기던 망량도 있어."

그렇게 말하고 교고쿠도는 일동을 둘러본다.

"우후후후."

에노키즈가 웃었다. 기분 나쁘다.

"망량에 대해서 이해하려면 지금 한 이야기를 듣지 않는 게 좋았을 걸 그랬군."

에노키즈는 그렇게 말하며 계속 웃었다.

“정말 그렇다니까. 이것은 참으로 곤란한 문제일세.”

그렇게 말하며 교고쿠도는 머리를 싸안았다.

“왜 그렇게 곤란해 하나? 망량은 분명히 이해하기 힘든 요괴지만, 그것은 문화적 고찰을 하는 데 있어서 파악하기 어렵다는 문제일 뿐 아닌가? 지금은 현실에 일어난 토막살인사건에 관해 이야기하고 있는 걸세. 망량에 대한 고찰이 막힌 것과 이번 사건이 무슨 관련이 있다는 건가?”

내게는 그다지 문제가 되지 않는 것처럼 여겨진다.

“중요한 문제지. 도리구치 군의 조사가 사실이라면 온바코는 요컨대 자신이 망량을 퇴치하는 영능력자라고 나서고 있다는 뜻이 되는 걸세. 망량이야말로 그 평범한 교의를 두드러지게 하는 포인트가 되는 것이야.”

“그건 그렇지만. 그래서 어떻다는 건가?”

“이런 경우, 만일 영능력자와 대결해야 할 사태가 발생했다고 치세. 귀신이니 사도니, 악마 퇴치니 태아공양이니 원령 퇴치, 그런 소릴 하는 놈이라면 논파하기 간단해. 하지만 상대가 망량이라면 그게 무엇인지 알 수가 없단 말이야.”

교고쿠도는 뒷머리를 마구 헝클어뜨리며 입을 일그러뜨렸다.

“후후후, 교고쿠, 자네도 무엇인지 모른단 말인가? 나랑 똑같군.”

에노키즈는 정말 유쾌하다는 듯 그렇게 말했다.

교고쿠도는 10초쯤 아래를 보고 있다가 갑자기 얼굴을 들더니,

“좀 더 자세히 들려주게. 도리구치 군.”

하고 말했다.

도리구치는 허둥지둥 수첩을 넘겼다.

"예, 이것은 도장에서 나온 신자를 붙잡고 물어본 건데, 아무래도 교주에게는 그 망량이 보이는 모양이더군요. 신자는 매일 상담하러 찾아가지만, 거기에서는 기도 같은 것은 별로 하지 않습니다. 그냥 말로 타이르는 데 그치지요. 매주 금요일 밤에 집회 같은 게 있어요. 거기서 한데 몰아서 굿을 하는 거지요. 이것은 봉인이라고 불리는데, 그래도 안 될 때는 개인적으로 기도를 합니다. 이것은 그 기도방으로 신자를 부르는 경우도 있고, 상자를 지고 출장을 나가는 경우도 있나 봐요. 망량을 봉하는 이런 기도도 무료입니다."

"망량을――말이지. 도구는?"

교고쿠도는 끝까지 납득이 가지 않는 모양이다.

"예, 상자뿐입니다. 지게 같은 것에 본존이라고 할까, 신체(神体)라고 할까, 그것을 싣고 꼭 행각승처럼 말이지요. 교주는 흰옷에 흰 하카마를 입고 두건까지 쓴다고 하니, 그 이상한 조개껍데기 같은 것만 가슴에 달면 완전 수험도 승려라니까요. 하지만 그 외의 도구는 없습니다. 빈손이에요."

"그래? 하지만 그래서야 어떻게 기도하는지 알 수가 없군. 신도 계열인지 수험(修験)인지 밀법(密法)인지――."

"그래서 말인데요, 이게 도움이 될까요!"

도리구치는 전부터 가지고 다니던 그 거대한 가방을 끌어당겨 입을 벌렸다.

"이게 9킬로그램이나 돼서 어깨가 빠지는 줄 알았다니까요."

도리구치는 가방 속에서 무거워 보이는 상자를 꺼냈다. 어깨에 메는 끈이 달려 있다.

폭은 1척 정도 되고 높이와 깊이는 5촌(약 15cm) 정도다.

"그건 녹음기 아닌가!"

에노키즈가 환희의 소리를 질렀다.

"녹음기?"

나는 그게 뭔지 알 수가 없었다.

"도쿄통신공업이 시험 삼아 제작한 휴대용 테이프식 녹음기지. 자네, 자네는 어째서 이런 걸 갖고 다니나?"

"우리 사장이 어디에선가 가져왔거든요. 2, 3분밖에 녹음할 수 없지만——드디어 도움이 될 때가 왔군요."

"자네 회사 사장은 대체 뭐 하는 사람인가!"

그 가짜 닷선도 그렇고, 보통 사람이라고는 생각할 수 없다.

"그냥 온후한 사람이에요. 이거, 일요일부터 계속 가지고 다녔습니다. 어디 놔두려고 해도 도둑맞으면 안 된다는 생각에서요. 정말 어깨가 빠질 것 같다니까요. 어쨌든——저는 어제 목욕탕 담장 너머로 말이지요, 몰래."

"녹음——한 건가?"

어지간한 교고쿠도도 약간 놀라고 있다. 교고쿠도가 놀라는 모습은 좀처럼 볼 수 없는 것이다.

에노키즈는 좌우간 새로운 것을 좋아하기 때문에 빨리 들려달라며 성화다.

"별로 잘 녹음되지는 않았지만 알아들을 수는 있을 겁니다."

뚜껑을 열자 접시 같은 원반이 2장 보인다. 테이프가 감겨 있는 것이다.

접시가 회전한다.

쇠상자는 갑자기 목소리를 냈다.

——천신의 모친께서 말씀하시기를 만일 아픈 곳이 있으면
이 갈대로 엮은 신비의 상자를 들고
소테나테이리사니타치스이이메코로시테 하며
시후루, 후루, 흔들, 흔들, 시후루, 후루,
그러니 이 땅, 이곳의 망량 퇴치를 위해
온바코를 보내 주십시오!
에이,
핫

일본어 같기도 하고 그렇지 않은 것 같기도 하고, 방언도 아니고 하물며 경(経) 종류도 아니다.

탕, 탕, 하는 소리가 섞인다. 바닥을 구르는 걸까? 정말 기묘한 간격을 두고 울린다.

박자가 어긋난 것인지, 내가 가진 리듬감이 미치지 않는 것인지, 아마 몇 분의 몇 박자와 같은 서양음악의 이론으로는 구분할 수 없는 법칙성을 갖고 울리는 것 같다.

상자 속에 그 행자가 있는 것 같다.

아니다.

이것은 전기나 자력을 이용해서 재현된 현실이다.

이 상자도 과학의 이름을 빌린 오컬트다. 나는 으스스해지는 기분을 느꼈다. 이 목소리는 가짜다. 과거가 도려내어져 상자에 들어 있는 게 아닌 것이다.

재생은 끝났다.

상자 속의 현실은 맥없이 되감겼다.

"다시 한 번 들으시겠어요?"

도리구치의 물음에 교고쿠도는 고개를 가로저어 대답하고, 그러고 나서 씩 웃었다.

"잘했네, 도리구치 군. 이렇게 알기 쉬운 주문은 없다네. 첨단기재를 투입한 자네의 작전은 대성공일세. 자네는 정말 인재야."

"도움이 되었습니까?"

"아주 크게 도움이 됐지."

교고쿠도는 화난 듯한 얼굴을 하고 웃었다. 그러나 그것은 어디까지나 표면적인 것이고, 내심 그가 아직도 어떤 기우를 품고 있는 듯하다는 사실 역시 나는 알 수 있었다. 그렇다면 이 얼마나 복잡한 감정 표현인가. 아니면 그렇게 받아들이는 것은 내 착각일까?

교고쿠도는 평소의 그로 돌아와 단호하게 도리구치에게 물었다.

"자——도리구치 군. 두세 가지 확인해 두고 싶은 게 있네. 데라다 효에는 정말로 미타카에서 태어나고 자란 거겠지?"

"그렇습니다. 그는 병역 중일 때를 제외하고는 일주일 이상 미타카를 떠난 적이 없다고 합니다. 여행도 한 적이 없는 모양이에요."

"이세[伊勢][88]와 치쿠조[築上][89]에 친척 같은 건 없나?"

"치쿠조? 아아, 북(北)규슈 말씀이시죠? 어느 쪽이건 효에에게 친척은 없다고 합니다. 효에도, 아버지인 추 씨도 형제가 없었고, 먼 친척조차 없는 모양이에요. 있더라도 빈번한 교류는 없을 것으로 생각됩니다."

---

88) 미에 현에 속하는 지명.

89) 후쿠오카 현에 속하는 지명.

"근거는? 막과자가게 할머니인가?"

"그리고 목욕탕이요. 하지만 어째서 이세와 규슈인가요?"

"이따가 설명하겠네. 그럼 세키구치 군. 그리고 도리구치 군. 현재 단계에서 안 사실을 말하겠네. 온바코의 배후에는 반드시 보이지 않는 곳에서 실을 조종하는 제삼자가 있어. 온바코가 진짜로 범죄에 관여했다면, 그 흑막이야말로 적발해야 할 대상일 걸세. 당면 문제는 그것이 대체 누구인가——인데, 그것을 알기 위해서는 아까 말한 최초의 신자를 찾아내는 것과——그리고 효에의 가족 행방이겠군. 이것을 알면 만일 온바코와 대결하게 되더라도——뭐, 괜찮을 테지."

"망량은 이제 됐나?"

교고쿠도는 내 질문을 무시했다.

도리구치는 갑자기 기운을 되찾고,

"지금 당장에라도 취재하러 가겠습니다."

라고 말하고 있다.

"그럼 세키구치 군 말인데."

"나는 이제 됐잖은가."

"되긴 뭐가 돼? 그저께는 자네가 제일 부추기더니. 나를 끌어들인 것도 자네 아닌가."

에노키즈까지 맞다며 요란하게 반주를 넣는다.

"자네는 기요노의 명부를 조사해서, 다음에 피해가 있을 것 같은 조건의 가정을 조사하러 가는 게 어떻겠나?"

"뭐——."

그렇게 어려운 일을 할당하다니!

분명히 기요노의 메모 내용이 사실이라면, 그리고 온바코가 토막 살인에 관여하고 있다는 것이 사실이라면, 다음에 피해자가 나올 것 같은 가정은 어느 정도 추측할 수 있다. 그가 위험하다고 지적한 몇몇 가정에 모두 딸이 있는 것은 아니고, 그중 열 집에서는 이미 딸이 실종되었다. 남은 곳은 몇 집뿐이고, 조건을 보아 좁혀 나가면 그것은 쉬운 일이다.

그러나 그것을 알았다고 해서 내가 무엇을 할 수 있을까. 그보다 우선, 무엇을 목적으로 움직이면 되는 것일까? 범죄자의 꼬리를 잡는 것? 그것보다 범죄를 미연에 방지하는 것일까? 아마 양쪽 다일 것이다.

내가 그런 섬세한 일을 할 수 있을 리가 없다, 그렇게 말하려고 했을 때 녹음기를 신기한 듯 만지고 있던 에노키즈가 갑자기 끼어들었다.

"나는 어떻게 하면 되나!"

자신의 행동은 우리 하인들이 생각하는 게 당연하다——는 듯한 주장이다. 교고쿠도는 응석받이를 어떻게 다뤄야 할지 곤란하다는 표정으로,

"에노 씨의 사건은 상관없잖아. 어떻게 할지 스스로 생각하겠다고, 아까 자기 입으로 선언하지 않았던가?"

라고 말했다.

"생각했지. 무사시 고가네이에 사는, 유괴된 여자아이의 친구를 만나러 갈 걸세. 하지만 말이야, 나는 이런 일에 익숙하지 않으니까 세키라도 데려갈 생각이었단 말이지."

무슨 말을 하는 걸까.

익숙하지 않다는 것도 웃기는 말이다. 범죄 조사에 익숙하지 못한 탐정이 세상천지에 어디 있단 말인가. 게다가 소설가인 내가 마치 그런 조사에 익숙하다는 듯한 말투다. 그럴 리가 없지 않은가. 평소에 나의 대인공포증이나 형편없는 기억력을 틈만 나면 비방하는 자는 에노키즈 자신이면서.

"그걸 따지자면 이런 일에 익숙하지 않은 건 제 쪽이에요! 에노 씨! 당신이야말로 탐정이잖아요."

이대로 가다가는 어느 쪽으로 결정되든 최악이다. 내가 교고쿠도에게 항의할지 에노키즈에게 항의할지 망설이는 잠깐 사이에, 또다시 분위기의 주도권은 교고쿠도에게 넘어가고 말았다.

"유괴된 소녀의 친구라면――그 가나코인가 하는 소녀의 자살 현장과 유괴 현장에 모두 있었다는 동급생 소녀 말인가?"

"그래, 그래. 이름은 기억나지 않지만 여기 쓰여 있네. 그 소녀도 수상하잖아."

에노키즈는 마스오카에게서 받은, 경찰이 작성했다는 서류를 교고쿠도에게 건넸다. 교고쿠도는 익숙한 손놀림으로 그것을 검색하여 눈 깜짝할 사이에 소녀의 이름을 찾아냈다.

"으음, 무사시 고가네이――인형제작 하청업자 구스모토 기미에의 장녀, 요리코 14세, 사립 다카하 여학교 중등부 재적, 이건가?"

――구스모토 기미에.

뭘까, 어디에서 들었지? 나는 그 이름을 알고 있다. 나는 한자를 떠올린다. 구스[楠], 모토[本], 기미[君], 에[江], 아니, 에[枝]인가?

――구스모토 기미에. 알았다.

나는 허겁지겁 그 명부를 좌탁 밑에서 주워들고,

――그 이름은 세 번째 장에서,

위에서부터 순서대로 눈으로 좇았다.

――그렇다, 구보 슌코 바로 위다.

그래서 한자가 기억에 있었던 것이다.

"있다! 그 구스모토 기미에는 온바코의 신자일세."

"뭐라고?"

"여기, 보게, 주소도 무사시 고가네이고 기요노의 메모에는――."

〈히나 인형 직인인가? 남편은 없고 딸이 하나 있음. 모 유명 사립학교에 재적. 수입은 낮아 곤궁한 생활을 하고 있다고 생각됨. 열심인 것치고 액수는 신통찮음. 조건은 갖추어져 있음. 다음은 이 집이려나. 위험하다. 주의를 요함〉

교고쿠도가 몸을 내밀어 내 손에서 명부를 빼앗았다.

에노키즈와 도리구치도 몸을 가까이하고 들여다본다.

"이것은――."

교고쿠도의 분위기가 이상했다.

"세키 군의 기억력을 생각해 볼 때 기적적이로군!"

에노키즈가 나를 우롱한다.

평상시 같으면 이럴 때는 교고쿠도가 반드시 내게 과장된 악담을 퍼부을 때다. 그러나 그런 일은 없었다.

교고쿠도는 그저 머리카락을 헝클어뜨리고 있었다.

"뭔가. 대체 이게 뭐냔 말이야. 이번 사건은 마치 망량 같군. 기분 나쁜 부합과 어긋남의 반복이야. 이것은 우연, 아니 개연인가? 필연일 수는 없어. 하지만 이대로 가다간 녀석이 모든 일에 관련되어 있을 수도 있겠는데. 아니, 잠깐, 그렇게 생각하면――."

뭐가 어떻게 되었다는 걸까? 나는 지금껏 당황하는 교고쿠도 따위는 본 적도 없다.

"정말이지, 자네들은 어째서 모처럼 은거하고 있는 나를 이렇게 끌어내는 건가? 어쩌면 이것은 매우 좋지 않은 일일 걸세. 아니, 아직 가능성이지만, 이것은."

"뭐가 좋지 않은데?"

날카로운 목소리였다.

교고쿠도가 시선을 돌린다. 에노키즈가 돌아본다. 도리구치가 얼굴을 든다. 전원의 움직임을 한바탕 지켜보고, 그제야 나는 목소리의 주인이 그중 누구도 아니라는 것과 그들이 그 발성자에게 시선을 돌렸다는 것을 깨달았다. 한 호흡 늦게 시선을 든다.

툇마루에는 기바가 서 있었다.

기바는 조금 야위었다. 짧게 쳤던 굵은 머리카락도 약간 길어졌다.

안색이 나쁘다. 등 뒤에서 서녘 해가 비쳐들고 있어, 마침 얼마 전 상자 건물에서 만났을 때와 똑같은 상태다.

"기바슈, 자네 근신 중이라고 들었는데. 그 이상한 얼굴은 뭔가? 자네."

기바는 에노키즈의 말을 고함 소리로 막았다.

"뭐가 좋지 않느냔 말이야. 교고쿠."

교고쿠도는 잠시 침묵하고 있었지만, 곧 자세를 바로 하고,

"이거, 기바 나리. 뒷맛이 좋지 않다는 뜻입니다."

라고 말했다.

"네놈, 뭔가 알고 있는 듯한 말투로군 —— 세키구치라면 또 모르겠지만 레이지로, 네놈까지 나섰다니 환장하겠다. 어떻게 된 건지 털어놓으시지."

"그전에 —— 당신의 이야기를 들려주었으면 하는데요. 아마 가장 핵심을 찌르고 있는 건 당신일 테니. 이 불쾌한 우연의 집적과 확산이 대체 어떤 웃기는 구조로 되어 있는 건지, 아마 당신이 알고 있는 사실을 들으면 거의 전부 알 수 있을 겁니다."

교고쿠도는 일어섰다.

"말 잘했어, 교고쿠. 그 구조인지 뭔지를 말해 봐."

기바가 위협적으로 말했다.

"단, 제 상상대로 뒷맛이 너무 나쁠 것 같으면, 저는 말하지 않겠습니다."

교고쿠도는 조용히, 그렇게 말을 맺었다.

〈하권에 계속〉

옮긴이 | 김소연

한국외국어대학교에서 프랑스어를 전공하고, 일본어를 부전공하였다. 현재 출판기획자 겸 번역자로 활동하고 있으며 옮긴 책으로 다카무라 가오루의 〈리오우〉, 교고쿠 나쓰히코의 〈백귀야행 음, 양〉, 〈우부메의 여름〉, 〈망량의 상자〉, 〈광골의 꿈〉, 〈철서의 우리〉, 〈무당거미의 이치〉 등 백귀야행 시리즈와 〈웃는 이에몬〉, 〈싫은 소설〉, 유메마쿠라 바쿠의 〈음양사〉 시리즈와 하타케나카 메구미의 〈샤바케〉 시리즈, 미야베 미유키의 〈마술은 속삭인다〉, 〈드림버스터〉, 〈외딴집〉, 〈혼조 후카가와의 기이한 이야기〉, 〈괴이〉, 〈흔들리는 바위〉, 덴도 아라타의 〈영원의 아이〉 등이 있으며, 독특한 색깔의 일본 문학을 꾸준히 소개, 번역할 계획이다.

망량의 상자 (上)

1판 1쇄 발행 2006년 9월 30일
2판 2쇄 발행 2021년 9월 25일

지은이 교고쿠 나쓰히코
옮긴이 김소연

발행인 박광운
편집인 박재은 한나영

발행처 손안의책
출판등록 2002년 10월 7일 (제25100-2002-000081호)
주소 서울 노원구 노원로 18길 19, 210-1204
전화번호 (02) 325-2375 | 팩스 (02) 6499-2375
카페 http://cafe.naver.com/bookinhand
이메일 bookinhand@hanmail.net

ISBN 978-89-90028-99-0 04830

정가는 뒤표지에 있습니다.
파본이나 잘못된 책은 구입하신 곳에서 교환해 드립니다.

* 이 도서의 국립중앙도서관 출판시도서목록(CIP)은 서지정보유통지원시스템 홈페이지
(http://seoji.nl.go.kr)와 국가자료공동목록시스템(http://www.nl.go.kr/kolisnet)에서 이용하실 수
있습니다. (CIP제어번호: CIP2015012838)